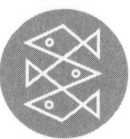

CLARA LANGENBACH

# ZEIT FÜR TRÄUME

## DIE SENFBLÜTENSAGA

*Roman*

FISCHER Taschenbuch

2. Auflage: Mai 2022

Originalausgabe
Erschienen bei FISCHER Taschenbuch
Frankfurt am Main, Mai 2021

© 2021 S. Fischer Verlag GmbH,
Hedderichstr. 114, D-60596 Frankfurt am Main

Satz: Pinkuin Satz und Datentechnik, Berlin
Druck und Bindung: Druckerei C. H. Beck, Nördlingen
Printed in Germany
ISBN 978-3-596-70083-7

*Im Gedenken an Monjas Kater Toffee,*
*der in diesem Roman als Gusti*
*weiterleben kann*

## Straßburg, 1905

### EMMA

SIE VERLANGSAMTE DIE SCHRITTE, bis sie gänzlich stehen blieb. Noch vor wenigen Minuten war sie von unbändiger Freude erfüllt. Nun erdrückte die imposante Kaiser-Wilhelms-Universität ihren ganzen Mut. Die Statuen herausragender Gelehrter schienen auf dem Dachsims über das Gebäude zu wachen, und es kam Emma vor, als würden sie voller Verachtung auf sie herabblicken. Unwillkürlich verkrampfte sie die Hände vor dem Bauch, dass die Finger ihr weh taten.

An ihr vorbei eilten plaudernde Studenten dem Eingang entgegen. Zaghaft blickte sie umher. Was hatte sie sich nur dabei gedacht? Anscheinend nicht allzu viel. Ihre Eltern glaubten, sie wäre unterwegs nach Speyer. Mit der wichtigen Mission, ihren wohlhabenden Onkel um Geld zu bitten – zu Hause war der Herd in Brand geraten. Ob Onkel Johann so gütig wäre, ihnen in dieser misslichen Lage auszuhelfen? Emmas Magen drehte sich bei dem Gedanken um, die freundliche Einladung ihrer Verwandten auszunutzen, um Geld zu schnorren. Aber das war nichts im Vergleich zu dem Unbehagen, das sich in ihr beim Anblick der kalten Sandsteinfassade, der riesigen Bogenfenster und der strengen Gesichter der Statuen ausbreitete.

Sie sollte nicht hier sein. Das war ihr klar.

»Hat sich das gnädige Fräulein etwa verlaufen, Franz? Was meinst du, sollen wir der süßen Maid ritterlich zu Hilfe eilen?«

Der Hohn dieser männlichen Stimme schien sie innerlich aufzuspießen. Sie war es gewohnt, von ihren Eltern ausgeschimpft oder zurechtgewiesen zu werden. Der fremde Spott ließ sie jedoch jeden Anstand vergessen. Sie fuhr herum, und ihre ganze Aufregung entlud sich in ihrem Unmut. »Keine Sorge«, schmetterte sie einem Studentenpaar entgegen, das einander wie kleine Kinder knuffte. »Das gnädige Fräulein weiß sich selbst zu helfen. Haben Sie vielen Dank.«

Zumindest einer von ihnen, ein rotbackiger Typ, grinste nicht mehr, anscheinend zu verunsichert, solch eine Erwiderung von einer Dame bekommen zu haben. Der andere, ein großer, gutgebauter Kerl mit dunklen Haaren, der sich lässig auf die Schulter seines Kumpels stützte, feixte dagegen umso mehr.

»Da bin ich aber beruhigt. Darf ich mich denn nach Ihrem Begehr erkundigen, gnädiges Fräulein?«

Sie hob eine Augenbraue. »Sich danach zu erkundigen, kann ich Ihnen leider nicht verbieten, gnädiger Herr, aber Sie müssen mich entschuldigen. Ich habe nämlich keine Zeit, hier zu stehen und sinnlos mit Ihnen zu schwadronieren.« Sie raffte ihren Rock zusammen und stieg entschlossen die Stufen hoch. Ihre Mutter wäre gewiss in Ohnmacht gefallen, hätte sie solche Worte aus ihrem Mund gehört, aber ihre Mutter war glücklicherweise nicht hier. Dagegen diese beiden Studenten, denen sie verdeutlichen musste, dass nichts und niemand mehr sie davon abhalten würde, diese Universität zu betreten. Sie war zu weit gekommen, um einfach aufzugeben.

Der Dunkelhaarige folgte ihr auf dem Fuße. Der andere trottete seinem Kumpel hinterher wie ein Hund, dessen Herrchen ihm keine Beachtung mehr schenkte.

»Ich muss gestehen, ich bin mehr als eifersüchtig und bestehe einfach darauf zu erfahren, welchen armen Studenten

Sie mit Ihrem Liebreiz von den Studien der hohen Wissenschaft heute abzuhalten gedenken.«

Erneut fuhr sie herum – keine gute Idee auf der Treppe, denn sie rutschte aus und strauchelte. Der Dunkelhaarige war sofort da, um sie zu stützen, doch sie wies seine helfende Hand zurück, sobald sie aufrecht stand.

»Ihre Eifersucht ist absolut grundlos, gnädiger Herr. Mein Liebreiz wird niemanden von irgendetwas abhalten, denn ich bin nicht zu Besuch hier, sondern beabsichtige, selbst die hohen Wissenschaften zu studieren.«

»Oh-ho!« Seine intensiv blauen Augen schienen mit dem wolkenlosen Himmel um die Wette zu strahlen, sicherlich waren diesem frechen Blick schon einige Frauen verfallen. »Franz, hast du das gehört?«

»Wenn Franz nicht gänzlich taub ist, dann hat er das gehört, ja. Und womöglich hat er sogar von Else Gütschow gehört, die vor drei Jahren an dieser Universität promoviert worden ist. Und womöglich – es ist jetzt natürlich nur eine Vermutung – stellt Franz deswegen keine dummen Fragen, die eine Dame unnötig aufhalten, so dass sie womöglich noch zu spät zu ihrer Vorlesung kommt.« Sie warf Franz einen herausfordernden Blick zu und sah zufrieden, wie sein rundes Gesicht rot anlief. Ohne die Herren weiter zu beachten, steuerte sie den Eingang an, doch der Dunkelhaarige preschte vor und öffnete ihr galant die Tür.

»Zu welcher Vorlesung eilt denn die junge Dame so sehr?« Das Funkeln in seinen Augen wurde noch intensiver, neckte, stachelte sie an, etwas Unüberlegtes zu tun. Emma ermahnte sich, ihm nicht zu viel Aufmerksamkeit zu schenken, die ihm womöglich noch in seinen hübschen Kopf steigen würde.

»Paul Laband«, warf sie ihm über die Schulter zu, als sie an ihm vorbeistolzierte. Schon stand sie im kühlen Eingangsbereich … und hielt inne. Als wäre sie in einen Palast gelangt – alles schien zu groß, zu mächtig für sie zu sein, und sie selbst kam sich ganz unbedeutend vor. Sie fröstelte bei dem Gedanken, wahrhaftig in diesen heiligen Hallen zu stehen. Die gleiche Luft zu atmen wie die unzähligen Professoren und Gelehrten hier. Voller Staunen sah sie sich um und bemerkte aus dem Augenwinkel, wie der vorlaute Student sie amüsiert beobachtete. Sie atmete tief durch. Er durfte nicht merken, mit wie viel Ehrfurcht der Anblick der Eingangshalle sie erfüllte. Stattdessen sollte er denken, sie wäre es gewohnt, hier zu sein, also straffte sie die Schultern und drehte sich voller Schwung nach links, um weiterzugehen.

»Verzeihung, gnädiges Fräulein, aber zur Vorlesung von Paul Laband geht es hier entlang.« Natürlich deutete er in die entgegengesetzte Richtung. »Zufälligerweise beabsichtige auch ich, diese Vorlesung zu besuchen. Ich studiere Rechtswissenschaften und …«

»Hervorragend«, unterbrach sie ihn und schenkte ihm ihr bezauberndstes Lächeln, von dem – wie ihre Mutter meinte – sogar die Milch sauer werden würde. »Wie froh ich bin, endlich jemanden gefunden zu haben, mit dem ich mich über die Vorträge von Paul Laband unterhalten kann. Was denken Sie bezüglich seiner Worte über den Zusammenhang des Verfassungsrechts mit den übrigen Gebieten der Rechtswissenschaft?«

Dem Studenten klappte die Kinnlade herunter, was seinem Antlitz, das nach allen Regeln der klassischen Kunst geformt zu sein schien, wenig schmeichelte. Kurz darauf fing er sich wieder, wollte etwas erwidern, als Franz süffisant einwarf: »Das würde Antoine Ihnen sicherlich erläutern, wenn er es könnte. Und das könnte er bestimmt, hätte er nicht so viele Vorlesungen geschwänzt.«

Im Geiste schrieb Emma Franz ein paar Pluspunkte gut,

weil er seinem aufgeblasenen Kommilitonen doch noch Paroli bot. In gespielter Empörung drehte sich dieser um. »Auch du, Brutus, du?« Theatralisch breitete er die Arme aus, was Emma zum Anlass nahm, sich schnellen Schrittes davonzumachen – viel weiter hätte sie Paul Labands Ansichten zum Thema Rechtswissenschaft nicht ausführen können. Sie hatte sich informiert, ja, sie wusste, dass er heute diese Vorlesung abhielt und dass oft Zuhörer aus dem ganzen Land kamen, um seinen Vorträgen beizuwohnen. Sie hatte sogar heimlich gespart und sich den ersten Band seines *Das Strafrecht des Deutschen Reiches* gekauft, das 1876 erschienen war – doch nicht viel mehr als das Vorwort verstanden. Aber gerade deshalb war sie hier, um es zu begreifen, um zu lernen, um endlich klüger zu werden! Oder nicht?

Sie schloss sich dem Menschenstrom an, der in dieselbe Richtung floss, und schlüpfte zusammen mit den anderen Wissbegierigen in den Vorlesungssaal. Noch im Gehen zog sie die Hutnadel heraus und nahm ihre Kopfbedeckung ab. Ein paar Strähnen hatten sich aus ihrer lockeren Hochsteckfrisur gelöst, und sie strich sich die Haare hinter das Ohr, während sie sich verstohlen umsah. Sitzplätze waren keine mehr frei, viele Männer drängten sich in den Gängen. Ein Glück, in der Menge würde sie vielleicht gar nicht auffallen.

Sie schob sich nach ganz hinten, ohne aufzuschauen, um nicht den Blicken zu begegnen, die sie taxierten. Schon wieder verkrampften sich ihre Finger um den Rand des Hutes. Normalerweise wurde ihr als Dame immer ein Platz angeboten. Vermutlich dachten die Studenten, sie würde gleich wieder gehen oder wartete nur auf jemanden.

Der Saal füllte sich immer mehr. Von so vielen Körpern hatte sich die Luft schnell erhitzt und vibrierte im ungeduldigen Stimmengewirr.

»Aufregend, nicht wahr?«, raunte eine Stimme an ihrem Ohr, die Emma sofort erkannte.

Nicht der schon wieder, schoss ihr durch den Kopf. Auf ihren Lippen lag bereits eine spitze Bemerkung, doch da betrat Paul Laband den Saal, und alles ringsherum verstummte. Eine spannungsgeladene Stille breitete sich aus, nur ab und zu waren ein Atemzug oder ein verhaltenes Hüsteln zu vernehmen. Emma musste sich auf die Zehenspitzen stellen und den Hals recken, um Laband besser zu sehen. Sein dreiteiliger Anzug war fein, aber nicht protzig, alles aus dunklem Stoff, nur der weiße Hemdkragen bildete einen Blickfang. Das silberne, schüttere Haar war säuberlich nach hinten gekämmt, und der Schnauzbart fein gestutzt. Sein Gesicht wirkte blass und teigig, aber zu genau konnte Emma ihn von ihrem Platz aus nicht sehen. Er müsste fast siebzig sein, überschlug sie in Gedanken, aber er machte den Eindruck, als wäre er seiner Vorträge noch lange nicht überdrüssig.

Zufrieden steckte er eine Hand in die Hosentasche, begrüßte sein Publikum und begann ohne Umschweife die Vorlesung. Emma strengte sich an, um seinen Worten zu folgen, das Wissen, das er ihr bot, wie ein Schwamm in sich aufzusaugen. Doch die Sätze klangen fremd in ihren Ohren und unzählige Begriffe prasselten in ihrem Kopf wild durcheinander. Je länger sie zuhörte, umso weniger begriff sie.

Noch mehr verkrampfte sie die Hände um ihren Hut. Die Herren Studenten um sie herum lauschten konzentriert, ein junger Mann vor ihr nickte bedächtig, und sie beneidete ihn darum, dass er nicht nur in der Lage war, Labands Rede zu folgen, sondern seinen Worten offensichtlich zustimmte. Ihr dagegen trat der Schweiß auf die Stirn, sobald sie auch nur daran dachte, dem Vortrag weiterzulauschen. Ihr Gesicht glühte. Ihr Atem ging schwer. Vielleicht war es bloß das Korsett, das ihren Leib einschnürte. Und die schlechte Luft im Raum. Vielleicht aber auch nicht.

Unwillkürlich kamen ihr die Worte von Möbius in den Sinn, diesem hochgefeierten Psychiater, dessen Buch *Über den physiologischen Schwachsinn des Weibes* ihre Mutter jederzeit aus dem Stegreif zitieren konnte: *Übermäßige Gehirntätigkeit macht das Weib nicht nur verkehrt, sondern auch krank. Wir sehen das leider tagtäglich vor Augen.*

Krank, so wie jetzt? Mit Herzrasen, Atemnot und Hitzewallungen?

»Alles in Ordnung?« Der Dunkelhaarige hinter ihr, Antoine, schien nur auf das Zeichen ihrer Schwäche gewartet zu haben. »Geht es Ihnen gut?«

»Keine Sorge, noch habe ich nicht vor, in Ohnmacht zu fallen«, gab sie halb erstickt zurück. Es war nur das Kleid. Klar, ein Stehkragen und eine Krawatte waren auch nicht der Gipfel der Bequemlichkeit, aber nicht zu vergleichen mit dem Korsett der Sans-Ventre-Linie, in das ihre Mutter sie heute früh gezwungen hatte. Dazu Rosen auf dem Hut, Rosen auf dem Rock – sie fühlte sich nicht wie ein Mensch, sondern wie der üppig bepflanzte Blumenkasten vor dem Stubenfenster der kleinen Wohnung, die ihre Eltern und sie in Metz bezogen hatten.

»Sie sehen sehr blass aus, wenn die Bemerkung mir gestattet ist.«

»Ist sie nicht. Kümmern Sie sich ruhig um ihren eigenen Teint.«

Jemand zischte ein Psst, zwei Herren neben ihr drehten sich um und schüttelten missbilligend die Köpfe – natürlich verärgert über das geschwätzige Weib, das die Vorlesung störte, nicht über ihren ach so fürsorglichen Kommilitonen. Abermals versuchte sie sich auf die Worte von Paul Laband zu konzentrieren, doch seine Rede entglitt ihr immer mehr. Wie gern hätte sie sich an die Wand gelehnt oder sich an einer der Lehnen von Sitzbänken abgestützt – wenn dieser Saal bloß nicht so überfüllt gewesen wäre!

Als hätte der Dunkelhaarige ihre Gedanken gelesen, tippte er einem jungen Mann, der neben ihr auf der Bank saß, auf die Schulter. »Verzeihung. Würden Sie der Dame vielleicht Ihren Sitzplatz anbieten?«

»Einer Dame?« Der Angesprochene schaute perplex hoch. Sein Blick blieb an Emma hängen, als frage er sich, ob er seinen Augen trauen sollte. »Oh.«

»Schon gut, ich stehe äußerst gern«, beschwichtigte Emma. Wieder zischte jemand ein Psst, während der sitzende Herr sich umständlich erhob und in den Gang nach hinten wegtrat, wobei er wohl jemandem auf den Fuß latschte und eine genervte Zurechtweisung erhielt.

»Dürfte ich den Grund für die Unruhe erfahren?«, schnitt Labands Stimme durch den Saal. Nun drehten sich alle Köpfe um, suchten nach dem Störenfried, und natürlich wurde dieser sogleich identifiziert. Einige Herren machten Platz, und nun fühlte sich Emma, als stünde sie ganz allein im Saal, Labands verärgertem Blick völlig ausgeliefert. Einen Moment wurde ihr ganz flau im Magen, dann riss sie sich zusammen. »Ich bitte um Entschuldigung«, sagte sie und bemühte sich um eine kräftige Stimme.

Laband stützte sich auf seinem Pult ab und beugte sich vor. Sein Blick wurde stechend. »Dürfte ich mich erkundigen, was Sie in meinem Vorlesungssaal machen, gnädiges Fräulein?«

»Ich wollte ihren Vortrag hören.« Sie schluckte. »Es ist bekannt, wie großartig …«

»Viel eher, meinen Vortrag mit Ihrem Unsinn stören!«, unterbrach er sie und winkte zur Tür. »Sie haben hier nichts zu suchen. Bitte verlassen Sie den Saal.«

»Nein, bitte!«, rief sie und knetete umso verzweifelter den Hut in ihren Händen. »Die Störung tut mir furchtbar leid. Es wird nicht mehr vorkommen.«

»Gewiss nicht, da Sie den Saal verlassen werden. Ein Weib hat an einer Universität nichts verloren!«

»Aber Else Gütschow ...« Sie stockte. Ihre Stimme zitterte, und der eine oder andere feine Herr Student schmunzelte bereits in Erwartung, das arme Frauenzimmer in Tränen ausbrechen zu sehen.

»Grundgütiger.« Laband schnaubte. »Jetzt denkt doch tatsächlich jedes dahergelaufene Frauenzimmer, sie wäre Else Gütschow. Ich habe schon befürchtet, dass es dazu kommt. Ich habe gewarnt ...« Er schüttelte den Kopf. »Wie auch immer. Sie sind nicht Else Gütschow, Gnädigste.«

»Ich könnte eine werden!«

Im Saal tönten vereinzelte Lacher.

»Nicht heute. Und nicht in meiner Vorlesung.« Mit einer flüchtigen Bewegung deutete Laband in ihre Richtung, nein, nicht zu ihr, sondern irgendwo neben Emma. »Sie da, ja, Sie! Tun Sie mir einen Gefallen und begleiten Sie die Dame bitte nach draußen, damit wir hier endlich weitermachen können.«

Zu ihrem Schreck war es ausgerechnet der Dunkelhaarige, den Laband zu ihrer peinlichen Eskorte auserwählt hatte. »Wenn Sie erlauben, gnädiges Fräulein.« Der Mistkerl schlüpfte an ihre Seite, verbeugte sich voller Vergnügen und machte eine weit ausschweifende Geste zum Ausgang. Dafür erntete er zustimmendes Gelächter seiner Kommilitonen, und Emma gab sich geschlagen.

»Machen Sie sich wegen mir keine Mühe. Ich finde allein hinaus.« Sie raffte ihren Rock und steuerte die Tür an. Die anderen Zuhörer hatten eine Gasse gebildet und begleiteten ihren Abgang mit einem aufgeregten, aber leisen Getuschel, dafür tönte das Klacken ihrer kleinen Absätze übermäßig laut.

»Ich fürchte, ich muss demnächst einen Pedell aufstellen, damit er mir die Weibsbilder vom Hals hält«, trafen Labands Worte ihren Rücken. Das aufwallende Gelächter der Männer war das Letzte, was sie hörte, als sie nach draußen trat. Der Dunkelhaarige hatte sich nicht abhalten lassen, ihr zu folgen, und schloss die Tür hinter ihnen.

»Wie schade.« Lässig lehnte er sich gegen die Wand, ein unverschämtes Grinsen auf den Lippen. »Ich habe auf eine längere Vorstellung Ihrerseits gehofft. Paul Laband ist sicherlich ein Koryphäe auf seinem Gebiet, und seine Vorlesung zu besuchen, ist unumstritten *en vogue*. Aber sein Vortrag ist doch etwas zu trocken. Da kommt so eine kleine Erheiterung sehr gelegen.«

»Sie finden seinen Vortrag trocken? Zumindest ist er mit wesentlich mehr Gehalt gesegnet als Ihrer. Ich schlage vor, Sie eilen zurück. Sie wollen doch *en vogue* sein und kein Wort verpassen.«

Emma setzte ihren Hut auf und steckte wütend die Nadel ein, dass das spitze Ende über ihre Kopfhaut kratzte.

»Warten Sie!«, rief der junge Mann ihr hinterher. »Dürfte ich vielleicht Ihren Namen erfahren?«

»Den erfahren Sie früh genug.« Sie beschleunigte die Schritte.

»Wann denn?«

»Wenn ich an dieser Universität promoviere!« Sie ging schneller, lief, bis sie die Türen, die Stufen und die steinernen Figuren an der Universitätsfassade weit hinter sich gelassen hatte.

## Düsseldorf, 1905

### CARL

Er steckte eine Hand in die Tasche seines Sakkos und befühlte mit den Fingerkuppen die Senfkörner, die sich in der Naht verfangen hatten. Geratter und Surren der Maschinen füllten die Fabrikhalle mit pulsierendem Leben aus, das in Carl widerhallte und durch seine Adern rauschte. Am Ende eines langen Laufbandes reihten sich pausbäckige Steingut-töpfchen aneinander als Krönung eines bis in alle Feinheiten und Nuancen abgestimmten Prozesses. Tief atmete Carl den würzigen Duft des Senfes ein und genoss das Kribbeln in sei-ner Nase. Bei dem vertrauten Geruch breitete sich Zufrieden-heit in ihm aus. Sie vertrieb die Enge in seiner Brust, die ihn in der letzten Zeit immer häufiger befiel, sobald er zu seiner Arbeitsstätte aufbrechen musste. Auch die innere Unruhe, mit der er die Fabrik betreten hatte, streifte er in den Produktions-hallen wie ein unnützes Kleidungsstück ab. Nun galt es …

»Herr Seidel! Herr Seidel!«, ertönte die atemlose Stimme eines Laufburschen, voller Eifer, eine Nachricht zu überbrin-gen. »Herr Weber möchte Sie sprechen!«

Carl zuckte zusammen. In letzter Zeit schickte der Fabrik-besitzer oft nach ihm, trug ihm die eine oder andere wichtige Aufgabe auf, die meistens nichts mit der Senfherstellung zu tun hatte und ihn unnötig lange von den Fabrikhallen fern-hielt.

Rasch drehte sich Carl weg, als hätte er den Burschen nicht bemerkt. Er wollte nicht schon wieder stundenlang die

Kontorbücher wälzen oder mit den Lieferanten über Preise feilschen. Bereits seit einer Weile kam es ihm vor, als wollte Richard Weber ihn unter Lieferscheinen und Vertragsverhandlungen begraben, obwohl sein Platz in den Fabrikhallen war. Mittendrin bei der Herstellung der würzigen Paste.

Schnellen Schrittes verschwand Carl in der Probierkammer, wie er den kleinen Raum nannte, in dem er den gereiften Senf stichprobenartig auf seine Qualität prüfte. Sobald er die Schwelle überschritt, fiel der Druck von seiner Brust ab. Er atmete tief durch. Ein großes Fenster spendete natürliches Tageslicht. Die weißen Wände wirkten auf den ersten Blick kahl, doch wenn Carl mit seinem Senf allein war, rückte alles um ihn herum in weite Ferne und seine Sinne konzentrierten sich ausschließlich auf den kostbaren Inhalt der grauweißen Steinguttöpfchen.

Carl legte das Sakko ab, hängte es auf einem Haken neben der Tür auf und zog sich seinen Kittel über. In diesem Raum wagte niemand, ihn zu stören. Sogar Richard Weber höchstpersönlich nahm eine gewisse Wartezeit in Kauf, wenn es um die Qualitätsprüfung seines Produkts ging. Hier hatte Carl sich sein ganz eigenes Refugium erschaffen.

Fünf Gefäße aus dem Lager reihten sich auf einem hohen Tisch aneinander. Sie ähnelten sich wie ein Soldat dem anderen, und nur das schlichte RW-Logo der Fabrik schmückte die vordere Seite. Carl wünschte sich, er könnte mehr daraus machen. Diesen Töpfchen vielleicht eine andere Form verleihen, damit man sie gern in die Hand nahm. Den kostbaren Inhalt durch die äußere Gestaltung betonen, ihnen ein moderneres Erscheinungsbild geben. Nicht umsonst genoss man Champagner aus filigranen Kristallgläsern und nicht aus plumpen Zinnbechern.

Doch die Töpfchen gehörten von Anfang an zum Senf,

waren ein Zeichen der Beständigkeit, die heiligen Bewahrer des Geschmacks. Auch andere Hersteller hielten sich an die Tradition, da war nichts zu machen. Manch gewiefter Geschäftsmann übermalte die Gefäße der Konkurrenz einfach mit seinem Logo, so sehr glichen die Behälter einander.

Carl nahm eine kleine Menge des Inhalts mit einem Löffel heraus. Richard Webers Düsseldorfer Senf war aus schwarzer und weißer Senfsaat hergestellt worden, die Carl persönlich auswählte, um die Qualität des Produkts sicherzustellen. Manche stichelten, er kenne jedes Korn beim Namen. Darüber musste er immer grinsen. Nein, nicht jedes Korn. Aber er wusste, mit welcher Hingabe und Sorgfalt die Bauern ihre Felder bestellten, und glaubte fest daran, dass man diese Liebe herausschmecken konnte. So wie die Leidenschaft, mit der er die Herstellung vom ersten Anmischen bis zum Abfüllen in die Gefäße begleitete. Der wahre Geschmack war mehr als das, was die Zunge wahrzunehmen vermochte.

Prüfend betrachtete er die braungelbe Farbe, die ein unglaublich warmes Gefühl in seiner Brust hervorrief. Braun mit goldenen Sprenkeln, könnte man sogar meinen, und ein ganz anderes Bild kam aus den Tiefen seiner Erinnerungen auf. Ein Gesicht mit weichen Zügen, widerspenstigen Haarsträhnen und so wunderbar braunen Augen voller frecher goldener Sprenkel. Der Blick dieser Augen weckte eine Sehnsucht in ihm, die beinahe wehtat. Er musste blinzeln. Sich voller Schwermut daran erinnern, dass er gerade mit einem Löffel vor dem Fenster seiner Probierkammer stand und auf die winzige Senfmenge starrte.

Der Duft des Senfes kitzelte seine Nase, prickelte – ein feines, würziges Gemisch, das ihn endgültig in die Gegenwart holte. Früher hatte die Weber'sche Paste eher beißend nach Essig gerochen, und es hatte Carl viel Überzeugungskunst gekostet, den Fabrikherrn zur Anpassung der bewährten Rezeptur zu bekehren. Veränderungen gehörten nicht gerade zum Motto dieses Unternehmens. Jetzt nahmen seine Sinne die ätherischen Öle wahr, die dem Duft eine satte Note verliehen und zum Kosten des Senfs verführten.

Bedacht führte er den Löffel an seine Lippen. Die pikante, doch eher leise Schärfe breitete sich auf seiner Zunge aus. Einen Augenblick später gesellte sich eine süßliche Note dazu, etwas zu stark nach seinem Eindruck, sie rundete die erste Wahrnehmung dennoch wunderbar ab. »Ja, mein Junge, das ist der einzig wahre Geschmack der Würze, die unsere Sinne belebt«, stieg Richard Webers zufriedene Stimme in seinen Gedanken auf, und Carl fühlte sich sofort drei Jahre in die Vergangenheit zurückversetzt. Da hatte er gerade seine Ausbildung in der Fabrik angefangen und zum ersten Mal von den Erzeugnissen seines Lehrherrn gekostet.

Den einzig wahren Geschmack kannte er in- und auswendig. An immer mehr Tagen sehnte er sich nach einem Wagnis. Nach Würze, die den Gaumen herausforderte. Er träumte davon, die milden, hellen Senfsorten vollständig durch die dunklen zu ersetzen und mehr Feuer aus den Körnern herauszukitzeln. Schon lange zog es ihn nach Dijon, um die Geheimnisse der Franzosen zu erforschen, die Erkenntnisse in Düsseldorf zu nutzen und so etwas Neues zu kreieren. Doch Richard Weber wollte nichts davon hören. Die so hoch gepriesene Dijon-Art würde seinen guten deutschen Senf nicht verpfuschen, auf keinen Fall!

Resigniert schüttelte Carl den Kopf. Seine Träumereien hatten keine Zukunft. Jedenfalls nicht hier.

Pflichtbewusst probierte er von den anderen Töpfchen, ließ die körnige Paste auf seiner Zunge zergehen und zerlegte sie in ihre einzelnen Geschmacksnuancen. Auch heute entsprachen sie seinen Erwartungen. Richard Webers Düsseldorfer Senf schmeckte wie immer hervorragend. Und selbstverständlich traditionsreich.

Carl seufzte und legte den Löffel beiseite. Man hatte nach ihm geschickt – er sollte den Fabrikherrn nicht allzu lange warten lassen.

Mit Wehmut streifte er den Kittel ab, zog das Sakko wieder über und machte behutsam die Tür hinter sich zu, als müsse er seine Sehnsüchte nach neuen Senfwegen sorgfältig hinter sich verschließen. Der Laufbursche wartete auf ihn, bereit, sogleich wieder loszurufen, doch Carl hob beschwichtigend eine Hand. »Ich weiß, ich weiß. Richard Weber verlangt nach mir.«

Sein Blick flog hoch zu einem gläsernen Kasten über der Fabrikhalle, den Richard Weber als Büro nutzte. Von dort aus überwachte er seine Arbeiter. Carl sah zu dem kleinen, stämmigen Mann auf, der die Arme vor der Brust verschränkt hielt. Neben ihm entdeckte er Hans Gabrisch. Vor einer Weile war dieser hier mit einem lukrativen Angebot aufgetaucht. Seitdem überlegte Richard Weber, die Senfkörner bei Gabrisch mahlen zu lassen. So könnte er das Mahlwerk fortschaffen und dafür die Hallen zum Anmischen des Senfs erweitern, die Fabrik effizienter gestalten und der Nachfrage besser gerecht werden.

In Carl sträubte sich alles bei dem Gedanken daran, einen so wichtigen Herstellungsschritt aus der Hand zu geben. Mahlte man zu stark und wurden die Mahlsteine dabei zu heiß, würden ätherische Öle verloren gehen. Auch die Konsistenz spielte eine große Rolle. Ein guter Senf war nicht nur ein Geschmacks- und Geruchserlebnis, er sprach wortwörtlich alle Sinne an und musste sich auch auf der Zunge gut anfühlen. So begleitete Carl die Produktion vom gelieferten Korn an bis zum letzten Weg der Senftöpfchen zu ihren zufriedenen Kunden. Und nun sollte er das Mahlen der Saat in fremde Hände legen?

Seine Brust schnürte sich erneut zusammen. Als würde ihm bei der Vorstellung die Luft zum Atmen fehlen. Er musste eine Pause einlegen, bevor er die Stufen zum Büro hochsteigen konnte.

Mach dir keine Sorgen, schalt er sich. Darauf würde Richard Weber niemals eingehen, war ihm die Tradition doch so unglaublich wichtig! Und bis jetzt wurde kein einziger Schritt der Produktion woanders ausgeführt als in der Fabrik.

Entschlossen klopfte Carl an der Tür. Kaum trat er über die Schwelle, lief Richard Weber auf ihn zu und klopfte ihm freudig auf den Rücken. »Carl, mein Junge! Endlich bist du da.«

»Es tut mir leid, dass Sie warten mussten.«

»Ach, was redest du da! Ich weiß doch, wie wichtig dir die Qualitätsprüfung ist. Womöglich wird sie bald noch wichtiger.« Er zwinkerte Carl zu und deutete auf seinen Besuch. »Hans Gabrisch kennst du bereits, nicht wahr?«

Carl nickte. Freudig und kräftig drückte Herr Gabrisch ihm die Hand.

»Nun«, fuhr Richard Weber sogleich fort, als könnte er es kaum erwarten, dass sie die Höflichkeitsfloskeln hinter sich brachten. »Ich habe mich entschieden. Herr Gabrisch wird das Mahlen der Körner übernehmen, damit wir unseren Betrieb erweitern können. Ich möchte, dass du mit ihm die Einzelheiten besprichst. Ich vertraue darauf, dass du für uns wunderbare Konditionen heraushandelst.«

Das Herz rutschte Carl in die Hose. So bange war ihm schon lange nicht mehr. Als hätte sein alter Französischlehrer ihn aufgerufen, seinen Aufsatz vor der ganzen Klasse vorzulesen. Er fühlte kaum noch den Boden unter den Füßen. »Ich finde, wir sollten diesen Schritt … «

»Es ist eine beschlossene Sache.« Richard Weber klopfte ihm erneut auf den Rücken, dieses Mal deutlich kräftiger, als wollte er jede Widerrede im Keim ersticken. »Ich muss dann mal. Minna wartet schon auf mich. Morgen kannst du mich darüber informieren, wie die Verhandlungen verlaufen sind. Hans? Bitte entschuldige mich, besprich alles Weitere mit Carl, ich bin mir sicher, ihr werdet euch wunderbar verstehen.«

Schon eilte er aus dem Büro.

Hans Gabrisch schmunzelte. »Na. Mein alter Freund Richard hält wohl große Stücke auf Sie, Herr Seidel. Sonst hat er nie so wichtige Verhandlungen einem anderen überlassen.«

Carl nickte stumm. Beinahe unwillkürlich fand seine Hand den Weg in die Tasche seines Sakkos und befühlte die Körner darin. War es noch sein Senf, wenn das Mahlen jemand anderer übernahm? Andererseits, was machte er sich vor? *Sein* Senf war es nie gewesen. Alles hier gehörte demjenigen, dessen Initialen auf den Steinguttöpfchen standen.

Schon wieder tauchte vor seinem Geist das Gesicht auf mit den warmen braunen Augen und frechen goldenen Sprenkeln darin. Er erinnerte sich nicht an den Klang ihrer Stimme, aber an ihre Worte, die ihm bewusst machten, wie sehr sein Leben ihn einengte. Wie schrecklich er sich verrannt hatte. Schon wieder.

*Das ist ein Fehler.*

Heute womöglich mehr als damals.

# Straßburg / Metz, 1905

## EMMA

Der Zentralbahnhof empfing sie mit noch mehr Hektik als bei ihrer Ankunft in Straßburg vor wenigen Stunden. Alles pfiff, brummte, unzählige Menschen eilten an ihr vorbei, die Gepäckträger huschten hin und her und ein heiserer Zeitungsverkäufer krächzte die Schlagzeilen des Tages in die Menge.

Sie hasste Bahnhöfe seit ihrer Kindheit. Seit sie damals von ihrer abgehetzten Mutter durch einen geschleift worden war, unwissend, wohin es ging. In den Gesprächsfetzen ihrer Eltern, die sie immer wieder mal aufgeschnappt hatte, klang es so, als würden sie ins Hinterland umsiedeln, wo niemand der deutschen Sprache mächtig war. Sie hatte Rotz und Wasser geheult, übergab sich direkt auf das Gleis, doch ihre Mutter zerrte sie hinter sich her in den stickigen und überfüllten Waggon.

Emma schluckte und kämpfte die Erinnerungen hinunter. Hinter ihrem Schädel pochte ein dumpfer Schmerz. Bei der ganzen Aufregung war sie gar nicht dazu gekommen, etwas zu essen oder zu trinken. Sie fühlte sich ausgelaugt und schrecklich verloren in diesem ganzen Tumult. Denn Straßburg hatte sie verhöhnt. Vielleicht nicht Straßburg selbst, sondern nur die Universität. Allen voran Paul Laband, der Mann, der jedermann eindrucksvoll vor Augen geführt hatte, wo eine Frau wie sie hingehörte. Hatte sie wirklich etwas anderes gehofft? Rechtswissenschaften, wahrhaftig? Vielleicht war es besser so, und sie sollte sich mit ihrer Ausbildung in der Klosterschule endlich zufriedengeben. Um ihren künftigen Gatten mit Gesprächen zu unterhalten, würde es ausreichen.

Jetzt reiß dich mal zusammen, befahl Emma sich, als sie merkte, dass sie sich selbst zu bemitleiden begann. Selbstmitleid brachte sie nicht weiter. Sie durfte nicht resignieren, sondern musste überlegen, wohin die Reise gehen sollte.

Erst einmal natürlich zu ihren Verwandten. Sie würde ihren Stolz herunterschlucken und im Auftrag ihrer Mutter um Geld bitten. Und die Universität? Im Zug hatte sie genug Zeit, darüber nachzudenken. Sie musste ja nicht in Straßburg studieren, sie könnte nach Heidelberg oder Freiburg gehen. Dort durften Frauen bereits seit fünf Jahren legitim die Vorlesungen besuchen. Seit fünf Jahren! Unvorstellbar. Im Herzen des Reichslandes hatte sie sich schon immer wie eine Hinterwäldlerin gefühlt.

Plötzlich riss etwas an ihrer Ellenbeuge. Instinktiv zog Emma den Arm an sich, während sie die Schlaufen ihres Retiküls umklammerte. Neben ihr – ein Junge. Kaum sechs Jahre alt. Der verbissen am anderen Ende ihres Täschchens zerrte.

»Hey!« Sie keuchte und griff die Schlaufen noch fester.

Er biss die Zähne zusammen, knurrte fast wie ein in die Enge getriebenes Tierchen und stieß sie, ohne die Tasche loszulassen. Emma taumelte gegen einen Mann hinter ihr. »Hilfe! Bitte helfen Sie mir!«, rief sie verzweifelt.

»Du Bengel!«, donnerte seine Stimme, und Emma schnappte erleichtert nach Luft, als er den Jungen packte und von ihr wegzerrte. Im Retikül war ihr ganzes Geld. Was würde sie tun, sollte sie es verlieren?

»Du kleiner dreckiger Dieb!« Der Mann drehte dem Jungen einen Arm auf den Rücken, und das Kind wimmerte vor Schmerz auf. »Jetzt winselst du, was? Abhacken sollte man euch die Hände, damit ihr nicht mehr nach dem Besitz anderer langen könnt.«

Der Junge schaute mit weitaufgerissenen Augen zu Emma. Sein eingefallenes Gesicht erschreckte sie – wie ein Totenschädel sah es aus, der mit dünner Haut überzogen war. Der Blick fast leer vor Angst.

»Halt!«, stieß Emma aus und presste sich das Retikül an die Brust. Noch ein bisschen, und das dünne Ärmchen würde brechen. Beinahe hörte sie schon das trockene Knacken, mit dem der Knochen nachgab. »Es ist ja nichts passiert. Lassen Sie ihn los!« Ihre Stimme schrillte unwillkürlich, als sie sah, wie der Mann den Arm noch weiter hochbog. Einige Passanten blieben stehen, um sich das Schauspiel anzuschauen. Verzweifelt zog Emma am Ärmel des Mannes. »Hören Sie auf!«

»Wie Sie meinen«, zischte er zwischen den Zähnen hervor. Endlich ließ er den Jungen los, zupfte seine Kleidung zurecht und ging weg, nicht ohne ein »dummes Weib« in ihre Richtung zu werfen.

Emma atmete auf. Erst jetzt bemerkte sie, wie sehr ihre Finger zitterten. Sie schob sich ihr Täschchen wieder in die Armbeuge, nahm den Jungen an die Hand und blickte umher. »Es ist alles in Ordnung«, versicherte sie den umstehenden Passanten.

Die Schaulustigen zogen nach und nach davon, und als jeder wieder seinen Geschäften nachging, kniete sich Emma vor den Jungen. Alles an ihm wirkte so schrecklich dünn. Seine Statur, sein blondes Haar, seine rissigen, blutleeren Lippen.

»Hallo. Ich bin Emma. Und wie heißt du?«

Er blickte beiseite und wischte sich mit dem freien Arm die Nase ab. »Geht Sie nichts an.«

»Gut, geht mich nichts an. Hast du Hunger?« Noch immer

versuchte sie, ihm in die Augen zu schauen, doch sein Blick huschte hin und her.

»Nein.«

»Du schwindelst. Ich höre deinen Magen knurren.«

»Vielleicht ist das Ihrer.«

Sie schmunzelte. Da könnte er nicht ganz unrecht haben. »Was hältst du davon, wenn wir uns beide etwas zu essen holen? Vor dem Bahnhof habe ich vorhin eine Brezelverkäuferin gesehen.« Allein der Gedanke an den herrlichen Duft des Gebäcks ließ ihr das Wasser im Mund zusammenlaufen. Dem Jungen ging es wohl ähnlich, sein Gesicht hellte sich auf, aber nur kurz, als würden andere Gedanken wie eine Gewitterfront über sein Gemüt ziehen. Er nickte abwesend. Sie stand auf, da riss er seine Hand aus der ihren.

»Lassen Sie mich doch einfach in Ruhe! Was wollen Sie von mir?«

Für seine schmächtige Statur hatte er unglaublich viel Kraft.

»Gut.« Sie seufzte. »Du musst nicht mit mir kommen.« Sie nahm ihr Retikül, holte ein paar Münzen heraus und steckte den Arm wieder durch die Schlaufen. »Hier.« Sie legte das Geld in seine Handfläche und schloss seine Finger darum. »Mehr kann ich dir leider nicht geben. Ich brauche den Rest selbst, um mir eine Fahrkarte nach Speyer zu kaufen, verstehst du?«

Ungläubig starrte er auf seine Faust, die ihre Hände umschlossen hielten.

»Versprich mir, dass du dir etwas zu essen besorgst, in Ordnung?«

»Behalten Sie doch Ihr Geld«, schnaubte er, zerrte seine Faust aus ihrer Hand und warf ihr die Münzen vor die Füße. Schon lief er davon. Seine schmale Gestalt huschte zwischen den Menschen hin und her, bis er gänzlich in der Menge verschwunden war.

»Auch gut«, murmelte Emma, während sie in die Richtung starrte, in die er gelaufen war. Dieser leere Blick von ihm, ganz ohne Träume … Egal wie schlecht es ihr manchmal ging, sie hatte immer noch Hoffnung auf ein anderes Leben. Und den Willen, ihren Weg zu gehen. Dieses Kind – es hatte nichts mehr von alldem.

Sie sammelte das Geld auf und ließ es in das Täschchen hineinfallen. Die Münzen klimperten auf den Boden. Erschrocken prüfte Emma ihr Retikül. Der Brokat war unten aufgeschlitzt worden, ein großes Loch klaffte an der Naht, durch das sie ihre ganze Hand durchstrecken konnte.

Alles weg.

Sie sah sich um. Nur ein Taschentuch, ihr Schlüssel zur Wohnung und ihr Gepäckschein lagen noch hinter ihr.

Mit einem Mal wurde ihr eisig kalt.

Sie ließ die Szenerie vor ihren Augen Revue passieren, dachte daran, wie sie den Jungen an der Hand gehalten, wie er genickt hatte – aber nicht ihr. Natürlich nicht ihr, sondern seinem Komplizen, der hinter ihrem Rücken gewartet hatte, dass sie abgelenkt genug war, damit er Beute machen konnte. Wie dumm sie war! Einfach nur dumm. Und sie wollte dem Jungen noch ein paar Münzen zustecken.

Ein paar Münzen, die nun zu ihren Füßen lagen.

Ihre Nase begann zu kribbeln.

Nein.

Nicht weinen.

Auf keinen Fall weinen! Dieser Bahnhof würde sie nicht wie ein kleines Kind zum Heulen bringen.

Sie wischte sich über die Augen und begann, ihre Habseligkeiten aufzusammeln. Auch wenn es sinnlos war, zählte sie die

Pfennige nach. Das Geld reichte nicht einmal für eine Rückkehr nach Metz, geschweige denn für eine Reise ins Rheinland. Aber eine Brezel war nach wie vor drin, und mit einem vollen Bauch überlegte es sich deutlich leichter. Sie bahnte sich den Weg nach draußen, wo der Tag sie warm und sorglos empfing.

Die frische Luft tat ihr gut. Sie streckte ihr Gesicht der Sonne entgegen und versuchte zu lächeln. »Alles wird gut«, flüsterte sie sich kaum hörbar zu. »Ganz bestimmt.«

Sie schlenderte über den Platz. Das Mädchen, das die Brezeln verkaufte, saß noch immer vor dem Bahnhofsgebäude auf einer Holzkiste, etwas abseits, wo sie den ankommenden Droschken und eilenden Passanten nicht im Weg war und dennoch nah genug am Tumult, um dem einen oder anderen ihre Ware anzubieten. Neben ihr stapelten sich Flechtkörbe mit Brezeln. Der verführerische Duft lockte bereits von weitem, Emma glaubte schon zu schmecken, wie der erste herrliche Bissen ihren Gaumen kitzelte.

»Eine Brezel für das gnädige Fräulein?«, rief die kleine Verkäuferin ihr zu. Das Mädchen trug ein einfaches braunes Kleid und eine dunkle Schürze, die Ärmel hatte sie sich bis zu den Ellenbogen hochgeschoben. Ihre krausen Locken trotzten den Haarnadeln und Bändern und standen in alle Richtungen ab.

»Wie viel?«

»Drei Pfennig, gnädiges Fräulein.«

Emma nickte und reichte das Geld herüber.

Die Kleine steckte es rasch ein. Wie alt mochte sie sein? Elf? In dem unförmigen Kleid sah sie deutlich älter aus, trotz ihrer niedlichen Stupsnase und den Locken, aber sie wirkte schlaksig und noch nicht zu einer jungen Frau ausgereift.

»Läuft das Geschäft gut?«, fragte Emma.

Das Mädchen verzog das Gesicht. »Nicht so. Wenn ich schon wieder mit der Hälfte der Ware zurückkomme, gibt es Prügel.«

Emma senkte den Blick. In der einen Hand hielt sie ihre Habseligkeiten und noch ein paar Münzen. In der anderen lag die frisch gekaufte Brezel. Du hast genug eigene Sorgen, tadelte sie sich selbst. Was geht dich das an?

Sie stöhnte auf und reichte die restlichen Münzen.

»Gib mir doch noch eine.« Der Tag war lang und … ja, musste sie denn immer eine gute Samariterin spielen? Gerade das hatte sie doch erst in diese Lage gebracht! Aber da wechselten die letzten Pfennige schon die Besitzerin, und Emma grübelte, wie sie jetzt die zweite Brezel halten sollte.

»Gibst du … gibst du mir für den Rest einen der Flechtkörbe?«

Die Kleine zögerte, als fragte sie sich, ob das gnädige Fräulein sie auf den Arm nehmen wollte, nickte dann aber und reichte Emma einen Korb. Das Ding war klobig und unhandlich, viel zu groß für ihre Siebensachen. Trotzdem hatte Emma so die Hände etwas freier.

Und nun?

Sie hatte zwei Brezeln, einen Korb und überhaupt kein Geld mehr. Irgendetwas musste ihr einfallen, und zwar schleunigst.

»Aufpassen!«

Emma wich zurück, als eine altersschwache Droschke an ihr vorbeiholperte. Fast wäre sie unter die Hufe der Pferde geraten – heute schien sie es darauf anzulegen, ihr Glück herauszufordern. Sie ging zurück in den Bahnhof. Denk nach, spornte Emma sich an, denk nach! Von einer Reise ins Rheinland brauchte sie nicht einmal zu träumen. Das Einzige, was ihr blieb, war nach Hause zurückzukehren und ihren Eltern den Ausflug nach Straßburg zu beichten. Aber wie kam sie ohne Geld nach Metz? Sie könnte versuchen, einen leeren Güterwagen zu erwischen oder …

»Kann ich Ihnen helfen, gnädiges Fräulein?«

Erschrocken fuhr Emma herum. Fast glaubte sie, neben sich den vorlauten Studenten aus der Universität zu entdecken, der endlich seine Gelegenheit bekam, einen strahlenden Ritter für eine Jungfer in Not zu spielen – aber das war nur ein kleiner, kräftiger Mann in Uniform, jemand vom Bahnhofspersonal.

»Ich würde gern wissen, wann der nächste Zug nach Metz geht.«

»Nach Metz?« Geschäftlich rückte der Mann seine Mütze zurecht. »Da haben Sie Glück. Wenn Sie sich beeilen, kriegen Sie ihn noch. Der Zug steht am Gleis eins, hat eine Verspätung.«

Ihr Herz klopfte wild, als forderte es sie auf, die Chance zu ergreifen. Was, wenn es ihr Glück war, das ihr da zuwinkte? Sie könnte sich im Zug verstecken, vielleicht gelang es ihr tatsächlich, so nach Metz zu gelangen?

Die Waggons warteten auf sie.

Wie eine Einladung.

Sie atmete tief durch und stieg ein. Ihre Handflächen fühlten sich feucht an. Was ist mit deinem Koffer, der in der Gepäckaufbewahrung auf dich wartet, durchfuhr der Gedanke sie. Sie knetete ihre Finger, den Korb um den Arm gehängt. Den Koffer konnte sie wirklich vergessen. Natürlich würden ihre Eltern umso mehr schimpfen, wenn sie auch noch ihre Habseligkeiten verlor, aber jetzt zählte nur eins: heil nach Hause zu kommen. Oder nicht? Beim Gedanken an das Gespräch mit ihren Eltern zog sich ihr Magen zusammen. Vielleicht sollte sie zuerst einen Bissen nehmen, um Kräfte zu schöpfen. Also holte sie ihre Brezel und trat entschlossen in den Gang.

Sie war wohl in der zweiten Klasse gelandet. Die Menschen saßen auf gepolsterten Sitzen – kein Vergleich zu den Holzbänken der dritten und vierten Klasse, die Emma kannte, wo sich die Passagiere wie Hühner auf einer Stange aneinanderdrängten. Die Luft war trotz geöffneter Fenster stickig, erfüllt vom Schweiß und dem schweren Blumenduft eines Damenparfüms. Ein Kind quengelte. Es rutschte auf dem Schoß seiner Mutter herum, darum bemüht, sich ihren Händen zu entwinden. »Nun sei doch endlich still! Wir fahren gleich weiter!«, fauchte die Mutter es an, woraufhin es zu plärren begann.

Emma sah sich um. Verstecken? Aber wo? Sie würde sich kaum unter einem der Sitzplätze zusammenrollen können.

»Fräulein?«

Sie verharrte. Schweißtropfen liefen ihren Rücken hinunter. Der Schaffner? Hatte er sie entdeckt? Wie konnte er nur wissen, dass sie keinen Fahrschein besaß?

Ihre Gedanken ratterten. Sie würde sagen, sie hätte sich verirrt. Oder so tun, als hätte sie ihn nicht bemerkt und einfach weitergehen, um schnell auszusteigen?

»Fräulein, verkaufen Sie die?«

Verwirrt drehte sich Emma um. Hinter ihr saß ein drahtiger Herr, der sich mit einem Tuch über die Stirn wischte. Was wollte er von ihr? Ungeduldig deutete er auf die Brezel in ihrer Hand. »Verkaufen Sie die jetzt oder nicht?«

Perplex sah Emma auf das Gebäck in ihrer Hand. Dann glitt ihr Blick auf das Flechtkörbchen. Er hielt sie für eine Verkäuferin!

»Sechs Pfennig«, murmelte sie, noch bevor sie wirklich realisierte, was sie da sagte.

»Aber hören Sie mal, Fräulein!«, empörte sich der Mann und tupfte sich abermals mit dem Tuch über das Gesicht. »Sechs Pfennig?«

»Nur noch zwei sind übrig. Aber wenn Sie aussteigen möchten – vor dem Eingang ist … meine Schwester. Sie gibt Ihnen eine für drei ab.«

Die Mutter mit dem quengelnden Kind auf dem Schoß winkte sie herbei. »Ich nehme eine.«

Noch etwas zögernd trat Emma näher und gab ihr die Brezel, die sofort aufgebrochen und dem Kind in den Mund gesteckt wurde. Anscheinend hatte das Essen den Kleinen besänftigt, er lutschte vergnügt an seinem Stück.

Noch etwas verdattert schaute Emma auf die sechs Pfennig, die auf ihrer Handfläche lagen.

»Hier«, rief der Herr mit dem Taschentuch und streckte ihr sein Geld entgegen. »Geben Sie mir die Letzte.«

Zwölf Pfennig. Für zwei Brezeln.

Emma schloss die Münzen in der Faust ein, so fest sie konnte. Die Gedanken in ihrem Kopf purzelten ihre Bahnen wie in einem komplexen, aber perfekt abgestimmten Mechanismus: Zwölf Pfennig für zwei Brezeln. Bezahlt hast du nur sechs dafür. Bei einem Mädchen, das nicht weiß, wie es seine Ware loswerden soll.

»Fräulein, ich hätte gern auch eine«, hörte sie einen jungen Herrn schräg gegenüber rufen, worauf Emma nur entschuldigend die Schultern zuckte. »Bedauere. Das waren wirklich die Letzten.«

Schnell huschte sie den Gang entlang, verließ den Zug und eilte zum Ausgang. Atemlos wich sie einer weiteren ankommenden Droschke aus und hielt erst vor dem Brezelstand. Verwirrt schaute die kleine Verkäuferin zu ihr hoch. »Gnädiges Fräulein? War etwas nicht in Ordnung?«

»Alles bestens«, stieß Emma hervor. »Was sagst du, wenn ich dir helfe, die Ware zu verkaufen?«

Unsicher rutschte das Mädchen auf der Holzkiste hin und her. »Wie meinen Sie das?«

»Du kannst hier nicht weg.« Emma knetete ihre Finger. Ihre Stimme zitterte, dabei gab es überhaupt keinen Grund zur Aufregung – trotzdem schien in ihrem Innern alles zu prickeln. Sie hatte eine Idee. Eine Idee, die wirklich funktionieren könnte! Und das von einem dummen Weib, das kein Wort in hohen Wissenschaften verstand. »Du musst auf deine Ware aufpassen. Aber ich kann zu den Zügen gehen und dort die Brezeln den Reisenden mit einem Aufpreis anbieten.«

Das Mädchen kräuselte ihre Nase. »Sie wollen mich doch auf den Arm nehmen.«

Emma hob beschwichtigend die Hände. »Nein. Wirklich nicht. Hör zu. Ich hole meinen Koffer aus der Gepäckaufbewahrung und gebe ihn dir. Als Pfand. Er ist mehr wert als ein Korb voller Brezeln. Wenn ich verschwinde, gehört er dir.«

Das Mädchen legte den Kopf schräg und betrachtete Emma mit wachen, klugen Augen. Hoffentlich täuschte der Eindruck nicht, und die Kleine sah die Gelegenheit, die sich ihr bot.

»Überleg es dir!« Emma beugte sich zu ihr vor. »Wenn ich es schaffe, die Brezeln zu verkaufen, haben wir beide was davon. Du wirst deine Ware los und bekommst keinen Ärger. Und ich kriege genug Geld zusammen für einen Fahrschein nach Hause. Was übrig bleibt, gehört dir. Und ich gehe nicht weg, bis du alle Brezeln losgeworden bist.«

»Na gut.« Das Mädchen verschränkte die Arme vor der Brust. »Aber zuerst will ich den Koffer sehen.«

»In Ordnung.« Ohne Zeit zu verlieren, eilte Emma zur Gepäckaufgabe, wo sie ihren Koffer bekam. Das Ding war schwer, und sie war ganz außer Puste, als sie es endlich zum Brezelstand schaffte.

»Hier«, keuchte Emma. »Was meinst du?«

Das Mädchen beäugte den Koffer, nach wie vor mehr als skeptisch, doch in der Zeit schien sie keine weiteren Kunden gehabt zu haben – also ließ sie sich auf den Vorschlag ein und reichte Emma einen vollen Korb mit Brezeln. »Na, ob das funktionieren wird.«

»Wird es!«, versicherte Emma und eilte zurück zu den Gleisen.

Der Zug, in dem sie die zwei Stück verkauft hatte, war bereits abgefahren. Dafür wartete ein anderer auf einem Nebengleis. Sie hielt einen vorbeieilenden Mann des Bahnhofspersonals an. »Verzeihung, wissen Sie, wie lange dieser Zug hier stehen bleibt?«

»Fünf Minuten«, brummte dieser.

Sie bedankte sich. Als der Mann außer Sicht war, stieg sie ein. »Brezeln! Frische Brezeln! Wer möchte eine schnell vor der Abfahrt?«

* * *

Erst am frühen Morgen war Emma in Metz angekommen. Sie hatte den Koffer auf dem Bahnhof gelassen und bahnte sich den Weg nach Hause zu Fuß, den Flechtkorb mit ihren Kleinigkeiten darin um den Arm gehängt. Alles in ihr schien taub von der Reise und den Strapazen zu sein. Der Morgen war kalt – obwohl die Tage viel Sonne und Wärme brachten, kühlte sich die Luft in den Septembernächten empfindlich ab. Sie dachte nur ans Zuhause. An die kleine, doch so gemütliche Wohnung, an ihr Bett, in das sie gleich fallen würde.

Ihre Beine trugen sie kaum noch, als sie in den Hof stolperte und sich noch einmal fröstelnd über die Schultern und Arme rieb. Sie schielte hoch zu den Wohnungsfenstern – ihre Familie wohnte direkt unter dem Dach. Alles dunkel. Die Eltern schliefen bestimmt.

Wer definitiv wach zu sein schien, war Hilde Rosenberger. Eine ältere Frau, die ein Stockwerk unter ihnen wohnte und ständig die Nachbarschaft beobachtete. Mit Sicherheit entging ihr Emmas Ankunft nicht. Das lieferte bestimmt Gesprächsstoff für die nächsten Wochen! Und ihre Mutter würde sich wieder einmal für ihre Tochter schämen müssen. Erneut schaute Emma an der Fassade hoch und fröstelte. Sie sehnte sich so sehr nach einem guten Wort. Nach einer herzlichen Umarmung. Und kam sich umso mehr bloß klein und unzulänglich vor.

Rasch huschte sie ins Treppenhaus, bevor sie sich noch verkühlte und endgültig zu nichts zu gebrauchen war. Ihre Beine fühlten sich ganz schwer an, während sie sich die Stufen hochschleppte. Gleich würde sie zu Hause sein.

Mit bebenden Fingern holte sie den Schlüssel und drehte ihn vorsichtig im Schloss. Es klemmte, wie so häufig, also musste sie rütteln, bis die Tür aufging. Durch einen Spalt schlüpfte sie in den Flur. Kaum drin, wich auch noch das letzte Fünkchen Kraft aus ihrem Körper. Am liebsten hätte sie sich gleich hier niedergelegt. Neben den säuberlich aufgereihten Schuhen ihres Vaters. So müde war sie, so unendlich müde.

Doch es lärmte, und aus der Schlafkammer kamen ihre Eltern gestürzt. Beide verharrten mit entsetzten Gesichtern auf der Schwelle.

»Ich bin es«, flüsterte Emma. »Es tut mir leid, euch geweckt zu haben.« Besonders wenn sie das blasse, eingefallene Gesicht ihres Vaters anschaute. In einer Stunde müsste er aufstehen, um in die Kanzlei zu eilen und sich von seinen Vorgesetzten kommandieren zu lassen. Diese eine Stunde bedeutete sechzig kostbare Minuten, in denen er die Augen schließen und etwas Ruhe finden konnte. Statt sich furchtbare Sorgen um das unerwartete Auftauchen seiner Tochter zu machen.

»Emma!« Ihre Mutter hob die Petroleumlampe höher. Der Mund blieb offen. Gleich würde das Schimpfen losgehen.

Doch Sekunden vergingen, und in der Wohnung war es so still, dass Emma den pfeifenden Atem ihres Vaters hören konnte.

»Es tut mir schrecklich leid«, murmelte sie noch einmal. »Ich bin so froh, endlich hier zu sein. Ihr werdet nicht glauben, was passiert ist, wie …«

… wie dumm ich war. Ja. Sie knetete ihre Finger, dass es weh tat, vergeblich darum bemüht, die richtigen Worte zu finden. Dann sprudelte alles aus ihr heraus. Atemlos erzählte sie davon, wie sie sich heimlich zur Universität aufgemacht hatte, um dort nichts als Erniedrigung zu erfahren. Wie sie fest entschlossen war, die Reise ins Rheinland fortzusetzen, doch ausgeraubt wurde und mit dem Verkauf der Brezeln das Geld für einen Fahrschein nach Hause verdient hatte.

Als sie endlich verstummte, fühlte sie sich vollkommen leer. Wie ausgewrungen. Bange wartete sie darauf, was kommen würde.

Doch sie hörte nichts außer das Atemrasseln ihres Vaters und das Trommeln ihres eigenen Herzens.

»Bitte, sagt doch etwas!«, flehte sie. Irgendetwas! Bloß nicht diese furchtbare Stille.

»Was soll ich schon sagen.« Ihr Vater trat auf sie zu.

Sie hatte es nicht kommen sehen. Dieses Mal nicht.

Sie spürte es auch kaum, als die Ohrfeige ihr Gesicht traf und die Wucht des Schlags sie zu Boden schleuderte.

# Düsseldorf, 1905

## CARL

ER MUSSTE SICH SPUTEN. Richard Weber erwartete ihn zu einem *zukunftsweisenden* Abendessen in seiner Villa. Die Einladung lag Carl noch immer wie Blei im Magen, obwohl der Fabrikherr dabei so gestrahlt hatte wie nie zuvor. Je weiter der Minutenzeiger wanderte, desto mehr drückte Carl etwas gegen das Herz, als hätte es nicht genug Platz zum Schlagen in seiner Brust. Auch ein langsamer Spaziergang an der Rheinpromenade half nicht, die Schwermut zu vertreiben. Der Abend war wärmer, als er gedacht hatte, und er schwitzte in seinem feinen Wollmantel.

Zum Glück war es nicht mehr weit. Er überquerte die Straße und sah die strahlend weiße Fassade der Weber'schen Stadtvilla: eine kühle, schnörkellose Schönheit, die von blütenlosen Fliedersträuchern umgeben war. Ihm entgegen rannten zwei Jungen einem alten Rad hinterher, das sie immer weiter antrieben. Carl wich aus und trat prompt in eine Pfütze. Das schmutzige Wasser spritzte am Hosenbein hoch und lief in seinen Schuh. Fluchend über sich selbst versuchte er, das Malheur mit einem Taschentuch zu beseitigen. Vergebens. Immerhin fiel der Fleck am dunklen Stoff nicht sofort auf, redete er sich ein, während er das Unglück betrachtete. Im Augenwinkel fiel ihm auf, wie sich einer der Vorhänge im Erdgeschoss der Villa bewegte. Wunderbar, nun gab es auch noch Zeugen für seine Tollpatschigkeit. Rasch verstaute er das Tuch in der Tasche, richtete seinen Mantel und trat so selbstbewusst wie möglich zur Eingangstür. Martha, die Haushälterin der Webers, machte ihm auf, noch bevor er geklingelt hatte.

»Dürfte ich Ihnen den Mantel abnehmen, gnädiger Herr?« Das höfliche und dennoch freche Grinsen auf ihren Lippen verlieh ihr einen kecken Ausdruck. Ihre Fröhlichkeit steckte ihn an, machte es ihm leichter, sich wohl zu fühlen. Trotzdem hatte er das Gefühl, als könne er sich in diesem weiten Flur kaum bewegen. Die mit dunklem Holz getäfelten Wände kamen ihm drückend vor, der persische Teppich verschluckte jedes Geräusch seiner Schritte.

Carl schälte sich aus dem Mantel, froh darüber, das Kleidungsstück loszuwerden. Es war viel zu warm, als hätten Webers einen Kamin angeheizt. Er zog an seinem steifen Hemdkragen, um etwas Luft zu holen. Hoffentlich schwitzte er nicht zu sehr in seinem Jackett.

»Die Herrschaften sind im Musiksalon.« Martha bedeutete ihm zu folgen. Natürlich wusste er, wo sich der Salon befand, ließ sich dennoch bereitwillig den Weg zeigen. »Bitte sehr, gnädiger Herr.«

Kaum hatte er die Schwelle überschritten, eilte Richard Weber mit ausgebreiteten Armen auf ihn zu.

»Carl! Wir dachten schon, du hättest uns versetzt.« Mit einem Mal wurde Carl in eine feste Umarmung geschlossen. Obwohl von eher kleiner Statur, bewies dieser Mann eine erstaunliche Kraft, dass es einem den Atem nahm. Wohl wahr: Richard Weber durfte man niemals unterschätzen. Nicht einmal bei einer harmlosen Begrüßung.

»Es tut mir furchtbar leid«, keuchte Carl. »Ich wurde …«

»Nun bist du da, mein Guter, und das ist alles, was zählt.« Endlich ließ Richard Weber ihn frei. Keine Sekunde zu früh – Carl befürchtete schon, ihm würde gleich schwarz vor Augen von der festen Umarmung. Webers väterlicher Umgang befremdete ihn. Als würde der Fabrikherr nicht nur seine Arbeitszeit für sich beanspruchen, sondern Stück für Stück sein Innerstes. Und je zögerlicher Carl bei dieser plötzlichen Vertrautheit zwischen ihnen wurde, desto mehr schien sich der Mann um seine Gunst zu bemühen.

»Schön, Sie bei uns begrüßen zu können, Herr Seidel«, holte Minnas melodische Stimme ihn ein. Webers bezaubernde Tochter stand am Fenster, die Hände fromm vor dem Bauch gefaltet. Nur mit geübtem Auge konnte Carl ein Mona-Lisa-Lächeln in ihren Mundwinkeln erkennen – ihren Gefühlen verlieh sie nur ungern zu viel Ausdruck. Sie trug ein grau schimmerndes, tadellos sitzendes Empfangskleid aus Seide, ihr goldblondes Haar war zu einer aufwendigen Frisur geflochten und mit funkelndem Schmuck verziert.

»Es ist mir stets eine Ehre, Ihre so großzügige Gastfreundschaft genießen zu dürfen.« Pflichtbewusst küsste er ihre Hand, die sie ihm zur Begrüßung hinhielt. Seine Worte kamen ihm viel zu geschwollen vor, aber Minna quittierte sie mit einem wohlwollenden Nicken.

»Das freut mich zu hören.« Der Blick ihrer blassblauen Augen glitt an ihm herunter und blieb an seinem Hosenbein hängen. Fast unmerklich kräuselte sich ihre Nase.

»Meine Verspätung tut mir unendlich leid.« Er beschloss, sich durch ihre Missbilligung nicht verunsichern zu lassen. »Ein kleines Malheur hat mich aufgehalten.«

»Das sehe ich«, erwiderte sie kühl.

Er schnaubte kaum hörbar. Sicherlich kannte sie keine Missgeschicke, wie sollte sie solche dann anderen verzeihen? Ihr Kleid saß perfekt und natürlich fleckenfrei wie an einem dieser Wachsmannequins, welche die Schaufenster der Modeläden schmückten. Der schwere Duft ihres Parfums – süß,

aber auch mit einer leicht bitteren Note – füllte seine Stirn-
höhlen bis in den hintersten Winkel aus. Der dominante Ro-
sengeruch machte ihn schwindelig. Was war nur heute mit
ihm?

Ein Glück, dass gerade der Aperitif von Martha herein-
getragen wurde, die Küchengerüche mit sich in den Raum
brachte. Sie duftete absolut köstlich nach einem Wildbraten
mit Nelken und Wacholderbeeren. Und während Carl sich an
den wunderbaren Düften kaum sattriechen konnte, kräuselte Minna abermals ihre Nase, vermutlich verärgert darüber,
dass ihr Vater nur wenig Personal im Haus duldete. Martha
bemerkte es und verschwand geschwind wieder.

Richard Weber räusperte sich und warf seiner Tochter einen bedeutsamen Blick zu. Als gäbe es zwischen den beiden
eine Absprache, von der Carl nichts wusste.

»Ich habe gehört, Sie haben demnächst vor, Ihre Eltern zu
besuchen?«, sagte Minna pflichtschuldig und stellte ihr Glas
ab, kaum dass sie von ihrem Dubonnet genippt hatte.

»Wir haben uns drei Jahre nicht gesehen. Es wird Zeit.«

Unter ihrem prüfenden Blick und dem sonderbaren Lächeln wurde ihm abermals bewusst, wie sehr er sein Zuhause
vermisste. Mit all dem Leben, Lachen und gegenseitigem Necken. Er trank einen Schluck, und die Schwere in seiner Brust
wurde mit dem Alkohol nur noch stärker. In Düsseldorf hatte
er eine grenzenlose Freiheit gefunden. Aber seine Seele sehnte
sich zurück nach Metz. Wie von selbst ertasteten seine Finger
die Senfkörner in der Tasche seines Jacketts – vermutlich gab
es keine Jackentasche ohne. Diese Körner hatten ihn in diese
Stadt geführt. Dieselben Körner schienen ihn nun nach Hause
zu locken.

»Aber ihre Zukunft sehen Sie hier, nicht wahr?«, erklang
Minnas Stimme am Rande seiner Wahrnehmung.

Er musterte ihr perfekt geformtes Gesicht. Doch seine Gedanken wollten nicht im Hier und Jetzt bleiben, schweiften ab, während seine Fingerkuppen über die Saatkügelchen tasteten. Schemenhaft tauchte ein vollkommen anderes Gesicht vor seinem inneren Auge auf. Es suchte ihn heim wie ein Geist, machte alles ringsherum so unwirklich und sein Inneres so fahrig, als wäre er selbst einer. Um körperlos herumzustreifen, ohne zu finden, wonach er sich sehnte.

»Herr Seidel?«, flüsterte Minna kaum hörbar. »Sie wirken schon wieder so nachdenklich, als würden Sie gar nicht bei uns weilen.«

»Ich bitte um Entschuldigung.« Seine Stimme klang belegt. Um es zu überspielen, trank er sein Glas in einem Zug leer und stellte es beiseite. Der Alkohol stieg ihm sofort in den Kopf. Offensichtlich hatte er heute zu wenig gegessen, wenn es ihm davon so schwindelig wurde.

Minna presste ihre dünnen Lippen zusammen. Das Gespräch wollte offensichtlich nicht in Gang kommen. Richard Weber trat vor und nahm das Stichwort Zukunft dankbar auf, um vom erfreulichen Wachstum seiner Senffabrik zu reden, von Verhandlungen mit Hans Gabrisch, die Carl ja so hervorragend abgeschlossen hätte, von der Notwendigkeit, einen frischen Wind in das Geschäft zu bringen, um sich von der Konkurrenz absetzen zu können, und davon, wie schwer es doch sei, alles allein bewältigen zu müssen. Als er davon anfing, wie früh seine geliebte Frau verstorben war, ohne ihm einen Sohn zu hinterlassen, wurde seine Stimme ganz brüchig.

»Ein Sohn – ja, wie gern hätte ich einen Sohn gehabt«, sinnierte der Fabrikherr vor sich hin und strich nachdenklich über seine buschigen grauen Koteletten. Minna wandte ihr Gesicht zum Fenster. Obwohl alles an ihr steif und abweisend wirkte, kam Carl ein paar Schritte auf sie zu, um ihr wenigstens etwas Beistand zu leisten. Die unterschwellige Andeutung, nicht so viel wert zu sein wie ein männlicher Erbe, hatte sie sichtlich verletzt.

»Ich kann mir kaum vorstellen, wie schwer der Verlust Ihrer Mutter für Sie sein mochte«, sagte er leise zu ihr, und es ärgerte ihn, dass er nicht mehr für sie zu tun vermochte.

»Das können Sie in der Tat nicht«, erwiderte sie tonlos, griff nach ihrem Aperitif und nahm doch noch einen großen Schluck.

»Ach, es gibt doch keinen Grund, Trübsal zu blasen. Nicht heute, nein, auf keinen Fall heute! Und ich kann nur von Glück sprechen, dass ich mein Minnchen habe.« Mit großer Geste schwenkte Herr Weber sein Glas herum. »Mein kleines Mädchen musste so früh erwachsen werden. Aber schau, mein Lieber, was für eine wundervolle junge Frau aus ihr geworden ist! Mit welcher Hingabe sie sich um dieses Haus kümmert, wie selbstaufopfernd sie mir Tag für Tag den Rücken stärkt!«

Aus dem Augenwinkel beobachtete Carl die junge Frau. Was dachte sie über ihre Rolle, die ihr Vater ihr offensichtlich zuschrieb? War es das, was sie sich vom Leben wünschte: den Haushalt zu führen und hinter einem Mann zu stehen? Ihre Haltung verriet nichts. Mit ausdruckslosem Blick trank sie ihren Aperitif.

»Wer auch immer der Glückliche sein wird – eine bessere Ehefrau könnte sich ein junger Mann kaum vorstellen. Wusstest du, mein lieber Carl, dass sie vier Fremdsprachen spricht? Und sie interessiert sich nicht nur für Musik, sondern auch für Kunst und malt selbst ausgesprochen gut.«

»Vater, ich glaube nicht …«

»Immer so bescheiden, meine wunderbare Minna!« Der Alkohol hatte den väterlichen Redefluss anscheinend noch mehr angekurbelt, und vielleicht wäre er vom Anpreisen seiner Tochter als Ehe- und Hausfrau gar nicht mehr abgekommen, hätte Martha nicht verkündet, der Tisch sei gedeckt, und die Herrschaften ins Speisezimmer gebeten.

»Das lass ich mir nicht zweimal sagen«, rief der Fabrikant vergnügt und zwinkerte Carl zu. »Minna höchstpersönlich hat das Menü zusammengestellt und unsere Martha in die Feinheiten der Zubereitung eingewiesen. Inspiriert durch den grandiosen Auguste Escoffier hat meine Tochter stundenlang *Guide Culinaire* studiert, und ich sage dir, mein Freund, feiner als heute wirst du nicht einmal im *Vendôme* in Paris speisen können.«

Kaum hatten sie sich hingesetzt, redete der Hausherr weiter. Schon wieder ging es um die Geschäfte, um die Fabrik und das Bedauern, keinem Sohn den Betrieb überlassen zu können. Carl bemühte sich, die eine oder andere Anmerkung beizusteuern, während er Minna kaum aus den Augen ließ. Was ging wohl in ihr vor? Sie schwieg, stocherte lustlos in ihrem Essen herum und schickte das meiste kaum angerührt zurück in die Küche. Auf seine Bemühungen, sie in ein Gespräch zu verwickeln, reagierte sie mit höflich-distanzierten Floskeln.

Carl war froh, als Richard Weber das förmliche Essen endlich für beendet erklärte und ihn in sein Arbeitszimmer auf ein Glas Cognac bat. Es wäre an der Zeit für ein paar ernste Männergespräche, meinte der Hausherr mit einem verschwörerischen Augenzwinkern zu seiner Tochter.

Das Arbeitszimmer war ein großer Raum, der dennoch eng und dunkel wirkte mit all seinen deckenhohen, vollgestellten Bücherregalen, bauchigen Aktenschränken aus Nussbaumholz, einer antik anmutenden Venus-Statue und einem massiven Tisch, auf dem sich Papiere stapelten. Der kalte Zigarrenrauch hatte sich in jeder Pore der Einrichtung eingenistet.

Hinter dem Tisch hing ein großes Landschaftsbild in einem verschnörkelten goldenen Rahmen.

»*Steinbruch bei Bibémus*«, erklärte der Fabrikant feierlich, offensichtlich hatte er Carls Blick bemerkt. Er trat zum Barschrank, wo auf einem Tablett einige Flaschen und Gläser standen, schenkte zwei Gläser ein und drehte sich schwungvoll zum Bild um. »Ich mag die Ockertöne. Sie erinnern mich an eine Mischung aus hellen und braunen Senfsorten – es hat durchaus etwas, findest du nicht? Aus der Ferne wirkt das Bild seltsam verwaschen, es ist ein Nichts, eine schwer definierbare Masse. Aber schaut man das Ganze aus der Nähe an, sieht man die Struktur der Steinbrocken. Wie die gemahlenen Senfkörner, die man aus der Nähe betrachten muss, um ihre Schönheit zu erkennen.«

Carl beäugte die Steine, die komischen Flecken mit Grün und ein Stück Himmel – zumindest dem konnte er etwas abgewinnen. »Sie haben zweifelsohne einen interessanten Blick auf die Kunst. Das Bild stammt sicherlich von …«

»Cézanne! Weitgehend unbekannt, der Künstler, aber ich bin mir sicher, wir haben Großes von ihm zu erwarten.«

Carl verschluckte sich fast an seinem Cognac. Ein Glück, dass Richard Weber ihm in der gewohnten Manier ins Wort gefallen war. Sonst hätte er ganz tölpelhaft die Vermutung geäußert, dass wohl sein bezauberndes Minnchen diese ganzen Ockertöne hingepinselt hatte.

»Großes habe ich auch von dir zu erwarten, mein Lieber.« Herr Weber grinste und deutete auf den Besucherstuhl vor seinem Tisch. »Setz dich doch. Eine Zigarre? Ich weiß, diese neumodischen Zigaretten werden immer beliebter. Aber wer wirklich etwas vom blauen Dunst versteht, wird immer zur einzig wahren Tabakkunst greifen, statt sich der Schnelllebigkeit einer modernen Erscheinung hinzugeben.«

»Nein danke. Ich bin kein großer Freund davon. Diesen edlen Tropfen weiß ich allerdings zu schätzen.« Carl prostete Herrn Weber mit seinem Glas zu. Noch mehr wusste er es zu schätzen, sich hinsetzen zu können. Der Alkohol trieb ihm Schweiß auf die Stirn und ließ ihn schwindelig werden.

»Nun. Niemand soll zu seinem Glück gezwungen werden, nicht wahr?« Der Mann ging nicht zu seinem Platz hinter dem Tisch, sondern setzte sich auf den Stuhl neben Carl und schwenkte nachdenklich sein Glas. Eine Weile schien er bloß zu beobachten, wie die bernsteinfarbene Flüssigkeit hin und her schwappte. Doch Carl wusste, dass der alte Weber ihn nicht aus den Augen ließ. »Hans Gabrisch hat mir erzählt, er hätte noch nie so harte Verhandlungen führen müssen wie mit dir. Nun hat er sich mit deinen Bedingungen einverstanden erklärt. Eins sage ich dir: Schon vorher war es eine lukrative Angelegenheit. Aber mit deinem Geschick hast du ihn fast dazu gebracht, noch draufzuzahlen, um für uns produzieren zu können.« Weit ausholend, prostete der Mann ihm zu.

Carl erwiderte die Geste nicht. »Ich habe gesehen, wie er seine Arbeiter behandelt. Alles, was er uns an Zugeständnissen gemacht hat, wird er auf ihrem Rücken …«

»Und was soll uns das kümmern? Wir müssen ja nicht zu allem unseren Senf abgeben, nicht wahr?« Der Fabrikant lachte über seinen eigenen Wortwitz laut auf.

Am liebsten hätte Carl einen großen Schluck Cognac genommen, zügelte sich jedoch und stellte das Glas weg. Die Hoffnung darauf, Richard Weber hätte ihn zu sich zitiert, um ihm eine Standpauke zu halten, zerstreute sich endgültig. Hans Gabrisch musste diese Partnerschaft wirklich dringend brauchen, wenn ihn die ruinösen Konditionen nicht vergraulen konnten.

»Der Auslagerung steht nichts mehr im Weg. Betrachte die Feuerprobe als bestanden, mein Junge.«

»Die Feuerprobe?« Die Enge in seiner Brust schnürte Carl weiter ein. Mit jedem Atemzug etwas fester.

»Ich habe nie einen Hehl daraus gemacht, wie viel mir an dir liegt.« Bedacht fuhr sich Herr Weber über seine Koteletten. »Du bist ein kluger Kopf. Und wie die Verhandlungen mit Hans bewiesen haben, hast du auch genug Biss. Ich habe schon viele Lehrlinge gesehen, aber in dir erkenne ich mich vollkommen wieder. Ja, ich war genauso wie du. Und schau nur, wo ich heute stehe.« Er machte eine ausladende Geste: über die Venus-Statue, den Cézanne, die Bücherregale. »Ich bin einer der größten Senfproduzenten Düsseldorfs, und das soll schon etwas heißen bei der harten Konkurrenz hier.«

Beinahe unmerklich tauchte Carls Hand in die Tasche seines Jacketts und befühlte die dort steckenden Senfkörner. Hatte sein Lehrherr recht? War er das Ebenbild von Richard Weber? Würde er irgendwann in so einem Büro sitzen, Cézannes Ockertöne bewundern und mit einem teuren Cognac eine erfolgreiche Auslagerung eines wichtigen Betriebszweiges begießen?

»In den vergangenen drei Jahren hast du mehr gelernt als jeder andere vor dir«, fuhr der Fabrikant fort. »So manche haben über mich gelacht, wenn ich behauptete, für den Senf brauche man nicht nur das Wissen über die Herstellung, nicht nur ein Händchen, wie es Martha heute beim Zubereiten von Speisen bewiesen hat. Es ist die Kunst, das perfekte Zusammenspiel von Schärfe, Säure und Gewürzen zu erreichen. Du hast nie gelacht. Mit deinem Können und deinem Verstand hast du meinen tiefsten Respekt und meine größte Bewunderung verdient.«

Carl tastete sich über die Stirn. Seine Wangen und Ohren schienen zu brennen, doch Fieber hatte er nicht. Dennoch kostete es ihn unvorstellbar viel Kraft, einen Atemzug nach dem anderen zu machen. Irgendetwas stimmte ernsthaft nicht mit ihm.

»Lange Rede, kurzer Sinn: Für einen Mann in meinem Alter ist es an der Zeit, über die Zukunft der Fabrik nachzudenken. Über die Zukunft von Minna. Und ich habe beschlossen, beides in deine Hände zu legen.«

Nun vergaß Carl tatsächlich fast zu atmen. Es kam ihm vor, als würde die Realität ihm beinahe entgleiten.

Wieder lachte der Mann, das Geräusch klang dumpf und fern in Carls Ohren. »So ein Angebot kommt nicht alle Tage, mein Junge, nicht wahr?«

»Sie möchten, dass ich Ihre Tochter heirate und Ihre Fabrik leite?« Carl stockte. »Und was sagt Minna dazu?«

»Was soll sie schon sagen? Sie ist selbstverständlich ganz entzückt über meine Entscheidung.«

Entzückt, dachte Carl bitter. Ja, so hat sie heute Abend auch ausgesehen. Unglaublich entzückt.

Einen Augenblick kam es ihm vor, als hätte Minnas Rosenduft ihn hier gefunden, den Geruch von teurem Cognac vertrieben und sich tief in seinen Sinnen eingenistet. Geräuschvoll holte er Luft. Wenn es in diesem Zimmer bloß nicht so stickig wäre!

»Ich sehe, es hat dir ganz und gar die Sprache verschlagen.« Herr Weber stand auf, tätschelte Carl die Schulter, um dann zum Barschrank zu gehen und sich nachzuschenken. »Das nehme ich dir nicht übel. Aber ich habe lange darüber nachgedacht. Du bist der Mann, dem ich alles anvertrauen würde. Du bist der Richtige für die Zukunft des Weber'schen Senfes.«

Der Weber'sche Senf. Es würde immer der Weber'sche Senf bleiben, RW – die Initialen würden weiterhin die Steinguttöpfchen zieren, egal wer diese Fabrik leitete.

Wollte er das? War es das, was die Senfkörner in seiner

Tasche ihm versprochen hatten? Verzweifelt zog Carl am Kragen, der heute entschieden zu eng um seinen Hals lag. Was sollte er nur tun? Seine Mutter hätte Rat gewusst, während sein Vater bestimmt bloß mit seinen breiten Schultern gezuckt und verlegen in seinen Bart gebrummt hätte: »Ist doch ein feines Mädchen, diese Minna, oder?«

»Was ist?« Der Fabrikherr lehnte sich gegen den Barschrank und trank genüsslich einen Schluck. Zweifellos mehr als sicher, die Antwort bereits zu kennen. Die Antwort, die er hören wollte: dass Carl Seidel die Weber'sche Fabrik in seinem Sinne weiterführen und mit Minna für ihn unzählige Enkelsöhne zeugen würde.

Carl schwieg, während er die Senfkörner in seiner Tasche umklammerte.

»Nun sag schon was!« Langsam verlor der Mann die Geduld. Schnellen Schrittes überquerte er den Raum und baute sich vor Carl auf.

Carl holte seine Hand hervor und öffnete die Finger. Da lagen sie, die kleinen Senfkügelchen. Sofort erfüllte ihn eine grenzenlose Zärtlichkeit, und die Zuversicht, das Richtige zu tun, vertrieb die Enge in seiner Brust ein wenig.

»Was hast du da? Ach, sag ich doch!« Mit einem Mal wieder ganz entspannt, schlenderte Herr Weber zu seinem Stuhl, setzte sich und lehnte sich zurück. »Der Senf begleitet dich überall!«

Carl ließ die Körner auf den Tisch fallen. Sie sprangen und rollten in alle Richtungen, einige zwischen die Papiere und unter die Briefmappen. Wild und frei, und sein Herz schien ihnen hinterherhüpfen zu wollen.

»Ich habe schon immer gewusst, dass sie meine Wegweiser sind.« Behutsam rollte Carl ein paar Körner mit einer Fingerkuppe hin und her. »Sie erinnern mich daran, wo ich hinwill, denn leider scheine ich einen Hang dazu zu haben, mich zu verrennen.«

»Ich weiß, was du willst. Genau deshalb sitzen wir hier und unterhalten uns darüber.«

Carl schüttelte den Kopf, so schwach, dass es ihm selbst kaum auffiel. Alles an ihm fühlte sich seltsam taub an. Als wäre das Einzige, was er noch zu spüren vermochte, die harten Kügelchen unter seinen Fingern. »Mein Vater besitzt ein Fuhrunternehmen in Metz. Seit ich klein war, sprach er nur davon, dass ich es irgendwann übernehmen würde.« Etwas in seiner Brust zog sich noch mehr zusammen. Der Gedanke daran, dass er schon einmal jemanden enttäuscht hatte und nun im Begriff war, es wieder zu machen, tat weh. »Mein Vater hat mir alles beigebracht, was ich über das Unternehmen wissen musste. Und ich bemühte mich, ihn mit Stolz zu erfüllen.«

»Ich verstehe schon, dass du dein Elternhaus vermisst.« Herr Weber fuhr sich ungeduldig über die Koteletten. »Aber ist die Senfherstellung nicht das, wofür du wirklich brennst? Was dich glücklich macht?«

»So ist es.«

Der Fabrikant nahm eines der Senfkörner vom Tisch, betrachtete es von allen Seiten und ließ es wieder fallen. »Dann weißt du ja, wofür dein Herz schlägt.«

Ja. Er wusste es – der Weber'sche Senf war es nicht. Genauso wenig wie Minna, so leid es ihm auch tat. Er holte tief Luft, so gut es ihm noch möglich war in diesem Zimmer, in der allgegenwärtigen Präsenz von Richard Weber.

»Ich muss Ihnen etwas über diese Senfkörner erzählen.« Die Erinnerung an diesen einen Tag im Fuhrgeschäft tauchte ganz unvermittelt und so lebendig vor seinem inneren Auge auf, dass es ihm beinahe Angst machte. Als würde sein Leben an ihm vorbeiziehen, als würde er darauf blicken, nein, es noch einmal erleben können.

»Einst saß ich an den Fahrtenbüchern meines Vaters, als die Tür aufging und eine Frau mit ihrer Tochter das Geschäft betrat. Ich beachtete die beiden kaum, wandte mich sogleich meiner Arbeit zu. Die Tabellen und Zahlen langweilten mich, aber Kunden, die irgendwelchen Kram von einem Ort zu einem anderen transportieren wollten, langweilten mich um einiges mehr. Plötzlich legte sich eine Hand auf meine Notizen, und eine helle Stimme ertönte: ›Das ist ein Fehler.‹« Tatsächlich hatte er damals einen Fehler in seinen Berechnungen gehabt, aber ihre Worte klangen nach mehr. Nach so viel mehr!

Carl stockte. Sein Hals wurde so eng, dass die Worte kaum noch durchzupassen schienen. Ganz langsam hob er den Kopf und glaubte, ihre zarte Silhouette auch jetzt, in diesem stickigen Zimmer vor sich zu sehen. Noch einmal in ihre atemberaubend braunen Augen zu blicken und darin die frechen goldenen Sprenkel zu entdecken. Sie trug ein Kleid mit einem feuchten Fleck an der Seite, als hätte eine Ziege daran geknabbert. Nein, keine Ziege. Er tippte auf Moritz, eines von Vaters Pferden, das alles ankaute, was ihm unters Maul kam. Nur … wie hatte dieses Mädchen Bekanntschaft mit Moritz machen können? Außer, es war ihrer Mutter entwischt und hatte einen Ausflug in die Ställe gemacht. Ein paar Strohhalme, die am Saum ihres Kleides klebten, schienen seine Theorie zu bestätigen.

Er schmunzelte in sich hinein. Etwas schmerzte in seiner Brust, trauerte dem Augenblick hinterher, den er damals einfach hatte verstreichen lassen.

»Wissen Sie, wie es ist, jemanden zu treffen und nicht zu ahnen, dass diese Begegnung Ihr ganzes Leben verändern wird?«, flüsterte er, vergebens um eine festere Stimme bemüht.

Mit verengten Lidern stierte Richard Weber ihn über den Rand seines Cognacglases an. Die Kiefer aneinandergepresst. Stille hatte eine Kluft zwischen ihnen gegraben, nur vom monotonen Ticken der Uhr am Fenster durchbrochen.

»Nun, mein Lieber.« Der Fabrikant zwang ein Lächeln auf seine Lippen, obwohl seine Züge hart und für jedes Gefühl undurchdringlich blieben. »Wie erfreulich, dass Minna bei dir einen so tiefen ...«

»Ich kann Minna nicht heiraten!«, stieß Carl so laut hervor, dass er innerlich zusammenfuhr.

»Aber ...«

»Ich kann nur eine Frau heiraten«, unterbrach er den Fabrikanten erneut, dieses Mal noch hitziger, »die sich nicht an einem feuchten Fleck auf der Kleidung stört. Die die lästigen Blumen aus ihrem Haar zupft, um die Strähnen zu einem einfachen Zopf zu flechten. Die mir sagt, was sie denkt, unvermittelt und geradeheraus, wenn ich einen Fehler mache.« Er hielt inne. Als fehlten ihm die Worte, die er noch sagen musste. Etwas verschleierte seinen Blick, ließ alles in eine weite Ferne rücken, aber das Mädchen war noch da, bei ihm. Er sah, wie es eine Hand in ein Täschchen tauchte, das um ihren Arm hing, und etwas herausholte. Carl schluckte schwer gegen den Kloß in seinem Hals an. »Eine Frau, die ... die aus irgendeinem Grund Senfkörner bei sich hat und sie vor mir auf den Tisch rieseln lässt.«

*Vielleicht kann auch dein Leben ein bisschen Würze vertragen*, erklang ihre Stimme in seinem Kopf – hell, sanft. Carl atmete tief ein. Der Schmerz in seiner Brust wurde schlimmer. Wie ein Messer, das sich tiefer und tiefer in sein Herz bohrte. Er war so dämlich, dass er dieses Mädchen aus seinem Leben hatte gehen lassen. Er hatte es nicht einmal nach seinem Namen gefragt.

Wieder diese drückende Stille.

Richard Weber schnaubte. »Das ist wohl ein Scherz! Hast du verstanden, was ich dir anbiete? Was für eine großartige Möglichkeit du da gerade mit Füßen trittst?«

»Natürlich.« Behutsam nahm Carl eines der Körner zwischen die Finger, und in seinem Innern breitete sich Ruhe aus. Die Gewissheit, das Richtige zu tun. »Aber es ist nicht das, was ich will. Ich will das Mahlen nicht einem anderen überlassen, ich will mit meinen Händen meinen eigenen Senf kreieren, ihm die nötige Schärfe verleihen, ja, vielleicht sogar die Dijon-Schärfe, einen eigenen Betrieb auf die Beine stellen, mit ihm alle Tiefen und Höhen erleben. Das ist es, was ich will. Was ich schon immer wollte – und in der letzten Zeit so schrecklich aus den Augen verloren habe.«

»Verstehe ich das richtig?« Richard Weber knallte sein Glas auf den Tisch. »Du sagst nein zu meinem großzügigen Angebot?«

»Ich muss. Um nicht irgendwann von irgendwelchen Zahlen und Tabellen aufzublicken und zu verstehen, dass mein Leben schon lange jegliche Würze verloren hat.«

Es war schlimm, Richard Weber so zurückzuweisen, ihm dieselbe Enttäuschung anzusehen wie seinem eigenen Vater, als Carl ihm verkündet hatte, nicht weiter im Familiengeschäft arbeiten zu wollen. Sondern nach Düsseldorf zur Industrie- und Gewerbeausstellung zu fahren, um herauszufinden, was er vom Leben wirklich wollte. Niemals hätte er sich vorstellen können, seinen Lehrherrn so zu brüskieren. Trotzdem sah er Richard Weber entschlossen in die Augen und hielt seinem Blick stand. Immer noch ungläubig starrte der Patriarch ihn an, dann erhob er sich schwerfällig. Seine Worte klangen kalt und distanziert. »Ich hoffe, du wirst den heutigen Tag gut in Erinnerung behalten. Denn wenn du am Boden liegst, bin ich es, der auf dich herabblicken wird. Und in diesem Moment wirst du dir den heutigen Abend zurückwünschen. Dich nach einer Möglichkeit sehnen, diese verdammte Entscheidung zurücknehmen zu können. An meiner Seite hättest du alles gehabt. Alles. Nun hast du nichts.«

Die Worte schienen das Messer in Carls Brust noch tiefer hineinzutreiben. Er stand auf. Kurz drehte sich der Raum um ihn, und er musste sich am Tisch festhalten. »Ich danke Ihnen für alles. Für die Leidenschaft zum Senf, die Ihre Lehre in mir entfacht hat. Was Sie für mich getan haben, weiß ich sehr zu schätzen, das können Sie mir glauben.«

»Es ist besser, wenn du jetzt gehst.« Richard Weber drehte ihm den Rücken zu.

Carl nickte. Es tat ihm weh, seinen Gönner zu enttäuschen. Er verdankte ihm so viel! Aber in dieser Fabrik, zu seinen Bedingungen und an Minnas Seite, konnte er nicht bleiben. Seltsam unsicher auf den Beinen öffnete er die Schiebetüren.

Vor ihm stand Minna, die erschrocken zurückwich, als hätte sie gelauscht. Das Gesicht blass, der Ausdruck genauso kühl und hart wie das ihres Vaters, doch etwas Verletzliches schimmerte in ihren Augen, in denen sich Tränen zu sammeln schienen. Sie presste ihre schmalen Lippen aufeinander und wich seinem entschuldigenden Blick aus.

»Es tut mir sehr leid …« Seine Stimme klang ganz schwach. Die Enge und der Schmerz in seiner Brust schienen unerträglich. Vor seinen Augen tanzten merkwürdige Punkte, die Wände, die Decke, der Boden verschwammen vor seinem Blick. Er taumelte. Plötzlich fehlte ihm die Luft. Der Schmerz in der Brust fühlte sich an wie ein Brennen, das sein Inneres verätzte. Hilflos öffnete er den Mund.

Ganz entfernt hörte er Minnas entsetzten Schrei, als die

Beine ihn nicht mehr trugen und er vor Minna zusammen-
brach.

Dass ich vor den Webers am Boden liege, kommt doch
deutlich früher als erwartet, dachte er, bevor ihm schwarz vor
Augen wurde.

## Metz 1908

### EMMA

AUFGEREGT LIESS EMMA zehn Pfennig in die ausgestreckte Handfläche des Jungen fallen und blätterte in der Zeitung. Da war sie, die Nachricht, die den Redakteuren kaum mehr als ein paar Zeilen wert war, ihr verrücktes Herz dennoch zu Höhensprüngen brachte. Mehrfach las sie die Wörter durch, als könnte sich die Tintenschwärze schon im nächsten Augenblick auflösen und nichts als Leere zurücklassen. Fast hätte sie laut aufgejauchzt und musste sich auf die Unterlippe beißen. Dennoch entfuhr ihr ein freudiges Quieken.

»Gute Nachrichten, Fräulein Emma?« Der Zeitungsjunge grinste sie an, das magere Gesicht zur Sonne gedreht und die Augen leicht zusammengekniffen. Das viel zu große Hemd hatte er in seine ausgeleierte Hose gestopft, die er mit einem Seil zugebunden hatte. An den Füßen schlabberten braune Schuhe. So wartete er fast jeden Tag an der Ecke neben einer Bäckerei, und inzwischen wusste Emma, dass er Aaron hieß und zwei Schwestern hatte, die ihm fürchterlich auf den Geist gingen.

»Und wie!« Sie drückte die Blätter an die Brust, schnappte sich ihren Einkaufskorb und wirbelte herum. Immer wieder hüpften die Zeitungszeilen durch ihre Gedanken: *Das Reichsland Elsass-Lothringen und Preußen lassen als letzte Länder Frauen zum Studium zu.* Emma musste sich zügeln, um beim Gehen nicht zu sehr vor Freude zu wippen.

Lärmend fiel hinter ihr die Tür der Bäckerei zu. »Na, lungerst du hier schon wieder herum?«

Emma blieb stehen. Obwohl sie wusste, dass das Unheil, das in den Worten schwebte, nicht ihr galt.

»Ich verkaufe nur die Zeitung«, kam zaghaft Aarons Antwort. Sie drehte sich um. Vor der Ladentür hatten sich zwei Jungs aufgebaut, die Söhne des Bäckers, dessen Brot so herrlich duftete wie kein anderes in Metz. Neben den stämmigen Burschen wirkte Aaron noch schmächtiger als eben und mied alle Blicke, um den Ärger nicht noch mehr zu provozieren.

Der ältere Bäckerspross, Otto, trat vor und stemmte die Hände in die Hüften. »Haben wir dir nicht gesagt, du sollst von hier verschwinden? Sehen wir dich hier noch einmal, gibt's Prügel, haben wir gesagt!« Mit Wucht schlug er dem Jungen die Zeitungen aus der Hand. Die Blätter wirbelten in die Luft und segelten zu Boden. Erschrocken taumelte Aaron zurück.

»Ja, wir haben ihn gewarnt«, säuselte Paul hinter dem Rücken seines Bruders hervor.

»Er weiß wohl nicht, was gut für ihn ist, die kleine Judensau.« Otto stieß Aaron in die Brust, direkt vor die Füße eines Mannes, der die Straße entlangeilte. »Passt doch auf!«, knurrte dieser.

Misch dich nicht ein, hörte Emma eine warnende Stimme in ihrem Kopf, während sich ihr Magen beim Anblick des auf dem Boden kauernden Zeitungsjungen schmerzhaft zusammenkrampfte. Nein, sie würde nicht wegsehen wie die anderen Passanten!

»Hört auf!« Sie lief auf die Burschen zu, als die beiden begannen, Aaron zu treten. »Aufhören!« Sie zog Otto weg, wollte nach Paul greifen, doch dieser duckte sich unter ihrer Hand hindurch und huschte in die Bäckerei. Nur die helle Glocke und der Duft nach Gebäck verkündeten seinen Abgang. Otto dagegen steckte seine Hände in die Hosentaschen und feixte sie herausfordernd an. »Was ist?« Der Junge spuckte in Aarons Richtung. »Soll sich woanders herumtreiben. So einen wie ihn wollen wir hier nicht haben.«

Emma schloss kurz die Augen, um die Fassung nicht zu verlieren. »Und das ist ein Grund, ihn zu treten?«

»Der Grund ist, dass er ein elender Jude ist. Der hat die Abreibung verdient.«

Er machte einen Schritt auf den kauernden Jungen zu, doch Emma stellte sich dazwischen. »Schluss jetzt!«

»Sonst was?« Otto maß sie mit einem abfälligen Blick.

Ihre schweißfeuchten Finger umklammerten den Henkel ihres Korbes. Zumindest würde so niemand bemerken, wie sehr ihre Hände zitterten. Doch was sie dem Burschen entgegensetzen konnte, wusste sie nicht.

Die Tür der Bäckerei öffnete sich abermals, und Gerhard Scheele trat heraus. Ein großer, stämmiger Mann, der mit seiner Statur eher in die Militärkasernen als in eine Backstube gepasst hätte. »Rein jetzt«, befahl er seinem Sohn und nickte Emma grüßend zu. »Fräulein Bergmann! Entschuldigen Sie bitte – diese Bengel! Sie haben manchmal einfach keine Manieren. Aber schön, dass Sie da sind. Ich habe einen herrlichen Laib Brot für Ihren Vater zurückgelegt, weiß ich doch, wie gern er Scheeles Backwaren auf dem Tisch hat. Eine Zimtschnecke dazu? Kommen Sie doch rein, gnädiges Fräulein, kommen Sie rein!«

»Zur Zimtschnecke gibt es bei Ihnen nicht zufällig auch noch Verbandszeug?«, entgegnete sie und ließ sich neben Aaron nieder. Vorsichtig schob sie seine Hände beiseite. Blut rann ihm aus der Nase und aus einer Wunde in der Höhe des Wangenknochens, vermischte sich mit dem Rotz und dem Dreck auf seinem Gesicht. »Schauen Sie, was ihre *Bengel* angerichtet haben!«

»Was denn?«, höhnte es aus der Bäckerei. »Ich habe ihm nur einen Gefallen getan und seine Judennase etwas korrigiert!« Otto lugte hinter seinem Vater hervor, der seinem Sohn flink eine Schelle verpasste und ihn zurück in die Bäckerei stieß. »Rein, oder hörst du schlecht?«

»Aber du hast doch selbst gesagt, dass dieses Judenpack …« Die Tür fiel zu, bevor der Satz ganz ausgesprochen war, verschluckte sowohl Otto als auch seinen Vater. Noch einen Moment lang tönten laute Stimmen aus der Bäckerei, dann wurde es still.

Emma seufzte erleichtert auf. Mit einem Mal wich die ganze Anspannung aus ihrem Körper, und sie war froh, auf dem Boden zu kauern, sonst hätte sie sich kaum aufrecht halten können. Ohne sich etwas anmerken zu lassen, tupfte sie Aaron das Blut mit dem Ärmel weg, um die Wunde besser zu sehen. Ottos Schuh hatte ganze Arbeit geleistet. Sie überlegte, wie sie die Wunde versorgen könnte, als Aaron ihre Hände beiseiteschob.

»Geht schon.« Er wischte sich mit dem Handrücken die Nase.

Besorgt beobachtete Emma, wie er begann, die Zeitungen aufzusammeln.

»Passiert das oft?«, murmelte sie. Sogleich rügte sie sich für die dumme Frage. Natürlich passierte das oft. Der Hass auf Juden war wie ein Geschwür, das sich immer mehr ausbreitete. Ihr wurde übel bei dem Gedanken, wie viel dieses Kind schon ertragen haben musste. Sie richtete sich auf und half ihm, die Zeitungen aufzuheben. »Soll ich dich nach Hause bringen?«

Ein Kopfschütteln war Antwort genug.

»Brauchst du etwas? Geht es dir einigermaßen?«, versuchte sie es wieder.

»Ist ja nichts passiert. Ihre Zeitung, Fräulein Emma.« Auf

wackeligen Beinen stand Aaron vor ihr und reichte ihr die gefalteten Blätter. Im ganzen Durcheinander hatte sie die gekaufte Ausgabe zu den anderen fallen lassen. Zögerlich nahm sie die Zeitung entgegen.

Er nickte ihr zu und wollte schon in der Seitengasse verschwinden, taumelte jedoch und musste sich an der Fassade festhalten. Mit ein paar raschen Schritten war sie bei ihm und stützte ihn. »Ich begleite dich nach Hause. Und keine Widerrede! Jemand muss sich um dich kümmern.«

Er grunzte etwas Unverständliches, machte sich von ihr los und schlenderte davon. Seine viel zu großen Schuhe schleiften über den Boden. Sie holte ihn ein und ging schweigend neben ihm her. Womöglich glaubte er, sie würde ihn schon in Ruhe lassen, wenn er sie nicht beachtete – aber Emma wich nicht von seiner Seite. Irgendwann nahm sie ihm die Zeitungen ab und stopfte sie in ihren Einkaufskorb. »Bekommst du zurück, wenn wir da sind«, versprach sie, worauf er nur die Schultern zuckte und die Hände in den Hosentaschen vergrub.

Bald veränderte sich die Stadtlandschaft. Die Straßen wurden schmaler, die schäbigen Häuser drängten sich dicht an dicht gegeneinander. Der schöne Sommerabend, der das Stadtzentrum von Metz mit Wärme, Sonnenschein und Vogelsang beschenkte, bewirkte in den engen Gassen eine stickige Schwüle. Mülleimer quollen über und erfüllten die Luft mit dem Dunst des Unrates. Noch nie war Emma so bewusst gewesen, wie viel Elend es in Metz gab, das sie nie zu Gesicht bekam.

»Gehen Sie lieber heim, Fräulein Emma«, murrte Aaron. »Sie haben hier nichts zu suchen. Ich schaffe es schon alleine.«

»Unsinn.« Sie bemühte sich, ihrer Stimme genug Zuversicht zu geben, die sie nicht wirklich hatte. Ihre Mutter fragte sich bestimmt schon, wo ihre Tochter blieb. Schelte war ihr so gut wie sicher. Doch ein Blick auf Aaron reichte, um zu wissen, dass sie genau das Richtige tat. Er wirkte schrecklich blass, seine Augen starrten trüb vor sich hin. Besser, sie brachte ihn nach Hause. Nicht dass er noch in einer dieser Gassen umkippte.

»Ist es noch weit?«, fragte Emma nach einer Weile. Auch wenn die Dämmerung in den Sommermonaten durchaus auf sich warten ließ, wollte sie nicht im Dunklen den Weg nach Hause suchen.

»Da vorne.« Aaron zeigte auf einen Durchgang zu einem Hinterhof. »Sie können heim, Fräulein Emma. Na, gehen Sie schon. Ich bin fast zu Hause.«

Sie musterte ihn streng. »So weit kommt's noch. Ich will sicher sein, dass dir nichts passiert.«

»Was soll mir schon passieren?«, brummte er.

»Keine Widerrede!« Sie ging hinter ihm her in den schmalen Durchgang. Ihnen entgegen kam ein Mann, so alt, dass Emma befürchtete, er würde beim nächsten Schritt auseinanderfallen. Er bewegte sich wie eine kaputte Marionette, langsam und klapperig. Seine ausgedörrte Gestalt wurde von etwas umhüllt, was kaum noch Kleidung war, sondern verschimmelte Stofffetzen.

»Aaron!«, krächzte der Alte und lehnte sich gegen eine Wand. Er stank nach Schweiß und Schnaps.

Flink huschte Aaron an ihm vorbei und zog Emma hinter sich her, die angesichts des Blicks des Alten zu einer Salzsäule erstarrt war.

Im Hof angelangt, schaute Emma hoch, wo sie ein Stück vom blauen Himmel erspähen konnte. Die Enge machte sie ganz beklommen, als würde sie auf dem Grund eines Brunnens kauern, aus dem sie nie mehr entkäme. Aaron war bereits in einem Eingang verschwunden. Sie eilte ihm hinterher.

Im Treppenhaus roch es nach Abtritt und verbranntem Kohl, irgendwo schimpfte eine Frau ihre Kinder aus, was durch die dünnen Wände überallhin hallte.

Aaron wohnte ganz oben unter dem Dach. An einer Tür blieb er stehen und klopfte. Kinderstimmen und Geschirrklappern tönten heraus, Trampeln, dann Schritte. Aus dem Türspalt lugte ein etwa zehnjähriges Mädchen hervor. Überrascht sah es Aaron an, dann flog ihr erschrockener Blick zu Emma hoch.

»Alles in Ordnung.« Emma beugte sich herunter, um mit der Kleinen auf einer Augenhöhe zu sein. »Sind deine Eltern da?«

»Vater ist tot.« Aaron schob das Mädchen beiseite und trat ein. »Mutter ist arbeiten. Auf Wiedersehen, Fräulein.«

»Moment!« Bevor die Tür zugemacht werden konnte, huschte Emma hinein und stellte den Korb auf dem Boden ab. Als sie sich aufrichtete, verschlug es ihr den Atem. Die Wohnung bestand aus einem einzigen Raum, der die Küche, Schlafmöglichkeiten und eine Arbeitsecke mit einer Nähmaschine beherbergte, neben der ein halbfertiges Männerjackett lag. Emma hatte schon einmal gehört, dass einige Frauen mit dem Nähen nachts ein paar Groschen dazuverdienen mussten, um über die Runden zu kommen. An einer anderen Wand stand ein schmales Bett, auf dem Boden lagen muffige Decken und Strohsäcke ausgebreitet, ein etwa vierjähriges Mädchen hockte darauf. In einer Kiste mit Laken quengelte ein Säugling. Er musste frisch gewickelt werden, dem Geruch nach zu urteilen, der Emma in die Nase stieg.

»Deine Zeitungen.« Unsicher knetete Emma ihre Finger. Sie wünschte sich, sie hätte dieses Elend nicht gesehen. Nun hatte sich jedes Detail in ihren Kopf eingebrannt.

Aaron zuckte die Schultern. »Wer will die noch haben?«

»Ich.« Mit zitternden Fingern kramte sie ihren Geldbeutel hervor, nahm alles heraus, was die Mutter ihr zum Einkaufen gegeben hatte, und streckte ihre Hand aus. »Ich will sie haben.«

Sie sah, dass Aaron protestieren wollte, also drückte sie das Geld dem Mädchen in die Hand, das die Tür geöffnet hatte, schnappte sich den Korb und stürmte aus der Wohnung.

Erst zwei Stockwerke weiter unten hielt sie inne. Feige, wie absolut feige sie doch war! Einfach wegzurennen, um das Elend nicht mehr vor Augen zu haben, und die Kinder sich selbst zu überlassen. Sie schaute zurück. Sollte sie umkehren? Und dann? Was konnte sie schon tun? Tränen traten ihr in die Augen. Sie konnte nicht einmal den Säugling wickeln. Was für eine Hilfe wäre sie denn schon für die Kinder!

Sie lief die Stufen weiter herunter, bloß raus aus dem Haus. Rasch überquerte sie den Hof und hastete in den Durchgang.

Draußen auf der Straße wartete der Alte.

Flink packte er ihren Arm, und für seine klapprige Gestalt fühlte sich sein Griff erstaunlich fest.

»Na, was ist denn los? Bleib doch einen Moment auf ein Schwätzchen mit dem alten Dietrich, er hört dir gut zu.« Seine Haut sah dünn und ledrig aus, die Augen blassblau, beinahe farblos. Als er die spröden Lippen zu einem Lächeln auseinanderzog, klaffte ein zahnloser Mund wie ein schwarzer Schlund auf.

Emma keuchte und riss sich los. Weg. Bloß weg von hier. Sie wollte davonrennen, blieb aber abrupt stehen, als sie sah, dass ihr drei Burschen wild gestikulierend entgegenkamen. Der eine trank aus der Flasche in seiner Hand, die beiden anderen riefen Emma etwas zu – in lothringischem Dialekt, den sie auch nach all den Jahren in Metz noch nicht gänzlich verstand.

Emma stürzte in die andere Richtung. Der Alte würde sie nicht einholen, aber die Burschen vielleicht – wie sollte sie es mit den dreien aufnehmen, wenn sie zu ihrer Verteidigung nur einen Korb voller Zeitungen hatte? Die Kerle riefen ihr etwas zu. Noch im Laufen warf sie einen Blick über die Schulter. Der eine hielt den Alten fest, die zwei anderen waren wohl stehen geblieben und schauten ihr hinterher. Plötzlich prallte sie gegen etwas Hartes. Ein Pferdewagen! Ihr Fuß knickte um, sie strauchelte und fiel. Der Korb polterte über die Pflastersteine.

»Huch, ist Ihnen was passiert?«, erklang eine besorgte Stimme neben ihr.

Verschreckt blickte Emma zu einem jungen Mann hoch, der vom Bock des Fuhrwerks gesprungen war. Seine grünen Augen strahlten so viel Wärme aus, dass sie erleichtert aufatmete.

»Darf ich Ihnen behilflich sein?« Er streckte ihr eine Hand entgegen.

Ohne sich zu bewegen, starrte sie ihn an. Rötliche Locken fielen ihm in die Stirn. Auf der etwas zu blassen Haut zeichneten sich deutlich unzählige Sommersprossen ab. Seine Nase wirkte einen Tick zu groß, aber wenn Emma ihm in die Augen schaute, war das schnell vergessen.

Vorsichtig griff er nach ihren Armen und zog sie zu sich hoch. Sie fühlte seine Muskeln, die sich deutlich unter seinem einfachen Hemd abzeichneten. Sein Duft stieg ihr in die Nase. Er roch nach Arbeit, Pferd und einer Spur von Wildkräutern. Ein Geruch, der ihm etwas Beruhigendes und Bodenständiges verlieh.

Erst jetzt fiel ihr auf, wie sehr sie sich an ihn klammerte. In ihrem ganzen Leben war sie einem Mann noch nie so verboten nahe gekommen! Aus einem Impuls heraus wich sie zurück und wäre beinahe schon wieder gefallen, als sich ihr Knöchel mit einem ziehenden Schmerz meldete.

»Vorsicht!«, mahnte der junge Mann, vergewisserte sich, dass sie auf den Beinen blieb, und sammelte die bei ihrem Sturz herausgefallenen Zeitungen auf. »Bitte sehr.« Er reichte ihr den Korb, und als er lächelte, zeichneten sich auf seinen Wangen zwei tiefe Grübchen ab. »Ist wirklich alles in Ordnung?«

Zaghaft nahm Emma den Korb entgegen. »Ich habe alles im Griff«, behauptete sie, was eine schreckliche Lüge war.

Er nickte trotzdem und rief den Burschen ein paar Worte in diesem furchtbaren Dialekt zu. Das Trio brach in schallendes Gelächter aus. Emma zuckte zusammen. Gehörte dieser Kerl etwa zu ihren Verfolgern? Waren es seine Kumpane?

»Keine Angst«, beeilte er sich zu erklären, als hätte er ihre Gedanken gelesen. »Die drei haben anscheinend beobachtet, wie der alte Mann Sie belästigt hat. Wobei Dietrich es bestimmt nicht so gemeint hat. Er ist recht ungehobelt, aber tut keiner Fliege was an.«

»Ungehobelt ...« Emma schluckte, um das Zittern in ihrer Stimme zu verbergen. »Das war natürlich auch das Erste, was mir in den Sinn gekommen ist, als er ...« Sie atmete tief durch. Der Alte humpelte schimpfend davon, und langsam stellte sich ein schlechtes Gewissen bei ihr ein. Der Mann hatte doch nur gefragt, was los sei, als sie schluchzend aus dem Hof gerannt kam. Diese engen Gassen, der Gestank, die rauen Menschen ließen sie hinter jeder Ecke das Böse vermuten. Dabei war Aaron nicht hier, sondern in ihrem schönen, sauberen Viertel verprügelt worden, vor den Schaufenstern der besten Bäckerei der Stadt.

»Ich glaube, ich war nicht minder ungehobelt gerade.« Beschämt drückte sie den Henkel ihres Korbes, dass es knarzte.

Schwatzend kamen die Burschen an ihr vorbei, ohne sie zu beachten. Erst jetzt hörte ihr Herz auf, wie wild in ihrer Brust zu trommeln. Auch ihr Atem beruhigte sich, und sie kam sich nur noch lächerlich vor. »Sie sprechen aber gut Deutsch«, murmelte sie.

Er stutzte sichtlich.

Hatte sie etwas Falsches gesagt? Auch nach all den Jahren in Metz hatte sie nicht wirklich viel Kontakt zu den Einheimischen gehabt, und manchmal kam es ihr vor, als würden sich diese Menschen durch den Dialekt mit Absicht von den zugezogenen Altdeutschen absondern. Wann auch immer ihr Vater die hiesige Sprache hörte, rümpfte er die Nase und beklagte, wie lange es noch dauern würde, um dieses bedauernswerte Land einzudeutschen.

»Ich meine …«, stammelte sie, und ihre Wangen wurden schrecklich heiß. »Als Sie etwas auf Lothringisch gesagt haben, habe ich angenommen …«

Er lachte auf. »Ich fühle mich geschmeichelt, dass Sie so viel von meinen Sprachfertigkeiten halten. Leider ist Deutsch alles, was ich einwandfrei beherrsche. Für meinen lothringischen Versuch haben die drei mich beherzt ausgelacht. Aber Sie gehören auch nicht hierher, stimmt's?« Er feixte sie an. »Zumindest nicht in dieses Viertel.«

»Ihre Beobachtungsgabe macht die möglichen Sprachdefizite wett, mein Herr.« Sie grinste, vielleicht eine Spur zu frech, und zupfte verlegen an ihrem Rock. »Wissen Sie vielleicht, wie es am schnellsten zur Hauptpost geht?« Von dort aus würde sie den Weg nach Hause im Nu finden.

»Selbstverständlich.« Er machte eine einladende Geste zu seinem Fuhrwerk. »Ich bin gerade fertig, soll ich Sie mitnehmen?«

»Nein, nein. Bitte keine Umstände.«

»Es wäre mir ein Vergnügen und macht keinerlei Umstände.«

Etwas stupste sie in den Rücken, wie eine Aufforderung aufzusteigen. Emma fuhr herum und sah einen Pferdekopf vor sich. Er gehörte zu einem stämmigen Fuchs mit einer langen strohblonden Mähne. Das Pferd schnappte mit dem Maul nach ihrem Rock und begann, genüsslich daran zu kauen.

»Moritz, nein!«, hauchte der junge Mann fast erschrocken und griff in die Trense, um den Pferdekopf vom Rock wegzuziehen. »Ich bitte um Entschuldigung. Moritz knabbert mit einer großen Vorliebe an jeglicher Kleidung, das ist ihm leider nicht auszutreiben.«

»Ist doch nicht weiter wild«, versicherte Emma. Sie würde ihrer Mutter den Schaden schon irgendwie erklären.

Er entspannte sich sichtlich, anscheinend froh, um das Weibergezeter wegen eines ruinierten Kleides herumgekommen zu sein. Sanft streichelte er dem Pferd über die Nüstern, worauf es ihm zaghaft ins Gesicht schnaubte.

Emma kam nicht umhin, als den beiden zuzulächeln. »In Ordnung. Ich wäre Ihnen unendlich dankbar, wenn Sie mich ein Stück mitnehmen würden.«

»Wunderbar.« Er half ihr auf den Kutschbock und kletterte zu ihr auf den Sitz. So dicht neben ihm wirkten seine Schultern breiter, und die Muskeln spannten unter seinem Hemd bei jeder Bewegung. Voller Faszination beobachtete sie, wie er die Zügel zwischen seine schmalen und doch recht kräftigen Finger legte, als wolle er einen Zopf flechten. »Es geht los.«

Überrascht stellte sie fest, dass er keine Peitsche benutzte, sondern das Pferd nur durch das zweimalige Schnalzen der Zunge zum Laufen brachte. Je weiter sie fuhren, desto mehr hatte sie den Eindruck, dass der Wagen, das Pferd und er wie eine Einheit durch die engen Gassen glitten.

Er warf ihr einen Seitenblick zu und reichte ihr die Zügel. »Wollen Sie auch mal?«

Sie hob eine Augenbraue. Andererseits: Was war schon dabei? So schwer konnte es nicht sein. Da ruckte Moritz den Kopf, als wollte er schauen, was dahinten los war. Vielleicht aber auch nur nach einer lästigen Fliege beißen – und die kräftige Bewegung zog ihr eine Leine durch die Finger. Erschrocken ließ sie die Zügel fallen, fast hätte der Ruck sie vom Kutscherbock gezogen. Der junge Mann lachte und gab ihr die Dinger wieder. »Sie müssen schon die Zügel in der Hand behalten, wenn Sie an Ihrem Ziel ankommen wollen.«

»Ach«, neckte sie. »Reicht es etwa nicht aus, dafür einen großen, starken Mann an seiner Seite zu haben?«

»Glauben Sie mir, einen großen, starken Mann brauchen Sie nicht.« Er zwinkerte ihr zu und schnalzte wieder mit der Zunge.

Das Pferd setzte sich in Bewegung. Der Unbekannte neben ihr griff nur minimal ein, um Moritz zu lenken. Schon bald lag das Armenviertel hinter ihnen, und Emma erkannte die ersten Straßen, auf denen sie häufig den einen oder anderen Sonntagsspaziergang mit ihren Eltern unternahm.

»Von hier aus kann ich allein weiter«, rief sie, als das Fuhrwerk den Jakobsplatz erreichte. Sie wollte nicht, dass er wusste, wo sie wohnte oder dass die schwatzhafte Hilde Rosenberger mitbekam, wie sie von einem fremden Mann heimkutschiert wurde.

Moritz blieb stehen, sobald sie die Zügel niederlegte. Der junge Mann sprang von seinem Platz und streckte ihr seine Hand entgegen.

Emma feixte ihn an. »Waren wir uns nicht einig, dass ich keinen großen, starken Mann an meiner Seite brauche?«

»Waren wir.« Er grinste. »Außer jemand in Ihrer Nähe beginnt, lothringisch zu sprechen.«

Sie packte seine Hand und sprang auf den Boden. Unwillkürlich stöhnte sie – ihr Knöchel erinnerte sie sehr eindrucksvoll daran, sich nicht zu sehr aufzuspielen.

»Geht es?«, hauchte der junge Mann ihr entgegen.

Sie nickte, versuchte ein paar vorsichtige Schritte und blieb stehen. Der Pferdekopf ruckte zu ihr, als ob das Tier nachsehen wolle, ob alles in Ordnung sei. Und vielleicht, um an dem Kleid zu knabbern, doch ihr Retter schob sich geschickt dazwischen. Fasziniert beobachtete sie, wie sich der riesige Kaltblüter an ihn schmiegte und wie der Mann es erwiderte.

»Nicht auszutreiben, sag ich doch.« Er lachte und tätschelte den breiten Pferdehals.

Aber egal, wie sehr sie die Gesellschaft der beiden genoss – es war Zeit zu gehen.

»Ich wünsche einen angenehmen Abend, mein Herr. Es war mir ein Vergnügen, Sie und Moritz kennenzulernen.« Verspielt machte sie einen Knicks. Wo immer sie konnte, versuchte sie, die Etikette aufs Korn zu nehmen, auf die ihre Mutter so einen großen Wert legte.

Er verstand sofort, denn seine grünen Augen leuchteten heiter auf, als er sich galant vorbeugte. »Gnädiges Fräulein. Das Vergnügen war ganz meinerseits.«

Das konnte sie sich bildhaft vorstellen, wenn sie ihren Zusammenprall mit dem Wagen Revue passieren ließ. So viel Vergnügen hatten sicherlich nicht einmal die Gaukler vom Frühlingsrummel zu bieten.

Sie winkte zum Abschied und humpelte davon.

»Verraten Sie mir Ihren Namen, gnädiges Fräulein?«, tönte es in ihrem Rücken.

»Ich fürchte, Sie werden ihn nie erfahren!«

»Warum denn nicht?«

»Weil wir uns leider nie wiedersehen werden.«

»Sind Sie sich da wirklich sicher, dass wir uns nie wiedersehen werden?«, neckte er. »Denn ich glaube daran, dass jede Begegnung in diesem Leben einen tieferen Sinn hat!«

»Diese nicht!« Sie lachte, winkte ihm noch einmal zu und beeilte sich, in einer der Seitenstraßen zu verschwinden. Nach ein paar Schritten hielt sie inne. Was, wenn er recht hatte und sie etwas Gutes einfach aus ihrem Leben verschwinden ließ? Wann hatte sie das letzte Mal mit jemandem so viel gelacht? Wann hatte sie überhaupt das letzte Mal gelacht?

Sie machte kehrt. Eilte zurück, bog um die Ecke, nur um zu sehen, wie Moritz den Wagen davonzog.

* * *

Emma humpelte nach Hause. Und mit jedem Schritt grub sich das Gefühl, einen furchtbaren Fehler gemacht zu haben, immer tiefer in sie. Was natürlich völlig albern war. Was trauerte sie auch dieser flüchtigen Begegnung hinterher! Mehr würde daraus sowieso nicht werden, eine nähere Bekanntschaft mit einem einfachen Arbeiter hätte ihre Mutter zu verhindern gewusst. Aber war ihre Familie wirklich etwas Besseres?

Freudlos streifte Emmas Blick umher. Über die sauberen Straßen und die fein angezogenen Passanten. Nur eine Laune des Schicksals trennte sie und ihre Mutter vom Armenviertel. Ihrem Vater musste nur etwas zustoßen. Es reichte vielleicht schon, wenn er seine Stelle als Kanzlist verlor. Sie lächelte freudlos. Dann wäre ihrer Mutter vermutlich auch ein einfacher Arbeiter ganz recht, um ihnen allen ein Dach über dem Kopf zu sichern. Schon lange betrachtete diese jedes männliche Wesen als potenziellen Ehegatten für ihre Tochter, um ihrer aller Zukunft zu sichern.

Gut zu heiraten. Mehr erwartete man nicht von ihr. Emma

drückte ihren Korb fester an ihre Brust. Vielleicht war die kurze Nachricht in den Zeitungen mehr als ein Almosen der Herren der Obrigkeit an die Frauen. Vielleicht war es eine Chance, auf eigenen Beinen zu stehen.

*Glauben Sie mir, einen großen, starken Mann brauchen Sie nicht.* Seine weiche und gleichzeitig tiefe Stimme floss wie geschmolzene Butter durch ihr Inneres. Nein, sie sollte nicht schon wieder an ihn denken! Aber er hatte recht. Sie musste die Zügel in der Hand behalten.

Emma straffte die Schultern, als sie in den heimischen Hof eintauchte. Ihr Blick huschte zu den Fenstern mit üppig bepflanzten Blumenkästen. Ob Vater schon zu Hause war? Bei der Vorstellung, ihren Eltern von der Nachricht in der Zeitung zu erzählen, wurde ihr mulmig zumute. Ihre Gedanken schweiften zum verhängnisvollen Ausflug nach Straßburg vor drei Jahren. Verstohlen berührte sie ihre Wange. Willst du, dass heute etwas Ähnliches passiert, zwickte eine fiese Stimme an ihr. Nein. Damals hatte sie einen Fehler gemacht, einen ganz großen Fehler, indem sie ihre Eltern hintergangen hatte. Heute war etwas vollkommen anderes, so viel stand fest!

»Was träumst du hier herum? Mach, dass du nach Hause kommst, deine Mutter macht sich schon Sorgen!« Ihr entgegen kam Hilde Rosenberger, und wie immer roch die alte Frau nach gebratenen Zwiebeln. »Wie siehst du denn aus!«, schimpfte sie weiter, während sie auf ihren kurzen Beinen vorbeiwackelte. »Ich frage lieber nicht, in welcher Gosse du dich herumgetrieben hast.«

»Nein, besser nicht«, murmelte Emma. Erst als die Nachbarin nicht mehr zu sehen war, raffte sie ihren Rock zusammen und stieg die Stufen hinauf.

Die Wohnung ihrer Eltern, die sie früher als furchtbar klein empfunden hatte, begrüßte sie mit einer schier unendlichen

Weite. Im Gegensatz zu Aaron und seinen Geschwistern mussten sie nicht in einem Raum zusammengepfercht hausen. Es gab einen Flur, eine helle Wohnstube, eine Küche und zwei Schlafkammern. Das Mobiliar, das ihre Mutter bei der Ankunft in Metz ausgesucht hatte, war günstige Fabrikware und auf Zweckmäßigkeit ausgerichtet. Allein das gepolsterte Sofa bestach mit Anzeichen von Gemütlichkeit.

»Emma?«, erklang aus der Stube eine fordernde Stimme, kehlig und stets reserviert. »Emma, bist du es?«

»Ja, Mama.« Sie trat an die Schwelle. Ihre Mutter saß auf dem besagten Sofa mit einem aufgeschlagenen Buch. Den Rock ihres hellbraunen Kleides hatte sie fein auf dem Polster ausgebreitet, jede Falte am rechten Platz. Ein guter, praktischer Stoff, lobte sie stets das Kleidungsstück, wenn sie es anzog.

»Wie siehst du nur aus?« Oft kam es Emma vor, als würde ihre Mutter sie nicht wirklich anschauen, als würde der Blick einfach durch sie hindurchgleiten. Dieses Mal haftete er fest an dem geschundenen Rock, dann glitt er zum Korb voller Zeitungen. »Und was soll der ganze Müll?«

Rasch zog Emma eine der Ausgaben aus dem Korb. »Es ist amtlich! Es wurde endlich beschlossen!« Sie bemühte sich, ihre Stimme vor Aufregung nicht zu sehr beben zu lassen. »Die Universität in Straßburg lässt endlich Frauen zum Studium zu.«

»Großartig.« Ihre Mutter klappte das Buch geräuschvoll zusammen. »Hast du Brot bei Scheele besorgt?«

Beim Gedanken an den Bäcker zog sich Emmas Magen zusammen. Ob es Aaron gutging?

Ihre Mutter verdrehte die Augen und seufzte ihren schwermütigen Hab-ich-doch-geahnt-Seufzer. »Jetzt bring den ganzen Müll weg und decke den Tisch. Dein Vater kommt bald.«

Emma strich über die Zeitung, ohne darauf zu achten, dass

die Tintenschwärze dabei ihre Handflächen beschmutzte. »Diese Nachricht … das bedeutet doch, ich könnte … studieren!« Und nicht einmal Paul Laband durfte sie aus seinem Hörsaal werfen, dachte sie mit einer Genugtuung.

Emma hob den Blick. Regungslos starrte ihre Mutter sie an. Viele sagten, Emma hätte die wunderschönen braunen Augen von ihr geerbt. Sie hoffte nur, ihre eigenen wären nicht von der gleichen Härte gezeichnet.

»Auch Frauen können das schaffen, Mama«, versuchte sie es erneut. »In Heidelberg studieren schon seit acht Jahren welche. In der Schweiz, in Russland … eigentlich überall in Europa! Endlich ist es auch in Straßburg möglich!«

Na los, Emma, redete sie auf sich ein, als ihr die Stimme versagte. Lass dich nicht aufhalten! Doch sie hatte Angst. Sie hatte eine so furchtbare Angst!

Noch einmal fasste sie Mut, um ihrer Mutter ins Gesicht zu blicken, das nach wie vor keinerlei Rührung zeigte. »Ich habe mich informiert, Mama, ich könnte das Fortbildungsseminar besuchen, das Abitur am Kaiserlichen Lyceum nachholen«, sprudelte es aus ihr heraus, dass ihr ein bisschen schwindelig von ihrer eigenen Courage wurde. »Ich könnte mich vorbereiten, lernen, bis ich …«

»Schluss jetzt!«, fuhr der scharfe Ton durch sie hindurch, als hätte ein Blitz in sie eingeschlagen. »Ein Fortbildungsseminar. Das Abitur! Dass ich nicht lache.«

»Aber das ist kein Unsinn, Mama! Ich …«

»Was ist denn hier für eine Aufregung?«, erklang hinter ihr die tiefe Stimme ihres Vaters. Emma zuckte zusammen. Wie lange stand er schon da? Sie hatte nicht gehört, wie er die Wohnung betreten hatte, und fühlte sich wie ein Kind, das bei Unfug ertappt wurde.

Er trat auf sie zu. Unwillkürlich wich sie zurück. Obwohl

sie genauso groß wie er war, fühlte sie sich in seiner Gegenwart klein und unbedeutend. Wenn nicht sogar störend.

Dabei war es nicht immer so gewesen. Als sie vier Jahre alt gewesen war, war sie jedes Mal auf ihn zugestürmt, sobald er aus dem Bureau nach Hause gekommen war. Ganz egal, wie erschöpft er war, schloss er sie in seine Arme und wirbelte sie herum. Dann trug er sie zur Wiege, über die sie sich zusammen beugten und ehrfürchtig das kleine Wesen darin beäugten. »Else und Emma. Emma und Else«, flüsterte er liebevoll in ihr Ohr. »*Meine* Mädchen.«

Ihre früheste Kindheitserinnerung.

Genauso wie an dem Tag, an dem sie ihren Vater voller Ungeduld zur Wiege zog, um ihm zu zeigen, wie gut sie schon zählen konnte. Vorsichtig berührte sie jedes kleine Fingerchen und jeden winzigen Zeh. Eins, zwei, drei … bei neun verstummte sie. Vaters Hände umklammerten den Rand der Wiege, jede Faser seines Körpers war bis zum Äußersten angespannt. »Mein Mädchen«, keuchte er nahezu erstickt. Als er bemerkt haben musste, dass sein Mädchen nicht mehr atmete.

Aus Else und Emma wurde nur noch Emma.

Und zu Hause … wurde es still.

Als hätte das kleine Wesen all das Lachen, all die Worte dieser Familie mit in das winzige Grab genommen. Ihr Vater wirbelte sie nicht mehr herum. Das Gesicht ihrer Mutter regte sich kaum noch. »Nur noch Emma« war nicht genug. Und ihre Mutter konnte keine weiteren Kinder mehr bekommen.

»Deine Tochter will nach Straßburg gehen und studieren.« Ihre Mutter stand auf und richtete die Falten ihres Rockes. Ohne ein weiteres Wort ging sie in die Küche, wo sie mit dem Geschirr zu hantieren begann.

»Studieren?« Ihr Vater legte seine Tasche ab und zog die Schuhe aus, die er säuberlich nebeneinander an der Wand abstellte. Sie waren alt und ausgetreten. Nicht so schlimm wie bei Aaron, aber etwas Neues hatte er sich schon seit Ewigkeiten nicht mehr gegönnt.

Bange beobachtete Emma jede seiner Bewegungen. Manchmal spürte sie da noch eine Bindung zu ihm wie in den längst vergangenen Tagen. Denn ab und zu flackerte Zärtlichkeit in seinen Augen auf, wenn er sie anschaute. Als sähe er immer noch Else und Emma vor sich, *seine* Mädchen.

Zaghaft hielt sie ihm die Zeitung hin.

»*Neuer Bahnhof feierlich eröffnet*«, las er auf dem Titelblatt. »Das will ich auch hoffen, nach vier Jahren Bauzeit! Bei uns hätte es so eine Trödelei nicht gegeben. Aber hierzulande halten die Leute wenig von den guten alten deutschen Tugenden.«

»Doch nicht der Bahnhof.« Sie betrachtete die tiefen Falten an seiner Stirn, die dünnen, beinahe blutleeren Lippen, die dunklen Schatten unter seinen Augen. »Das Reichsland und Preußen lassen endlich Frauen zum Studium zu. Frauen können studieren, Vater. *Ich* könnte studieren.«

»Studieren.« Kurz biss er die Zähne zusammen, als verursache das Wort ihm Schmerzen. »Und was, bitte schön?«

»Nun setz doch dem Mädchen keine Flausen in den Kopf!«, entgegnete ihre Mutter aus der Küche. »Nichts wird es studieren, außer wie man Knöpfe annäht und Kartoffeln stampft. Die stehen übrigens auf dem Tisch und warten darauf!«

Es brutzelte, was die Stimme beinahe übertönte, und roch absolut verführerisch nach gebratenem Speck. Die Kartoffeln wurden schon vor einer Weile gekocht und standen tatsächlich warm eingewickelt auf dem Küchentisch. Resigniert wollte Emma der Aufforderung Folge leisten, doch ihr Vater hielt sie zurück. Schwach legten sich seine kalten Finger um ihr Handgelenk, seine Haut fühlte sich kratzig und trocken an, papierdünn. Dennoch wagte sie es nicht, sich zu rühren, so selten waren diese liebevollen Berührungen geworden. So rar erschien ihr der Moment.

»Sag schon.« Er schluckte, als würden in ihm zwei Seelen miteinander kämpfen. »Was würdest du denn studieren wollen?«

Die Tatsache, dass er sie fragte, dass er es wirklich wissen wollte, ließ ihren Atem stocken. Er wartete, forschte mit einem müden Blick in ihrem Gesicht. Doch seine Frage hatte sie so überrumpelt, dass sie darauf nichts zu antworten wusste.

»Siehst du?« Der Vater ließ sie los und wandte sich der Küche zu. »Sie muss darüber erst einmal nachdenken, Käthe. So lange können wir in Ruhe Abendbrot essen.« Mit gebeugtem Rücken schlurfte er ins Schlafzimmer, um sein Jackett aufzuhängen.

»Philosophie vielleicht. Oder nein, warte! Rechtswissenschaften!«, rief sie ihm hinterher. Eine neue Hoffnung flammte in ihrem Herzen auf. Der Tatendrang. Das Gefühl, Berge versetzen zu können. »Ich möchte Rechtswissenschaften studieren.«

Ihre Mutter kam ins Wohnzimmer und knallte die Teller auf den Esstisch. »Steh nicht so dumm da und mach dich nützlich. Rechtswissenschaften! Dass ich nicht lache. Studieren macht hässlich.«

»Unweiblich mit Sicherheit.« Ihr Vater kam zurück und nahm Platz am Tischkopf, während Emma schnell in der Küche die Kartoffeln stampfte und ihre Mutter die Pfanne vom Herd zog.

»Ach, und da brauchen wir uns dann keine Sorgen mehr zu machen?«, rief ihre Mutter ins Wohnzimmer hinüber. Emma verharrte. Stritten sich ihre Eltern gerade? Normalerweise stritten sie sich nie. Sondern lebten einfach nebeneinanderher wie zwei Fremde, die einander nichts mehr zu sagen hatten.

»Was ist, wenn sie ihren Kopf mit all dem unnützen Zeug vollstopft und niemand mehr auch nur einen Blick auf sie werfen mag? Es ist ja ohnehin nicht so, dass sie sich kaum noch vor Verehrern retten kann. Neunzehn ist sie, und weit und breit kein Mann in Sicht!«

»Vielleicht möchte ich keinen Mann«, erwiderte Emma und brachte den Topf mit den gestampften Kartoffeln zum Esstisch.

»Aber sicher doch, sie möchte keinen Mann.« Böse funkelte die Mutter sie an, während sie den Speck auf den Tellern verteilte.

»Wenn ich erst mal studiert habe, kann ich selbst für mich sorgen. Meine eigenen Entscheidungen treffen. Mama! Verstehst du denn nicht? Ich will nicht in einem Eheleben versauern und jeden Abend Stampfkartoffeln machen, begreifst du das etwa nicht?«

»Jetzt reicht es.« Die Gabel ihres Vaters klackte gereizt gegen den Tellerrand. Seine Stimme schnitt einem Messer gleich durch ihr Inneres. »So redest du nicht mit deiner Mutter.« Er schwieg eine Weile, während er auf seine Kartoffeln starrte. »Haben wir eigentlich noch Brot?«

»Hätten wir, wenn deine Tochter nicht mit dieser Zeitung wie ein aufgescheuchtes Huhn hierhergerannt wäre und alles andere vergessen hätte!«

»Ist gut.« Er wischte sich über das Gesicht, als wolle er sich die Sorgenfalten von der Stirn reiben.

»Papa, ich möchte doch nur …«

»Es reicht jetzt!«, donnerte seine Stimme und brachte sie zum Verstummen. Seine andere Seele gewann. Sie gewann jedes Mal.

Emma senkte den Blick. Endlich verlief das Abendessen so,

wie es jeden Tag verlief: schweigend, bedrückend, unterbrochen nur durch das gelegentliche Klacken des Bestecks. Die Stampfkartoffeln schmeckten fade, alles ringsherum fühlte sich stumpf an.

Wenig später stand ihr Vater auf, danach erhob sich auch die Mutter. Emma deckte den Tisch ab, wusch das Geschirr ab und ging früh zu Bett. Sie fühlte sich zermürbt und ausgelaugt, einschlafen konnte sie dennoch nicht. Still lag sie da und starrte in die Dunkelheit.

Wenig später drangen aus der Schlafkammer ihrer Eltern Stimmen. Sie sollte nicht lauschen, das war ihr bewusst. Dennoch schlüpfte sie aus dem Bett und schlich zur Tür ihrer Eltern.

»Bin ich zu streng mit ihr?«, fragte ihre Mutter. »Von wem hat das Kind nur dieses überspannte Wesen!«

»Du weißt, von wem.« Schweigen. Dann: »Wenn sie erst einmal einen Mann hat, wird er ihr die Flausen schon austreiben. Dann brauchen wir uns keine Sorgen mehr um sie zu machen.«

Das Bett knarzte, als einer der beiden sich darin bewegt hatte. Vermutlich ihre Mutter, denn sie sprach ganz eifrig auf den Vater ein. »Wilhelmine, eine Freundin, hat einen ledigen Sohn. Ich habe sie schon Ewigkeiten nicht gesehen, aber ich glaube, ich könnte es schaffen, unsere Beziehung aufzuwärmen. Ansonsten bliebe wohl nur eine Heirat mit einem der Offiziere. Zum Glück ist Metz voll davon.«

Emma biss sich auf die Lippe, um nicht aufzustöhnen. Wie bestimmt es aus ihren Mündern klang! Man hörte schon die Hochzeitsglocken läuten, wenn man nur gut genug lauschte.

*Einen großen, starken Mann brauchen Sie nicht*, kam ihr wieder in den Sinn. Seine Stimme, die sanfte Berührung seiner Finger, als er die Zügel in ihre Hände legte. Manche Begegnungen hatten sehr wohl einen tieferen Sinn. Trotzig ballte sie die Hände. Egal was für Pläne ihre Eltern auch schmiedeten: Sie würde studieren.

Und nicht irgendeinen Kerl ehelichen.

$$* * *$$

»Nun schaue nicht so trüb drein. Das steht dir nicht und macht dein Gesicht ganz verkniffen.«

Ihre Mutter zupfte an Emmas Kleid, als sie aus der Kraftdroschke ausgestiegen waren. Anschließend wurde der Haarschmuck gerade gerückt, eine widerspenstige Strähne hochgesteckt. Emma fühlte sich wie ein Ausstellungsstück auf der Foire, die im Mai stets auf dem Theaterplatz veranstaltet wurde.

»Gnädige Frau?« Mit einem Räuspern erinnerte der Fahrer an seine Anwesenheit und die Notwendigkeit der Bezahlung.

»Ja. Ja, natürlich.« Endlich ließ die Mutter von ihr ab und kramte in ihrem Geldbeutel. Emma wusste, dass es das ganze Geld war, das sie für diese Woche hatten. Es wurde nun dem Fahrer wie beiläufig gereicht. Doch ihre Mutter hatte darauf bestanden, eine Kraftdroschke zu nehmen. Um einen guten Eindruck zu hinterlassen, wie sie den ganzen Weg über beteuerte.

Sehnsüchtig blickte Emma dem Fahrzeug hinterher. Sie wünschte sich, die Kraftdroschke hätte sie wieder mitgenommen, dann müsste sie in den nächsten Stunden nicht etwas mimen, was zu sein sie sich vehement weigerte: eine liebreizende junge Dame auf der Suche nach einem Mann, der das arme Ding aus seinem Unglück rettete.

»Nun komm schon! Oder soll ich dich an den Ohren hinter mir herschleifen?« Entschlossen ging ihre Mutter zum Gebäude. Die Fassade wirkte grau und erdrückend, fast wie der wolkenverhangene Himmel, der sich über Metz erstreckte. Der Eingang führte zum Appartement, das die Seidels bewohnten, das Fuhrgeschäft selbst und das Kontor lagen im Hinterhof. In zwei Monaten sollten die Seidels in eine Villa umziehen, hatte die Mutter beim Frühstück berichtet. Zu diesem Anlass würde es ein großes Einweihungsfest geben, und die heutige Mission lautete: Bei dem ungezwungenen Nachmittagstee eine Einladung zu ergattern, damit Emma die Möglichkeit bekam, den Geschäftserben auf der Feier zu bezirzen. Allein bei dieser Vorstellung verkrampfte sich Emmas Magen, aber die Mutter blieb unnachgiebig: Wir haben so viel für dich getan, es ist an der Zeit, dass jemand anderer sich deiner annimmt.

»Komm endlich! Und pass auf dein Kleid auf«, zeterte sie, als Emma zu nah an blühenden Stauden vorbeigegangen war, deren Pollen hätten auf den Stoff abfärben können.

»Ja, Mama.« Emma sah an sich herunter. Während ihre Mutter wieder einmal ihr braunes Kleid mit schwarzen Akzenten aus Spitze trug, das sie heute mit einem neuen Kragen etwas aufgefrischt hatte, steckte Emma in einer sonnengelben Kreation aus unzähligen Rüschen und Schleifen. Sonnengelb war die Lieblingsfarbe der Gastgeberin. Sie selbst fühlte sich darin wie ein Kanarienvogel.

»Ich hoffe, du machst einen guten Eindruck.« Ihre Mutter klingelte. »Und lächele endlich. Du bist nicht auf einer Beerdigung.«

Die Tür wurde aufgemacht, bevor Emma dazu gekommen war, dezent die Augen zu verdrehen. Ihre Mutter trat zuerst ein, ohne das Dienstmädchen auch nur eines Blickes zu würdigen. »Bitte Käthe Bergmann und Tochter ankündigen«, meinte sie trocken.

»Aber natürlich. Die Teegesellschaft befindet sich im Salon. Wenn Sie mir folgen mögen?« Das Dienstmädchen schritt voran. Mit jeder Zelle ihres Körpers stellte sie zur Schau, wie unsympathisch sie die Neuankömmlinge fand, was Emma ihr kaum verübeln konnte.

Das Appartement erstreckte sich über die ganze Etage des Gebäudes. Im langen, holzgetäfelten Flur drängten sich an den Wänden Bilder dicht aneinander und zeigten Stillleben und Landschaften. Das Sammelsurium erlaubte keinerlei Rückschlüsse auf den Geschmack der Bewohner, da es eine chaotische Mischung aus allen Epochen und Kunstrichtungen darstellte.

Am Ende des Korridors schmückte ein Doppelporträt die hohe Wand. Es zeigte eine korpulente Frau in einem lindgrünen Kleid neben einem kräftig gebauten, muskulösen Mann – beide mit bleichen Gesichtern, die arrogant auf den Betrachter herabblickten. Sie sahen fast wie Gespenster aus, die durch diese Räume geistern könnten. Kaum wie lebendige Menschen, die einem Künstler einst Modell gesessen hatten. Emma tippte auf die Eheleute Seidel, und ihre Lust, den Sohn der beiden kennenzulernen, tendierte gegen null.

Das Dienstmädchen öffnete eine der Türen. »Frau Bergmann mit Tochter«, verkündete sie hölzern, als wollte sie mit Mutters Tonfall von vorhin konkurrieren.

Emma lächelte dem Dienstmädchen zu, was es flüchtig und ungern erwiderte, und schritt hinter ihrer Mutter her über die Schwelle.

Eleonore Scheele, die Bäckersfrau. Die Dame fiel Emma als Erste auf, dabei hatte sie es so erfolgreich vermieden, die Bäckerei nach dem Vorfall mit Aaron zu betreten. Nun würde sie anscheinend der Frau direkt gegenübersitzen, deren Söhne einen Zeitungsjungen gequält hatten. Eleonores Freude über

Emmas Anblick schien sich genauso in Grenzen zu halten. Ihre Lippen wirkten faltig, so sehr presste sie diese aneinander. Zum Glück wurde die angespannte Atmosphäre von der Hausherrin persönlich aufgelöst.

»Käthe! Schön, dass du hier bist. Wir haben uns schon Ewigkeiten nicht gesehen, wie wunderbar es doch war, von dir zu hören! Und du musst Emma sein. Kommt, setzt euch doch.« Anders als auf dem Porträt hatte Wilhelmine Seidel wenig Ähnlichkeiten mit einem Geist, auch wenn ihre Haut tatsächlich sehr blass wirkte. Obwohl klein und korpulent, glitt sie leichtfüßig Emma und ihrer Mutter entgegen, um sie zu begrüßen. Ihr ehrliches Lächeln steckte sogar Emma an, die sich eigentlich vorgenommen hatte, den Schreck der Teegesellschaft zu mimen. »Eleonore kennt ihr bestimmt«, fuhr die Hausherrin beschwingt fort und verzichtete auf eine förmliche Vorstellung, als Emmas Mutter und die Bäckersfrau sich zunickten. »Und das ist meine Tochter Louise.«

Emma hatte sich kaum hingesetzt, da wurde ihr von Louise eine Porzellantasse gereicht. Auf dem kleinen Tisch standen bereits mehrere Etageren mit feinem Gebäck, das ein geschwungenes *S* für Scheele zierte. Der Tee duftete herrlich frisch und herb, und Emma konnte nicht anders, als die Augen zu schließen und den Geruch tief einzusaugen.

»So eine Qualität bekommst du nicht so oft zum Kosten, nicht wahr?«, bemerkte Eleonore spitz, als wollte sie mit ihrem ganzen Wesen zeigen, dass in der Gesellschaft von Emma und ihrer Mutter Tee zu trinken weit unter ihrem Niveau lag.

»Oh«, erwiderte Emma vornehm, auch wenn alles in ihr schrie, der Frau das zu sagen, was ihr wirklich auf der Zunge lag. »Auch wir kommen des Öfteren in den Genuss eines guten Tees.«

»Emma!«, zischte ihre Mutter mit einem Ton wie eine Ohrfeige.

»Der vermutlich so verdünnt serviert wird, dass er eher nach Wasser als nach Tee schmeckt«, fiel Eleonore ihr ins Wort.

»Etwas Zucker dazu?«, mischte sich Louise ein, als Emma gerade dabei war, zu einer Antwort anzusetzen. Seidels Tochter hatte wohl nicht nur die korpulente Figur und die blasse Haut ihrer Mutter geerbt, sondern auch die ungezwungene Fröhlichkeit, mit der sie eine so vertrackte Situation geschickt entschärfte.

»Gern.« Emma nahm sich ein Stück Zucker und blickte neugierig umher. Die Salonwände waren mit einer zitronengelben Stofftapete bezogen und erweckten den Eindruck, als würde auch an diesem wolkenverhangenen Tag die Sonne hineinscheinen. Die beigen Polstermöbel machten den Raum optisch weiter und verliehen ihm ein gemütliches Ambiente. Die große Fensterfront erlaubte einen Blick in den kleinen, üppig bepflanzten Garten.

»Mama kümmert sich selbst um das ganze Grün«, wandte Louise ein, die Emmas Blick bemerkt haben musste. »Du müsstest diesen Garten im Frühling sehen, wenn Hunderte von Krokussen und Osterglocken aus der Erde sprießen!« Mit jeder Pore strahlte Louise pure Begeisterung aus, während Eleonore bloß steif die Schultern hob. »Dafür habe ich einen Gärtner.«

»Vielleicht sollten Sie es doch einmal eigenhändig ausprobieren«, wandte Emma ein. »Ich habe gehört, es entspannt ungemein.«

»Emma!«, echauffierte sich ihre Mutter erneut. Das aufziehende Donnerwetter, das zu Hause über sie hereinbrechen würde, konnte sie beinahe körperlich spüren.

»Es würde mir niemals einfallen, wie ein Maulwurf in der Erde zu wühlen«, erwiderte Eleonore und bemerkte in ihrer Empörung gar nicht, wie sie ihre Gastgeberin gekränkt hatte.

Emma beachtete sie nicht weiter und wandte sich Wilhelmine zu: »Vielleicht können Sie mir ein bisschen was beibringen? Einen grünen Daumen könnte ich gut gebrauchen. Mamas Blumenkästen beklagen sich schon länger über meine Pflege.«

Wilhelmine erstrahlte, als würde in ihr eine kleine Sonne aufgehen. »Aber selbstverständlich, Liebes!«

Louise nahm sich ein Plätzchen und blickte schelmisch zu Emma. Emma tat es ihr gleich. So schauten sie einander an, im stummen Einverständnis, dass sie beide die Bäckersgattin nicht gerade mochten, auch wenn Scheeles Plätzchen hervorragend schmeckten.

»Wie geht es denn deinem Sohn, Wilhelmine?«, wechselte Käthe das Thema, und Emma schob schnell ein weiteres Plätzchen nach, um nicht aufzustöhnen. Das war es. Das Thema des Nachmittags, der mit einer Einladung zum Fest enden sollte.

»Er muss sich schonen. Eigentlich soll er sich nur um die Bücher kümmern, aber guckt man nicht hin – schon hat er selbst eine Fahrt übernommen, egal wie lang oder schwer.«

»Ach, die jungen Leute heutzutage sind so leichtsinnig.« Streng schaute Käthe Bergmann zu Emma. Nun sag auch du etwas, forderte ihr Blick.

Einige Tage vor dem Besuch hatte ihre Mutter sie über die Familie Seidel informiert. Wie schwer Wilhelmines Schwangerschaft verlaufen war. Wie die Familie bangen musste, bevor Carl geboren wurde: ein schwächlicher Junge, bei dem schon im Säuglingsalter ein Herzleiden diagnostiziert worden war. Geknüpft an das Bedauern, dass dieses Herz wohl nicht allzu lange schlagen würde.

Emma sah eine winzige Wiege vor sich und das zerbrechliche Bündel Leben darin. Eins, zwei, drei … Für Else war bei neun Schluss. Wilhelmines Sohn atmete dagegen weiter. Er atmete immer noch. Auch wenn er vor drei Jahren zusammengebrochen war und unter die Fittiche der Familie zurückkehren musste.

Wie konnte es sein, dass in einem Haus das Lachen für immer verstummt war, und in einem anderen weiter erschallen durfte? Dass die Seidels ihre Fröhlichkeit niemals verloren hatten, und die Bergmanns den Anblick ihrer übrig gebliebenen Tochter kaum noch ertrugen? Emma starrte Wilhelmine und Louise an. Wie unbefangen und herzlich sie miteinander umgingen. Als sie sah, mit welcher Liebe Frau Seidel ihre Tochter anschaute, während sie ihr noch etwas Tee einschenkte, zog sich in Emma alles schmerzhaft zusammen.

»Ihr seid bestimmt froh, Carl wieder bei euch zu haben, nicht wahr?«, nahm Emmas Mutter den Faden wieder auf und machte dabei solche Kunststücke mit ihren Augäpfeln, dass Emma befürchtete, sie würden gleich herauskullern. Aber ihr Hals war wie zugeschnürt, und beim besten Willen hätte sie keinen Ton herausbringen können.

»Oh ja«, bestätigte Wilhelmine. »Wir hätten ihn nie nach Düsseldorf gehen lassen sollen! Aber nun ist er bei uns, und wir passen auf ihn auf.«

»Nun«, meine Eleonore, die offenbar nach Aufmerksamkeit gierte. »Habt ihr das Neuste über diese unsägliche Judith gehört? Also … «

»Sobald er ein nettes Mädchen kennenlernt, müsst ihr euch keine Sorgen mehr um ihn machen«, unterbrach Käthe sie und legte eine Hand auf Emmas Schulter, was ihr sogleich Eleonores ungehaltenen Blick einbrachte. Dass man ihr ins Wort fiel, war diese Frau anscheinend nicht gewohnt.

»Ach, darum bitte ich den Allmächtigen jeden Tag«, er-widerte Wilhelmine mit einem eifrigen Nicken. »Er ist ein so großartiger junger Mann!«

»Sie würde gewiss auf ihn achtgeben und ihn umsorgen«, bekräftigte Käthe, und der Druck auf Emmas Schulter wurde stärker.

Umsorgen? Der Ärger spülte im Nu ihre Traurigkeit weg. Emma schob sich leicht zur Seite, als würde sie es sich auf ihrem Stuhl bequemer machen wollen, und entzog sich der mütterlichen Hand. Carl Seidel benötigte also nicht nur eine Ehefrau, sondern vor allem eine Krankenschwester. Vielleicht sollte sie Medizin studieren, um seinen Ansprüchen gerecht zu werden.

»Ein nettes Mädchen?« Eleonore maß Emma mit einem vernichtenden Blick. »Na, jedenfalls keins, das jedem daher-gelaufenen Zeitungsjungen seine rotzige Nase mit ihrem Är-mel abwischt. *So* ein Mädchen würde ich meinem Sohn nicht wünschen.«

Emma atmete tief ein. »Keine Sorge, so ein Mädchen wür-de sich Ihren Sohn auch nicht wünschen.« Es war raus, bevor sie sich auf die Lippe beißen konnte.

Diese Situation konnten wohl weder ein liebreizendes Lächeln retten, das sie schnell aufsetzte, noch Louises un-gezwungene Fröhlichkeit. Ihre Mutter schnappte wie eine Auster, während Eleonore aussah, als würde ihr ihr eigenes Plätzchen im Hals stecken bleiben.

»Bitte entschuldigt.« Emma stand auf. »Ich brauche etwas frische Luft.« Bevor ihre Mutter sie aufhalten konnte, flüchtete sie aus dem Salon. Sie konnte sich gut vorstellen, dass Eleono-re es nicht versäumen würde, ihre Mutter über den Vorfall vor der Bäckerei zu unterrichten. Als die Tür hinter ihr zuging, lehnte sich Emma gegen den Rahmen. Vielleicht sollte sie

Theologie studieren. Um den Glauben zu stärken, dass kleine Sünden vergeben und vergessen werden konnten. Nur garantiert nicht von ihrer Mutter.

Während sie noch grübelte, schlüpfte das Dienstmädchen aus einer der Türen in den Korridor. »Entschuldigen Sie, könnten Sie mir den Weg in den Hof zeigen?«, fragte Emma rasch, bevor dieses wieder davonhuschen konnte. Die Unterbrechung bei der Arbeit schien der Bediensteten deutlich zu missfallen, als sie »Gewiss, gnädiges Fräulein« murmelte. Zusammen gingen sie bis zum Ende des Korridors vor, dann nach links in einen weiteren Flur, bis sie beide in einem Vorraum standen. »Bitte sehr.«

Emma bedankte sich und trat heraus. Der Hof stand leer. Anscheinend gab es im Fuhrgeschäft heute nicht so viel zu tun – oder so viel, dass alle unterwegs waren. Eine Weile schlenderte Emma umher, als sie ein an einer Wand angelehntes Fahrrad entdeckte. Ein fabrikfrisches Brennabor, dessen Reklame sie so oft in den Zeitungen bewundert hatte. Die Anzeigen präsentierten in die Ferne blickende Frauen, die das Rad selbstbewusst am Sattel hielten und jemandem zum Abschied mit einem weißen Tuch winkten. Einfach »Leb wohl« sagen und davonfahren. Weg aus diesem Leben. Sie stellte sich vor, wie sie den Lenker packte, der sie an die Hörner eines Stiers erinnerte, sich auf den ledernen Sitz schwang und mit voller Geschwindigkeit einen Berg hinuntersauste. Sie würde die Arme ausbreiten, den Fahrtwind im Gesicht spüren und die grenzenlose Freiheit genießen.

Ehrfürchtig strich Emma über den Sattel. Wie fein ausgearbeitet, wie zerbrechlich und gleichzeitig so stark sah der Rahmen aus! Sie packte das Rad. Nur kurz ausprobieren – dann würde sie es sofort zurückstellen!

»Wen sehe ich denn da!«, tönte hinter ihr eine ehrlich erfreute Stimme. Ertappt drehte sich Emma herum und schaute einem Grübchenlächeln entgegen. Warum nur schlug ihr Herz so verdammt schnell bei seinem Anblick? Der junge Mann kam näher, und eine Brise wehte ihr seinen Duft entgegen. Nicht mehr nach Pferd, aber immer noch nach Kräutern, frisch und leicht. »Das Fräulein ohne Namen. Ein Glück, dass ich da bin, um Sie vor diesem Ungetüm zu retten!«

Rasch lehnte sie das Rad zurück an die Wand. »Da irren Sie sich. Auch dieses Mal bin ich nicht in Gefahr. Dieses Ungetüm hier hat mir nichts getan.«

»Oh.« Schelmisch zwinkerte er ihr zu. »Dann muss ich Ihr Erscheinen demnach so interpretieren, dass Sie alle Fuhrgeschäfte der Stadt nach mir abgesucht haben, bis Sie endlich hier gelandet sind? Ich bin enttäuscht. Das hätte auch schneller gehen können. Zwei Wochen musste ich auf Sie warten.«

Sie lachte. Aus ihrer tiefsten Seele, ganz und gar undamenhaft, wie ihre Mutter sie schelten würde. Aber sie konnte nichts dafür. In seiner Gegenwart fiel ihr das Lachen so unglaublich leicht. »Das hätten Sie wohl gerne!«

»Verstehe.« Nun zog er die Brauen zusammen und seine Stimme wurde eine Spur härter. »Sie wollten also das Rad klauen.«

Die Hitze stieg ihr ins Gesicht. »Nein. Natürlich nicht. Ich wollte …« Keine Ahnung, was sie wirklich gewollt hatte. »Es tut mir leid. Es tut mir wirklich furchtbar leid! Ich …«

Er grinste. »Nehmen Sie mich doch nicht so schrecklich ernst. Können Sie fahren?«

»Leider nicht.« Jetzt wurde sie gänzlich konfus.

»Möchten Sie es lernen?«

Überrascht sah sie auf. Die Grübchen auf seinen Wangen schienen sie herauszufordern.

»Ich bringe es Ihnen bei, wenn Sie möchten.«

»Jetzt?«, hauchte sie ungläubig.

»Warum denn nicht? Außer, Sie müssen bei der feinen Gesellschaft da drüben noch Ihren Tee austrinken.« Er deutete zum Haus.

»Der Tee ist bestimmt schon ganz kalt. Bekommen Sie keinen Ärger, wenn Sie sich vor der Arbeit drücken?«

Er blickte umher und zeigte auf den leeren Hof. »Sieht nicht so aus. Na, was meinen Sie?«

»Ja!« Mit raschen Griffen pflückte sie den Blumenschmuck aus ihrem Haar, löste die Haarnadeln und Bänder. Der ganze Kram würde sowieso nicht lange halten, wenn sie erst in Fahrt kam. Nicht ohne ein schlechtes Gewissen beäugte sie ihr Teekleid. Keine allzu passende Robe für ein Abenteuer, aber das war nicht zu ändern. Sie hörte das Zetern ihrer Mutter bereits im Ohr, als sie ihre Haare rasch zu einem Zopf zusammenband. »Ich bin bereit«, verkündete sie feierlich.

Er offensichtlich nicht. Was auch immer in diesen wenigen Sekunden passiert sein mochte – er schaute sie an, als stünde ein Gespenst vor ihm. Sein leerer Blick schien sich immer mehr in ihren Augen zu verlieren, buchstäblich in ihrer Seele zu versinken.

»Was ist denn?« Mit einem Mal war sie verunsichert.

Er schluckte. »Sie erinnern mich an jemanden.«

»An wen?«

Vorsichtig hob er seine Hand. »Sie haben da noch etwas im Haar.«

Er zupfte an einer Strähne und hielt ihr eine kleine leuchtend gelbe Blüte entgegen. Ihre Mutter hatte heute jede Menge Blumen für die Frisur angeschleppt: Schleierkraut, kleine – selbstverständlich gelbe – Röschen und einige von diesen Pflanzen, sie trug ein ganzes Blumenbeet auf dem Kopf.

Etwas Schmerzhaftes zuckte durch seine Züge. »Senfblüten.« Die Blume glitt aus seinen Fingern. Er atmete tief durch. Mit einem Mal ganz geschäftlich nahm er das Rad und stellte es vor sie hin. »Zu Ihren Diensten, gnädiges Fräulein.«

Emma raffte ihren Rüschenrock. Kurz zögerte sie, dann pflückte sie die Senfblüte vom Boden, steckte sie ein und kletterte auf den Sattel, während der junge Mann das Fahrrad festhielt. Dabei verheddderte sie sich im Saum und wäre beinahe wieder heruntergekugelt.

»Ganz ruhig«, beschwichtigte er. »Wir haben Zeit.«

Das bezweifelte sie – bald würde die Mutter nach ihr suchen. Aber sie ließ sich davon nicht ablenken. Fest umklammerte sie den Lenker. »Und jetzt?«

»Und jetzt entspannen Sie sich«, flüsterte er an ihrem Ohr, so nah, dass sein Atem ihre Wange streifte. Gänsehaut breitete sich über ihren Körper aus, von den Fingerspitzen bis zu ihrer Kopfhaut.

»Ich habe mich entspannt.«

»Ehrlich? Was denn? Ihre Haarspitzen?«

Sie prustete. Das Rad schwankte unter ihr.

»Mehr Konzentration bitte«, sagte er mit gespielter Strenge.

Vorsichtig stellte Emma die Füße auf die Pedale. Los geht's. Er schritt neben ihr, das Rad sicher im Griff. Sie trat fester, nun musste ihr Helfer neben ihr laufen.

»Lassen Sie los!«, forderte Emma. »Ich schaffe das!«

Sie glaubte zu spüren, wie er die Hand vom Sattel nahm, fühlte sich frei und beschwingt, als würde sie fliegen. Er lief neben ihr her, bereit, jederzeit einzugreifen, sollte sie stürzen. Sie trat noch schneller in die Pedale. Zwar fühlte sich der Lenker etwas wacklig in ihren Händen an, doch sie war sich sicher, sie würde es hinkriegen. Noch fester umklammerte sie die Griffe und hob ihr Gesicht dem Wind entgegen. Der Rock störte, am liebsten hätte sie ihn aufgerissen, egal, wie viel er gekostet haben mochte, denn der Saum verfing sich manchmal in den Pedalen. Aber sonst gehorchte das Rad ihr, als wäre es etwas Lebendiges, es folgte ihrem Willen. Schon fuhr sie einen Kreis auf dem Hof, nicht perfekt – aber vollkommen allein. Der junge Mann war stehen geblieben und beobachtete sie mit einem aufmunternden Lächeln auf den Lippen. Das Rad vollführte jede Bewegung, in die sie es lenkte, als wäre es schon immer ein Teil von ihr gewesen.

»Ich kann es!«, jauchzte sie. »Ich kann es wirklich!«

»Ja«, rief er zurück. »Aber passen Sie auf!«

Natürlich. Sie fuhr einen weiteren Kreis und wunderte sich, wie einfach es war, alle Zwänge loszuwerden, alles hinter sich zu lassen … Sie schloss die Augen. So fühlte sich Freiheit an.

»Emma!«, tönten hinter ihr Rufe durcheinander – Mutter, Wilhelmine, Louise … sogar Eleonore. Sie schlug die Lider auf. Keuchte, als ihr klarwurde, dass sie direkt auf eine Mauer zuraste. Schnell riss sie den Lenker herum und das Fahrrad schlug zur Seite.

»Vorsicht!«

Er war schon wieder da, um sie zu retten. Mit voller Wucht prallte sie gegen seinen Körper. Zusammen landeten sie auf dem Boden. Er – unter ihr, das Fahrrad irgendwie zwischen ihnen, sie mussten einen ganz merkwürdigen Haufen bilden. In ihrem Kopf pulsierte nur ein einziger Gedanke: Er würde Ärger kriegen. Vielleicht würden sie ihn sogar feuern – und das nur wegen ihr.

»Das kommt davon«, hörte sie Eleonore irgendwo weiter weg zufrieden verkünden, »wenn man wirklich jeden zu einer feinen Gesellschaft einlädt.«

Langsam drehte Emma den Kopf. Wilhelmine sah schrecklich blass aus, tatsächlich wie das Gespenst auf dem Porträt, als sie zusammen mit Käthe Bergmann über den Hof lief.

Emma wollte hoch und alle beruhigen, doch anscheinend hatte sie sich zu unvorsichtig bewegt. »Langsamer«, stöhnte der junge Mann unter ihr.

»Geht es Ihnen gut?«, hauchte sie.

Er zögerte einen Augenblick. »Es scheint, als wäre ich noch in einem Stück.«

Vorsichtig schob er Emma von sich herunter, zog das Fahrrad beiseite und bemühte sich, zu Atem zu kommen. Einer der Griffe hatte sich ihm beim Sturz in die Brust gebohrt.

Wilhelmine, völlig außer Puste, fiel neben ihnen auf die Knie. »Carl. Ach du meine Güte. Carl! Ist dir schwindelig? Du bekommst keine Luft. Das sehe ich. Wir brauchen einen Arzt!« Dabei tätschelte sie unentwegt sein Gesicht, versuchte immer wieder, seinen Puls zu fühlen, bis er ihre Hände beiseitenahm und liebevoll festhielt.

»Wir brauchen keinen Arzt, Mama. Es geht mir gut.«

Erst jetzt realisierte Emma das Gesagte.

»Carl«, wiederholte sie wie in Trance. »Carl Seidel!«

»So ist es. Und Sie sind Emma, habe ich gehört.« Umständlich richtete er sich auf und half auch Emma auf die Beine. »Sehr erfreut.« Er senkte die Stimme. »Ich verrate nicht, wo wir uns kennengelernt haben, wenn Sie nicht verraten, wo Sie mich zum ersten Mal gesehen haben. Niemand muss wissen, dass ich mal wieder für eine Fahrt aus dem Kontor geschlichen bin.«

Inzwischen war auch Louise näher gekommen und hob das Rad auf. »Mein Fahrrad«, stöhnte sie.

»Es ist weich gelandet, Schwesterherz, das versichere ich dir. Nur der Lenker ist etwas verbogen, aber das lässt sich richten.«

»Das alles tut mir schrecklich leid!« Emma wusste gar nicht, wo sie mit ihren Rechtfertigungen anfangen sollte, zumal die anklagenden Blicke deutlich machten, dass diese sie nicht weiterbringen würden. Das beschämte Gesicht ihrer Mutter setzte ihr am meisten zu. Nein, nicht beschämt. Ihr Ausdruck glich dem von Eleonore Scheele, als wären die beiden Frauen Zwillingsschwestern und würden diese furchtbare Person, die da gerade vom Fahrrad gefallen war, nicht im Geringsten kennen.

Carl hob beschwichtigend die Hände. »Es war alles meine Schuld.«

»Nein!« Emma funkelte ihn an. Sie hatte sich die Suppe eingebrockt, sie würde sie allein auslöffeln.

»Doch«, hielt er unbeeindruckt dagegen. »Ich habe Fräulein Bergmann überredet, das Fahrrad auszuprobieren.«

»Aber das Kleid! Das schöne Kleid!«, klagte Käthe Bergmann, als hätte sie erst jetzt ihre Sprache wiedergefunden. Emma schaute an sich hinunter. Einige Rüschen hingen in Fetzen herab, seitlich klaffte ein Riss, der mehr als deutlich machte, dass keine Näherin hier noch etwas zu retten vermochte.

»Selbstverständlich werde ich für den Schaden aufkommen«, versicherte Carl. »Wie gesagt, es war meine Schuld.«

»War es nicht«, zischte Emma. Am liebsten hätte sie ihn getreten, immerhin erlaubte der Riss im Kleid mehr Beinfreiheit. Da sah sie, wie Zufriedenheit sich in der Miene ihrer Mutter ausbreitete. Sogar die allgegenwärtige Sorgenfalte zwischen ihren Brauen hatte sich ein Stück weit geglättet. Die Mission, ihre Tochter und den Seidel'schen Erben einander näherzubringen, betrachtete Käthe Bergmann wohl als erfüllt. Sie genoss es sichtlich, den ganzen Charme von Carls Grübchenlächeln zu spüren, während Emma sich wie ein feines

Accessoire fühlte. Das so schnell wie möglich in den Besitz von Carl Seidel übergeben werden sollte.

\* \* \*

Die Wochen vergingen. Nach dem Fahrradunfall hatte Emma nichts mehr von den Seidels gehört. Sie müsste erleichtert sein, froh darüber, weiteren Teegesellschaften bei Seidels fernbleiben zu können, bei denen ihre Vorzüge als künftige Ehefrau angepriesen werden sollten. Wenn da nicht diese Senfblüte gewesen wäre, die sie zwischen den Seiten eines Buches getrocknet hatte. Manchmal drehte sie den Stängel zwischen ihren Fingern, und zwei verdammt grüne Augen samt einem unsäglichen Grübchenlächeln suchten sie bis in die späten Nachtstunden heim.

Ihre Mutter wollte sich die Niederlage nicht eingestehen. Als wäre ihr Leben mit einem neuen Sinn erfüllt, verbrachte sie die Stunden in der Stadt, ganz fern von ihrem so geliebten Sofa. Kein Tratsch und Klatsch über die Seidels vermochten ihren spitzen Ohren zu entkommen. »Die Einladung zum Einweihungsfest ist so gut wie sicher«, beteuerte sie mit ganzer Inbrunst und schleppte Emma mit, um Abendkleider zu begutachten, die sie sich sowieso niemals leisten konnten. Inzwischen kannte jede Schneiderin der Stadt diesen obligatorischen Besuch und verdrehte vermutlich innerlich die Augen, wenn ihre Mutter sich nach den besten Stoffen aus Paris erkundigte oder über die angesagtesten Paillettenmuster diskutierte.

Zum Glück hatte Emma einen kleinen Buchladen entdeckt, der so günstig lag, dass sie stets daran vorbeilief, wenn sie einkaufen oder hinter ihrer Mutter herhetzen musste, wenn diese auf der Jagd nach den neusten Gerüchten um die Familie

Seidel war. Wann immer Emma konnte, schlich sie davon, um ihre Zeit in der Buchhandlung zu verbringen und ihren Kopf freizubekommen.

Der Inhaber des Ladens war ein kleiner, hagerer Mann mit weißen Haaren, die so dünn und glatt waren, dass sie bei jedem Windhauch in alle Richtungen abstanden wie Spinnweben. Meistens las er halblaut in seinem Ohrensessel, während in seinem Schoß eine große Katze zusammengerollt lag. Das Rascheln der umgeblätterten Seiten, sein Murmeln und ihre eigenen Schritte auf dem ab und zu knarzenden Holzboden waren die einzigen Geräusche, die in dieser Welt existierten. Sogar der Straßenlärm von draußen schien sich nicht zu trauen, die Stille dieser Buchhandlung zu stören. Wenn Kunden hereinkamen, senkten sie respektvoll die Stimme und ließen sich ausführlich beraten. Der Buchhändler nahm sich für jeden Zeit, seine Katze folgte ihm mit etwas Abstand und schien unaufdringlich zu prüfen, ob alles seine Richtigkeit hatte.

Emma streifte gern zwischen den Regalen herum, die alles zu bieten schienen, was das Herz eines Buchliebhabers begehrte: moderne Romane, die ein flüchtiges Abtauchen aus der Realität versprachen, Klassiker aus aller Welt und unzählige Lehrbücher, zu denen es Emma besonders hinzog. Manchmal fragte sie sich, ob noch andere Kunden außer ihr nachvollziehen konnten, wie es war, den Geruch eines frischgedruckten Buches einzuatmen, oder wie es sich anfühlte, mit Ehrfurcht in den Seiten eines seltenen Antiquariatsexemplars zu blättern. In einer der Reihen entdeckte sie sogar *Das Staatsrecht des Deutschen Reichs* von Paul Laband. Ob sie heute mehr verstehen würde als damals? Würden seine Ausführungen sie immer noch so schrecklich einschüchtern? Mehrfach schlich sie daran vorbei, sprach sich Mut zu, nach dem Buch zu greifen. Was hatte sie schon zu verlieren? Es war niemand da, um sie zu verspotten. Mach schon! Sie zog das Buch aus dem Regal, schlug es auf und las ein paar Sätze. Die Ernüchterung kam sofort – Labands Worte verstand sie heute genauso wenig wie damals in der Vorlesung. Auch nach drei Jahren war sie das dumme, naive Mädchen, das sich nach etwas sehnte, was ihr nicht zustand. In ihrem Kopf hörte sie das Gelächter der Studenten, spürte die Blicke, die ihren wenig rühmlichen Abgang im Kleid voller Rosenblüten nach draußen begleitet hatten, und merkte, wie ihre Hände bebten.

Jemand nieste. Emma zuckte zusammen, schlug das Buch zu und blickte ertappt umher.

»Entschuldigen Sie bitte, isch wollte Sie nischt erschrecken.« Der Ladeninhaber hatte sich am Ende des Ganges an ein Regal gelehnt. Die buschigen Augenbrauen hochgehoben, richtete sich sein Blick hinter den runden Brillengläsern auf das Buch in ihren Händen. »Schwere Kost, nischt wahr?«

»Schwere Kost?« Kämpferisch hob Emma den Kopf und sah auf den kleinen, schmächtigen Mann herab. »Sie meinen, für eine Frau?«

»Ach was. Da begreife auch isch kaum einen Satz.« Seinem leichten Akzent nach zu urteilen, müsste er ein Franzose sein, der nicht direkt aus Elsass-Lothringen stammte, aber hier bereits eine Weile lebte.

»Entschuldigung.« Sie steckte das Buch zurück und drückte unsicher ihre Finger durch, dass die Knöchel knackten. Hinter ihm lugte neugierig seine schwarzbraune Katze hervor. Emma hatte selten ein so großes Tier gesehen, das sein langes Fell wie eine majestätische Robe trug. »Ich wollte nicht unhöflich sein und Ihnen unterstellen …«

Der Mann nieste wieder, putzte sich die Nase mit einem weißen Taschentuch und winkte ab. »Kein Grund, sisch zu entschuldigen. Isch 'ätte Sie nischt so überfallen dürfen.« Er lächelte, so dass sich die Falten auf seinem Gesicht noch tiefer in die Haut gruben und seinem Ausdruck etwas Väterliches verliehen. »Wissen Sie was? Kommen Sie mit.«

Er drehte sich um und schritt voraus, als hege er keine Zweifel, dass sie ihm folgen würde. An einen Tisch neben seinem Sessel stellte er einen Stuhl. »Setzen Sie sisch. Mal schauen …« Er verschwand zwischen den Regalen und kehrte nach einer Weile mit einem Stapel Bücher zurück. »Isch glaube, das könnte etwas für Sie sein.«

Ihr Blick fiel auf die Titel, dann sah sie überrascht auf. Der Buchhändler nickte wissend. Die Tatsache, dass er mit seiner Auswahl wohl richtiglag, machte ihn sichtbar glücklich. »Manschmal reden Sie mit sisch selbst, wenn Sie vergessen, dass Sie nischt alleine sind.«

»Wirklich?« Sie musste unglaublich rot geworden sein. Leider war es in der Buchhandlung nicht schummerig genug, als dass dieser Umstand unbemerkt bleiben konnte. Doch der Buchhändler beachtete es nicht und stellte die Bücher auf der Tischkante ab. Die Katze sprang auf die Sessellehne, rieb den Kopf an seinem Arm und miaute zaghaft, als wollte sie sagen: »Hab mich lieb, jetzt! Was willst du mit dem Mädchen da? Wir kennen es gar nicht.«

»Sie möschten also studieren?« Der Mann kraulte liebevoll seinen Stubentiger, der es dankbar annahm und sich in seine Handfläche schmiegte.

Emma nickte. Es laut vor einem Fremden auszusprechen, kostete sie nach wie vor eine Überwindung.

»Was 'aben Sie absolviert? Zehn Klassen der 'öheren Mädschenschule?«

»Klosterschule.« Sie errötete erneut und ertappte sich dabei, wie sie abermals an ihren Fingern knetete.

Er belächelte sie nicht, sondern wiegte nachdenklich den

Kopf. »Isch 'abe ein bisschen 'erumgefragt. Eine Studienanstalt würde Sie auf die Universität vorbereiten. Alternativ bräuschten Sie ein bis zwei Jahre in einer 'aushaltsschule. Es gäbe noch einen Weg über ein 'öheres Lehrerinnenseminar mit einem zweijährigen Schulpraktikum. Das Problem ist: unsere Bildungs'ochburg Metz bietet nischts davon an.«

»Was ist mit der Städtischen Industrieschule?«

Er hob die Augenbrauen. »Eine gute Wahl. Wenn Sie die Fähischkeiten benötigen, Ihrem E'emann Unter'osen zu nähen.«

Bei den Gedanken an so ein ordinäres Kleidungsstück, das die meisten noch immer *die Unaussprechlichen* nannten, wurde sie schon wieder rot. Noch ein bisschen, und er könnte es für ihren natürlichen Teint halten.

Natürlich bemerkte er ihre Verlegenheit. »Isch bitte um Entschuldigung. Anscheinend stimmt es, was uns Franzosen nachgesagt wird: Wir lassen keine Gelegen'eit aus, um das Gespräch in eine *schlüpfrige* Rischtung zu lenken.«

Nun musste sie kichern.

Der Buchhändler schmunzelte, und das feine Faltennetz durchfurchte abermals sein Gesicht. Besonders um die Augen und den Mund, was sie als Zeichen wertete, dass er unheimlich gern lächelte. »Was das Studium angeht: Es gäbe wohl noch eine Möglischkeit, einen Privatlehrer zu engagieren, damit Sie als Externe an Abiturprüfungen teilnehmen …«

»Nein, nein.« Heftig schüttelte Emma den Kopf. »Dafür haben meine Eltern kein Geld.«

Und auch wenn sie es hätten – würden sie es für ihre Prüfungsvorbereitungen ausgeben? Viel eher hätten sie es in ein Abendkleid investiert, in dem sie Carl Seidel auf dem Fest bezirzen könnte. Bloß nicht dran denken! Dass Kleider und Frisuren ihr Leben mehr bestimmten als sie selbst. Dennoch überraschte sie es, dass sie bei den Ausführungen des Buchhändlers ernsthaft darüber nachdachte, wie sie ihrem Traum näher kommen könnte. Obwohl ihr eigentlich klar sein sollte, dass nichts davon wirklich zu schaffen war. Zumindest nicht mit der Ablehnung ihrer Eltern, die sie mehr als deutlich zum Ausdruck gebracht hatten.

Der Mann beugte sich zu ihr. »Welschen Weg Sie auch nehmen«, er klopfte vertraulich auf den Stapel, »an Ihrer Stelle würde isch damit anfangen. Sie müssen Ihre Kenntnisse auffrischen und eine Grundlage für die Abiturvorbereitungen schaffen. Nun setzen Sie sisch schon, machen Sie es sisch gemütlisch und lesen Sie ruhig rein.«

»Das ist sehr freundlich von Ihnen, Herr …« Fieberhaft überlegte sie, welcher Name draußen auf dem Ladenschild stand. Manchmal hatte ihre Mutter recht, sie lief mit Scheuklappen durch die Gegend.

»Perrin«, stellte er sich vor. »Émile Perrin.« Er deutete auf die Katze. »Und das ist Gusti. Die mir den einen oder anderen Nies-Anfall beschert.«

»Ich bin Emma Bergmann. Danke vielmals. Für Ihre Freundlichkeit. Nur … ich kann die Bücher nicht kaufen. So viel Geld habe ich nicht.«

»Machen Sie sisch keinen Kopf drum. Die Büscher warten auf Sie, wann auch immer Sie 'ier'er kommen möschten.«

Zaghaft fuhr sie mit einer Hand über den Einband des obersten Buches: Einführung in die Mathematik. Das würde sicherlich nicht leicht sein, waren in der Klosterschule doch ihre Lehrerinnen ganz zufrieden, wenn sie die einfachste Arithmetik beherrschte. Aber ob sie scheiterte, würde sie nur herausfinden, wenn sie es wagte! Wie zur Bestärkung rieb Gusti ihre Schnauze am Bücherstapel und zeigte dabei ihren beeindruckend langen Eckzahn, der wohl jedem Nager der Umgebung eine Heidenangst machen musste.

Tief atmete Emma die vom Geruch der Bücher gefüllte Luft der Buchhandlung ein. Wie sehr sie die Gesellschaft dieses Buchhändlers, seiner Katze und der vollen Regale genoss. Sie könnte ewig hier sitzen und in den Seiten herumblättern. Doch als die Glocke an der Tür das nächste Mal bimmelte, war es kein neuer Kunde, der den Buchladen auf der Suche nach einer spannenden Lektüre betrat. Käthe Bergmann stürmte herein. Mit zusammengekniffenen Augen beäugte sie den Raum. Ihre Wangen schienen gerötet zu sein, was sich jedoch als ockerfarbene Rouge-Flecken entpuppte. Neugierig streckte Gusti ihre Schnauze vor, doch Käthe Bergmann scheuchte das Tier angewidert davon. Sie ekelte sich vor allem, was vier Beine hatte und Fell trug. »Emma! Was trödelst du hier herum? Ein Glück, dass unsere Nachbarin gesehen hat, wie du hier rein-gegangen bist. Komm, wir haben keine Zeit zu verlieren!«

So viel Hektik war sie von ihrer Mutter nicht gewohnt, und ein mulmiges Gefühl breitete sich in ihr aus. Bis ihr auf-fiel, dass Mutter nicht nur Rouge trug, sondern auch einen festlichen Spitzenkragen zu ihrem braunen Kleid umgelegt hatte – ein Akzent, den Käthe Bergmann nur zu ganz beson-deren Anlässen setzte. »Wo wollen wir denn hin?«

»Ins *Moitrier*. Nun beeil dich ein bisschen!« Schon zog ihre Mutter sie aus dem Laden. Emma konnte bloß einen entschul-digenden Blick zu Émile Perrin werfen und mit den Lippen ein *Excusez-moi* formen. »Zufälligerweise weiß ich, dass Wil-helmine Seidel dort mit ihrer Tochter zu speisen gedenkt«, fuhr ihre Mutter geschäftlich fort, ohne sie loszulassen. »Wir müssen die Seidels wohl noch einmal an dich erinnern.«

Endlich gelang es Emma, sich aus dem mütterlichen Griff zu befreien. »Woher weißt du, dass die Seidels dort sind? Hat etwa Hilde Rosenberger sie dorthin gehen sehen?«

Mutter verdrehte die Augen. »Manchmal braucht man ein

paar Augen und Ohren mehr – ich habe Seidels neues Dienstmädchen bestochen.«

Womit denn? Aber um die Frage zu stellen, gab die Mutter ihr keine Gelegenheit. »Komm endlich. Die Vorbereitungen zum Fest sind im vollen Gange, habe ich gehört, und wenn wir keine Einladung bekommen …«

»… wird diese Welt sich immer noch weiterdrehen, Mama. Sollen wir den Seidels wirklich so hinterherlaufen?«

Käthe Bergmann schnaubte nur ihren typischen Warum-hat-mich-der-liebe-Gott-mit-diesem-unnützen-Kind-bestraft-Seufzer und packte Emma wieder am Arm, um sie die Straße entlangzuschleifen. Fast fühlte sich Emma wie damals auf dem Bahnhof – in einem unbarmherzigen Griff in die Ungewissheit gezerrt. Sie lief schneller, doch mit der Mutter Schritt zu halten, war eine Herausforderung, die sich schon bald mit fiesen Seitenstichen rächte. Frauenkleider waren definitiv nicht zum Eilen gedacht.

Das begehrte Restaurant gehörte zu einem imposanten dreistöckigen Hotel in der Kapellenstraße, dem vier schmuckvolle Dachgauben das architektonische Sahnehäubchen aufsetzten. Als könnten die sinnlichen Statuen an den Ecken der Fassade nicht deutlich genug zeigen, welche Kundschaft den Luxus dieses Hauses normalerweise genoss. Hier zu logieren oder die feinsten Speisen des Restaurants zu kosten, konnte sich nur die Crème de la Crème von Metz erlauben. Kaum betraten sie das Foyer, wurde ein Page auf sie aufmerksam. Während Emma die feinen Damen und Herren beobachtete, die an ihr vorbeidefilierten, behauptete Käthe Bergmann selbstbewusst, mit Wilhelmine und Louise Seidel zum Essen verabredet zu sein.

»Frau und Fräulein Seidel warten auf uns«, beteuerte ihre Mutter, und ihr Blick hätte den armen Pagen in Grund und

Boden stampfen können, da er noch immer keine Anstalten machte, sich vom Fleck zu rühren.

Endlich zeigte er Erbarmen. »Bitte warten Sie einen Augenblick.«

Einen Moment später kam er zurück. »Bedauere, aber Frau Seidel und ihre Tochter sind bereits gegangen«, entgegnete er freundlich-distanziert.

Ihre Mutter seufzte theatralisch. Nun verwandelte sich ihre fordernde Miene in einen flehentlichen Ausdruck. »Wir sind aufgehalten worden, hatten aber etwas Wichtiges wegen der Mädchen zu besprechen. Was machen wir denn jetzt … « Nachdrücklich sah sie Emma an. Jetzt steh nicht wie ein Möbelstück da, formten ihre Lippen.

Emma schlug die Augen nieder. Sie bemerkte trotzdem, wie der Page sie aufmerksam musterte. Mit etwas Glück hielt er ihre abgehetzte und leicht verschwitzte Aufmachung für das Zeichen der höchsten Verzweiflung.

Wie auch immer der junge Mann das deutete, er ließ sich zu einer Indiskretion hinreißen. »Nun gut. Ein Kellner meinte gehört zu haben, dass die Seidels zur Römerstraße gehen wollten, um sich dort ein Kleid anzusehen.«

»Oh, vielen, vielen Dank«, sagte Emmas Mutter überschwänglich, ohne auch nur daran zu denken, dem Pagen etwas Geld für die Informationen zuzustecken. Sodass er mit einem verkniffenen Gesicht davonzog. Auf dem Absatz drehte sie sich um. »Kommst du endlich?« Ihr harscher Ton traf Emma in die Magengrube.

»Was ist, wenn wir einfach an der Mosel spazieren gehen?«, schlug Emma draußen vor, in der Hoffnung, ihre Mutter würde zur Besinnung kommen. Der Gedanke an Wilhelmine und Louise, an ihren Umgang miteinander ließ eine Sehnsucht in ihr aufsteigen, der sie nichts entgegenzusetzen wusste. Der

Wunsch, ihrer Mutter nahe zu sein, mit ihr zu reden – über nichts Besonderes, einfach so – wurde allgegenwärtig. Hatten sie einander noch etwas zu sagen? Oder hatte die Stille zu Hause sie für immer voneinandergerissen? »Lassen wir die Seidels in Ruhe«, bat sie voller Hoffnung, gehört zu werden.

»Sei keine Närrin! In der Römerstraße gibt es nicht allzu viele Möglichkeiten, sich ein Kleid anzusehen, als dass wir Wilhelmine nicht finden würden. Außerdem … Wenn wir die Einladung erst einmal haben, wirst du ebenfalls ein Kleid benötigen.« Käthe Bergmann verharrte kurz. Vielleicht spürte sie es auch. Diese Sehnsucht. Die Hoffnung. »Ach Emma.« Beinahe unbeholfen strich sie ihrer Tochter ein paar Haarsträhnen hinter das Ohr, als wäre sie von mütterlichen Gefühlen übermannt worden, die sie ganz konfus machten. »Verstehe es doch. Ich mache das nur für dich! Damit du versorgt bist.«

Emma ergriff ihre Hand. Drückte die Finger, die sich zwischen ihren Handflächen knochig und knorpelig anfühlten. Finger, die schon so viel für sie getan hatten, wofür sie wirklich, wirklich dankbar war. »Ich kann mich doch selbst versorgen. Und mich später um euch kümmern. Mama! Ich finde nicht, dass jede Frau heutzutage …«

Das Gesicht ihrer Mutter wurde im Nu wieder hart. Jeder Anflug von Zärtlichkeit war verschwunden. Sie zog ihre Hand zurück. »Fange nicht schon wieder mit diesem Unsinn an. Vielleicht solltest du weniger denken und mehr das tun, was man dir sagt.«

Betroffen schaute Emma dem energischen Gang ihrer Mutter hinterher. *Tu, was man dir sagt* – mehr erwartete man nicht von ihr. Von selbstständigem Denken ganz zu schweigen.

\* \* \*

Die Römerstraße zählte zu den beliebtesten Promenaden der Stadt. Selten war es hier leer, besonders zu dieser Uhrzeit. Der Unterricht am hiesigen Lyceum musste kürzlich beendet worden sein, und was lag näher, als nach einem anstrengenden Tag in einem Klassenzimmer in einer fröhlichen Gruppe durch die Stadt zu bummeln? An einer Ecke hatte sich eine kleine Traube Jungen mit weißen Oberprimamützen zusammengefunden. Zu ihnen gehörte die laut kichernde Mädchenschar – eine muntere Ansammlung sorgloser junger Menschen mitten auf der Straße, die unwissentlich den Verkehr behinderte, vor allem die Straßenbahn, die gerade um die Ecke gebogen kam. Ein Schutzmann sah sich gezwungen, die Schar zum Weitergehen aufzufordern.

Käthe Bergmann beachtete das rege Treiben um sich herum wenig. Wie ein Schlachtschiff bahnte sie sich den Weg.

Tatsächlich befanden sich die Seidel-Frauen bei der ersten Schneiderin, die ihre Mutter anvisiert hatte. Die beiden waren gerade dabei, sich ein Abendkleid anzuschauen. Aus hellblauer Seide gefertigt, strahlte die Robe etwas Majestätisches aus, so dass Emma, die wenig von Mode verstand, sie voller Bewunderung von der Schwelle aus betrachtete. Die eingewobenen dunkelblauen Samtmuster schienen kunstvollen Blättern in Herzform nachempfunden worden zu sein, Akzente aus goldener Spitze betonten das U-förmige Dekolleté.

»Emma! Was für eine wundervolle Überraschung!« Strahlend kam Louise auf sie zu und schloss sie in eine Umarmung wie eine alte Freundin. Die Herzlichkeit und Unbefangenheit lagen wohl in der Familie. Überrumpelt erwiderte Emma den Gruß und atmete den zarten Duft ihres Jasminparfüms ein. Über Louises Schulter hinweg sah sie, wie Wilhelmine und Käthe sich nicht weniger freudig begrüßten.

Als Louise sie endlich freiließ, fühlte sich Emma beschämt

durch die Freude der beiden Seidel-Frauen über die Begegnung, die doch alles andere als zufällig war. Ihre Mutter bedeutete ihr, Louise zu beschäftigen, während sie selbst sich an die nichts ahnende Wilhelmine heranmachte. Emma bemühte sich um ein höfliches Geplänkel und lobte das ausgestellte Kleid, zumindest dies konnte sie absolut aufrichtig und ohne Gewissensbisse tun.

»Eine prächtige Robe, nicht wahr?«, schaltete sich die Schneiderin ein, die wegen der Störung etwas angesäuert dreinschaute. »Dieses Kleid stammt von Rybicka-Meyer aus Straßburg. Ein wahres Kunstwerk, das seinesgleichen sucht. Schauen Sie nur, wie sich die Farbe im Licht verändert! Mal schimmert es blau, mal grau oder gar weiß. Das würde so wunderbar Ihre Augen betonen, Fräulein Seidel!«

»Ich mag das Muster«, gestand Louise und fuhr mit den Fingern die Herzform der Blätter nach. Ihr Lächeln ähnelte Carls sehr. Und Emma wurde warm in der Brust, beinahe hitzig. Sie dachte daran, wie er die Zügel in ihre Hände gelegt hatte. Oder an diesen Augenblick, als er das Fahrrad losgelassen hatte, um ihr ein kleines Stück Freiheit zu schenken. Und an die Senfblüte, die er aus ihrem Haar gezupft hatte und die seitdem getrocknet auf ihrem Nachttisch lag.

»Emma?«

Ertappt zuckte Emma zusammen. »Entschuldige, ich war in Gedanken.«

»Ob ich es anprobiere?«, fragte Louise offenbar zum zweiten Mal.

Emma räusperte sich. Noch immer war sie nicht so ganz da, der Kopf voll von Senfblüten.

»Selbstverständlich«, mischte sich die Schneiderin mit Nachdruck ein. Die Frau nahm das Kleid, winkte einer Helferin zu, die im Hinterzimmer an einer Bluse aus Spitze und

Seide werkelte, und lud Louise ein, ihr in den Umkleideraum zu folgen.

»Wilhelmine!«, hörte Emma nun ihre Mutter übertrieben feierlich sagen, als würde sie eine wichtige Rede eröffnen. »Wie laufen denn die Vorbereitungen für das Fest?«

Am liebsten wäre Emma Louise hinterhergerannt, so verlegen war sie von dieser plumpen Ansprache. Oder im Boden versunken, aber leider tat sich kein Krater unter ihren Füßen auf.

»Ach, der Umzug raubt mir den letzten Nerv, so dass wir das Fest werden verschieben müssen. Im Frühjahr könnte es so weit sein, ich freue mich schon so sehr darauf, das kannst du mir glauben.« Sie setzte eine verschwörerische Miene auf und berührte Käthes Arm. »Wenn bis dahin alles gut läuft, dürfte es nicht bloß eine Einweihungsfeier werden. Noch ist nichts spruchreif, aber ich denke, wir werden großartige Neuigkeiten zu verkünden haben!«

Das Lächeln ihrer Mutter fror sogleich ein. Der Blick ihrer dunklen Augen wurde lauernd. »Nun mach es nicht so spannend. Was gibt es für Neuigkeiten?«

»Meine Lippen sind versiegelt. Nur so viel: Es hat etwas mit Carl zu tun. Etwas, worauf zu hoffen wir kaum noch gewagt haben!«

»Ach, tatsächlich?« Die Stimme ihrer Mutter tönte kaum noch wahrnehmbar.

»Mein werter Ehemann möchte zur Verkündung halb Metz einladen. Ich sag's dir: So schrecklich Carls Zusammenbruch in Düsseldorf auch war – es war Gottes Fügung, dass mein Junge dadurch nach Hause gekommen ist. Nun ist es so weit. Endlich wird er …« Wilhelmine schlug sich eine Hand vor den Mund. »Nein, was bin ich für eine Plaudertasche! Noch musst du dich etwas gedulden.«

»Oh«, meinte Käthe Bergmann trocken. Denn das alles konnte nur eins bedeuten. Carl Seidel gedachte wohl, sich zu verloben. Das Schweigen im Atelier wurde erst unterbrochen, als Louise aus den Tiefen des Geschäfts auftauchte.

»Und?« Die junge Frau drehte sich langsam um die eigene Achse. Das mit goldener Spitze geschmückte Dekolleté betonte sehr dezent ihre Vorzüge. »Wie ist es?«

»Es ist nicht einfach zauberhaft. Es ist absolut umwerfend!«, beteuerte Emma, froh darum, ihre Gedanken in eine andere Richtung lenken zu können. Weg von Carl, mit dem sie doch nichts außer zwei zufälligen Treffen und einer getrockneten Senfblüte verband. Weg von ihrer Mutter und ihrem angesäuerten Blick, der ihr signalisierte, sie hätte sich einfach etwas mehr anstrengen müssen.

»Hast du dir inzwischen auch etwas Schönes ausgesucht?«, fragte Louise wieder.

Die Schneiderin rollte mit den Augen. »Die Robe von Lafferière aus Paris bestimmt?«, stichelte sie. »Die wir kürzlich so lange anprobiert haben?«

Wo blieb nur dieser Krater, wenn man ihn so dringend benötigte? Obwohl vollkommen modefremd, wusste Emma, dass das Modehaus Lafferière überall auf der Welt heißbegehrt war. Das goldgelbe Kleid, auf das sich ihre Mutter eingeschossen hatte, war schier unbezahlbar. Allein die kostbare Seide und die filigrane Spitze mussten ein Vermögen wert sein. Nicht zu vergessen den Ziervogel, der vorn am Rock den absoluten Blickfang bildete. Aus unzähligen Pailletten, Glasstiften, Strass und Perlen gefertigt, breitete er seine Flügel zur Taille aus, als wolle er gleich abheben – oder die Trägerin mit seinen beeindruckenden Schwingen umarmen.

»Heute sollte allein Louise im Mittelpunkt stehen«, murmelte Emma, um das peinliche Schweigen zu beenden.

Die Schneiderin beachtete sie schon längst nicht mehr und begann, mit der Helferin Louises Kleid anzupassen. Emma wäre am liebsten gegangen, Mutters Plänen war schließlich Genüge getan worden, doch Louise nahm sie vollkommen in Beschlag: Welche Handschuhe zum Kleid wohl passen könnten? Welchen Schmuck sie tragen sollte? Nach einiger Zeit durfte sich Louise umziehen, und als sie zurückkam, schien ihre Stimmung ein weiteres Hoch erreicht zu haben: »Ach, Emma! Es hat so viel Spaß mit dir gemacht. Hättest du Lust, mit mir in ein Café zu gehen? Ich glaube, wir haben uns eine kleine süße Belohnung verdient, was sagst du?«

Am liebsten »Nein, danke«, es war Emma immer noch unangenehm, die Seidel-Frauen so lange zu belästigen. Doch Wilhelmine fand den Gedanken ganz und gar entzückend: Die jungen Leute sollten sich ruhig ein bisschen vergnügen, und so hakte sich Louise bei Emma unter und schlenderte mit ihr nach draußen.

Seite an Seite flanierten sie die Römerstraße entlang. Louise plauderte über die Unannehmlichkeiten des Umzugs, schwärmte über die großen und hellen Räumlichkeiten der Villa, über ihren Salon, in dem sie sich endlich ihrer Kunst widmen konnte.

»Du malst?«, fragte Emma. Sie bewunderte jede Art der künstlerischen Entfaltung, umso mehr, da sie selbst vollkommen unbegabt darin war.

Louises Augen blitzten auf, als hätte sie nur auf die Frage gewartet. »Viel besser! Ich modelliere Reliefs aus Gips! Das gibt eine Riesensauerei, und früher hat Mama oft mit mir geschimpft, aber nun hat sie keinen Grund mehr zur Aufregung. Mir gehört ein ganzes Stockwerk, die Sauerei bleibt in meinem *Atelier*. Ach, Emma, hört sich das nicht absolut großartig an? *Mein Atelier*. Ich habe so lange davon geträumt!«

»Kann ich es sehen?«, hauchte Emma voller Begeisterung.

»Die Sauerei?« Louise lachte.

»Deine Kunst! Das Atelier!« Spielerisch knuffte Emma sie in die Seite. Louises Humor gefiel ihr. Als hätte sie eine Gleichgesinnte gefunden, bei der sie nicht jedes Wort auf die Goldwaage legen musste. Und die sich ihrem Traum so offen und voller Feuer hingab. Emma wünschte sich, sie könnte mit der gleichen Selbstsicherheit von ihren Hoffnungen auf ein Studium erzählen und müsste sie nicht im entferntesten Winkel ihres Herzens geheim halten.

»Wie wäre es mit nächster Woche?«, schlug Louise vor. »Ich liebe die Kunst! Kannst du dir vorstellen, was es für ein Gefühl ist, mit den eigenen Händen etwas zu erschaffen? Wenn etwas, was zuerst nur in deinem Kopf existiert, nach und nach real wird? Oh, wir sind da!«

Sie waren von einem kleinen Lokal angelangt, das ein einfaches Schild *Conditorei & Café* zierte. Kleine Tische und schnörkellose Stühle mit runden Lehnen luden unter einer Markise zum Verweilen ein. Die Bedienung war sofort da, als sie sich hingesetzt hatten – eine Frau Mitte zwanzig, die flink zwischen den Tischen hin und her huschte. Louise bestellte sich ein Stück vom berühmten lothringischen Mirabellenkuchen. Die Erntezeit der Früchte war längst vorbei, allzu lange würde sie die Leckerei nicht mehr genießen können. Emma dagegen nahm einen Käsekuchen. Sie liebte die cremige Quarkmasse und scherzte oft: Wann auch immer man eine Wahl hatte, war ein Käsekuchen die richtige Entscheidung.

»Wie lange machst du das schon?«, fragte Emma, als die Bedienung ihre Bestellungen gebracht, ihnen einen guten Appetit gewünscht hatte und schließlich wieder verschwunden war. Die Gipskunst ging ihr nicht mehr aus dem Kopf.

»Kuchen essen?«, scherzte Louise, kostete ein Stück und

schloss genüsslich die Augen. »Ich war schon immer eine Expertin darin, Süßwaren zu verspeisen.«

»Deine Kunst! Wo hast du es gelernt?«

»Nirgends.« Louise schluckte den Bissen hinunter. »Also, nicht richtig. Ich glaube, ich habe es mir selbst beigebracht. Und als ich mit Mama und Papa das erste Mal in Ital…« Mitten im Wort verstummte sie, während sich ihr Blick irgendwo hinter Emma verlor. Mit dem leicht geöffneten Mund wirkte ihr Gesicht beinahe puppenhaft, erstarrt in einem kindlichen Entzücken.

Emma drehte sich um und sah einen jungen Mann auf sie zukommen. Wenn sie seine Statur betrachtete, konnte sie sich gut ausmalen, warum Louise so entzückt wirkte – er sah wirklich gut aus. Breitschultrig, groß und muskulös gebaut, stach er sichtlich aus dem Strom der Passanten hervor. Sein hervorragend sitzender, vermutlich maßgeschneiderter Anzug wirkte farblich eher zurückhaltend. Dunkelbraun war nicht wirklich ein modisches Wagnis, als sollte die Kleidung auf keinen Fall vom Träger ablenken. Dieser dagegen schritt durch die Straße, als wäre er der Aufmerksamkeit der Menschen um sich herum gewiss.

Emma drehte sich weg. Solche Männer kannte sie zur Genüge – zu sehr von sich überzeugt, als gehöre ihnen die ganze Welt. Oder zumindest jedes weibliche Wesen in ihrer Nähe.

»Antoine!«, hauchte Louise und schaute sogleich verlegen auf ihren Mirabellenkuchen. »Was für eine wundervolle Überraschung, dich hier zu treffen!«

»Louise, die Freude ist ganz meinerseits.«

Er sprach ihren Namen auf französische Art aus, was beinahe sinnlich wirkte. Etwas in seiner Stimme veranlasste Emma dazu, einen zweiten Blick auf ihn zu werfen, jetzt, da er direkt vor ihrem Tisch stand, seinen Hut abgenommen hatte und sich galant vorbeugte. Und erst nach einer Weile ertappte sie sich dabei, wie ihre Kuchengabel, die sie gerade zum Mund führen wollte, regungslos über dem Teller schwebte.

Nein, es konnte unmöglich sein.

*Er* war es nicht.

Auf keinen Fall!

»Würdest du uns vielleicht etwas Gesellschaft bei einem Stück Kuchen leisten, Antoine?« Louises Stimme war eine Spur tiefer geworden und hatte eine merkwürdige Samtigkeit angenommen. »Oh, wie unhöflich von mir … Darf ich dir Antoine Dupont vorstellen? Er ist ein langjähriger Freund der Familie. Antoine? Das ist meine liebe …«

»Else Gütschow, nehme ich an?« Neckisch hob er die Augenbrauen. Sie konnte es nicht mehr leugnen. Er war es wirklich. Hier, in einem beschaulichen Café mitten in Metz, hatte sie den vorlauten Studenten aus Straßburg wiedergetroffen.

»Emma Bergmann«, berichtigte Louise irritiert, nahm einen Schluck von ihrem Tee, stellte die Tasse aber sofort wieder zurück. »Wer ist Else Gütschow?«

Antoine Dupont lächelte verschwörerisch. »Niemand, der Fräulein Bergmann auch nur annähernd das Wasser reichen könnte.«

Auch nach drei Jahren hatte sein Grinsen nichts von seiner Überheblichkeit eingebüßt, konstatierte Emma und beschloss, ihn und ihre Verwirrung, die seine Nähe in ihr auslösten, geflissentlich zu ignorieren. Sie musste nur dieses Intermezzo überstehen, dann würde sie ihn nie wiedersehen. Was sicherlich ihnen beiden sehr entgegenkommen würde.

»Ihr kennt euch?«, entfuhr es Louise.

»Nein«, stellte Emma mit Nachdruck klar und schob sich ein Stück Kuchen in den Mund, als könnte die Geste noch mehr unterstreichen, dass es das letzte Wort war, das sie zum Thema *Antoine Dupont* sagen würde.

»Ja«, widersprach er, und Emma knurrte leise. Einen Wink mit dem Zaunpfahl verstand der Kerl nicht. Antoine Dupont brauchte wohl den ganzen Zaun, denn er hörte einfach nicht auf. »So eine reizende Bekanntschaft vergisst man nicht so schnell. Aber ich bin untröstlich zu hören, dass ich bei Ihnen offensichtlich viel weniger Eindruck hinterlassen habe als Sie bei mir, Fräulein Bergmann.« Er setzte sich an ihre Seite, Louise direkt gegenüber. Die herbeigeeilte Bedienung erkundigte sich nach seinen Wünschen. »Ach, bringen Sie mir Ihre Empfehlung des Tages, dann bin ich mehr als zufrieden. Und eine Tasse schwarzen Kaffee«, fertigte er sie ab. »Wie laufen Ihre Fortschritte in dem Versuch, Rechtswissenschaften zu studieren, Fräulein Bergmann?«

»Voran, immer voran.« Beinahe zornig bohrte Emma ihre Gabel in den Kuchen. »Und Ihr Studium ist sicherlich bereits abgeschlossen, Herr Dupont?« Am liebsten hätte sie sich auf die Zunge gebissen – wollte sie ihn nicht ignorieren? Dazu gehörte auch, keine unnötige Konversation zu starten.

Er lehnte sich zurück und musterte sie unverfroren. »Gut Ding will Weile haben.«

»Also nicht. Woran liegt es denn?«

»Oh, sicherlich nicht daran, dass Professoren mich aus ihren Vorlesungen werfen. Aber lassen wir das. Ich möchte ungern Ihr hübsches Köpfchen mit solch langweiligen Dingen belästigen. Genießen wir lieber diesen wunderschönen Tag. Wer weiß, wie lange der goldene Herbst noch in Metz zu verweilen gedenkt.« Ungeduldig sah er sich nach der Bedienung um, die gerade herauskam, um einem anderen Gast seine Bestellung zu bringen. »Ach, wo bleibt denn mein Kaffee?«

»Kommt sofort, gnädiger Herr«, piepste die junge Frau, sichtlich verschreckt von seiner zwar freundlichen, aber unüberhörbaren Forderung, seine Wünsche endlich zu erfüllen.

Offensichtlich war er es nicht gewohnt, länger auf etwas warten zu müssen.

»Hoffentlich.« Lässig wandte er sich wieder Emma zu. »Na gut. Wo waren wir?«

»Beim Wetter. Und meinem hübschen Köpfchen samt Ihrer Sorge, es müsse sich mit allerlei langweiligen Dingen beschäftigen.« Sie nahm einen bedächtigen Schluck aus ihrer Tasse. »Aber ich kann Sie beruhigen, meinem hübschen Köpfchen geht es wunderbar, es erträgt sogar das Geplänkel über das Wetter. Wann gedenken Sie denn Ihr Studium zu beenden, Herr Dupont?«

»Nun. Manchmal ist es nicht verkehrt, sich auch dem Leben außerhalb der Universitätssäle zu widmen.« Er beugte sich etwas vor und sah ihr tief in die Augen, als wäre er sich der verführerischen Wirkung seines Blickes gewiss. »Glauben Sie mir, da bin ich nicht der Einzige. Wer möchte sich schon bei diesem herrlichen Wetter und bei so einer entzückenden Gesellschaft irgendwelchen langweiligen Vorlesungen widmen?«

»Wie interessant. Die Universitätssäle scheinen im Augenblick ja regelrecht leer zu stehen. Was meinst du, Louise – sollten wir es wagen? Du könntest dich den Studien der Kunst widmen, und ich meinen Rechtswissenschaften.« Sie machte eine bedeutsame Pause.

Louise sagte nichts. Auf einmal wirkte sie so still und unsichtbar. Ausgerechnet Louise. Die gerade eben noch in einem königlich blauen Kleid strahlte, zwanglos herumscherzte oder voller Leidenschaft von ihrer Kunst erzählte.

»Das ist doch nichts für eine Frau«, murmelte sie schließlich, beinahe gezwungen, und Emma hätte fast ihren Tee verschüttet. »Und meine Kunst ... Ach, das ist nur ein bisschen Spielerei. Wenn ich heirate, werde ich sowieso keine Zeit mehr für diesen Unsinn haben.« Sie schickte Antoine einen schüchternen Blick von der Seite, den er jedoch vollkommen ignorierte.

»Das meinst du doch nicht ernst!«, rief Emma bestürzt aus.

»Aber natürlich. Ich – und Kunst studieren! Was für eine urkomische Vorstellung, nicht wahr, Antoine?« Er schien es nicht nötig zu haben, darauf zu antworten. Sie kicherte unsicher. »Ach Emma. Du bist so erfrischend witzig!«

Witzig? Nein! Sie wollte nicht witzig sein, sie wollte dagenhalten, dass das Leben, die Leidenschaft, die Wünsche und Träume einer Frau doch unmöglich mit einer Heirat ein jähes Ende finden durften, doch da kam schon die Bedienung. Die junge Frau eilte mit einem Tablett zu ihrem Tisch und stellte eine Tasse Kaffee und *Madeleines de Commercy* vor Antoine hin. »Bitte sehr, gnädiger Herr. Ich hoffe, es ist alles zu Ihrer Zufriedenheit.«

Er entließ sie mit einem knappen Nicken und betrachtete die Süßspeise. Die kleinen Sandtörtchen schienen in der herbstlichen Sonne buchstäblich zu leuchten, so dass Emma sich fragte, ob ein Käsekuchen tatsächlich die richtige Wahl in jeder Lage war – oder ob sie lieber auf die Empfehlung des Hauses hätte vertrauen sollen. Antoine Dupont dagegen verzog das Gesicht. Offensichtlich enttäuscht über die Einfachheit des vorgesetzten Gebäcks, schob er den Teller von sich und nippte an seinem Kaffee. Zumindest dieser schien seinen Ansprüchen zu genügen. Der herbe, satte Duft wehte bis zu Emma, gemischt mit Antoines Sandelholz-Parfüm, das mit einer feinen blumigen Note abgerundet wurde. »Erzählen Sie mir doch etwas mehr über sich, Fräulein Bergmann«, begann er. »Über Ihre *Ambitionen* bin ich genügend informiert. Aber sonst ... Wohnen Sie in Metz?«

»Emma und ihre Eltern sind vor etwa zehn Jahren hierhergezogen. Nicht wahr, Emma? Unsere Mütter haben sich kennengelernt, als Emmas Familie ein Unternehmen zum Transport des Möbels gesucht hat«, gab Louise bereitwillig die Auskunft, sichtlich froh darüber, endlich etwas zum Gespräch beitragen zu können. »Ihr Vater wurde nach Metz versetzt.«

»Ich nehme an, er ist beim Militär?«

»Er ist ein Kanzlist. Wohnen Sie auch in Metz, Herr Dupont?« Emma nippte wieder an ihrem Tee, der langsam kalt wurde. Seinem Namen nach zu urteilen, müsste er der französischstämmigen Bevölkerung des Reichslandes angehören – manchmal hörte sie ganz fein den lothringischen Dialekt heraus. Da die Einheimischen meistens mehr als feindselig auf die zugezogenen Altdeutschen reagierten, fragte sie lieber nicht nach.

Er machte eine flüchtige Geste. »Meistens bin ich in meiner Wohnung in Straßburg. Mein Vater besitzt ein Weingut nördlich von Metz im Moseltal …«

»*Le Clos de l'Adret*«, fiel Louise ihm euphorisch ins Wort. »Bestimmt hast du davon gehört.«

»Lothringische Weine sind ein Genuss«, antwortete Emma vage. Sie war keine Weinkennerin. Was Antoine natürlich sofort gespürt haben musste, diese Unsicherheit, die über sie gekommen war.

»*Le Clos de l'Adret* steht für Tradition und Qualität«, belehrte er sie, während er zurückgelehnt an seinem Kaffee nippte.

»Dieser Wein ist absolut köstlich«, stimmte Louise mit ehrlicher Begeisterung ein, »den muss man probiert haben, wenn man auch nur etwas von einem guten Tropfen versteht.«

»Selbstverständlich«, erwiderte Emma, obwohl sie von einem guten Tropfen wenig verstand. Wovon sie aber etwas verstand – vielmehr gelesen hatte –, war eine Plage, mit der viele Weingüter in Europa seit Jahrzehnten zu kämpfen hatten. So leicht würde sie es diesem Antoine nicht machen, auf seinem hohen Ross sitzen zu bleiben und auf die arme Tochter eines Kanzlisten herabzublicken. »Allerdings besteht sicherlich Sorge um den Bestand wegen des Reblausbefalls. Sie löscht nach wie vor ganze Weingebiete in Europa aus, nicht wahr? Wie gehen Sie auf Ihrem Weingut dagegen vor?«

Eine Überraschung zuckte über sein Gesicht. Die er sofort niedergerungen hatte, um gönnerhaft fortzusetzen: »Mein liebes Fräulein, das ist tatsächlich ein Problem, aber nichts, womit …«

»… ich mein hübsches Köpfchen beschäftigen sollte? Ich habe gelesen, dass das Propfen eine gute Abhilfe bei den französischen Winzern schafft. Aber wie vereinbaren Sie diese Methode mit der Tradition der Weine aus Ihrem Hause? Stimmt es wirklich, dass die geernteten Früchte dann nicht diesen … wie sagt man das? … Fuchsgeschmack? … der amerikanischen Reben aufweisen?«

Zufrieden sah sie, wie er die Augen zusammenkniff. Allerdings nicht mehr herablassend, wie sie es von ihm gewohnt war, sondern eher nachdenklich. »Nun. Nach vielen Niederlagen ist mein Großvater tatsächlich auf diese Methode umgestiegen. Er meinte, das Propfen wäre die einzige Möglichkeit, das Weingut zu retten.«

»Was ist Propfen?« Verständnislos runzelte Louise die Stirn. »Ich fürchte, ich kann nicht mehr folgen.«

»Die Reblaus befällt die Wurzeln der Weinreben und zerstört die Pflanzen.« Emma stockte. Zu spät fiel ihr auf, dass Louise ihre Frage eigentlich an Antoine gerichtet hatte, wohl in der Hoffnung, seine Aufmerksamkeit wieder für sich zu gewinnen.

»Nur weiter so, mein liebes Fräulein«, bekräftigte Antoine dennoch und ließ sie nicht aus den Augen.

»Die amerikanischen Weinstöcke gehen daran nicht zugrunde, weswegen viele Winzer dazu übergegangen sind, auf die amerikanischen Wurzeln die europäischen Edelreiser zu stecken. Ist es die richtige Antwort? Habe ich bestanden, Herr Dupont?« Sie stärkte sich mit einem weiteren Schluck Tee.

»Wir sind nicht an einer Universität, Fräulein Bergmann«, neckte er.

»Noch nicht«, konterte sie.

»Was du alles weißt!« Louise kicherte hilflos. Antoine warf ihr einen flüchtigen Blick zu, bevor er sich wieder an Emma wandte.

»Nun. Sie haben tatsächlich ein schwieriges Thema angesprochen, das bereits für viel Streit in meiner Familie gesorgt hat. Mein Vater hält wenig von diesem *Amerikanerwein*. Er ist der Meinung, das Propfen würde unserem Tropfen den Glamour nehmen, durch den er sich früher auszeichnete. Nach dem Tod meines Großvaters beschloss er, zu den Wurzeln zurückzukehren. Buchstäblich. Was zu betonen er nie verlegen ist. Er möchte die alten französischen Reben kultivieren und damit dem Weingut seine Einzigartigkeit zurückgeben.«

»Und was denken Sie darüber?«, entfuhr es Emma.

»Ich?«

»Das Risiko, das Ihr Vater eingeht, ist sehr hoch. Sie werden das Weingut irgendwann erben, nehme ich an. Sicherlich haben Sie eine eigene Meinung zu diesem Thema, oder nicht?«

Er kaute nachdenklich auf der Lippe. Sogar der Kaffee schien ihn nicht mehr zu interessieren und erkaltete vergessen in der feinen Porzellantasse. Sie hatte es ihm wirklich gezeigt, diesem aufgeblasenen Wichtigtuer. Einen Augenblick kam etwas wie Schadenfreude in ihr hoch, die sofort verpuffte, je länger sie ihn betrachtete. Ja, sie hatte einen wunden Punkt getroffen, über den er sich anscheinend selbst nicht wirklich im Klaren war. Und der ihn schmerzte, je mehr er darüber nachdachte, so dass er sogar vergessen hatte, diesen Schmerz hinter seiner gleichgültigen Maske zu verbergen. Und es machte Emma betroffen.

Gedankenverloren fuhr er sich mit dem Zeigefinger über eine kleine Kerbe im Kinn. »Nun. Die Methode ist nicht unumstritten, das gebe ich zu. Mein Vater sagt, die Reblaus wurde schon lange nicht mehr auf dem Gut gesichtet. Er ist optimistisch. Aber ich bin noch nicht gänzlich davon überzeugt, dass der Schreck der letzten Jahrzehnte vorbei ist. Nach wie vor sind viele Arbeiter nicht in der Lage, den Parasiten zu erkennen. Ein Befall würde das Gut ruinieren.«

»Läuse, Parasiten …« Louise verzog angeekelt das Gesicht. »Wie konnte ein Gespräch über einen köstlichen Wein nur in diese Richtung abkommen? Wir sollten uns über angenehmere Themen unterhalten!«, beschloss sie mit einem Ton, der keine Widerrede duldete. »Antoine, du wirst doch sicherlich ein paar Tage bei uns verbringen, solange du in Metz bist, nicht wahr?«

Er nahm seine Tasse und schenkte Louise ein dünnes Lächeln über den Rand hinweg. »Natürlich. Immer wenn ich in Metz bin, freue ich mich, die Gastfreundlichkeit der Familie Seidel genießen zu dürfen. Mögen Sie Metz, Fräulein Bergmann? Ich kann mir vorstellen, dass der Umzug Ihnen nicht leichtgefallen ist. Wie fühlen Sie sich inzwischen im Reichsland?«

»Fremd«, entfuhr es ihr. Es ist nur vorübergehend, hatte ihre Mutter ihr damals eingebläut. Gewöhne dich nicht zu sehr an die Menschen hier. Und Emma wollte es richtig machen. Dieses Mal wollte sie alles richtig machen, nicht mehr »nur noch Emma« sein und ihre Mutter mit Stolz erfüllen. Sie hatte sich an niemanden hier gewöhnt. Und so waren ihr nur ihre Eltern und die Stille der kleinen Wohnung geblieben.

»Fremd …« Schon wieder dachte er offenbar über ihre Worte nach. Über dieses einzige Wort. Als würde er verstehen, was sie nicht gesagt hatte. Als würde auch er diese Stille kennen, die einen manchmal zu ersticken drohte.

Er zündete sich eine Zigarette an und nahm ein paar Züge. Der süßliche Duft des türkischen Tabaks hüllte Emma in eine Wolke. Herausfordernd feixte Antoine und deutete auf die bunt bedruckte Zigarettenpackung. »Möchten Sie auch eine?«

Stoisch sah sie ihm in die Augen. »Vielleicht ein anderes Mal.«

Scharf sog Louise Luft ein. »Gott bewahre! Emma!«

Antoine lachte nur über die Empörung, blies den Rauch in die Luft und schaute Emma durch den blauen Dunst an. Als könnte er mehr sehen, als je ein anderer vor ihm gesehen hatte. Direkt in die Abgründe ihrer Seele blicken.

# Le Clos de l'Adret im Moseltal, 1908

## ANTOINE

Das Automobil holperte die schlecht befestigte Straße entlang, trug ihn immer weiter nördlich durch kleine Dörfer, herbstliche Wiesen und steile Talhänge. Bald würde er zu Hause sein. Zu Hause? Ein Wort, das bitter auf seiner Zunge lag. Je mehr er sich dem traditionsreichen Weingut seines Vaters näherte, desto größer war die Beklemmung, die sich in seiner Brust ausbreitete. Als er an den Weinhängen vorbeifuhr, die zu *Le Clos de l'Adret* gehörten, war er bestrebt, sich wegzudrehen. Wie immer, wenn er bald über die heimische Schwelle treten musste. Doch dann dachte er an sein Gespräch mit Emma und hob den Blick, um die Weinberge im Vorbeifahren zu betrachten. Ging es den Rebstöcken gut? Tat sein Vater wirklich das Richtige? Vor seinem inneren Auge tauchte Emmas ernstes Gesicht auf. *Sie werden das Weingut irgendwann erben*, hatte sie gesagt. *Sicherlich haben Sie eine eigene Meinung zu diesem Thema, oder nicht?*

Er konnte sich nicht daran erinnern, dass irgendjemand ihn je nach seiner Meinung dazu gefragt hätte. Schon gar nicht sein Vater. Er hatte versucht, sich einzureden, dass das Weingut ihm nichts bedeutete. Dass es ihm egal war, was sein Vater hier trieb. Doch jetzt musste er zugeben, dass dieses Gut ein Stück seiner selbst war – und wenn er genauer nachdachte, dann hatte er sich schon immer darüber auf dem Laufenden gehalten. Er sah die Weinreben, die bei der Fahrt an ihm vorbeiglitten, und hoffte, sie mochten leben, wachsen und gedeihen, prächtige Früchte tragen und dem Namen *Le Clos de l'Adret* den früheren Glanz verleihen.

Merkwürdig, dass Emma … dass die Tochter eines Kanzlisten all das in ihm aufgewühlt hatte. Dabei hätte er sich zu gern zurück in seine Gleichgültigkeit geflüchtet, die ihn vorm Schlimmsten bewahrt hatte, wann auch immer er auf das elterliche Anwesen zurückkam.

Nach einer Weile fuhr das Automobil durch das schiefe Tor, das an vielen Stellen vom Rost befallen war und sicherlich nicht mehr ohne Klagen und Stöhnen zuging. Der breite Kiesweg führte durch den Park. Die Bäume hätten schon längst gestutzt werden müssen, dachte Antoine, als er die alten Rosskastanien betrachtete. Seine Mutter liebte diese Bäume, so dass sein Vater die alten Eichen und Ahornbäume hatte herausreißen lassen, um zur Hochzeit den Park ihr zuliebe mit Kastanien zu pflastern.

Lange war es her. So lange, dass die Bäume über zwanzig Meter hoch gewachsen waren, ohne dass sich um sie irgendjemand gekümmert hätte. Sie warfen ihre breiten Schatten auf den Rasen, der hier und da mit Moos durchwandert war. Das braungelbe Laub lag überall herum, auch das räumte niemand weg. Ob Vater überhaupt noch einen Gärtner beschäftigte?

Das Automobil kam zum Stehen. Der Chauffeur stieg aus, nahm seine Kappe ab und öffnete ihm die Tür. »Willkommen zu Hause, Monsieur Dupont.« Die höfliche Verbeugung täuschte nicht über die Gleichgültigkeit in seiner Stimme hinweg. Nicht einmal der Dienstbote wollte ihn hierhaben.

Antoine stieg aus und trat zur breiten Marmortreppe, die von vergangenen Glanztagen des Weinguts zeugte. Früher standen dort mehrere Bedienstete bereit, ihn zu empfangen und ihm jeden Wunsch von den Lippen abzulesen. Heute war es nur ein Dienstmädchen, das ihm die Eingangstür öffnete. Immerhin ein ganz hübsches Ding mit einer niedlichen Stupsnase, hellen Locken unter dem Häubchen und vollen, klar definierten Lippen. Brav machte die Kleine einen Knicks, als er hereintrat. »Ihr Zimmer ist bereit, Monsieur Dupont«, sagte sie auf Französisch.

»Herr Dupont, wenn ich bitten darf.« Er blieb neben ihr stehen. Sie reichte ihm höchstens bis zur Schulter, doch ihre Figur konnte nicht einmal die unförmige Dienstbekleidung entstellen. Die Schürze schmiegte sich an ihre schmale Taille, der jugendliche Busen zeichnete sich deutlich unter dem einfachen Wollstoff ab.

Hinter ihm räusperte sich der Chauffeur, der mit seinem Koffer bereitstand. Offensichtlich hatte er das Dienstmädchen zu lange angestarrt. Er ließ den Blick durch die Eingangshalle schweifen. Mit jedem seiner Besuche veränderte sich das Herrenhaus ein Stück mehr, wie ein alter Mann, der mit jedem Jahr ein paar weitere Falten und das eine oder andere graue Haar dazubekam.

»Wo ist meine Mutter?«, fragte er in die Stille, die ihn beinahe betäubte.

»Madame ist in ihrem Zimmer und bat, sie nicht zu stören«, antwortete das Dienstmädchen. »Es geht ihr nicht gut. Zum Abendessen wird sie aber herunterkommen. Und Monsieur ...«

»Nach meinem Vater habe ich nicht gefragt«, unterbrach er die Kleine barsch, die sich sofort entschuldigte und demütig zu Boden sah. Irgendwie tat es ihm leid, sie so angefahren zu haben. Mit einem Zeigefinger hob er ihr Kinn hoch. Ihre Haut fühlte sich warm und weich an, lockte ihn, sie zu streicheln. Sie hatte nicht nur eine gute Figur, sondern auch schöne Augen. Kaffeebraun mit goldenen Funken darin, umrahmt von einem dichten Wimpernkranz. Etwas in ihrem Gesicht erinnerte ihn an Emma Bergmann. Nur dass Emma Bergmann vermutlich niemals so unterwürfig vor ihm knicksen und ihn wie ein aufgeschrecktes Tierchen anschauen würde. Warum dachte er nur an sie? Warum verfolgte dieses Frauenzimmer ihn bis hierher? Er schüttelte den Kopf, als könnte er sie dadurch aus seinen Gedanken tilgen.

»Wie heißt du?«, fragte er das Dienstmädchen.

»Florence, Monsieur … 'err Dupont. Zu Ihren Diensten.« Süß, wie unbeholfen sie das fremde Wort »Herr« aussprach. Ganz leise, als dürfte es niemand hören.

Er ließ sie los und winkte dem Chauffeur. »Lass den Koffer in mein Zimmer bringen und sag meinem Kammerdiener, er soll mir einen Anzug zum Abendessen vorbereiten.«

»Ich fürchte, dass aktuell nur der Herr des Hauses einen Kammerdiener zu seinen Diensten hat. Aber Florence wird sich um alles kümmern.«

Fast stieg Antoine die Galle hoch. Eine weitere Demütigung seines Vaters, ihm den Kammerdiener zu verwehren? Aber die Blöße, sich darüber aufzuregen, würde er sich nicht geben. Herausfordernd schaute er zur Galerie. Er hätte wetten können, der alte Teufel stünde dort oben und beobachte zufrieden seine Ankunft – aber da war niemand. Sein Vater hatte es nicht für nötig gehalten, ihn zu begrüßen. Nicht einmal, um die Genugtuung zu haben, ihn vor dem Personal erniedrigt zu sehen.

Der Chauffeur und das Dienstmädchen schienen auf eine Reaktion von ihm zu warten, der Erste weiterhin gleichgültig, die Kleine verängstigt, als wäre alles nur ihre Schuld. Er ließ die beiden einfach stehen. Am liebsten hätte er sich bis zum Abendessen in seinem Zimmer eingeschlossen, aber schon bald lockte es ihn, durch die einsamen Räume seines Elternhauses zu streifen und in alten Erinnerungen zu schwelgen.

In Gedanken versunken ging er durch das Erdgeschoss. Gleich rechts lag der Musiksalon, in dem seine Mutter früher so gern gesungen hatte. Antoine öffnete den Klavierdeckel und probierte wahllos ein paar Töne. Immerhin war das Instrument gestimmt. Wenn auch alles andere in diesem Haus so entsetzlich verstimmt wirkte.

Im Esszimmer blieb er an dem ellenlangen Tisch aus Mahagoni stehen. Sofort stiegen in ihm die Erinnerungen an die quälenden Mahlzeiten seiner Jugend auf. Der Vater an einem Ende des Tisches, die Mutter am anderen, er – verloren zwischen ihnen. Auch heute Abend würde sich nichts daran ändern. Er hörte bereits das unregelmäßige Klacken des Bestecks, Mutters Schweigen, nein, nicht bloß Schweigen: ihre Geräuschlosigkeit. Und Vaters Kauen, Schlucken, Räuspern, das in ihm eine tiefe Abscheu hervorrief.

Schnell ging er weiter, um sich in der Bibliothek wiederzufinden. Dieser Raum rief keine schlechten Erinnerungen hervor. Er hatte schon immer Bücher geliebt – ein Griff in die deckenhohen Regale, und schon konnte er in anderen Welten versinken. Der gemütliche Ledersessel neben dem Kamin lud zum Verweilen ein. Die riesige Fensterfront gewährte einen Blick in den Park, und wenn die Sonne schien, konnte man den großen Teich in der Ferne glitzern sehen. Doch am meisten mochte er die Bibliothek seit dem Moment, als er mit fünfzehn herausgefunden hatte, wo sein Vater eine Flasche Cognac und zwei Gläser aufbewahrte. Auch jetzt holte er mit einem geübten Griff die Flasche hervor und schenkte sich großzügig ein. Der Alkohol wärmte sein Inneres. Er nahm noch einen Schluck, und plötzlich war das Glas leer. Er schenkte sich nach und trat an die Fensterfront. Sein Blick glitt über die herabgefallenen Blätter auf dem Boden, irgendwo dazwischen lagen die glänzenden Kastanien – er konnte ihnen noch nie widerstehen, hatte früher damit seine Taschen vollgestopft, um die Baumfrüchte seiner Mutter zu bringen. Sie hatte gelacht, als er voller Begeisterung die Taschen vor ihr ausgeleert hatte, die Dinger in die Hände genommen, hin und her gewälzt und mit den Fingern über die glatte, glänzende Schale gerieben. Und gelacht, immer wieder gelacht – so frei, so glücklich.

Wie alt war er damals, als er sie noch lachen hören konnte? Vier? Fünf?

»Du bist also da.«

Antoine fuhr herum. Im Türrahmen stand sein Vater. Obwohl von einer recht korpulenten Statur, konnte er sich absolut lautlos heranschleichen. Natürlich. Die Gefahr hörte man nie kommen.

»Gerade angekommen.«

»Gerade angekommen. Und da konntest du nicht bis zum Abendessen warten, um dich zu besaufen?« Verächtlich deutete sein Vater auf die Flasche in seiner Hand. »Mein Sohn. Wie er leibt und lebt. Erbärmlich.«

Noch bevor Antoine etwas erwidern konnte, drehte sich der Herr des Hauses um und ging davon. Dieses Mal nicht lautlos. Sondern mit stampfenden, schweren Schritten wie ein ganzes Militärbataillon.

Wie zum Trotz füllte Antoine das Glas erneut randvoll und trank die bernsteinfarbene Flüssigkeit in einem Zug aus. Dann war er eben trotzig. Immerhin musste er die nahende Familienzusammenkunft beim Abendessen überstehen.

Dazu erschien er mit einiger Verspätung, um die Gefahr zu umgehen, allein mit seinem Vater in einem Raum zu sein. Leider ging sein Plan nicht auf: Der Herr des Hauses saß einsam an der großen Tafel. Sein Blick war ins Nichts gerichtet, sein Gesichtsausdruck – wie aus Stein, als hätte er nur wenige

Augenblicke vorher eine Medusa erblickt und wäre bis in alle Ewigkeit erstarrt.

Aber das wäre zu schön gewesen.

»Auch schon da«, kommentierte der Mann Antoines Erscheinen, ohne ihn anzusehen, ohne sich zu bewegen, ohne dass sich etwas in seinen Zügen geregt hätte. »Du bist wie deine Mutter. Ein Leben aus Dramen, Rausch und Unzuverlässigkeit.«

Schweigend ging Antoine an ihm vorbei. Seine Schritte fühlten sich leicht und federnd an, im Kopf schien alles zu schwanken. Geräuschvoll schob er seinen Stuhl vom Tisch und stellte zufrieden fest, wie sich der Mund seines Vaters dabei verzog.

»Und sonst?«, fragte er auf Deutsch und genoss jedes Wort. »Wie laufen die Geschäfte?«

Ihm entging nicht, wie sein Vater die Nase rümpfte. Wunderbar, dachte er beschwingt. Das Essen könnte doch noch recht amüsant werden.

»Gut genug, um dein Studium zu finanzieren. Sprich französisch, wenn du in meinem Haus bist. Diese germanischen Barbaren können uns unser Land nehmen, aber unsere Sprache werden sie uns nicht austreiben.«

»Natürlich nicht.« Er wechselte auf Französisch. Was wäre wohl, wenn er Emma hierherbringen und seinen Eltern vorstellen würde? Die Tochter eines einfachen Kanzlisten. Eine Preußin. Was wäre in den Augen seines Vaters schlimmer? Wenn sie dann vom Propfen anfinge ... apropos Propfen. »Wie geht es dem Gut? Wachsen die Reben zu deiner Zufriedenheit? Bringen sie gute Erträge?«

»Dass dich das Gut so interessiert! Erzähl mir lieber, was dein Studium macht. Bist du bald fertig?«

Die kalten stahlgrauen Augen, die ihm auch im angetrunkenen Zustand noch einen Schauer über den Rücken jagten, visierten ihn an. Als würde er in die Mündung einer Pistole sehen und auf einen Schuss warten.

»Du schweigst?« Der Blick wurde noch stechender.

»Gut Ding will Weile haben«, stieß er durch die zusammengebissenen Zähne hervor. Würde Emma sich von dem Alten einschüchtern lassen? Unwahrscheinlich. Allein wie sie damals im Vorlesesaal mit Paul Laband diskutiert, wie sie ihm *widersprochen* hatte. Über ihren Besuch hatte damals noch lange die ganze Universität gesprochen – an einen Antoine Dupont erinnerte sich dagegen niemand. Ein Nichts war er, ein Niemand. Ganz recht.

»Ach«, erklang es vom anderen Tischende. So viel Verachtung in einem einzigen Ton. Antoine hatte gehofft, das alles würde ihm nichts ausmachen, wenn er angetrunken war. Anscheinend hatte er noch nicht genug intus. Hoffentlich kam bald jemand von den Bediensteten mit einem Krug Wein.

»Wie praktisch, dass du dir diese Weile von mir bezahlen lässt«, setzte sein Vater nach. »Oder sollte ich sagen: Langeweile?«

»Sag, was auch immer du willst.« Antoine winkte ab, mied es, noch einmal in die grauen Augen zu sehen, deren Blick ihm wie tausend kleine Spinnen unter die Haut kroch.

»Wie gnädig, mein Sohn.« Es klang kaum nach Worten, war eher ein missbilligendes Zischen. »Wo kämen wir denn hin, wenn jemand wie du mir in meinem eigenen Haus vorschreiben würde, was ich sagen darf und was nicht.«

Antoine ballte die Hand, den Blick auf das leere Kristallglas neben seinem Teller gerichtet. »Ich will keinen Streit, Vater.«

»Natürlich nicht. Nur mein Geld.«

Zum Glück hörte er leichte Schritte, nun war er nicht mehr allein.

»Guten Abend«, hauchte eine Stimme.

»*Maman.*«

»Wie schön, dass du da bist.« Sie eilte auf ihn zu, nein, schwebte beinahe über das Parkett, bevor sie ihn in den Hauch einer Umarmung schloss.

Vorsichtig legte er seine Arme um sie. Sie war genauso groß wie er, doch seit dem letzten Besuch war sie dünner geworden. Durch den Stoff ihres Kleides konnte er ihre Rippen fühlen, die sich bei jedem Atemzug hoben und senkten, ihr spitzes Kinn hatte sich in seine Schulter gebohrt. Sie roch nach Kölnisch Wasser, mit dem sie sich ständig Kompressen gegen ihre Migräne machte, und nach dem schwermütigen Geruch von Lilien. Ein kurzer Moment des Innehaltens – dann gab sie ihn frei, senkte die Arme, als wären sie ihr zu schwer geworden.

Ihr Gesicht war bleich, die Wangen eingefallen. Unter ihren blauen Augen, die schon lange jeglichen Glanz verloren hatten, lagen tiefe Schatten, die nicht einmal mehrere Schichten Puder zu verdecken vermochten. Alles an ihr wirkte schlaff und seltsam matt, die Lippen blass und kaum definiert. Zum Abendessen trug sie ein taubengraues Kleid aus Seidenchiffon und Tüll, eine luftig-leichte Kreation, die sie dennoch zu erdrücken schien, als würde sie das Gewicht der Stoffe kaum ertragen.

Seine Kehle wurde eng, je länger er sie betrachtete. Am liebsten hätte er sie auf die Arme gehoben und sie von hier weggetragen, weit weg. Nur wohin?

»Lasst uns speisen.« Ihre Stimme klang wie ein Windspiel: hoch und klar, aber so leise, dass sie in diesem beinahe leeren Saal kaum zu hören war.

»Wird ja auch langsam Zeit«, donnerte es vom anderen Ende des Tisches.

Sie zuckte zusammen, blickte verschreckt zu ihrem Ehegatten und tippelte stumm zu ihrem Platz.

Antoine setzte sich. Wie von selbst klammerten sich seine Finger um den Stiel des Weinglases. Immer noch leer.

»War deine Reise angenehm? Gefällt dir dein Zimmer?« Die Worte seiner Mutter klangen bebend. Als würde sie sich fürchten, mit einer unbedachten Silbe jemanden zu verärgern.

»Wenn ihm sein Zimmer nicht gefällt, steht es ihm frei zu gehen, Cécile.«

Brav hielt die Mutter den Blick gesenkt.

Der Tisch war mit feinstem Porzellan und aufpoliertem Silberbesteck gedeckt, wie sie es immer verlangte, wenn er zu Besuch kam. Mit Sicherheit würde die Köchin das Beste vom Besten kredenzen. Nur hatte Antoine keinen Hunger mehr. Und wenn er sich seine Mutter anschaute, ahnte er, dass sie wohl genauso wenig Appetit verspürte. Während sein Vater das Essen genüsslich in sich hineinstopfen würde.

Wann, verdammt, würde endlich der Wein kommen?

Er hörte schnelle Schritte. Mit einer Karaffe in der Hand hastete Florence in den Raum und brachte ihm die ersehnte Erlösung. Gierig trank er die kostbare Flüssigkeit.

An das Abendessen erinnerte er sich kaum, als hätte ein seltsamer Nebel alles um ihn herum verschluckt: die Stummheit seiner Mutter. Das ekelerregende Schmatzen seines Vaters. Zum Glück ging das irgendwann vorbei. Er musste nur noch nach oben kommen und in sein Bett fallen. Doch als er aus dem Speisesaal herausschwankte, stieß er mit Florence zusammen. Er taumelte und musste sich gegen eine Wand lehnen, um auf den Beinen zu bleiben. Mit weitaufgerissenen braunen Augen murmelte das Mädchen eine Entschuldigung. Er starrte auf ihre Lippen, auf ihre vollen roten Lippen. Schon wollte sie an ihm vorbeihuschen, da packte er ihren Arm und drückte ihr einen Kuss auf den Mund.

Sie stöhnte, und es durchdrang ihn wie ein Messer, das in

sein Inneres schnitt, als hätte ihr Stöhnen etwas Wundes in ihm berührt: Sie will mich! Und er wollte, dass sie sich nach ihm verzehrte, es kaum erwarten konnte, dass seine Zunge den Weg in ihren Mund fand. Sie schmeckte so vertraut, würzig, salzig. Die Bratensoße – hatte sie heimlich genascht? Mit einem Keuchen löste er sich von ihr. Erschrocken sah sie ihn an wie ein Rehkitz, das entdeckt worden war. Fest hielt er sie am Oberarm und zog sie die Treppe hoch zu seinem Zimmer. Sie stolperte, doch er ließ sie nicht los. Mit einem Fuß trat er die Tür auf. Endlich waren sie drin. Ungestört.

»Aber Monsieur Dupont …« Sie keuchte. Er drückte seine Hand an ihren Mund.

»Antoine«, hauchte er ihr ins Ohr. »Für dich bin ich jetzt Antoine.«

Ihr Häubchen war verrutscht. Ungeduldig entfernte er das lästige Ding, zerrte die Haarspangen aus dem Haarknoten heraus. Endlich lösten sich ihre Strähnen, in glänzenden Wellen umrahmten sie ihr zartes Gesicht. Er schob seine Hand in diese Haarpracht, küsste sie noch fester, noch härter. Sie wimmerte auf, als er, berauscht von Lust, in ihre Unterlippe biss.

»Leise!«, mahnte er, drängte sie zu seinem Bett, zerrte an ihrem Kleid. Unbeholfen versuchte sie, es wieder in Ordnung zu bringen. Er riss am Stoff, küsste sie erneut, ihren Hals, ihre entblößte Schulter, saugte an ihrer warmen Brust.

»Monsieur … Antoine …«, flehte sie mit ihrer zittrigen, dünnen Stimme.

»Leise«, zischte er atemlos, völlig überwältigt von seinem eigenen Verlangen, das mehr und mehr in ihm anschwoll. »Sei endlich leise, Emma!«

## Metz, 1908

## EMMA

DIE TAGE ZOGEN DAHIN, und jeder einzelne endete mit gestampften Kartoffeln, abendlichem Schweigen und Blicken, die einander kaum begegneten. Emma fühlte sich wie begraben. War so das wahre Leben, auf das ihre Eltern sie vorzubereiten versuchten? Vielleicht konnte sie etwas ändern? Ein kleines Lächeln auf das Gesicht ihres Vaters zaubern, die Wärme in den Augen ihrer Mutter aufsteigen lassen? Der Geruch von Reibekuchen aus ihrer Kindheit stieg ihr in die Nase. Das Lachen von damals. Vaters leises Grunzen, als er nicht genug davon bekommen konnte und die armen Dinger im Apfelmus ertränkte.

Auf dem Markt kaufte Emma alles dafür ein und stellte sich die Düfte der längst vergangenen Tage vor, die die kleine Metz-Wohnung erfüllen würden.

Mit vollem Einkaufskorb eilte sie nach Hause, huschte ins Treppenhaus und hörte schon von unten die schrille Stimme von Hilde Rosenberger: »Etwas missraten? Bei aller Liebe, meine Teuerste, ernsthafte Sorgen würde ich mir an deiner Stelle um das Mädchen machen. Aber vielleicht gibt es noch Hoffnung.«

Über wen die Nachbarin da wohl lästerte? Auf dem letzten Absatz schaute Emma hoch und entdeckte ihre Mutter.

»Hoffnung?« Käthe Bergmann hob resigniert die Arme. »Wo soll ich diese Hoffnung nur hernehmen? Studieren will sie. Über ihr Leben bestimmen. Und hört sie ein Wort der Vernunft – da wird sie schon ganz hysterisch.«

»Lies dir das durch.« Seiten raschelten. »*Geschlecht und Charakter.* Ein großartiges Buch. Hier habe ich was für dich unterstrichen: *Der Wille des Mannes schafft erst die Frau, er gebietet über sie und verändert sie von Grund auf.* Und weiter: *Nur indem der Mann sexuell wird, erhält das Weib Existenz und Bedeutung.*« Ein Ball aus Übelkeit formte sich in Emmas Bauch. Drohte hochzusteigen, sie zu übermannen, während die Rosenberger immer weiterredete: »Du musst schnell einen für sie finden, der sich ihrer erbarmt. Nicht, dass sie noch eine von diesen *Modernen,* diesen *Intellektuellen* wird. Das arme Ding!«

Entschlossen stieg Emma die Stufen hinauf, wollte dagegenhalten, doch die Worte blieben ihr im Halse stecken. Mutters Blick haftete an ihrem Einkaufskorb. »Was sollen wir denn mit Apfelmus? Speck solltest du holen!« Mit einem klagenden Blick sah sie zur Rosenberger. »Sag ich ja, zu nichts zu gebrauchen ist dieses Kind.«

Die Nachbarin nickte wissend, drückte der Mutter das Büchlein in die Hand und schlüpfte an Emma vorbei die Treppe hinunter. Ihre Wohnungstür fiel zu, und mit dem Geräusch verschloss sich jegliche Freundlichkeit auf Käthe Bergmanns Gesicht. »Was stehst du hier rum? Geh und hol Speck!«

Emma hätte schreien können. Einfach nur schreien. Aber es war, als hätten die Wände ihre Stimme verschluckt, als würde nie wieder etwas aus ihrer Kehle herausdringen.

Ein paar Tage später brachte ein Botenjunge eine Karte von Louise, die am Samstag zum Nachmittagstee einlud. Emma sagte zu, froh darum, ihrem Zuhause zumindest für ein paar Stunden zu entfliehen. Noch begeisterter zeigte sich allerdings ihre Mutter. »So eine entzückende Tochter hat meine gute Wilhelmine! Das kommt ganz recht. Es ist nie verkehrt zu zeigen, mit was für feinen Leuten du verkehrst.« Dank ihrem

Tatendrang war es ihr gelungen, ein neues Teekleid aufzutreiben, einen enganliegenden champagnerfarbenen Zweiteiler. Eigentlich ganz nett anzusehen, wenn da nicht dieses Monstrum von einer altrosafarbenen Schleife aus Seide gewesen wäre, die an der Brust angebracht worden war.

Ihre Mutter betrachtete Emma von allen Seiten, und ein seliger Ausdruck breitete sich auf ihrem Gesicht aus. »Wie ein Engel siehst du aus.«

Bitter schob Emma ihre Gedanken beiseite. Ja, wenn die Schleife mit den beiden Hälften wie mit Flügeln zu schlagen anfinge, würde sie sicherlich gen Himmel abheben.

Als es an der Zeit war, wollte ihre Mutter eine Kraftdroschke holen, doch zumindest dagegen konnte sich Emma wehren. Der erste zarte Frost lag über Metz – die frische Luft würde ihr guttun, und eine leichte Wangenröte hätte noch keinem heiratswilligen Mädchen geschadet, versicherte sie. Also schlüpfte Emma in ihren Mantel und lief die Treppe herunter. Sie war so in Gedanken versunken, dass sie beinahe mit ihrem Vater zusammengestoßen wäre. Als sie zu ihm aufblickte, erschrak sie. Sein Gesicht sah nicht nur blass aus, sondern beinahe aschfahl.

»Ich gehe Louise Seidel zu einem Nachmittagstee besuchen. In ein paar Stunden bin ich wieder zurück«, versicherte sie. Schweigend setzte er seinen Weg fort, blieb allerdings am nächsten Treppenansatz stehen, das Gesicht schmerzverzerrt.

»Ist alles in Ordnung?« Sie eilte zu ihm, doch er schob sie von sich.

»Geh zu deinem Nachmittagstee.«

»Aber Papa …«

»Du bist wie deine Mutter«, knurrte er. »Lässt einem keine Sekunde Ruhe.«

Sie wich zurück.

Er zögerte, dann blickte er zu ihr auf. Als würde er sie wirklich sehen. Seine Emma. Sein Mädchen. Das noch da war, um ihn zu stützen. »Geh schon zu deinem Nachmittagstee«, flüsterte er versöhnlicher. Schon wandte er sich ab, schob er sich Stufe um Stufe höher, als wäre sein Körper ein Sack Kartoffeln, den er nach oben ziehen musste. Nach einer Weile verschwand er aus ihrem Blickfeld. Sie hörte seine mühsamen Schritte und sein Ächzen, bis er ganz oben angekommen war und die Wohnungstür geöffnet hatte. Ein paar Augenblicke später ging die Tür mit einem leisen Klicken zu.

»Na, quält deinen Vater schon wieder ein Rheumaschub?«

Der Geruch nach gebratenen Zwiebeln holte Emma ein, und Hilde Rosenberger tauchte neben ihr auf.

»Es geht ihm gut.« Emma eilte die Treppe hinunter. Dass ihr Vater gesundheitliche Probleme hatte, wusste sie natürlich. Aber von Schüben hörte sie zum ersten Mal. Er kam wie immer nach Hause und verbrachte die Abende in seinem Sessel, versteckt hinter der Zeitung. Warum sagte er nichts? Die Antwort lag auf der Hand. Vielleicht wollte er nicht, dass man ihn für schwach und unnütz hielt – sowohl auf der Arbeit als auch zu Hause. Dennoch schmerzte es Emma, dass er sein Leiden vor ihr geheim hielt, während die Rosenberger darüber Bescheid wusste.

Die Kälte kribbelte in ihrer Nase, während sie auf die Straßenbahn wartete. Zum Glück kam die Tram schnell. Emma ließ sich am Fenster nieder und schaute auf die Gegend, die an ihr vorbeiglitt. Das letzte Stück fuhr die Straßenbahn durch die Nanziger Straße, und Emma war bestrebt wegzuschauen, als die Bayernkasernen an ihr vorbeizogen. Sie würde es nie laut zugeben, aber insgeheim gruselte sie sich vor dem Komplex, der die Stärke und Macht Preußens ausdrücken sollte. Die langgezogenen Bauten wirkten gesichtslos, die großen, rechteckigen Fenster ähnelten den stramm aufgestellten Soldaten, die einander glichen wie ein Ei dem anderen. Fünfzehntausend Mann waren in diesen Wänden untergebracht, manche sagten, die Zahl liege inzwischen bei zwanzigtausend. Jederzeit bereit, das Leben eines anderen Menschen auszulöschen, um den Frieden in Deutschland und in ganz Europa zu wahren. *Ansonsten bliebe wohl nur eine Heirat mit einem der Offiziere*, kamen ihr die Worte ihrer Mutter in den Sinn. *Zum Glück ist Metz voll davon.*

Nach einer Weile stieg Emma aus, sie musste noch ein Stück laufen, bis sie endlich vor dem Seidel'schen Tor stand. Es war kunstvoll aus Gusseisen gearbeitet, mit Ranken, die sich aneinanderschmiegten und Muster bildeten, als wäre darin ein Familienwappen eingewoben. Strahlend weiß und von mehreren Säulen umrahmt, thronte die Villa am Ende einer geraden Allee, die durch den umherliegenden Park führte.

Als Emma durch das Tor treten wollte, näherte sich ein Automobil, und sie trat zur Seite, um es vorüberzulassen. Der Chauffeur nickte ihr grüßend zu. Im Innenraum saßen Carl und sein Vater, den Emma vom Porträt erkannte. Was auch immer sie beredeten – der Vater lachte, als hätte man ihm einen vergnüglichen Witz erzählt, während Carl leidenschaftlich gestikulierend dagegenhielt. Dann glitt sein Blick zum Fenster, streifte Emma, um sich sogleich dem Vater zuzuwenden.

Schon fuhr das Automobil vorbei.

Hatte Carl sie erkannt? Wusste er noch, wer sie war? Und warum tat die Vorstellung so weh, er hätte sie inzwischen einfach vergessen? Niedergeschlagen setzte Emma ihren Weg fort, bis sie am Haus angelangt war.

Die Tür machte ein junges, sommersprossiges Mädchen auf, das ihr voller Elan Mantel und Hut abnahm und Emma in den Salon führte, wo Louise bereits auf sie wartete.

»Wie wunderbar, dass du Zeit finden konntest!« Die junge Frau kam auf sie zu und drückte sie an sich, als wären sie seit den Kindertagen Freundinnen gewesen. Diese überschwängliche Herzlichkeit machte Emma noch immer befangen, aber das schien in der Familie Seidel normal zu sein. Sich zu umarmen. Sich und andere einfach zu mögen. »Komm, setz dich. Du hast so furchtbar kalte Hände – bist du etwa den ganzen Weg gelaufen?«

»Nein, nur das letzte Stück. Die frische Luft tat mir gut.« Sie war dankbar für den heißen Tee – die dünne Porzellantasse wärmte hervorragend ihre Finger. Verstohlen betrachtete sie die teure Stofftapete, die unzähligen Gemälde, die dicht an dicht an den Wänden hingen, das Polstermöbel aus Edelholz im Barockstil. Alles hier schien zu rufen: Schau, wie schön das Leben ist. Wie wunderbar es ist, dass es uns allen gutgeht.

Ungeduldig rutschte Louise auf ihrem Sofa hin und her. Sie hatte weder ihren Tee noch feine Pralinen auf der Etagere angerührt. »Willst du wirklich meine Kunst sehen?«

»Aber selbstverständlich!«

»Dann komm!« Sie rief ein Dienstmädchen herbei und trug ihm auf, den Tee und die Nascherei nach oben zu bringen. Aufgeregt wie ein kleines Kind stieg Louise die Stufen hoch, während sie beinahe ohne Pause redete: »Also, ich weiß wirklich nicht, ob ich meine Arbeit als Kunst bezeichnen soll. Ich mache das einfach so gerne. In Gips kann ich alles ausdrücken, wofür mir manchmal die Worte fehlen, meinen Emotionen freien Lauf lassen.«

In der dritten Etage blieb sie vor einer Tür stehen, lehnte sich mit dem Rücken dagegen und schaute Emma verschwörerisch an. »Manchmal schlage ich meine Figuren kaputt, weil sie einfach nicht so gelingen wollen, wie ich es möchte.

Kennst du das? Machtlos zu sein? Einfach nicht an das heranzureichen, was dir vorschwebt, egal wie du dich anstrengst?«

»Ich glaube schon«, gab Emma zu. Wie gern hätte sie etwas kaputt geschlagen, als Paul Laband sie aus dem Saal geworfen hatte. Oder als ihre Mutter sie zum *Moitrier* geschleppt hatte.

Louise zwinkerte ihr zu. »Vielleicht solltest du es auch mit dem Gips versuchen? Es befreit ungemein.« Schwungvoll öffnete sie die Türen. »Willkommen in meinem bescheidenen Reich! Ist es nicht wunderbar hier? Schau dir nur dieses Licht an!«

Tatsächlich hielt Emma an der Schwelle inne. Durch die weißen Wände und die hohe Decke wirkte der Raum gigantisch. Der Parkettboden war mit Wolldecken ausgelegt, weiße Tücher verbargen Louises Kunstwerke auf den Staffeleien. In der Mitte thronte ein langer Tisch aus einfachem Holz, überall mit weißgrauen Flecken beschmutzt. An einer Seite lagen unzählige Werkzeuge, als hätte hier ein Chirurg seine Instrumente für eine Operation ausgebreitet. Neugierig trat Emma näher.

»Ein kleines Messer, ein Hohleisen, ein Schnitzeisen«, erklärte Louise. »Die Spachtel – unterschiedliche Größen, je nachdem, was ich brauche. Wichtig ist, dass sie flexibel sind. Gips ist so unglaublich weich. Er verzeiht dir Fehler.«

Wenn nur manche Menschen ein bisschen wie Gips wären und ihr Fehler einfach verzeihen würden, dachte Emma. Ihre Eltern zum Beispiel.

Vorsichtig berührte sie einen der Spachtel mit einem klobigen Holzgriff. Dieses Werkzeug in Louises zarten Händen? Gleichzeitig schalt sie sich dafür, dass die gesellschaftlichen Konventionen es auch ihr schwer machten, sich vorzustellen, dass Louise so etwas Handwerkliches zum Vergnügen machte.

Emma deutete zu den weißen Tüchern. »Zeigst du mir deine Kunstwerke?«

»Versprichst du, nicht zu lachen?«

»Selbstverständlich. Warum sollte ich?«

»Na ja, meine Eltern belächeln es oft. Sagen, das sei nur eine Phase. Ach, ich weiß, ich weiß, wenn ich erst einmal verheiratet bin, werde ich sowieso keinen Kopf mehr dafür haben.«

Wenn sie erst einmal verheiratet war? Entschlossen packte Emma Louises Hände, drückte fest die langen, zierlichen Finger. »Du musst doch deine Kunst nicht aufgeben! Niemand kann von dir verlangen, etwas zu ersticken, was dich ausmacht, was dich ausfüllt!«

Vorsichtig zog Louise ihre Hände aus Emmas Griff. »Noch ist es ja nicht so weit. Komm.« Sie zog Emma zu einer Staffelei und schlug das Tuch beiseite. »Ich nenne es *Unendlich*.«

Emma trat einen Schritt zurück. Zuerst wollte ihr etwas Unbedachtes wie »Was ist das?« entfahren – sie hatte sich Blumen und Ornamente vorgestellt, die oft Gebäudefassaden schmückten. Doch dann betrachtete sie das Kunstwerk genauer.

Als Grundfläche diente ihm ein Stück Wand, deren ganze Oberfläche von unruhigen Gipswellen durchzogen war. Vielleicht waren es auch keine Wellen, sondern Sandwehen, und Emma fragte sich, wie es sich wohl anfühlte, mitten in einen Sandsturm zu gelangen und stechende Kieselchen auf der Haut zu spüren. Doch ihr Blick haftete vor allem an einer im Sand halbversunkenen Maske, die erschreckend menschlich wirkte. Schwarze Löcher statt Augen, die blind vor Angst aufgerissen zu sein schienen, ein halbgeöffneter Mund, der stumm schrie.

»*Unendlich?*«, fragte Emma nach und betrachtete die hohen Wangenknochen der Maske, das kräftige, klar definierte

Kinn mit einer kleinen Kerbe darin, den Schwung der schmalen Lippen …

»*Unendlich verloren*«, erwiderte Louise unsicher, das Tuch an sich gepresst. »Findest du das … zu einfältig? Zu kitschig?«

»Nein, gar nicht. Es ist eindrucksvoll.« Sie deutete auf die Maske. »Wer ist das?«

»Niemand.« Hastig schlug Louise das Tuch über das Kunstwerk, doch es rutschte hinunter und entblößte die Maske erneut.

Wie gebannt starrte Emma die verzerrte Miene an … bis sie auf einmal Antoines Züge darin erkannte. Es traf sie so unvorbereitet, dass sie geräuschvoll nach Luft schnappte. Eine merkwürdige Beklommenheit breitete sich in ihr aus.

Louise hob das Laken vom Boden auf und hüllte damit hastig die Staffelei ein. »Ach, wo bleibt nur unser Tee? Möchtest du in der Zeit vielleicht das Haus sehen?«

»Gerne«, erwiderte Emma, etwas überrumpelt vom plötzlichen Themawechsel.

Zusammen verließen sie das Atelier, und so, wie sie kürzlich durch die Römerstraße flaniert waren, flanierten sie durch das Haus. Ab und zu erklärte Louise die Räumlichkeiten, doch Emma hörte nur mit einem halben Ohr zu. Sie fragte sich, ob Antoine wusste, dass Louise sich Sorgen um ihn machte. Ob die beiden Gefühle füreinander hegten. Und was da in den Tiefen tatsächlich auf ihn lauerte, in denen er zu versinken drohte. So leicht wollte das Gespräch zwischen ihr und Louise jedenfalls nicht mehr in den Gang kommen.

»Ich glaube, ich muss doch noch einmal an unseren Tee erinnern.« Louise seufzte. »Geh doch solange in die Bibliothek, wenn du magst, sie ist gleich am Ende des Flurs.«

Schon war Louise fort. Also spazierte Emma allein den Korridor entlang. Was für Bücher die Seidels wohl besaßen?

Ihr Vater widmete sich hauptsächlich der Zeitung. Fakten, schwarz auf weiß, waren das Einzige, was für ihn zählte. Ihre Mutter dagegen vergötterte Sachbücher wie Möbius' Abhandlungen über den physiologischen Schwachsinn des Weibes oder Schopenhauers *Über die Weiber*. Ganz heiß begehrt im heimischen Regal: *Émile oder Über die Erziehung* von Rousseau. Die Ausgabe war so zerlesen, dass aus dem Buch bereits einzelne Seiten herausfielen. Insgeheim bewunderte Emma ihre Mutter, dass diese – trotz ihres beschaulichen Lebens – so viel Interesse an Publikationen von Philosophen und Ärzten hatte und so enthusiastisch darüber debattierte. Auf ihre ganz eigene Art und Weise gehörte auch sie zu den *Modernen, Intellektuellen*. Womöglich hatte Emma sie sogar von ihr, diese unstillbare Gier nach Wissen.

Zu spät fiel ihr auf, dass aus der Bibliothek Stimmen drangen, ein Gespräch, das sie nichts anging.

»Ich möchte das nicht länger aufschieben, Carl. Du weißt, dass es an der Zeit ist«, tönte ein sanfter Bariton, der vermutlich dem Oberhaupt der Familie gehörte. Darin lag so viel Seidel'sche Wärme, so viel Stolz und Vertrauen, dass es in Emmas Brust wieder eng wurde. Wie sehr hätte sie sich gewünscht, auch nur einen Bruchteil davon in der Stimme ihres Vaters, vielleicht auch der ihrer Mutter zu hören. Nur ein einziges Mal die Tochter sein, die sie sich schon immer gewünscht hatten.

»Ich bin mir nicht sicher, ob das wirklich das Richtige für mich ist.«

Emma hielt inne. Carls Tonfall klang so leise. Jede Silbe schien etwas in ihr zu berühren. Und plötzlich hallte jedes Wort in ihr nach, die Unsicherheit, die sich darin verbarg, die Sorge, diejenigen, die man liebt, zu enttäuschen. Als wären seine Gefühle zu ihren geworden. Oder umgekehrt.

»Nun sag schon.« Sein Vater zögerte. »Was wäre denn das Richtige für dich?«

Carl schien sich zu sammeln. Wie gut sie es kannte! Diese Angst, auch nur einen einzigen Laut herauszubringen, der alles kaputtmachen könnte, was man hatte.

»Nach Dijon zu gehen.«

»Das ist doch Unsinn!«

»Warum?«, fragte Carl mit Nachdruck. Emmas Herz klopfte wie wild. Ihre Erziehung, ihr Anstand – alles in ihr beharrte darauf, das Lauschen zu beenden. Aber etwas in Carls Stimme klang, als bräuchte er ihren Beistand. Und so blieb sie da.

»Weil du schon einmal gegangen bist! Geleitet von … von den Worten eines dummen Mädchens, das dir den Kopf verdreht hat; von ein paar Körnern, die es dir zugeworfen hat – und wir haben dich fast verloren, weil dein Herz, ja, dein Herz, das alles nicht ertrug!«

»Aber das, was du von mir willst, erträgt mein Herz genauso wenig!« Emma zuckte zusammen. Sie hatte ihn noch nie so laut erlebt. So zornig. Und so verzweifelt.

Wieder trat Stille ein, so schneidend, als hätte sie das Gespräch gewaltsam zerrissen.

»Das ist es also, was du über die Zukunft denkst, die wir für dich vorbereitet haben? Dass dein Herz sie nicht erträgt?« Der nach wie vor sanfte Bariton seines Vaters wirkte so verbittert, dass er es nicht einmal zu kaschieren versuchte. »Wir waren bereits einer Meinung. Wenn du selbst nicht siehst, was das Beste für dich ist – dann sage ich dir als Vater: Es ist die einzig richtige Lösung für uns alle. Ich bin nicht mehr der Jüngste, und meine Kriegsverletzung macht es mir immer häufiger zu schaffen. Irgendwann wird es mich nicht mehr geben. Und was dann?«

»Du verstehst mich nicht! Du willst es einfach nicht verstehen!« Emma hörte rasselnden Atem, offensichtlich von Carl, als bekäme er keine Luft mehr, und die Worte, die herauswollten, erstickten hilflos im Raum.

»Siehst du?« Die Stimme seines Vaters wurde versöhnlicher. »Die Aufregung tut dir nicht gut. Am Höhepunkt des Festes werden wir es verkünden. Wir beide wissen genau, was das Beste für dich ist. Also hör auf, deinen Hirngespinsten nachzujagen.«

Schritte erklangen. Emma fuhr herum, um endlich zu verschwinden, aber es war zu spät.

»Gnädiges Fräulein«, grüßte Ehrhard Seidel knapp. Seine Züge wirkten entschlossen, so voller Tatendrang, dass Emma sich wunderte, wie viel Energie in so einem gedrungenen Körper stecken konnte. Leicht hinkend schritt er an ihr vorbei.

In der Bibliothek polterte es. Als wäre eine Sturmböe hindurchgefegt, schlug Metall auf dem Parkett auf, Glas ging zu Bruch. Herr Seidel verharrte mitten in der Bewegung, horchte, dann schüttelte er den Kopf. »Ich fürchte, die Bibliothek ist gerade nicht begehbar«, sagte er leise, aber bestimmt. »Suchen Sie die Zerstreuung für Ihr Gemüt woanders, meine Liebe.«

In seinem schwankenden Schritt ging er davon, bis er aus dem Korridor verschwunden war. Emma drückte ihre Hände zusammen. Spätestens jetzt sollte sie weggehen.

Und Carl sich selbst überlassen?

Obwohl sie noch nie etwas im Ausbruch der Gefühle auf den Boden gefegt hatte, wusste sie, wie leer er sich gerade fühlen musste. Das Leben war eben nicht sorglos. Bei keinem von ihnen.

Leise trat sie auf die Schwelle zur Bibliothek. Carl stand neben einem Kamin, den Kopf gesenkt, dass seine roten Locken ihm in die Stirn fielen. Mit beiden Händen stützte er sich am

Sims ab. Obwohl sie nicht einmal zu atmen wagte, hatte er sie gehört und drehte den Kopf. Stumm sahen sie einander an, als wären sie beide unfähig, sich zu bewegen.

Sie kannte ihn lächelnd, mit Grübchen auf den Wangen und mit Funken in den grünen Augen. All das war fort. Als wäre alles an ihm verblasst, wie die Sommersprossen, die im Winter nur noch eine Ahnung ihrer selbst waren.

Auf dem Boden, ein Stück von ihm entfernt, lagen zwei gewundene Kandelaber, Kerzen, die beim Aufschlag aus der Halterung herausgesprungen waren, eine zerbrochene Vase … Er folgte ihrem Blick, hielt inne, als wäre ihm das Ausmaß seines Gefühlausbruchs erst jetzt klargeworden. Schwerfällig stieß er sich vom Kamin ab, hob die Kandelaber auf und stellte sie wieder auf dem Sims auf. Schließlich kniete er sich hin, um die Scherben aufzusammeln. Er machte es selbst. Ohne Personal herbeizurufen, das dazu da war, hinter den Launen der Herrschaften aufzuräumen.

Sie hockte sich neben ihn hin und begann, ebenfalls Scherben aufzuheben.

»Vorsichtig, Fräulein Bergmann«, sagte er leise. »Die Kanten sind scharf. Verletzen Sie sich nicht.«

»Es gibt schlimmere Verletzungen als ein Schnitt in den Finger.«

»Das stimmt.« Er schluckte. Sie stellte sich vor, wie es sein würde, eine Hand auf seine Schulter zu legen. Ihm Trost zu spenden. Vielleicht auch sich selbst. Aber da hatte er sich schon gefangen, seine Stimme klang sicherer, wobei Emma sich nicht von dieser Sicherheit täuschen ließ. »Ich hoffe sehr, dass Ihr Nachmittag besser verläuft als meiner. Oder hat meine Schwester Sie zu sehr in die Mangel genommen? Manchmal kann sie unglaublich … anstrengend sein.«

Sie lächelte ihm zu. »Ihre Schwester ist ganz wunderbar. Ich glaube, das Einzige, was meinen Nachmittag heute ruiniert, ist diese furchtbare Schleife am Kleid.«

»Verstehe. Die Schleife ist sehr ... hm ...«

Sie hob eine Augenbraue und sah zufrieden, wie in seinen Augen ein paar dieser Funken aufstiegen, die sie vorhin so sehr bei ihm vermisst hatte. »Sehen Sie? Bei ihrem Anblick fehlen einem die Worte.«

»Zum Glück bin ich zur Stelle, um Sie von dieser Monstrosität zu retten.«

»Was haben Sie vor?« Mit einer gespielten Empörung schlug sie sich eine Hand vor den Mund. »Sie mir mit bloßen Händen vom Leib zu reißen?«

»Fräulein Bergmann. Halten Sie mich etwa für einen Barbaren?« Er ließ die Scherben wieder zu Boden fallen und hob nur eine einzige davon hoch.

»Verletzen Sie sich nicht«, neckte sie ihn. »Ich habe gehört, die Kanten sind sehr scharf.«

»Es mag Sie überraschen, aber so schnell verletzt mich nichts. Zumindest nicht vieles.«

Er beugte sich zu ihr. Erst jetzt fiel ihr auf, wie unschicklich nah er an ihrem Dekolleté war. Dass er die enge Spalte zwischen ihren Brüsten sehen konnte und das Muttermal rechts, das einem aufgemalten Regentropfen glich. Doch es war ihr egal. Seine wilden Locken schienen sie anzuspornen, etwas Verrücktes zu tun. Nur schwer widerstand sie der Versuchung, ihm durch die Strähnen zu streifen. Der warme Duft seines Körpers machte es ihr beinahe unmöglich, einen klaren Gedanken zu fassen. Ganz entfernt nahm sie eine Spur von Seife wahr, dann stieg ihr ein ganz leichter Duft nach trockenen Gräsern in die Nase. Heu vielleicht, nur mit einer schärferen Note.

»Voilà!« Carl hielt die Schleife wie eine erlegte Beute hoch.

Seine Hände rochen nach Gewürzen und einer Spur von Essig. Dann war wieder dieser Duft da, diese Schärfe, die durch ihre Sinne fuhr.

»Senf!«, hauchte sie.

Fragend runzelte er die Stirn.

»Sie riechen nach Senf«, beeilte sie sich zu erklären, was noch viel konfuser klang. »Ähm. Sie kochen, Herr Seidel?«

»Nicht wirklich.« Er wandte den Blick ab. Als würden die Worte seines Vaters wieder dieses Zimmer ausfüllen. Ihm die Luft zum Atmen rauben. »Nur ein kleines Nebenprojekt. Eine Spielerei. Nicht so wichtig.«

Aber es war wichtig. Vielleicht das Wichtigste überhaupt. Sie konnte es fühlen.

Aus dem Flur ertönten Schritte und das Rauschen von Röcken. Louise. Nicht jetzt, flehte Emma, doch die Schritte näherten sich.

»Was für ein Nebenprojekt?«, stieß sie rasch hervor. »Hat das … hat das etwas mit Dijon zu tun?«

»Noch nicht«, formten seine Lippen, als Louise in den Raum stürmte.

»Emma?« Ihr Blick haftete an der Schleife in Carls Händen. »Oh. Ich glaube – die Einzelheiten möchte ich gar nicht wissen. Ich gehe jetzt hinaus und tu so, als hätte ich das nicht gesehen. Emma? Komm.« Schon rauschte Louise fort.

Emma rührte sich nicht. Ein Augenblick, als würden sie gemeinsam innehalten und Louises Schritte zählen. Doch dann war der Augenblick vorbei. Als wäre es nur ein schöner, aber flüchtiger Traum, aus dem Emma aufgewacht war.

»Lassen Sie meine Schwester nicht zu lange warten. Geduld gehört nicht zu ihren Stärken.« Carl klang geschäftlich. Kurz angebunden. Rasch sammelte er die Scherben zusammen, verharrte einen Moment, dann tauchten seine Finger in seine

Hosentasche und holten ein paar Körner heraus, die er acht-los zu den Scherben gab.

Plötzlich konnte sie ihn nicht mehr fühlen, als wäre er weit weg. Unerreichbar für jegliche Gefühle.

»Fräulein Bergmann.« Er stand auf und reichte ihr seine Hand. Sie ließ sich hochziehen. Zwischen ihren Handflächen blieb ein winziges Korn liegen, das an seiner Haut kleben geblieben war. Er wollte seine Hand zurückziehen, als sie – aus einem Impuls heraus – seine Finger drückte.

»Vielleicht ist es keine Spielerei. Vielleicht braucht ein Leben mehr. Ein bisschen mehr …«

»… Würze?«, hauchte er und erwiderte ihren Druck Bestürzt musterte er ihr Gesicht, als wollte er darin etwas entdecken, was ihm bis jetzt verborgen geblieben war. Und gleichzeitig, als hätte er Angst zu glauben, dass dieses Etwas wirklich da war. »Kommen Sie!«, rief er, als hätte er eine Entscheidung getroffen. Eine Entscheidung, die ihm sehr viel bedeutete. »Ich glaube, ich muss Ihnen etwas zeigen.«

Sie nickte nur, als er sie entschlossen in den Flur zog.

»Emma!«, rief Louise von irgendwoher. Emma warf einen raschen Blick zurück, sah Louise am Ende des Korridors stehen und wollte gerade etwas erwidern, als Carl ihr zuvorkam: »Ich bringe sie dir bald wieder, Schwesterherz. Du hast mein Wort!«

Schon führte er sie in die Tiefen des Hauses. Wie zwei Komplizen stahlen sie sich durch die Gänge, und Emmas Aufregung stieg mit jedem Schritt. Bald gelangten sie in die Räumlichkeiten der Dienerschaft. Der Flur war deutlich enger und dunkler geworden, unter ihren Füßen knarzte die eine oder andere Diele.

Eine der Türen stand offen, und der kleine Raum dahinter glich einem Arbeitszimmer. Hinter einem Tisch saß eine Frau Mitte vierzig in einem dunkelblauen Wollkleid. Sie war hochgewachsen und schlank, fast schon ausgedörrt wie eine vertrocknete Birke, doch als sie Carl erblickt hatte, stahl sich ein Lächeln auf ihre Lippen. Carl wechselte ein paar freundliche Worte mit ihr. Sie nickte wissend und löste einen Schlüssel von dem Bund an ihrer Taille.

»Ihr Vater hat mir aufgetragen, die Sachen wegzuschmeißen«, meinte sie, als sie den Schlüssel hochhielt.

»Haben Sie es?«, hauchte Carl bange hervor.

»Natürlich nicht«, sagte sie, und in ihrer Stimme schwang eine warme, mütterliche Note mit. »Gehen Sie schon und sehen Sie zu, dass Sie das Zeug woanders unterbringen.«

»Darf ich Sie umarmen, Hedda?« Und ohne auf ihre Antwort zu warten, eilte er um den Tisch herum und drückte sie an sich. Schon wieder wurde es Emma warm ums Herz bei dieser Seidel'schen Ungezwungenheit, mit der die Familie Umarmungen verteilte. Sogar an die Dienerschaft.

»Genug, genug.« Die Frau schob ihn von sich. »Nun fort mit Ihnen.«

Als Carl einige Zeit später eine unscheinbare Tür öffnete, stutzte Emma. »Eine Vorratskammer?« Bei aller Geheimniskrämerei hatte sie etwas Aufregenderes erwartet als Wurstringe an den Wänden und getrocknete Kräuter unter der Decke.

»Keine Sorge, es ist nichts Unanständiges«, versprach er. »Vertrauen Sie mir.«

Das tat sie. Wobei eine verrückte Seite an ihr sehr gerne etwas Unanständiges mit ihm erlebt hätte. Um sich von diesen Gedanken abzulenken, beäugte Emma die hohen Regale, in denen sich unzählige Tontöpfe und Einmachgläser aneinanderdrängten.

»Die Frage ist eher, ob Sie mir vertrauen. Ich glaube, ich bekomme gerade einen ganz und gar unanständigen Hunger«, scherzte sie.

»Das trifft sich gut, denn genau deshalb sind wir hier. Ich bin gleich wieder da.« Mit diesen Worten ließ er sie allein.

Sie runzelte die Stirn. Deshalb waren sie hier? Um zu essen? Keine Frage, mit Carl Seidel wurde es anscheinend nie langweilig. Die Düfte von Kräutern und Geräuchertem kitzelten ihre Nase, und ihr Bauch grummelte, als sie beim Anblick der Köstlichkeiten tatsächlich Hunger bekam. Vielleicht kannte Carl ihre Gelüste besser als sie selbst.

Er kehrte mit einem Holzbrett, einigen Brotscheiben und einem Messer zurück, schob alles in ein Regal und drängte sich an Emma vorbei nach hinten. Sie hörte, wie er die Gefäße hin und her schob, bis er ein paar Steinguttöpfchen hervorgeholt hatte. »Darf ich vorstellen? Mein Nebenprojekt.«

»Angenehm, Emma Bergmann.«

Er grinste. Ungeniert setzte er sich auf eine Kartoffelkiste, also nahm sie Platz ihm gegenüber auf einem Korb voller Zwiebeln, deren Schalen bei jeder Bewegung unter ihrem Hintern raschelten.

»Was wissen Sie über Senf, Fräulein Bergmann?« Schelmisch forschte er in ihrem Gesicht, als würde er prüfen wollen, was sie von so einer unspektakulären Speise hielt.

»Fisch und Fleisch verderben nicht so schnell, wenn man sie mit Senf einreibt«, trug sie vor, als würde sie auf einer Bühne für ein Theaterstück vorsprechen, und machte eine dramatische Pause. »Aber ich persönlich bevorzuge Meerrettich.«

»Dann nehme ich es als eine Herausforderung, Sie zu Senf zu bekehren. Wussten Sie, dass der frischangerührte Senf wie ein edler Wein eine Weile reifen muss, bevor er serviert werden kann? Erst dann verbinden sich alle Komponenten perfekt miteinander und können sich am Gaumen richtig entfalten. Es ist ein feines Zusammenspiel von Schärfe, Süße, Säure und ätherischen Ölen, die perfekt abgestimmt werden müssen, um später im Geschmack zu überzeugen.« Er hielt inne. »Entschuldigen Sie, manchmal vergesse ich mich, wenn ich darüber schwärme.«

»Schwärmen Sie ruhig weiter.« Die Zwiebeln raschelten zaghaft, als sie sich zu ihm vorbeugte. Die Leidenschaft in seiner Stimme schien zwischen ihnen zu prickeln und in der Luft beinahe zu vibrieren. Ohne jegliche Vorwarnung sprang seine Aufregung auch auf sie über. Sie wollte mehr. Mehr von seiner Stimme, mehr von ihm, mehr … vom Leben.

»Mit der Zeit verliert die Schärfe an Intensität.« Seine Stimme klang tiefer und melodischer, ein bisschen rau in einigen Tönen, was das Prickeln in der Luft zwischen ihnen nur noch verstärkte. »Deshalb kann man erst nach einer Weile wirklich sagen, ob die Mischung gelungen ist, ob die einzelnen Noten sich in einem Einklang miteinander befinden.«

Er zögerte, und sie glaubte, in dieser Stille nur noch ihr Herz schlagen zu hören. »Ein bisschen wie in einer Beziehung, finden Sie nicht auch? Anfangs schmeckt alles so spritzig und scharf und aufregend. Doch erst mit der Zeit kann man wirklich sagen, ob die Mischung stimmt, nicht wahr?«

»Ich fürchte, in Beziehungsfragen bin ich nicht sonderlich geübt.«

»Wer ist das schon.«

Behutsam öffnete er ein Töpfchen und hielt es ihr entgegen. Emma beugte sich noch ein Stück vor, und der Geruch zwickte in ihre Nase. Nicht beißend, eher neckisch und überraschend angenehm. Vielleicht lag es an der Speisekammer, an den geräucherten Würsten über ihrem Kopf – aber der Duft des Senfes schien sich mit den Räucheraromen zu verbinden, sie sogar ein Stück mehr zu entfalten, dass Emma endgültig das Wasser im Munde zusammenlief.

Carl schnitt von der Brotscheibe einen länglichen Streifen

ab und strich eine dünne Schicht von der gelben Paste darauf. »Sagen Sie mir, was Sie denken!«

Zögernd biss sie hinein und schloss die Augen, um sich nur auf den Geschmack zu konzentrieren. Eine angenehme Schärfe legte sich auf ihre Zunge, gleichzeitig breitete sich eine pikante Süße in ihrem Mund aus. Die säuerliche Note unterstrich den Geschmack, ohne sich in den Vordergrund zu drängen.

»Mmmhh.« Sie stöhnte und hörte seine leise Stimme an ihrem Ohr, so nah, dass es ihr Gänsehaut bescherte.

»Der extra feine Tafelsenf nach Düsseldorfer Art, mit wenig Schärfe, dafür unterstreicht die Süße die herzhaften Noten des Fleisches, verleiht ihnen …«

»… ein bisschen mehr Spannung«, hauchte sie, öffnete die Lider und sah ihm in die Augen. In diese wunderschönen, glänzenden Augen, die sie im Halbdunkel der Speisekammer eher erahnte. Sie deutete auf die Töpfchen. »Ist es das, was Sie wirklich machen wollen? Wovon Sie träumen?«

»Ich träume davon, diesem Senf mehr Spannung zu verleihen. Damit seine Schärfe die Sinne ein Stück weiter herausfordert«, flüsterte er.

»Deshalb Dijon? Wegen der Zubereitung nach der Dijon-Art?« Sie verstand nicht viel von Senf, aber dass die französische Paste schärfer war, wusste sie durchaus.

»Deshalb Dijon.« Er nickte. Als er weitersprach, hörte sie Befangenheit in seiner Stimme. »Ich dachte, es wäre vorbei. Dass ich das alles einfach aus meinem Leben streichen könnte. Doch … je näher das Fest meiner Eltern rückt, desto intensiver träume ich von einer geschmacklichen Brücke zwischen Düsseldorf und Dijon, weil ich davon überzeugt bin, dass guter Geschmack keine Grenzen kennt. Dass ich es schaffen kann, aus der Tradition etwas vollkommen Neues zu kreieren.«

»Was lässt Sie zögern?«

Der Glanz in seinen Augen erlosch endgültig. »Die Vorstellung davon, meinen Vater im Stich zu lassen. Das Fuhrunternehmen ist ein sicherer Hafen für uns alle. Wenig aufregend, aber ... offensichtlich tut die Aufregung meinem Herzen nicht gut.« Sie sah, wie er kurz die Zähne zusammenbiss. »Ich hätte gern ein anderes Herz. Und mit ihm die Freiheit, meinen eigenen Senf kreieren zu können.«

»Dann geht es bei der Ankündigung gar nicht um Ihre Verlobung?«

»Um meine Verlobung?« Er stutzte. Dann prustete er los. So geradeaus, wie er eben war, ohne daran zu denken, dass die Geräusche, die er von sich gab, keineswegs salonfähig waren. Dafür aber umso mehr in diese Speisekammer gehörten. Einfach zu ihm wie die Senftöpfchen. »Nicht dass ich wüsste. Und ich versichere Ihnen, das wüsste ich mit Sicherheit.«

Sie schlug sich die Hände vors Gesicht. »Natürlich! Ihr Vater will, dass Sie das Familiengeschäft übernehmen. Während Sie ...«, Emma senkte die Arme und zusammen mit ihnen auch ihre Stimme, »... sich Ihre eigene Senffabrik wünschen.«

Carl verharrte. Dann wandte er seinen Blick ab und schaute auf das Steinguttöpfchen. Vorsichtig fuhr er mit einem Finger die Form nach. »Vor vielen Jahren ist ein Mädchen mit ihrer Mutter in das Kontor meines Vaters gekommen. Dieses Mädchen ...« Er hob den Blick und sah so intensiv in ihr Gesicht, dass ein Schauer über ihren Rücken lief. »Dieses Mädchen gab mir Senfkörner. Es hat mir gesagt, dass mein Leben mehr Würze gebrauchen könnte. Dass ich meinen Weg gehen muss.« Er schluckte, ohne seinen Blick von ihr abzuwenden. »Und was denken Sie, Fräulein Bergmann? Was würden Sie jemandem sagen, der sich unter Fahrtenbüchern und fremden Erwartungen begraben fühlt?«

Was sie dachte? Dass die eigenen Eltern permanent zu enttäuschen ihre Spezialität war, aber dazu konnte sie ihm unmöglich raten. Vielleicht hatte das Mädchen recht. Ihr aller Leben brauchte mehr Würze. Und eine Prise Träume. Aber dieses Mädchen war nicht hier, es hatte keine Ahnung davon, wie hart und unfair das Leben sein konnte.

Emma schwieg und kam sich dabei fremd und schrecklich feige vor. Unfähig, ihm zu sagen, dass Träume alles waren, was einen wirklich lebendig machte. In einem Dasein, das fremdbestimmt worden war.

Anscheinend war ihr Schweigen Antwort genug.

Enttäuscht wandte Carl seinen Blick von ihr ab. Ohne ein weiteres Wort räumte er die Senftöpfchen weg. Emma fiel auf, wie kurz und flach seine Atmung mit einem Mal ging. Als traute er sich nicht, tiefer Luft zu holen, als schnüre ihm etwas seine Brust zu.

»Herr Seidel«, begann sie, doch er unterbrach sie mit einer raschen Geste.

»Ich bringe Sie jetzt zu meiner Schwester. Wir haben sie lange genug warten lassen.«

* * *

Die Einladung zum Seidel'schen Fest kam drei Tage später an. Ein Botenjunge brachte sie, ein kleiner, übereifriger Kerl. Er gab sich die größte Mühe, seine Aufgabe so gut wie möglich zu machen. Mit einer tiefen Verbeugung überreichte er das Kuvert. Kurz wartete er auf ein Trinkgeld, doch Käthe Bergmann winkte ihn davon. Bevor Emma die Tür geschlossen hatte, konnte sie dem Jungen noch ein paar Pfennige zustecken, und der Bub hüpfte fröhlich pfeifend die Stufen hinunter, während er mit dem Geld in der Hand klimperte.

Als Emma sich umdrehte, sah sie, dass ihre Mutter noch immer dastand und ehrfürchtig den Umschlag in den Händen hielt.

»Kind …« Ihre Mutter seufzte glückselig – zu mehr schien sie gerade nicht imstande zu sein, dann entluden sich all ihre Gefühle in einem einzigen Laut: »Endlich.«

Wortlos holte Emma den Brieföffner. Seit der Senfverkostung in der Speisekammer hatte sie so oft an Carl gedacht wie an keinen anderen Mann bisher. Und wie noch nie zuvor wünschte sie sich, die Zeit zurückdrehen zu können. Um noch einmal seine Stimme zu hören, die so voller Leidenschaft zu ihr sprach. Um noch einmal die würzige Paste auf der Zunge zu schmecken. Um ihm zu sagen, dass er seinem Herzen folgen sollte – es wäre stark genug, seine Träume wahr werden zu lassen.

Was brauchte man wohl, um eine eigene Senffabrik zu eröffnen? Das Startkapital für die Ausrüstung, geeignete Räumlichkeiten für die Produktion … wie seltsam, dass sie bei einem Spaziergang neulich dieses leer stehende Gebäude entdeckt hatte, in dem früher eine kleine Mineralwasserfabrik war. Als wäre es eine Schicksalsfügung. Und servierte das *Moitrier* nicht den Düsseldorfer Senfrostbraten? Was wäre, wenn der Koch den köstlichen Senf dazu direkt aus Metz beziehen würde?

»*Für Käthe und Klaus Bergmann und ihre bezaubernde Tochter Emma*«, las ihr die Mutter vor. »Schau dir nur dieses teure Papier an! So schwer. Und diese Prägung! Was auch immer du beim Nachmittagstee angestellt hast, Emma, es war ein voller Erfolg.«

Ungeduldig wartete ihre Mutter darauf, dass der Vater aus dem Bureau nach Hause kam. Lange hielt sie es jedoch nicht aus und flatterte zur Tür der Rosenberger, um ihr mitzuteilen, dass eine der wichtigsten Familien von Metz sie und ihre

Tochter zu einem Ball – ja, das Wort Ball betonte sie dabei ganz besonders – eingeladen hatte. Sie schmückte die ganze Angelegenheit so aus, als hätte der Kaiser persönlich die Bergmanns zu sich gerufen, um Emma kennenzulernen. Die Wände waren so dünn, dass man unglücklicherweise kaum ein Wort überhörte. »*Lehret sie, die Schranken der Unterordnung zu halten*«, zitierte die Rosenberger zufrieden durch das ganze Treppenhaus. »Nun lernt sie dort jemanden kennen, und du hast bald deine Sorgen los.«

Das war sie also. Eine Sorge. Emma wunderte sich, wie wenig diese Erkenntnis sie berührte.

»Aber diese fürchterlichen Gedanken an das Studium! An selbstbestimmtes Leben! Da wird doch jeder Mann Reißaus nehmen, sobald sie den Mund aufmacht.«

»*Eine Frau, die liebt, ist nicht emanzipationsbedürftig*«, wusste die Rosenberger auch da zu beruhigen. »Und nun: Male nicht schon jetzt den Teufel an die Wand. Sie wird schon zur Besinnung kommen.«

Obwohl Emma nicht hinhören wollte, gruben sich Rosenbergers Worte dennoch tief in ihre Seele. Wie ein Krake umschlangen sie ihr Herz, gierten nach ihrem Verstand. Würde sie wirklich alles vergessen, sobald sie sich verliebte? Würde dieses »nur noch« weiterhin ihr Leben bestimmen? Aus »nur noch Emma« »nur noch Gattin« werden? Lächerlich, sich vorzustellen, an Carls Seite die Senffabrik zu verwirklichen. Etwas zu *bewirken*. Und den eigenen Weg zu gehen.

Die Gedanken daran machten sie ganz still. Was ihre Mutter zu gern als Fügsamkeit interpretierte.

Beim Abendessen berichtete Käthe Bergmann von den Neuigkeiten. Der Vater hörte schweigend zu, während er aß. Sein Gesicht wirkte eingefallener als sonst, auch sein Hemd saß lockerer als früher. *In letzter Zeit muss er schrecklich ab-*

*genommen haben.* Unbehagen stieg in Emma auf. *Geht es ihm gut?* Nein, sicherlich nicht, doch zu fragen, ob sie ihm irgendwie helfen konnte, wagte sie nicht.

Endlich hatte ihre Mutter den Bericht über die Einladung beendet. Vater nickte stumm. Es breitete sich das altbekannte Schweigen aus, das Mutter nach einer Weile unterbrach. »Emma wird ein Abendkleid brauchen.«

Als er seinen Blick zu Emma wandte, sah sie rasch auf ihren Teller, darum bemüht, ihre Sorgen um ihn zusammen mit den allabendlichen Stampfkartoffeln hinunterzuschlucken. Dann aß er weiter, dennoch schien sich der Haufen Kartoffeln auf seinem Teller kaum zu verkleinern.

Ihre Mutter dagegen holte Nachschlag. »Nun. Vor einiger Zeit kam die Einladung deines Bruders zu Weihnachten an. Sprich mit ihm, wenn wir da sind. Zu dieser Zeit ist er immer so großzügig. Spendet er da nicht mehrere Hundert an ein Waisenhaus? Da sollte er doch auch etwas für seine Verwandten übrig haben.«

Ihr Vater legte seine Gabel beiseite. »Und was ich nach Hause bringe, genügt nicht mehr?« Seine Stimme war kaum zu hören.

»Du hast wirklich keine Ahnung, was so ein Kleid kostet.« Käthe Bergmann verdrehte die Augen. »Mach dir keine Sorgen, Emma! Du wirst bezaubernd aussehen«, versicherte sie ihr, ohne den Gatten zu beachten. »Alle werden dir zu Füßen liegen.«

Ihr Vater sagte nichts mehr.

* * *

Der Dezember kam, und mit ihm die Vorbereitungen für die Reise nach Speyer. Wie ein Offizier des Generalstabs entwickel-

155

te Emmas Mutter eine Strategie nach der nächsten, um bei Onkel Johann genügend Geld für das Kleid auftreiben zu können.

Je mehr sie auf Hochtouren kam, umso deutlicher zog sich ihr Vater in sich zurück. Der unausgesprochene Vorwurf, er könne seiner Tochter nicht einmal ein Kleid besorgen, schien seine schmächtige Gestalt mehr denn je niederzudrücken. Auch die Schmerzen setzten ihm sichtlich zu, obwohl er sein Leiden zu verbergen suchte. Die kalte Jahreszeit tat ihm nicht gut. Auf dem Weg aus der Buchhandlung, beladen mit den Hausaufgaben, die Monsieur Perrin für sie zusammengestellt hatte, besorgte Emma eine kupferne Wärmeflasche für ihren Vater. Zu Hause füllte sie den Behälter mit heißem Wasser und brachte sie zu seinem Sessel, damit er die steifen Glieder wärmen konnte. »Vielleicht geht es dir damit etwas besser.« Emma legte die Wärmeflasche auf den Beistelltisch.

»Ich bin doch kein Krüppel!« Geräuschvoll faltete er seine Zeitung zusammen, hinter der er sich versteckt hatte. »Noch kümmere ich mich um diese Familie, noch habe ich etwas zu sagen! Und dieses Ding – dieses Ding brauche ich nicht!«

»Aber …«

Er stieß die Flasche von sich, und der kupferne Behälter fiel auf ihren Fuß. Vor Schmerz sog sie scharf die Luft ein. Der Deckel sprang ab, anscheinend hatte sie ihn nicht fest genug zugedreht, und das Wasser ergoss sich auf den Boden. Einen Augenblick lang starrte ihr Vater bestürzt die Pfütze an. Fast sah es danach aus, als wollte er eine Entschuldigung murmeln, ihr sagen, wie leid es ihm tat. Emma wollte schon versichern, er bräuchte ihr nichts zu erklären.

Doch dann spannten sich seine Kiefermuskeln an.

»Steh nicht so rum, mach die Sauerei weg.« Erneut breitete er die Zeitung vor seiner Nase aus. »Oder wartest du darauf, dass die Seidels dir ein Dienstmädchen vorbeischicken?«

Schweigend holte Emma einen Eimer und einen Lappen, kniete sich hin und begann, das Wasser um seine Füße herum aufzuwischen. Er bewegte seine Beine keinen Millimeter, so dass sie aufpassen musste, ihn nicht mit dem schmutzigen Lappen zu erwischen. In ihrer Nase kribbelte es, aber Tränen wollte – nein, durfte – sie nicht zulassen. Mitleid war das Letzte, was er brauchte. Und ihr half es auch nicht weiter.

Obwohl es ihr schwerfiel, ihn in seinem Zustand allein zu lassen, hob sie die Flasche auf und ging in ihre Schlafkammer. Dort stellte sie den Behälter auf dem Nachtschränkchen ab und holte unter dem Kissen *Elemente der Mathematik* hervor, ein Lehrbuch, das Monsieur Perrin ihr mitgegeben hatte. Behutsam strich sie mit den Fingern über die Seiten. Wenn sie die Augen schloss, hatte sie das Gefühl, in der schummerigen Buchhandlung zu sein, geborgen zwischen den hohen Bücherregalen. Sie glaubte den Kamillentee zu riechen, den Monsieur Perrin so gern zubereitete, und das vertraute Schnurren von Gusti zu hören. Sobald sie ein Lehrbuch aufschlug, vergaß sie alles um sich herum. Als würde nichts anderes mehr existieren als das Wissen, das in ihren Kopf strömte, die Lücken füllte und alles, was früher keinen Sinn ergab, in einem vollkommen neuen Licht erscheinen ließ.

»Emma? Was machst du da? Ich habe dich murmeln gehört.«

Sie zuckte zusammen. Wie viel Zeit war vergangen? Seit wann stand ihr Vater in ihrem Zimmer? Sie sprang hoch, das Buch an die Brust gedrückt. »Tut mir leid. Ich war wohl in Gedanken. Ist alles in Ordnung?«

Erschöpft lehnte er sich gegen den Türrahmen. Sein resignierter Blick streifte die Wärmflasche auf dem Nachtschränkchen. »Vielleicht hast du recht. Ein bisschen Wärme würde mir guttun«, brummte er.

»Ich fülle die Flasche sofort neu.« Sie legte das Buch auf das Bett und wandte sich ab. »Brauchst du noch irgendetwas?«

»Du musst nicht mit mir wie mit einem Kind reden!«

Sie verharrte mitten in der Bewegung. Dann hörte sie ihn seufzen. »Nein, nein. Schon gut. In der letzten Zeit war ich wohl etwas ungehalten.«

Sie drehte sich ihrem Vater zu. Er stand noch immer im Türrahmen, als hätte er das Bedürfnis, noch etwas sagen, so viel mehr, und wüsste nicht, wie. Plötzlich überkam sie der Drang, auf ihn zuzugehen und ihn in die Arme zu schließen. So, wie die Seidels es oft taten. Einander umarmen – und alles überwinden, was dazwischenlag. Er sah sie an. Sie, Emma, sein kleines Mädchen. Noch nie hatte sie sich ihm so nahe gefühlt. Zumindest nicht, seit Else aufgehört hatte zu atmen. Würde es mehr von diesen Augenblicken geben? Konnten sie doch noch alles überwinden, was sie voneinander trennte?

»Was liest du da eigentlich?«, meinte er leise.

Ihr Herz rutschte ins Bodenlose.

»Nichts Wichtiges.«

Ihr Vater stieß sich schwerfällig vom Türrahmen ab und schlurfte auf sie zu. »*Elemente der Mathematik*?« Ächzend hob er das Buch auf und wog es in der Hand, als wäre das Gewicht das Entscheidende, nicht der Titel.

»Ich wollte nur reinschauen. Vielleicht … also …«

»Emma!«

Unter seinem harschen Ton zuckte sie zusammen und drückte die Flasche fester an sich. »Ich wollte mich vorbereiten.«

»Wofür denn?« Zwischen seinen Augenbrauen grub sich eine tiefe Falte. Der Zorn verzerrte seine Gesichtszüge zu einer fremden, beängstigenden Maske, die ihn die letzte Kraft zu kosten schien. »Nicht etwa für ein Studium?« Verächtlich spuckte er das Wort heraus. »Haben wir das nicht schon längst besprochen?«

»Das haben wir«, flüsterte sie tonlos, kaum imstande, die Worte über die Lippen zu bringen. »Aber …«

»Es gibt kein Aber! Wie stellst du es dir vor? Was denkst du, was passiert, wenn du weiterhin die Nase in solche Bücher steckst?«

»Nun ja, als Erstes müsste ich …«

»Hör auf! Was glaubst du, wie ich das schaffen kann, dein ach so tolles *Studium* zu unterstützen? Wenn ich nicht einmal für ein einziges Kleid für dich aufkommen kann?« Er drehte das Buch in den Händen. Hinten rutschte ein kleiner Anhänger heraus, auf dem Monsieur Perrin in seiner verschnörkelten Handschrift den Preis aufgeschrieben hatte. »Wenn allein so ein verdammtes Buch schon …«

»Papa!«, hauchte sie hervor, weil jeder Ton, jede Silbe beinahe schmerzhaft in sie hineinschnitt. »Es ist bloß ein Versuch, wie weit ich mit dem Lernen kommen kann. Dieses Buch hat mir Monsieur Perrin ausgeliehen. Und bis wir uns Gedanken über das Studium machen müssen, wäre da noch diese Prüfung zu bestehen. Monsieur Perrin kann mich darauf vorbereiten, vollkommen kostenlos.«

»Ach!« Er senkte die Arme mit dem Buch. Mit einem Mal wich der Zorn aus seinen Zügen und machte der Missbilligung Platz. »*Monsieur Perrin* hat es dir ausgeliehen. Vielleicht will *Monsieur Perrin* auch dein Studium bezahlen, wenn dein erbärmlicher Vater es nicht schafft? Wer ist er denn, dieser *Monsieur Perrin*, dein neuer Gönner, dein …«

»Er ist nur ein Buchhändler.«

»Nur ein Buchhändler.« Etwas Bedrohliches stieg in seiner Stimme auf, etwas, das ihr Angst machte. »Wie oft bist du denn bei diesem Buchhändler?«

»Ein-, vielleicht zweimal die Woche. Papa, bitte, gib mir das Buch zurück.«

»Schluss jetzt!«, herrschte er sie an. »Deine Mutter hatte recht. Dieser Unsinn vergiftet deinen Verstand. Macht dich ungehorsam. Aufmüpfig. Und was kommt als Nächstes? Trägst du dann Hosen, rauchst Zigaretten und sagst deinem Vater, er soll den Mund halten?«

»Nein, natürlich nicht. Bitte, gib mir das Buch zurück.«

Seine freie Hand traf ihre Wange. Wie damals, als sie aus Straßburg nach Hause gekommen war, nur dass ihr Vater nicht mehr die Kraft besaß, sie zu Boden zu schleudern. Sie fühlte nur seine trockene, kratzige Haut wie einen geisterhaften Abdruck in ihrem Gesicht, mehr nicht. Dennoch erschrocken, wich sie vor ihm zurück.

»Hier hast du dein Buch.« Mit hektischen Bewegungen, die ihm sichtlich Schmerzen bereiteten, begann er, eine Seite nach der anderen herauszureißen. Schon bald lagen unzählige Blätter zu ihren Füßen, und darunter eine zerbröselte Senfblüte, die sie wie einen Hoffnungsschimmer in dem geliehenen Mathematikbuch aufbewahrt hatte.

* * *

*Buchhandlung & Antiquariat, Schulbücher. Émile Perrin. Gegründet 1902.* Es waren einige Tage vergangen, ohne dass Emma sich in die Nähe des Ladens gewagt hätte. Auch jetzt stand sie wie erstarrt auf der anderen Straßenseite, ohne imstande zu sein, einen Schritt näher an die vertraute Tür heranzutreten. Es war kalt. Ihre Finger, die krampfhaft das geschundene Buch umklammerten, fühlten kaum noch etwas. Der eisige Wind schnitt ihr ins Gesicht und zerrte an ihrer Kleidung. Verzweifelt biss sie auf ihrer Unterlippe herum, während die grauen Winterwolken über ihr am Himmel vorbeizogen.

*Lehret sie, die Schranken der Unterordnung zu halten.* Mehr hatte das Leben ihr nicht zu bieten. Emma blinzelte, um wieder klarer zu sehen, und bemerkte erst jetzt, wie Monsieur Perrin über die Straße zu ihr ging.

»Na, kommen Sie schon.« Jetzt stand er direkt vor ihr. »Bevor Sie 'ier festgefroren sind.«

Starr vor Schreck bewegte sie sich keinen Millimeter. Sanft fasste er sie beim Oberarm und schob sie behutsam Richtung Laden. Beinahe war sie versucht davonzulaufen. Doch etwas hielt sie von diesem Drang ab. Als würde ihr seine Berührung, die sie durch den Mantel kaum spürte, Zuversicht spenden.

Kaum traten sie über die Schwelle, drehte er das Schild auf *Geschlossen* um. Auf dem Tisch dampften bereits zwei Tassen Kamillentee, dessen Duft sich mit dem Geruch der Bücher vermischte. Ein Atemzug reichte, damit sich in Emma ein wohliges Gefühl ausbreitete. Als würde sie nach Hause kommen. Alle Sorgen abstreifen und die Welt hinter der Schwelle der Buchhandlung zurücklassen. Da hatte Emma auch schon die Katze entdeckt. Gusti thronte auf dem Tisch, als würde dieser ihr gehören, und schien jede Bewegung Emmas zu beobachten.

»Setzen Sie sisch doch. Trinken Sie Ihren Tee. Sie müssen sisch aufwärmen.«

Innerlich immer noch ganz steif, ließ sich Emma auf einen Stuhl nieder. Monsieur Perrin nahm Platz in seinem Sessel. Gusti räkelte sich, drehte sich auf die andere Seite und schmiegte ihren Kopf an ein Buch, das am Tischende lag. Ihren großen, puscheligen Schwanz legte sie wie selbstverständlich auf der Untertasse des Buchhändlers ab. Obwohl alles um sie herum so gemütlich wirkte, heimelig wie bei jedem ihrer

Besuche, klammerte sie sich nach wie vor krampfhaft an das Buch.

Monsieur Perrin fragte nicht.

»Weiterlesen?«, wandte er sich seinem Stubentiger zu, schob Gustis Puschel beiseite und fischte ein paar Katzenhaare aus dem Tee heraus. Die Katze schien ungeduldig auf den Klang seiner Stimme zu warten, also schlug er die Lektüre auf und begann, ihr auf Französisch vorzulesen. Das regelmäßige Rascheln der Seiten und der melodische Ton seiner Stimme klangen unglaublich beruhigend, so dass Emma merkte, wie sie sich nach und nach entspannte.

»Sie lesen Ihrer Katze vor?« Ihre Stimme klang zerbrechlich und schwach, wie sie selbst, so dass sie sich nicht traute, die Tasse zu nehmen und an dem heißen Tee zu nippen.

Monsieur Perrin sah sie über den Rand seiner Brille hinweg an und lächelte. »Gusti mag das.« Dann musste er niesen und sich die Nase putzen. Die langen Katzenhaare schienen heute überall in der Luft zu schweben.

»Und worauf ist Gustis Wahl heute gefallen?«

»*Cendrillon ou la petite pantoufle de verre* von Charles Perrault.« Er wiegte den Kopf. »Zu Deutsch: *Aschenputtel*. Und wenn Mademoiselle den Text nischt erkannt 'at, sollte Mademoiselle 'eute vielleischt mit Französisch statt Mathematik weitermachen.«

Ungewollt krampften sich ihre Finger erneut um das Buch. Er wusste es noch nicht. Sie musste es ihm sagen. Jetzt.

»Es ist kaputt.« Ihre Stimme brach. Mit zitternden Händen öffnete sie das Buch, und die ausgerissenen Seiten rutschten auf die Tischplatte. Mit einem Mal wich die letzte Kraft aus ihrem Leib, und sie krümmte sich auf ihrem Stuhl zusammen. »Es tut mir leid, es tut mir so unendlich leid!«, stammelte sie und versuchte alles, um die aufsteigenden Tränen zurückzuhalten. Sie würde doch nicht vor einem fremden Menschen heulen! Sie würde den Kopf heben, ihm in die Augen schauen und ihm sagen, dass sie es wiedergutmachen würde, dass sie das Geld für das Buch schon irgendwie zusammenbekommen würde!

Wie aus dem Nichts schlüpfte Gusti auf Emmas Schoß. Als hätte die Katze nie etwas anderes getan, rollte sie sich gemütlich zusammen und begann zu schnurren. Nein, es war nicht bloß ein Schnurren, das ganze Tier schien zu vibrieren. Es ging durch die Kleidung, durch Haut und Knochen, drang tief in Emmas Seele. Als würde es ihr Inneres berühren und ein bisschen heilen. Emma streckte ihre Hand aus. Voller Vertrauen schmiegte sich Gusti in ihre Handfläche, schnurrte noch lauter, und Emma kostete es immer mehr Mühe, ihre Tränen zurückzuhalten.

»Es ist nur ein Buch, Mademoiselle Bergmann«, hörte sie Perrins ruhige Stimme. So ganz ohne Zorn oder Verdruss. Zaghaft hob sie den Blick und sah in seine blauen, gütigen Augen. »Nur ein Buch«, wiederholte er.

Und plötzlich konnte sie sich nicht länger zusammenreißen. Sie weinte. Weinte, als würde sie nie mehr mit dem Schluchzen aufhören können.

\* \* \*

Am Tag der Abreise nach Speyer bekam Emma kaum etwas herunter, während ihre Mutter alle herumkommandierte, um das Gepäck zur Droschke zu bringen, die draußen auf sie wartete. Das Gefährt wurde von einem alten, zotteligen Pferd gezogen. Auf dem Bock saß ein nicht weniger zotteliger Kutscher, der unentwegt an seinen Nägeln kaute, während er wartete, bis seine Passagiere sich in die Droschke gequetscht hatten.

Zum ersten Mal würde die Abfahrt vom neu erbauten Bahnhof stattfinden. Natürlich hatte Emma das Gebäude schon oft von außen bestaunt, dieses beeindruckende Zeichen der deutschen Ingenieurs- und Baukunst. Die massiven Wände aus Sandstein wirkten, als würden sie jedem feindlichen Angriff standhalten, als würde nichts und niemand sie zu Fall bringen können.

Die Ornamente und Skulpturen des Bahnhofs dienten sicherlich nicht bloß als Schmuck, sondern als Lobgesang auf die deutsche Eisenbahn. »Jubiliert!«, schienen sie den Menschen zu ihren Füßen zuzurufen. »Jubiliert, dass ihr in den Genuss dieses Fortschrittes kommen könnt, der euch hier geboten wird.« Andere drückten die Stärke aus wie die Rolandstatue des Grafen von Haeseler mit dem entblößten Schwert und dem riesigen Schild.

Manchmal machte es Emma Angst, hier zu stehen und diese riesigen Mauern zu betrachten. Die Zeitungen hatten die Fertigstellung wochenlang gefeiert, die Vorzüge des neuen Baus angepriesen, der gerade mal knapp dreißig Jahre nach dem Errichten des ersten Bahnhofs stattfand. Einer davon hatte sich ganz besonders in Emmas Gedächtnis eingebrannt: In nur vierundzwanzig Stunden konnte der Kaiser seine komplette Armee an die französische Grenze schicken. Seitdem wurde Emma bei jedem Blick auf den neuen Bahnhof umso bewusster, wie zerbrechlich der Frieden war, in dem sie lebte.

Trotz des Unbehagens, das Bahnhöfe in ihr auslösten, verschlug es ihr den Atem, als sie die Eingangshalle betrat. Mit halbgeöffnetem Mund bestaunte sie die gigantischen Bögen, die die Halle umspannten.

»Emma!«, rief ihre Mutter ungeduldig. »Träumst du schon wieder?«

»Ich komme«, hauchte sie und sah zu, dass sie sich sputete.

Nicht dass ihre Mutter wie damals nach ihrem Arm greifen und sie durch die Menschenmenge hinter sich her schleifen würde.

Für einen Gepäckträger wollten ihre Eltern kein Geld ausgeben, so schleppten sie ihre Koffer selbst, obwohl der Vater vor Schmerzen stöhnte. Verschwitzt und außer Atem stiegen sie in den Waggon. In der Holzklasse quetschten sie sich auf die Bänke, die dicht an dicht aneinandergepfercht waren. Schon jetzt war es stickig, von irgendwoher roch es nach Käse. Vom Menschenschweiß ganz zu schweigen. Die Fahrt würde lange dauern, und die harten Holzlehnen drückten schon jetzt unangenehm gegen den Rücken.

Emma schaute besorgt zu ihrem Vater. Wie er die Fahrt wohl überstehen würde? Doch er blickte aus dem Fenster und sein Gesicht wirkte wie das der Haeseler-Statue von draußen, als hätte man auch sein Antlitz aus Sandstein geformt. Daran prallte die ganze Welt ab.

Emma schloss die Augen, um sich etwas zu entspannen, während ihre Mutter ein belegtes Brot ausgepackt hatte, sobald der Zug ins Rollen kam, und herzhaft hineinbiss. Ihren Stress versuchte sie schon immer mit Essen zu kompensieren.

Wie auch letztes Jahr schickte Onkel Johann sein Automobil, um sie vom Speyerer Bahnhof abzuholen, der im Vergleich zum Prestigeobjekt in Metz klein und provinziell wirkte. In diesem Jahr war die Karosserie des Wagens grün lackiert und über die ganze Seite prangte der Schriftzug: *Bergmanns Pfefferminz-Pastillen. Erfrischend. Lecker.*

Jeder kannte den Slogan. Er zierte das Fabrikgebäude und unzählige kleine Blechdosen, in denen die runden weißen Pastillen für den frischen Atem verkauft wurden. Mit diesem Produkt war Johann Bergmann schon vor Jahrzehnten der Durchbruch gelungen, und während die ersten Bonbons in einem schäbigen Haus auf einem winzigen Hinterhof hergestellt und von Mathilde Bergmann mit einem Bollerwagen persönlich an die Kunden ausgeliefert worden waren, standen heutzutage die vielen Maschinen der Bergmann'schen Fabrik kaum still.

Der ältere Chauffeur half, das Gepäck zu verstauen. Emma sah, wie viel Mühe es ihren Vater kostete, in den Wagen zu steigen, als bestünden seine Gelenke aus Scharnieren, die man vergessen hatte zu schmieren. Mutter war müde und sagte zum Glück kein Wort, auch die Brote waren ihr inzwischen ausgegangen.

Nach einer Weile erreichten sie das Anwesen. Den Park kannte Emma seit ihren Kindertagen in- und auswendig, hatte sie hier doch oft mit ihren Cousinen getobt und Verstecken gespielt. Kitty, Betty und Henny hießen die drei Mädchen, eigentlich Katharina, Bettina und Henriette. Heute würde es den dreien wohl niemals in den Sinn kommen, zwischen den Bäumen herumzurennen, waren sie doch längst zu feinen, wohlerzogenen Damen herangewachsen.

Das Automobil hielt. Zwei Burschen und ein Dienstmädchen halfen, die Gepäckstücke in die Gästezimmer zu tragen. Mutter flötete, wie schön es doch sei, Mathilde und ihre Töchter wiederzusehen, als ihre Schwägerin sie begrüßte. Was offensichtlich nicht auf Gegenseitigkeit beruhte.

Beim Abendessen fehlte Onkel Johann. Mathilde erklärte steif, ihr Mann hätte wichtigen Besuch aus den USA, irgendwelche Geschäftsleute, die seine Fabrik anschauen und eventuell einen lukrativen Vertrag abschließen wollten. Mehr Unterhaltung gab es am Tisch nicht, und wenn Emma etwas fragte, erhielt sie nur einsilbige Antworten. Nach dem Essen nutzten die Cousinen eine Ausrede, um so schnell wie möglich in ihren Zimmern zu verschwinden. Mathilde wollte es ihnen gleichtun, doch Käthe Bergmann war nicht so leicht abzuwimmeln – wenn sie schon nicht ihren Schwager belagern konnte, heftete sie sich fest an die Fersen seiner Gattin. Emmas Vater zog sich nach dem Abendbrot zurück, die lange Fahrt hatte ihm mehr zugesetzt, als er zu zeigen gewillt war. Und so blieb Emma allein da.

Zum Glück kannte sie das Haus gut, also schlenderte sie durch die Zimmer, gespannt auf die Neuzugänge in diesem Jahr – eine weitere antike Vase, ein neues Gemälde, ein exquisiter Wandteppich. Der Tannenbaum in der Halle schien jedes Mal größer und üppiger zu werden. Er war mit smaragdgrünen und goldgelben Kugeln geschmückt – die Farben der Bergmann-Fabrik. Hier und da entdeckte Emma mehrere Kristallschalen, gefüllt mit bunten Bonbons. Sie wusste, dass Onkel Johann gern mit neuen Geschmacksrichtungen experimentierte. Emma nahm einen roten aus der Schale, der wie ein Edelstein leuchtete und fruchtig-süß nach Himbeere roch. Sie schloss die Augen und legte sich den Bonbon auf die Zunge. Nach wenigen Augenblicken breitete sich das Aroma in ihrem Mund aus. Weniger süß, als sie gedacht hatte, mit einer leichten säuerlichen Note, schmeckte Emma die Frische einer Himbeere, als hätte sie die Nascherei direkt vom Strauch gepflückt. Ihr Onkel hatte es geschafft, die Sonne der sommerlichen Monate und die süße Frische einer gereiften Beere in einem Stück Zucker einzuschließen.

Emma holte eine kleine Blechdose hervor – *Original Bergmanns Pfefferminz-Pastillen*, die Mutter kurz vor der Abreise gekauft und damit sowohl sie als auch den Vater ausgestattet hatte. Emma mochte die Pfefferminz-Dinger gar nicht: zu beißend war der Geschmack. Also leerte sie Dose und füllte sie mit den bunten Bonbons, gepackt von einer fast kindlichen Aufregung, neue Geschmacksnuancen zu entdecken.

Onkel Johann zeigte sich auch in der nächsten Zeit nicht, zu angespannt wegen der schwierigen Vertragsverhandlungen, hieß es. Ein Geschäft mit den Amerikanern könnte eine einmalige Chance sein, gab Mathilde beim nächsten gemeinsamen Essen kund. Emma sah, dass ihre Mutter immer nervöser wurde. Anscheinend beschloss Käthe Bergmann, ihren ursprünglichen Plan umzuwerfen und an der Stelle ihres Schwagers Mathilde zu umgarnen.

Betty hatte Aussicht auf eine für die Familie äußerst vorteilhafte Verlobung, wenn auch mit einem sehr viel älteren Mann – da knüpfte Käthe gern an und berichtete, dass auch für Emma etwas in Aussicht stünde, wenn bloß nicht … Weiter hörte Emma lieber nicht zu. Immerhin versüßten die Bergmann'schen Bonbons ihr den Aufenthalt, inzwischen war sie beinahe süchtig danach geworden. Bevor sie den Koffer für die Abreise packte, füllte sie ein paar Blechdosen mit den süßen Köstlichkeiten, um auch in Metz etwas davon zu haben. Eine Dose würde sie für Monsieur Perrin aufheben, hatte sie ihn doch häufig dabei ertappt, wie gern er zu seinem Kamillentee Süßigkeiten naschte.

»Emmaaaaa?«

Wie ertappt steckte sie die Dosen in den Koffer und drehte sich um. Im Türrahmen entdeckte sie Betty. Neidlos gab Emma zu, dass ihre Cousine eine wahre Augenweide war. Ihre Rundungen, das engelsgleiche Gesicht, makellos wie das feinste Porzellan, die hellbraunen Haare – so, wie sie dastand, konnte man meinen, dieses Mädchen hätte für Raffaels Gemälde der *Sixtinischen Madonna* posiert.

»Betty!« Unsicher glättete Emma den Stoff ihres Kleides und rieb an den Fingern, ohne zu wissen, wohin mit den Händen. Während des ganzen Besuches war es das erste Mal, dass eine der Cousinen direkt ein Wort an sie richtete. Nun schien

Betty vergessen zu haben, warum sie hier war. Zwischen ihren Brauen zeigte sich eine Falte, während sie Emmas Koffer betrachtete.

»Was hast du da?«

Emma sah auf ihr Bett, auf dem noch ein paar Sachen von ihr verstreut lagen. »Ich packe nur.«

»Ich habe doch gesehen, dass du etwas versteckt hast!«

Emma stutzte und holte die Dosen hervor. »Das hier? Ich habe sie mit Bonbons gefüllt, die bei euch überall stehen. Ich möchte …«

Wie eine Furie stürzte Betty auf sie zu und entriss ihr eine der Dosen. »Wusste ich doch, dass man euch im Auge behalten sollte! Kaum dreht man euch den Rücken zu, beklaut ihr einen!«

»Ich wollte doch nichts klauen! Ich dachte …«

Mit einer ungeduldigen Geste bedeutete Betty ihr zu schweigen. »Was du dir dabei gedacht hast, kannst du später meinen Eltern erklären. Jetzt hältst du den Mund und hörst mir gut zu: Vater bringt heute wichtigen Besuch mit. Sorg dafür, dass du und deine Familie in euren Zimmern bleibt. Kriegst du das hin? Wir wollen doch nicht … ach, was rede ich da. Von Anstand versteht ihr sowieso nichts.« Sie drehte sich schwungvoll um, blieb jedoch auf der Schwelle stehen. »Ach so«, warf sie Emma über die Schulter zu. »Und bring die Bonbons zurück. Unverschämtheit!«

Mit diesen Worten stolzierte sie aus dem Raum. Ihre wütenden Schritte klangen den Flur entlang, als wollte sie allein durch ihren Gang der Welt zeigen, wie aufgebracht sie war.

Emma spürte, wie ihr die ganze Farbe aus dem Gesicht wich. Kraftlos ließ sie sich auf das Bett fallen. Dass ein paar Bonbons so eine Empörung auslösen würden, hätte sie niemals gedacht. Am meisten schmerzte sie die Vorstellung, die

Enttäuschung im Gesicht ihres Vaters zu lesen, und wie entsetzt ihre Mutter sein würde, wenn ihnen vor Augen geführt wurde, was für eine missratene Tochter sie hatten. Sie seufzte und steckte sich einen Bonbon in den Mund. Doch der Geschmack von Orange tröstete sie nur wenig über die eigene Unzulänglichkeit hinweg.

Sie wusste nicht, wie viel Zeit vergangen war, als sie sich endlich aufgerafft hatte, die Blechdosen wegzubringen. Auf der mit Tannenzweigen und gelbgrünen Bändern festlich geschmückten Treppe blieb sie stehen. Anscheinend hatte sie zu lange getrödelt – die wichtigen Geschäftspartner aus Amerika mussten bereits da sein. Die Dienerschaft huschte hin und her, als würde sie ein Ballettstück aufführen. Jede Bewegung wie einstudiert. Im ganzen Haus schien eine beinahe greifbare Aufregung zu schweben. Onkel Johann kam aus einem Salon und verschwand am Ende des Flures, vielleicht, um ein paar letzte Anweisungen für das bevorstehende Abendessen zu geben. Statt seiner betrat Mathilde den Raum, und Emma hörte, wie ihre Tante sich erkundigte, ob die gnädigen Herren noch etwas bräuchten. Die Antwort bekam sie nicht mit, nur Mathildes kehliges Lachen, ein paar Belanglosigkeiten, während ein Dienstmädchen mit einem Tablett hereingeschwebt kam, auf dem sie Gläser und eine Aperitif-Flasche balancierte. Am liebsten hätte sich Emma auf die Stufen niedergelassen, um die Bewohner des Hauses zu beobachten – fasziniert von dem geschäftigen Treiben. Das Anwesen wirkte auf sie wie ein riesiger Mechanismus, in dem jedes Rädchen seinen Platz und seine Aufgabe hatte, und alle perfekt ineinandergriffen. Als niemand mehr zu sehen war, beschloss sie, die Bonbons endlich wegzubringen. Sie kam am Esszimmer vorbei, in dem der Tisch mit dem feinsten Porzellan und Gestecken in den Fabrikfarben gedeckt worden war. Sicherlich würde es ein mehrgängiges Menü geben, und Emma rätselte, womit die Bergmanns die Gäste aus den USA zu beeindrucken gedachten. Ob die Köchin sich heute an amerikanischen Gerichten probieren sollte oder ob es etwas typisch Rheinisches gab.

Niemand bemerkte sie, als sie den Flur entlangschlich. Gerade als sie dachte, sie würde ungesehen ihre Mission vollbringen können, trat Mathilde aus dem Salon. Dieses Mal versuchte sie nicht einmal, das Naserümpfen zu verbergen. »Was machst du denn hier unten?«, zischte sie. »Hat Betty dir nicht gesagt, dass du und deine Familie heute Abend wegbleiben solltet?«

Emma senkte den Blick auf die Dosen in ihren Händen. Ob Betty schon vom Diebstahl berichtet hatte? »Doch. Natürlich. Entschuldige, Tante Mathilde. Ich wollte …«

»Dann verschwinde von hier.« Schon rauschte die Frau an ihr vorbei. Das Kleid – aus grüner und goldener Seide – schien empört zu rascheln, als ihre Absätze gereizt auf dem Boden klapperten.

Emma fiel auf, dass die Tür zum Salon nicht gänzlich geschlossen worden war. Neugierig machte sie ein paar Schritte darauf zu. Sie könnte einen Blick auf die Amerikaner werfen, nur einen einzigen Blick – und dann zurück in ihr Zimmer laufen. Zu gerne hätte sie gewusst, wie die Geschäftsmänner aus Übersee aussahen. Mit angehaltenem Atem lugte sie durch den Spalt.

Der Mann am Fenster musste um die fünfzig sein, schlank und sehr groß. Vielleicht der größte Mensch, dem sie in ihrem Leben je begegnet war. Sie betrachtete sein strenges Profil, fragte sich, was in seinem Kopf wohl vorgehen mochte, wenn er so entschlossen aus dem Fenster in den Park blickte. Am meisten fielen ihr seine lange, spitze Nase und die buschigen Augenbrauen im glattrasierten, abweisenden Gesicht auf. Er war es anscheinend gewohnt, das Sagen zu haben, das glaubte Emma in seinem Ausdruck, seiner ganzen Haltung zu erahnen. Der andere war kleiner, molliger und eine Spur älter. Wenn er redete, konnte man glauben, er wälzte im Mund eine heiße Kartoffel hin und her. Emma verstand nur Bruchstücke von dem, was er sagte, allzu gut war ihr Klosterschulenglisch nicht.

Sie achtete auf die kleinste Mimik, auf die beiläufigste Gestik, während der kleine Mollige eine Pastille aus der Dose herauspickte und sie in den Fingern drehte. Seine Mundwinkel zeigten nach unten, ein Schulterzucken hin und wieder, die Stimme auf der gleichen Tonlage, gelangweilt, sogar eine Spur missbilligend. Der große Mann hob eine Hand, nickte und wandte sich vom Fenster ab. Aus den Brocken, die für sie einen Sinn ergaben, dem Kopfschütteln und abweisender Mimik konnte sie sich zusammenreimen, dass die Amerikaner den Vertrag wohl nicht unterschreiben würden – egal wie viele Gänge das heutige Menü hatte. Sie wollten die Pastillen nicht. Sie fanden sie langweilig, sie konnten nicht einmal nachvollziehen, warum ausgerechnet die von Bergmann so erfolgreich waren, fand man doch Ähnliches wie Sand am Meer.

Hörbar stieß Emma die angehaltene Luft aus – und die beiden Männer drehten die Köpfe zur Tür. Zu spät, um davonzuschleichen, sie hatten sie bemerkt, dachten wohl, sie würde lauschen. Also tat sie so, als wäre sie gerade erst angekommen und betrat entschlossen den Salon.

»Excuse me.« Sie wollte erklären, dass die Pastillen ihres Onkels ausgezeichnet waren. Die besten weit über die Grenzen Deutschlands hinweg, schließlich importierte man sie nach Österreich und Tirol. Doch als sie über die Schwelle trat, fehlten ihr die Worte. Die englischen wie die deutschen, und außerdem – all das hatte Onkel Johann den Amerikanern sicherlich schon gesagt. Was konnte sie noch tun, um sie zu überzeugen, was die Bergmanns nicht bereits getan hätten?

»Miss …?« Der Mollige musterte sie von Kopf bis Fuß, offensichtlich unsicher, ob sie zur Bedienung oder zur Familie gehörte. Letztendlich entschied er sich wohl fürs Letztere. »Ich fürchte, wir wurden einander noch nicht vorgestellt. Mein Name ist Edward Coleman. Das ist Mr Hobbs.« Auch auf Deutsch redete er, als hätte er eine Kartoffel im Mund. Ansonsten klang seine Aussprache überraschend gut. Hätte Emma ihn woanders getroffen, hätte sie ihn nicht für einen Ausländer gehalten. Sicherlich einer der Gründe, warum der Große ihn an seiner Seite hatte.

»Sehr erfreut. Emma Bergmann«, stellte sie sich vor. Ihr Blick huschte zu Mr Hobbs, der sie mit zusammengezogenen Augenbrauen betrachtete. Sie deutete auf die geöffnete Dose auf dem Tisch. »Ich sehe, die *Bergmanns Pfefferminz-Pastillen* haben Sie bereits gekostet.«

»Selbstverständlich. Eine ausgezeichnete Ware. Und die Führung durch die Fabrik war äußerst informativ. Sehr moderne Ausstattung, wir sind beeindruckt.« Die Stimme des Molligen nahm schmeichelnde Töne an, doch im Innern wusste Emma: Ihr Gefühl hatte sie nicht betrogen. Sie würden keinen Vertrag schließen. Als sie die Pastillen erwähnt hatte, gingen die beiden auf Distanz, sogar körperlich schienen sie ein Stück zurückgewichen zu sein.

Sie lächelte, als ihr Blick abermals auf die Dosen in ihren Händen gefallen war. »Das freut mich zu hören«, sagte sie entschlossen. »Dann können die Herrschaften gespannt sein, denn ich bin hier, um Ihnen ein Geheimprodukt zu präsentieren.«

»Ein Geheimprodukt?« Der Mollige wirkte mehr als skeptisch. Er drehte sich zu Mr Hobbs und sprach leise mit ihm, vielleicht um das Gesagte zu übersetzen. Der Große hob die Augenbrauen – offensichtlich drückte er all seine Gefühle allein damit aus. Dann folgte ein zögerliches Nicken. Selbstverständlich nahm auch er die Ankündigung mehr als argwöhnisch an, aber immerhin hatte sie sein Interesse geweckt.

Emma legte die Blechdosen auf den Tisch, öffnete die eine und reichte sie Mr Hobbs. »Trauen Sie sich, probieren Sie!«

»Was ist das?«, wollte der Mollige wissen. Er kam näher, so dass seine Knollennase beinahe über der Dose schwebte. Emma hörte, wie er den Duft der Bonbons aufsog, wie er versuchte, die Nuancen zu erschnuppern, überrascht über die unterschiedlichsten Gerüche, die ihm entgegenwehten. Auch sie atmete den Duft tief ein. Es roch nach einem vollen Korb unzähliger Früchte, sonnengereift und herrlich süß. Als wäre der Sommer mit seiner ganzen Wucht in diesen Salon eingedrungen, als hätte er im Nu die trostlose Dezemberdunkelheit hinter den Fenstern verdrängt.

»Welche ist Ihre Lieblingsfarbe?«, flüsterte sie dem Molligen verschwörerisch zu.

»Blau«, antwortete er zögernd. Keine Spur mehr von Langeweile in seiner Stimme, sie klang nach einem unbändigen Verlangen, einen der bunten Bonbons endlich zu kosten.

»Dann greifen sie zu!«, raunte sie dem Mann entgegen.

Tatsächlich tauchte er seine Finger in die Dose, pickte den blauen Bonbon heraus und steckte ihn in den Mund. Ein paar Augenblicke lang lutschte er an der Süßigkeit. Emma beobachtete, wie sich in seinem Gesicht eine tiefe Zufriedenheit ausbreitete. Kurz schloss er die Augen. »Mmh. Fruchtig und intensiv. Die Blaubeere!«

»Gut erkannt.« Sie reichte die Dose Mr Hobbs. »Sie sehen aus, als wären die Grünen genau die Richtigen für Sie. Bereit für eine Überraschung?«

Der Mollige übersetzte, und nach sichtlichem Zögern nahm der große, drahtige Mann den grünen Bonbon aus der Dose. Er wendete die Süßigkeit hin und her, roch daran, runzelte die Stirn. Fragend schaute er Emma an.

»Ich habe Ihnen eine Überraschung versprochen«, meinte sie nur.

Er legte sich die Nascherei auf die Zunge. Zufrieden sah sie, wie die Verwunderung die Skepsis aus seinen Gesichtszügen vertrieb. Er mühte sich, die Geschmacksrichtung zu erraten, musste aber seine Niederlage eingestehen – und schaute Emma ratlos an.

»Waldmeister«, verriet sie. »Hierzulande bereits seit dem sechzehnten Jahrhundert bekannt, meine Herren. Aber unterschätzen Sie nicht die Orange, die Zitrone, die Himbeere, den Apfel ... Importieren Sie diese Geschmacksexplosion in Ihr Land, machen Sie sie jedem zugänglich.«

Die beiden Herren tuschelten, wobei Emma bemerkte, wie der Mollige versuchte, den Begriff »Waldmeister« zu erklären. Schließlich wandte er sich an Emma: »Mr Hobbs ist positiv überrascht, und das, obwohl wir dachten, schon alles gesehen und verkostet zu haben. Ein guter Schachzug von Mr Bergmann, die wahre Sensation für den Schluss aufzuheben. Wir sind geneigt, die grünen Bonbons in die nähere Wahl für unsere Importpläne zu ziehen ...«

Energisch schüttelte Emma den Kopf. »Ich glaube, die Herren unterschätzen die *wahre* Sensation dieses Geheimprojekts. In *Bergmanns bunter Mischung* ist für jeden Geschmack etwas dabei. Man weiß nie, was man in der Packung bekommt, bei jeder Füllung wird neu gemischt – gepaart mit einer Einladung, sich auf eine beeindruckende Geschmacksreise zu begeben.«

»*Bergmanns bunte Mischung* ...« Zum ersten Mal wandte

sich Mr Hobbs direkt zu ihr. Irritiert stellte sie fest, dass er genauso gut Deutsch sprach wie sein Begleiter. »Miss Bergmann – sie haben es geschafft, mich zu überraschen, und das gelingt wahrhaftig nicht vielen.«

»Das freut mich. So langsam erholt sich die Wirtschaft nach dem Börsencrash vor zwei Jahren. Der Konsum steigt, die Konjunktur zieht an – stechen Sie Ihre Konkurrenten aus mit einem einzigartigen Produkt!«

»Ich bin beeindruckt von Ihrem Elan.« Er lächelte wohlwollend. »Ich glaube, Mr Bergmann und ich haben heute doch noch einiges zu bereden.«

»Auf jeden Fall«, erklang die Stimme ihres Onkels hinter ihr. Erschrocken fuhr Emma herum. Wie lange stand er schon da? Sicherlich eine ganze Weile. Dennoch hatte er nicht früher eingegriffen. »Wir leben in Zeiten, die viele Überraschungen für uns parat halten. In denen alles möglich zu sein scheint. Oder nicht?« Er schenkte Emma einen knappen Blick, aus dem sie nicht schlau wurde. War er verärgert, weil sie die Anweisung, im Zimmer zu bleiben, missachtet hatte? Oder froh darum, dass die Amerikaner in seiner Abwesenheit gut unterhalten wurden?

»Du kannst gehen, Emma. Danke.« Er schritt an ihr vorbei zu seinen Gästen, als wäre Emma bloß ein Möbelstück der exquisiten Einrichtung und nicht weiter zu beachten. »Die Einzelheiten besprechen wir nach dem Abendessen bei dem einen oder anderen Schluck Whiskey. Was halten Sie davon?«

»Klingt ausgezeichnet«, hörte Emma noch, als sie auf leisen Sohlen den Salon verließ und die Tür hinter sich schloss.

Diese Nacht konnte sie kaum schlafen. Unruhig wälzte sie sich hin und her, rief den Blick ihres Onkels in ihrem Geiste hervor, und versuchte vergeblich, die kurze Begegnung zu deuten.

Am nächsten Tag hatte ihre Mutter äußerst schlechte Laune. Ein Dienstmädchen hatte bereits ein Donnerwetter über sich ergehen lassen müssen, weil es Schwierigkeiten beim Entzünden des Kamins gegeben hatte. Darüber hatte sich Käthe Bergmann bei absolut allen wortreich beschwert, die ihren Weg gekreuzt hatten. So richtig losgelegt hatte sie aber nach dem Frühstück. Da es mit dem Geld nichts zu werden schien, deutete sie an, eine von Mathildes Töchtern könnte ihrer Emma doch eines der vielen Kleider, die die Mädchen besaßen, einfach schenken. Diese Bemerkung wurde glücklicherweise von allen ignoriert, und Emma war froh, als sie nach dem Frühstück in ihr Zimmer fliehen konnte. Schon morgen würde das Automobil sie alle zum Bahnhof bringen, und vielleicht würde sich ihre Mutter während der Zugfahrt etwas beruhigen. Immerhin schien Betty davon abgekommen zu sein, wegen der Bonbondosen eine Szene heraufzubeschwören.

Der Koffer stand fertig gepackt neben dem Bett, und Emma hatte sich mit einem Buch, das sie aus der Bergmann'schen Bibliothek ausgeliehen hatte, in einen der gepolsterten Sessel verzogen. Eine Weile genoss sie die Ruhe, als es fordernd klopfte und Betty hereintrat, ohne auf die Erlaubnis zu warten.

»Vater wünscht dich zu sprechen«, verkündete die Cousine kühl, und ihr Blick blieb auf dem Einband kleben, den Emma in den Händen hielt. »Verstehst du denn überhaupt *English*?«

»Ein bisschen.«

»*The Tale of Peter Rabbit*. Ist das dein Ernst?«

Emma hielt den Blick auf die Illustration des Kaninchens gesenkt, dennoch konnte sie spüren, wie Betty die Nase rümpfte. Aber seit der gestrigen Begegnung mit Mr Coleman und Mr Hobbs hatte sie sich fest vorgenommen, ihre Sprachkenntnisse zu verbessern. Dass die beiden Geschäftsleute

Deutsch konnten, war pures Glück. Und warum dabei nicht mit einfachen Kindergeschichten anfangen? Andererseits … wenn es in ihrem Leben wirklich nur darauf ankam zu heiraten, so brauchte sie ihren künftigen Ehemann sicherlich nicht mit ihren Sprachfertigkeiten zu beeindrucken. Dennoch kam es ihr vor, als würde sich ihr die Welt ein Stück mehr öffnen, wenn sie andere Menschen besser verstand. Sie wollte all das ihrer Cousine erklären, doch diese redete schon in barschem Ton weiter.

»Wird's bald?« Ungeduldig wippte Betty mit einem Fuß. So sehr, dass ihre Löckchen, denen sie heute erlaubt hatte, ihr rundes Gesicht zu umrahmen, genauso ungeduldig mitwippten. »Vater wartet nicht gerne. Und ich habe Besseres zu tun, als den halben Vormittag Botin zu spielen.«

Schweigend legte Emma das Buch beiseite.

»Sieh zu, dass *Peter Rabbit* nicht zusammen mit euch nach Metz verschwindet, sondern zu seinem Platz in der Bibliothek findet«, giftete Betty und ging voran. Zum Glück dämpfte der teure Teppich das gehässige Klackern ihrer Absätze.

»Du hast Glück. Vater hat heute gute Laune«, verkündete Betty, als sie vor dem Arbeitszimmer stehen blieben.

Wenigstens einer hier, dachte Emma bei sich. Sie ahnte, worum es bei dieser Unterredung gehen sollte, und ihr wurde mulmig zumute, als sie die massiven Doppeltüren aus Kirschbaumholz betrachtete. Warum hatte sie sich den Amerikanern nur aufgedrängt? Jegliche Euphorie, die sie beim Anpreisen von *Bergmanns bunter Mischung* gestern empfunden hatte, war verflogen. Sie hätte vorher darüber nachdenken sollen, was es für die Fabrik bedeuten würde, wenn dort die Produktion umgestellt werden musste. Gab es genug Kapazitäten dafür, ohne die Herstellung der Pfefferminz-Pastillen zurückzuschrauben? Denn sie würden die Etablierung des neuen Produkts finanzieren müssen. Wie viel kostete die Herstellung der bunten Mischung tatsächlich? Und konnte sie die Amerikaner wirklich überzeugen, oder hatten sie sich einfach einen Spaß mit einem naiven Mädchen erlaubt, das ungefragt hineingeplatzt war?

Betty setzte ein schmales Lächeln auf und klopfte an, langsam, beinahe genüsslich.

»Herein.«

Auf unsicheren Beinen trat Emma ein.

Die schweren Samtvorhänge waren zurückgezogen und ließen Morgenlicht den Raum fluten. Der frischgefallene Schnee draußen hatte den Park weich und irgendwie still gezaubert, und etwas davon schien auch ins Zimmer geschlichen zu sein. Nur das Kratzen der Schreibfeder auf dem Papier war zu hören sowie Onkel Johanns ruhige, gleichmäßige Atemzüge.

»Setz dich bitte. Ich bin gleich so weit«, murmelte er, ohne den Kopf zu heben. Vorsichtig nahm Emma an einem der beiden Besucherstühle Platz und betrachtete scheu die vielen Regale mit unzähligen Mappen, in denen wohl wichtige Dokumente und Verträge steckten.

Wie all das wohl angefangen hatte? Damals, in einem fast abbruchreifen Haus, in dem Onkel Johann und Mathilde an den Pastillen getüftelt hatten? Sie stellte sich vor, dass die große lederne Mappe, die direkt hinter ihrem Onkel ganz allein im Regal stand, die erste gewesen war, in die er vor Jahrzehnten die erste Genehmigung, einen Vertrag oder was auch immer gelegt hatte. Sie hätte es so gemacht – und dieser einen Mappe einen Ehrenplatz in den Regalen gegönnt.

»Das ist die Exportmappe.«

Emma zuckte zusammen. Sie war so in Gedanken versunken, dass sie gar nicht mitbekommen hatte, dass er schon lange nicht mehr schrieb. Noch bevor sie etwas erwidern konnte, stand er auf und holte die Mappe heraus. »Sie hat einen Ehrenplatz, damit ich mich auf meine nächsten Ziele fokussiere. Ich will den Namen Bergmann weit in die Welt tragen, damit noch mehr Menschen unsere Produkte kennenlernen können. Schau rein.«

Sie löste die Bänder. Ganz oben lag der aufgesetzte Vertrag mit den Amerikanern über *Bergmanns Pfefferminz-Pastillen*. Kam es also doch noch zu einer Übereinkunft? Sie versuchte, sich auf den Text zu konzentrieren, was nicht leicht war unter dem forschenden Blick ihres Onkels.

»Sind es gute Konditionen? Mr Hobbs erwartet anscheinend, dass du die Kosten für den Zoll übernimmst. Ich verstehe schon, dass die Verschiffung teuer ist, aber ist es wirklich clever, sich diesen Posten aufzuhalsen?« Sie biss sich auf die Lippe. Hatte sie gerade wirklich laut ausgesprochen, dass sie den Geschäftssinn ihres Onkels in Frage stellte? Wer war hier eigentlich erfolgreich? Er, der Besitzer einer großen Fabrik? Oder sie, ein dummes Mädchen, das für ein Abendkleid Geld bei der reichen Verwandtschaft schnorren musste?

Als sie aufblickte, bemerkte sie jedoch, dass er lächelte. »Du überraschst mich, Emma. Keine von meinen Töchtern hätte diese Mappe angefasst, geschweige denn, mit mir über die Zollkosten diskutiert.«

»Entschuldige, Onkel Johann.«

»Kein Grund, sich zu entschuldigen. Ich wollte den Amerikanern entgegenkommen. Dieser Vertrag ist unglaublich wichtig für mich. Eine einmalige Chance, den Namen Bergmann in Übersee zu etablieren.«

»Ich verstehe. Aber die hohen Zollkosten könnten dir zum Verhängnis werden. Wie wäre es, wenn du ihm einige Kisten der Ware ohne Vergütung für die kostenlosen Proben anbietest, damit er in den USA werben kann? Und dass du für den Transport zum Schiff und die Löschung der Ware Sorge trägst?«

Onkel Johann hob die Augenbrauen. »Ein interessanter Vorschlag, meine Liebe. Aber schaue erst einmal weiter.«

Sie blätterte durch die Seiten. Vieles verstand sie nicht. Einige Sätze hörten sich so kompliziert an, als wären sie extra so geschrieben worden, um den wahren Sinn zu verschleiern. Aber als sie das letzte Blatt wendete, sah sie, dass der Vertrag nicht unterschrieben worden war.

»Nun. So ist wohl das Leben, nicht wahr? Nicht alle Träume gehen in Erfüllung.« Er ging um den Tisch herum und setzte sich auf die Kante. Nun thronte er über ihr, groß und mächtig. Rasch schlug sie die Mappe zu, wollte aufstehen, um sich nicht mehr wie eine kleine Maus in einer Falle zu fühlen. Doch er ließ sie nicht. »Diesen Vertrag habe ich umsonst aufgesetzt. Kannst du dir vorstellen, warum?«

»Wegen *Bergmanns bunter Mischung*?«, wisperte sie und holte tief Luft. Ja, sie hätte sich gestern aus der Sache heraushalten, in ihrem Zimmer bleiben müssen – wie ihr aufgetragen worden war. Jetzt galt es, zu ihren Fehlern zu stehen.

»Die Amerikaner wollten keine Pastillen. Ich dachte, man könnte sie umstimmen, wenn man ihnen etwas anderes anbietet.« Sie schluckte. Wie würde ihre Mutter es ausdrücken? Denken sollte sie lieber anderen überlassen. »Ich wollte ihnen zeigen, dass deine Fabrik mehr zu bieten hat.«

Sie schaute zu ihrem Onkel auf. Er musterte sie mit einem merkwürdigen Blick, der sie bis in die Abgründe ihrer Seele zu erforschen schien. »Und das hast du. Dein Gefühl hat dich nicht getrogen. Das Abendessen war ein Strohhalm, aber im Grunde wusste ich, dass es nichts verändern würde. Spätestens seit der Führung durch die Fabrik war mir klar: Sie machen keinen Vertrag, egal zu welchen Konditionen.« Er legte eine Hand auf die Lehne des Stuhls, ging langsam herum und schaute aus dem Fenster in den verschneiten Park. »Ich habe mich zu lange auf dem Erfolg der Pfefferminz-Pastillen ausgeruht, das hat sich gerächt. Tief in mir habe ich das schon geahnt, vermutlich deshalb habe ich krampfhaft versucht, etwas Neues auszuprobieren, etwas, was genauso einschlagen könnte wie die Pfefferminz-Pastillen. Aber nichts davon hat mich vollends überzeugt.«

»Tut mir leid.«

»Das muss es nicht, denn der Fehler liegt bei mir. Ich habe den Wald vor lauter Bäumen nicht mehr gesehen. Ich habe jeden Bonbon einzeln betrachtet und mich gefragt: Kommt er an die Pastillen heran? Tat er nicht. Zumindest nicht allein. Du aber hast die Stärke ihrer Gesamtheit gesehen. Du hast sie zur *Bergmanns bunter Mischung* gemacht – und die Amerikaner davon überzeugt. Noch mehr. Sie begeistert. Beim Abendessen hatten wir kaum ein anderes Gesprächsthema.«

Emma senkte den Blick. »Du müsstest vermutlich die Herstellungsprozesse umstellen und viel investieren, damit *Bergmanns bunte Mischung* im großen Stil produziert werden kann.«

»Das stimmt.« Er wandte sich wieder zu ihr und holte die Papiere, an denen er vorhin gesessen hatte. »Ich habe die ganze Nacht durchgearbeitet, um die Kosten auszurechnen. Die Pfefferminz-Pastillen laufen hierzulande sehr gut. Sie würden die neue Produktion anfangs mitfinanzieren. Und die Amerikaner haben mir sehr lukrative Bedingungen vorgeschlagen, so dass ich es riskieren könnte.«

Er reichte ihr die Dokumente. Auch hier verstand sie vieles nicht. Aber die Zahlen – die Zahlen logen nie, das wusste sie schon längst aus der *Einführung in die Mathematik*. »Das ist ja großartig!«

»Ja. Und das habe ich allein dir zu verdanken.« Er machte

eine Pause. »Dafür würde ich mich gern erkenntlich zeigen. Gibt es etwas, was du dir wünschst?«

»Ja!«, platzte sie heraus. Sie sah, wie ihr Onkel lächelte, und die Wärme flutete ihr Inneres. Früher hatte Vaters Lächeln sie ähnlich innig aneinandergebunden, mehr hatte sie nicht benötigt, um sich ihm nahe zu fühlen. Doch ihr Vater lächelte nicht mehr.

»Das kam ja schnell«, holte Onkel Johanns samtige Stimme sie aus der Schwermut, die über sie gekommen hatte. »Selbstverständlich bin ich über den Wunsch nach einem Abendkleid für dich informiert.«

Emma atmete tief ein, während ihre Finger wie von allein durch die Papiere in ihrem Schoß fuhren, als wollte sie noch einmal alle Einzelheiten prüfen. »Bei allem Respekt, Onkel Johann. Du hast mich nach meinem Wunsch gefragt. Nicht nach dem meiner Mutter.«

Aus dem Augenwinkel sah sie, wie er die Brauen hob. »Nun gut. Was ist denn dein Wunsch, Emma?«

Entschlossen stand sie auf und reichte ihm die Papiere. »Dass du mir eine Chance gibst. Damit ich in deiner Fabrik für dich arbeiten kann.«

Die Stille, die sich daraufhin ausbreitete, war beinahe greifbar. Emma hielt den Atem an, hatte das Gefühl, dass ihr Onkel dasselbe tat. Schließlich nahm er die Papiere entgegen und lehnte sich wieder an die Tischkante.

»Onkel Johann?«

Er rieb sich die Nasenwurzel. »Wenn du mein Neffe wärst, hätte ich dir schon gestern angeboten hierzubleiben. Du bist schlau. Du denkst nicht einfach geradeaus. Du hast einen beeindruckenden Erfindergeist und …«

»Aber ich bin nicht dein Neffe«, unterbrach sie ihn ungeduldig.

»Mehr als eine Maschine zu bedienen, aus Not, weil niemand da ist, der die Familie sonst ernähren kann – mehr wird es in meiner Fabrik für eine Frau nicht zu tun geben.«

»Warum?« Die Verzweiflung machte ihr die Kehle eng. »Warum weist du mich ab, nur weil ich kein Mann bin? Du hast selbst gesagt, wenn ich dein Neffe wäre, hättest du nicht einmal gezögert. Was ist, wenn du auch hier anders denken solltest? Neuartiger? Wie bei *Bergmanns bunter Mischung*. Ich habe mehr zu bieten als nur eine Geschmacksrichtung. Ich kann eine Bereicherung für dich und für die Fabrik sein!«

»Tut mir leid, Emma. Aber das ... das ist einfach nicht möglich.«

»Bitte, Onkel Johann! Bitte schicke mich nicht mit meinen Eltern zurück nach Metz! Dort bin ich wie eingesperrt. Ich ... ich ersticke dort!«

Er seufzte. »Ich kann nicht«, sagte er beinahe hilflos. »Ich werde Betty anweisen, mit dir in die Stadt zu fahren und dir zu helfen, das Kleid auszusuchen. Egal wie teuer es ist – du wirst es bekommen.«

»Aber ich will kein Kleid! Ich will kein ... Aschenputtel sein, dem eine gute Fee etwas zum Anziehen und ein Paar Schuhe für einen Ball gibt. Ich will mehr als ... als ... einen Prinzen zu heiraten!«

»Ich weiß.« Er richtete sich auf und sah traurig auf sie herab. »Aber das, was du willst, kann ich dir nicht geben.«

* * *

Sie hatte ein Kleid.

Oder eher einen Schreck aus grüner Seide mit Rosen-Applikationen, die wie Geschwüre aussahen. Aber wen kümmerte es schon? Sie hatte einfach auf die erste Robe gezeigt, die ihr unter die Augen gekommen war, um alle endlich zufriedenzustellen. Nun waren sie zurück in Metz. Mutters erste Amtshandlung bestand darin, Emma in die Robe hineinzuzwingen, um sie Hilde Rosenberger vorzuführen. Die Nachbarin saß mit einer Tasse Tee auf dem Sofa und verströmte fröhlich den Geruch nach gebratenen Zwiebeln, während Emma sich vor ihr drehen und wenden musste. Schließlich folgte ein zufriedenes Nicken. »*Weiberschönheit, das Echo im Wald und Regenbogen vergehen bald.* Sieh zu, meine liebe Käthe, dass dein Plan aufgeht. Ist das Gesicht erst einmal faltig geworden, bringen hübsche Kleider auch nichts mehr.«

Seitdem hing die Monstrumrobe in der heimischen Stube und bescherte Emma Albträume. Mutter dagegen suchte emsig nach passendem Schmuck und behängte das Kleid wie einen Weihnachtsbaum mit irgendwelchen Kettchen. Auf dem Fest musst du einfach einen Mann finden, betete sie rauf und runter, während Emma heimlich die Augen verdrehte. Mit etwas Glück hatte sie bei der Kleiderwahl genug Geschmacksverirrung bewiesen, damit jeder Junggeselle einen großen Bogen um sie machte.

Um der merkwürdigen Stimmung zu Hause zu entkommen, versuchte Emma so oft wie möglich in der Buchhandlung vorbeizukommen. Dort warteten keine Kleider auf sie, dort gab es kein Heiratsgerede. Nur Bücher und Wissen, Gustis Schnurren und Émile Perrin, dem sie alle, absolut alle Sorgen anvertrauen konnte. Wenn sie bei ihren Ausflügen etwas mehr Zeit hatte, ging sie zum Gebäude der verlassenen Mineralwasserfabrik. Obwohl sie wusste, dass es albern war, zog es sie unwiderstehlich hin. Wenn sie ihr Gesicht an die schmutzigen Glasscheiben drückte, konnte sie die Produktionshallen sehen. Ob sie genügend Platz boten, um die Maschinen zum Mahlen der Senfkörner und Anmischen der

Paste aufzustellen? Jedes Mal, wenn sie dort war, begann es in ihrem Kopf zu arbeiten, und sie fühlte sich so lebendig wie noch nie. Sicherlich gab es auch eine Lagerhalle, wo der Senf reifen konnte, um seinen Geschmack zu entfalten, bevor er auf die Reise zu den Kunden ging. Dabei dachte sie nicht nur ans *Moitrier*, andere gastronomische Läden der Stadt oder den Gewürzeinzelhandel. Vor ihrem inneren Auge tauchten die grauen Bayern-Kasernen auf. All die Soldaten, die dort hausten … ob ihr Leben auch etwas Würze vertragen könnte? Ob sie es schaffen würde, die Versorgungsoffiziere davon zu überzeugen, die Verpflegung mit Carls Senf aufzupeppen? Nah, günstig und zuverlässig. Ihre Ausflüge zur Fabrik endeten immer gleich: Sie musste sich zur Vernunft rufen. Denn da war diese kleine Stimme in ihr, die ihr zuflüsterte: Egal wie sehr die Vorstellung von der Eröffnung einer Senffabrik in dir brennt – du bist nicht Carl Seidel. Alles, was du bekommen kannst, ist ein Kleid mit fürchterlichen Geschwürrosen.

Immerhin neigte sich der Dezember dem Ende zu. Silvester deckte Mutter feierlich den Tisch – zu gestampften Kartoffeln gab es Bratenaufschnitt – und holte den Weinbrand, den sie für festliche Anlässe aufbewahrte. Der Abend verlief ruhig, beinahe besonnen.

Endlich schlug es zwölf Uhr, und ganz Metz war erfüllt vom Glockenspiel. Die Kathedrale schien es mit einem tiefen, auf eine besondere Art ernsten, um nicht zu sagen schwermütigen Ton anzuführen. In der Ferne hallten Schüsse, um das neue Jahr einzuläuten, nach und nach füllten sich die Straßen mit fröhlichen Stimmen und Jauchzen, die Menschen strömten nach draußen, um einander zu gratulieren.

»Na dann …« Mutter hob ihr Glas und prostete dem Kleid zu, das wie ein feiner, geladener Gast das Treiben in der Stube zu beobachten schien. »Prosit Neujahr 1909!«

Eine Stunde später gingen sie zu Bett.

Mitte Januar lud Louise Emma zur Eisbahn ein. »Geh nur, geh nur«, jauchzte Emmas Mutter vor Aufregung und holte eigenhändig die alten Schlittschuhe, die irgendwo verstaubten. »Je öfter man dich mit der Seidel-Tochter sieht, desto mehr steigert es deinen Wert.«

Emma war froh, als sie endlich aus der Wohnung stürmen konnte. Wie lange würde sie dieses Gerede noch ertragen, bevor es sie vollständig um den Verstand brachte? Bis zur Metzer Wiese, die sich im Winter in die Eisfläche verwandelte, nahm sie die Straßenbahn. Die Tram war überfüllt. Mit jedem Ruckeln stieß Emma gegen einen anderen Passagier und war froh, endlich auszusteigen und das letzte Stück zu Fuß zu laufen. Louise wartete bereits auf sie. Ungeduldig wippte sie neben einer Bank, wie ein kleines Kind, das auf die Bescherung wartete, während Emma sich ihre Schlittschuhe um die Füße schnallte. Sie hätte die Eisenkufen schleifen lassen sollen, dachte sie verlegen. Und vielleicht die Lederriemen besser pflegen – sie sahen fleckig und rissig aus, während Louises Modell wie frisch gekauft wirkte: Die glänzenden Kufen waren mit einem eleganten, sorgfältig aufpolierten Lederschuh fest verbunden. Dazu trug sie ein dunkelgrünes Samtkostüm, das wunderbar ihre strahlenden Augen betonte. Ihre Haut, ihr Haar, ihre Kleidung rochen nach Jasmin, als wäre sie ein zartes Gewächs, das mitten im Winter aufgeblüht war.

»Komm schon.« Kaum war Emma fertig, zog Louise sie mit sich, so dass Emma fast in einen Kinderpulk hineinstolperte. Sie war schon lange nicht mehr auf dem Eis gewesen, machte zuerst ein paar vorsichtige Schritte, stellte aber fest, dass sie nichts verlernt hatte. Während Louise sich an ihren Arm klammerte und kleine, hektische Bewegungen mit den Füßen machte und »Nicht so schnell, nicht so schnell!« rief.

»Du machst das nicht so oft, oder?«

»Nein.« Mit zart gerötetem Gesicht steckte Louise ein paar Strähnen zurück unter ihren Hut. »Aber das geht schon. Und wenn er erst einmal da ist …« Sie biss sich auf die Lippe, als hätte sie beinahe ein Geheimnis ausgeplaudert. Unwillkürlich sah sich Emma um. Ob Antoine hierherzukommen gedachte? Unruhe stieg in ihr auf, als sie an ihn dachte, doch sie rang die Gefühle hinunter. Bestimmt war mit ihm zu rechnen, so wie Louise auf einmal errötete und das Thema wechselte, indem sie vom Winter in Metz redete und wie selten ein langer Frost hier war.

Dabei verströmte Louise pures Leben. Manchmal kaute sie vor Anstrengung an den Lippen, die dadurch feucht glänzten und zart wie eine Rosenknospe aussahen, dass Emma bei ihrem Anblick ein bisschen neidisch wurde. Im Winter fühlten sich ihre Lippen höchstens spröde an. Kein Wunder also, dass der ein oder andere junge Mann Louise heimlich begierige Blicke zuwarf. Louise wusste sicherlich von dieser Aufmerksamkeit, schenkte ihren Bewunderern jedoch keinerlei Beachtung. Sie konzentrierte sich nur auf Emmas Anweisungen, bemühte sich, ihren Rhythmus zu finden – und nach einer Weile wirkten ihre Schritte auf dem Eis deutlich geschmeidiger.

»Toll machst du das!«

Ganz langsam zogen sie ihre Runden um die alte Weide, die seit Jahrzehnten, wenn nicht seit Jahrhunderten in der Mitte der Wiese wuchs. Emma nutzte die Gelegenheit, um sich zu erkundigen, wer alles zum Fest geladen war … und wie es Carl ging. Louise nahm das Thema Gäste dankbar an. Voller Stolz sprudelten die Namen aus ihrem Mund. Anscheinend hatten die Seidels Metz' Crème de la Crème eingeladen: Finanziers, Industrielle, hochrangige Offiziere … ihre Mutter würde begeistert sein.

»Und Carl?«, hakte Emma nach, und ihr Herz wurde schwer von alberner Sehnsucht. Von Gefühlen, die sie nicht wollte, die sie überhaupt nicht gebrauchen konnte. Vergeblich bemühte sie sich um eine nüchterne Stimme. »Wie geht es deinem Bruder?«

»Ach, dem geht es gut. Wir warten alle so sehnsüchtig auf das Fest, das kannst du mir glauben!«

Wie sehr er es erwartete, hatte Emma mit eigenen Augen gesehen. Er fügte sich also dem Wunsch seiner Eltern. So wie es sein sollte. So, wie sie selbst es auch tun müsste, statt mit ihren heimlichen Buchhandlungsbesuchen das Schicksal herauszufordern.

Und doch träumte sie davon, wie sie Carl die alte Mineralwasserfabrik zeigen würde. Wie sie zusammen die verlassenen Hallen besichtigten, Seite an Seite, und während er die Aufstellung der Maschinen plante, ratterten in ihrem Kopf schon die Zahlen für die Finanzplanung. Lächerlich! Als würde sie davon etwas verstehen.

Unwillkürlich beschleunigte sie die Schrittabfolge auf dem Eis. »Warte!«, rief Louise atemlos – als sie beide angerempelt wurden. Louise strauchelte und zog Emma mit sich herunter. Zusammen mit ihnen landete noch ein weiterer Körper neben ihnen, so dass ein richtiges Kuddelmuddel aus Armen und Beinen entstand. Emmas Po beschwerte sich sofort über die unsanfte Landung, Louise schimpfte über ihren Bruder – der andere Körper gehörte ihm –, dann verstummte sie voller Verlegenheit. Emma schaute hoch. Natürlich. Antoine. Er machte einen kleinen Bogen auf dem Eis um sie herum und kam mit einem scharfen Bremsvorgang zum Stehen, so dass winzige Eissplitter von seinen Kufen hochflogen.

»Ach, Carl! Pass doch auf.« Er lachte. »Meine Damen – ich bitte für meinen tollpatschigen Freund tausendfach um

Entschuldigung.« Mit einem schalkhaften Gesichtsausdruck, als wäre er ein kleiner Junge, dem ein Streich gelungen war, streckte er seinen Arm aus.

Emma ignorierte seine Hand, dafür klammerte sich Louise dankbar daran und ließ sich hochziehen. Er schaute dennoch über ihre Schulter hinweg zu Emma, und der Blick seiner blauen Augen war so intensiv, dass sie glaubte, der Ozean darin wolle sie überschwemmen.

»Verzeihung, aber du hast mich geschubst, mein Freund«, meinte Carl, der sich mühte, wieder auf die Beine zu kommen, was ihm nicht gelang.

»Ach! Was redest du da«, hielt Antoine dagegen, ohne seinen Blick von Emma abzuwenden. Sie hielt diesem Blick stand, und es machte ihr Spaß, ihn herauszufordern, statt fromm die Lider zu senken. Tatsächlich war er es, der zuerst wegschaute. Allerdings nur, um sich an Carl zu wenden. »Natürlich bin *ich* es meistens, vor dem junge Damen reihenweise zu Boden fallen, aber dieses Mal ist das alles dein Verdienst.«

»Ein äußerst zweifelhaftes Verdienst«, entgegnete Carl und stützte sich mit einem Ellbogen auf dem Eis ab, um Halt zu finden. Sein Haar schien in alle Richtungen zu stehen, in den roten Strähnen hatten sich winzige Eiskristalle verfangen, die von Antoines Bremsen hochgeschleudert worden waren.

Emma kam auf die Beine, hob Carls Hut auf, den er beim Sturz verloren hatte, und half Carl hoch. Es brauchte zwei Anläufe, bis er aufrecht stand und sich an ihren Arm klammerte. Ein bisschen so, wie sie sich an ihn geklammert hatte, als er sie nach dem Zusammenprall mit dem Pferdewagen hochgezogen hatte. Und es erfüllte sie mit unbändiger Freude, jetzt für ihn die Retterin in Not zu spielen. Vor allem, da er anscheinend exakt dasselbe dachte.

»Dann sind wir wohl quitt«, hauchte er ihr zu.

Sie stülpte ihm seinen Hut über. »Ich bin gern behilflich.«

»Das ist gut zu wissen. Bedauerlicherweise bin ich noch nicht so geübt im Schlittschuhlaufen.«

»Meine Kehrseite hat das schmerzhaft zur Kenntnis genommen.« Sie grinste ihn an. Unmöglich, würde ihre Mutter schimpfen, solch ordinäre Körperteile in einer öffentlichen Konversation zu erwähnen! Ihm machte es offensichtlich nichts aus.

»Ich dagegen kann gar nicht sagen, was an mir *nicht* schmerzt, deshalb könnte die Aufzählung eine Weile dauern.«

»Sie werden es aber überleben, hoffe ich?«

»Mit etwas Glück und Ihrem Beistand – gewiss. Normalerweise ist Schlittschuhlaufen nicht unbedingt meine liebste Beschäftigung, aber Antoine hat mich dazu überredet, und ich glaube, ich ahne auch, warum.« Er schickte seiner Schwester einen neckischen Blick.

»Tatsächlich?« Louise senkte die Wimpern. Schon wieder fiel Emma auf, wie still sie geworden war, seit Antoine die Eisbahn mit seiner Anwesenheit beglückte.

»Als er erfahren hatte, dass du mit Fräulein Bergmann hingehen wolltest, war er von dieser aberwitzigen Idee kaum abzuhalten.«

»Aber selbstverständlich!«, rief Antoine übertrieben heiter aus, so dass Carls Worte darin beinahe untergingen. »Niemals würde ich mir an so einem herrlichen Tag etwas Spaß auf dem Eis entgehen lassen!«

»Vielleicht hättest du … Lust, mir das Schlittschuhlaufen beizubringen, Antoine? Ich bin so ungeschickt darin!« Zaghaft berührte Louise seinen Arm.

»Mit Vergnügen.« Er schob ihre Hand in seine Armbeuge, was sie noch mehr zum Erröten brachte, und schon bewegten sie sich fort, Seite an Seite, Schritt für Schritt. Sie gaben ein sehr schönes Paar ab, musste Emma zugeben, als sie den beiden hinterhersah. Obwohl Louise so still in seiner Gegenwart wurde, wirkten die zwei sehr zufrieden, beinahe in einem Einklang miteinander und der Welt, dass sie ein klein wenig neidisch wurde. Vielleicht wollte genau das ihre Mutter für sie? Diese tiefste Zufriedenheit, diesen Einklang, die Stille, die vereinte, statt zu trennen.

»Wollen wir auch eine Runde machen?«, hörte Emma Carl neben sich sagen und war ihm unendlich dankbar dafür, dass er ihr verlegenes Schweigen geschickt überspielte.

»Ja, machen wir eine Runde.« Sie nahm seine Hand. Seine Bewegungen waren sicherer als die von Louise, dennoch merkte sie, dass er achtgeben musste, nicht aus dem Takt zu kommen. Sie betrachtete sein Profil, die Wangenknochen, die Linie seines Kinns. Er hatte nicht diese verwegene Attraktivität von Antoine, dieses klassische Profil, das die Künstler und Dichter in ihren Werken nicht müde waren anzupreisen. Seine Schönheit war … leiser. Als wäre sie nicht jedem zugänglich. Nicht für jeden bestimmt.

Er musste ihren Blick bemerkt haben. »Was ist?«

Die Röte schoss ihr ins Gesicht. »Welchen Geschmack würde der Senf haben, der das Schlittschuhlaufen beschreiben sollte?« Beinahe verhaspelte sie sich und schämte sich ganz arg, so eine dämliche Frage gestellt zu haben. Wie kam sie nur auf den Gedanken?

Er sah nachdenklich in die Ferne und fand die Bemerkung offenbar gar nicht dämlich. Seine Bewegungen wurden eine Spur sicherer, sein Gleiten über das Eis geschmeidiger. »Ich glaube, er sollte eine feurige Note haben, finden Sie nicht auch?«

»Feuer und Eis? Das passt?«, neckte sie ihn, erleichtert darüber, dass er sie für diesen skurrilen Einfall nicht auslachte.

»Gegensätze ziehen sich an, habe ich gehört.«

»Von dieser Theorie halte ich wenig, mein Herr«, sagte sie mit gespielter Strenge.

»Tatsächlich?«

»Das eine würde das andere unweigerlich verändern, ihm seine Substanz rauben. Sie reden vom Feuer. Aber was ist mit dem Eis? Davon würde nur langweiliges Wasser zurückbleiben, oder nicht?«

»Da haben Sie sicherlich recht. Aber ist es nicht reizend, die Grenzen auszutesten? Zu schauen, was möglich ist?«

Ihre Schritte wurden immer langsamer, bis das Gleiten unter der alten Weide auslief. Nun standen sie da, dicht nebeneinander und plötzlich verstummt.

Was war das?

Es hatte keinen Namen. Das, was zwischen ihnen war.

Als bräuchte diese Welt keine Worte mehr. Als wäre alles schon da. Im Schwung seiner Lippen, die sich zu einem zärtlichen Lächeln verzogen hatten. In diesem kaum bemerkbaren Höcker auf seiner Nase, der seinen Zügen etwas Markantes gab. In den verblassten Sommersprossen.

»Sie sind so still, Fräulein Bergmann«, sagte er.

Ja, das war sie, und irgendwie fühlte es sich gut an. Nicht immer reden, dagegenhalten, etwas beweisen zu müssen. »Ich … ich glaube, ich war zu sehr in Gedanken.«

»Worüber haben Sie denn nachgedacht?« Sie spürte, wie er seine Finger bewegt hatte, mit denen er ihren Arm umschlossen hatte. Die Berührung drang durch den Stoff des Mantels an ihre Haut und breitete sich mit einer seltsamen Wärme bis zu ihrer Magengrube aus. Sie schluckte, überrumpelt davon, wie viel eine unschuldige Geste in ihrem Körper anrichten konnte.

»Über Ihre Worte. Ich habe über Ihre Worte nachgedacht.« Ihre Stimme klang mit einem Mal so rau. Sicherlich nur vom

Frost und vom Schlittschuhlaufen. »Darüber, was vielleicht möglich ist. Was möglich sein könnte. Und wie weit man gehen sollte, um die Grenzen auszutesten.«

»Zum Beispiel?« Seine Finger rutschten den Ärmel bis zu ihrer Hand hinunter, er ergriff sie, und ihre andere Hand ebenfalls. Es fühlte sich an wie in einem Tanz, nur ohne Musik und Bewegungen. Sie holte die Luft.

»Wussten Sie, dass es in Lothringen keine einzige Senffabrik gibt?«, stieß sie hervor. »Ihre wäre die Erste. Sie haben das Wissen und die Erfahrung. Die besten Voraussetzungen, um erfolgreich zu sein!«

Er hielt den Atem an. Fast glaubte sie zu fühlen, dass sein Herz schneller zu schlagen begann. Vielleicht war es aber ihr eigenes, das ihr bis zum Hals pochte.

»Und was ist mit meinen Eltern?«, fragte er. Alle Geräusche schienen in die weite Ferne zu rücken, all das Lachen und die Rufe und der Tumult der Kinder. »Ich kann sie doch nicht im Stich lassen.«

Sie erwiderte den Druck seiner Hände. »Es gibt für alles eine Lösung. Für alles! Daran glaube ich ganz fest.«

Plötzlich war Antoine wieder da.

Erschrocken ließ Emma Carls Hände los, als hätte man sie beide bei etwas Unanständigem ertappt. Doch der junge Mann schien nichts zu bemerken. Hatte nicht die leiseste Ahnung, was für einen besonderen Moment er unwiderruflich zerstört hatte.

»Es tut mir so leid, deine Schwester so lange entführt zu haben, ich hoffe, du verzeihst es deinem alten Freund!« Er schob Louise Carl in die Arme, und die beiden mussten am Stamm der Weide Halt suchen. »Fräulein Bergmann! Sie sehen so verloren aus. Brauchen Sie Hilfe?« Er griff nach ihrer Hand, wirbelte sie herum, als wolle er zusammen mit ihr ein

194

Kunststück vorführen, und schlang seinen kräftigen Arm um ihre Taille.

Doch Emma fühlte sich sicher genug auf dem Eis, um unter seinem Arm hinwegzutauchen. Rückwärts lief sie einige Schritte von ihm fort. »Hilfe? Sie glauben, Ihre Hilfe kann mit mir mithalten?«

Er setzte ihr nach, wollte wieder nach ihr langen, doch sie schwang zur Seite, dass seine Hände ins Leere griffen und er in einen Kinderpulk rutschte. Schon schwirrten ein paar lachende Jungs um ihn herum und erschwerten das Vorankommen.

»Was ist denn nun mit Ihrer Hilfe, Herr Dupont?«, rief sie ihm zu, während er mit ausgebreiteten Armen dastand und sich nicht rührte, weil die Kinder wie Welpen eines Wurfs um seine Beine herumwuselten. »Sie sehen so hilflos aus!«

Über die Köpfe der Kinder hinweg sah sie zu Louise. Carl redete auf sie ein, doch sie schien ihn nicht zu hören. Ihr Blick haftete an Emma. Die Enttäuschung darüber, zurückgelassen zu werden, schien beinahe greifbar. Ihre Verletzlichkeit wirkte so blank, dass Emma einen eiskalten Stich in der Brust spürte. Entschuldigend hob Emma die Schultern, in der Hoffnung, Louise würde es verstehen: Sie hatte es nicht ausgesucht, sie wollte mit Antoine auf keinen Fall herumalbern. Leider hatte sie dabei nicht mehr darauf geachtet, wohin sie auf ihren Schlittschuhen glitt – und stieß mit jemandem zusammen.

»Entschuldigung!«, murmelte sie und drehte sich um.

»Mademoiselle! Wie schön, Sie zu sehen!«

»Monsieur Perrin!«

Fast hätte sie ihn nicht erkannt. Sein Filzhut saß schief, darunter lugte sein zerzaustes silbergraues Haar hervor. Die Brille hatte er abgelegt und kniff die ohne die Gläserstärke so schlecht sehenden Augen zusammen.

»Tut mir leid, Sie angerempelt zu haben. Ich war wohl zu abgelenkt. Habe ich Ihnen weh getan?« Am liebsten hätte sie ihm fürsorglich seinen Hut zurechtgerückt und den warmen Schal um seinen Hals geordnet, aber sie hinderte sich daran.

»Nein, nein. Wie geht es Ihnen? Was machen die 'ausaufgaben?«

»Mir geht es gut, ja.« Ihr Blick ruhte auf seinem faltigen, gütigen Gesicht. Wann auch immer sie ihn sah, wusste sie einfach nicht, wie sie ihm danken sollte. Für seine Nachhilfestunden. Für sein offenes Ohr. Für alles.

»Wen sehe ich da!«, hörte sie Antoines laute und so selbstsichere Stimme, als würde dieser ganze Platz ihm gehören. »Wenn das nicht Monsieur Perrin ist!« Er hatte sich aus dem Pulk der Kinder befreit, nickte dem alten Mann knapp zu und richtete sich vor ihnen zu voller Größe auf. Den Buchhändler überragte er dabei fast um zwei Köpfe, und es machte ihm sichtlich Freude, auf den Mann herabzusehen. »Monsieur Perrin. Ich dachte nicht, dass ich Sie in Metz je wiedersehen würde. Sie sind nicht nach Frankreich zurückgegangen?«

»Offensischtlisch nischt. Isch 'abe 'ier eine kleine Buch'andlung eröffnet.« Unentwegt zupfte er dabei an seinem Schal, als wäre die Begegnung mit Antoine ihm schrecklich unangenehm. Wie gern hätte Emma ihm beigestanden – nur wusste sie nicht, wobei. Als wäre ihm seine Unsicherheit selbst aufgefallen, ließ er die Arme sinken und versuchte, Antoine anzuschauen, ohne die Augen zu sehr zusammenzukneifen. »Aber Sie 'aben rescht, dass wir uns noch einmal begegnen, 'ätte niemand vorhersehen können – Büscher waren noch nie Ihre Freunde. Nischt wahr, Monsieur Dupont?«

»Ich bevorzuge Herr Dupont. Monsieur Dupont ist mein Vater, der hinter all seinen Weinreben anscheinend verpasst hat, zu welchem Land der Boden, auf dem sie wachsen, gehört. Er pocht so sehr auf sein *Französisch*, dass es schon unsagbar peinlich ist.«

»Ein Segen für ihn, dass Sie sisch endlisch mit der politischen Geographie auskennen, 'err Dupont. Meine geschätzten Kollegen und isch waren damals am Verzweifeln. Was 'ätten wir nur getan, wenn Ihr 'err Vater uns nischt zur Seite gestanden 'ätte, Sie auf Ihrem schulischen Weg durschzubringen.«

Antoine verzog das Gesicht zu einer Grimasse, als hätten Perrins Worte einen wunden Punkt in ihm getroffen, den er mit allen Mitteln zu verbergen suchte. »Er steht einem sehr gerne zur Seite, das stimmt. Mit allen Mitteln, die er hat.«

»Mit allen Mitteln. Oh ja.« Das Gesicht des Buchhändlers wirkte hart. Seine Falten zerfurchten die müde Haut wie Schluchten. Noch nie hatte Emma den alten Mann so unnachgiebig gesehen. »'aben sisch denn seine Bemühungen bezahlt gemacht?«

Rasch drehte Antoine den Kopf weg. Während diese Begegnung Monsieur Perrin um Jahre altern ließ, schien Antoine zu einem unsicheren Schuljungen geworden zu sein, der unerwartet vor der Tafel abgefragt wurde. Unsicher, ja. Und schrecklich verletzlich. Er musste sich sichtlich sammeln, um auch nur ein winziges Stück seines früheren Selbstbewusstseins zurückzugewinnen. »Ich studiere Rechtswissenschaften an der Kaiser-Wilhelms-Universität in Straßburg«, verkündete er hochtrabend. »Also ja. Durchaus.«

In Perrins Blick veränderte sich etwas. Als würde auch der alte Mann nur noch einen kleinen Jungen vor sich sehen, der einem nur leidtun konnte. »Auch eine Möglischkeit, den Mitteln und Methoden Ihres Vaters zu entkommen, 'ab isch rescht?«

Antoine schnaubte geräuschvoll. »Ich glaube nicht, dass ...«

»Sie brauchen keinen Rat, isch weiß«, unterbrach ihn Monsieur Perrin und schaute ihm dabei tief in die Augen. »Nischts-destotrotz: Irgendwann müssen Sie aufʼören, sisch vor Ihrem ʼerrn Vater zu verstecken und endlisch Ihr Leben leben.«

»Aber ich verstecke mich doch nicht! Ich lebe mein Leben!« Seine Stimme klang ungehalten. Und viel zu hoch, als dass seine Empörung echt sein könnte. »Und bei allem Respekt: Es ist wirklich ein ganz wunderbares Leben! Können Sie das auch von Ihrem Leben behaupten, wo sie früher doch so herumposaunt haben, dass zu unterrichten Ihre Passion sei?«

Doch seine Worte konnten Monsieur Perrin nicht mehr verletzen. Emma und der alte Buchhändler tauschten Blicke, und unvermittelt sah sie Louises Gipsrelief in aller Deutlichkeit vor sich. Antoines Maskengesicht, vor Angst und Qual ganz verzerrt, sah seinem jetzigen Antlitz erschreckend ähnlich.

»Nun, nun.« Monsieur Perrin drehte sich weg.

»Das mit den Karikaturen tut mir leid!«, stieß Antoine hervor, als müsste es heraus. Als würde in ihm etwas kaputtgehen, sollte er es nicht aussprechen. Er atmete durch. »Ich war es. Aber ich wollte das nicht! Wirklich nicht!«

Monsieur Perrin erstarrte, als hätte er sich in Stein verwandelt. Dann ging ein Ruck durch seinen Körper. Mit hölzernen Schritten, ohne sich umzudrehen, lief er vom Eis. Emma sah, wie er die Bank erreicht hatte, sich hinsetzte und mit hastigen Griffen die Schlittschuhe abmachte. Die Lust auf die Eisbahn war ihm wohl vergangen.

Ihr seltsamerweise auch, obwohl sie nicht wusste, was da gerade passiert war.

»Sie kennen Monsieur Perrin?«, fragte sie, als der alte Mann sich anschickte, den Platz zu verlassen. »Was für Karikaturen haben Sie gemeint?«

Antoine schluckte. Doch zu einer Antwort kam er nicht.

Strauchelnd tauchten die Seidel-Geschwister auf, wobei Louise auf den letzten Metern ihren Bruder losließ, um sich von Antoine auffangen zu lassen.

»War das nicht der alte Perrin gerade?«, flötete sie ihm atemlos entgegen und drückte sich an ihn, als hätte sie gänzlich verlernt, auf Schlittschuhen zu stehen.

»Ja.« In Antoines Blick stieg etwas Kummervolles auf, als würde er … den Mann vermissen. Dann schüttelte er den Kopf, und der verletzte Ausdruck wich endgültig zurück. Der unerschütterliche, vorlaute Antoine war wieder da.

»Monsieur Perrin war mein Lehrer auf dem Lyceum«, erklärte er an Emma gewandt, aber das hatte sie geahnt.

»Dass er noch hier ist …«, murmelte Louise, während sie kokett den Hut richtete und an ihren Löckchen zupfte. »Wie lange ist es her, dass man ihn gebeten hat zu gehen? Na, so wichtig ist es nicht. Du hast ihn gehasst, Carl, nicht wahr?«

»Hassen ist ein schreckliches Wort«, murmelte er kaum hörbar. Überrascht sah Emma ihn an. Da war etwas. Für einen winzigen Moment. Als hätte Perrins Anblick auch bei ihm einen ganz anderen Carl hervorblitzen lassen. Den er aber sofort niedergerungen und im tiefsten Winkel seiner Seele wieder eingesperrt hatte.

»Ach komm schon, liebster Bruder!« Sie stieß ihn in die Seite, dass er strauchelte. »Ich weiß noch, wie du über ihn geschimpft hast, weil er dich bei jeder Kleinigkeit zu sich zitiert hat.«

»Bei jeder Kleinigkeit?« Antoine schnaubte, während Carl seinen Blick mied und bloß auf seine Schlittschuhe starrte. »Als dein Bruder meine Sitzbank angesägt hat, oder warte, als er einen Frosch in mein Schulpultfach gesetzt hat?« Er verzog die Miene, und Emma kam es vor, als müsste er sich dabei schütteln.

»Ach du meine Güte!« Louise lachte, doch niemand stimmte mit ein.

Es war so kalt.

»Perrin war ein guter Lehrer«, sagte Antoine unvermittelt.

»Dann ist es wunderbar, dass er jetzt *mein* Lehrer ist«, entgegnete Emma und hielt sogleich den Atem an. Warum hatte sie das gesagt? Zu gern hätte sie die unbedachten Worte zurückgenommen.

Louise kicherte, was irgendwie spitz und aufgesetzt klang. »So? Was lehrt er denn heutzutage? Ich wusste ja gar nicht, dass seine Fertigkeiten auch Stricken und Nähen einschließen.«

Emma funkelte sie an. »Vielleicht solltest du das nächste Mal mitkommen, wenn ich seine Buchhandlung besuche. Er hat beeindruckende Werke über Kunst. Sicherlich auch Abhandlungen über die Arbeit mit Gips.«

»Ach, Emma.« Louise verdrehte die Augen. »Schau nur, was Perrins Bücher mit dir anstellen. Du siehst so angesäuert aus. Das ist hässlich. Dabei hatten wir doch so viel Spaß miteinander!«

Louise legte ihren Kopf kokett zur Seite und musterte Emma vom Hut bis zu den Schlittschuhspitzen. Ihr Blick schien jedes Detail genauestens zu bewerten. Mit einem Mal schämte sich Emma für ihren Mantel, der schon bessere Tage gesehen hatte. Für die Schuhe, die abgetreten aussahen und an deren Sohlen die alten Kufen geschnallt worden waren.

Louise lächelte kühl. »Weißt du schon, was du zu unserem Fest anziehen wirst? Diese Lafferière-Robe vielleicht, die meine Schneiderin erwähnt hat? Wenn du mich fragst: Ich würde dir raten, dich in der nächsten Zeit lieber dieser Frage zu widmen als Perrins Büchern.«

Carl packte seine Schwester fest am Arm. »Ich bin mir sicher, Fräulein Bergmann kann auf deine Beratung in diesen Fragen gut verzichten.«

»Ich hege keine Zweifel daran, dass sie ganz bezaubernd aussehen wird!«, bekräftigte Antoine.

Nun füllte die Kühle auch Louises Blick aus. »Oh, darauf bin ich sehr gespannt.« Dann lachte sie ganz und gar ungezwungen und hakte sich bei Antoine unter. »Machen wir eine Runde? In deiner Begleitung fühle ich mich so sicher auf dem Eis!«

Er zögerte kurz, und erst als Louise ein langgezogenes »Bitteeee!« hervorgesäuselt hatte, nickte er widerwillig. »Natürlich.«

Emma schaute den beiden nach. Was war da gerade passiert, fragte sie sich und fand keine Antwort. Wen kümmerte es schon, wie ihr Mantel aussah und dass er kaum wärmte, wenn sie – wie jetzt – länger stehen blieb. Oder dass das Kleid, welches in der Stube hing, jedem Modeschöpfer Schweißausbrüche bereiten würde. Ganz egal, was Louise darüber dachte, sie würde sich nicht über das definieren lassen, was sie anzog! Trotzdem blieb eine seltsame Scham zurück, bloßgestellt worden zu sein.

»Fräulein Bergmann?« Sie zuckte zusammen und blickte zu Carl auf. Ohne es zu wollen, betrachtete sie seinen feinen Wollmantel, seinen Kaschmirschal, den fein ausgearbeiteten Hut. Alles Dinge, die vorher keine Bedeutung hatten, jetzt aber umso mehr wogen.

»Ja?«, antwortete sie kurz angebunden.

»Worin unterrichtet Monsieur Perrin Sie denn genau?«

»Mathematik. Französisch. Geographie.« Sie forschte in seinen Augen. Würde sie in seinem Blick dieselbe Missbilligung entdecken wie in dem seiner Schwester? War er zur selben Kälte fähig, ausgerechnet dann, wenn man es am wenigsten erwartete? »Aber Ihre Schwester hat recht, ich sollte mich wichtigeren Dingen des Lebens widmen. Zum Beispiel, was ich zu Ihrem großartigen Fest anziehen soll.«

»Louise redet manchmal, ohne nachzudenken. Ich möchte mich für sie entschuldigen.«

»Nicht nötig.« Sie wandte sich ab, gab sich Schwung und glitt zur Bank. Über die Schulter hinweg sah sie, dass Carl ihr nachkommen wollte, es aber nicht schaffte. Darüber war sie froh, und es dauerte kaum eine Minute, die Schlittschuhe aufzumachen und fortzugehen. Ohne noch einmal zurückzublicken. Ohne sich zu verabschieden.

Sie gehörte nicht zu diesen Leuten.

Das hätte ihr schon viel früher klarwerden sollen.

# Le Clos de l'Adret im Moseltal, 1909

## ANTOINE

DIE NACKTEN WEINHÄNGE zogen an ihm vorbei. In den Wintermonaten war er denkbar selten hier gewesen, und so nistete sich nach und nach ein merkwürdiges Gefühl der Unwirklichkeit in ihm ein. Die Landschaft schien wie verwandelt zu sein, irgendwie verwaist und blank. Als würde dieser Boden, dieses Gut, dem er sich näherte, von der Präsenz seines Vaters leer gesaugt. Wenn er in sich hineinhorchte, ging es ihm ähnlich: alles blank und kahl. Dabei wollte er sich für das bevorstehende Gespräch rüsten, sich keine Blöße geben und keine Angst zeigen.

Er verspürte nicht einmal ein Verlangen nach Alkohol. Gut so, dachte er sich – er musste klar genug im Kopf sein, um das Richtige zu tun. Endlich das Richtige.

Und dann?

Ja, was dann?

Die Frage nagte an seinem Innern. Er kannte das zu gut, sah bereits vor sich, wie er sich betrinken und letztendlich die Klappe halten würde, um dann zurück nach Straßburg zu fahren und die Farce von einem Studium weiterzutreiben. Alles wie immer. Wie unzählige Male davor.

*Irgendwann müssen Sie aufʼören, sisch vor Ihrem ʼerrn Vater zu verstecken, und endlisch Ihr Leben leben*, erklang die beinahe tröstliche Stimme seines alten Lehrers in ihm, so dass er die Augen schloss und den Kopf nach hinten lehnte, um ihr noch einen Moment länger beizuwohnen. Eine Stimme wie eine väterliche Umarmung, die er nie kennenlernen durfte. Sie hatte ihm all die Tage keine Ruhe gelassen, die Worte zwickten ihn, bis er zugeben musste, dass Monsieur Perrin recht hatte. War es sein Leben, das er da so lustlos vor sich herschob? Oder ein Dasein, das sein Vater ihm diktierte, nein, wie er es zu betonen pflegte: finanzierte. Dabei hatte das Studium ihm noch nie Spaß gemacht. Im Grunde genommen war er nur nach Straßburg gegangen, um genug Abstand zum elterlichen Haus zu bekommen. In Straßburg versteckte er sich in seiner kleinen Wohnung und zwang sich hin und wieder zu Vorlesungen, um den Schein zu wahren.

Sein Leben war wie eine Starre, die ihn befallen hatte. Und wenn er versuchte davonzulaufen, holte es auf und verhöhnte ihn. Er konnte das Gelächter sogar hören. Die Finger, die von überallher auf ihn zeigten …

Mit einem Mal war alles wieder da, der Klassenraum, die staubige Luft, der Schweiß, der auf seine Stirn getreten war, sein rasselnder Atem. Er hatte das Tischpult aufgemacht und dort, auf seinen Büchern, einen fetten Frosch entdeckt. Der Frosch glotzte ihn an, und an dem hellgrünen gräulichen Hals, direkt unter der feucht-schleimigen, dünnen Haut schien eine Blase zu beben.

Der Ekel schnürte ihm die Kehle zu.

Er dachte, er würde keinen Ton herausbringen, dabei hörte er einen Schrei. Ein Kreischen. Schrill und durchdringend. Und erst, als überall Lachen aufbrandete, wurde ihm bewusst, dass er es gewesen war, der da so geschrien hatte. Aber er konnte nicht damit aufhören, stolperte – weiterhin schreiend – von seinem Tisch weg, seine Füße verhedderten sich in den Riemen seiner Schultasche, fast wäre er hingefallen, wurde aber grob in den Rücken gestoßen. »Zurück zu deinem Frosch, du Froschfresser«, johlten die Stimmen um ihn herum. Er stützte sich mit beiden Händen am Tischpult ab, kniff die Augen zusammen, jemand säuselte »Küss den Frosch, küss den Frosch!« und machte schmatzende Geräusche. Antoine spürte die warm-feuchten Finger in seinem Nacken, die ihn nach unten zu drücken versuchten. Er schlug um sich, wie wild, wie von Sinnen. Dann riss er sich los und stürzte aus dem Klassenraum. Die grölende Menge – ihm dicht auf den Fersen, allen voran Carl, der mit dem Frosch in der Hand wedelte. Er hätte sich nicht umdrehen sollen. Carl nicht ansehen dürfen. Denn mit einem gezielten Wurf schmiss dieser ihm den Frosch ins Gesicht …

Antoine riss die Augen auf, keuchte. Mit bebenden Fingern wischte er sich über das Gesicht. Kein Angstschweiß. Und sein Atem hatte sich auch wieder beruhigt. Seltsam, was die Begegnung mit dem Lehrer auf der Eisbahn und diese Fahrt nach Hause in ihm auszulösen vermochten. Damals hatte Monsieur Perrin die Meute davongescheucht, den – nach all den Strapazen – toten Frosch genommen und Carl zu sich zitiert. Was auch immer der Mann ihm gesagt hatte – Carl hatte nie wieder so etwas gemacht.

Auch jetzt kam es Antoine vor, als würde sich Perrin zwischen ihn und seine Angst stellen. Natürlich. Im Grunde war sein Vater wie dieser Frosch von damals, er saß da – ob hinter seinem Arbeitstisch oder am Kopf des Esstischs –, starrte Antoine an und versetzte ihn allein mit seinem Anblick in eine Schockstarre. Es war längst an der Zeit, nicht mehr um sich zu schlagen und davonzulaufen, sondern sich zu befreien. Und das … *Leben zu leben.*

Antoine schmunzelte in seine eigenen Gedanken hinein, als säße Monsieur Perrin neben ihm im Wagen und würde in seinem besonnenen Tonfall auf ihn einreden. Ihm Mut machen.

Tief sog er die Luft ein, die nach dem Leder der Sitze und auch noch ganz schwach nach den Zigarren seines Vaters roch. Schon jetzt fühlte er sich ein Stück freier. Diese Luft zu atmen und keine Beklemmung zu verspüren, war definitiv ein Fortschritt.

Antoine straffte die Schultern und blickte nach vorn auf die Straße, die sich durch das Tal schlängelte und ihn seiner Freiheit Stück für Stück näherbrachte. Und als sich das Tor des Anwesens zeigte, ergriff ihn eine seltsame Vorfreude.

Bald würde alles vorbei sein.

Das Automobil hielt vor dem Haupteingang. Der Chauffeur ging schlurfend um den Wagen herum und öffnete die Tür. »Monsieur Dupont«, brummte er, »willkommen zu Hause.«

»Herr Dupont«, korrigierte Antoine ihn mechanisch und sprang aus dem Auto. Der Frost der letzten Tage war gewichen, es herrschte feuchte Kälte. Die kahlen Bäume streckten ihre unbeschnittenen Äste wie Skelettarme gen Himmel. Stumm und reglos standen sie da wie versteinerte Wächter des Anwesens.

»Na, ein wenig verwahrlost sieht es hier aus«, rief Antoine, und rieb sich die behandschuhten Hände.

Der Chauffeur hob gleichgültig die Schultern. »Ist viel Arbeit, so ein Gut instand zu halten.«

»Vielleicht sollte jemand sie endlich machen.«

Wieder nur ein Schulterzucken.

Seufzend wandte sich Antoine dem Haus zu. Unter dem grauen Wolkenschleier wirkte auch das imposante Gebäude eintönig grau. Als Antoine die Stufen zum Eingang hochstieg, ergriff ihn das Gefühl, er würde ein Geisterhaus betreten. Er schüttelte den Gedanken ab und drehte sich um. »Wo ist Florence?«

Der Chauffeur mühte sich, das Gepäck aus dem Wagen zu

wuchten. Bei Florences Namen verharrte er kurz über dem Koffer, den er gerade auf dem Weg abgestellt hatte. Dann richtete er sich auf, nahm seine Kappe ab und wischte sich über das schüttere Haar. »Das arme Ding!«

Antoine schluckte. Etwas drückte auf seine Brust, nahm ihm die Luft. Eine Vorahnung. »Was ist mit ihr? Nun red schon!«

»Musste gehen.« Der Mann nestelte am Griff des Koffers, als bräuchten seine knorrigen Finger irgendeine Beschäftigung. »Werde es nie vergessen, wie sie da in den Regen hinausgejagt wurde. Hatte nicht einmal einen gescheiten Mantel an, das arme Ding. Nur ihren Beutel mit ein paar Habseligkeiten. Klammerte sich daran und lief, lief, lief – bis sie nicht mehr zu sehen war.«

Mit einem Schritt war Antoine bei dem Chauffeur, packte ihn, am liebsten hätte er den Mann gegen den Wagen geschubst, konnte sich aber im letzten Augenblick bändigen.

»Hinausgejagt?«, fragte er mit einer belegten Stimme. »Wer hat sie hinausgejagt?«

»Na, die Herrschaften. Aber wie konnte sie auch bleiben. In ihren Umständen. Das arme Ding. Das arme Ding.« Er wiederholte es immer wieder, wie eine Litanei. Das Gesicht fahl, die Augen seltsam glasig, als sehe er noch immer einer schmalen Gestalt hinterher, die über den Kiesweg von diesem Anwesen fortlief.

Antoine machte auf dem Absatz kehrt und stürmte die Treppe hoch. Er riss die schwere Haustür auf, als wäre sie aus Seidenpapier, und lief durch die Eingangshalle. Noch im Gehen knöpfte er seinen Mantel auf, zerrte sich die Handschuhe von den Fingern. Mit jedem Schritt wirkte der Korridor enger und enger, je mehr er sich dem Arbeitszimmer seines Vaters näherte.

Er trat ein, ohne anzuklopfen.

Sein Vater saß gebeugt hinter dem Tisch. Vor ihm lag eine Pistole, die er akribisch reinigte. Schon immer hatte er sich gern mit Schusswaffen umgeben. Nicht diese verschnörkelten antiken Stücke, die sich andere gern an die Wände hängten. Sondern moderne, tödliche Dinger. Er pflegte sie mit einer Andacht, die er nicht einmal sonntags bei den Familienpredigten innehatte, sein persönliches Ritual, das er fast jeden Tag vor dem Abendessen wie ein Gebet zelebrierte.

Antoine trat näher, obwohl ihn etwas zurückzuhalten schien, so dass seine Schritte merkwürdig schwer wurden.

Sein Vater hob nicht einmal den Kopf. Mit konzentrierten Bewegungen polierte er den schwarzen Lauf der Pistole, während um seinen Mund ein leises Lächeln spielte.

Antoine schluckte. Ruhe, nur Ruhe, mahnte er sich, während sein Herz raste und seine Kehle sich trocken und kratzig anfühlte. Als hätte er geschrien, die ganze Zeit gegen die Wände dieses Hauses angebrüllt.

»Warum hast du Florence vor die Tür gesetzt?«, zischte er und biss so fest die Zähne zusammen, dass seine Kiefermuskeln weh taten.

Sein Vater beachtete ihn nicht. Vorsichtig fuhr er mit dem Tuch über jede Erhebung der Waffe, hielt sie kurz ins Licht und polierte weiter.

»Sprich! Warum musste sie gehen?«

Endlich legte der Mann die Pistole beiseite, lehnte sich in seinem Sessel zurück und legte den Kopf schräg. Nichts spiegelte sich in diesem Gesicht wider, keine Regung, kein Gefühl. »Das fragst du?«

Antoine schauderte es. Der Frosch hinter dem Tisch starrte ihn an, ohne zu blinzeln. Der Ekel kroch seine Kehle empor, er schluckte, immer wieder, aber es half nicht.

»Weil ich Gefallen an ihr gefunden habe?« Seine Stimme brach wie ein morscher Ast, auf den man aus Versehen trat. »Weil ich es hier nicht mehr ALLZU schrecklich fand?«

»Weil sie deinen Balg im Bauch trug.« Noch immer kein Blinzeln. Kein Zucken im Froschgesicht. Nur der Adamsapfel am väterlichen Hals bewegte sich hoch und runter unter der dünnen gelblichen Haut.

»Was? Florence war … schwanger?« In seinem Kopf wirbelte alles umher. Wie lange hatte er sie nicht gesehen? Wann war das passiert? Wie …

»Trächtig wie eine Kuh. Nur dass eine trächtige Kuh später noch von Nutzen sein könnte. Ein trächtiges Weib eher weniger.«

»Wie konntest du sie einfach so vor die Tür setzen? In ihrem Zustand! Was soll sie jetzt machen?«

»Was kümmert es mich denn? Schwanger kann sie nicht ihrer Arbeit nachgehen.«

»Aber …«

»Du machst mir Vorwürfe? Mir?« Sein Vater schnaubte. »Habe ich sie ins Bett gezerrt und bestiegen?« Wie beiläufig deutete er zur Tür. »Lauf ihr doch nach, wenn du möchtest – ich glaube, du hast die Tür noch offen gelassen. Es zieht.«

Antoine rührte sich nicht. Starrte seinen Vater an, der sich wieder über seine Waffe beugte. Nach einer Weile hob der Mann den Kopf und seufzte. »Du bist ja immer noch da. Auch gut. Die Köchin ist dir noch geblieben. Willst du sie gleich in dein Bett schleppen oder erst, nachdem sie das Abendessen zubereitet hat?«

Unwillkürlich ballte Antoine die Hände. »Lass die Späße. Ich muss etwas mit dir bereden.«

»So, so. Musst du das. Ich habe zu deiner kleinen Hure nichts mehr zu sagen.«

»Es geht nicht um Florence. Ich … ich werde das Studium abbrechen.« Plötzlich war ihm zu warm in seinem Mantel geworden, siedend heiß fuhren die ausgesprochenen Worte durch sein Inneres. Seine Hände zitterten, nicht einmal die Fäuste konnten daran etwas ändern. Mit Wehmut dachte er an die Cognac-Flasche in der Bibliothek, nur einen Schluck zur Stärkung, dann würde es ihm besser gehen.

Nein!

Er wollte nicht schon wieder in den Rausch flüchten. Was er zu sagen hatte, musste er bei klarem Verstand sagen.

»Hast du gehört?« Seine eigene Stimme kam ihm ganz fern vor. Als wäre er es nicht, der die Worte da, eines nach dem anderen, ausstieß. »Ich werde nicht länger studieren.«

»Ich mag alt sein, aber ich bin nicht taub.« Die Bewegungen seines Vaters, mit denen er über die Pistole strich, blieben ruhig, bedächtig, konzentriert. Keine Geste zu viel. Die Fingerkuppen zeichneten den Lauf nach, tasteten über den Kniegelenkverschluss, fuhren zärtlich den Griff entlang, als würde er die Brust einer Frau liebkosen. Dann nahm er die Pistole in beide Hände, stützte sich mit den Ellbogen an der Tischplatte ab.

»Parabellum 08«, sagte er gedehnt, fast singend, als müsse er jeden Laut auskosten. »Diese Germanen sind barbarische Wesen, aber von Waffen verstehen sie was, das muss man ihnen lassen. Diese Schönheit hier wurde von einem Österreicher entwickelt und erst letztes Jahr in der kaiserlichen Marine eingeführt. Zehn Zentimeter Lauf, Kaliber neun Millimeter. Eine bemerkenswerte Entwicklung, die noch Geschichte schreiben wird, das sage ich dir.« Er hielt inne. Hob den Blick, der beinahe verträumt wirkte und die harten Züge weichzeichnete. »Weißt du, was ich an ihr so bewundere? Die klaren Linien. Die schlichte Ausführung. Dieser Kniegelenkverschluss – sieh mal – wenn man ihn nach hinten zieht, biegt er sich wie das Bein einer Frau, wenn sie sich vor einem rekelt. Ja, die Kleine zickt manchmal, aber das sei ihr gegönnt. Das verzeih ich ihr gern.«

Er schaute in den offenen Verschluss und nickte zufrieden. Während er mit einer Hand die Vorrichtung hielt, legte er mit der anderen eine einzelne Patrone in den Lauf. Es klackte trocken, als er das Kniegelenk wieder in die ursprüngliche Position brachte. »Diese Waffen sind die Perfektion selbst. Sie erfüllen ihren Zweck, sie tun das, was man von ihnen erwartet, sie gehorchen einem ohne Worte, ohne langatmige Konversationen und Überredung.«

Langsam erhob sich der Mann und ging um den Tisch herum. Antoine musste sich zusammenreißen, um nicht zurückzuweichen. Nur wenige Zentimeter entfernt blieb sein Vater vor ihm stehen.

»Selbstverständlich wirst du dein Studium beenden«, sagte er, während der Blick seiner stahlgrauen Augen ihn langsam abtastete.

Wie ein Frosch, der über einen kriecht, dachte Antoine. Dieses Mal konnte er es nicht verhindern. Sein Körper schüttelte sich fast ohne sein Zutun, und der Ekel hatte seine Zunge mit einer bitteren Schicht belegt.

»Hast du mich verstanden, Sohn?«

Ganz fern vernahm Antoine den Duft seiner Mutter an diesem Mann, Kölnisch Wasser und ein Hauch von schwermütigen Lilien – und den beißenden Geruch der Zigarren, als wollte der Vater mit dem Dunst jede Note seiner Mutter von sich tilgen. Seine Mutter … Sie hatte ihm Kraft gegeben, *alles wird gut, alles wird gut*, hatte sie auf ihn eingeredet, während er in ihren Armen geweint hatte.

Alles wird gut.

Er musste sich ein für alle Mal befreien, ganz egal, was danach kommen mochte.

»Ich bin nicht so schwer von Begriff.« Antoine wunderte sich, wie gefasst er klang. »Aber das Studium werde ich nicht beenden. Das Einzige, was ich wohl beenden sollte, ist diese Unterhaltung hier.«

»Gut, gut. Dann beenden wir sie.« Sein Vater drehte sich wieder zum Tisch um, verharrte einen Augenblick … bevor er in der nächsten Sekunde mit der Hand ausholte und den Knauf der Pistole gegen Antoines Kopf schmetterte.

Der Schmerz explodierte in seinem Schädel.

Alles drehte sich.

Für einen Moment wusste Antoine nicht mehr, wo er war, was er hier tat. Wie durch einen Nebel hörte er seine Mutter schreien, hastige Schritte … Aber vielleicht war er es, der geschrien hatte, und die Schritte – die hatte er sich bloß eingebildet.

Noch bevor sich seine Gedanken klären konnten, schlug sein Vater erneut zu. Antoine taumelte gegen den Tisch, versuchte, sich abzustützen. Seine Hände suchten nach Halt und stießen einen Papierstapel zu Boden. Es rauschte. Es rauschte in seinem Kopf wie ein Wasserfall, während etwas Warmes seine Wange hinablief, und es waren nicht seine Tränen. Er weinte schon lange nicht mehr, er war doch kein Kind.

»Na, willst du jetzt doch lieber reden, oder soll ich weitermachen, bis du mich darum anbettelst?«

Kraftlos drehte sich Antoine um, fuhr sich mit den Fingern über die Schläfe, spürte das Blut, das sein halbes Gesicht mit einer klebrigen Schicht überzog und in den Kragen floss. Auf dem linken Auge sah er kaum noch etwas, nur undeutliche Schemen, eine Silhouette, die wie ein Gespenst auf ihn zu rückte. »Du bist ja so still, Sohn«, zischte das Gespenst. »Ich höre dich nicht.«

»Das Studium ist aus«, keuchte Antoine.

»Das sehe ich anders.« Sein Vater holte wieder aus.

Antoine duckte sich. »Aufhören!«

Sein Schrei brannte in seiner Kehle.

Aus dem Augenwinkel sah er, wie sich die Hand, die ihn schlug, ein Stück senkte. »Es lohnt sich also nach wie vor, ein bisschen Vernunft in dich hineinzuprügeln. Gut zu wissen.«

»Aufhören ...«, flüsterte er und schlug seinem Vater die Waffe aus der Hand. Die Pistole schlitterte über den Parkettboden. Im nächsten Augenblick traf eine Faust ihn in die Magengrube. Er riss den Mund auf. Kalter Zigarrendunst umnebelte seinen Kopf. Irgendwo, ganz fern, der Geruch seiner Mutter. Kölnisch Wasser und die schwermütigen Lilien. Noch ein Schlag in die Magengrube. Er würgte. Gleich würde er auf diesen Parkettboden kotzen.

»Schluss!« Kein Schrei mehr, nur ein verzweifelter Gedanke am Rande seines Verstandes. Er sammelte seine Kraft, warf sich gegen seinen Vater. Fest umschlungen krachten sie auf den Boden. Sein Vater schlug mit dem Kopf gegen einen Stuhl, stöhnte. Dieses Stöhnen, dieses Zeichen der Schwäche, war wie ein Funke, der etwas in ihm zum Lodern brachte. Als wären seine Adern Zündschnüre, die Feuer gefangen hatten. Er grub die Finger in die Haare seines Vaters, schlug seinen Schädel gegen das Parkett. Eine Hand packte ihn an der Kehle und drückte ihm die Luftröhre zu. Er wollte sich losreißen und schaffte es nicht, hilflos tastete er umher. Er hatte vergessen, dass dieser Mann immer die Oberhand behielt, er hatte die Schläge mit dem Gürtel vergessen, die blutige Striemen auf seinem Rücken hinterlassen hatten, er hatte den gebrochenen Arm vergessen, als seine Versetzung im Lyceum gefährdet war.

Seine zitternden Finger ertasteten kalten Stahl. Die Pistole ... verzweifelt umklammerte er die Waffe. Ob er es schaffen würde, sie zu heben? Sein Vater packte den Lauf, bog Antoines Arm … Nein, nein, pochte es dumpf in seinen Schläfen. Er durfte nicht nachgeben, er musste versuchen, die Waffe von seinem Kopf abzuwenden, sie nach unten schieben … jeder Muskel – bis zum Zerreißen angespannt … er würde es nicht schaffen …

»Keine Sorge«, knurrte sein Vater ihm ins Ohr. »Ich werde dir noch die Manieren beibringen, mein Sohn. Es ist nie zu spät, Gehorsam zu lernen.«

Antoine kniff die Augen zusammen, versuchte, die Pistole von sich wegzudrücken, sie zerrten und rissen an der Waffe …

… bis der Schuss fiel.

## Metz, 1909

### EMMA

Ein paar Wochen nach der Eisbahn kam der Seidel'sche Botenjunge wieder. Frech grinste er Emma über den überdimensionierten Karton hinweg an, den er in den Händen balancierte.

»Für Fräulein Emma Bergmann«, verkündete er feierlich. »Persönlich in ihre Hände abzugeben. Sind Sie Emma Bergmann?« Prüfend kniff er die Augen zusammen und inspizierte sie von Kopf bis Fuß, als suche er nach einem Etikett, das irgendwo an ihr angebracht sein musste.

Emma nickte, etwas überrumpelt von seinem Auftreten, und bedeutete dem Jungen, den Karton in der Stube abzustellen. Schon streckte er seine Hand aus, um sein Trinkgeld zu empfangen, als Emmas Mutter aus der Küche trat. Sie blieb auf der Schwelle stehen, die Hände in die Hüften gestemmt und mit einem Gesichtsausdruck, als hätte mitten im Raum ein Blitz eingeschlagen. »Was ist das denn?«

Ratlos zuckte Emma die Schulter und suchte nach ein paar Pfennigen, doch ihre Mutter scheuchte den Burschen davon und machte schnell die Tür zu, als hätte sie Angst, der Karton würde dem Jungen hinterherhuschen.

»Nun sag was, wenn man dich fragt!« Sie schlich um den Tisch herum, einen gebührenden Abstand zur unerwarteten Lieferung wahrend. »Oder steh nicht so dumm da und mach es auf.«

Zugegeben, die Neugier zwickte auch sie ganz fürchterlich,

also nahm sie den Deckel ab. Skeptisch betrachtete sie mehrere Lagen Seidenpapier und den Briefumschlag, der in der Mitte platziert worden war. Ihr Name stand auf dem Couvert, ansonsten gab es keine Hinweise darauf, was es mit diesem Paket auf sich hatte.

»Wenn du weiter so langsam machst, sind wir zum Abendessen immer noch nicht schlauer!«, drängte ihre Mutter. Emma öffnete den Umschlag. Dasselbe schwere Papier wie bei der Einladung, dieselbe Prägung, die einem Wappen glich, eine geschwungene, sichere Handschrift – und nur wenige Zeilen:

*Sehr geehrtes Fräulein Bergmann,*
*auf diesem Wege bitte ich Sie tausendmal um Entschuldigung wegen des ruinierten Teekleides.*

*Hochachtungsvoll,*
*Carl Seidel.*

*PS Ich hoffe sehr, dass Sie sich damit nun keine Gedanken mehr um Ihre Garderobe machen müssen und sich ganz und gar Perrins Büchern widmen können.*

»Emma! Emma, sieh nur!« Ihre Mutter quietschte auf wie ein kleines Kind, das sich plötzlich in einem Süßigkeitenladen wiederfand. Ein Geräusch, das Emma zusammenzucken ließ. Sie schaute über den Briefrand auf und schlug sich erschrocken eine Hand vor den Mund. Ihre Mutter hatte den Inhalt aus dem Karton ans Licht gezerrt und präsentierte voller Stolz Lafferières goldenes Kleid. Der kostbare Stoff schimmerte in einem seidigen Glanz im fahlen Tageslicht, das durch die Fenster drang. Unzählige Glasstifte, Pailletten und Perlen, aus denen der aufwendige Vogel gestickt worden war, funkelten wie kleine Edelsteine.

Emma senkte die Hände, ohne imstande zu sein, den Blick vom Kleid abzuwenden. Auf einmal wirkte die heimische Wohnstube trist und kahl. Dieses Gewand war sichtlich eine ganz andere Umgebung gewohnt. Es gehörte nicht hierher, nicht zu ihr.

»Es passt mir nicht.« Ruckartig wandte sich Emma ab, weil sie den Anblick des Kleides, das vermutlich mehr wert war als ihr gesamtes bisheriges Leben, wenn man es in Geld umrechnete, nicht mehr ertrug.

»Rede keinen Unsinn!« Mit dem Kleid in den Armen schwebte die Mutter an ihr vorbei. Die Monsterkreation mit Rosen wanderte sofort in den Schrank, während der goldene Paillettenvogel den Ehrenplatz in der Stube einnahm.

»Ich kann es nicht annehmen«, stieß Emma hervor, während sich etwas in ihrer Brust heiß und schwer wie flüssiges Metall anfühlte. »Ich *werde* es nicht annehmen!«

»Natürlich wirst du das«, warf Mutter ihr über die Schulter hinweg zu und machte eine herrische Geste mit dem Arm, als würde sie damit jeglichen Widerspruch aus ihrer Welt ausschließen.

Emma mied es, das Kleid anzuschauen, bei dessen bloßem Anblick ihr schwindelig wurde. Am liebsten wäre sie aus der Wohnung gestürzt, um sich das alles nicht ansehen zu müssen. Doch dazu fand sie erst ein paar Stunden später eine Gelegenheit. Ihr Vater war noch nicht von der Arbeit zurückgekommen, und ihre Mutter hielt einen Nachbarschaftsplausch mit Hilde Rosenberger, um ihr von den Seidel'schen Avancen zu berichten. Emma schlüpfte in ihren Mantel und huschte nach draußen. Sie lief, schneller und schneller, als könnte sie das goldene Kleid, ihre Mutter, die alte Rosenberger ein für alle

Mal hinter sich lassen, und hielt erst an, als sie vor der Buchhandlung stand.

Das einfache Schild mit seinem Namen – *Émile Perrin* – war wie ein Versprechen, dass alles gut werden würde. Sie stieß die Tür auf, und die silberhelle Stimme der Glocke begrüßte sie wie eine Vertraute. Der Geruch von Büchern und Kamillentee wehte ihr entgegen, und sobald sie über die Schwelle trat, hatte sie die feuchte Kälte draußen bereits vergessen.

Monsieur Perrin war nicht zu sehen, dafür stolzierte Gusti zu ihr und rieb sich zur Begrüßung an ihrem Rock.

Emma hockte sich hin und streckte dem Tier ihre Finger entgegen. »*Bonjour, ma belle.*« Die goldgrünen Katzenaugen schienen aufzuleuchten, als hätte das Tier nur darauf gewartet. Mit lautem Schnurren verlangte es nach Krauleinheiten. »Streichelt dich Monsieur Perrin denn etwa nicht, dass du so hungrig danach bist?«

»Monsieur Perrin tut nischts anderes, als diese Katze zu verwöhnen«, tönte es aus den Tiefen des Ladens, dann trat er auch schon zwischen den Regalen hervor. Als er lächelte, erstrahlte sein Gesicht mit einer väterlichen Wärme, die durch jede Falte herauszubrechen schien. »Schön, Sie 'ier endlisch wieder zu sehen.«

»Noch ein bisschen, und ich wäre zu Hause erstickt«, stieß sie hervor, richtete sich auf, um sich auf ihren Stuhl am Tisch fallen zu lassen.

»Eine Tasse Tee?«, schlug Monsieur Perrin vor. »Das ist immer die rischtige Ablenkung von trüben Gedanken.«

»Da haben Sie sicherlich recht.« Emma lehnte sich zurück, sog noch einmal die zauberhafte Buchhandlungsluft ein und konnte sich an der hier herrschenden Gemütlichkeit kaum sattriechen.

Gusti sprang ihr auf den Schoß und machte es sich dort

bequem, als hätte die Katze gespürt, dass ihre Zuneigung gebraucht wurde. Während Monsieur Perrin den Tee zubereitete, nahm Emma das oberste Buch vom Stapel, der all die Zeit auf sie gewartet zu haben schien – ihre Notizen und Berechnungen lugten immer noch zwischen Geographie und französischer Grammatik hervor. Das Schnurren von Gusti vibrierte durch ihren Körper und trug alle Sorgen und Zweifel davon. Warum nur konnte sie allein in dieser Buchhandlung die Emma sein, die sie war? Und warum musste sie draußen stets vorgeben, die Emma zu sein, die andere in ihr sehen wollten?

Monsieur Perrin brachte den Tee. Ohne viele Worte stellte er die Tassen ab und vertiefte sich in seine Arbeit. *Bilanz für 31. Dezember* 1908 stand ganz oben in einem großen karierten Buch mit Zahlenreihen. Das Kratzen seiner neumodischen Schreibfeder wurde nur von Gustis Schnurren begleitet.

»Vermissen Sie das Unterrichten am Lyceum?«, stieß Emma mit einem Mal hervor.

Ohne sich zu rühren, schaute der Buchhändler sie durch seine runde Brille an. Kurz dachte sie, er hätte womöglich gar nicht gehört, was sie gefragt hatte, sondern nur über seine Bilanz 1908 nachgedacht.

»Jetzt nischt mehr so sehr«, sagte er endlich. Sein Blick wirkte verloren irgendwo in der Vergangenheit. Mit einem Mal wirkte er älter, als er in Wirklichkeit war, die Falten gruben sich tiefer in sein Gesicht.

»Was ist passiert?«

»Es ist nischt mehr wischtig.« Er blinzelte, als wollte er Bilder, die vor seinem inneren Auge aufgestiegen waren, verdrängen. Dann wandte er sich wieder den Bilanzen zu.

»Tut mir leid, ich hätte nicht so neugierig sein dürfen«, murmelte Emma beschämt.

Sein Schweigen zeigte ihr mehr als deutlich, dass es Sachen gab, die sie nichts angingen. Und dass sie ihre Nase nicht überall hineinstecken durfte, auch wenn Monsieur Perrin ihr manchmal vertrauter als ihr eigener Vater erschien.

»Isch glaube, ich passte nischt so ganz in die Grundsätze der *Arbeit am nationalen Raum*«, sagte er gedehnt, ohne von seinen Berechnungen aufzuschauen, als würde jedes Wort ihn eine große Überwindung kosten. »Vermutlisch geörte ich *zur fremdländischen Tünsche*, von der das starke Volkstum der Alemannen 'ier befreit werden sollte, damit das Land seine *eschte deutsche Farbe* zeigen konnte.«

In seiner weichen, tiefen Stimme lag Bitterkeit, die Emma noch nie so bei ihm gehört hatte und die ihr schwer zusetzte. Mit Sicherheit wusste er, dass auch ihre Familie im Zuge der *Arbeit am nationalen Raum* hergekommen war. Euphorisch hatten ihre Eltern damals von einer wichtigen Aufgabe gesprochen, als hätte der Kaiser persönlich sie beauftragt, das Reichsland Elsass-Lothringen in den preußischen Schoß zu führen. Es sollte eine Veränderung sein. Sie wollten in der Fremde ganz von vorn anfangen. Doch den Neuanfang schafften sie nicht, kurz danach kehrte die drückende Stille zurück. Einander anzuschweigen war wohl einfacher, als darüber zu reden, was sie voneinander trennte.

Ähnlich wie sie kamen unzählige altdeutsche Bürger, wie sie sich voller Stolz bezeichneten, ins Reichsland und hatten einheimische Beamte in der Verwaltung, Justiz, bei der Eisenbahn und Post ersetzt – natürlich blieben auch Schullehrer nicht davon verschont. Und nun schämte sich Emma dafür, dass ihr nie wirklich bewusst gewesen war, wie viele Lothringer den neu Zugezogenen Platz machen mussten, wie viele dadurch aus ihrem geordneten Leben gedrängt worden waren.

»Das tut mir wirklich sehr leid«, sagte sie, obwohl sie selbst hörte, wie hohl das klang.

»Muss es nischt, muss es nischt.« Er nahm seine Brille ab und putzte sie ausgiebig, den Blick weiterhin auf die Seiten seines Bilanzbuches gerichtet.

»Was war da … mit den Karikaturen, die Antoine auf der Eisbahn erwähnt hat?« Sie biss sich auf die Lippe, doch da waren die Worte bereits ausgesprochen. Unsicher drückte sie Gusti an sich. Die Katze hob den Kopf und blickte von ihr zu Monsieur Perrin und wieder zurück, als fragte sie sich, wer jetzt mehr ihren pelzigen Trost brauchte.

»Es war nur eine Frage der Zeit.« Er schüttelte den Kopf. »Isch wollte nischt, dass meine Jungen bloß nebeneinander lernten. Isch wollte, dass sie zusammen'ielten, egal ob … Preuße oder Franzose. Meine Einstellung war natürlisch nischt gern gesehen, sollte dieses Land doch *deutscher* werden. Wie passend, als in meinem Tisch plötzlisch Karikaturen entdeckt wurden, die den Kaiser verspotteten … Da war es vorbei mit meiner Lehrtätischkeit. Endgültisch.«

Nachdenklich drehte er seinen Federhalter in der Hand. »Die ganze Zeit 'abe isch gedacht, Carl Seidel 'ätte sie mir zugeschoben …«

»Carl?«, entfuhr es Emma. Nein, das hätte er doch niemals getan! Nicht Carl, den sie kannte … Sie hielt inne. Du kennst ihn nicht, redete eine leise Stimme ihr ein. Du willst nur den Carl, der mit dir in der Speisekammer den Senf verkostete. Antoines Bemerkung, Carl hätte seine Sitzbank angesägt, hast du bereitwillig verdrängt, nicht wahr?

Monsieur Perrin hob die Schultern. »Seine Familie erdrückte ihn schon immer mit ihrer Fürsorge, die Schule war für ihn der einzige Platz, um seine wilde Seite auszuleben. Um sich zu beweisen. Antoine stellte die perfekte Zielscheibe für seine … Späße dar.« Er rieb sich über die Lider. »Ach ja, isch 'atte schon meine liebe Mühe mit Carl Seidel.«

»Was hat Carl denn gemacht?«

»Fragen Sie ihn lieber selbst. Mit diesen Karikaturen 'atte er jedenfalls nischts zu tun, und es bringt mir Frieden, es jetzt zu wissen.«

»Aber warum hätte Antoine es tun sollen?«

»Sein Vater, nehme isch an. Antoine 'atte in vielen Fäschern Probleme. Das sah Monsieur Dupont nischt gern und 'at alles versucht, um die Lehrer zu *motivieren*, seinen Sohn … wie soll isch es sagen? … mehr zu fördern. Ich wollte seinen kostbaren Wein nischt, auch nischt seine anderen Zuwendungen. Antoine war kein dummer Junge, isch wusste, was in ihm steckte, dass er es auch selbst geschafft 'ätte. Aber seinem Vater ging das nischt schnell genug. Isch denke, er wollte misch loswerden, und Antoine 'atte keine andere Wahl, als seinem alten 'errn zu ge'orschen.«

Der Buchhändler machte wieder eine Pause, wollte noch etwas hinzufügen, doch dann schüttelte er den Kopf. »Ach, was reden wir da. Isch bin glücklisch 'ier, bei meinen Büschern. Und wenn isch 'eute Carl und Antoine sehe, dann weiß isch, dass isch alles rischtisch gemacht 'abe bei den beiden. Sie sind gute Menschen geworden. Das ist das Wischtigste.«

Er beugte sich über seinem Bilanzbuch, schon kritzelte seine Schreibfeder fleißig weitere Zahlen in die Spalten. *Klio E. Reiserts Patent* – stand auf der Seite eingraviert, und vor Emmas Auge tauchte die Werbung auf, die fast in jeder Zeitung abgedruckt worden war: *Patent-Füllfeder »Klio«! Bei der die Tinte nur dann zur Feder fließt und in der entsprechenden Menge, wie Sie dies haben wollen.* Wenn alles im Leben nur so einfach gewesen wäre – und in der den Dingen entsprechenden Menge.

Carl und Antoine.

So gute Freunde.

Mit einer schwierigen Vergangenheit. Aber wer konnte schon von sich behaupten, ein unbeschriebenes Blatt zu sein?

Eine Weile schaute sie dem Buchhändler zu, wie er fleißig Zahlen in die Spalten *Passiva* und *Aktiva* eintrug, die Berechnungen mehrfach überprüfte und ab und zu zufrieden nickte.

»War es schwer, eine eigene Buchhandlung zu eröffnen?«, fragte sie. Ob es mit einer Fabrik vergleichbar war? Sicherlich nicht, aber es machte sie dennoch neugierig.

»Isch 'abe all meine Ersparnisse dafür aufgebraucht. Es gibt Zeiten, da ist es nischt leischt, sisch über dem Wasser zu 'alten, da muss isch mir mit einem kurzfristigen Kredit aus'elfen. Aber isch will nischt klagen.«

»Und die Buchführung?« Sie deutete auf seine Berechnungen. Ob sie es lernen könnte? Auf einmal stieg die Aufregung in ihr auf, dieselbe Aufregung wie in den Momenten, wenn sie ihr Gesicht an die verdreckten Scheiben der verlassenen Fabrik drückte und in die leeren Hallen spähte.

»Es ist genauso schwer wie alles andere auch. Man muss wissen, was man tut.« Verschwörerisch grinste er ihr zu, so dass um seine Augen und Mundwinkel sogleich die Lachfältchen auftauchten. »Warten Sie!«

Er stand auf und verschwand zwischen den Regalen. Emma hörte ihn in den Tiefen des Ladens murmeln und hin und her gehen. »Ah! Da ist es ja.« Er kehrte zurück mit einem Buch und legte es vor Emma hin. *Finanzierung und Bilanz* stand darauf. Von einem gewissen Vintzelberg. »Erst 1906 erschienen. Etwas sagt mir, dass Sie es vielleischt interessant finden könnten.«

Ihr wurde mulmig zumute vor ihrem eigenen Überschwang. Das war doch nichts für sie! Emma schob das Buch von sich. »Das ist sehr lieb, aber ich bin mir nicht sicher ...«

Mit Nachdruck schob Monsieur Perrin es wieder ihr zu. »Aber isch mir umso mehr. Das reischt dann für uns beide, meinen Sie nischt auch, Mademoiselle Bergmann?«

»Emma.« Ehrfürchtig fuhr sie mit den Fingern über den Einband des neuen Buches. Ob sie es wagen sollte? Dieses Buch zu lesen, das so sehr herausschrie, nichts für eine Frau zu sein? »Nennen Sie mich doch einfach Emma.«

»Dann bin isch doch einfach Émile.« Er klopfte auf das Buch. »Viel Vergnügen mit der Bilanz, Emma. Du schaffst das schon, glaub mir. Und vielleischt findest du so 'eraus, was du wirklisch studieren willst.«

Sie schmunzelte und drückte Gusti noch fester an sich. Sonst wäre sie dem armen Émile noch um den Hals gefallen. Weil noch nie jemand so sehr an sie geglaubt hatte. Noch nie.

* * *

Die Kraftdroschke brachte Emma und ihre Eltern direkt bis zum Eingang der Seidel'schen Villa. Bereits hier schien eine merkwürdige Aufregung in der Luft zu liegen. Alle Fenster waren hell erleuchtet, und hinter den Vorhängen konnte Emma Umrisse von unzähligen Gästen erspähen. Ihre Mutter, die sonst kaum etwas einzuschüchtern vermochte, wirkte ganz kleinlaut. Sie bezahlte den Fahrer, der neugierig die Villa beäugte, und verharrte vor dem Eingang, während ihr Blick an der Fassade hin und her huschte. Emmas Vater hatte dagegen die Maske der Gleichgültigkeit aufgesetzt, in Gedanken hatte er sich vermutlich schon in eine ruhige Ecke verkrochen, wo ihn niemand beachtete und wo er niemanden zu beachten brauchte. Emma wünschte sich, sie könnte es ihm gleichtun.

In Lafferières Robe fühlte sie sich steif und fremd, als wäre sie nur ein Accessoire zum Kleid. Dabei saß es perfekt, schmiegte sich an ihre Figur wie eine zweite Haut. Dazu hatte die Mutter ihr eine schmale Perlenkette aufgezwungen – das einzige nennenswerte Schmuckstück, das sie besaß.

»Dann sollten wir mal.« Käthe Bergmann räusperte sich. Emma erwartete, dass ihre Mutter ihr wieder so etwas wie »Mach das Beste daraus« auftragen würde, stattdessen zeigte sich ein warmes Lächeln auf den Lippen dieser Frau, die zärtliche Gefühle sonst für Unsinn hielt. »Du siehst wundervoll aus, Liebes.«

»Danke, Mama.«

Es war ihr Vater, der schließlich die Treppe hochstieg und an der Tür klingelte – vom sinnlosen Herumstehen war ihm wohl zu kalt geworden. Das sommersprossige Dienstmädchen machte auf. Es trug ein dunkelbraunes, gestreiftes Kleid mit einer festlichen Schürze, ein Häubchen und ein so strahlendes Lächeln, dass Emma rätselte, wer da gerade aufgeregter war: diese Kleine oder die gesamte Familie Bergmann.

Im Flur wehte Emma eine stickige Luft entgegen, die mit vielen Gerüchen, Stimmengewirr und Musik gefüllt war. Das Dienstmädchen nahm ihnen die Mäntel ab, während ein weiterer Bediensteter bereitstand, um Emma und ihre Familie zum Festsaal zu führen. Glattrasiert, im tadellos sitzenden Frack und mit einer weißen Krawattenschleife am steifen Stehkragen schien er direkt dem *Handbuch für Herrschaften und deren Diener* entsprungen zu sein. Emma entging nicht, dass seine Ausstattung wohl mehr gekostet hatte als die Aufmachung ihres Vaters. Ähnliches hatte wohl auch der Diener gedacht, denn obwohl er seine Miene perfekt unter Kontrolle hatte, blitzte Geringschätzung in all seinen knappen Gesten durch. Kleider machen Leute, daran war nicht zu zweifeln.

Nicht nur die Dienerschaft, auch die Seidel'sche Villa schien heute in einem fremdartigen Glanz zu erstrahlen. Als würde der Prunk jede Spur der Seidels fortspülen. Käthe Bergmann betrachtete die Räumlichkeiten mit einem wohlwollenden Lächeln, als wären die Gastgeber auf ihr positives Urteil bezüglich der Ausstattung angewiesen. Emma dagegen hielt sich lieber im Hintergrund. Im Festsaal wurden sie sogleich von Wilhelmine und ihrem Mann in Empfang genommen, beide strahlend schön, gelöst, fröhlich. Wer auch immer das Porträt von ihnen gemalt hatte, hätte lieber diesen Augenblick wählen sollen: den Inbegriff der glücklichen Einigkeit.

»Wie wunderbar, euch heute bei uns begrüßen zu können! Es ist ein sehr bedeutsamer Abend für uns, und wir sind so froh, ihn mit euch teilen zu können.« Sicherlich sagten sie das Gleiche jedem ihrer Gäste. Doch Käthe Bergmann nahm diese Worte an, als galten sie nur ihr und ihrer Familie.

»Vielen Dank für die Einladung. Nun aber genug der Geheimniskrämerei. Was gibt es heute zu verkünden? Ich hoffe, wir werden nicht noch länger auf die Folter gespannt.«

Wilhelmine tauschte einen verschwörerischen Blick mit ihrem Mann aus, der ihr schelmisch zuzwinkerte. »Alles zur rechten Zeit«, erklärte er in seinem samtigen Bariton. »Jetzt nur so viel: Wir sind überaus glücklich! Fast hätten wir nicht mehr darauf zu hoffen gewagt, aber nun scheinen sich all unsere Träume zu erfüllen!«

Ihre Träume, wie treffend. Aber nicht die von Carl. Mit einem Mal kam ihr die Luft noch stickiger vor als vorhin. Sie musste sich zwingen, die beiden anzusehen und weiterhin zu lächeln. Das Glück umgab das Ehepaar wie ein Schimmer, der sie jünger, dynamischer, beinahe beflügelt zeichnete. Die Gläser klirrten, die Gäste machten den beiden Platz – als würde sich um sie ein unsichtbarer Sog bilden, dessen Epizentrum sie darstellten, alle Augen nur auf sie gerichtet, die dabei regelrecht aufzublühen schienen.

Wo war Carl? Suchend sah Emma sich um. Konnte er überhaupt noch atmen in diesem überfüllten Saal, in dem ihn jeder bedrängte, vielleicht sogar schon heimlich gratulierte? Sie konnte ihn nirgends entdecken. Die schwere Standuhr aus Eichenholz, die wie ein zweieinhalb Meter hoher Gardist die Tür bewachte, zeigte einundzwanzig Uhr.

Noch drei Stunden.

Dann würde es vorbei sein. Dann würde er dem Familienunternehmen gehören, und in seinem Leben gäbe es keinen Platz mehr für heimliche Senfverkostungen. Bei dem Gedanken daran wurde ihr ganz schwer ums Herz.

»Emma!«, tönte es glockenhell über all die anderen Stimmen hinweg, und sie sah, wie Louise auf sie zueilte. In ihren Augen lag ein verklärt-fiebriger Ausdruck, das Gesicht war gerötet, vielleicht von der Hitze oder auch von dem einen oder anderen Gläschen Champagner. Etwas befangen wartete Emma auf das Zusammentreffen, waren sie auf der Eisbahn doch nicht im Guten auseinandergegangen. Doch Louise ließ sich nichts anmerken. Zumindest äußerlich nicht, so stürmisch hatte sie Emma in die Arme geschlossen. »Du siehst bezaubernd aus, meine Liebe. Hoffentlich schleichst du dich heute nicht grußlos weg wie das letzte Mal, du kleines Aschenputtel.« War das eine der feinen Spitzen Louises? Doch bevor Emma darüber nachdenken konnte, hakte sich Louise bei ihr unter und schleppte sie durch die Menge nach hinten in den Saal, wo ein Quartett saß. »Komm, ich muss dir unbedingt etwas zeigen, ich bin so gespannt, was du dazu sagst!«

Ihr Ziel war eine Marmorsäule auf einem Rollbrett hinter den Musikern, die in ein Laken gehüllt war. Louise angelte sich vom Tablett eines der vorbeieilenden Diener zwei Gläser

Champagner, drückte eins davon Emma in die Hand und fasste das Laken an einem Ende an.

»Aber kein Sterbenswörtchen darüber verlieren!«, wisperte die junge Frau verschwörerisch und legte sich einen Finger auf die vollen Lippen. Dabei hätte sie fast den Champagner auf ihre Robe ausgekippt, was sie nicht zu bemerken schien. »Das soll eine Überraschung werden!«

Sie hob die Verhüllung an.

Darunter verbarg sich eine Schöpfung Louises: Ein Rad aus Gips, so groß wie eines der Silbertabletts, die die Dienerschaft herumtrug. Man brauchte kein Kunstkritiker zu sein, um zu verstehen, dass es für das Fuhrunternehmen der Familie stand. Seitlich entdeckte Emma eine Silhouette, die höchstwahrscheinlich Carl darstellte. Die Figur, ohne Beine, die aus einer der Speichen zu entstehen schien, breitete die Hände aus, um das Rad zu umarmen.

»Wie findest du es?«, quiekte Louise ganz aufgeregt. »Meinst du, Carl wird sich darüber freuen?«

»Das wird ihn … vermutlich völlig überrollen«, murmelte Emma und nahm einen großen Schluck vom Champagner, um ihre Verlegenheit zu überspielen. »Wie lange hast du daran gearbeitet?«

»Über ein Jahr! Ach, ich habe schon alles geplant. Wenn mein Vater es erst einmal verkündigt hat, rollt einer der Bediensteten das Kunstwerk in die Mitte, und während die Musiker Beethovens *Ode an die Freude* spielen, werde ich Carl gratulieren und ihn mit meinem Kunstwerk ehren. Ach, das wird herrlich! Ich kann mir schon jetzt den Gesichtsausdruck meines Bruders vorstellen!«

Das konnte sich Emma auch. Zu eindringlich tauchte das Bild vor ihrem inneren Auge auf, wie niedergeschlagen er wirkte, als er von seiner vorherbestimmten Zukunft im Familienunternehmen gesprochen hatte. Beim Gedanken daran wurde ihr das Herz schwer. Sie trank noch ein paar Schlucke und stellte fest, dass das Glas erschreckend schnell leer wurde, wenn sie versuchte, ihre Gefühle mit Alkohol zum Verstummen zu bringen. Doch Louise versorgte sie bereits mit dem nächsten.

»Ich bin so aufgeregt, Emma! Zum ersten Mal werde ich meine Kunst vor unzähligen Blicken der Menschen enthüllen. Ich freue mich so wahnsinnig über diese Gelegenheit! Carl wird …«

»Was werde ich?«, erklang seine Stimme hinter ihnen, und Louise senkte rasch die Hand mit dem Laken.

»Du wirst entzückt sein, wenn du Emmas Kleid siehst!«, flötete sie. »Schau mal, sieht sie nicht bezaubernd aus?«

Emma nippte am Champagner. Sie konnte ihm nicht einmal in die Augen schauen, denn darin würde er ihr Mitleid lesen, und Mitleid war vermutlich das Letzte, was er gebrauchen konnte. Dennoch bemerkte sie, dass er ihr zulächelte, obwohl ihm gerade nicht wirklich nach Lächeln zumute war. »Fräulein Bergmann sieht vor allem so aus, als bräuchte sie etwas frische Luft.«

»Ein wenig«, murmelte sie. Dankbar für die Gelegenheit, den stickigen Saal zu verlassen, die euphorische Louise zumindest einen Moment lang aus den Augen zu verlieren. Sie mochte das Kunstwerk, die fein ausgearbeiteten Details am Rad. Doch die Vorstellung davon, dass es Carls Schicksal für immer besiegeln sollte, machte sie schwindelig. »Der Champagner ist mir vielleicht etwas zu Kopf gestiegen«, schob sie schnell hinterher.

»Dann kommen Sie, ich begleite Sie auf die Terrasse. Schwesterherz, ich darf doch deine Freundin kurz entführen, nicht wahr?« Ohne auf Louises Antwort zu warten, reichte er Emma seinen Arm, und sie war ausnahmsweise mehr als dankbar, sich auf den großen, starken Mann an ihrer Seite stützen zu können. Sie sagten nichts, während sie den Saal verließen und den Flur entlanggingen. Nach einer Biegung mündete der Korridor in einem Salon, an den ein Wintergarten mit exotischen Palmen, gemütlichen Polstersesseln und einem Diwan, der orientalisches Flair vermittelte, anschloss.

Carl öffnete die Terrassentür und ließ Emma vorbei. Einen Moment lang mussten sich ihre Augen an die Dunkelheit draußen gewöhnen. Sie schlang die Arme um sich und trat näher an die Brüstung. Die Nacht hatte den Park buchstäblich verschlungen, der wolkenverhangene Himmel verschmolz mit der Umgebung, so dass die Finsternis unendlich schien.

»Geht es Ihnen besser?« Seine Stimme, so nah, vertrieb die Kälte und ließ eine Wärmewelle in ihr aufsteigen.

»Ja. Und Ihnen?«

Carl trat neben sie und stützte sich an der Brüstung ab. Sein Blick verlor sich irgendwo in der Dunkelheit. »Ich müsste mich glücklich schätzen, denke ich.«

»Und? Sind Sie glücklich?« Ihre Finger glitten unruhig über die Perlenreihe ihrer Kette hoch und herunter.

»Glücklich zu sein ist ein Privileg. Ich blicke einer abgesicherten Zukunft entgegen. Wie viele können nicht einmal das zu hoffen wagen?«

»Wagen Sie ruhig mehr!« Schon waren ihr die Worte herausgerutscht. Erschrocken hielt sie inne, merkte, wie sich seine Schultern anspannten. Er hielt den Kopf gesenkt, so dass sie sein Gesicht nicht sehen konnte. Die Stimmen der Feiernden klangen nur noch ganz fern. Als würde das Fest in eine ganz andere Welt gehören.

Irgendwo schlug eine Uhr zur vollen Stunde. Ein wehmütiger, klagender Ton, der etwas in ihrer Magengrube sich zusammenziehen ließ.

»Noch ist es Zeit«, hörte sie sich sagen, zog ihren Handschuh aus und tauchte ihre Finger in das Abendhandtäschchen, das sie um ihren Arm trug. Ihre Finger ertasteten die Senfkörner. Bevor sie und ihre Eltern die Wohnung verlassen hatten, hatte sie aus einem Impuls heraus zum Gewürzregal gegriffen und eine Handvoll Körner in ihre Tasche geworfen. Nur falls sich eine Gelegenheit dafür ergab – nun war sie da, diese Gelegenheit. Dennoch zweifelte Emma kurz, ob es das Richtige war, was sie da vorhatte. Ob es ihr zustand, sich einzumischen. Dann nahm sie ein paar Körner zwischen die Finger, griff nach Carls Hand und ließ die Kügelchen auf seine Handfläche fallen.

Völlig bestürzt sah er sie an. »Warum tun Sie das?«

»Weil es nicht um *eine* Zukunft geht, sondern um Ihre. Weil ich glaube, dass jedes Leben die richtige Würze gebrauchen kann. Und dass man jederzeit zu einem Wagnis bereit sein sollte!« Sie schloss seine Finger zu einer Faust. »Es sind nur Körner. Machen Sie *mehr* daraus.«

Völlig aufgewühlt sah er ihr in die Augen, betrachtete ihr Gesicht, jede Linie ihrer Züge, als wollte er darin etwas finden, was ihm bis jetzt verborgen gewesen war. »Wie kann es möglich sein?«, flüsterte er. »Dieses ... Mädchen ... es ist ...« Abrupt verstummte er.

Sie runzelte die Stirn. »Ich fürchte, ich bin immer noch Emma Bergmann.«

Sie schwiegen. Und es kam ihr vor, als würde er auf etwas warten. Auf ein Zeichen von ihr, auf ein Wort – vielleicht einfach auf ein kleines Wunder.

»Ich habe ein verlassenes Fabrikgebäude gesehen«, stieß sie hervor, und jede Silbe kostete sie mehr Überwindung als die alberne Geste vorhin, mit der sie die Senfkörner aus der Tasche geholt hatte. »Es ist nicht groß. Aber vielleicht … vielleicht passend, um Ihren Träumen genügend Platz zu bieten.«

Er senkte den Blick auf ihre Hände, die seine Finger umschlossen hielten.

»Wollen Sie es sehen? Dieses Gebäude?« Dass er nichts sagte, sich nicht einmal rührte, machte sie unsicher.

»Jetzt gleich?« Seine Stimme klang zweifelnd.

»Warum nicht?« Sie schluckte. »Außer Sie haben vor, die restliche Zeit damit zu verbringen, mit den Damen im Festsaal zu tanzen und auf die Mitternachtsankündigung zu warten.«

Sein Atem ging eine Spur schneller. Fast glaubte sie, den Schlag seines Herzens zu spüren, als würde das Pochen in ihr wie ein Echo nachklingen.

Kurz schaute er zu ihr hoch, dann wieder auf seine Handfläche. Da lagen sie, die winzigen Kügelchen, die sich in die Lebenslinien auf seiner Haut gegraben hatten. Und darüber – eine goldene Blume mit ihrer einfachen, filigranen Schönheit. Er schluckte. »Ich habe das Gefühl, dass unser Chauffeur gerade nicht viel zu tun hat.«

»Wie überaus passend«, flüsterte sie ihm zu.

Er hob die Augenbrauen. »In einer Viertelstunde am Dienstboteneingang?«

Sie nickte nur, auch wenn sie keine Ahnung hatte, wo der Dienstboteneingang war.

»Bis gleich.« Er fuhr herum und tauchte in die Tiefen des Hauses ein, ließ sie einfach auf der Terrasse zurück. Und es machte ihr überhaupt nichts aus. Sie wartete noch einen winzigen Augenblick, dann ging auch sie ins Haus. Die Dienstboten huschten hin und her, brachten den Herrschaften Champagner- oder Häppchennachschub auf Silbertabletts. In der Eingangshalle wartete das Dienstmädchen, um den Nachzüglern ihre Mäntel abzunehmen. Als es eine kleine Pause gab, bat Emma die junge Frau um ihren Mantel.

Das Dienstmädchen stutzte sichtlich. »Soll ich einen Burschen schicken, um für Sie eine Droschke zu besorgen, gnädiges Fräulein?«

»Nicht nötig. Aber wenn Sie mir verraten, wo der Dienstboteneingang ist und über unsere kleine Konservation Stillschweigen bewahren, wäre ich Ihnen mehr als dankbar.«

Was auch immer das Dienstmädchen bei diesen Worten gedacht haben musste – es ließ sich nichts anmerken. »Wie das Fräulein wünscht.«

Schon wurde Emma ihr Mantel gereicht. Sie folgte den Anweisungen – doch so leicht wollte das Schicksal es ihr nicht machen.

»Emma!« Louise hatte sie wohl entdeckt, als sie am Festsaal vorbeischleichen wollte, und eilte ihr hinterher. »Emma! Wo warst du? Wo ist mein Bruder?«

»Tut mir leid. Er hat mich auf die Terrasse gebracht und ist dann gegangen.« Beschämt wegen der Lüge, die sie da ihrer Freundin auftischte, kaute sie auf der Lippe.

»So? Das sieht ihm ja gar nicht ähnlich!« Ihre Stirn war verschwitzt, ihre Brust, in das Dekolleté des Kleides gezwängt, hob und senkte sich rasch.

»Ich glaube, er war sehr … aufgeregt wegen der bevorstehenden Ankündigung.« Noch eine Lüge, die ihr die Hitze in die Wangen trieb.

Louise deutete auf den Mantel in ihren Händen. »Was möchtest du damit?«

»Draußen ist es kalt, aber die frische Luft tut mir wirklich gut.« Sie merkte, wie sie endgültig zu stottern begann. »Die Hitze und die vielen Gäste machen mich ganz schwindelig. Ich bin solch große Empfänge nicht gewohnt.«

Eine Weile verharrten sie so nebeneinander. Emma wagte es nicht, sich zu rühren oder etwas Unbedachtes zu sagen. Wenn du es so verheimlichen musst, dann ist es doch falsch, oder? Das ungute Gefühl drückte mehr denn je auf ihre Brust, fast wollte sie herausschreien: Halte uns auf! Doch sie biss sich bloß auf die Unterlippe.

»Dann hoffe ich, du bist zur Ankündigung wieder da.« Louise lächelte flüchtig. »Verkühle dich nicht da draußen, so ganz allein.«

Schon rauschte die junge Frau davon.

Sei endlich vernünftig, flüsterte eine innere Stimme Emma zu, während sie Carls Schwester nachsah. Geh zurück zu den anderen Gästen und vergiss dein Intermezzo auf der Terrasse! Aber sie wollte es nicht vergessen.

Sie fuhr herum und lief zum Dienstbotenausgang, fort von den eigenen Zweifeln, von dieser Stimme, die sie umso dringlicher warnte. Sie stürzte buchstäblich aus der Tür und wäre sicherlich auf der Treppe gestolpert, wäre Carl nicht da gewesen, um sie galant aufzufangen.

»Sie sehen aus, als wäre Ihnen der Leibhaftige persönlich auf den Fersen gewesen.«

Nur mein Gewissen, hätte sie am liebsten geantwortet. Stattdessen murmelte sie: »Wir sollten fahren.«

»Ja. Das sollten wir in der Tat.«

Er nahm ihr den Mantel aus ihren verkrampften Händen und half ihr hineinzuschlüpfen. Sie dachte, ihr Herz würde sich langsam beruhigen, aber dieses närrische Herz pochte umso mehr, als seine Hände eine Spur zu lang auf ihren Schultern verweilten. Seine Nähe war so intensiv, dass sie kaum noch Luft zu holen wagte, als gäbe es in ihrer Brust keinen Platz mehr für einen weiteren Atemzug.

»Ich dachte schon, Sie würden gar nicht kommen«, raunte

er ihr zu, und sie glaubte, jede Silbe kribbelnd in ihrem Nacken zu spüren, als hätten nicht Worte, sondern seine Lippen sie berührt.

Emma antwortete nichts, sonst verriete ihre Stimme zu viel, zog ihren Mantel zusammen und schritt zum Automobil, das auf sie wartete. Der alte Chauffeur nahm seine Kappe ab, machte eine Verbeugung und öffnete ihr die Tür. Sie schlüpfte in das Innere des Wagens und hatte sogleich das Gefühl, im Ledersitz zu versinken. Kein Vergleich zu den eingesessenen, rissigen Sitzen einer Kraftdroschke, in der es oft nach dem Schweiß der unzähligen Menschen roch, die damit gefahren waren.

Als Carl auf der anderen Seite einsteigen wollte, hörte Emma den Chauffeur vor sich hin murmeln: »Was soll das nur werden? Ach je, ach je.«

»Ich weiß es nicht, aber ich lasse es auf mich zukommen«, antwortete Carl schelmisch. Mit einem Mal klang er wieder ganz nach dem jungen Mann, den sie im Armenviertel kennengelernt hatte. Einem jungen Mann, der das nächste Abenteuer kaum erwarten konnte und mit Zuversicht in die Zukunft blickte.

Er schlüpfte neben sie auf die Rückbank. Unwillkürlich atmete sie ganz tief seinen Geruch ein. Er roch nicht mehr nach seinem scharf-süßlichen Senf Düsseldorfer Art, aber etwas war da, was sie ganz nervös machte. Kein Parfüm, das so viele andere junge Männer auftrugen, um den Damen zu imponieren, nein, sein Duft wirkte viel natürlicher, und am liebsten wäre sie ein Stück näher an ihn herangerückt, um herauszufinden, was es war.

»Wo soll es denn hingehen?«, brummte der Chauffeur. Carl sah sie erwartungsvoll an. Rasch nannte sie die Adresse und hoffte, er hätte nicht bemerkt, wie sie in diesen merkwürdigen Phantasien um seinen Duft versunken war.

»Sicher? Um diese Uhrzeit?« Der Chauffeur räusperte sich. »Ihre verehrten Eltern wissen wohl nichts von diesem Ausflug, hm?«

»Fahr schon los, Albert«, sagte Carl gutmütig. Der Chauffeur machte die Tür zu und kletterte hinter das Steuerrad. Langsam glitt das Automobil durch den nächtlich-gespenstischen Park. Bald ließen sie das Grundstück hinter sich und holperten durch die einsamen Straßen. Die Häuser ringsherum versanken in der Dunkelheit, schienen die Fahrt stumm zu beobachten wie steinerne Wächter der schlafenden Stadt. Nur die Straßenlaternen spendeten ihr fahles Licht. Ein Licht, das beinahe schüchtern wirkte, wie es gegen die Nacht ankämpfte. Trotz der Modernisierung, trotz des ganzen Fortschrittes konnte es die Dunkelheit nicht gänzlich vertreiben.

Die Fahrt schien ewig zu dauern. Nach einer Weile veränderte sich die Umgebung, Fabriken und Arbeiterhäuser tauchten vermehrt am Straßenrand auf. Ein Bau glich dem anderen. Irgendwann blieb das Automobil stehen. Sie waren da. Der Chauffeur ließ den Motor an, als erwartete er, den Befehl zu bekommen heimzufahren. Nachdenklich blickte Carl zu Emmas Seite aus dem Fenster, obwohl er sicherlich nur einen Bruchteil des Gebäudes erspähen konnte.

Emma stieg aus, ohne darauf zu warten, dass ihr jemand die Tür öffnete, und machte ein paar Schritte auf die verlassene Fabrik zu. Mehr als Umrisse konnte man kaum sehen. Die Wände, die Fenster – alles so unwirklich in der Dunkelheit, so fremdartig.

Carl trat neben sie. Unter seinen Schuhsohlen knirschte der eine oder andere Kieselstein, ansonsten wirkte die Gegend so still, als wäre jedes Leben weit weg von hier. Als würde das ganze Metz den Atem anhalten, in demselben Augenblick, in dem der Chauffeur den Motor ausmachte.

Noch immer schwiegen sie, ihre Gesichter der schlichten Fassade zugewandt. Langsam kroch die Kälte unter Emmas Mantel. Verstohlen blickte sie zu Carl. Was er wohl dachte? Er hatte seinen Hut abgenommen, und der Wind verwuschelte sein Haar, spielte mit seinen Locken, wehte sie ihm in die Stirn. Die Nacht zeichnete seine Züge weich, die Augen waren dunkler als sonst und schier unergründlich.

»Es ist perfekt«, sagte er, als könnte er ihre Anspannung fühlen, als wüsste er, dass sie die Stille nicht länger ertragen würde.

Sie stieß die angehaltene Luft aus. »Natürlich müsste man die Räumlichkeiten sehen, um festzustellen, ob sie sich wirklich eignen, ob tatsächlich alle Geräte untergebracht werden können, aber was ich durch die Fenster erspähen konnte …«

Plötzlich nahm er ihre Hand in die seine. Der sanfte Druck seiner Finger ließ sie mitten im Satz verstummen.

»Es ist perfekt«, sagte er wieder. Sein Blick drang in ihre Seele und füllte sie mit einer unendlichen Zärtlichkeit. Etwas Großes war passiert. Etwas, was unmöglich noch jemand zurückzudrehen vermochte.

Der Chauffeur hatte sich eine Zigarette angezündet. Bei jedem Zug stiegen süßlich-herbe Wölkchen in die Nacht. »Wenn wir rechtzeitig zurück sein wollen, müssen wir bald los.« Seine Stimme klang vom Rauchen und der Kälte ganz rau. »Ihre verehrten Eltern sind bestimmt schon in Sorge und auf der Suche nach Ihnen.«

»Rauchen Sie in Ruhe zu Ende«, erwiderte Carl, ohne seinen Blick von Emma abzuwenden, was ihr Herz ganz und gar zum Flattern brachte. Dabei war es doch bloß ein Herz. Kein verschrecktes Vögelchen.

»Bin eh fertig.« Der Mann schnippte seine Zigarette weg. Der Stummel sprang über den Boden und sprühte Funken, bevor er gänzlich erlosch.

Carl schmunzelte und verdrehte die Augen. Die Tür stand noch offen, also deutete er bloß ins Innere. »Wollen wir dann?«

Nein, hätte Emma am liebsten geantwortet. Noch nicht. Aber es war spät. Umständlich stieg sie ein, der Saum des Kleides schien sich wie mit Absicht um ihre Füße wickeln zu wollen.

Während der Fahrt starrte Carl geradeaus, nachdenklich und ernst, aber auch sichtlich erlöst. Wenn der Schein der Straßenlaternen sein Gesicht erhellte, sah Emma, dass in seinen Mundwinkeln immer noch ein kleines Lächeln spielte.

Bald zeigte sich das Seidel'sche Tor, die hell beleuchtete Villa, in der das Fest wohl seinem Höhepunkt zustrebte. Unaufhaltsam, fiebrig, die Stimmen der Gäste schienen durch die Wände, Türen und Fenster zu dringen, das Lachen, die Musik.

Alles unwichtig.

»Ich werde eine Weile weg sein, wenn ich nach Dijon gehe«, sagte er, als sie vor der Tür standen.

Er hielt wieder ihre Hand. Sein Handschuh berührte den ihren. Zu viel Stoff zwischen ihren Fingern.

»Ich vermute, man wird mich immer noch in Metz vorfinden, wenn Sie zurückkommen«, entgegnete sie.

»Darauf hoffe ich sehr«, flüsterte er zurück.

Die Tür ging auf, ohne dass sie geklingelt hätten. »Gnädiger Herr …« Das Dienstmädchen lief rot an, als wäre sie in ein Techtelmechtel geplatzt, ohne es zu wollen, knickste rasch, stammelte los: »Ich bitte vielmals um Verzeihung, aber Ihre verehrten Eltern …«

»Ja, ja, ich weiß. Sie suchen bestimmt nach mir.« Zögernd ließ er Emmas Hand los und drehte sich um, als könnte er durch den Park über die ganze Stadt hinweg irgendwo da in der Ferne noch die Fabrik sehen. »Dann lasse ich sie nicht länger warten.«

Die Standuhr im Festsaal zeigte bereits fünf Minuten nach Mitternacht, und in Emmas innerem Ohr stieg die Stimme von Émile Perrin auf, wie er Gusti aus *Cendrillon ou la petite pantoufle de verre* vorlas. Der gläserne Schuh war verloren, die Kutsche längst ein Kürbis. Emma verharrte auf der Schwelle, umklammerte die Perlenkette, während sie zusah, wie Carl sofort von der illustren Gästeschar umringt wurde.

»Da ist er ja! Carl!« Sein Vater – strahlend, mit einem breiten Lächeln auf dem Gesicht – bahnte sich den Weg zu ihm. Kurz glaubte Emma zu sehen, wie Carl sich nach ihr umschaute, doch da hatte Herr Seidel seinen Sohn bereits erreicht, klopfte ihm erfreut auf den Rücken und schob ihn in die Mitte des Raums. Freudig hob der Mann das filigrane Champagnerglas in die Höhe und seine militärgeschulte Stimme donnerte durch den ganzen Saal. »Es ist so weit! Ich bitte um einen Augenblick Ruhe, meine Damen und Herren!«

Das Stimmengewirr ebbte ab, nur hier und da tönte ein Flüstern oder ein verhaltenes Hüsteln. Die Hand mit dem Champagnerglas der Decke entgegengestreckt, blickte Ehrhard Seidel zufrieden umher, der ungeteilten Aufmerksamkeit der Feiernden gewiss. »Unsere lieben Freunde, unsere verehrten Gäste! Dieses Fest sollte nicht nur unseren Umzug in dieses schöne Zuhause feiern. Dieses Fest wurde zu Ehren meines Sohnes ausgerichtet. Große Veränderungen kommen auf uns zu, und ich bin voller Freude, endlich verkünden zu können …«

Emma spürte, wie heftig ihr Herz gegen die Rippen trommelte, und genau in dem Moment einen Schlag aussetzte, als Carl seinem Vater eine Hand auf die Schulter legte. »Darf ich, wenn du erlaubst?«

Ehrhard Seidel senkte die mit dem Glas erhobene Hand ein Stück und nickte irritiert. Trat einen Schritt beiseite. Hinter ihnen rollte einer der Bediensteten unter Louises Anweisungen die Marmorsäule mit dem Kunstwerk heran.

»Danke.« Carls Blick glitt über die Gesichter der Versammelten. Zuletzt sah er seinen Vater an und seine Lippen schien ein stummes »Ich liebe dich« zu formen, bevor er entschlossen aufschaute. »Es gibt tatsächlich etwas Großartiges zu verkünden. Und ich möchte gar nicht lange drumherumreden. Eine Entscheidung ist gefallen. Eine Entscheidung, die alles verändern würde und die ich …«, noch einmal glitt sein Blick umher, dann blieb er an Emma hängen, und sie sah, wie er ihr erleichtert zunickte, »… die ich einem ganz wunderbaren Menschen zu verdanken habe.« Stille. Als würde kaum jemand zu atmen wagen. Sogar Louise verharrte mitten in der Bewegung und glich selbst einem Kunstwerk aus Gips. Carl steckte eine Hand in seine Tasche und holte etwas hervor. Emma konnte nur erahnen, dass zwischen seinen Fingern die winzigen Senfkörner lagen, die sie ihm gegeben hatte. »Einmal hat mir ein Mädchen ein paar Senfkörner geschenkt«, fuhr er fort, »um mir meinen Weg zu zeigen. Heute passierte das Gleiche, damit ich auf meinem Weg bleibe.« Er nahm ein Glas von einem Tablett in der Nähe und hob es hoch. »Genug der Umschweife: Ich bin dabei, die ersten Schritte zu unternehmen, um hier in Metz die *Erste Lothringische Senffabrik Carl Seidel* zu eröffnen.«

Alles applaudierte.

Das Klatschen der behandschuhten Hände schwoll wie ein rauschender Sturm an, der im Nu den gesamten Raum eingenommen hatte. Unzählige Stimmen gratulierten, die Gläser klirrten … Doch Emma konnte nicht das Bild von ihrem inneren Auge loswerden, wie Ehrhard Seidel taumelte, wie

Wilhelmine sofort bei ihm war, um ihn zu stützen – doch er schob seine Frau beiseite und humpelte davon, als hätten Carls Worte sein Bein noch einmal gebrochen. Seine Gesichtszüge waren so sehr von Schmerz gezeichnet, dass Emma dachte: Die Wunde, die da aufgerissen wurde, diese Wunde würde nie wieder heilen.

Und du bist schuld, giftete das Stimmchen in ihr und ließ das Unwohlsein in ihr aufsteigen, eine Übelkeit, die sich langsam, aber beständig in ihr ausbreitete. *Du, du allein bist schuld!*

Kraftlos ließ sie die Hände sinken.

»Gratulation, mein liebes Fräulein«, hörte sie eine viel zu bekannte Stimme hinter sich. »Etwas sagt mir, dass mit dieser Ankündigung nicht einmal Carl selbst noch vor wenigen Stunden gerechnet hat. Ein Augenblick mit Ihnen scheint ein ganzes Leben zu verändern.«

Sie drehte sich um. Antoine. Kein überheblicher Blick, kein herablassender Ton. Dafür schrecklich blasse Haut, dunkle Schatten unter den Augen und zerzauste Haare.

Er trat näher. Schwankend. Als hätte er Schwierigkeiten, aufrecht zu stehen. Kurz dachte Emma, er würde sich erschöpft gegen sie lehnen, doch er fing sich wieder.

Erschrocken musterte sie ihn. »Geht es Ihnen gut?«

Doch zu einer Antwort kam er nicht, als Louise aus der Menschenmenge aufgetaucht war. »Du! Du hast meinem Bruder damals diese Flausen in den Kopf gesetzt!«

»Damals? Wie meinst du das?«

»Hast du auch nur die geringste Vorstellung davon, was du uns angetan hast?« Sie rang um Atem, das Gesicht gerötet, verschwitzt und seltsam verzerrt. »Carls Herz hat ihn schon einmal im Stich gelassen. Und er ist zu seiner Familie zurückgekehrt, um unter Menschen zu leben, die auf ihn achtgeben. Du hast alles ruiniert! Du hast sein Leben …«

»Louise, bitte! Ich wollte doch nur …« Da legte sich Antoines Hand auf ihren Arm, als er hinter ihr hervortrat.

»Vielleicht hat sie sein Leben gerettet?« Seine Stimme, leise und ein wenig leiernd, ließ Louise augenblicklich verstummen. »Was denken Sie, Fräulein Bergmann, darf ich hoffen, dass Sie auch mein Leben komplett verändern? Mir Hoffnung geben? Oder … oder bin ich verloren?«

»Antoine«, hauchte Louise erschrocken. »Ich habe nicht gedacht, dass du herunterkommst. Geht es deiner Mutter besser? Braucht ihr etwas? Nur ein Wort und …«

»Ich wollte gerade nach ihr sehen«, unterbrach er sie. »Entschuldigen Sie mich«, sagte er zu Emma gewandt.

Emma sah ihm nach, wie er in den Flur schwankte und beinahe mit einem der Diener zusammenstieß. »Was ist mit ihm? Er sieht so … fertig aus.«

»Sein Vater hat Selbstmord begangen«, zischte Louise sie an. »Seine Mutter ist zusammengebrochen, und es ist noch unklar, ob sie es verkraften wird. Also ja, er sieht ziemlich fertig aus. Zufrieden? Und nun verschwinde von hier, bevor du noch mehr zerstören kannst!«

Sie fuhr auf dem Absatz herum und lief davon – Antoine hinterher.

\* \* \*

Der Alltag nach dem Seidel'schen Fest fühlte sich fremd und grau an. Das Leben lief seine Bahnen, doch Emma kam es vor, als würde sie diesem Fluss nur unbeteiligt zusehen. Sie hatte sich so gegen die Kleider und gegen die Teegesellschaften gesträubt, dass ihr erst jetzt auffiel, wie bunt und aufregend die Seidels ihr Dasein gemacht hatten. Jetzt war es vorbei.

Ein paar Tage nach dem Fest hatte sich Emma bei ihrer

Mutter nach Wilhelmine erkundigt, doch ihre Mutter meinte trocken, dass ihre einstige Freundin keinen Kontakt mehr wünschte. Die Briefe, die Emma an Louise geschrieben hatte, kamen ungeöffnet zurück. Es war mehr als deutlich, dass Seidels sie aus ihrem Leben verbannt hatten. Dennoch machte sich Emma auf den Weg zur Villa. Sie hatte das Bedürfnis, sich auszusprechen, es irgendwie zu erklären – zumindest eine Möglichkeit zu bekommen … Um was zu tun, wisperte die Stimme in ihr. Hast du nicht schon genug angerichtet?

Trotz ihrer Zweifel warf sie einen Mantel über und schlüpfte aus der Wohnung. In Metz war der Frühling eingezogen. Über den Dächern der Stadt erstreckte sich der klare blaue Himmel, überall spross frisches Grün. Die Welt schien verwandelt, als würde sie erleichtert aufatmen, sich recken und voller Energie dem neuen Tag entgegenstreben. Sogar die Bayern-Kasernen, an denen sie in der Straßenbahn vorbeifuhr, wirkten nicht mehr so erschreckend gesichtslos, wenn hier und da die Bäume die ersten zarten Blätter und Blüten der Sonne darboten.

Der Park um die Seidel'sche Villa erwachte ebenfalls zum Leben. Der Weg führte schnurgerade auf das Haus zu, das am Ende der Allee mit einer majestätischen Erhabenheit auf sie wartete. Noch einmal sog Emma den Frühlingsduft des Parks in sich ein, bevor sie klingelte. Sogleich öffnete ihr ein Dienstmädchen, dasselbe, das auch beim Fest die Gäste hereingelassen hatte. Nur strahlte ihr Gesicht nicht mehr so wie an dem Abend damals. Das junge Mädchen trug eine geschäftliche Miene zur Schau, tadellos wie das perfekt sitzende Häubchen und das ordentliche Kleid.

»Sie wünschen?«

Emma rätselte, ob das Dienstmädchen wusste, wer sie war. Dem kühlen Empfang nach zu urteilen schon.

»Ich würde gerne Louise sehen, wenn das irgendwie möglich ist.«

»Ist Ihr Besuch angekündigt, gnädiges Fräulein?«

»Ich fürchte nein.«

Das zarte Gesicht wirkte wie die Fassade des Hauses, kühl und abweisend. Das Mädchen maß sie mit einem abschätzenden Blick, erst dann trat es beiseite. »Bitte warten Sie hier, ich werde nachsehen, ob die Herrschaften zu Hause sind.«

Natürlich wusste die junge Frau genau, ob die Herrschaften da waren oder nicht. Aber die Regeln schrieben vor, sich immer eine Möglichkeit offenzuhalten, einen unerwünschten Besuch ohne viele Erklärungen abzuweisen. Und etwas sagte Emma, dass gleich genau das passieren würde. Trotzdem wartete sie brav. Die Eingangshalle wirkte schummerig. Auf dem polierten Boden hallte jeder Schritt bis zu der hohen Freskendecke, ein unangenehmes, hohles Geräusch, das Emma eine Gänsehaut bescherte. In ihrem Kopf schwirrten noch die Erinnerungen an das rauschende Fest, die stickige Luft und das Stimmengewirr. An Carl, der über die Köpfe der ihn umstehenden Gäste ihren Blick suchte. An das Gefühl, ihm in diesem Moment so unglaublich nahe zu sein, obwohl unzählige Menschenkörper sie voneinander trennten.

»Dass du es tatsächlich wagst, dich hier zu zeigen!« Louises eiskalter Ton traf Emma direkt in die Magengrube. Die junge Frau war auf dem Absatz der Treppe stehen geblieben, eine Hand an das Geländer gelegt. Der Rücken – kerzengerade, das Kinn – hocherhoben, das Gesicht – edelblass.

»Ich wollte mich erklären. Damit du verstehst …«

»Ich verstehe genug. Oder möchtest du uns erzählen, wie du vorhast, meinen Bruder vielleicht doch noch auf den rechten Weg zu bringen? Ihn in den Schoß der Familie zurückzuführen? Ich bin gespannt!«

»Carl … Ich meine …«

»Carl hat uns verlassen.« Von der Galerie des ersten Stockwerkes tönte Wilhelmines Stimme. Sie trug das smaragdgrüne Empfangskleid wie auf dem Porträt, überhaupt hatte ihre Erscheinung gespenstische Ähnlichkeiten mit dem Bild, als wäre ihr sonniges Gemüt erloschen. Als wäre jegliche Herzlichkeit aus diesem Haus verschwunden. »Wenige Tage nach dem Fest ist er nach Dijon abgereist und wird nicht mehr unter dieses Dach zurückkehren, hat er gesagt.«

Nach diesen Worten breitete sich die Stille aus. Die Stille, die jede schöne Gefühlsregung im Keim erstickte und die Emma so gut aus ihrer Familie kannte. Das hatte sie doch nicht gewollt! Niemals hätte sie sich vorstellen können, die Familie so zu entzweien, nur indem sie einen jungen Mann ermutigt hatte, seinen Träumen zu folgen. Ihre Brust schmerzte, als würden die Wände dieses Hauses auf sie eindrücken, ihr jeden Atemzug rauben.

»Du sagst nichts mehr?«, stieß Louise hervor. »Gut. Dann lass unsere Familie endlich in Frieden! Du findest sicherlich allein nach draußen.«

Emma beobachtete, wie Louise mit festen Schritten die Treppe hochstieg, den Rücken nach wie vor gerade. Das Kleid umschmeichelte ihre Rundungen, der Saum schwankte im Takt ihrer Bewegungen.

»Es tut mir wirklich leid!«, rief Emma. Doch ihre Stimme hallte einsam von den Wänden ab, ohne Wilhelmine oder Louise erreicht zu haben.

Draußen wartete derselbe Frühlingstag auf sie wie zuvor. Doch der Park kam ihr gar nicht mehr so kraftspendend vor, als wollte die drückende Stimmung in der Villa sie nicht aus ihren Klauen loslassen. Und wohin jetzt? Nach Hause? Wo dieselbe Stimmung auf sie wartete? Emma fröstelte. Unvermittelt sehnte sie sich nach einer Tasse heißem Kamillentee und nach Gustis versöhnlichem Schnurren. Vielleicht war der Geruch nach Büchern genau das Richtige, um sich von den trüben Gedanken abzulenken.

»Fräulein Bergmann?«

Sie fuhr herum und schaute in blaue Augen, in denen sich der Himmel unendlich weit auszustrecken schien. Es verschlug ihr den Atem, so unerwartet war es, Antoine zu sehen.

»Herr Dupont, Sie haben mich erschreckt.«

»Sie erschreckt zu haben, war nicht meine Absicht. Ich habe Sie aus dem Fenster gesehen und …« Er verstummte. Unsicher, wie es ihr vorkam. So kannte sie ihn gar nicht. So hätte sie sich diesen sonst so selbstbewussten Mann niemals vorstellen können.

»Ich wollte mich bei Ihnen entschuldigen«, stieß er nach einer ganzen Weile hervor und stockte wieder, als fiele es ihm schwer, sich die Worte zurechtzulegen.

»Wofür denn?«

»Für alles. Aber hauptsächlich für meinen Auftritt auf dem Fest. Ich war … nicht ganz bei mir, fürchte ich.«

Sie musterte sein Gesicht. Es erleichterte sie ungemein, ihn aufrecht und fest auf den Beinen zu sehen. Dennoch hatten sich tiefe Schatten unter seine Augen gegraben, seine Haut war blass, beinahe durchscheinend und zeugte von vielen schlaflosen Nächten. »Ich habe mir Sorgen um Sie gemacht«, sagte sie.

»Ach so?« Er hob die Augenbrauen. Seine Verletzlichkeit war wie fortgewischt, als hätte er gespürt, dass sie Mitleid mit ihm empfand. Schon zeigte er ihr einen unverwüstlichen Antoine, der nicht gewillt war, das Leben ernst zu nehmen.

»Es mag Sie verwundern, aber es gibt viele Menschen, die

sich Sorgen um Sie machen«, entgegnete sie, und es war schön zu sehen, wie sich seine Züge wieder glätteten.

Er ließ seinen Blick zur Villa schweifen. »Ja, ich kann mich wohl glücklich schätzen. Ich glaube, das war mir früher gar nicht bewusst. Dass es Menschen gibt, die mir Halt geben.«

»Sie wohnen bei der Familie Seidel?«

»Meine Mutter ist hier besser aufgehoben. Sie ist noch nicht bereit, auf das Gut zurückzukehren.«

»Und Sie?«

»Ich … ich weiß es nicht.« Er hob den Kopf. Etwas Dunkles stieg in seinem Blick auf, etwas, das ihn zu übermannen drohte. Als lauerten die Sandwehen, die Louise aus Gips geformt hatte, tief in ihm drin, jederzeit bereit, ihn zu verschlingen. »Es wird sich zeigen, wozu ich bereit bin und wozu nicht. Im Moment pendele ich zwischen Metz und dem Gut, um die Angelegenheiten meines Vaters zu klären.« Er schluckte, als würde in seinem Hals ein Kloß festsitzen. »Darf ich Sie ein Stück begleiten, Fräulein Bergmann? Das Wetter ist wie geschaffen für einen kleinen Spaziergang. Ich glaube, ich könnte frische Luft gut gebrauchen.«

»Natürlich.«

Zusammen schlenderten sie die Straße entlang, so nah beieinander wie langjährige Freunde. Dabei hätte sie sich noch vor kurzem überhaupt nicht vorstellen können, zusammen mit Antoine Dupont spazieren zu gehen. War es der Verlust seines Vaters, der ihn so verändert hatte? Ihn ein Stück menschlicher machte? Oder war er schon immer so gewesen, nur hatte er vorher niemandem erlaubt, hinter die Fassade des Antoines zu blicken, der sich mit erhobenem Kopf den Weg durch die Passanten bahnte?

Sie sagten nichts.

Aber das war in Ordnung. Nicht alles musste ausgesprochen werden. Er sah friedlich aus, und je weiter sie nebeneinanderher schritten, desto mehr schienen die Schatten von ihm abzulassen.

»Was ist, Fräulein Bergmann? Mit Ihren Blicken bringen Sie mich noch dazu, wie eine Jungfer rot anzulaufen«, neckte er.

Sie lachte ertappt auf und wusste nicht, was sie antworten sollte. Dabei war sie es doch gewohnt, ihm Konter zu geben.

Schon wieder hob er die Augenbrauen, dieses Mal mit einer gespielten Strenge. »Ich bin es nicht gewohnt, ausgelacht zu werden, Fräulein Bergmann.«

»Man gewöhnt sich an alles, Herr Dupont, das kann ich Ihnen versichern.«

»Wie recht Sie haben!« Er schnalzte mit der Zunge. »Sogar an den Gedanken, Kommilitoninnen in den Hörsälen zu haben, möchte man meinen.«

»Na, sehen Sie?« Sie zwinkerte ihm schelmisch zu. »Wie erfreulich, auch von Ihnen Worte der Einsicht zu hören! Noch ein bisschen, und wir werden zusammen den Vorlesungen des werten Herrn Laband lauschen.«

Obwohl sie ihre Worte nur als Scherz gemeint hatte, zuckte etwas in seinem Gesicht. Rasch wandte er seinen Blick ab, als könnte er ihre strahlende Miene kaum ertragen. »Ohne mich, fürchte ich«, stieß er wie gepresst hervor. »Ich habe das Studium abgebrochen.«

»Aber warum?« Sie riss die Augen auf.

Seine Mundwinkel zuckten, beinahe amüsiert über ihr Entsetzen. »Es mag Ihnen seltsam vorkommen, aber das Studium ist nicht für jeden der richtige Weg. Nur wenn man ihn gehen könnte, bedeutet es nicht, dass man es muss. Ich muss es nicht. Nicht mehr.«

»Welcher Weg ist denn für Sie der richtige? Wofür schlägt

Ihr Herz?« Sie betrachtete die Linien seiner Lippen, die kleine Kerbe an seinem Kinn, die Bewegungen seines Adamsapfels beim Sprechen. Woher er wohl diese kleine Narbe am Kiefer hatte? Und eine weitere neben seiner rechten Augenbraue. Waren die Male schon immer da gewesen? Wie wenig sie über ihn wusste. Wie viel mehr sie über ihn erfahren wollte! Denn sie hatte das Gefühl, er brauchte jemanden, dem er alles erzählen konnte.

»Sie stellen immer so interessante Fragen, Fräulein Bergmann.« Er stockte. »Zuerst muss ich mir einen Überblick über den Zustand des Gutes verschaffen. Dann hängt vieles davon ab, ob es meiner Mutter bald besser geht. Ihre Migräneanfälle werden immer schlimmer, und ich habe Sorge, dass sie daran zugrunde geht. Bis dahin …« Er machte eine flüchtige Geste in Richtung Straße. »Gehen wir noch ein Stück?«

»Gern.«

»Na wunderbar.« Er bot ihr seinen Arm an. Der Blick dieser blauen Augen, umrahmt von einem dunklen Wimpernkranz, schien tief in ihre Seele einzutauchen. Fast glaubte sie, er lege es darauf an, sie zu verunsichern.

Emma räusperte sich, als hätte sie einen Kloß im Hals, den loszuwerden ihr einfach nicht gelang. So leicht würde sie es ihm nicht machen. »Danke, aber ich bin ein großes Mädchen und kann mich selbst auf den Beinen halten.«

»Was man von mir nicht immer behaupten kann, nicht wahr?«, neckte er.

»Ein Urteil darüber zu bilden, steht mir nicht zu, dafür kenne ich Sie nicht gut genug.«

»Ach. Ich hätte schwören können, dass Sie Ihr Urteil über mich schon lange gebildet haben.«

»Eine Meinung.« Sie hob mahnend einen Finger. »Höchstens. Die zu überdenken ich jederzeit bereit bin.«

»Ein Glück für mich.« Wie zufällig stupste sein Ellbogen sie an, und sie konnte ihn dabei grinsen sehen. Eine so beiläufige, kumpelhafte Geste, dass sie unweigerlich zurückgrinsen musste.

An ihnen vorbei lärmte die Straßenbahn, die Emma hätte nehmen sollen. Der sie aber nicht nachtrauerte. Sie gingen immer weiter, wie unzählige andere Passanten an diesem herrlichen Tag. Emma genoss den Spaziergang, die Freiheit, die frische Luft, die ihre trüben Gedanken etwas zerstreute.

»Carl ist kaum wiederzuerkennen, seit er Sie kennt«, meinte Antoine unvermittelt.

Carl Seidels Name rief ein merkwürdiges Ziehen in ihrem Bauch hervor, Herzklopfen und das Gefühl, allein zu sein. Vollkommen allein, hier, mitten auf der Promenade in Antoines Gesellschaft. Wo war er wohl gerade? Was machte er? Ob es ihm … ob es ihm …

»Geht es ihm gut?«, wisperte Emma. Sie wünschte sich, sie hätte sich wenigstens verabschieden können. Dass er ohne ein weiteres Wort abgereist war, machte sie betroffen, dabei hatte sie doch keinen Grund gehabt, sich deswegen zu grämen.

»Ich denke schon. Warum sollte es ihm schlechtgehen? Ich habe ihn noch nie so voller Tatendrang wie vor seiner Abreise erlebt.«

»Sein Herz.« Unsicher rieb sie sich die Hände. »Ich mache mir Sorgen.«

Erheitert schaute er sie an. Schon wieder berührte sein Arm den ihren. »Was ist denn mit seinem Herzen? Haben Sie es ihm gebrochen?«

»Nein, natürlich nicht!«

»Dann brauchen Sie sich keine Gedanken zu machen.«

»Seine Familie …«

»Fräulein Bergmann. Glauben Sie mir, Familien sind nie

einfach. Manchmal ist es nicht verkehrt, sich davon zu befreien. Ich bin mir sicher, dass es ihm bestens geht. Was kann es auch Besseres geben, als seine eigene Zukunft zu formen? Der Familie zum Trotz.«

Sie war sich da nicht so sicher. Ob es das wirklich wert war? Sie hatte das Gefühl, seine Familie kaputt gemacht zu haben. Etwas war darin zerbrochen, und sie allein trug die Schuld dafür. »Haben Sie etwas von ihm gehört, seit er in Dijon ist?«

»Carl war noch nie ein großer Briefschreiber. Ich glaube, er hat seinen Eltern eine Postkarte geschickt, nachdem er angekommen war.« Abrupt blieb er stehen und sah sie forschend an. »Augenblick, Fräulein Bergmann. Hegen Sie etwa romantische Gefühle für meinen besten Freund?«

»Wie bitte?« Zum Glück schien der Frühlingswind ihren Kopf gut genug abzukühlen, um die heiße Röte abzumildern, die gerade in ihr aufstieg. Mit etwas Glück würde Antoine gar nicht bemerken, wie hitzig sich ihr Gesicht anfühlte. »Erstens: Es geht Sie nichts an. Und zweitens: Selbstverständlich nicht!« Energisch setzte sie ihren Weg fort, so dass Antoine sich sputen musste, um mit ihr Schritt zu halten.

»Gut«, meinte er, als er sie eingeholt hatte.

»Wie kommen Sie nur zu dieser merkwürdigen Vorstellung?« Sie stöhnte. War es ihr etwa so deutlich anzusehen, wie wohl sie sich in Carls Nähe fühlte? Aber das hieß doch nicht, dass sie etwas für ihn empfand. Oder doch? Ach, das alles war so schrecklich verwirrend! Und in keinem Mathebuch der Welt stand dazu eine passende Lösung.

Antoine ließ seinen Blick weiter auf ihr ruhen, und sie musste sich zwingen, um nicht nervös an ihren Fingern zu spielen. »Auf der Eisbahn, da hätte ich schwören können, bestimmte Schwingungen zwischen Ihnen und Carl wahrgenommen zu haben.«

»Ihre Wahrnehmung scheint etwas eingerostet zu sein. Eine Wartung wäre angebracht, sonst bilden Sie sich noch ein, ich würde Sie sympathisch finden.«

»Das ist hart! Nicht einmal ein bisschen?«

»Fragen Sie dies Ihre Wahrnehmung. Sobald sie wieder funktioniert, versteht sich.«

Sie waren an die Mosel getreten. Hier am Ufer war der Wind noch frischer als in den verwinkelten Straßen von Metz. Emma fröstelte.

»Meinen Arm wollten Sie nicht, aber ich könnte Ihnen meinen Mantel anbieten«, zog er sie auf. »Oder Sie nehmen doch den Arm und damit die Gelegenheit, sich an mich anzuschmiegen, damit ich Sie wärmen kann.«

»Das hätten Sie wohl gerne!«

»Das stimmt. Aber ich wäre untröstlich, müsste ich zusehen, wie Sie sich in einen Eiszapfen verwandeln.«

»Wenn wir nicht so oft stehen bleiben, wird das nicht passieren.«

»Kommen Sie her!« Er griff nach ihrer Hand und zog sie hinter einen Baum, der zugegebenermaßen durchaus Windschatten spendete. »Besser, nicht wahr?« Er beugte sich leicht zu ihr. Seine Stimme, eine Spur tiefer als sonst, ging ihr buchstäblich unter die Haut.

Emma drückte sich mit dem Rücken gegen die Rinde. Er stand so dicht vor ihr, dass seine Wärme, sein Parfüm und der Geruch nach süßlichem Tabak ihre Sinne umhüllten. Dass er ihr plötzlich so nah war, dass sie einen fremden Mann beinahe körperlich spürte, irritierte sie ungemein. Dabei entging ihr natürlich nicht, wie groß und gutgebaut er war. Wie selbstbewusst er seine maskuline Schönheit zur Schau stellte. Und dass ihr Körper wie selbstverständlich darauf reagierte.

Nein! Entschlossen stemmte sie sich gegen seine Brust.

»Ich finde, Ihre Fürsorge sollten Sie etwas im Zaum halten, Herr Dupont.« Ihre Stimme klang ganz schwach.

Natürlich bewegte er sich keinen Millimeter. Sie drückte kräftiger. Ihre Finger rutschten unter seinen aufgeknöpften Mantel, fuhren über seine festen Muskeln, als würde er sie mit Absicht anspannen. Eilig zog sie ihre Hand zurück.

»Es ist in Ordnung.« Wieder stieg etwas Dunkles in seinem Blick auf. Mit den Fingerkuppen fuhr er ihr an der Schläfe entlang, als wollte er ihr eine Strähne aus dem Gesicht streichen. Nur dass es da keine gab. »Es ist alles in Ordnung.«

»Herr Dupont …« Ihr Mund war ganz trocken. Es erschreckte sie, wie fremd sich ihr eigener Körper anfühlte. Die Brustwarzen schienen sich empfindlich am Stoff ihres Unterkleides zu reiben, und diese merkwürdige Empfindlichkeit breitete sich in ihrem ganzen Leib aus.

»Ja?« Seine Stimme klang noch tiefer und leicht kratzig.

»Herr Dupont!«, wiederholte sie mit Nachdruck. »Ich glaube, der kühle Frühlingswind tut Ihnen nicht gut. Sie sind schon ganz heiser.«

»Wirklich?« Sein Gesicht mit den halbgeöffneten Lippen kam ihr noch ein Stück näher.

Was auch immer hier gerade vorging, es fühlte sich falsch an. Sie musste weg. Weg von ihm. Flink tauchte sie unter seinem Arm durch und lief davon, immer schneller. Erst nach einer Weile schaute sie zurück. Antoine lehnte mit dem Rücken am Stamm, dort wo sie vorher gestanden hatte. Den Kopf schräg gelegt, sah er ihr mit seinem schweren Blick nach und rauchte eine Zigarette in langen, gierigen Zügen.

## Metz, 1909

### CARL

SEIT DEM FEST hatte Carl seinen Vater nicht mehr gesehen.
Das Bild, wie dieser – mit einem Mal um Jahre gealterte –
Mann in die Menge schwankte und hinter den jubelnden
Gästen verschwand, suchte ihn heim wie ein Gespenst. Carl
hatte mehrfach versucht, mit ihm zu reden, doch sein Vater
war schon seit seinem Militärdienst ein Frühaufsteher und
stets vor Morgengrauen auf den Beinen, um sich im Arbeitszimmer zu verschanzen oder ins Kontor zu fahren. Mit jedem
Tag wuchs das Schweigen zwischen ihnen wie eine Mauer.

»Das hat ihn so schrecklich mitgenommen«, erklärte die
Mutter eines Sonntagnachmittags mit ihrer engelsgleichen
Geduld, während seine Schwester auf dem Sofa saß und in ei-
nem ihrer unzähligen Gebets- und Andachtsbücher las. Auch
Louise schien ihn seit dem Fest geflissentlich zu ignorieren.

»Er liebt dich über alles.« Seine Mutter seufzte auf, was
schon fast wie ein Klageruf klang. Solche Seufzer kannte er
bis jetzt nicht von ihr, so dass es ihn absolut unvorbereitet
traf. Und verdammt weh tat. In ihrem dunkelgrünen Kleid
mit Akzenten aus schwarzer Spitze und mit ihrer ermatteten
Haltung sah sie aus wie in tiefster Trauer.

Als sein Vater nicht einmal zur Familienpredigt erschien,
die er nachmittags seit jeher für sie und die Dienerschaft abzuhalten pflegte, wusste Carl, dass er etwas unternehmen
musste. Einander anzuschweigen, hatte noch nie irgendwelche Spannungen gelöst. Und tat ihnen beiden vermutlich

nicht gut. Zumindest Carl nicht. Er wollte nicht nach Dijon gehen, ohne seinem Vater zu erklären, wie es zu der Entscheidung gekommen war. Wie richtig es sich anfühlte. In der Hoffnung, dass derselbe Funke, der in ihm brannte, auch auf seinen Vater überspringen würde.

Am Tag darauf machte er sich auf den Weg zum Kontor, wohin Ehrhard Seidel mal wieder geflüchtet war. Je näher Carl dem Gebäude kam, desto mehr wuchs seine Beklommenheit. Erst jetzt wurde ihm wirklich bewusst, wie unglücklich er hier gewesen war, wenn er die Bücher prüfte oder die Aufträge bearbeitete. Es hatte etwas Mechanisches an sich, die Aufgaben zu erledigen, die da anstanden. Ohne nachzudenken. Ohne zu leben. Damit alles den vorgezeichneten Weg ging. Im neuen Jahr würde alles anders werden, der Umzug wäre nur der erste Schritt zu großen Veränderungen, hatten seine Eltern gesagt und voller Stolz auf Carl geschaut.

Hatten sie wirklich nie bemerkt, wie er jede Gelegenheit ergriff, um aus dem Kontor zu flüchten? Oder hatten sie es durchaus bemerkt und alles versucht, um seine Ausflüge zu ignorieren, sie mit seinem unbeständigen Charakter zu erklären oder einfach totzuschweigen? Bei einem dieser Ausflüge war er Emma im Armenviertel begegnet. Ein Glück. Und ein bisschen Schicksal, wie es ihm jetzt vorkam. Je öfter er an sie dachte, desto höher schlug sein Herz, um das seine Eltern sich so viele Sorgen machten. Aber sein Herz hatte schon immer alles viel besser gewusst. Er müsste langsam lernen, ihm zu vertrauen. Endlich selbst glücklich werden, statt andere glücklich machen zu wollen.

»He!«, rief ein Bursche, der gerade einen Pferdewagen vom Hof lenkte, und Carl machte eilig einen Schritt beiseite. Wie immer, wenn er in Gedanken versunken vor sich hin grübelte, nahm er seine Umgebung kaum wahr. Der Bursche zog die

Zügel an und brachte das Pferd zum Stehen: einen imposanten Rappen mit einem muskulösen, arbeitswilligen Körper. »Gnädiger Herr ... Guten Morgen ... Ich habe Sie nicht erkannt.« Der junge Mann zog eilig seine Mütze vom Kopf und drückte sie sich an die Brust. Nervös rutschte er auf seinem Sitz hin und her, während das Pferd phlegmatisch vor sich hin starrte und sich womöglich fragte, was diese Verzögerung sollte.

Carl nickte dem Kerl zu, doch statt das Pferd anzutreiben, sprang dieser von seinem Platz herunter.

»Wenn Sie erlauben ... Eine Frage ...? Nur ganz kurz!« Er trat von einem Fuß auf den anderen und wrang seine speckige Mütze in den Händen.

»Natürlich. Was gibt es, Felix?« Sein Vater hatte ihm schon früh eingebläut, den Namen eines jeden Angestellten zu kennen. Felix arbeitete seit zwei Jahren im Unternehmen und hatte vor, im Juni zu heiraten. Ein feines Mädchen, lobte Vater, es würde ihm viele stramme Jungen gebären können.

»Also ... ich weiß nicht, wie ich es sagen soll ...« Nun drehte er die Mütze vollkommen ein, so dass der Stoff in seinen großen Händen beinahe verschwand.

»Sagen Sie schon. Wo drückt der Schuh?«

»Also, da gibt es Gerüchte ...« Seine Stimme war kaum zu hören. »Neuerdings heißt es, dass das Fuhrunternehmen verkauft werden soll. Jetzt, da Sie es doch nicht haben wollen. Stimmt es, was man so hört?«

Carl fühlte sich, als hätte eine Hand, genauso groß wie die von Felix, sein Herz gepackt und zugedrückt. Hatte sich sein Vater deswegen so rar gemacht, weil er einen geeigneten Käufer suchte? Lag seine Abwesenheit gar nicht an dem Zerwürfnis zwischen ihnen beiden? Der alte Seidel fackelte nicht lange, sagte man überall mit einem gehörigen Respekt. Dieser

Mann packte jede Gelegenheit gleich am Schopf, wenn sich ihm etwas bot. Wie damals nach dem Krieg, als die abgezogene Franzosenarmee ihr Hab und Gut dagelassen und er die Lage genutzt hatte, um Pferde und Wagen zu Spottpreisen zu erwerben und seinen Betrieb zu gründen. Nun setzte er alles daran, das Unternehmen gewinnbringend loszuwerden, solange seine Gesundheit es ihm noch erlaubte, sich um alles zu kümmern.

»Es ist nämlich so«, murmelte der Bursche wieder. »Wenn alles hier an einen neuen Besitzer übergeht ... Was wird dann aus uns? Müssen wir uns Sorgen machen?«

Carl holte tief Luft. Was sollte er sagen? Sein Kopf war wie leergefegt.

»Eine Firma ist nur so gut wie ihre Mitarbeiter, Felix.« Schon im Redefluss merkte er, wie hohl es klang. Aber was sollte er auch erwidern? Mach dir keine Gedanken, Felix, heirate dein Mädchen, es wird schon alles gut werden?

Der junge Mann stand noch immer vor ihm und wartete auf mehr Hoffnung. Carl senkte den Blick und winkte ihn davon. »Machen Sie, dass Sie loskommen, Felix. Sie werden ja nicht fürs Stehen und Quatschen bezahlt.«

»J-jawohl, gnädiger Herr.« Der Bursche stülpte seine zerknitterte Mütze über und sprang auf den Wagen. »Danke!«, rief er noch und schnalzte mit den Zügeln. Das Pferd setzte sich in Bewegung, und das Klappern der Hufe, das Knirschen des Wagens und das Poltern der Räder auf dem Kopfsteinpflaster fügten sich zu einem beinahe melodischen Rhythmus.

Danke, klang es in Carl nach, danke ... wofür? Dass er mit seiner Ankündigung auf dem Fest nicht nur seine Eltern im Stich ließ, sondern auch all die Mitarbeiter? Er blickte dem Fuhrwerk hinterher, das seinen Weg entlangholperte. Doch der Gedanke daran, Vaters Platz einzunehmen, fühlte sich nach wir vor schrecklich falsch an, und ohne es zu wollen, ertastete er in der Tasche die Senfkörner, die ihm Emma gegeben hatte. Emma. Der Gedanke an sie gab ihm Zuversicht, schenkte ihm das längst vergessene Gefühl, als würde etwas in seinem Innern aufleuchten. Sie war wie ein Signalfeuer auf dem stürmischen Meer. Damit er nicht vergaß, wo die Ufer lagen, zu denen er wollte.

Festen Schrittes überquerte er den Hof, grüßte die Mitarbeiter, die ihm über den Weg liefen, hielt aber nicht mehr für einen Plausch an. Die Tür zum Kontor stand offen. Sein Vater riegelte sich nur selten dort ein, als wären er, die Menschen, die Pferde – all das – eine Einheit. Dennoch klopfte Carl an.

»Herein!«, tönte es, und als Carl eintrat, sah er seinen Vater am Tisch über Papiere gebeugt. Er las konzentriert in Dokumenten, die vor ihm ausgebreitet waren, und rieb sich beständig die Nasenspitze, wie immer, wenn etwas Wichtiges all seine Aufmerksamkeit benötigte.

»Ich würde gern mit dir reden«, sagte Carl ohne Umschweife. »Die gegenwärtige Situation setzt uns beiden viel zu sehr zu, als dass wir das länger aufschieben können.«

Der Finger mit dem von Zigarren vergilbten Nagel verharrte an der Nase, doch sein Vater hob den Blick nicht. Als wäre er nach wie vor allein in diesem Raum.

Carl wartete. Immer noch kein Wort. Früher hätte er sich entschuldigt und wäre gegangen, in der Hoffnung, später, bei einer günstigeren Gelegenheit, gehört zu werden. Doch heute trieb ihn das Feuer voran, das er seit Düsseldorf nicht mehr gespürt hatte. Er nahm einen der Stühle, stellte ihn an den Tisch und setzte sich seinem Vater gegenüber.

»Ich hätte dich auf dem Fest nicht so überrumpeln dürfen. Die Entscheidung war mir nicht leichtgefallen. Du weißt doch, wie sehr ich mit mir gerungen hatte, wie unsicher und –

ja! – unglücklich ich war. Erst jetzt verstehe ich wirklich, welcher Weg der richtige für mich ist, und ich bin bereit, ihn zu gehen.«

Er machte eine Pause, doch sein Vater sagte weiterhin nichts. Wenigstens flüchtete er nicht, dachte Carl, und so konnte er immerhin ausreden.

»Es mag sein, dass es dir reichlich überstürzt vorkommt. Aber ich weiß, dass wir aus dem gleichen Holz geschnitzt sind. Wir wissen, wann es an der Zeit ist, die Gelegenheit beim Schopf zu packen, nicht wahr? Auch wenn ich viel zögerlicher bin als du. Da sollte ich dich wohl öfter zum Vorbild nehmen.«

Beinahe kraftlos senkte sein Vater seine Hand, als wäre er schon vom Zuhören müde. Doch Carl ließ nicht von ihm ab. »Manchmal lernt man nur aus Fehlern, manchmal muss man es immer wieder versuchen, bis man die richtige Richtung gefunden hat. Ich bereue es nicht, Richard Weber in Düsseldorf abgesagt zu haben, und ich bin froh, zurück nach Metz gekommen zu sein. Hier ist mein Zuhause. Hier, bei euch. Und ich helfe dir gern im Unternehmen aus, aber ich habe mich nie wie ein Teil davon gefühlt.«

Das Papier, das sein Vater in der Linken hielt, begann zu zittern. Wie gern hätte Carl seine Hand ergriffen und sie gedrückt, um endlich die Hoffnung zu haben, dass die Wogen sich glätten würden, dass sie es – wie so oft – schafften, einen Kompromiss zu finden, der alle Seiten gleichermaßen zufriedenstellte. Doch er ließ es sein. Stattdessen redete er weiter.

»Ich wünsche mir sehr, dass du mir mit deiner Erfahrung in der Gründungszeit zur Seite stehst. Ich war bereits im Gewerbeamt der Stadt und habe die Handelserlaubnis beantragt. Als Nächstes muss ich eine Weile wegfahren, aber ich möchte nicht im Streit nach Dijon gehen, denn …«

»Aber du gehst!«, tönte es klagend von der Tür.

Überrascht drehte er sich um. Auf der Schwelle stand seine Schwester. Gegen das Licht draußen wirkte sie wie eine Erscheinung aus dem Schauermärchen um die Weiße Frau. Überrumpelt suchte Carl nach passenden Worten und fand dennoch nichts Besseres als »Was machst du hier?«

»Ich habe gehofft, dass du zu unserem Vater gehst, um endlich deinen Fehler einzugestehen. Stattdessen muss ich miterleben, dass du nichts, überhaupt nichts verstanden hast!«

»Das habe ich wohl.« Er rief sich Emmas Bild in Erinnerung, wie er in der kalten Nacht ihre Hand gehalten und zusammen mit ihr das verlassene Fabrikgebäude betrachtet hatte. Jetzt durfte er nicht nachgeben.

»Du trittst das Erbe unserer Eltern mit Füßen!«, schnaubte Louise.

»Du vergisst dich.« Er warf einen raschen Blick auf seinen Vater. Früher hätte er diesen sinnlosen Streit mit einem Machtwort unterbrochen. Jetzt war er immer noch so erschreckend still. »Glücklicherweise sind unsere Eltern noch nicht tot.«

»Ach! Du meinst, noch hast du es nicht geschafft, sie ins Grab zu treiben?«

Ruckartig schoss sein Vater hoch. Der Stuhl, auf dem er gesessen hatte, schabte über den Boden und kippte gegen das Regal dahinter. Ohne es zu beachten, humpelte er davon, eilig, als verfluche er sein lahmes Bein, das ihm nicht erlaubte, noch schneller zu verschwinden. Carl fragte sich, ob er sich getäuscht oder wirklich gesehen hatte, wie sein Vater sich dabei über die Augen wischte, als wolle er die aufsteigenden Tränen vertreiben.

»Papa«, wisperte Louise, wollte ihn umarmen, doch er schob sie von sich und verließ das Kontor.

Carl wagte kaum zu atmen. Sein Hals fühlte sich eng an,

und er musste schlucken, um den Kloß in seiner Kehle irgendwie hinunterzubekommen. Hilflos schaute er zur Tür, durch die sein Vater verschwunden war.

Nun. Vielleicht brauchten sie alle etwas Abstand. Etwas Ruhe. Um zu sich selbst zurückzufinden. Carl erhob sich. Genauso wie sein Vater wollte er an Louise vorbeigehen, doch sie versperrte ihm den Weg. »Es ist alles deine Schuld!«, zischte sie, selbst wohl den Tränen nahe.

Müde atmete er ein und wieder aus. »Hör zu. Es ist etwas, was ich mit Vater klären muss. Es steht dir nicht zu, dich einzumischen.«

»Ach, so denkst du dir das. Es stünde mir nicht zu!« Ganz langsam verzog sie die Lippen zu einem hämischen Grinsen. »Na, wenn das nur deine *magnifikke Em-ma* hören würde!«

Es glich einer Ohrfeige. Hilflose Wut stieg in ihm auf, wie damals, als Monsieur Perrin ihn aufgefordert hatte, eine Stelle im Schulbuch vorzulesen. Wie er dabei stockte und schwitzte und irgendwann endlich *mag-ni-fik-ke* über die Lippen gebracht hatte. Die ganze Klasse brach in Gelächter aus, allen voran Antoine – gerade neu an der Schule –, der einfach nicht aufhören konnte, hervorzurufen: »*C'est juste mag-ni-fik-ke! C'est juste mag-ni-fik-ke!*« Sogar Monsieur Perrin konnte sich kaum ein Glucksen verkneifen und hatte Mühe, die Ruhe wiederherzustellen.

Louise kräuselte die Nase. »Vielleicht überlegst du es dir noch einmal, nach *Dischong* zu gehen? Mit deinen Kenntnissen dieser Weltsprache dürften sie dir dort eher die Türen schließen als öffnen, Bruderherz.«

Er ballte die Hände.

»Was jetzt«, setzte sie nach, »schmeißt du gleich einen Frosch nach mir?«

Obwohl alles in ihm bebte, zwang er sich, seine Fäuste zu

öffnen. »Du bist unmöglich.« Er drängte sich an ihr vorbei in den Hof, doch sie griff nach seinem Ärmel.

»Als du nach Düsseldorf abgehauen bist und ich mich allein um unsere Eltern kümmern musste, da war ich nicht unmöglich! Und als du zusammengebrochen bist und ich dich gesund gepflegt habe – da war ich auch nicht unmöglich. Erinnerst du dich noch daran?«

Er fuhr herum. »Was genau willst du denn von mir hören?«, schrie er sie an, wie er sie noch nie angeschrien hatte. Erschrocken taumelte Louise zurück.

»Entschuldige, das wollte ich nicht«, murmelte er, selbst überrascht über die Heftigkeit, mit der er sie angefahren hatte. In ihren Augen standen Tränen. Am liebsten wäre er zu ihr gegangen und hätte sie umarmt, aber er konnte sich einfach nicht überwinden.

Die Enttäuschung, mit der sie ihn ansah, spülte seine Wut endgültig hinweg. Natürlich machte sie sich Sorgen um ihn, genauso wie seine Eltern. Sie trauten ihm nichts mehr zu, sie beobachteten jeden seiner Atemzüge, als könnte der nächste sein letzter sein. Sie erstickten ihn mit ihrer Fürsorge. Erst in Emmas Gegenwart hatte er gelernt, wie es war, wieder Luft zu bekommen. Aber das würden sie nicht verstehen. Zumindest nicht jetzt.

»Louise, es bringt nichts. Ich werde gehen.« Und mehr gab es eben nicht zu sagen.

»Wenn du gehst, brauchst du nicht mehr unter unser Dach zurückzukehren!«, brüllte sie ihm ins Gesicht.

»Dann kehre ich eben nicht zurück.« Carl seufzte. Es fiel ihm nicht leicht, sich von ihr abzuwenden, sie allein zurückzulassen. Doch er musste es tun.

Auch wenn ihr hilfloses Schluchzen noch lange in ihm nachhallte.

Einige Tage später saß er in einem Zug nach Dijon. Eine Fahrt ins Ungewisse. Die sich genauso lebendig, beinahe elektrisierend anfühlte wie damals seine Reise nach Düsseldorf. Ein berauschendes Gefühl, mit weiter Brust aufatmen zu können, sich allen Zwängen zu entsagen. Frei sein. Wie schnell hatte er es doch vergessen, was es bedeutete, frei zu sein. Egal wie sicher seine Zukunft an der Seite seiner Eltern auch sein mochte.

Neben ihm lag eine lederne Reisetasche. Darin hatte er das gesamte Geld verstaut, das er in den Jahren seiner Arbeit bei Richard Weber gespart hatte. Es würde genügen, um einige Zeit in Dijon unterzukommen und sich in der Senfherstellung nach Dijon-Art ausbilden zu lassen. Höchstwahrscheinlich bliebe auch genug für den Kauf der für die Produktion notwendigen Maschinen. Aber um den Erwerb der Fabrik und weitere Kosten zu decken, müsste er sich um ein Kredit bemühen, wenn er wieder in Metz war. Wenn er … endlich zu Emma zurückkehrte.

Ihr Händedruck. Ihre Stimme. Wenn er die Augen schloss, hatte er das Gefühl, sie wäre bei ihm. Er konnte sie beinahe körperlich spüren. Und alles an ihm sehnte sich danach, die Lider aufzuschlagen und ihr in die Augen zu sehen. Nur wusste er, dass sie nicht da sein würde.

Er vermisste sie schon jetzt, während der Zug ihn immer schneller von ihr wegbrachte, während die Landschaft mit einer atemberaubenden Geschwindigkeit an ihm vorbeiraste. Er wünschte, er hätte sie nach Dijon mitnehmen, jeden Schritt, jeden Augenblick dort mit ihr teilen können. Stattdessen hatte er sich nicht einmal verabschiedet. Vielleicht, weil er nicht wirklich fortging. Nicht von ihr.

## Metz, 1909

## EMMA

DIE TAGE WURDEN WÄRMER, doch Emma kamen sie noch trister vor als im nasskalten Februar. Jedes Mal, wenn die Post kam, hoffte sie auf eine Nachricht von Carl. Auf ein paar liebe Worte. Auf ein Lebenszeichen. Aber die Wochen vergingen, ohne dass sie etwas von ihm gehört hätte. Vielleicht hat er dich vergessen, nagte ein fieses Stimmchen an ihr, wenn sie nachts allein in ihrem Bett lag. Vielleicht braucht er dich nicht mehr? Sie wollte sich nicht davon verunsichern lassen, fest entschlossen, so lange zu warten, wie es nötig war. Dennoch fühlte sie sich schrecklich einsam.

»Ach, deine Schwermut ist kaum noch zu ertragen«, klagte ihre Mutter und ließ sie Strümpfe stopfen oder Röcke flicken. Emma erledigte die Aufgaben ohne Einwände, und nicht einmal an den heimlichen Ausflügen zu Perrins Buchhandlung konnte sie sich wirklich erfreuen. Als sie fast eine halbe Stunde lang über einer Seite ihres Geographielehrbuches ausgeharrt hatte, ohne wirklich etwas im Kopf zu behalten, schob sie es frustriert von sich.

»Ich weiß einfach nicht, was mit mir los ist!«

Eine Kundin, die gerade in den Liebesromanen stöberte, sah sie überrascht an. Auch Gusti wandte ihr die Schnauze zu. Einen Rat konnte die Buchhandlungskatze natürlich nicht geben, aber dieser verständnisvolle Blick war wie Balsam für ihre Seele. Hinter den Regalen trat Monsieur Perrin vor, der neuangekommene Bücher sortierte.

»Manschmal ist eine Pause durschaus angebracht«, meinte er und stellte ein paar Antiquariatsschätze aus dem achtzehnten Jahrhundert in einer Vitrine am Eingang aus. Normalerweise war Emma die Erste, die die Bücher bewundern durfte, doch heute hatte sie nicht einmal darauf Lust.

Sie wartete, dass sich die Kundin endlich zwischen einem Liebesroman mit einem Pinkerton-Agenten und einer Piratenromanze entschieden hatte. Doch die Dame tat sich unglaublich schwer damit, weswegen Émile Perrin sie ausführlich beraten musste und sie erst nach einer halben Stunde so weit war, den Seeräuber mit nach Hause zu nehmen.

»Eine Pause kann ich mir nicht leisten«, nahm Emma den Faden auf, als das Glöckchen die Kundin endlich verabschiedet hatte. »Ich darf nicht mit dem Lernen aufhören. Ich will es durchziehen, unbedingt!«

Émile Perrin setzte sich zu ihr an den Tisch und tätschelte väterlich ihre Hand. »Er kommt schon zurück. Bis da'in musst du auf andere Gedanken kommen.«

Sie wollte protestieren, doch der Buchhändler sah sie so wissend an, dass sie es nicht übers Herz brachte, es zu leugnen. Carls Nähe hatte sie beflügelt, und seine Träume waren ein Stück zu ihren eigenen geworden. Er war es, der in ihr mehr als »nur noch Emma« gesehen hatte. Mehr, als sie selbst in sich sah. Jeder Augenblick mit ihm erschien ihr unglaublich kostbar. Dass sie sich fragte, warum sie nicht schon früher all diese Augenblicke so geschätzt hatte, wie sie es verdienten.

Er fehlte ihr entsetzlich.

»Es ist so töricht.«

Sie war so töricht.

Mit beiden Händen stützte Emma ihren Kopf ab und starrte gen Buchdeckel. Geographie. Jetzt wusste sie immerhin, wo genau Dijon lag und wie lange sie brauchen würde, um hinzukommen. Als könnte sie sich tatsächlich einfach so in einen Zug setzen, um zu ihm zu fahren.

»Aber nein. Ganz und gar verständlisch«, tröstete der Buchhändler.

Sie verdrehte die Augen. Obwohl sie noch immer ihre Hände vorm Gesicht hielt, schien Émile Perrin es dennoch bemerkt zu haben. Sie hörte ihn lachen, was klang wie ein hilfloses Stöhnen. »*Ma chère Emma, ma chère Emma* … was soll isch nur mit dir machen. Such dir ein bisschen Zerstreuung, bis er wieder da ist.«

Zerstreuung? Statt konzentriertes Lernen? Trotzig schob sie das Geographiebuch an sich heran. Doch ihr Kopf schien sich zu weigern, den Lehrstoff aufzunehmen, als gäbe es dort nur Platz für Carl und Dijon. Zum Glück musste sie sowieso bald nach Hause.

Gusti begleitete sie bis zur Schwelle. Das Glöckchen klingelte, als Emma entschlossen hinaustrat. Es war so ein herrlicher, warmer Tag – sie würde ihn sich doch nicht schon wieder durch einen Mann verderben lassen, der nicht einmal da war! Oder?

»Fräulein Bergmann?«

Sie zuckte zusammen, fing sich aber wieder, bevor sie in die blauen Augen blickte, die da auf sie warteten.

»Herr Dupont«, grüßte sie so gelassen wie möglich. Seine Gegenwart machte sie schrecklich unsicher. Sollte sie wieder weglaufen, so schnell wie möglich? Oder in Ruhe ihren Weg fortsetzen, ohne sich etwas anmerken zu lassen?

»Ich habe gehofft, Sie hier zu treffen.«

»Spionieren Sie mir etwa nach, Herr Dupont?«, meinte sie keck, um ihre Verlegenheit zu überspielen.

Er hob die Augenbrauen und sah sie schräg von der Seite

an. Schon wieder verzogen sich seine feinen Züge zu diesem spöttischen Ausdruck, den sie so gut kannte. »Spionieren? Was für eine unerhörte Unterstellung! Nur weil ich der französischstämmigen Bevölkerung Lothringens angehöre, bedeutet es nicht, dass ich automatisch ein Spion bin. Dies anzunehmen ist wohl zu einem guten Ton eines jeden Preußen geworden, möchte man meinen.«

»Wir leben in gefährlichen Zeiten, Herr Dupont. Vorsicht ist durchaus angebracht, gerade wenn es um Sie geht, möchte man meinen.« Sie blickte ihn herausfordernd an.

Er holte tief Luft.

Zögerte.

»Ich muss mich bei Ihnen entschuldigen, Fräulein Bergmann.« Seine aufrichtigen Worte spülten im Nu die überhebliche Maske von seinen Gesichtszügen fort. Darunter lag ein so starker Ausdruck von Verletzlichkeit, dass Emma es zutiefst berührte, wie so oft, wenn sie den wahren Antoine erblicken konnte.

»Das wird ja langsam zu einer Gewohnheit, Herr Dupont.« Ihre Stimme wollte ihr nicht gehorchen.

»Mein Verhalten letztes Mal war unangebracht. Ich … ich weiß nicht, was in mich gefahren ist. Wenn ich Sie sehe, dann … dann …«

Sie wollte ihn nicht quälen. »Schon gut. Jetzt muss ich aber los. Meine Mutter wartet auf mich.«

»Nein, bitte …« Er legte eine Hand auf ihren Arm.

»Ich muss los.« Emma schlüpfte aus seinem Griff und beschleunigte ihren Schritt.

»Warten Sie!«, rief er beinahe flehentlich hinterher. »Nehmen Sie wenigstens meine Entschuldigung an?«

»Aber natürlich.«

Fast erwartete sie, er würde ihr folgen, doch das tat er nicht, stellte sie erleichtert fest. An der Ecke schaute Emma zurück. Sie wünschte, sie hätte es nicht getan. Denn als ihre Blicke sich trafen, lächelte er ihr zu, und es tat ihr leid, ihn so ruppig behandelt zu haben. Was machte er nur mit ihr?

* * *

Einige Tage später klingelte es an der Tür. Emma saß gerade mit einer Socke ihres Vaters am Fenster und versuchte, ein besonders großes Loch an der Hacke zu stopfen. Ihre Mutter hatte sich auf dem Sofa niedergelassen, *Das Büchlein von den Elternpflichten* im Schoß aufgeschlagen. Welche Weisheiten sie sich davon auch versprach – sie ließ sich nicht ablenken. »Nun mach schon auf!«, sagte sie, ohne von den Seiten aufzuschauen.

Emma legte ihre Arbeit auf den Tisch und sperrte auf. Der Blick durch den Spalt ließ ihr das Herz in die Kniekehlen rutschen.

»Herr Dupont!« Überrascht trat sie einen Schritt zurück. Warum war er hier? Was wollte er? Er dagegen grüßte und kam einfach herein. Entspannt nahm er seinen Hut ab, zögerte, als wartete er auf ein Dienstmädchen, das ihm die Sachen abnehmen würde. Bis Emma sich darum kümmerte und den Hut auf die Garderobe legte.

»Vielen Dank, das ist sehr freundlich.« In seinen Augen blitzte wieder dieses herausfordernde Funkeln auf, bei dem sie sich nie sicher sein konnte, ob er seine Worte ernst meinte oder sie auf den Arm nahm. Dann glitt sein Blick an ihr vorbei – die Mutter war in den Flur getreten. Antoines Lächeln erstrahlte um einiges mehr. »Frau Bergmann, wenn ich mich nicht täusche. Ihre bezaubernde Tochter ist Ihnen wie aus dem Gesicht geschnitten. Bitte verzeihen Sie mir diesen unangekündigten Besuch. Mein Name ist Antoine Dupont, ich glaube, wir haben uns auf dem Fest der Familie Seidel kennengelernt. Ich bin der Besitzer des Weingutes *Le Clos de l'Adret*, hoffentlich erinnern Sie sich noch an mich.«

»Aber … aber natürlich!«

Emma hätte wetten können, dass ihre Mutter sich keineswegs erinnerte. Vermutlich hatte sie Antoine dort nicht einmal gesehen, in seinem desaströsen Zustand war er ja nur kurz unten gewesen. Aber sein alles einnehmendes Lächeln schien auch diese Frau zu erweichen, die von Metz' französischstämmigen Bürgern eher wenig hielt und sie als das notwendige Übel in diesem bedauernswerten Land betrachtete. »Sehr erfreut, Sie wiederzusehen, Herr Dupont. Welcher Angelegenheit verdanken wir Ihren Besuch?«

»Ich habe darauf gehofft, dass Ihre bezaubernde Tochter Zeit hätte, mich zu empfangen.«

Emmas Blick schoss zur Uhr. Nun, in feinen Häusern war es durchaus an der Zeit, einen Nachmittagstee zu trinken und Gäste zu empfangen. Hier lagen dagegen Vaters Socken auf dem Tisch.

»Selbstverständlich.« Käthe Bergmann schenkte ihm ein knappes Lächeln zurück. »Meine Tochter ist sehr erfreut über Ihren Besuch. Möchten Sie einen Tee?«

»Sehr, sehr gerne, Frau Bergmann.«

Sie nickte und entschwand in die Küche. Wie beiläufig hatte sie dabei die Socken vom Tisch mitgenommen und gab sich die größte Mühe, nicht zu sehr beim Wasserkochen mit dem Kessel herumzuklappern.

»Nun«, sagte Emma und kam sich schrecklich steif vor. Es war seltsam, ihn hier in dieser kleinen Wohnung zu haben, ihn auf diese Weise in ihr Leben hineinzulassen. »Setzen Sie sich doch bitte.«

Sie nahm Platz auf einem Stuhl und überließ ihm das Sofa. Er setzte sich, als wäre er im feinsten Salon.

Ihre Mutter eilte in die Stube und servierte Tee im kostbaren Sonntagsgeschirr. Zusammen mit einem großen Teller voller Zwieback. Es war wohl das einzige Gebäck, das in der Küche zu finden gewesen war.

»Nun spannen Sie mich nicht länger auf die Folter«, säuselte Emma, als die Mutter ihr ein Zeichen gab, das unschickliche Schweigen endlich zu beenden. »Welcher Angelegenheit verdanken wir Ihren Besuch wirklich?«

»Abgesehen davon, dass ich gerne wieder einmal Ihr liebreizendes Antlitz genießen darf?«

»Von meinem liebreizenden Antlitz einmal abgesehen, ganz genau.«

Ihre Mutter rollte mit den Augen. Ein Spektakel wie in einem Puppentheater, als wäre ihre Mimik aus einzelnen, schlecht aneinandergepassten Teilen zusammengesetzt worden. Selbstbewusst nahm Emma ein Stück Zwieback und tauchte es in ihre Tasse. Aus dem Augenwinkel beobachtete sie Antoines Reaktion darauf. Erstaunlicherweise genierte er sich nicht, sondern tat es ihr gleich und ließ die aufgeweichte Masse auf seiner Zunge zergehen.

»Mmh.« Er schloss die Augen. »Ich muss zugeben, ich bin schon lange nicht mehr in den Genuss dieses Gebäcks gekommen.«

»Oh, da sollte man in den Cafés der Stadt Bescheid sagen. Nicht viele wissen, dass man Ihnen lieber Zwieback servieren sollte statt *Madeleines de Commercy.*«

Sie dachte, die Spitze an die Begebenheit im Café würde ihn erzürnen. Doch sein Gesicht wirkte friedlich, und als er zu sprechen begann, fühlte sich sein weiches, warmes Timbre an wie ein Schluck von einem edlen Wein. Es beschwingte ihre

Sinne und machte ihren Körper schon wieder so schrecklich *empfindlich.*

»Sie werden mich gewiss auslachen, aber dieses einfache Gebäck erinnert mich an meine Kindheit. Wissen Sie, ich hatte eine glückliche Kindheit. Als ich noch nichts hinterfragte, als ich alle um mich herum bedingungslos lieben konnte.« Er schloss die Augen. »Ich war stets früh auf den Beinen, und während meine Gouvernante noch schlief, schlich ich – ein ungezogener Bengel – in die Küche, um etwas zu stibitzen. Die Köchin schimpfte schrecklich mit mir und jagte mich davon. So dass ich mir meistens nur etwas Zwieback von der Ablage schnappen konnte. Ich flitzte dann zurück in mein Zimmer und verputzte es unter der Decke.«

Er öffnete die Augen. In seinem Blick lag so viel Zärtlichkeit – niemals hätte Emma vermutet, er wäre zu solchen Gefühlsregungen fähig. Aber warum nicht? Hatte sie wirklich geglaubt, dass er nicht in der Lage war, etwas zu empfinden? Etwas Echtes? »Sicherlich hätte ich alles bekommen, hätte ich einfach nur gefragt«, flüsterte er. »Aber zu fragen – das ist so schrecklich langweilig, nicht wahr?«

»Ich merke, Sie mögen den Nervenkitzel.«

»Nervenkitzel ist doch *Erregung* pur«, raunte er ihr zu, als wüsste er genau, was ihr Körper mit ihr machte, wenn er sich zu ihr beugte, sie ansah und so offen von einer Erregung sprach. Noch nie hatte ein Mann so mit ihr geredet. Wobei – es gab auch nicht viele Männer, die überhaupt mehr als nur ein paar Belanglosigkeiten mit ihr gewechselt hätten. Außer Carl.

Carl.

Mit einem Mal musste sie lächeln.

Carl hatte es nicht nötig, so mit ihr zu spielen, sie permanent in Verlegenheit zu bringen, ihr seine Unwiderstehlichkeit zu präsentieren. Carl war eben Carl. Und in seiner Gegenwart war sie Emma. Carl und Emma, Emma und Carl. Es war genauso einfach, wie es klang.

»Fräulein Bergmann! Langweile ich Sie so sehr?«

»Nein, keineswegs. Eine süße Geschichte«, murmelte sie, sich seiner Anwesenheit wieder bewusst. Eine süße Geschichte? Hatte sie das wirklich gesagt? Wie unangenehm. »Bitte entschuldigen Sie«, schob sie schnell hinterher, um wenigstens etwas zu retten.

Wenn die Situation ihn verletzt hatte, ließ er sich nichts anmerken. »Nun«, meinte er zu ihrer Mutter gewandt, die noch mehr Zwieback gebracht hatte, »ich wollte mich erkundigen, gnädige Frau, ob Sie Ihrer Tochter erlauben würden, mich in die Oper zu begleiten. *Opéra-Théâtre de Metz* präsentiert seit kurzem eine absolut grandiose Aufführung der *Carmen*. Die halbe Stadt spricht davon – man muss es gesehen haben. Dr. Böhmer hat mir erst kürzlich davon vorgeschwärmt, da muss was dran sein!«

»*Carmen.* Wie interessant.« Sicherlich war die Mutter weniger vom Stück beeindruckt, sondern vielmehr von der Erwähnung des Namens Böhmer. Seit dem letzten Jahr hatte der Mann die Stelle des Bürgermeisters inne und warb um deutsche Initiative und Arbeitskräfte für die Entstehung eines modernen Metz'.

»Meine Familie besitzt seit Jahrzehnten eine eigene Loge«, fügte Antoine hinzu.

»Oh«, sagte ihre Mutter, in Gedanken sicherlich noch beim Bürgermeister. Wie Emma sie kannte, malte sich diese Frau sicherlich schon aus, wie ihre Tochter den Mann bei einer *Carmen*-Vorstellung kennenlernte und ein gutes Wörtchen für die Familie einlegte.

Schon wieder bloß ein Spielball in den Händen ihrer Mutter sein? Emma straffte die Schultern. »Leider muss ich Ihre freundliche Einladung ausschlagen. Ich fürchte, ich bin da verhindert.«

»Ich habe doch gar nicht gesagt, wann ich die Oper gern zusammen mit Ihnen genießen würde.«

»Das spielt ...« Noch bevor sie den Satz beenden konnte, fuchtelte ihre Mutter mit den Händen.

»Meine Tochter meint wohl, scherzen zu müssen, bitte entschuldigen Sie.«

»Kein Grund, sich zu entschuldigen. Den Humor Ihrer Tochter weiß ich zu schätzen.«

»Selbstverständlich würde sie Sie sehr gerne in die Oper begleiten, Herr Dupont. An welchem Tag auch immer.«

»Das freut mich außerordentlich.« Sein Blick, den er der Mutter über den Tassenrand hinweg schenkte, hätte auch einen Schneemann zum Schmelzen bringen können.

Er blieb noch eine Weile. Dabei plauderte er lebhaft, erzählte davon, dass er Klavier spielte, weil seine Mutter den Klang so mochte. Am liebsten horchte sie der *Mondscheinsonate*, doch er hatte es bis heute nicht geschafft, ihr das gesamte Stück vorzuspielen, weil sein Vater spätestens im dritten Satz meinte, man möge mit dem Geklimper aufhören. Er mochte den Frühherbst und lange Ausritte entlang der Mosel. Sein Pferd hieß Pattouche, und als er klein war, hatte seine Mutter ihm erzählt, es wäre ein verzaubertes Einhorn, das sein Horn nur ganz besonderen Menschen in ganz besonderen Momenten zeigen würde.

»So langsam muss ich mir wohl eingestehen, dass ich nichts Besonderes bin«, sagte er, und in seinen Worten lag ein solcher Schmerz, dass Emmas Herz ganz schwer wurde. »Und ich habe eine schreckliche Angst vor Fröschen«, flüsterte er kaum hörbar, als ihre Mutter in der Küche Tee nachbrühte.

»In der letzten Zeit habe ich immer wieder den gleichen Albtraum. Ich gehe ins Arbeitszimmer meines Vaters, das ganze Haus wirkt wie ausgestorben, und als ich die Tür aufmache, sitzt hinter seinem Tisch ein riesiger Frosch und glotzt mich an. Ich wache auf, weil ich das Gefühl habe, in meiner eigenen Panik zu ersticken, schweißgebadet, und weiß nicht, wo ich bin – nur dass um mich herum völlige Nacht ist.«

Am liebsten hätte sie dabei seine Hand genommen, damit er wusste, dass er mit seinen Albträumen nicht allein kämpfen musste.

Als er gegangen war, kam es Emma vor, als wäre ein Teil von ihm dageblieben. Als würden seine Worte noch in der Wohnstube schweben, zusammen mit dem Duft seines herben Parfüms und einer leichten Tabaknote. Warum war er nur so kompliziert? Manchmal zum Verzweifeln überheblich. Und manchmal unglaublich verletzlich. Was davon gehörte zum wahren Antoine und was war nur eine Maske, die er für die Welt um ihn herum aufsetzte? Louises Kunstwerk stieg vor ihrem inneren Auge auf. Dass er hier gewesen war, dass er ihr so viel von sich preisgegeben hatte, war womöglich ein stummer Hilfeschrei, damit er nicht endgültig in seinen Abgründen versank. Sie musste nur zuhören. Ihn nicht damit alleinlassen. Auch wenn sie einander vollkommen fremd waren.

Entschlossen stand sie auf und holte das Kleid hervor, das sie aus dem Rheinland mitgebracht hatte. Die dunkelgrüne Seide schimmerte verführerisch im Tageslicht. Die blassgelbe Spitze setzte passende Kontraste. Nur die Rosen störten, also nahm sie eine Schere und trennte sie vorsichtig ab. Es dauerte, bis sie alle Nähe aufgelöst hatte, und als sie das Kleid an einem Bügel aufgehängt hatte, ein paar Schritte zurücktrat und es erneut betrachtete, nickte sie zufrieden. Schick, aber nicht so prunkvoll wie die Lafferière-Robe, genau das Richtige für einen Abend im *Opéra-Théâtre de Metz*.

»Na, dieser junge Mann muss wirklich etwas Besonderes sein, wenn du für ihn freiwillig an deiner Garderobe herumwerkelst«, meinte ihre Mutter zufrieden. Sie lehnte nach dem Abwasch des Teegeschirrs am Rahmen der Küchentür, die Arme vor der Brust verschränkt. Ihr Gesicht zeigte keine Regung, aber in den Augen glaubte Emma ein warmes Schimmern zu sehen. Sie musste sich zügeln, das Bedürfnis in sich unterdrücken, ihre Mutter umarmen zu wollen. Dafür waren Bergmanns einfach nicht geschaffen. Manchmal war ein warmes Schimmern genug.

Die Tage vergingen wie im Flug. Emma musste zugeben, dass das Warten durchaus etwas Aufregendes an sich hatte und die Gedanken an den Abend sie mit großer Freude erfüllten. Das Theater gehörte zu den ältesten Opernhäusern in Europa und war sowohl bei der deutschen als auch der französischen Bevölkerung beliebt. Früher war Emma häufig um das Gebäude herumgeschlichen, hatte sich gefragt, was hinter diesen Wänden wohl vor sich ging, wie es war, den berühmten Sängern zuzuhören. Ganz besonders war ihr in Erinnerung geblieben, wie vor etwa sieben Jahren ganz Metz den jungen Julius Dewald für seinen Erfolg im Lustspiel *Im bunten Rock* feierte und viele junge Mädchen das Theater belagerten, um einen Blick auf den begehrten Schauspieler zu erhaschen. Ja, auch Emma selbst, im Pulk ihrer jauchzenden Freundinnen aus der Klosterschule, obwohl sie das heitere Lustspiel nicht einmal gesehen hatte. Mehrmals hatte sie ihre Eltern angefleht, in das Stück gehen zu dürfen, doch ihre Mutter tat es bloß als »Unfug« ab. Der Kultursinn gehörte nicht zu den größten Gütern der Familie Bergmann, damit musste sich Emma abfinden.

Endlich war der Abend gekommen, und sie schlüpfte in ihr grünes Seidenkleid. Vor Ungeduld tigerte sie in der Wohnstube hin und her, als würden die Minuten schneller vergehen, wenn sie bloß in Bewegung bleiben würde. Es klingelte. Ein älterer Chauffeur in tadelloser Uniform verbeugte sich tief und kündigte an, der Wagen stünde bereit. Sie griff nach ihrem Retikül und schritt die Treppe hinunter, darauf bedacht, nicht vor lauter Aufregung auf den Stufen auszurutschen.

Antoine erwartete sie vor dem Automobil, lässig hatte er sich an die Karosserie gelehnt und sich eine Zigarette zwischen die Lippen gesteckt. Als Emma hinaustrat, nahm er einen letzten Zug, warf den Stummel beiseite und richtete sich auf. Sie kam näher. Blieb stehen. Sein dunkler, schwermütiger Blick streifte ihr Dekolleté, schien sie zu etwas Verbotenem zu locken. Hatte Carl sie jemals so angesehen? So voller Verlangen? Ihre Hände wurden feucht, sobald sie sich vorstellte, er stünde neben ihr und seine grünen Augen würden ihr dieselben Abgründe versprechen. Sie würde sich hineinstürzen. Ohne zu zögern.

»Emma …« Doch die Stimme, die ihren Namen flüsterte, gehörte nicht Carl. Sondern Antoine.

»Guten Abend, Herr Dupont«, murmelte sie, als das Schweigen zwischen ihnen unerträglich wurde und sie sich immer befangener unter seinem Blick fühlte.

»Guten … Abend, Fräulein Bergmann«, raunte er ihr mit einer belegten Stimme entgegen. Dann löste er sich von der Karosserie des Wagens und trat ihr entgegen. »Verzeihung. Wo bleiben nur meine Manieren.« Er nahm ihre Hand, so dass sie gezwungen war, die wieder einmal ineinander verkrampften Finger zu lösen, deutete einen Kuss an, dann öffnete er die Tür und half ihr auf die Rückbank. Der Chauffeur saß schon längst hinter dem Steuer.

»Losfahren«, befahl Antoine, ohne seinen Blick von ihr abzuwenden. Hier, im begrenzten Innenraum des Automobils, fühlte sich seine Gegenwart noch eindringlicher an als je zuvor. Die Luft um sie herum schien zu vibrieren, sein Blick kam fast einer Berührung gleich, als würden seine Finger ihre Wange herabfahren, ihren Hals berühren, über das Schlüsselbein streichen, das das Dekolleté des Kleides teilweise preisgab.

Zum Glück dauerte die Fahrt nicht allzu lange. Ein warmes Lächeln umspielte Antoines Züge, als er ausstieg. Alles schien so unwirklich. Wie er ihre Hand nahm, um ihr aus dem Wagen zu helfen, wie er sie zum Eingang des Theaters führte. Wie sie in die schummerige Loge trat und ihre Beine sich wie aus Watte anfühlten, als sie sich über die Brüstung beugte und hinunter zur Bühne sah.

»Es ist so … überwältigend«, hauchte sie, vollkommen ergriffen von diesem Moment.

»Ich weiß. Wollen wir uns nicht lieber setzen?« Schmunzelnd deutete er auf die Stühle. »*Carmen* ist eine Opéra Comique in vier Akten. Das dürfte sehr in die Beine gehen.«

Sie nickte verstohlen, ohne ihren Blick vom Vorhang abwenden zu können, nahm Platz und glaubte, im weichen Polster zu versinken. Die Lehne schien sich an ihren Rücken anzupassen – hier könnte sie Stunden verbringen, blitzte es durch ihren Kopf.

Antoine hielt ihr etwas unter die Nase, und sie fuhr erschrocken zusammen. Dabei war es nur ein Opernglas. Unbeholfen drehte sie das filigrane Gerät in den Händen, blickte zuerst in das eine, dann in das andere Ende und freute sich wie ein Kind, die Bühne ganz nah und dann so fern zu sehen.

Dann wurde es dunkel, und alles verstummte. Wie ein gemeinsames Innehalten. Bevor die Ouvertüre erklang, sich der Vorhang langsam, viel zu langsam hob und nach und nach die Kulissen enthüllte sowie die Menschen, die in ihren Posen verharrten. Schon erwachte die Bühne zum Leben, und zum Orchester gesellte sich auch der Gesang. Auf Französisch. Damit hatte sie nicht gerechnet.

Emma versuchte, sich auf die Wörter zu konzentrieren, all ihre Kenntnisse zusammenzuklauben, um dem Libretto zu folgen – musste aber schon bald aufgeben. Dennoch riss die Oper sie vollkommen mit. Nach und nach bemerkte sie, dass es nicht so wichtig war, jedes Wort zu verstehen. Allein in der Kraft der Musik, in der Darstellung der Akteure war alles enthalten, was sie brauchte, um mit den Figuren auf der Bühne mitzufühlen.

Die Musik trug etwas Magisches in sich, wühlte ihre Seele auf, bescherte ihr ein Wechselbad der Gefühle. Manchmal wusste sie nicht, was genau sie gerade empfand, vielleicht auch, weil es so viel gleichzeitig war. Sie hatte nie geahnt, dass sie fähig war, so sehr zu leiden, während sie den Ereignissen auf einer Bühne zusah.

Als die Vorstellung endete, saß sie noch lange an ihrem Platz, und es war ihr egal, dass die Tränen ihre Wangen herabliefen. Irgendwann waren nur noch Antoine und sie da – alle anderen Zuschauer hatten den Saal längst verlassen.

Zum Glück sagte er nichts.

Sie wollte den Zauber der Bühne ein Stück mit sich mitnehmen. Am liebsten alles in sich konservieren, jede Gefühlsregung, jeden Atemzug. Wie den Geschmack eines guten Senfs, dachte sie, und Carls Gesicht tauchte vor ihrem inneren Auge auf. Immer noch kein Gruß aus Dijon. Ob er noch an sie dachte? Ob sie je von ihm wieder hören würde? Die Zweifel waren unerträglich. Er musste gehen, das war ihr klar, und sie musste ihn gehen lassen. Nur hatte sie nicht gewusst, wie schwer es war, auf jemanden zu warten. Wie weh es tat, allein zu sein. Schon wieder liefen die Tränen über ihr Gesicht. Sie wollte nur noch raus. An die frische Luft.

»Wollen wir?« Antoine deutete zum Ausgang.

Sie nickte nur.

Stumm verließen sie die Loge, traten Seite an Seite aus dem Theater auf die Straße. Niemand war zu sehen. Die frühsommerliche Nacht empfing sie lau, und trotzdem kam sie Emma kühl vor. Sie lief los. Egal wohin, als müsse sie sich bewegen, um ihre Gedanken zur Ordnung zu rufen, um ihre Gefühle zu sortieren, um sich selbst irgendwie zu verstehen.

»Sie wirken so … aufgewühlt, Fräulein Bergmann.«

»*Carmen*«, stieß sie hervor, unsicher ob sie überhaupt schon imstande war zu sprechen. »Ich überlege die ganze Zeit, was Sie mir damit sagen wollen.«

»Ich?« Er lachte. Ein tiefer, weicher Klang, der ihr durch Mark und Bein ging. »Dieser Geniestreich ist von Georges Bizet, nicht von mir.«

»Sie haben mich hingeführt.«

»Sie sind wohl eine Preußin durch und durch – kommen für Sie nur deutsche Komponisten infrage?« Mit einer leichten Verachtung verzog er die Lippen, doch sie wusste, dass es nicht ihr galt – viel eher der allgemeinen Situation, die seit jeher die Stadt spaltete. »Für den *altdeutschen* Teil der Bevölkerung wird *Tristan und Isolde* aufgeführt. Am Ende sind beide krank vor Liebe und schließlich tot. Ist dies mehr nach Ihrem Geschmack?«

»Kann ich nicht beurteilen, ohne die Oper gesehen zu haben. Die Vorstellung einer Frau, die zwischen zwei Männern steht, sagt Ihnen wohl mehr zu.«

»Das haben Sie in *Carmen* gesehen?«, fragte er spöttisch.

Sie merkte, dass sie schon wieder rot wurde. Warum fühlte sie sich in seiner Nähe wie ein dummes Mädchen?

Abrupt blieb er stehen, packte sie an den Schultern und drehte sie zu sich herum. »*Carmen* ist Freiheit. *Carmen* ist Leidenschaft. *Carmen* ist Leben pur«, raunte er ihr entgegen. »*Carmen* ist eine Frau, die keine Grenzen kennt. Kommt Ihnen das nicht bekannt vor? Fühlen Sie etwa nicht ein bisschen wie sie, Fräulein Bergmann? Sagen Sie mir, dass ich mich irre. Dass in Ihnen nicht dasselbe Feuer brennt, das alles und jeden in Ihrer Nähe verschlingt!«

»Das Feuer, das sie in den Tod geführt hat? Durch die Hand eines Mannes?«

»Auch Tod kann Freiheit sein, unendliche, grenzenlose Freiheit.«

»Sie machen mir Angst«, flüsterte sie, völlig gebannt durch seinen fiebrigen Blick, durch die Kraft, mit der er sie hielt. Ein paar Atemzüge lang bewegte er sich nicht. Ein paar schwere, rasselnde Atemzüge lang glaubte sie, er würde sie nie wieder loslassen.

»Verzeihung.« Er taumelte zurück, als hätte er sich vor sich selbst erschrocken. »Das … das wollte ich nicht.«

Sie zögerte. Nur kurz. »Ich weiß.«

Unsicher tastete er nach der Zigarettenpackung. Seine Hände bebten, als er eine herausnahm und anzündete. Der süßlich-herbe Tabakduft umhüllte sie beide in einer Wolke, die sogleich in die Nacht entschwand. Er machte noch ein paar gierige Züge, hielt inne – und reichte ihr die Zigarette.

»Aber Herr Dupont …«

»Antoine«, korrigierte er sie kaum hörbar. »Mein Name ist Antoine. Dupont – das ist der Name meines Vaters.« Er schluckte. »Bitte. Versuch es. Sei frei von all diesen albernen Zwängen. Von dummen Verboten. Von der Rolle, die wir für andere spielen müssen. Hier sieht uns niemand zu. Hier können wir so sein, wie wir sein wollen.«

Wie gebannt starrte sie auf das glühende Ende. Was würde ihre Mutter sagen? Was würde Carl sagen?

»Nur keine Angst. Ich verspreche dir: Wenn ich da bin, brauchst du vor nichts und niemandem Angst zu haben.«

Ach, zum Teufel mit ihnen allen.

Trotzig setzte sie Zigarette an die Lippen. Da, wo so kurz davor noch seine Lippen das Papier berührt hatten. Es fühlte sich so unwirklich, so zerbrechlich an, diese seltsame Freiheit.

»So ist es gut, Emma. Trau dich, frei zu sein!«, redete er auf sie ein.

Sie hielt inne.

Und sog den Rauch in ihren Mund.

* * *

»Du machst mich verrückt, Emma«, flüsterte Antoine ihr zu, als er sie vor der Haustür verabschiedete. »Du machst mich so verrückt, dass es mir Angst einjagt. Aber ich weiß nicht, was ich ohne dich machen würde. Du bist mein Lichtblick in trostlosen Zeiten.«

Sie wusste nicht, was sie sagen sollte. Also stand sie einfach da und sah ihm nach, als er sich nach einem artigen Handkuss schließlich zum Gehen wandte. Ihr Hals fühlte sich immer noch kratzig-wund vom Rauchen an, und in ihrer Brust regte sich Reue. Diese grenzenlose Freiheit, die sie da empfunden hatte – es war, als lebte sie ein fremdes Leben. Als wäre sie nur eine Figur in einer Opéra Comique namens *Carmen*. Wo sollte sie mit all dem hin, was in ihr vorging, wenn nicht auf eine Tragödie zusteuern? Vielleicht hatte ihre Mutter recht. Sie sollte heiraten und zur Ruhe kommen. Sich in die ihr zugedachte Rolle einfügen. Nur noch Emma sein. Keine Carmen.

*Du bist mein Lichtblick. In trostlosen Zeiten.*

Die Worte hallten noch lange in ihr nach. Und versprachen so viel mehr.

Zwei Wochen nach der Oper lud Antoine sie zum Essen ins *Moitrier* ein. Einfach so, als wäre es das Gewöhnlichste der Welt. Allein der Gedanke daran, etwas zu erleben, wovon sie niemals zu träumen gewagt hätte, was ihr eigentlich gar nicht zu stand, erfüllte sie mit Aufregung. Sie zog ihr bestes Nachmittagskleid an, eins mit vielen rosafarbenen Rüschen am Dekolleté. Es war schon älter, und sie musste die ein oder andere Rüsche wieder annähen, die sich im Verlauf der Zeit gelöst hatte. Am Rock entdeckte sie einen ärgerlichen Fleck, aber das musste jetzt einfach gehen. Ihr Hut – mit vielen Rosen, derselbe, den sie zu Labands Vorlesung getragen hatte, schien perfekt zum süßen Kleid zu passen. Wie eine kleine Erinnerung an ihre erste, so holprige Begegnung in Straßburg.

Sie drehte sich vor dem Spiegel um ihre eigene Achse. *Moitrier!*, pochte es unaufhörlich in ihren Schläfen, sie würde ins *Moitrier* gehen! Unvorstellbar, sich von Kellnern in tadellos sitzenden Anzügen bedienen zu lassen, Antoine direkt in die Augen sehen … In seiner Gesellschaft hatte sie manchmal das Gefühl, etwas von ihrer Ungezwungenheit, von ihrer kindlichen Waghalsigkeit käme zu ihr zurück. Als wäre alles möglich. Als liege ihr die Welt zu Füßen.

Der Tag war warm und sonnig und so wunderschön, dass sie glaubte, über die Straßen zu fliegen. Die Fassaden der Häuser wirkten noch heller unter dem wolkenlosen Himmel, das Licht spiegelte sich in den Fenstern und Vitrinen und schien ihr zuzuzwinkern. Überall um sie herum entspannte, zufriedene Gesichter der Flanierenden.

Sie lief, als würden ihre Füße kaum den Boden berühren. In der Eingangshalle brauchte sie ein paar Sekunden, um zu Atem zu kommen, dann ließ sie sich von einem der Angestellten ins Restaurant führen. Als sie den Speisesaal betrat, verschlug es ihr die Sprache. Die vier riesigen Fenster begannen knapp über dem Boden und reichten fast bis zur Decke. Die oberen Bögen waren mit feinem Buntglas verziert, und ab der Hälfte verbargen Gardinen die Gäste vor den Blicken der Passanten. Die Tische mit schneeweißen Tischdecken waren mit teurem Porzellan und feinem Silber gedeckt. Der riesige Spiegel am anderen Ende des Saals ließ den Raum beinahe unendlich wirken.

Antoine hatte einen Platz direkt am Fenster gewählt, Emma entdeckte ihn sofort.

»Herr Dupont? Wie schön, Sie zu sehen.« Schon wieder grinste sie über das ganze Gesicht. Als teilten sie ein Geheimnis, wenn sie ihn in der Öffentlichkeit »Herr Dupont« nannte, und »Antoine«, wenn sie allein waren.

Er nickte nur, leicht abwesend, wie es ihr vorkam, und stand galant auf. Seine Bewegungen wirkten reserviert, als er ihr den Stuhl zurechtschob, damit sie sich hinsetzen konnte.

»Ist alles in Ordnung?«

»Natürlich«, antwortete er knapp. Das Schweigen, das sich zwischen ihnen daraufhin ausbreitete, fühlte sich falsch an. Es trennte sie voneinander, ließ ihn unerreichbar und unnahbar erscheinen. Wie ihren Vater, wenn er sich in sein Schneckenhaus zurückzog.

»Antoine?«

»Ich habe doch gesagt, dass alles in Ordnung ist«, erwiderte er gereizt. »Lass uns essen. Die Speisen im *Moitrier* sind exquisit.«

Er sah sich nach einem Kellner um. Als dieser kam, bestellte Antoine für sich und im gleichen Zug auch für sie, was genau, bekam sie nur zur Hälfte mit. Emma breitete ihre Serviette auf dem Schoß aus. Sie korrigierte ihn nicht, als er Wein anforderte, obwohl sie lieber ein Glas Wasser gehabt hätte. Unter den halb gesenkten Lidern versuchte sie, seine Stimmung einzuordnen. Sie hatte ihn einige Tage nicht gesehen, nun wirkte er nicht nur erschreckend blass, sondern vollkommen ausgelaugt.

»Beim nächsten Mal werde ich dich nicht so lange auf mich warten lassen«, sagte sie, als der Kellner gegangen war. »Du scheinst so viel Hunger zu haben, dass du mich nicht einmal in die Speisekarte blicken lässt.«

»Entschuldige.«

Besorgt beugte sie sich zu ihm. »Du musst nicht schweigen. Du kannst mir sagen, was los ist.«

Er winkte sie weg wie eine lästige Fliege.

Was war das? Hatte sie ihm einige Zeit Zerstreuung geboten, um ihn jetzt mit ihrer Fürsorge nur noch zu belästigen?

Er schien bemerkt zu haben, wie unhöflich er war. »Es ist nichts«, murmelte er, ohne sie richtig anzusehen. »Auf keinen Fall möchte ich dein hübsches …«

»… Köpfchen mit allerlei ernsten Dingen belästigen?« Sie straffte die Schultern. »Ich dachte, wir waren uns bereits einig, dass mein hübsches Köpfchen mehr verträgt, als man ihm vielleicht zutraut.«

»Ja, ich weiß.« Sein Ton wurde milder. Erschöpft rieb er sich die Nasenwurzel, dann schaute er endlich auf. »Es ist nur … Ach, wunderbar. Da kommt schon unsere *soupe à l'oignon!*«

Der Kellner stellte die Teller vor sie hin, erkundigte sich, ob alles zur besten Zufriedenheit war, und entfernte sich, als Antoine bejahte. Der Duft der Suppe ließ das Wasser in Emmas Mund zusammenlaufen. Hungrig blickte sie die feinen Fettaugen an, die auf der Oberfläche schwammen.

»Lass es dir schmecken«, meinte Antoine und tauchte seinen Löffel in die Suppe.

Sie tat es ihm gleich, doch nach ein paar Happen musste sie zugeben, dass der Appetit ihr vergangen war. Anscheinend verspürte auch Antoine nicht so viel Hunger wie vorhin – dem Wein gab er deutlich den Vorzug. Sie ertappte sich dabei, wie sie stumm mitzählte, wenn er sich einschenkte.

»Ist irgendetwas?« Ungeduldig prostete er ihr mit dem Weinglas zu.

»Höchstens mit dir.«

Er verzog den Mund. »Wir sollten diesen wunderschönen Tag nicht mit unschönen Dingen verderben.«

Entschlossen schob sie den Teller von sich. »Zuerst mein Köpfchen, dann dieser wunderschöne Tag? Vielleicht sollte ich lieber gehen. Anscheinend brauchst du im Augenblick die Gesellschaft der Weinkaraffe mehr als die meine.«

»Nein!«, rief er aus und griff über den Tisch nach ihrer Hand, ungeachtet dessen, dass der Herr am nächsten Tisch entsetzt von seinem Steak aufsah. »Bitte, Emma, bitte geh nicht!«

»Ich bin für dich da. Das weißt du.« Dennoch grub sich das ungute Gefühl tiefer in ihre Seele. »Aber nur wenn du mir sagst, was los ist.«

Er verharrte. Dann drückte er seinen Rücken durch und schaute wieder zu den Gardinen. »Nun. Es mag dich erfreuen: Du hattest recht.«

»Magst du mir auch verraten, womit?«

Er nahm einen großen Schluck Wein, schien damit seinen ganzen Mund auszuspülen, als müsste er den Tropfen verkosten und darüber nachdenken, was er dabei empfand. »Erinnerst du dich noch an unser erstes Gespräch in Metz? An diese aberwitzige Unterhaltung über die Reblaus und deine Abhandlung über das Propfen?«

»Natürlich.« Wärme stieg in ihre Wangen. Nun nippte auch

sie ein bisschen an ihrem Wein. Der so trocken schmeckte, dass sich alles in ihrem Mund zusammenzog. »Aber ich muss gestehen, dass ich mich damals wohl ein bisschen zu wichtig-machen wollte. Mehr als einen Artikel habe ich darüber nicht gelesen.«

»Sie ist zurück.« Mit einem Zug trank er sein Glas leer. »So sieht es aus, jawohl.«

»Die Reblaus? Auf dem Gut deines Vaters?«

»Auf *meinem* Gut!« Sie zuckte zusammen, so schneidend kamen seine Worte, doch schon redete er weiter: »Es ist zu befürchten, dass über die Hälfte der Pflanzen befallen ist. Und es werden mehr, die Verbreitung ist nicht aufzuhalten.«

»Bist du dir sicher?«

»Ja, verdammt! Mein Vater hat die Gefahr immer geleugnet, vielleicht hatte er in der letzten Zeit einfach viel Glück gehabt. Glück, das mir wohl nicht hold ist.« Er lachte bitter auf. »Die Arbeiter auf den Hängen haben den Parasiten zu spät gesehen, das Mistvieh ist aber auch schwer zu erkennen: Winzig gelbe Punkte auf den Wurzeln. Die Laus konnte sich ungehindert ausbreiten. Jetzt darf ich zusehen, wie die Pflanzen zugrunde gehen und die Hänge verdorren.«

»Das bedeutet – keine Ernte dieses Jahr?«

Er verzog das Gesicht. »Ja. Mit deiner scharfsinnigen Analyse liegst du verdammt richtig: Genau das bedeutet es.«

Sie atmete tief durch, ließ ihren Ärger nicht zu, zumal er bereits stockte und eine Entschuldigung murmelte: »Verzeih mir.« Er winkte den Kellner herbei und bestellte Wein nach. »Keine Ernte, kein Umsatz, die Arbeiter wollen ihren Lohn, und das Gut ist hoch verschuldet. Ich wusste natürlich, dass wir schon lange keine sonnigen Zeiten erlebt hatten, aber wie schlecht es wirklich um das Gut steht, davon hatte ich nicht die geringste Ahnung.«

Der Wein kam. Unsicher nippte Antoine an seinem neu aufgefüllten Glas, den Blick schon wieder auf die weißen Gardinen am Fenster gerichtet, als würde er das Muster der Spitze bis ins letzte Detail erkunden wollen.

»Der Name des Gutes hat einen hervorragenden Ruf. Du könntest einen kurzfristigen Kredit aufnehmen, um die schwere Zeit zu überbrücken. Wenn du jetzt das Problem an der Wurzel packst, buchstäblich ...«

»Als hätte ich nicht daran gedacht! Aber mein Vater hat bereits drei Kredite laufen. Ich glaube nicht, dass noch irgendein Bankier in Metz so töricht wäre, dem Gut Geld zu geben. Drei Kredite! Was hat der alte Herr sich nur dabei gedacht? Was, glaubte er, wie er das Geld wieder reinholen würde?«

»Meinst du, dein Vater hat sich deswegen das Leben genommen?«

Sie merkte, wie er erblasste. Wie sein Gesicht noch weißer als die Gardinen neben ihm wurde.

»Es tut mir leid«, stammelte sie rasch. »Ich hätte nicht ...«

»Nein, muss es nicht. Ja ... das ... das könnte durchaus der Grund sein ... du hast recht. Ich habe gar nicht darüber nachgedacht. Aber ... das ergibt Sinn.« Sein Blick wirkte fiebrig, rastlos. Als hätte ihn etwas Schreckliches eingeholt, als wüsste er nicht mehr, wer oder wo er war.

»*Le Clos de l'Adret.*« Sie legte beruhigend ihre Hand um die seine, die das Weinglas umklammerte. Seine Finger fühlten sich kalt und verschwitzt an. »Weißt du noch, was du mir bei unserer Begegnung im Café gesagt hast? *Le Clos de l'Adret steht für Tradition und Qualität.* Es mag sein, dass die Reben dieses Jahr keine Trauben tragen. Es mag sein, dass es schwierig werden könnte, einen Bankier zu überzeugen, dir das Geld zu geben. Aber was ist, wenn du dir einen Partner suchst? Einen, der an die Tradition und die Qualität der Weine deines

Gutes glaubt? Was du jetzt tun musst, ist schnell handeln und die Hänge neu bepflanzen. Mit den amerikanischen Wurzeln, die europäische Reben tragen werden.«

»Also zu propfen.«

»Angeblich ist es der einzige Weg, um der Laus Einhalt zu gebieten. Für andere Experimente hast du nicht die Zeit und noch weniger die Mittel.«

Er schloss die Augen. »Einen Partner zu finden, wird nicht leicht sein.«

»Aber möglich. Weil der Name des Gutes nach wie vor viel wert ist. Zumindest mehr als seine Weinstöcke im Moment.«

Freudlos hob er sein Glas. »Na dann. Auf den Namen!«

Sie prostete ihm zu. »Auf den Namen. Auf das Gut. Und auf die Zukunft. Krisen sind dafür da, um sie zu überwinden und stärker denn je hervorzutreten. Lass dich nicht brechen.«

Er lächelte schief, während er sie mit seinem so intensiven, schwermütigen Blick betrachtete. »Du bist unglaublich, Emma, weißt du das?« Seine Stimme klang wieder heiser und belegt. Er lehnte sich zurück und trank seinen Wein, ohne die Augen von ihr abzuwenden. Schon wieder waren da zwischen ihnen merkwürdige Schwingungen, die ihr Unbehagen bescherten.

Das Roastbeef kam. Doch statt das Essen zu genießen, stocherte Emma lustlos auf ihrem Teller herum. Antoine brauchte sie. In den schweren Zeiten, die er durchmachte, brauchte er jemanden, der zu ihm stand. Einen Freund, dem er sich anvertrauen konnte. Wenn er bloß aufhören würde, sie mit diesem vor Schwermut unergründlichen Blick anzuschauen!

Trotz des üppigen Essens und des schmackhaften Desserts war sie froh, als sie das Restaurant verlassen konnte. Antoine bestand darauf, durch die Römerstraße zu spazieren, hatte ihre Hand in seine Armbeuge gelegt und sie ganz dich an sich herangezogen. »Du gibst mir Halt, Emma«, flüsterte er unentwegt auf sie ein. Seine Stimme leierte ein wenig.

»Muss ich ja«, scherzte sie, ohne dass ihr danach war. »Du hast zu viel getrunken.«

Er lachte. »Ich liebe deine Witze! Ach Emma, du bist so erfrischend anders als diese steifen Salondamen.«

Sie seufzte nur und wandte ihren Blick zur Seite. Abrupt blieb sie stehen. Auf der anderen Straßenseite entdeckte sie Louise und ihre Mutter. Während Wilhelmine das Schaufenster eines Feinkostladens betrachtete, war Louises Blick direkt auf sie und Antoine gerichtet. Er zog Emma weiter, schien sie noch etwas dichter an sich heranzudrücken. Während Emma kaum noch ihre Beine spürte.

»Wohnst du noch bei den Seidels?« Noch immer fühlte sie Louises schneidenden Blick im Rücken, traute sich jedoch nicht zurückzuschauen.

Er lachte. »Natürlich nicht. Das Gut erfordert meine ganze Aufmerksamkeit, ich muss dort sein.«

»Hast du Louise gesehen? Sie …«

»Mach dir um Louise keinen Kopf!« Er redete wie im Rausch. »Louise ist nicht wie du. Louise will begehren und begehrt werden. Aber ich will keine Beziehung, die wie ein Kunstwerk von ihr geformt wurde. Ich will das wahre Leben. Ich will, dass es echt ist. Ich will … Ich will dich, Emma!« Er riss sie zu sich herum, legte seine Hände um ihre Wangen. Einen Moment lang glaubte sie, er würde sie küssen. Hier, mitten auf der Straße! Ihr wurde schwindelig.

»Antoine!« Erschrocken stieß sie ihn von sich.

Er taumelte und musste sich an einer Wand festhalten. Zuerst dachte sie, er würde gleich sauer werden, doch dann lächelte er und lehnte seinen Kopf an den Putz. »So wild. So unbezwingbar, meine süße Emma. Nein, du bist ganz und gar nicht Louise! Du bist die pure Leidenschaft, die nur darauf wartet, aus diesem kleinen, jungfräulichen Körper entfesselt zu werden!«

»Zügeln Sie sich ein bisschen, Herr Dupont.« Sie lief schneller. Nein, davon, was in ihrem kleinen, jungfräulichen Körper entfesselt werden sollte, wollte sie nichts hören.

»Emma! Warte.« Nach wenigen Schritten holte er sie ein und hielt sie am Arm zurück. »Bitte entschuldige. Ich weiß nicht, was mit mir los ist. Manchmal bin ich so schrecklich …«

»Betrunken?«

Schon wieder lachte er. Freudlos und bitter. »Ja, du hast recht. Du hast immer recht. Ich sollte weniger trinken. Ich sollte … weniger ich sein.«

»Dein Ich besteht doch nicht bloß aus dem Wein«, sagte sie, dieses Mal um einiges milder.

»Hoffentlich.« Er zündete sich eine Zigarette an.

»Ich weiß es, denn ich kann es sehen.« Zumindest manchmal.

Er nickte nur und hüllte sich in eine Wolke aus blauem Dunst ein. Langsam gingen sie weiter. Immer wieder schaute Emma zu ihm herüber. Es gab unzählige Seiten an ihm. Ob das Dunkle, das Unberechenbare irgendwann in den Hintergrund treten würde? Konnte sie ihm mehr Lichtblicke schenken, so dass sich sein Leben dem Hellen zuwandte?

Aus dem Augenwinkel entdeckte sie schon den heimischen Hof, der zur Hälfte im Schatten lag. Je näher sie kam, desto mehr schien dieser Schatten in sie einzudringen. Gleich würde auch ihr Lichtblick vorbei sein, sobald der drückende Alltag zu Hause sie wieder in seiner Gewalt hatte. Sie verlangsamte die Schritte, bis sie gänzlich stehen blieb.

Antoine auch.

Zaghaft und voller Zärtlichkeit streiften seine Finger die

ihren, so dass Emma den Atem anhielt. Seine Lippen öffneten sich, als wollte er ihr etwas sagen. Doch ihr Blick glitt an ihm vorbei. Irgendwo da glaubte sie, rote Locken aufleuchten zu sehen.

»Carl!«, stieß Emma die angehaltene Luft aus und riss sich los.

Ein Wort, ein Gedanke, und es war, als hätte etwas ihre Brust zersprengt. Als würde ihr Herz in ihrer Kehle schlagen und keinen einzigen Laut mehr zulassen. Sie lief hin.

Tatsächlich.

Den Kopf leicht zur Seite geneigt, hatte er sich lässig an die Fassade des Hauses gelehnt und schien auf sie zu warten. Die Sonnenstrahlen hatten sich in seinem rötlichen Haar verfangen und ließen es golden und kupferfarben schimmern. Er sagte nichts, als sie auf ihn zugelaufen kam, schenkte ihr bloß sein Grübchenlächeln.

»Emma ...«, schienen seine Lippen zu formen.

Carl und Emma. Emma und Carl. Er war wieder da. Und sie hatte keine Ahnung, was sie ihm sagen sollte. »Sie ... sind zurück ...«

»Vor etwa drei Stunden ist mein Zug in Metz angekommen.« Er deutete auf seine Reisetasche, die neben ihm am Boden stand.

Und dann war er sofort hierhergekommen? Zu ihr? Um stundenlang vor ihrem Haus auszuharren?

»Sie haben Ihr Wort gehalten, Fräulein Bergmann«, flüsterte er, als hätte er ihre Gedanken erraten. »Sie können sich kaum vorstellen, wie froh ich bin, Sie zu sehen.«

Emma rührte sich nicht. Sie konnte sich nicht an ihm sattsehen, als müsste sie jede einzelne Sommersprosse nachzählen, um sich zu vergewissern, dass alle noch da waren.

»Waren Sie erfolgreich in Dijon?«, stammelte sie. Immerhin gelang ihr ein vollständiger Satz. Denn einen klaren Gedanken konnte sie nicht fassen, als hätten nur noch Gefühle in ihr Platz. Die zu sortieren sie kaum in der Lage war.

Auch er wandte seinen Blick nicht von ihr ab und hörte nicht auf zu lächeln, während der Wind an seinen Locken spielte. »Ich denke schon. Auch wenn ich es mir leichter vorgestellt habe. Allein die Sprache! *Oh mong djöö*!«

Er sagte das so seltsam, dass sie kichern musste.

»*Oh mon dieu*!«, verbesserte sie unbewusst, so wie Émile Perrin die falsche Aussprache bei ihr korrigierte.

Carl nahm es ihr in keiner Weise übel. Aber *Oh mong djöö* war ihm wohl nicht auszutreiben. »Ich wünschte mir, Sie hätten mich begleitet«, sagte er nach ein paar erfolglosen Versuchen, sich zu verbessern.

Seine Worte riefen eine merkwürdige Sehnsucht in ihr hervor, mit ihm von hier wegzufahren, das verschlafene, kleine Metz zu verlassen, um mehr von der Welt zu sehen. Um an seiner Seite Frankreich zu entdecken? Warum nicht? Sie wünschte sich, sie könnte mit ihm fortgehen. Ihr Leben hier hinter sich lassen. Alles, absolut alles vergessen.

Wirklich alles? Auch einen Mann, der sie brauchte, für den sie da sein wollte? Und den sie einfach stehen gelassen hatte. Verstohlen schaute sie zurück.

Antoine war weg. Natürlich.

Sie schämte sich, ihn in seinem Zustand so leichtfertig allein gelassen zu haben, fühlte sich verantwortlich für ihn, gleichzeitig aber … war sie so voller Freude, Carl zu sehen, dass es sie selbst beinahe erschreckte.

»Ist irgendwas?«, fragte er. Sie mochte es, wie sanft seine Stimme klang, wenn er mit ihr sprach. Wie sehr dabei etwas in ihr widerhallte, danach verlangte, diesem Timbre zu lauschen, stundenlang, wenn sie es nur könnte.

»Entschuldigen Sie.« Sie wischte sich die Strähne aus dem Gesicht, die sich unter ihrem Hut gelöst hatte. »Konnten Sie die Senfgeheimnisse nach Dijon-Art entschlüsseln? Wie … wie geht es weiter mit der *Ersten Lothringischen Senffabrik Carl Seidel*?« Die Frage hatte ihr buchstäblich auf den Lippen gebrannt. Was kam wohl als Nächstes auf sie … nein, *ihn* zu?

»Ich habe gehofft, das mit Ihnen zeitnah besprechen zu können.«

»Mit mir?« Überrascht schnappte sie nach Luft.

»Hätten Sie die Güte, mit mir zu Mittag zu essen?«

»Liebend gerne!« Am besten jetzt gleich – doch schon biss sie sich auf die Lippe. Hatte sie nicht gerade mit Antoine gegessen? »Ich fürchte nur, ich habe gerade gespeist«, murmelte sie. Carl müsste sie endgültig für verrückt halten mit ihren Gemütsschwankungen.

»Es muss nicht gleich jetzt sein.«

»Ja!«, entfuhr es ihr, und schon wieder musste sie sich zügeln. »Gerne. Ich meine … morgen?«

»Wann immer es Ihnen passt, Fräulein Bergmann.«

»Emma!«, rief es von irgendwo oben. Ihre Mutter! Nein, nicht jetzt, schrie alles in ihr. Doch sie wusste, dass sie sich sputen musste.

»Tut mir leid, ich muss los. Wir sehen uns morgen.«

»Unbedingt«, versprach er.

»Adieu!«, hauchte sie und lief beschwingt ins Treppenhaus. Am liebsten hätte sie mehrere Stufen auf einmal genommen, doch der lange Rock schützte sie vor gewagten Kunststücken. Trotzdem kam sie sich so leichtfüßig vor! Schon stand sie vor ihrer Tür, die sich gerade in diesem Moment öffnete. Hilde Rosenberger trat heraus. Das faltige Gesicht wie immer verkniffen, so dass die hellgrauen Augen wie Schießscharten wirkten, durch die sie ihre gehässigen Blicke abfeuern konnte. Der Geruch nach gebratenen Zwiebeln wehte Emma entgegen, fast genauso intensiv wie der Missmut, mit dem die Nachbarin sie betrachtete.

»Guten Tag, Frau Rosenberger! Was für ein wundervolles Wetter, nicht wahr?«, rief Emma dennoch heiter aus und beschloss, dass nicht einmal die mürrische Nachbarin ihr das Gemüt trüben würde. Ganz egal, worüber diese heute mit ihrer Mutter gelästert hatte.

Hilde Rosenberger nickte knapp. »Mein liebes Fräulein. Wenn mir ein Rat erlaubt sein sollte: Sie müssen sich entscheiden. Die Leute im Haus reden schon!«

Emma verharrte, als hätte die Nachbarin einen Schwall Eiswasser über ihr ausgegossen. »Mich entscheiden? Ich fürchte, ich verstehe nicht ganz.«

»Zwei Herren an einem Tag. Das ist kein Verhalten für eine anständige junge Dame! Das möchte ich in meinem Haus nicht dulden!«

In ihrem Haus? Emma schnaubte, wollte gerade etwas erwidern, doch Hilde Rosenberger ging energisch an ihr vorbei. Jegliche Beschwingtheit war wie fortgeblasen. Stattdessen legte sich eine seltsame Bitterkeit auf ihr Gemüt.

Wer bist du wirklich, Emma? Und was willst du von deinem Leben? Unaufhörlich kreisten die Gedanken in ihrem Kopf. Erst nach einer Weile konnte sie sich genug sammeln, um die heimische Schwelle zu übertreten.

»Endlich bist du wieder da.« Ihre Mutter erwartete sie bereits auf dem Sofa. Die Sorgenfalten furchten ihre Stirn, die Stimme klang lauernd. »Hast du eine schöne Zeit gehabt?«

»Ja … schon.« Sie blieb mitten in der Wohnstube stehen, fühlte sich klein und unbedeutend und so entsetzlich verloren. »Mama?«

Unsicher knetete sie die Finger. Wie sehr wünschte sie sich,

Émile Perrin wäre hier. Oder Gusti. Vielleicht auch nur der Duft von Kamillentee, der ihr ein Wohlgefühl schenkte, willkommen und heimisch zu sein. Doch sie konnte jetzt nicht in die Buchhandlung, und überhaupt – was ihr da auf dem Herzen lag, das war doch keine Unterhaltung für einen alten Mann. Für Frauengespräche hatte sie gerade nur die Wahl zwischen ihrer Mutter und Hilde Rosenberger.

»Was stehst du da herum? Was ist los?«

Carl. Und Antoine. Und sie – irgendwo dazwischen, so schrecklich zerrissen zwischen all den Empfindungen. Ihr Körper, der in Antoines Gegenwart ein Eigenleben entwickelte. Ihr Herz, das für Carl schlug, sobald sie ihn sah.

»Mama? Wie fühlt es sich an, wenn man jemanden liebt? So richtig liebt, meine ich.«

Die Züge ihrer Mutter wurden hart und abweisend. Sie hatte die Lippen zusammengepresst, so dass sie sich kräuselten. Einen Moment lang glaubte Emma, sie würde nicht antworten.

»Ach, Kind! Liebe – das ist doch nur was für dumme Romane, nicht für das wahre Leben.«

Emma traute sich näher heran. Ignorierte die Härte in den vertrauten Zügen, die Kühle in der ungeduldigen Stimme. Sie musste einfach mehr wissen. Es irgendwie begreifen, was in ihr vorging. Denn mit reinem Verstand war es nicht zu erfassen. »Hast du … geliebt?«

»Natürlich war ich verliebt!«

»In Vater?«

Sie dachte an Blicke, die sich nie begegneten. An das Schweigen, das sie wie eine Mauer voneinander trennte. War früher die Liebe dort, wo jetzt nichts mehr war?

Ein Seufzen ertönte. Ein schweres, langgezogenes Seufzen voller Kummer, nur ein Laut – und er traf Emma mitten ins

Herz. Ihre Mutter? So unendlich traurig? Vielleicht war da doch noch irgendwas statt vollkommener Leere.

»Hör zu. Du bist noch so … ach, ich weiß es auch nicht. Dein Kopf ist so voller Träumereien, dass mir angst und bange ist. Und jetzt fängst du auch noch mit Liebe an! Was willst du damit? Kann diese Liebe dich ernähren? Eine Liebe können wir uns nicht leisten, Kind.«

»Was ist passiert?« Vorsichtig, als befürchtete sie, ihre Mutter wie einen scheuen Vogel zu verschrecken, trat sie näher und ließ sich neben dem Sofa nieder. Einfach auf den Boden. »Mit deiner Liebe, meine ich.«

»Nun gut.« Ihre Mutter wischte sich über die Augen, eine seltsam unsichere Geste für eine so resolute Frau, die Gefühlsduselei verachtete. Emma wünschte sich, sie würde zu ihr sehen, ihre Tochter anschauen, doch der Blick schien sie zu meiden. »Vielleicht solltest du es erfahren. Vielleicht ist es wirklich an der Zeit. Er hieß … August.« Geräuschvoll sog ihre Mutter die Luft ein, um das Zittern ihrer Stimme zu unterdrücken. Und jede verräterische Gefühlsregung mit dazu. »Ach, was war er nur für ein hübscher Bursche! Haare so blond wie der feinste Strandsand am Rheinufer, Augen stahlgrau und zu allem entschlossen. Wenn er einen anlächelte, hatte man das Gefühl, man müsse sofort in Ohnmacht fallen, denn es konnte einfach nicht sein, dass dieses süße Lächeln für einen bestimmt war. Und einmal – da lächelte er mich an, und ich dachte: Ich brauche dieses Lächeln nur für mich allein, sonst muss ich sterben. Und seine Küsse waren so süß und seine Berührungen so heiß und man wusste nicht, wo unten und oben war, als gehöre man nicht mehr sich selbst. August, August, August. Und diese kurzen, schwülen Nächte, als wir im Stroh nebeneinanderlagen, die verschwitzten Körper aneinandergedrängt. Und es gab nur ihn: August, August,

August.« Ihre Mutter stockte. Ihr Atem ging schnell und flach. Emmas auch. Sie glaubte es zu fühlen. Die ganze Hitze, die Leidenschaft, die zwei Körper vereinte. Die Umarmungen, die Küsse, dieses Ziehen im Schoß, der noch so viel mehr wollte.

»Und ... was ist dann passiert?« Unruhig rutschte Emma hin und her, konnte kaum still sitzen.

Ihre Mutter schwieg einen Moment, der Blick ganz glasig, ein bisschen verträumt. Dann klärte er sich, als hätte jemand sie aus einem schönen Traum gerissen.

»Als der Sommer vorbei war, hat mein August sich eine andere angelächelt. Das ist passiert. Und wird immer wieder passieren. Mit dieser törichten Liebe, weil sie zu nichts zu gebrauchen ist. Und genau das sollst du aus dieser Geschichte lernen. Um nicht die Fehler zu machen, die ich gemacht habe. Die mich ...« Die großen braunen Augen schienen sie niederzustarren, unbarmherzig wie immer. »... hierhergebracht haben.«

Emma schluckte. *Hierhergebracht* haben? Zu ihrem Vater? Zu *ihr*? Vielleicht meinte sie bloß Metz, in dem sich keiner von ihnen wirklich wohlfühlte. Käthe Bergmann am allerwenigsten. Von Anfang an hatte ihre Mutter ausschließlich zu Altdeutschen Kontakt gepflegt und tat ansonsten so, als hätte man sie mitten in ein feindlich besetztes Land gezwungen.

»Aber war es denn wirklich Liebe?«, versuchte Emma es erneut. »Oder ...«

»Für mich schon!«, fuhr ihre Mutter sie schneidend an. »Ach, wie verliebt ich in ihn war! Wie dumm! Er war weg, und ich saß da, ich, eine dämliche Kuh, die zugelassen hat, sich ...« Sie verstummte. Ihre Gesichtszüge entgleisten ihr komplett, als ihr Blick voller Schreck hochflog.

Emma drehte sich um. Ihr Vater! Ganz leise hatte er das Zimmer betreten. Mit ihm schien etwas Unheilvolles im

Raum zu schweben, so dass Emma Angst bekam. Wie viel könnte er von der Unterhaltung mitbekommen haben? Wusste er von Mutters schwülen Nächten mit diesem August?

»Setzt du dem Kind noch mehr Flausen in den Kopf?« Seine Stimme klang so leise, so ruhig, dass es fast bedrohlich wirkte. Er trat näher. Geräuschlos wie ein Geist hatte er sich vor ihnen beiden aufgebaut.

Emma sprang auf. Obwohl sie größer war als er, lag etwas in seinem Ausdruck, das ihr Unwohlsein verstärkte. Instinktiv wollte sie ihre Mutter verteidigen, doch diese hielt sie zurück und erhob sich ebenfalls. »Die Flausen versuche ich ihr gerade auszutreiben.« Ihr Blick wanderte zu Emma und strotzte vor Missbilligung. »Und wenn du nicht auf deine Mutter hören willst, dann höre wenigstens auf Schopenhauer, der einmal gesagt hat: *Das Leben ist nicht dazu da, um genossen, sondern um überstanden zu werden.* Ein kluger Mann.«

Emma senkte die Lider. Sie wollte ihre Mutter verstehen, wollte es so sehr – und konnte es nicht. War dieser August schuld, dass ihre Mutter ohne jegliche Freude durchs Leben schritt? So verbittert ihr Dasein fristete? Und ihre Tochter vor den Fehlern der Jugend bewahren wollte?

Aber Carl war nicht August. Und sie – sie war mehr als »nur noch Emma«. Sie wollte mehr wissen, mehr können, mehr ... bewirken. Und das würde sie nicht schaffen, wenn sie sich darauf konzentrierte, ihr Leben bloß zu überstehen.

»Carl Seidel ist zurück aus Dijon«, sagte sie und wunderte sich, woher dieses Selbstbewusstsein kam, mit dem sie ihren Eltern in die Augen sah. »Er hat mich zum Essen eingeladen.«

Noch vor kurzem wäre ihre Mutter bei diesen Worten in Begeisterungsstürme ausgebrochen. Jetzt gab es ein müdes Schulterzucken. »Die Mühe kann er sich sparen.«

»Wieso denn?« Das Unheilvolle rückte ein Stück näher, als würden in der Wohnung dunkle Wolken aufziehen.

Ihre Mutter winkte nur ab. »Er hat seine Zukunft selbst zerstört. Du musst nicht dabei sein, wenn er in den Trümmern sitzen bleibt und die Scherben aufsammeln muss.«

»Er hat Pläne. Er will eine eigene Fabrik eröffnen!«, protestierte Emma.

»Ach, wir haben alle Pläne. Er hätte das Erbe seines Vaters antreten sollen. Jetzt hat er nichts, und bald wird er noch weniger haben, wenn er sein letztes Geld mit seinen Hirngespinsten verprasst hat.« Ihre Mutter schenkte dem Vater einen bedeutungsschweren Blick. Dieser nickte ihr knapp zu. Nun wanderte der Blick zu Emma, schien sich in ihr Inneres hineinzufressen. »Wir wollen nur das Beste für dich, Emma, versteh das doch. Carl Seidel kann im Augenblick nicht einmal für sich selbst sorgen. Geschweige denn für eine … mögliche Ehefrau, eine Familie. Ich dachte, er hätte sich in Düsseldorf die Hörner abgestoßen, wäre vernünftiger geworden. Ich habe mich geirrt.«

»Ach so?« Emma faltete die Hände so fest, dass ihr die Knöchel fast weh taten. Irgendwas lag in der Luft, unausweichlich wie ein Gewitter. »Aber …«

»Über diesen Antoine Dupont habe ich gerade mit Hilde gesprochen. Sie hat absolut recht. Ich hätte schon viel früher auf mein Bauchgefühl hören sollen. Als Franzose …«

»Er ist kein Franzose«, hielt Emma dagegen. »Er ist ein Lothringer.«

Ihre Mutter verdrehte die Augen. »Das ist doch das Gleiche! Weingut hin oder her, für dich ist er keine gute Wahl. Franzosen darf man nicht trauen. Schau dich nur an: Kaum bist du von einem Mittagessen mit ihm zurück, fängst du mit der Liebe an! Nein, nein! Wenn er Liebe will, soll er woanders suchen. Mit ernsten Absichten schwatzt man nicht von Liebe, man heiratet.«

»Mama, bitte!« Sie hörte ihre eigene Stimme kaum noch. Ihre Eltern auch nicht, aber das war sie gewohnt.

»Vater und ich haben vielleicht eine gute Option für dich gefunden.« Eine Pause. Dann wandte sie sich an ihren Mann. »Hast du mit ihm geredet?«

»Ja. Natürlich.« Der Vater lächelte schwach, aber zufrieden in sich hinein. Emma konnte spüren, wie er sich freute, ganz still und leise. Beinahe wie damals, als er die kleine Else im Arm hielt, um sie zum Stillen Käthe zu übergeben. Emma erinnerte sich nicht an die Gesten und Gesichter, doch umso mehr an die tiefe Zufriedenheit, die ihre Eltern damals umhüllt hatte. »Wir brauchen uns keine Sorgen mehr zu machen. Der Sohn von Stadtrat Wolff hat Interesse an dir, Emma.«

»Was?«, hauchte sie entsetzt. »Er kennt mich doch gar nicht!«

»Ich arbeite mit Stadtrat Wolff, seit ich in Metz angefangen habe. Er ist ein guter, anständiger Mann, und Henri kommt gewiss nach ihm. Viele bescheinigen seinem Sohn schon jetzt eine glänzende Offizierskarriere, er wird es weit bringen! Jedenfalls war er ganz beeindruckt, vor allem davon, wie gern du deine Nase in Bücher steckst. Weißt du, was er gesagt hat?«

»Wer? Stadtrat Wolff oder sein Sohn?«, wandte Emma spitz ein. Sie wollte nicht zickig sein. Hysterisch, wie ihre Mutter sagen würde. Doch es fiel ihr schwer, die brodelnden Emotionen im Zaum zu halten. Nicht zu schreien, obwohl ihr danach war. Sich nicht zu übergeben, obwohl die Übelkeit ihr bis zur Kehle stieg und die Bitterkeit ihre Zunge belegte.

»Er hat gesagt«, fuhr ihr Vater unbeirrt fort, »und ich zitiere: ›Endlich mal eine Frau, mit der man sich vernünftig unterhalten kann.‹ Ja, das hat er gesagt. ›Sie ist bestimmt ganz und gar kurzweilig, deine Emma‹, meinte er noch. Jedenfalls würden sie dich gern kennenlernen. Es sind anständige Menschen, ich bin mir sicher, du wirst dich bei ihnen wohlfühlen.«

Emma schwieg, zutiefst erschüttert. Konnte einfach nichts sagen, egal wie sehr sie versuchte, ihre Gedanken und Gefühle in Worte zu fassen. Sich wohlfühlen? Bei anständigen Menschen? War das alles, was die Zukunft für sie bereithielt?

»Dann ist es beschlossen«, sagte die Mutter und ging Richtung Küche.

Ihr Vater trat näher. Er hob die Hand und strich Emma mit seinen knochigen, kalten Fingern über die Wange. »Mach dir keine Sorgen, Emma. Nun geht alles seinen Weg, da brauchen wir keine Seidels mehr mit ihrer Villa oder irgendwelche Franzosen mit einem Weingut.«

»Vielleicht hast du ein bisschen Angst«, setzte die Mutter aus der Küche nach. »Aber das brauchst du nicht. Ich war viel jünger, als ich mit dir schwanger wurde.«

Und vorher verliebt gewesen, dachte Emma, während ihr Tränen in die Augen stiegen, die sie nicht mehr zurückhalten konnte. Und hattest einen verschwitzten Körper im Stroh in einer schwülen Nacht neben dir gespürt. Und vielleicht hatte dir dieser August in dem Sommer auch das Herz gebrochen. Aber womöglich war es das auch wert gewesen, das alles zu fühlen. Lebendig zu sein.

Bevor man den Sohn eines Stadtrats heiratete.

\* \* \*

In dieser Nacht träumte sie von Wölfen, die ihr durch einen dunklen Wald folgten. Von Antoine, der auf einer Klippe stand und in den Abgrund starrte. Von Carl, der einem Morgennebel gleich durch ihre Finger glitt, sobald sie ihn berühren wollte. Dann war sie mutterseelenallein in der Kälte und Dunkelheit gefangen. Konnte sich kaum rühren. Als würde sie in einem winzigen Grab liegen. Dort, wo ihre tote Schwester gelegen hatte, die sich jetzt in Vaters Arme schmiegte und der kleinen Familie wieder das Lachen schenkte … Emma schrie und schrie – doch sie konnte nicht einmal ihre eigene Stimme hören, als würde es nichts mehr von ihr geben.

Keuchend fuhr sie aus dem Albtraum hoch und blinzelte verschreckt in die Dunkelheit. Das beklemmende Gefühl drückte auf ihre Brust. Sie brauchte ein paar hektische Atemzüge, um zu verstehen, dass sie noch atmete. Dass es sie noch gab. Hier, in der kleinen Schlafkammer in Metz.

Erst als es dämmerte, verzog sich der Schreck der Nacht.

Durch die morgendliche Routine bewegte sich Emma wie ein ruheloser Geist. Sie verabschiedete ihren Vater zur Arbeit, räumte den Tisch ab, wusch das Geschirr. Um weiter etwas zu tun, beschloss sie, die Fenster zu putzen. Sie holte altes Zeitungspapier hervor. Gerade, als sie die ersten Blätter zerreißen und zusammenknüllen wollte, fiel ihr auf, dass es dieselbe Zeitung war, die sie vor fast einem Jahr Aaron abgekauft hatte.

Ein Jahr.

In dem so unglaublich viel passiert war.

Sie glättete das vergilbte Papier. Da stand sie, die Nachricht über die Zulassung von Frauen zum Studium. Was war nur aus dem Mädchen geworden, das jauchzend diese Zeilen gelesen hatte? War es seinen Träumen näher gekommen?

Sie lächelte bitter in sich hinein. Die Hoffnungen auf das Studium fühlten sich an wie Zeilen aus einem der Märchen, die Émile Perrin seiner Gusti vorlas. Absolut unwirklich. Schier unerreichbar – wozu also das ganze Lernen? Sie verschwendete nur ihre Zeit.

Vor einem Jahr – da wusste sie noch, was richtig und was

falsch war, das Leben schien so klar zu sein, die Welt – so einfach. Heute war sie Emma, die einen Keil zwischen Carl und seine Familie getrieben hatte, die Antoines Trauer ausgenutzt hatte, um Aufregung in ihr eigenes Leben zu bringen. Er hatte eine Schulter zum Anlehnen gebraucht, und sie – sie musste ihn unwillkürlich zu mehr ermutigt haben. Warum sonst wurde er in ihrer Nähe so … aufdringlich? Und was sagte ihr die Tatsache, dass Carl es nie versuchte, ihre Aufmerksamkeit auf diese Weise zu gewinnen? Sah er nur eine gute Freundin in ihr?

Wütend auf sich selbst knüllte sie die Blätter zusammen und rieb damit die Fenster mit einer solchen Verbissenheit, die sie selbst erschreckte. Sie putzte und putzte, bis ihr Schweiß das Unterkleid tränkte, bis ihre Arme weh taten und der Körper sich steif anfühlte.

An der Tür klingelte es. Sie reagierte nicht. Die monotonen, stumpfen Bewegungen auszuführen, war alles, wozu sie noch imstande war.

Es war ihre Mutter, die endlich die Tür öffnete.

»Herr Seidel«, konstatierte sie, und Emma wäre beinahe vom wackeligen Stuhl gefallen, als sie herumfuhr. »Na, was für eine Überraschung.«

Emmas Herz trommelte so heftig, dass sie glaubte, es würde gleich herausspringen. Sie reckte den Hals, doch die Mutter versperrte ihr die Sicht und trat keinen Millimeter beiseite. Was Carl erwiderte, hörte sie nicht, vernahm bloß seine ruhige, wie immer besonnene Stimme, die alles in ihrem Innern so weich werden ließ, dass sie sich mit der zerknüllten Zeitung in der Hand auf den Stuhl setzen musste. War er gekommen, um sie zum Essen abzuholen? Bestimmt! Und sie empfing ihn in einem verschwitzten Kleid.

»Bedauere«, erwiderte ihre Mutter kühl. »Aber meine

Tochter möchte weder von Ihnen noch von Ihrer Familie etwas hören. Es war deutlich genug, was Sie von unseresgleichen halten.«

»Mama, nein! Bitte!« Sie sprang auf, völlig aufgelöst und atemlos. Eilig wischte sie sich die vom Schweiß verklebten Haarsträhnen beiseite und eilte zur Tür. Sie musste furchtbar aussehen. Notdürftig versuchte sie, ihre Frisur und ihr Kleid zu richten, doch Käthe Bergmann hielt sie mit einer raschen Geste zurück. »Emma. Ich regele das.«

Nur kurz erhaschte sie einen Blick auf Carls Gesicht.

»Fräulein Bergmann!«, rief er ihr zu, doch Käthe Bergmann hatte schon wieder die Sicht versperrt, als müsste sie ihre Tochter vor allem Übel abschirmen. »Es ist besser, Sie gehen jetzt. Und Ihren Senf können Sie ruhig mitnehmen, wir brauchen keine Almosen.«

Emmas Gedanken wirbelten umher. Was sollte sie tun? Wenn er ging – würde sie ihn je wiedersehen? Oder würde er aus ihrem Leben verschwinden, dem Morgennebel aus ihrem Albtraum gleich, um sie in ihrem trostlosen Dasein zurücklassen? Das konnte sie unmöglich zulassen! Wie von Sinnen rief sie: »*Nous nous voyons à treize heures dans la librairie de vôtre ancien professeur de français!*«

Sie hoffte, er hatte verstanden, was sie gesagt hatte. Trotz seines furchtbaren ›*oh mong djöö!*‹.

Ihre Mutter schlug bereits die Tür zu, drehte sich herum und lehnte sich dagegen, als würde sie befürchten, Carl könnte dennoch in die Wohnung einbrechen.

»Was hast du zu ihm gesagt?«, fauchte sie.

Viel dürfte sie nicht verstanden haben. Ihr Französischwortschatz beinhaltete nur ein paar Worte. Genau genommen *bonjour, merci* und *oui*. Ob sie etwas mit *professeur* und *français* anfangen konnte?

Emma knetete die Zeitung in ihren Händen. »Ich habe ihn an ein französisches Sprichwort erinnert, das so viel aussagt wie: Es ist nicht alles Gold, was glänzt. Er und seine Familie sollten sich nicht zu wichtig nehmen.« Verstohlen schaute sie zur Uhr. In einer Stunde würde sie ihn in der Buchhandlung von Monsieur Perrin sehen, sollte er ihre Botschaft entziffert haben. Sie hatte noch etwas Zeit, ihre Putzorgie aufzuräumen und sich umzuziehen. »Mit den Fenstern bin ich fertig. Ich würde jetzt zum Markt gehen. Was soll ich mitbringen?«, fragte sie so unschuldig wie möglich.

»Ich schreibe dir eine Liste. Trödele aber nicht so schrecklich wie immer und sei zum Mittagessen zurück.«

Emma nickte erleichtert. In Windeseile machte sie sich frisch und schlüpfte in ihr sommerliches Musselinkleid. Viel zu fein für einen Einkauf auf dem Markt – hoffentlich schöpfte ihre Mutter keinen Verdacht. Voller Ungeduld wartete sie auf die Liste. Endlich wurde ihr der Zettel in die Hand gedrückt. Den Einkaufskorb dicht an sich gepresst, lief Emma durch die Straßen von Metz. An den Markt dachte sie nicht einmal, stattdessen überlegte sich schon eine Ausrede, warum sie nur das Nötigste mitgebracht hatte. Etwa vier Minuten nach eins stürzte sie in Perrins Laden, das Glöckchen bimmelte beinahe verstört auf, und der alte Buchhändler zuckte hinter seinem Tisch zusammen.

»Emma!« Er richtete seine Brille, die ihm dabei verrutscht war, und verdrehte die Augen. »Du 'ast misch erschreckt. Isch dachte schon, isch werde überfallen!«

»Entschuldige, Émile.« Sie musste durchatmen. »Ist er schon da?«

Der Buchhändler blinzelte verwirrt umher. »Wer? Ich fürschte, 'ier sind nur Gusti und isch.«

»Carl Seidel. Ich bin mit ihm verabredet.«

Émile Perrin verharrte. »Carl Seidel also.«

Emma schluckte. Warum hatte sie nicht darüber nachgedacht, wie Monsieur Perrin es finden würde, seinen ehemaligen Schüler wiederzusehen, mit dem er anscheinend damals seine liebe Mühe gehabt hatte? Wollte er wirklich auf diese Weise an seine frühere Lehrtätigkeit erinnert werden? Dabei wusste sie doch, wie ihm das Treffen auf der Eisbahn zugesetzt hatte. Nun lud sie Carl ungefragt in dieses Refugium ein.

»Ich glaube, ich war zu voreilig.« Sie stellte ihren Korb beiseite und beugte sich hinunter, um die Buchhandlungskatze zu kraulen, die sie zur Begrüßung umrundete. »Ich warte einfach draußen auf ihn.«

Der Buchhändler zögerte sichtlich. Dann trat er näher und strich über ihre Schulter. »Unsinn, *ma chère.*«

»Du magst ihn nicht, oder?«

»Es ist uner'eblich, wen isch mag oder nischt. Er ist ein guter Mensch geworden. Und isch sollte die Vergangen'eit ruhen lassen. Nur ist das nischt so leischt für einen alten Mann wie misch.«

Ganz der gütige, so verständnisvolle Émile Perrin. Gusti schien die Missstimmung zu spüren. Sie entwand sich Emmas Fingern und tippelte zum alten Mann, um sich an seine Beine zu schmiegen.

Emma ließ sich auf einen Stuhl hinter ihrem Tisch nieder, umarmte ihren Bücherstapel und lehnte ihre Wange darauf. »Ach, was soll ich nur tun.«

»Auf ihn warten?« Der alte Mann zwinkerte ihr zu, so ungezwungen, als wäre nichts gewesen, während er begann, ein Regal an der Wand umzuräumen. Fast sah es aus, als würde er damit jonglieren. Gusti lief neben ihm her. Die langen Fellhaare schienen überall in der Luft zu fliegen, was den alten Mann regelmäßig zum Niesen brachte.

Das Glöckchen bimmelte. Erwartungsvoll schaute Emma hoch, doch es war nur eine Dame mittleren Alters, die ein Buch abholen wollte. Sie hielt einen kurzen Plausch auf Französisch mit Monsieur Perrin und ging wieder. Von ihr blieb nur der schwache Duft ihres Veilchenparfüms zurück. Nach ihr kamen noch zwei Herren herein – und jedes Mal schien Emmas Herz dem Glöckchenklang entgegenholpern zu wollen. Merkwürdig, wenn sie ins Lernen vertieft war, hatte sie die Kunden der Buchhandlung nie wirklich wahrgenommen. Jetzt staunte sie, wie gut Perrins Laden besucht war. Vielleicht sollte sie sich ablenken, also schlug sie Mathematik auf. Zahlen hatten schon immer eine beruhigende Wirkung auf sie.

Emma beugte sich über den Seiten. Schon wieder trällerte das Glöckchen, das sie zu ignorieren beschlossen hatte. Schritte erklangen. Sie hielt inne, als jemand direkt neben ihr stehen blieb. »Fräulein Bergmann?«

Obwohl sie am liebsten aufgesprungen wäre, schlug sie ganz langsam ihr Buch zu und legte es ordentlich auf ihren Stapel. »Herr Seidel. Wie schön, dass Sie hierhergefunden haben.«

Unsicher nahm er seinen Hut ab und fuhr sich mit einer Hand durch die Haare. »Mein Französisch ist nicht gerade auf der Höhe, aber dieses Mal hat es mich nicht im Stich gelassen.«

Er trug denselben dunkelbraunen Anzug wie bei ihrem letzten Treffen. Der Stoff wirkte zerknittert, seine Locken waren wirr, als hätten sie noch nie eine Begegnung mit einem Kamm genossen. Was einen unglaublichen Kontrast zu den ordentlichen Scheiteln der beiden Herren ergab, die diesem Laden kurz davor einen Besuch abgestattet hatten.

Gusti sprang auf den Tisch, und Carl taumelte einen Schritt zurück. Zugegeben, dieses riesige Tier wirkte durchaus respekteinflößend. Besonders wenn es den Hals reckte, sich an dem Bücherstapel rieb und dabei seinen langen Eckzahn zeigte, als wäre es einer besonders gruseligen Dracula-Ausgabe entsprungen.

»Soll ich Sie vor diesem gefährlichen Stubentiger retten, Herr Seidel?« Emma streichelte die Katze unter dem Kinn. »Das ist Gusti. Gusti? Das ist Carl Seidel. Er wird dich bestimmt vergöttern, wie wir alle, sobald er dich etwas besser kennenlernt.«

Die Katze setzte sich und beäugte ihn interessiert mit ihrem goldenen Blick. Carl streckte ihr vorsichtig eine Hand entgegen. Neugierig schnupperte Gusti an seinen Fingern und wirkte mehr als zufrieden, eine neue Hand zum Kraulen gefunden zu haben. Da tauchte Émile Perrin zwischen den Regalen auf, eilte heran und nahm Gusti auf den Arm. »Isch denke, wir gehen jetzt an die frische Luft, nischt wahr? Die jungen Leute brauchen etwas Privatsphäre.«

»Guten Tag, Herr Perrin«, grüßte Carl.

»Bonjour, Monsieur Seidel«, erwiderte der Buchhändler trocken und wandte sich zur Tür. Er holte einen Hut und einen Schal vom Garderobenständer, drehte das Schild auf *Geschlossen* um und nieste beherzt, als Gustis Schwanzspitze über sein Gesicht fuhr. Das Glöckchen bimmelte zum letzten Mal auf, als er den Laden verließ. Emma schaute ihm nach und konnte das Gefühl nicht loswerden, Monsieur Perrin aus seinem eigenen Reich vertrieben zu haben.

»Darf ich mich hinsetzen?«, fragte Carl nach einer Pause, in der Emma das Gefühl hatte, irgendwo zwischen der Realität und einem Traum zu schweben. Einem schönen Traum. Weit weg von dem Grauen der Nacht.

»Aber natürlich!« Sie schob ihren Bücherstapel beiseite und fegte ein paar Katzenhaare mit ihrer Handfläche herunter. »Möchten Sie vielleicht etwas Tee? Monsieur Perrin emp-fiehlt Kamille. In allen Lebenslagen.«

»Nein, danke. Vielleicht ein Glas Wasser, wenn es möglich ist?«

»Sicher.«

Sie holte ihm Wasser, entschied sich selbst dennoch für die beruhigende Wirkung von Kamille. Sie war so furchtbar ner-vös, hier mit ihm allein zu sein, wusste nicht, wohin mit ihren Händen, Gedanken, Gefühlen. »Ich muss mich für den Emp-fang meiner Mutter heute Morgen entschuldigen. Ich fürchte, sie ist im Moment nicht so gut auf Ihre Familie zu sprechen. Ihre Eltern und Louise haben uns deutlich gezeigt, dass sie keinen Kontakt mehr zu uns wünschen. Und ich glaube, das hat meine Mutter hart getroffen, sie mochte Wilhelmine sehr.«

Klang es wie ein Vorwurf? Sollte es nicht sein. Zumal der wahre Grund für Mutters Verdruss eher sein Lossagen von der reichen Familie war. Als könnte man die Träume und das Glück in Geld aufwiegen!

Sein Blick schweifte zur Seite. »Das tut mir leid. Die Fol-gen meiner so spontanen Ankündigung auf dem Fest waren mir nicht gänzlich bewusst. Schon gar nicht, dass es auch die Freundschaft unserer Mütter betreffen würde oder auch … Ihre Beziehung zu meiner Schwester. Ich kann nur hoffen, dass es bald vorbeigeht, sobald sich die Gemüter etwas beru-higt haben.«

»Sie wohnen nicht mehr in Ihrem Elternhaus, stimmt's?«

»Nach meiner Rückkehr bin ich im Gasthof *Hubig* abge-stiegen. Es ist nicht besonders gemütlich dort, aber günstig – bis ich eine bessere Bleibe gefunden habe.

»Würden Sie sich wünschen, es nicht getan zu haben?«

»Mich im Gasthof einzumieten?« Er versuchte zu lachen,

aber glücklich klang das nicht. »Ach, so schlimm ist es dort nicht.«

»Ich meine Ihre Ankündigung beim Fest.« Bei dem Gedanken, er würde die Entscheidung bedauern, wurde sie ganz flatterig. Was hatte sie nur getan? Zu was hatte sie ihn gedrängt?

Als hätte er es gespürt, beugte er sich zu ihr, und etwas Kämpferisches blitzte in seinem Blick auf. »Selbstverständlich würde ich es wieder tun! Und immer wieder, wenn es notwendig wäre. Ich bereue es keineswegs, auf Sie gehört zu haben. Das einzig Richtige ist es doch, seinem Herzen zu folgen.«

Sie schaute ihm in die Augen. Er sah müde aus und ein bisschen matt. Doch die Funken, die sie so begeisterten, waren da und brachten etwas in ihrem Bauch zum Kribbeln. »Wie geht es ihm denn, Ihrem Herzen?«

»Wunderbar.« Er lächelte, und die Wärme, die in seinen Augen aufstieg, glich einer Umarmung, in die sie sich zu gern eingekuschelt hätte. So fühlte es sich an, Emma und Carl zu sein. Carl und Emma.

Doch das waren sie nicht, rief sie sich in Erinnerung. Sie war Emma. Er war Carl. Und all das zwischen ihnen war vielleicht nichts außer törichten Phantasien eines naiven Mädchens.

»Passen Sie bloß auf sich auf.«

»Natürlich. Es wäre doch höchst unerfreulich, wenn es ausgerechnet jetzt, wo alles möglich erscheint, plötzlich aufgibt.«

Seine Worte rissen ein Loch in ihr Inneres. Die kleine Wiege. Ihr totes Schwesterchen darin. Ein Herz, das beschlossen hatte, mit dem Schlagen aufzuhören. »Daran möchte ich gar nicht denken.«

»Dann machen wir das auch nicht.« Er beugte sich zu seiner Tasche und holte ein Senftöpfchen heraus. »Auch wenn Sie nicht mit mir in Dijon waren, haben Sie mich dennoch in einer gewissen Weise begleitet. Für Sie, Fräulein Bergmann.

Der Meerrettichsenf nach Dijon-Art. Die Kreation à la Seidel.«

Jetzt musste sie einfach lächeln. »Ein Meerrettichsenf?«

»Sie haben gesagt, Sie würden Meerrettich bevorzugen. Warum trennen, was man vereinen kann?« Er schob das Töpfchen an sie heran, gerade in dem Moment, als sie danach greifen wollte. Ihre Hände berührten sich.

»Wie schmeckt er denn, mein Senf?« Dass er ihre beiläufig fallengelassene Bemerkung über den Meerrettich behalten hatte, erfüllte sie mit einer seltsamen Zärtlichkeit und spülte ihre Traurigkeit endgültig weg. Ihre Finger lagen noch immer aufeinander. Die vertraute Wärme stieg in ihr auf, und sie genoss das prickelnde Gefühl auf ihrer Haut, als würde ein Sommerregenschauer auf sie niedergehen und in ihrem Schoß nachklingen.

»Probieren Sie ihn doch.«

Sie schloss die Augen. Es war so leicht, mehr zu wollen. Mehr als nur seine Stimme. Mehr als diese Berührung. Fühlte er es auch? Wollte er auch mehr?

»Fräulein Bergmann?«

Sie musste sich zwingen, ihre Hand zurückzunehmen. »Das letzte Mal haben Sie gesagt, Sie würden mir gerne etwas über die Fortschritte mit ihrer Fabrik erzählen«, sagte sie, um Sachlichkeit bemüht.

»Natürlich.« Klang da Enttäuschung in seiner Stimme? Wenn ja, dann ließ er sich nichts anmerken und hob seine Tasche. Kurz wünschte sie sich den Augenblick ihrer Berührung zurück. Doch als er sich aufgerichtet hatte, strahlte die Leidenschaft aus seinen Gesichtszügen. »Es war großartig in Dijon! Ich habe so viele Eindrücke, ich habe so viel gelernt wie seit meiner Zeit in Düsseldorf nicht mehr. Außerdem ist es mir gelungen, die notwendigen Maschinen für die Senfherstellung zu erwerben. Vor allem zwei wunderbare Siebmaschinen, die für die Produktion nach Dijon-Art unabdingbar sind!« Voller Euphorie breitete er seine Papiere vor ihr aus: Skizzen und Kaufbelege. Vormischbehälter, Maischebehälter, eine Pumpe, ein Mahlwerk … die Beträge waren beachtlich. So viel kosteten also Träume!

»Konnten Sie einen Kredit aufnehmen?«

»Das zu bezahlen, gelang mir noch durch meine eigenen Ersparnisse. Ich habe vereinbart, dass die Maschinen sofort geliefert werden, sobald ich das Fabrikgebäude erworben habe. Was hoffentlich bald der Fall sein wird – denn die Lagerkosten sind nicht zu verachten. Aber ich bin da guter Dinge.«

»Werden sie den Kauf auch von Ihrem Eigenkapital finanzieren?« Auf das Wort »Eigenkapital« war sie ein bisschen stolz.

»Es soll ungefähr zwanzigtausend Mark kosten. Diese Summe übersteigt bei weitem meine finanziellen Kapazitäten.«

Sie holte tief Luft. Zwanzigtausend! Das war in der Tat viel Geld. Viel mehr, als sie sich vorstellen konnte, auch wenn ihr natürlich klar war, dass das Grundstück und das Gebäude nicht für ein paar Groschen zu erwerben waren. Dazu käme noch die Renovierung der Räumlichkeiten. Und die Lieferanten der Rohstoffe wollten auch bezahlt werden. Was würde der Start der Produktion tatsächlich kosten?

»Ist irgendetwas?«, fragte er besorgt.

»Nein, nein. Bitte entschuldigen Sie mich, was haben Sie gesagt?«

»Dass ich mir nicht so viele Sorgen um den Kredit mache.« Carl holte weitere Kalkulationen aus seiner Tasche und breitete sie vor Emma aus. Voller Elan erzählte er darüber, welche Posten am wichtigsten waren und worin er zuerst zu investieren gedachte. Sie kam sich vor wie ein Anleger, den er voller Ernst zu überzeugen versuchte. »Ich hoffe, ich langweile Sie nicht …«, unterbrach er sich und biss sich verlegen auf die Lippe. »Manchmal vergesse ich mich.«

»Nein, keineswegs!«, versicherte sie hastig. Tatsächlich hatte kaum etwas sie je so fasziniert, wie die Entstehung der Fabrik auf diesen Papieren zu verfolgen. Wie viel sie daraus lernen könnte! Sie sammelte ihren ganzen Mut zusammen. »Ich … ich möchte Sie sogar bitten, mir die Papiere vielleicht ein paar Tage zu überlassen. Ich würde sie gern genauer studieren … Natürlich nur, wenn Sie nichts dagegen haben …«

Er zögerte nicht einmal. »Natürlich nicht. Ich brauche die Dokumente erst Ende nächster Woche – da habe ich einen Termin bei Hagen von Rothhausen. Er ist ein Privatbankier und ein langjähriger Freund der Familie.« Er schmunzelte. »Als ich klein war, habe ich ihn Onkel genannt und stets an seinem Backenbart gezogen. Wir werden sicher gute Konditionen aushandeln, allein der alten Zeiten wegen.«

»Oh. Da haben Sie wirklich Glück, so wichtige Menschen zu kennen.« Emma atmete erleichtert auf. »Ich lasse die Papiere in der Buchhandlung für Sie zurück, wenn ich das nächste Mal hier bin.«

»Wunderbar.« Er sammelte die Berechnungen auf und legte sie in ihren Einkaufskorb. »Mehr Kopfschmerzen bereitet mir die Handelserlaubnis. Ich befürchte nicht, dass der Antrag abgelehnt werden könnte – aber leider ist die Bürokratie in Metz absolut fürchterlich. Es ist nicht vorauszusehen, wie lange die Genehmigung dauern würde. Mit etwas Pech könnte es mehrere Monate dauern.«

»Aber Sie haben gesagt, der Senf müsste sowieso eine Weile reifen, bevor er abgefüllt und zu Kunden ausgefahren werden kann. Ich finde, es ist nicht verkehrt, noch vor der Handelserlaubnis mit der Produktion anzufangen. Damit der Verkauf dann gleich beginnen kann. Sofern das natürlich erlaubt ist. An welche Sorten haben Sie gedacht?«

Sein Gesicht nahm wieder diesen träumerischen Ausdruck an, den sie so an ihm liebte. »Die scharfe Variante nach Dijon-Art, extra fein. Und als Gegenpol dazu die süßliche Kreation nach Düsseldorfer Art.«

»Und eine Brücke zwischen zwei Völkern und ihren Geschmäckern bauen.« Sie wusste noch, wie er davon geschwärmt hatte. Wäre es nicht DIE Möglichkeit für den Durchbruch? In einer Stadt wie Metz, die von zwei Völkern zerrissen wurde? In der ein Theater gesonderte Vorstellungen in der einen und in der anderen Sprache gab, in der sogar Gottesdienste getrennt stattfanden, konnte Carls Senf die Menschen vereinen – daran glaubte sie ganz fest. Und es überraschte sie, wie leicht es doch war, in seiner Nähe an etwas Schönes zu glauben.

»Als Nächstes müsste ich mich um die Saatlieferung kümmern, die exzellente Qualität der Zutaten ist entscheidend für den Geschmack. Und natürlich einen passenden Zulieferer für die Töpfchen finden, in die der Senf letztendlich abgefüllt werden kann. Hätten Sie vielleicht eine Idee für ein Logo?«

»Sie müssten über etwas nachdenken, was auf den ersten Blick erkennbar ist. Was sofort an den Seidel'schen Senf denken lässt.« Vielleicht das Muster, welches das Tor seiner Familie trug? Um ihr Tribut zu zollen, eine Brücke zu bauen? Endlich wieder vereinen, was getrennt wurde.

»Schwierig, sich da hervorzuheben, wenn einige Hersteller sogar die Töpfchen der Konkurrenz einfach überglasieren«, meinte er nachdenklich.

Sie betrachtete den bauchigen Senfbehälter, seine Form, die so fern von jeglicher Eleganz lag. Könnte man mehr daraus machen? Mehr Sinne ansprechen? Aus dem Augenwinkel sah sie, wie Carl das Wasserglas zu den Lippen führte und einen Schluck nahm. Ein verrückter Gedanke blitzte in ihr auf.

»Ist Licht schädlich für den Senf? Müssen die Behälter blickdicht sein?«

Er stutzte. »Nicht dass ich wüsste. Die Töpfchen stehen für die Tradition des Handwerkes und sind jedem Kunden bekannt. Es ist üblich, den Senf darin anzubieten. Für die Behälter ist es nur wichtig, sie dicht zu verschließen. Wenn der Senf an der Oberfläche antrocknet, büßt er die Schärfe und den Geschmack ein.«

»Die Tradition des Handwerkes ist schön und gut. Aber sollte die *Erste Lothringische Senffabrik Carl Seidel* nicht lieber ihre eigenen, moderneren Wege gehen? Ihren Kunden etwas ganz Besonderes bieten?« Sie musste sich zügeln. Lächerlich! Was verstand sie schon von dem Senf und dem Fortschritt der Moderne!

Doch sein Blick war neugierig. Gespannt sah Carl sie an, und in seinen Zügen las sie nichts, was darauf hindeutete, er würde sich lustig über sie machen. »Was schwebt Ihnen vor?«

Emma musste sich kurz sammeln. Noch immer konnte sie kaum glauben, dass sie dieses Gespräch führten. Dass er ihre Meinung hören wollte!

»Sie haben doch erzählt, dass guter Senf alle Sinne anspricht. Über den Duft seiner ätherischen Öle bis zu den feinen Schärfevariationen im Geschmack. Aber seine Konsistenz, seine satte Farbe – die wollen Sie in einem Steinguttöpfchen vor den Blicken der Kunden verbergen?«

Er nahm einen weiteren Schluck Wasser, ohne den forschenden Blick von ihr abzuwenden.

»Glas!« Sie deutete auf seine Hand, die sein Trinkglas noch immer umklammert hielt. »Günstig in der Herstellung, filigran, durchsichtig und anscheinend noch weitgehend unentdeckt bei den Senfherstellern.«

Er kniff die Augen zusammen. »Gewagt.«

»Ein Unterscheidungsmerkmal!«, verteidigte sie ihre Idee mit dem Feuer, das in ihr brannte.

»Was ist, wenn wir damit die möglichen Kunden vor den Kopf stoßen?«

Wir, fuhr es durch sie hindurch. Ihr Herz setzte aus, um danach noch heftiger zu schlagen. Hatte er gerade *wir* gesagt? War es ihm unbedacht herausgerutscht? Oder wollte er damit etwas andeuten, etwas … vollkommen Verrücktes? Zum Beispiel, dass sie ein Teil davon werden konnte? Sie schluckte. »Mag sein. Aber die erste lothringische Senffabrik in Metz – allein das ist schon ein Wagnis. Oder nicht?«

Seine Augen leuchteten auf. »Ich glaube … ich glaube, das ist eine interessante Idee, Fräulein Bergmann!« Noch einmal schaute er auf das Glas, drehte es im Licht hin und her.

»Ich hoffe, Ihr Gespräch mit Herrn von Rothhausen verläuft gut, und die Handelserlaubnis wird nicht allzu lange auf sich warten lassen.« Schon jetzt konnte sie es kaum erwarten, den Senf in durchsichtigen Gläsern betrachten zu können. Das *Wir* – wir haben es geschafft – zu genießen. Was würde ihre Mutter dann sagen? Immer noch auf der Hochzeit mit dem Stadtratsohn bestehen? Der kurze Höhenflug des Triumphs brach, als ihr Blick auf die Uhr fiel. *Oh mong djöö!*

Was ihre Mutter zum Senf sagen würde, wusste sie nicht. Doch was Käthe Bergmann zur Verspätung ihrer Tochter sagen würde, konnte sich Emma zu gut ausmalen. Sie griff nach ihrem Korb und kramte die Einkaufsliste hervor. »Bitte entschuldigen Sie mich, Herr Seidel. Ich fürchte, ich muss noch zum Markt. Meine Mutter erwartet mich zur Mittagszeit zurück.«

»Dürfte ich Ihnen vielleicht behilflich sein?«

»Ach, das ist doch keine Tätigkeit für einen Mann.« Sie winkte ab.

»So, so. Sie bestimmen also, welchen Tätigkeiten ein Mann nachgehen sollte und welchen nicht?«, neckte er, als sie zusammen nach draußen traten.

Monsieur Perrin saß auf einer kleinen Bank neben dem Laden. Gusti lag in seine Arme gekuschelt, den Kopf an seine linke Schulter gelehnt. Der alte Mann hatte die Katze wie ein Kind in seinen Schal gewickelt. Zusammen vermittelten sie ein so gemütliches Bild der Unzertrennlichkeit, dass Emma sie nur beneiden konnte.

»Ich danke sehr«, flüsterte Emma in sein Ohr, als sie sich zum Abschied zu ihm beugte.

»Aber gerne doch.« Der Buchhändler lächelte ihr zu. Doch Emma entging nicht, dass er Carl keines Blickes würdigte. Die Vergangenheit zu überwinden, war wohl auch für einen so gutherzigen Menschen wie Perrin kein leichtes Unterfangen. Alles brauchte seine Zeit.

An Carls Seite eilte Emma durch die Stadt, während sie fieberhaft überlegte, womit sie anfangen sollte.

»Wenn Sie mir die Hälfte der Liste anvertrauen, erledigen sich die Aufgaben doppelt so schnell«, schlug er vor. Nun. Er hatte recht. Beherzt riss Emma die Liste entzwei und reichte ihm die eine Hälfte. Carl überflog die aufgeschriebenen Posten, während sie sich ärgerte, ausgerechnet den Abschnitt mit dem Brotkauf bei Scheele behalten zu haben.

»Ich möchte mich keineswegs beschweren, aber sind Sie sicher, dass ich …«, er räusperte sich, »*weiße Damenpumphosen* – Klammer auf – *mit Spitze an den Beinenden und lila Bändern* – Klammer zu – bei Frau Rode abholen sollte?«

Blut schoss Emma ins Gesicht. Sie zupfte den Zettel aus seinen Fingern und drückte ihm stattdessen ihre Hälfte in die

Hand. So leicht ließ sich der Besuch bei Scheele loswerden …
Auch er atmete sichtlich erleichtert auf, als er die neue – unterhosenfreie – Liste durchgegangen war.

Mit vereinten Kräften hatten sie im Nu alles erledigt, und trafen beim Bäcker zusammen. Carl bestand darauf, hineinzugehen und seinen letzten Punkt selbst abzuhaken. Gerade wollte er in Scheeles Bäckerei verschwinden, als Hilde Rosenberger herausgewackelt kam. Mit einem Mal entgleisten die Gesichtszüge der Frau. Ohne Carl vorbeizulassen, maß ihr Blick ihn vom Kopf bis Fuß. »Na, wenn deine arme Mutter erfährt, wie du dir die Zeit vertreibst«, giftete sie Emma an.

Mit angehaltenem Atem sah Emma zu, wie die Frau beinahe genüsslich an Carl vorbeidefilierte. Nur den widerlichen Zwiebelgeruch hatte sie zurückgelassen. Und die Vorahnung des Unheils, das auf Emma zu Hause warten würde.

* * *

Während Emma heimlief, flehte sie die höheren Mächte an, Gnade walten zu lassen und ihr etwas Glück zu schenken, dass sie noch vor der Rosenberger zu Hause war. Zwar hatte sie keinen Plan, wie sie ihre Mutter milde stimmen sollte, aber es bestand immerhin die Chance, aus der Sache heil herauszukommen. Doch die höheren Mächte waren ihr nicht hold. Als sie mit klopfendem Herzen in die heimische Wohnstube stürzte, sah sie die Nachbarin neben ihrer Mutter auf dem Sofa sitzen.

»Mama, lass mich das bitte erklären …«

Die Rosenberger unterbrach sie mit einer ungeduldigen Geste. »Nicht nötig, ich habe schon alles erklärt.« Sie stand auf. Mit einem Gesicht wie auf dem Totenbett zog die Frau an Emma vorbei ins Treppenhaus.

»Mama …«

»Du machst dich zum Gespött des ganzen Hauses. Der ganzen Stadt! Damit ist jetzt Schluss. Du wirst diesen schrecklichen Carl nie wiedersehen.«

Nie wiedersehen?

Ihr Magen verzog sich zu einem festen Klumpen, als läge ein Stein in ihrem Bauch. Nein. Das konnte nicht sein! Sie würde schon eine Lösung finden! Irgendetwas musste sie doch tun! Doch ihre Mutter ignorierte alle Erklärungsversuche.

Beim Abendbrot setzte Käthe Bergmann Emmas Vater über den Ungehorsam seiner Tochter in Kenntnis.

»Man darf sie nicht mehr aus den Augen lassen. Keine Minute!«, beteuerte sie, und als das letzte Wort gesprochen war, breitete sich wieder dieses unsägliche Schweigen aus, das jegliches Leben in der Wohnung lahmlegte. Emma befürchtete bereits das Schlimmste, doch wie schlimm es wirklich werden sollte, ahnte sie nicht.

Zwei Tage später verkündete ihr Vater, dass er ein Treffen mit der Stadtratfamilie arrangiert hatte. Währenddessen hatte ihre Mutter die Drohung wahrgemacht und ließ Emma kaum aus den Augen. Ein Spaziergang zum Markt mit einem kurzen Abstecher in die Buchhandlung schien unmöglich.

Emma fühlte sich eingeschlossen, und mit jedem Tag rückten die Wände der kleinen Wohnung ein Stück näher heran. Das Einzige, was ihr Halt gab, waren Carls Papiere. Die Zahlen und Tabellen lenkten sie von trüben Gedanken ab – heimlich schrieb sie alles akribisch ab, um in Ruhe die Kostenaufstellungen zu studieren.

Doch die Zeit verging, und es gab nach wie vor keine Möglichkeit, die Dokumente in die Buchhandlung zu bringen. Unvorstellbar, wenn er mit leeren Händen zu seinem Termin mit Bankier gehen musste. Und je länger sie wartete, desto aussichtsloser erschien es.

Sie begleitete ihre Mutter überallhin, bis es ihr bei einem Einkaufsbummel tatsächlich gelang, kurz zu entwischen, um zur Post zu laufen. Dort schickte sie die Papiere an Émile Perrin ab mit der Bitte, sie Carl zu übergeben.

Bis zum Besuch bei den Wolffs tat Emma alles, um eine artige Tochter zu mimen. In der Hoffnung, danach würden sich die Wogen glätten, wenn sie das Treffen erst einmal gemeistert hatte.

Die Wolffs bewohnten eine ganze Etage in einem imposanten Haus in der Kastanienallee. Die strahlend weiße Fassade mit aufwendigen Reliefverzierungen, das große Treppenhaus, in dem man die Sauberkeit buchstäblich roch – alles vermittelte den Eindruck des bürgerlichen Wohlstandes. Die Haushälterin der Familie öffnete die Tür und bat die Gäste in den Salon, in dem bereits Tee und Gebäck serviert worden waren.

Zu ihrem Leidwesen musste Emma feststellen, dass das Ehepaar Wolff sehr nett war, was es ihr schwer machte, die Familie zu hassen. Ihr Sohn Henri dagegen hatte für Emma nur das Nötigste an Höflichkeit übrig: einen knappen Händedruck mit so viel Abstand wie möglich, einen flüchtigen Blick – so dass ihr Verdruss über die Situation in seiner Person einen Ableiter fand.

Frau Wolff war eine kleine, sehr schlanke Frau, die unglaublich gern redete. Stadtrat Wolff sagte dagegen nicht viel, strahlte aber eine Güte aus, dass man ihn mit einem in die Jahre gekommenen Teddybären hätte verwechseln können. Er war genauso klein wie seine Frau, aber deutlich korpulenter. Im Gegensatz zu seinen Eltern hatte Henri Wolff eine große und durchaus kräftige Statur mit breiten Schultern und muskulösen Armen. Seine Gesichtszüge wirkten fein ausgearbeitet, als hätte sich ein Künstler daran zu schaffen gemacht: geschwungene Brauen, eine lange, wohlgeformte Nase, etwas zu tief liegende Augen, die seinen Blick umso eindringlicher machten. Wie in Stein gemeißelt saß er in seinem Sessel, so dass man ihn fast für einen Einrichtungsgegenstand hätte halten können. Das war Emma nur recht, weil sie so ihre Ruhe hatte.

Leider erwähnte Frau Wolff gerade in diesem Moment, dass Henri lieber seine Nase in Bücher steckte als Ausschau nach feinen Mädchen zu halten, und schon nahm Käthe Bergmann das Stichwort dankbar auf, um die Belesenheit ihrer Tochter anzupreisen. Ihre Rede servierte sie mit einem dramatischen Seufzer am Ende: »Ach, schauen Sie sich die beiden nur an, sie sind so ein hübsches Paar.«

Emma verdrehte die Augen und bemerkte, wie Henri genau das Gleiche tat. Nanu! Behagte ihm die Situation genauso wenig wie ihr?

»Was halten Sie denn für die besten Vorzüge einer Ehefrau, Herr Wolff?« Sie feixte ihn herausfordernd an.

Er schaute sie so überrascht an, als fragte er sich, warum dieses seltsame Accessoire, das von fremden Menschen in diese Räumlichkeiten gebracht worden war, auf einmal zu reden begann. »Bis jetzt haben Sie all meine Wünsche diesbezüglich erfüllt, gnädiges Fräulein. Sie waren still.«

»Oh, Verzeihung, ich bin so ein Plappermäulchen. Ich fürchte, Ihre Heiratspläne werden Sie aufgeben müssen. Wir passen einfach nicht zueinander.«

»Da kann ich Ihnen nur zustimmen. Ich würde lieber einen Mann heiraten, als auch nur daran zu denken, mit einer so schwatzhaften Person wie Ihnen vor den Altar zu treten.«

Sie musste sich auf die Lippe beißen, um nicht loszuprusten, vor allem beim empörten Gesichtsausdruck ihrer Mutter und dem entsetzten Blick von Frau Wolff. Während Herr Wolff auf dem Sofa zusammenzuckte, als wäre er aus einem Nickerchen gerissen worden.

»Ich bitte um Entschuldigung«, stammelte Frau Wolff kaum hörbar, das Gesicht weiß wie die Gardinen am Fenster. »Leider lässt der Humor meines Sohnes einiges zu wünschen übrig. Henri?«

»Natürlich, Mutter, bitte verzeih mir. Ich wollte das gnädige, heiratswillige Fräulein auf keinen Fall mit meinen ungehobelten Witzen verstören.«

»Oh, keine Sorge«, säuselte Emma ihm zu. »Ich bin keineswegs verstört. Solange ich es nicht bin, können Sie zum Altar führen, wen auch immer Sie wollen!«

»Emma!«, zischte ihre Mutter, ohne die Lippen zu bewegen.

»Diese Jugend, amüsant, amüsant, nicht wahr?« Frau Wolff lächelte gezwungen und suchte beinahe flehend Unterstützung bei ihrem Mann. »Ich finde, etwas frische Luft würde uns allen guttun. Wie wäre es mit einem Spaziergang? Das Wetter ist heute so herrlich!«

Das stimmte leider, also begaben sie sich zu sechst zur Esplanade, die unweit vom Haus lag. Beim Herausgehen packte Frau Bergmann ihre Tochter am Arm und bläute ihr ein, sie möge sich benehmen. Warum ausgerechnet sie sich benehmen sollte, wenn der werte Henri Wolff es nicht für nötig hielt, traute Emma sich nicht zu fragen, obwohl es ihr auf der Zunge zwickte.

»Sie sind so ein bezauberndes Mädchen«, schmeichelte Frau Wolff dagegen aus Kräften, während sie durch die Anlage spazierten. »Wenn Sie und Henri sich erst einmal besser kennengelernt haben, werdet ihr einander zu schätzen wissen, da hege ich keine Zweifel!«

Nach diesen Worten legte Henri ein so beeindruckendes Tempo vor, dass Emma fast laufen musste, um mit ihm Schritt zu halten. Aber zurückzubleiben und ihrer Mutter samt Frau Wolff zuzuhören, wie wunderbar sie alle zueinanderpassten, würde sie nicht lange überstehen, ohne sich übergeben zu müssen.

»Emma!«, rief ihre Mutter drohend hinterher, als sie sich zu weit entfernt hatten, wurde aber von Frau Wolff zurückgehalten: »Ach, lassen wir die jungen Leute doch ein wenig für sich.«

Immerhin.

Das kleine Fiasko beim Tee war viel zu schnell vergessen, dass Emma hoffte, Henri Wolff hätte mehr in seinem Repertoire, um ihre Mutter abzuschrecken. Sie gingen – nein, liefen kreuz und quer die Wege entlang, ohne ein Wort aneinander zu richten. Schon bald war Emma ganz außer Atem und fiel deutlich zurück. Henri Wolff schritt dagegen voran, als könnte er den Spaziergang für beendet erklären, wenn er nur schnell genug alle Wege ablief.

»Henri!«, rief es plötzlich von einer Bank aus. Ein junger Mann sprang von der Sitzfläche auf, eilte auf Emmas Begleiter zu und streckte schon seine Hand nach ihm aus, als Henri einen alarmierten Blick zurückwarf und Emma scharf anschaute.

Der andere Mann verharrte ebenso verunsichert. Seine Hände, die er wohl um Henri hatte legen wollen, senkte er unverrichteter Dinge, und so standen die beiden nur wenige Zentimeter voneinander entfernt, ohne Gruß und jegliche Regung. In der Luft lag eine ganz merkwürdige Anspannung, die nur darauf wartete, sich zu entladen.

Was passierte da? Emma kam näher. Der Unbekannte war etwas kleiner als Henri und deutlich schmaler gebaut, wenn auch nicht minder muskulös. Er hatte ein beneidenswert volles, dunkles Haar und teefarbene Augen. Mit ihrem goldenen Schimmer erinnerte seine Haut Emma an Waldhonig, so dass im Vergleich zu ihm Henri noch blasser wirkte als ohnehin.

»Emma Bergmann«, ergriff sie die Initiative und streckte dem Fremden eine Hand entgegen, da keiner von den beiden sich rührte.

»Sehr erfreut, Pierre Lefèvre.« Er hatte eine sehr angenehme, melodische Stimme, die etwas rau klang, wenn er sie hob.

»Fräulein Bergmann und ihre Eltern sind heute zu Besuch«, ergänzte Henri, als müsse er sich für diesen Umstand entschuldigen. Seine Stimme klang dennoch ungewohnt weich und ein wenig zaghaft.

»Verstehe«, murmelte Pierre Lefèvre und schaute zu Henri Wolff auf. Mit einem Blick, als müsste er dieses Gesicht in jeder Einzelheit in sein Gedächtnis einprägen, diesen flüchtigen Augenblick für immer festhalten. »Geht es dir gut?«

»Ja.« Henri schluckte. »Meine Eltern sind bestimmt gleich hier.«

»Dann möchte ich nicht weiter stören.« Pierre nickte Emma knapp zu, wandte sich widerwillig ab und ging davon. Henri sah ihm hinterher, noch lange, als der junge Mann bereits hinter der nächsten Abbiegung verschwunden war.

»War das ein Freund von Ihnen?« Emma fühlte sich seltsam fehl am Platz. Warum nur? Die Begegnung hatte nicht einmal eine Minute gedauert, und weder Henri noch der junge Mann hatten etwas gesagt, was sie beschämt hätte. Trotzdem wünschte sie sich, sie wäre gegangen, damit Pierre Lefèvre bleiben konnte.

Henri räusperte sich. »Wir kennen uns seit der Schule.«

Noch einmal dachte Emma an diesen Blick, mit dem Pierre Henri angesehen hatte. Ein Blick, mit dem … auch Carl sie manchmal anschaute. Bewundernd. Sehnsüchtig nach etwas mehr Nähe. Und voller Angst, durch ein unbedachtes Wort, eine falsche Geste etwas kaputt zu machen.

»Und seit wann ist er Ihr *enger* Freund?«, fragte sie und musterte Henris Gesicht.

Henri zuckte sichtlich zusammen. »Ich fürchte, ich verstehe nicht ganz.«

»Oh«, sie winkte ab, als hätte sie sich bloß ungeschickt ausgedrückt. »Ich hatte nur das Gefühl, er wäre wirklich ein *sehr* guter Freund, nicht nur eine alte Schulbekanntschaft.«

Eine Erleichterung breitete sich auf seinem Gesicht aus. »Ach so. Ja, das stimmt. Wir … wir haben schon einiges zusammen erlebt.«

Sie hätte noch mehr gefragt – doch da kamen schon ihre Eltern an. Stadtrat Wolff zog kaum merklich die Augenbrauen zusammen, als er herantrat, und deutete mit einer abfälligen Geste hinter sich. »War das nicht dieser schreckliche Lefèvre gerade?« Er wirkte immer noch wie ein Teddybär. Wie ein verärgerter Teddybär, der sich seltsam unwohl fühlte.

»Das war er«, erwiderte Henri. »Wie du siehst, ist er schon wieder gegangen, Vater.«

»Gut. Dann sollten wir auch weiter. Komm, deine Mutter hat recht, das Wetter ist so wunderbar, das sollten wir genießen.«

Henri nickte zerstreut, rührte sich aber nicht vom Fleck, während der kleine Elternpulk weiterflanierte und vor allem Frau Wolff wie ein Kanarienvogel zwitscherte, als müsste sie sich noch ein bisschen mehr Mühe geben, um etwas ganz anderes zu übertönen.

»Wo Liebe ist, ist Leid nicht weit«, murmelte Emma, während sie Henri aus dem Augenwinkel beobachtete.

Er sah sie scharf an. »Ich fürchte, ich verstehe schon wieder nicht ganz, was Sie meinen.«

Emma zuckte unschuldig die Schultern. »Unsere Eltern. Sie lieben uns vom ganzen Herzen, doch sind wir es, die ihnen Leid zufügen.«

»Ach so. Natürlich.«

»Ihre Eltern sind offenbar nicht so glücklich über Ihre Freundschaft zu Pierre Lefèvre. Schade, er schien mir ein netter Mann zu sein.« Sie machte eine kleine Pause. »Wobei ich mir natürlich vorstellen kann, woher die Abneigung gegen ihn kommt.«

Geräuschvoll sog Henri die Luft ein. »Ach wirklich? Sie können es verstehen?«

»Er ist ein Franzose, nicht wahr? Meine Eltern sind auch nicht so gut auf Franzosen zu sprechen. Die Kluft zwischen den Völkern liegt in dieser Stadt leider viel tiefer als irgendwo anders.«

»Ein Franzose.« Ganz langsam ließ er die angehaltene Luft wieder entweichen. »Sie haben recht. Daran liegt es.«

»Oder etwa nicht?«

»Nein, nein. Ihre Analyse war absolut treffend.« Etwas schien in seinem Gesicht zu arbeiten. Unvermittelt bot er ihr seinen Arm. »Wollen wir?«

Überrascht hakte sich Emma bei ihm unter. Sie gingen weiter. Seite an Seite. Wie Bruder und Schwester. Und Emma hätte ihre linke Hand verwettet, dass Henri Wolff dabei an Pierre Lefèvre dachte, so verträumt, wie er in die Ferne schaute.

# Metz, 1909

## CARL

CARL STARRTE DEN SCHIMMELFLECK in einer Ecke seines Zimmers an. Der Gasthof der Eheleute Hubig war ein heruntergekommenes Haus mit einer Schenke, in der es ständig nach saurem Bier roch. Aber eine andere Unterkunft konnte er sich nicht leisten, und seinem Vater wollte er nicht unter die Augen treten, ehe er sein Unternehmen nicht gegründet hatte. Zum Glück stand sein Termin bei Hagen von Rothhausen kurz bevor, da ließen sich die Unannehmlichkeiten gut aushalten. Und dann? Die Renovierung des Fabrikgebäudes würde ihn einiges kosten, aber vielleicht ließe sich eine der Räumlichkeiten so umbauen, dass er darin erst einmal mit seinen Siebensachen unterkommen konnte. Hauptsache, die Produktion konnte bald starten.

Er sah es bereits vor sich, wie er das erste durchsichtige, filigrane Senfglas zusammen mit Emma in den Händen halten würde. Ein Bild, das sich ganz tief in seinen Geist eingebrannt hatte. Wann auch immer er an die Zukunft dachte – ohne Emma konnte er sich diese nicht mehr vorstellen. Nur: Was war mit ihrer Zukunft? Konnte er auch ihre Träume verwirklichen?

Wenn er erst einmal Geld hatte – bestimmt. Auch wenn es bedeutete, dass sie nach Straßburg gehen musste.

Er kroch unter das muffige Laken. Das fremde Bett quietschte bei jeder Drehung unter seinem Gewicht. Noch nie war er jemandem so nahe gewesen wie Emma. Nicht körperlich, denn natürlich hatte es schon Frauen in seinem Leben gegeben. Aber keine von ihnen hatte ihm so viel bedeutet wie sie. Er wünschte sich, er könnte für sie da sein, wann auch immer sie ihn brauchte. Dass er sie nicht jedes Mal wieder fortgehen lassen müsste.

In den nächsten Tagen ging er zu Emmas Haus, in der Hoffnung, sie wenigstens kurz zu sehen. Bis eine ältere Frau ihm süffisant erklärte, er bräuchte hier nicht länger herumzulungern. Emma hätte einen Mann gefunden, der ein aufrichtiges Interesse an ihr zeigte.

Obwohl er sich weigerte, die Worte der alten Hexe an sich heranzulassen, bereiteten sie ihm Unbehagen. Wer war dieser Mann? Und was war, wenn er Emma tatsächlich verlieren würde?

Eine ganze Weile dachte er darüber nach. Im Grunde konnte er kaum an etwas anderes mehr denken. Die Andeutungen dieser furchtbaren Frau waren wie Treibsand, in dem all seine Gefühle erstickten. Bis seine Sinne ganz taub waren. Wusste Emma, was er für sie empfand? Wie schrecklich sich die Zeit ohne sie für ihn anfühlte? Wie viel Angst er hatte, sie zu verlieren?

Nein, woher auch. Er hatte es ihr nie gesagt. Bis zuletzt war er selbst sich nicht einmal im Klaren darüber, wie viel sie ihm wirklich bedeutete.

Sein Blick fiel auf seine Tasche – in wenigen Stunden stand sein Termin mit Hagen von Rothhausen an, davor musste er sowieso in die Buchhandlung, um die Papiere zu holen. Dass Emma sie ihm dort hinterlassen hatte, daran hegte er keine Zweifel. Doch obwohl er sich auf sein Treffen mit dem Bankier konzentrieren sollte, konnte er nur an Emma an der Seite eines fremden Mannes denken.

Ob er ihr schreiben, ihr erklären sollte, was sie ihm bedeutete? Doch tiefsinnige Briefe zählten nicht gerade zu seinen Stärken. Seine Schwester hatte schon immer behauptet, er wäre so romantisch wie Vaters Spuckdose. Spätestens als er einen Lachkrampf bekommen hatte, als Louise ihm etwas von Schillers Dichtkunst über *zarte Sehnsucht, süßes Hoffen* vorgetragen hatte.

Aber vielleicht brauchten Gefühle keine großen Worte. Er sah auf ein kleines Sträußchen Senfblüten, die seiner tristen Behausung etwas Hoffnungsvolles verliehen. Wann immer er die Blüten betrachtete, dachte er an sein Treffen mit Emma auf dem elterlichen Hof. An diesen Augenblick, als er in ihrem Haar die Senfblüte entdeckt hatte und plötzlich wusste, dass es kein leerer Spruch war. Dass diese Begegnung tatsächlich einen tieferen Sinn in seinem Leben hatte. Diesen Sinn durfte er nicht verlieren.

Also zupfte er einen kleinen Senfblütenzweig ab, kritzelte er ein paar Zeilen auf ein Blatt Papier und steckte alles in einen kleinen Briefumschlag.

Die Schwelle der Buchhandlung zu übertreten, fiel ihm auch dieses Mal nicht leicht. Im schummerigen Raum entdeckte er den alten Inhaber nicht sofort.

Émile Perrin saß in einem Sessel, die Katze auf dem Schoß haltend, und las murmelnd etwas in einem Buch. Kurz hob der alte Mann den Blick, dann widmete er sich wieder den Seiten. Als Carl näher trat, reichte der Buchhändler ihm wortlos einen Umschlag. Die Papiere. Natürlich.

Unsicher zeigte Carl den Brief. »Ich wäre Ihnen sehr verbunden, wenn Sie dies Fräulein Bergmann übergeben würden.«

Der Buchhändler sah ihn über den Rand seiner Brille hinweg an. »Gusti und isch sind doch kein Postamt.«

Vielleicht war es eine dumme Idee hierherzukommen. Ausgerechnet den Mann um einen Gefallen zu bitten, den er so enttäuscht hatte. Carl wollte bereits gehen, als Perrin seufzte und auf den Tisch deutete. »Schon gut, schon gut. Legen Sie es dort'in.«

»Ich danke Ihnen.«

Carl drehte sich zur Tür, kam dann aber doch wieder zurück. Unschlüssig, wie er es sagen sollte, stand er da. Vielleicht war es zu spät, etwas zu sagen. Er versuchte es trotzdem. »Ich danke Ihnen auch dafür, dass Sie mir damals begreiflich gemacht haben, dass ich kein Mistkerl sein muss, um mich stark und unabhängig zu fühlen. In der Schulzeit habe ich viel Mist gebaut, das stimmt, aber Sie haben mich nie aufgegeben. Es tut mir wirklich sehr leid, dass Sie das Lyzeum verlassen mussten.« Trotz seiner Ehrlichkeit wirkten seine Worte leer. Weder eine Entschuldigung noch die Wahrheit würden auch nur das Geringste an der Vergangenheit ändern.

Mit einem Mal sprang die Katze auf den Tisch. Carl zuckte zusammen. Doch das riesige Tier schnupperte bloß an ihm und rieb sich schließlich mit den Lefzen an seiner Hand. Etwas zögernd, dann deutlich sicherer streichelte er Gusti am Ohr.

»Gusti mag Sie«, murmelte Monsieur Perrin, den Blick noch immer auf das Buch gerichtet. »Emma auch. Und isch … ach, isch glaube, auch isch könnte misch an Ihre Anwesen'eit gewöhnen.«

»Das würde mir vollkommen reichen, das wäre mehr, als ich erwarten darf. Sie müssen mich nicht mögen. Aber es wäre für mich eine Erleichterung zu wissen, dass Sie mir verzeihen können.«

Der Buchhändler schwieg. Dann hob er den Blick und schaute Carl zum ersten Mal direkt an. »Isch weiß, dass die Karikaturen nischt von Ihnen waren. Dass Sie Antoine Dupont damals beschützt 'aben. Er 'at es mir vor kurzem gesagt.«

Carl verharrte, als die Bilder der Vergangenheit ihn einholten. Es war, als würde er erneut im Flur des Lyzeums stehen und Antoine dabei beobachten, wie dieser ins Lehrzimmer schlich. Irgendetwas hatte da nicht gestimmt. Und nach einigen Minuten, in denen er überlegt hatte, was er tun sollte, schlüpfte er schließlich hinter ihm ins Lehrerzimmer. Sobald er durch die Tür kam, sah er, dass Antoine bei Perrins Sachen war. Auf seine Frage hin, was das sollte, stammelte Antoine etwas davon, dass er die Aufgaben für die bevorstehende Klassenarbeit stehlen wollte, um sich besser darauf vorzubereiten. Im Nachhinein kam es Carl merkwürdig vor, dass Antoine ausgerechnet an der Französischarbeit interessiert war. Aber in dem Augenblick hatte Carl keinen Verdacht geschöpft.

Da erklangen schon Schritte, und Antoine sah aus wie der Tod zu Fuß. Wenn er erwischt werden würde, würde sein Vater ihn totprügeln, sagte er. Und Carl wusste, dass Antoine nicht übertrieb – auch ihm waren dessen häufige blaue Flecke aufgefallen. Also öffnete er das Fenster und ließ Antoine aussteigen. Er selbst wollte folgen, aber dazu blieb ihm keine Zeit. Émile Perrin kam herein und ertappte ihn beim Schnüffeln im Lehrerzimmer. Dafür wäre er fast von der Schule geflogen, aber seine Eltern konnten die Wogen glätten. Ein paar Tage danach wurden die Karikaturen entdeckt.

Jetzt war das Geheimnis also raus.

Leichter machte es die Vergangenheit keineswegs.

»Was passiert ist, ist passiert«, murmelte Perrin. »Geben Sie einem alten Mann ein wenisch Zeit, das alles zu verarbeiten.«

Das ist zumindest ein Anfang, dachte Carl, als er den kleinen Laden verließ. Schon merkwürdig, dass Emma nicht nur seine Zukunft, sondern nun auch seine Vergangenheit umgekrempelt hatte.

Erleichtert machte er sich auf den Weg zu Hagen von Rothhausen. Der Bankier wohnte seit kurzem im begehrten Bahnhofsviertel – nach der Eröffnung des kaiserlichen Prestigebaus waren die Grundstückspreise dort buchstäblich explodiert, und jeder, der etwas auf sich hielt, zog dorthin. Abgesehen davon machte sich Hagen von Rothhausen nicht viel aus seinem Reichtum, und im Gegensatz zu vielen anderen bewohnte er ein fast unscheinbares Haus mit einem kleinen Garten, in dem er die warmen Sommerabende mit seiner Frau genoss. Er sagte oft, dass der Mensch nicht viel zum Glücklichsein benötigte.

Wenn man die Straße zu schnell entlangging, konnte man das Haus der Familie von Rothhausen beinahe übersehen. Bei der niedrigen Gartenpforte und dem schmalen Sandweg zwischen zwei riesigen Rhododendronbüschen würde ein Ortsfremder kaum vermuten, dass hier einer der mächtigsten Bankiers von Metz lebte. Vielleicht sogar von ganz Elsass-Lothringen.

Als Carl an der Tür klingelte, öffnete der Hausherr persönlich. Für viele ein merkwürdiger Spleen. Für Hagen von Rothhausen ein Stück Bodenständigkeit. »Außerdem tut die Bewegung den alten Knochen gut«, pflegte er zu sagen, wenn seine Gäste sich darüber wunderten.

»Carl! Mein Junge, lange nicht gesehen!« Der Bankier zog ihn mit so einer Kraft an sich heran, dass Carl buchstäblich in die Umarmung stolperte. »Gertrud hat im Salon Tee und Kekse für uns bereitgestellt. Die mit Rosinen, die du so magst. Ich habe zwar heftig gegen die elenden Rosinen protestiert, musste mich aber geschlagen geben.«

Schon wurde Carl in den Salon geführt, ein kleines Zimmer mit hellgrünen Stofftapeten, in dem das Ehepaar oft Lesestunden verbrachte. Fast jedem war bekannt, dass die beiden die gleiche Leidenschaft für Schauerromane teilten, auch jetzt entdeckte Carl auf einem kleinen Beistelltisch zwei Bände mit Erzählungen von Edgar Allan Poe, in denen Lesebändchen steckten. Vielleicht hätte er daran denken und den beiden etwas Neues aus Perrins Laden mitbringen sollen.

Im Salon begrüßte Gertrud von Rothhausen Carl nicht minder freudig wie ihr Mann. Sie war genauso groß wie ihr Gatte, aber doppelt so breit. Trotzdem gelang es ihr, mit einer erstaunlichen Grazie Carl in die Wange zu zwicken. »Ach, bist du dünn geworden! Ich fürchte, du musst zum Abendessen bleiben, so leid es mir tut.«

Sie plauderten noch eine ganze Weile über dies und das und tranken den kräftig aufgebrühten Tee. Irgendwann erhob sich Gertrud und tätschelte ihrem Mann die Schulter. »Nun lasse ich die Herren allein. Ich weiß, ihr habt Wichtiges zu besprechen.« Sie nahm ihr Buch und entschwand aus dem Raum, ihre Herzlichkeit war jedoch geblieben, die Hagen von Rothhausen noch immer wohlig lächeln ließ.

Carl dachte, es würde endlich zum Geschäftlichen kommen, doch der Bankier bevorzugte es, ganz in Ruhe seinen Tee auszutrinken. Endlich stellte er die Tasse beiseite und seufzte. »Ich sehe, du verlierst gleich deine Geduld mit mir. Nun, mein Lieber. Du hast gesagt, du willst mit mir etwas bereden? Worum geht es denn?«

Es überraschte Carl nicht, dass der Mann ihn nicht ins Arbeitszimmer bat, sondern darüber bei Tee und Keksen zu sprechen gedachte. Es hatte etwas Familiäres an sich, hier zu sein, so dass er gar nicht so nervös war, wie er geglaubt hatte. Trotzdem musste er sich kurz sammeln, um zu seinem Vorhaben umzuschwenken.

»Was hältst du von der *Ersten Lothringischen Senffabrik Carl Seidel*?«, begann er, und sobald die Worte ausgesprochen waren, kehrte seine Souveränität zurück. Rasch holte er die

Papiere heraus: Pläne und Kalkulationen, allerlei Kostenberechnungen, sogar die zwei Senfproben stellte er zwischen Kekse und Teetassen hin, obwohl er befürchtete, der Bankier würde ihn dafür belächeln.

Hagen von Rothhausen hörte jedoch aufmerksam zu, ohne ihn zu unterbrechen, und als Carl geendet hatte, saß der Mann noch eine Weile da, schaute nachdenklich auf die Papiere und strich sich über den Backenbart, der zwar mit den Jahren ergraut war, aber an Üppigkeit nichts eingebüßt hatte.

»Hmmmm«, sagte er endlich, was beinahe melodisch klang.

Mit einem Mal wurde Carl wieder nervös.

»Und mit deinem ›Hm‹ meinst du etwas Konkretes?«

Der Mann prüfte die eine oder andere Rechnung, schaute sich noch einmal die Tabellen an. Nur das monotone Ticken der Standuhr an der Wand unterbrach die Stille. Schließlich lehnte sich Hagen von Rothhausen zurück.

»Was denkst du?«, fragte Carl bange, als der Mann nichts mehr sagte.

Der Banker seufzte. »Ich denke … ich denke, wir sollten zu Abend essen. Unsere Köchin hat einen absolut köstlichen Braten zubereitet, zu dem dein Senf sicherlich hervorragend passen würde. Du isst doch mit uns, nicht wahr?«

Etwas überrumpelt sagte Carl zu, obwohl er viel lieber die Meinung des Bankiers zu seinem Konzept gehört hätte. Aber Geduld, Ruhe und Besonnenheit waren Eigenschaften, die Hagen von Rothhausen bei seinen Geschäftspartnern am meisten schätzte. Also blieb Carl nichts anderes übrig, als zu warten. Bis zum Essen vertrieben sie sich die Zeit auf der Terrasse. Gertrud las, während Hagen eine Zigarre rauchte und über alte Zeiten redete. Das Abendmahl wurde im kleinen, gemütlichen Esszimmer mit einem Erker serviert, durch den man noch die letzten Sonnenstrahlen über den Dächern von Metz beobachten konnte. Schon wieder wurde Carl an sein Elternhaus erinnert, an die gelöste Atmosphäre beim gemeinsamen Speisen, währenddessen sie sich über absolut alles unterhalten hatten. Nur Louise fehlte, die bei jedem Bissen klagte, er würde ihre Figur ruinieren.

Während des Essens lobte Gertrud den Senf, und Carl spürte, dass es keine Höflichkeitsfloskel war. Es fühlte sich gut an, eine weitere Bestätigung zur Qualität seines Produktes zu bekommen. Sie redeten über die Herstellung, über die feinen Nuancen in der Würze, und kurz hatte Carl sogar vergessen, warum er eigentlich hier war. Nach dem Essen, das mit einer vorzüglichen *Mousse au chocolat* endete, zog er sich mit Hagen von Rothhausen doch noch in dessen Arbeitszimmer zurück, in dem der Bankier erneut die Papiere durchsah. Genauso aufmerksam wie beim ersten Mal, Gründlichkeit gehörte zu seinen Tugenden. Nach einer Weile war er fertig, sammelte jedes Blatt ordentlich ein und reichte es zurück, ohne auch nur ein Wort zu sagen.

»Nun spanne mich nicht so auf die Folter«, entfuhr es Carl.

Hagen von Rothhausen wiegte den Kopf. »Es ist eine beeindruckend kluge und präzise Aufstellung aller Kosten und ein sehr durchdachter Geschäftsplan.«

»Aber …?« Unwillkürlich breitete sich Unbehagen in Carl aus. Wenn der Bankier bloß nicht so lange Pausen machen würde!

Schon wieder strich sich der Mann über den Backenbart, als müsste er die nächsten Worte mit Bedacht wählen. »Carl, ich möchte offen zu dir sein. Ich liebe dich wie meinen eigenen Sohn, und deine Aufstellung hat mich zutiefst beeindruckt. Zu deinem Vater aber verbindet mich eine jahrelange, tiefe Kameradschaft, die mir sehr viel bedeutet. Als du mir die

Nachricht mit der Bitte um einen Termin geschickt hast, habe ich ihn gefragt, ob er wüsste, worum es dabei gehen könnte. Er hatte schon vermutet, dass du mich um das Geld für deine Fabrik bitten würdest. Würde jemand anderer mir diese Papiere zeigen, würde ich demjenigen einen Kredit geben, und das, ohne mit der Wimper zu zucken.« Er räusperte sich. »Es wird überall empfohlen, das Geld nach Persönlichkeit zu vergeben, der gute Ruf ist wichtiger als die Geschäftsidee dahinter. Bei dir stimmt einfach alles, die Geschäftsidee wie auch deine Persönlichkeit, deshalb fällt es mir umso schwerer, dich abzuweisen. Ich kann Ehrhard nicht so übel mitspielen, ihn nicht auf diese Weise verraten.« Eine kurze Pause. »Dein Vater wünscht sich nichts Sehnlicheres, als dass du nach Hause kommst und sein Unternehmen weiterführst. Wenn du meinen Rat annehmen magst: Mach das bitte.«

»Aber …« Kraftlos lehnte sich Carl im Sessel zurück, wusste gar nicht, was genau er da gerade empfand. Wut? Verbitterung? Egal, was es war, davon sollte er sich nicht abhalten lassen. »Ich verstehe«, brachte er endlich hervor. »Wirklich, ich kann das verstehen. Du bist ein ehrenvoller Mann, und ich bin froh, dich zu kennen. Mein Vater kann sich glücklich schätzen, einen so guten Freund zu haben.«

Entschlossen blickte Carl in das Gesicht des Bankiers. »Du kannst meinem Vater ausrichten, dass er mich nicht so leicht von meinem Weg abbringen wird. Du hast selbst gesagt: Mein Konzept ist mehr als überzeugend. Ich werde woanders einen Kredit bekommen.«

Hagen von Rothhausen rieb sich das Kinn. »Verstehe mich bitte richtig. Im Krieg hat dein Vater mir das Leben gerettet. Ohne ihn wäre ich nicht der Mann geworden, der ich heute bin.« Er seufzte tief. »Der Name von Rothhausen hat viel Gewicht in dieser Stadt. Auch über ihre Grenzen hinweg. Ich werde dafür sorgen, dass du bei keinem anderen Bankier einen Kredit bekommst.«

Geräuschvoll schnappte Carl nach Luft. »Das kannst du nicht machen! Das kannst du mir nicht antun!«

»Doch. Das kann ich sehr wohl. Und das werde ich. Dein Vater braucht dich.«

## Metz, 1909

## EMMA

SIE HATTE GEHOFFT, das Treffen mit den Wolffs würde ihre Eltern milde stimmen. Doch dass Hilde Rosenberger sie damals mit Carl ertappt hatte, war ihrer Mutter nach wie vor mehr als präsent. Und so tat diese Frau alles, um ihre Drohung wahrzumachen: Ihre Tochter sollte keine Gelegenheit bekommen, den unmöglichen Mann wiederzusehen. Die Tage vergingen, und die Lage zu Hause entspannte sich keineswegs. Nicht zu wissen, ob Carl den Kredit bekommen hatte, machte Emma schier wahnsinnig. Konnte das Grundstück erworben werden? Was musste umgebaut werden? Noch nie kamen ihr die eigenen vier Wände so sehr wie ein Käfig vor. Wie gerne hätte sie mit Carl weitergeplant und Strategien entwickelt. Doch daran war nicht zu denken.

Eines Abends kam ihr Vater nach Hause, innerlich strahlend, wie Emma ihn schon lange nicht mehr gesehen hatte. Kaum hatte er sich ausgezogen, ging er auf Emma zu und schloss sie in die Arme. Wie in Kindertagen drückte er sie fest an sich, nur um sie herumzuwirbeln, fehlte ihm die Kraft. Die Wange an seine Brust gedrückt, konnte sie hören, wie schnell sein Herz pochte. »Henri Wolff möchte dich zu einem weiteren Spaziergang einladen.«

Erschrocken riss sich Emma von ihm los. »Was?«

»Anscheinend hast du einen sehr guten Eindruck bei ihm hinterlassen. Und seine Eltern vergöttern dich regelrecht, Stadtrat Wolff war voll des Lobes, als ich ihn heute gesprochen habe!«

Nein, schrie alles in ihr. Vergesst diesen Henri, vergesst den Stadrat! Doch ihr Vater sah sie so voller Stolz an, dass sie keinen Ton über die Lippen brachte. Schon wieder war er bei ihr, um sie zu umarmen. »Mein kleines Mädchen«, flüsterte er in ihr Haar. »Endlich läuft alles so, wie wir uns es vorgestellt haben. Stadtrat Wolff hat sogar versprochen, ein gutes Wort für mich einzulegen, vielleicht … ach … vielleicht wird unser Leben endlich besser!«

Sein Griff war so fest, dass sie kaum noch Luft bekam, keine Kraft hatte, um ihm zu widersprechen. Und so musste sie sich am nächsten Tag von ihrer Mutter in ein hübsches Sommerkleid stecken und zur Esplanade begleiten lassen. Auch Henris Mutter war da, und die beiden begrüßten sich wie alte Freundinnen.

»Ich glaube, ich muss mich für mein abweisendes Verhalten letztes Mal entschuldigen«, sagte Henri, als sie zusammen durch die Wege schritten.

»Das glauben Sie nur?«, gab Emma pikiert zurück – sie war nicht in bester Stimmung, und es tat ihr ein wenig leid, diese an ihm auszulassen. »Für so gläubig habe ich Sie gar nicht gehalten.«

»Nun. Ich entschuldige mich aufrichtig. Mein Verhalten war unangemessen.« Er bot ihr brüderlich seinen Arm, und so gingen sie weiter, während ihre Mütter auf einer Bank sitzen geblieben waren, als hätten sie sich furchtbar viel zu erzählen.

Immer wieder schaute Emma zurück, und als die beiden Frauen außer Sicht waren, blieb sie stehen. In ihrem Kopf ratterten die Gedanken, und besonders einer davon – völlig verrückt! – versprach heiß und innig einen Ausweg. Ein Stück Freiheit. Eine winzige Gelegenheit, die Situation zum Guten zu wenden.

»Herr Wolff«, begann sie geschäftlich, als wollte sie einen

lukrativen Vertrag abschließen, »ich habe ein ungewöhnliches Angebot an Sie.«

Er drehte sich zu ihr, ganz auf der Hut. »Ich höre?«

»Ich habe das Gefühl, Sie haben viel mit Ihrem Freund aus den Schultagen zu besprechen. Warum nutzen Sie nicht die Zeit für ein kleines Wiedersehen?«

Er runzelte die Stirn. »Ich fürchte, ich verstehe nicht ganz.«

»Sie sind aber unglaublich schwer vom Begriff.« Ungeduldig steckte sie eine ihrer Haarsträhnen zurück, die sich wieder einmal aus der Frisur gelöst hatten. »Was meinen Sie, wie lange wir hier flanieren können, bis unseren Müttern auffällt, uns länger nicht gesehen zu haben? Eine Stunde? Eine halbe Stunde? In dieser Zeit könnten Sie Ihrem Freund, den Ihre Eltern ja nicht mögen, doch einen kleinen Besuch abstatten. Und ich … nun, ich wüsste mich ebenfalls zu beschäftigen.«

Überrascht öffnete er den Mund.

Leider sagte er dabei nichts, so dass Emma angespannt mit einem Fuß zu wippen begann. »Sie müssen sich aber schnell entscheiden, denn wenn wir weiter hier herumstehen, vertrödeln wir nur die wertvolle Zeit.«

»Dann nehme ich Ihr Angebot dankend an«, kam zögernd seine Antwort.

»Wunderbar. In einer Dreiviertelstunde sehen wir uns an dieser Stelle wieder.« Sie ließ ihn stehen und lief davon. Eine Dreiviertelstunde war nicht viel Zeit, um zur Buchhandlung zu gelangen und dann wieder zurückzukommen. Was würde ihr blühen, sollte ihre List auffliegen? Daran mochte sie nicht · einmal denken. Sie musste es einfach riskieren!

Der Ausbruch fühlte sich aufregend an. Befreiend. Denn dieses Abenteuer war ganz allein ihre Idee – und es fühlte sich prickelnd an, eine eigene Entscheidung zu treffen und Grenzen zu überschreiten.

Endlich stand sie vor dem Laden.

Rasch schlüpfte sie durch die Tür, wobei sie fast über Gusti stolperte, die zur Begrüßung herkam. Leider musste sie feststellen, dass Émile Perrin gerade zwei Kunden bediente. Die Herren ließen sich unglaublich lange auf Französisch beraten, bis sie endlich das Geschäft verlassen hatten.

»Emma!«, begrüßte Émile sie. »So lange nischt gesehen.«

Sie ließ sich auf einen Stuhl fallen und rieb sich mit beiden Händen übers Gesicht, weil ihre Gedanken hin und her hüpften. Wo sollte sie nur anfangen? Dann sprudelten die Worte nur so aus ihr heraus, und als sie absolut alles erzählt hatte, glaubte sie, kaum noch Luft zu bekommen. »Hast du etwas von Carl gehört?«, stieß sie als Allerletztes atemlos hervor.

»Natürlich.« Er schmunzelte und reichte ihr einen kleinen Briefumschlag.

Eine Nachricht von ihm! Das war mehr, als sie sich erhofft hatte. Mit bebenden Fingern faltete sie den Zettel auseinander, und eine Senfblüte fiel ihr entgegen. Schon etwas welk, aber bildhübsch in ihrer einfachen Schönheit. Einen Augenblick lang hatte sie das Gefühl, Carl würde neben ihr stehen. Vorsichtig in ihr Haar greifen. Und den kleinen Zweig aus ihren Strähnen zupfen. Sie hob die Blüte auf und las mit angehaltenem Atem die Zeilen, die er ihr geschrieben hatte.

*Liebe ist nur ein Wort, aber sie trägt alles, was wir haben. Ohne sie wäre die Welt leer.*

*Wem auch immer Oscar Wilde diese Worte gewidmet hat, ich glaube, ich fühle, was er dabei gefühlt hat. Drücken Sie mir die Daumen für meinen Termin mit dem Bankier.*

*Hochachtungsvoll,*
*Ihr Carl Seidel*

Verträumt drehte sie den Zweig in der Hand. Auch sie fühlte all das, was Oscar Wilde gefühlt hatte. Und anscheinend Carl ebenso. Ihr Herz war ganz voll von diesen Gefühlen.

»Gute Nachrischten?« Émile Perrin setzte sich zu ihr. Gusti sprang auf seinen Schoß, nicht ohne dem Buchhändler ihren puscheligen Schwanz unter die Nase zu halten, so dass er niesen musste.

»Ich denke schon. Ja. Bestimmt. Es wird alles gut.« Sie holte sich ein Blatt und Émiles Füllfederhalter. Ihre Handschrift war in der Eile kaum lesbar, hoffentlich würde Carl die Worte entziffern können.

*Sehr geehrter Herr Seidel,*
  *Ich hoffe sehr, wir können uns bald wiedersehen. Dann erzählen Sie mir, wie es mit Ihrer Fabrik weitergeht …*

… und mit uns, dachte sie, traute es sich aber nicht hinzuschreiben.

– *Emma,* setzte sie unter die Nachricht, *die leider keine klugen Zitate kennt und keine Blumen zur Hand hat für Sie. Aber das hier:*

Etwas linkisch kritzelte sie ein paar Senfkörner auf das Blatt. Mit fahrigen Händen faltete sie den Zettel zusammen. »Würdest du das Carl Seidel zukommen lassen? Er wohnt im Gasthof *Hubig,* hat er mir letztens erzählt.«

Émile Perrin lächelte und nahm ganz vorsichtig den Zettel aus ihren Fingern. »Isch verspreche, er wird es bekommen.«

»Danke!« Voller Übermut fiel Emma ihm um den Hals, unter Gustis verzweifeltem Blick, ob sie ihr Herrchen vor diesem Angriff retten sollte. »Vielen, vielen Dank! Ach, wenn ich nur wüsste, was ich machen sollte! Warum muss das Leben so schrecklich kompliziert sein?«

Vorsichtig schob Perrin sie ein Stück von sich und sah ihr in die Augen, während seine Hände aufmunternd auf ihren Schultern ruhten. »Was wünschst du dir denn wirklisch? Was würdest du tun, wenn du vollkommen frei wärst?«

Die Frage überrumpelte sie. Sie war nicht vollkommen frei, würde es niemals sein! Aber wenn doch … ja, was würde sie dann tun?

»Ich … ich würde zusehen, wie diese Fabrik entsteht. Lernen, so etwas … Großes … auf die Beine zu stellen. Es ist so unglaublich faszinierend! Die Vorbereitungen, die schon im Vorfeld getroffen werden müssen. Ich möchte Verträge aushandeln und Bücher führen. Entscheidungen treffen und Verantwortung tragen.«

Er klopfte auf den Stapel mit den Büchern, die auf dem Tisch auf sie warteten. »Und das Studium?«

»Die Wirtschaftslehre!«, stieß sie hervor und stutzte. Wie natürlich kam es über ihre Lippen – und wie richtig fühlte es sich an. Als hätten Carl und seine Fabrik ihr die Augen geöffnet. Ihr gezeigt, was sie tatsächlich wollte. »Die Zahlen sind mein Element. Die Bilanzberechnungen faszinieren mich. Und das Büchlein über die Buchführung ist das Spannendste, was ich je in meinen Händen gehalten habe!«

Émile Perrin hob die Augenbrauen. »Isch bewundere deine Leidenschaft.«

»Und das reicht?«, fragte sie. »Die Leidenschaft?« Sie dachte an ihre Mutter. An die ganze Verbitterung, die ihr nach der Leidenschaft der heißen Nächte zurückgeblieben war. Wartete dieses Ende auch auf sie?

»Reischt es dir denn?«

Emma antwortete nicht. Von Leidenschaft verstand sie nicht viel. Sie war keine Figur aus einer Opéra Comique, die viel Drama brauchte. Sie war keine Heldin einer Schmonzette, die innige Liebesschwüre von einem Jüngling bei Sonnenuntergang hören wollte. Was sie von der Liebe wollte – das musste sie eben noch herausfinden, dachte sie, als sie den Buchladen verließ.

Henri wartete auf sie genau dort, wo sie ihn stehen gelassen hatte – als hätte er sich kein Stück von der Stelle bewegt. »Nanu. Ihre Angelegenheiten waren wohl ziemlich aufregend«, stellte er fest, als sie etwas außer Atem bei ihm angekommen war.

»Was ist mit Ihren Angelegenheiten, Herr Wolff? Sind Sie zufrieden?«, fragte sie und richtete ihren Hut.

Er bot ihr seinen Arm. »Ich bin überrascht, dass das Gespräch über meine Angelegenheiten Sie nicht verstört. Daran muss ich mich wohl noch gewöhnen.«

»Unsere Welt ist verstörend genug. Würde ich mich auch noch von fremden Angelegenheiten verstören lassen, würde ich wohl nur noch hysterisch herumlaufen.«

Er schenkte ihr einen Seitenblick. »Bei Ihrem Angebot vorhin habe ich mit einem Hinterhalt gerechnet.« .

»So misstrauisch, Herr Wolff?«

»Das Leben lehrt einen schnell, misstrauisch zu sein. Aber wie es aussieht, kann ich mich auf Ihre zukünftigen Angebote verlassen«, meinte er, und als sie um die Büsche bogen, kamen ihnen schon ihre Mütter entgegen.

»Der Spaziergang scheint ja vergnüglich gewesen zu sein«, plapperte Frau Wolff sofort los, »und wir haben uns schon Sorgen gemacht.«

Henri deutete ein Lächeln an. »Vollkommen unbegründet, Mutter. Fräulein Bergmann und ich verstehen uns ausgezeichnet. Da verliert man zu schnell jegliches Zeitgefühl.«

Frau Wolff schaute zu ihrem Sohn auf, und Emma hätte schwören können, dass sich in ihren Augen Tränen der Rührung sammelten. Dann schloss Frau Wolff ihren Sohn in eine Umarmung. Erst nach einer Weile ließ sie ihn los und wandte sich zu Käthe Bergmann um. »Ich übertreibe nicht, aber Ihre wundervolle Tochter hat meinen Sohn gerettet. Nein, sie hat ihn buchstäblich *geheilt*! Bitte verzeihen Sie mir diese Gefühlsduselei, aber ich bin gerade so unglaublich erleichtert!« Sie holte ein Taschentuch und wischte sich die Augen.

Emma bemerkte dagegen, wie Henri Wolff sich versteifte, während eine hilflose Wut in ihm zu brodeln schien. Warnend kniff sie in seinen Oberarm, damit er nicht die Beherrschung verlor und etwas Unbedachtes sagte. So fest, dass er sicherlich einen blauen Fleck davontragen würde.

»Ich kann den nächsten Spaziergang kaum erwarten«, pflichtete Emma seiner Mutter mit übertriebener Fröhlichkeit bei.

* * *

Die Worte von Frau Wolff verfolgten Emma noch den ganzen Weg nach Hause. Wie Säure fraßen sie sich immer weiter in ihr Inneres. Sie hätte Henri Wolff *geheilt*? Das hörte sich nach einer Bestätigung für ihren Verdacht an, dass es sich zwischen Henri und Pierre Lefèvre um eine Männerliebe handelte. Selbstverständlich wusste sie, dass es medizinische Abhandlungen gab, die Menschen wie Henri eine neuropsychopathische Störung attestierten. Sie war keine Ärztin. Krank wirkte er auf sie jedoch nicht. Nein, das konnte sie sich keineswegs vorstellen! Aber dass ihre Treffen mit ihm für sie beide wie eine Farce waren, das stand fest.

Zu Hause angekommen, sammelte Emma ihren ganzen Mut zusammen. Sie musste mit ihrer Mutter reden, ihr erklären, wie falsch das alles war. Doch bevor sie auch nur ein Wort herausbringen konnte, ging Käthe auf sie zu und schloss sie in die Arme, wie vorhin Frau Wolff ihren Sohn. So voller Liebe, dass es Emma die Sprache verschlug. »Ich bin so stolz auf dich.«

Sie umarmte ihre Mutter zurück, schmiegte sich an sie – und so verharrten sie nebeneinander. War es das, was sie schon immer haben wollte? Mutters Zuneigung mit jeder Zelle ihres Körpers spüren? Diese tiefe Anerkennung in ihren Augen lesen? Überhaupt von ihr gesehen werden?

»Ich habe mit Frau Wolff gesprochen, und es gibt wunderbare Neuigkeiten. Der Hochzeit steht praktisch nichts mehr im Wege!«

Voller Schreck riss sich Emma von ihr los. »Wie bitte?«

»Noch in diesem Jahr werden wir deine Vermählung feiern. Ach, eigentlich wollte ich zuerst mit deinem Vater darüber reden, immerhin soll Henri bei ihm noch ordentlich um deine Hand anhalten. Aber ich freue mich so sehr – das musste ich dir einfach erzählen!«

»Nein!«, rief Emma aus. Viel zu laut. Viel zu eindringlich. Nein, nein, nein, wollte sie immer wieder schreien und niemals damit aufhören.

Das Gesicht ihrer Mutter gefror augenblicklich ein. »Was heißt hier Nein?«

»Ich kann Henri Wolff nicht heiraten!«

»Du kannst das nicht? Hast du überhaupt eine Ahnung, was das bedeuten würde? Durch den Stadtrat hat dein Vater endlich mal Aussichten auf eine Karriere! Dein Nein würde alles vernichten! Dein Nein könnte ihn seine Anstellung kosten! Dein Nein würde ihn ins Grab bringen!« Fest packte sie Emma am Kinn. »Also denk gut darüber nach, was dein Nein für diese Familie bedeuten würde. Wenn du dabei bleiben willst, schwöre ich dir, ich zeige dir sehr eindrucksvoll, was du alles kannst und was nicht.«

Was sollte sie nur tun? In der Nacht drehte Emma die Senfblüte hin und her in ihren Fingern. Sie musste mit Carl reden. Und dann … dann würde sie weitersehen.

Die nächsten Tage konnte sie Henris Einladung zu einem Spaziergang kaum erwarten. Als diese endlich kam, eilte sie zur Esplanade, als würde ihr Leben davon abhängen – ihre Mutter kam fast nicht hinter ihr her. Kaum hatte sie Henri entdeckt, hakte sie sich bei ihm unter. Es war nicht einmal mehr nötig, sich zu besprechen. Es fühlte sich an, als wären sie Geschwister, die als eingespieltes Duo einen Streich ausgeheckt hatten. Sie ließen ihre Mütter auf einer Bank zurück und gingen ihrer Wege, sobald sie außer Sicht waren.

Am frühen Morgen hatte es geregnet, jetzt schien die Sonne, so dass die Stadt frisch nach Erde und Gras duftete. Emma mochte diesen Geruch sehr, der ihr bewusst machte, dass auch heftige Regenschauer etwas Gutes hatten und eine verstaubte Stadt von ihrem Schmutz befreien konnten. Beschwingt lief sie über die Straßen, darauf bedacht, nicht in die Pfützen zu treten und ihren Rock zu beschmutzen. Voller Schwung platzte sie in den Laden, dass das Glöckchen beinahe Alarm schlug.

»Bonjour, Émile! Gibt es Neuigkeiten von Carl?«

»Bedaure, nein.«

Geknickt ließ sie sich auf ihren Stuhl sinken. Warum meldete er sich nicht? Vielleicht hatte er zu viel um die Ohren, redete sie sich ein, jetzt, nachdem er den Kredit bekommen hatte und sich um die Renovierungsarbeiten kümmern musste.

Der Buchhändler kam auf sie zu. »Was ist denn los?«

Sie beugte sich über den Tisch und stützte ihren Kopf mit beiden Händen. »Meine Eltern wollen mich verheiraten. Noch in diesem Jahr! Was soll ich nur tun?«

Klang das zu melodramatisch? Zu hysterisch? Es kam

ihr vor, als würde ihr die Kontrolle über ihre Gefühle vollkommen entgleiten. Alles in ihr zusammenbrechen wie ein Kartenhaus. Gusti sprang zu ihr auf den Schoß, rollte sich zusammen, um ihr ihren schnurrenden Trost zu spenden. Doch heute tröstete es Emma wenig.

Émile Perrin legte eine Hand auf ihre Schulter. »Isch schicke gleisch einen Jungen in den Gast'of, vielleischt kann er deinen Carl 'er'olen. Schreib ihm eine Nachrischt. Sag ihm, was los ist. Er muss wissen, was auf dem Spiel steht.«

Emma nickte nur. Hastig holte sie den Federhalter und kritzelte ein paar Zeilen hin. In der Zeit wies der Buchhändler einen Jungen ein, der nicht abgeneigt war, mit der Schnelligkeit seiner Beine ein paar Groschen zu verdienen. Schon flitzte der Bursche los.

Die Zeit verstrich, und weder der eifrige Bote noch Carl waren zu sehen. Immer wieder schaute Emma zur Uhr. Sie hätte sich längst auf den Rückweg machen müssen, doch sie hoffte, er möge noch kommen, um wenigstens ein paar Worte mit ihr zu wechseln. Als das Glöckchen endlich bimmelte, war es nur der Bursche. Carl hätte er im Gasthof nicht angetroffen, den Zettel aber für ihn hinterlassen. Die geschwätzige Wirtin hätte wohl gemeint, Herr Seidel wäre nach Straßburg gefahren, um dort nach Geld zu fragen. Der Junge machte die Frau nach, indem er die Hände in die Hüften stemmte und die Brust anschwellen ließ, dass Emma die Wirtin bildlich vor sich sah. »Carl Seidel soll gefälligst in die Puschen kommen«, schimpfte der Bursche mit verstellter Stimme und erhobenem Zeigefinger, »er schuldet die Zimmermiete für zwei Wochen. Und wenn er nicht endlich bezahlt, fliegt er raus.«

»Er hat kein Geld? Er hat also keinen Kredit bekommen?« Erschrocken schlug Emma sich eine Hand vor den Mund. Wie konnte das sein? Der Bankier war doch ein langjähriger

Freund der Familie! Und Carls Konzept müsste doch jeden überzeugt haben! Von all den Gedanken wurde ihr schwindelig.

»Arm wie eine Kirchenmaus ist der!«, verkündete der Junge, mehr als zufrieden mit seiner Darbietung.

»Und was heißt das: Er fliegt raus?«, flüsterte Emma mit schwacher Stimme. »Die Wirtin kann doch nicht …«

Perrin machte eine beschwichtigende Geste und gab dem Burschen ein paar Münzen. »Er wird schon nischt auf der Straße landen, dein Carl. Bevor das kommt, kriegt er bei mir ein Dach über dem Kopf.«

Es tröstete sie nur wenig. Wie lange sollte das gutgehen? Die Maschinen in Dijon warteten darauf, geliefert zu werden. Nur wohin, wenn der Kauf des Fabrikgebäudes unmöglich schien? War es das Ende aller Träume? Die harte Realität, an der die Hoffnungen zerbrachen? Die Gedanken ließen sie nicht los. Ohne den Boden unter den Füßen zu spüren, eilte sie zurück zur Esplanade.

»Sie sehen zerknirscht aus«, meinte Henri Wolff bei ihrer Ankunft, während er vielsagend auf seine Taschenuhr schaute. »Und Sie sind unglaublich spät dran.«

»Ein Freund von mir ist in Schwierigkeiten«, meinte sie knapp. In ihrem Kopf arbeitete es immer noch, aber was für Lösungen konnte sie schon bieten? Sie hatte selbst nichts.

»Möchten Sie mir davon erzählen?«

Seine ehrliche Anteilnahme überraschte sie. Bis jetzt kam es ihr nicht so vor, als würde er sich sonderlich für sie interessieren. Doch was hatte sie zu verlieren?

»Woher könnte man Geld für die Gründung eines Unternehmens bekommen, wenn es mit einem Kredit nicht klappt? Und das Eigenkapital ausgeschöpft ist.«

»Klug heiraten«, kam prompt die Antwort.

Emma schnaubte. »Denken in Ihrer Familie alle nur ans Heiraten, wenn es um Problemlösungen geht?«

Er lachte nur. »Nun gut. Ich nehme an, es gibt keine Aussicht auf ein reiches Erbe?«

»Eher nicht.«

»Reiche Verwandte? Wohlhabende Freunde? Private Investoren?«

»Nein!«, entfuhr es ihr genervt. Dann stockte sie. »Moment mal. Doch.«

Reiche Verwandtschaft hatte sie durchaus. Nur ... wollte sie wirklich wie ihre Mutter jedes Jahr zu Weihnachten Geld schnorren? Entschlossen wies sie die Zweifel von sich. Onkel Johann war ein Geschäftsmann. Sie konnte ihm durchaus etwas anbieten, was ihm diese Investition schmackhaft machen würde. Buchstäblich. Das Senftöpfchen, das Carl ihr geschenkt hatte, hatte sie sicher unter ihrem Bett verstaut. Und Carls Berechnungen, die sie abgeschrieben hatte und inzwischen besser kannte als ihre eigene Geburtsurkunde, würden das Restliche tun. Zahlen überzeugten immer!

Mitten im Gehen fuhr sie herum und drückte Henri Wolff an sich. »Danke!«

Völlig überrumpelt legte er die Hände auf ihren Rücken. »Gern geschehen.«

»Ach, sind sie nicht ein süßes Paar?«, zwitscherte es hinter ihnen.

Wie ertappt fuhren Henri und sie auseinander, um in die zufriedenen Gesichter ihrer Mütter zu blicken.

»Die beiden werden wunderschön auf der Hochzeitsfotografie aussehen«, flötete Frau Wolff weiter. Ihre Stimme hatte wirklich etwas von einem Singvogel, der sich in den Morgenstunden ganz besonders anstrengte, die Welt über seine Anwesenheit zu informieren.

»Absolut«, bestätigte Käthe Bergmann zufrieden.

Doch Emma beachtete das alles kaum. Auf dem Weg nach Hause ging sie Carls Wirtschaftsplan gedanklich durch, auch wenn das fiese Stimmchen in ihr fragte, was Carl wohl dazu sagen würde, dass sie sich so in seine Angelegenheiten einmischte.

Nun. Sollte es nicht klappen, würde er es nicht einmal erfahren. Und wenn es klappte, würden sie darüber sprechen. Sich einfach über diese Möglichkeit unterhalten. Wie zwei Partner. Partner ... Der Gedanke ... nein ... das *Gefühl* ließ eine warme Welle in ihr aufsteigen. Als wäre sie nicht mehr allein. Als wäre er bei ihr. Und sie würde seine Nähe spüren.

»Deine gute Laune gefällt mir ganz und gar nicht«, brummte die Mutter, und Emma zuckte zusammen. Tatsächlich war sie so mit ihren Plänen beschäftigt, dass sie selig vor sich hin grinste, während sie durch die Straßen schritt. »Ich habe mir da etwas überlegt ...«

»Wenn ich das schon höre!«

»Nein, warte. Wenn es zur Hochzeit kommen sollte ...«

»Es wird zu einer Hochzeit kommen!«

»Und deshalb sollten wir uns Gedanken machen, wie wir meine Mitgift aufstocken können.«

Sie merkte gleich, dass ihre Mutter zornig wurde. »Wir tun doch schon alles, was wir können! Wenn dein armer Vater das nur hört. Diese ständigen Vorwürfe, er könnte seine Tochter nicht vernünftig ausstatten!«

Emma schluckte. Sie wusste, dass sie ihrer Mutter eine Emma vorspielte, wie sie niemals sein würde. Die gehorsame Tochter, die zusammen mit ihr die Zukunft plante. Wenn es bloß einen anderen Weg gäbe! Aber sie sah keinen.

»Ich habe an Onkel Johann gedacht«, sagte sie endlich. »Zwar ist es noch nicht Weihnachten, aber er würde uns sicherlich unterstützen können. Du weißt doch, was für ein gutes Verhältnis ich zu ihm habe, Mama. Das Kleid letztes Mal war ein Vermögen wert! Wir sollten ihm schreiben und ihn fragen, ob wir ihn besuchen könnten. Was meinst du?«

Käthe Bergmann murmelte etwas Unverständliches, doch Emma wusste, dass sie die richtigen Strippen gezogen hatte.

»Ich werde ihn persönlich darum bitten«, versicherte sie. »Er wird es mir nicht abschlagen.«

Ihre Mutter straffte die Schultern. »Aber glaub ja nicht, dass du allein hinfährst. Ich werde dich begleiten, damit dein Ausflug nicht … irgendwo in Straßburg endet.«

»Natürlich.« Etwas anderes hatte sie auch nicht erwartet. Wenn sie erst einmal bei Onkel Johann war, würde sie schon eine Gelegenheit finden, sich mit ihm über das Geschäft zu unterhalten.

## Metz, 1909

### CARL

Er hatte auf ihre erste Nachricht nicht geantwortet, in der Hoffnung, es würde sich noch alles zum Guten wenden, er könnte woanders einen Kredit auftreiben und sich bei Emma mit guten Neuigkeiten melden. Der zweite Zettel, den er bei seiner Rückkehr vorgefunden hatte, zog ihm den Boden unter den Füßen weg. Immer wieder las er die Zeilen, und die Worte schienen in seinem Inneren zu brennen.

*Träume scheinen in Erfüllung zu gehen. Zumindest die von meiner Mutter – sie sieht mich bereits als Schwiegertochter eines Stadtrats. Können Sie sich das vorstellen? Ich hoffe sehr auf Ihren Rat.*
*Emma*

Am liebsten wäre er sofort zu ihr geeilt – nur: Um was genau zu tun? Sie von ihren Eltern wegzuholen? Und dann? Er hatte kein Geld. Nichts. Er war schon froh, im Gasthof hausen zu können, auch wenn er in eine winzige Kammer im hinteren Bereich umziehen musste, da, wo in einem Zimmer nebenan zwei Mägde lebten. Für ein Dach über dem Kopf half er der alten Hubig beim Verrichten von ein paar Arbeiten, für die ihr Ehemann zu alt war. Aber wie lange er noch bleiben konnte, wusste er nicht. Vielleicht würde er auf der Straße landen, sollte sich die finanzielle Lage im Gasthof verschlechtern, denn die Wirtsleute schienen selbst mehr schlecht als recht über die Runden zu kommen. Keine guten Aussichten bei dem nahenden Herbst. Doch leider hatte Hagen von Rothhausen recht behalten, es gab keinen Bankier in Lothringen, der ihm einen Kredit gewähren wollte. In manchen Nächten drohte ihn der Mut zu verlassen, wenn er den Wind zwischen den schiefen Brettern pfeifen hörte, doch gerade jetzt musste er durchhalten. Für Emma. Für die Zukunft an ihrer Seite.

Doch grübeln brachte ihn nicht weiter. Das Einzige, was die Lage noch retten konnte, war, mit seinem Vater zu reden. Es war genug Zeit verstrichen, um einen neuen Versuch zu starten, zu ihm durchzudringen. Den Sturkopf vielleicht zu überzeugen, dass die Fabrik kein Hirngespinst, keine kurzfristige Laune war.

Da er zu Fuß ging, dauerte es eine ganze Weile, bis er vor der Tür der Villa stand. Anni machte auf – ein junges, sommersprossiges Mädchen mit blonden Locken. »Herr Seidel! Was für eine Freude!«

Früher hatte Mutter ihn gewarnt, er solle nicht zu vertraulich mit Anni umgehen. Es gäbe Gerüchte, sie hege unangemessene Gefühle ihm gegenüber. Er hatte es nie ernst genommen, doch heute musste er zugeben, dass da tatsächlich etwas dran sein konnte. Die Hände vor dem Bauch verschränkt, wippte sie hin und her, in Erwartung, endlich seinen Mantel in Empfang nehmen zu können. Hoffentlich merkte sie nicht, dass er seinen guten versetzen musste und nun einen aus dünnem, kratzigem Stoff trug, der an einigen Nähten geflickt werden sollte.

»Ich habe gehört, Sie waren in Dijon«, wisperte sie. »Wie ist es da, bei diesen Franzosen?«

»Es war eine geschäftliche Reise«, antwortete er knapp.

»Bleiben Sie etwas länger bei uns?«, trällerte Anni weiter.

»Anni! Nun sei endlich still«, erklang die freundliche, aber resolute Stimme seiner Mutter, die ihm durch die Halle entgegenkam. Ihr Gesicht war nicht mehr so entsetzlich blass wie das letzte Mal. Und die dunklen Schatten unter den Augen waren ein Stück zurückgegangen. »In einem gebe ich aber Anni recht. Was für eine Überraschung!«

Sie schloss ihn in eine Umarmung. Er drückte sie an sich und merkte, wie sehr er sie alle vermisst hatte: Mutters bedingungslose Liebe, besonnene Gespräche mit seinem Vater und ja, auch Louises oft so nervtötende, aber belebende Art. Erst nach einer gefühlten Ewigkeit ließ seine Mutter ihn frei und trat einen Schritt zurück. Da waren sie wieder, diese Schatten unter ihren Augen, als wären sie erst bei seinem Anblick hervorgetreten. »Geht es dir gut?«

»Natürlich.«

»Du siehst blass aus.«

»Alles ist in Ordnung.«

»Und so dünn! Gütiger. Da ist doch überhaupt nichts mehr an dir dran! Isst du genug?«

Diese übertriebene Fürsorge vermisste er definitiv nicht. »Es geht mir gut, und es gibt überhaupt keinen Grund zur Beunruhigung«, antwortete er, um eine feste Stimme bemüht. »Ist Vater zu Hause?«

»Tut mir leid. Er kommt sicherlich erst spät, so viel wie er in der letzten Zeit arbeitet. Ständig muss er zum Fuhrgeschäft und …« Sie verstummte. Vielleicht, weil ihr der unausgesprochene Vorwurf aufgefallen war, der in ihren Worten mitschwebte. »Komm, lass uns erst einmal in die Bibliothek gehen«, überspielte sie die entstandene Pause und nahm ihm die Entscheidung ab, ob er gehen und das Gespräch mit seinem Vater an einem anderen Tag versuchen sollte. »Ich werde veranlassen, für dich einen Platz am Mittagstisch zu decken.

Louise müsste auch bald zurückkommen, ich habe ihr gesagt, sie solle beizeiten da sein, egal, was sein sollte.«

»Was ist denn mit ihr?«

Wobei: Mit Louise war immer irgendetwas. Sie liebte das Drama und lebte es in vollen Zügen aus.

Seine Mutter seufzte. »Wenn ich das so genau wüsste! Sie ist in letzter Zeit so schrecklich durch den Wind. Ich glaube, sie macht sich Sorgen um Antoine – sie hat schon ewig nichts von ihm gehört.«

Sein schlechtes Gewissen meldete sich sofort – auch er hatte lange nichts mehr von seinem Freund gehört, zu sehr mit den eigenen Angelegenheiten beschäftigt. »Was ist denn mit ihm?«

»Es gibt Gerüchte, dass er kurz davorsteht, sein Gut zu verlieren. Als ich allerdings seine Mutter zum Nachmittagstee getroffen hatte, meinte sie, das wäre nichts als Geschwätz böser Zungen. Ihm ist es wohl gelungen, über einen Mittelsmann amerikanische Reben zu einem Spottpreis zu erwerben – er muss nur warten, bis sie ankommen. Jedenfalls: Wenn du ihn siehst, sag ihm, er soll mal von sich hören lassen – nicht, dass deine Schwester sich noch zu irgendwelchen Dummheiten hinreißen lässt.«

»Dummheiten zu machen, gehört zu unserem Leben.«

»Und schlaflose Nächte deswegen zu haben, zu meinem.« Wie beiläufig strich sie ihm dabei über den Arm. In der Bibliothek nahm seine Mutter auf ihrem Lieblingssofa Platz. Hier hatte sie ihm und Louise unzählige Märchen vorgelesen, als sie noch klein waren. Nicht nur das Sofa – auch die anderen Einrichtungsgegenstände weckten Erinnerungen an seine Kindertage und Jugend – unzählige glückliche Momente. Doch sein Zuhause war es nicht. Schon immer hatte es ihn von hier weggezogen, schon lange verspürte er den Wunsch, auf eigenen Beinen zu stehen. Seine eigene Familie zu gründen. Verantwortung zu übernehmen, statt von allen Seiten umsorgt zu werden.

»Du bist so nachdenklich. Was beschäftigt dich?«, holte die Stimme seiner Mutter ihn ein.

»Nichts. Es geht mir gut.«

»Gut?« Er konnte buchstäblich hören, wie seine Mutter die Augen verdrehte. »Dein ›gut‹ klingt genauso wie das von Louise! Sie meint auch stets, es ginge ihr gut. Und dass alles in bester Ordnung sei.« Sie klopfte auf das Sofa neben sich. »Nun setz dich schon. Erzähl es mir. Wie geht es dir wirklich?«

Am liebsten wäre er stehen geblieben, doch sie sah so einsam auf diesem Sofa aus, auf dem sie sich früher zu dritt dicht aneinandergekuschelt hatten, dass er doch noch Platz neben ihr nahm.

»Mach dir keine Sorgen um mich. Es ist nicht einfach, aber dass es leicht wird, hat niemand behauptet«, sagte er. »Du weißt das besser als sonst jemand. Wie oft hat Papa davon erzählt, wie du ihn bei seinen Anfängen unterstützt hast!«

»Das habe ich.« Gedankenverloren schaute sie zum Fenster und zwirbelte an einer der ergrauten Strähnen, die ihr Gesicht umrahmten. »Und wer unterstützt dich?«

Emma, drängte es sich auf seine Lippen. Und er wunderte sich, wie selbstverständlich dieser Gedanke in seinem Kopf aufkam. Emma. Schon jetzt ein Teil seines Lebens, ein Teil seiner Träume. Ein Teil von ihm.

»Ich kenne diesen Blick«, erklang die Stimme seiner Mutter wieder.

Carl zuckte zusammen, als hätten ihre Worte etwas Wundes in ihm berührt. »Welchen Blick?«

»Mit diesem Blick hat mich dein Vater so oft angeschaut …

An wen auch immer du gerade gedacht hast – dieser Mensch muss etwas ganz Besonderes für dich sein.«

»Das ist sie.« Verlegen rieb er sich über die Nase. Warum redete er darüber? Andererseits drängte etwas in seinem Innern ihn dazu, sich jemanden anzuvertrauen. »Aber es ist kompliziert.«

»So kompliziert ist eine Ehe nicht.«

»Nun. Es geht nicht nur um eine Ehe. Sie will studieren und …«

»Studieren?« Verwirrt runzelte seine Mutter die Stirn. »Wozu das denn?«

»… und ich bin davon überzeugt, dass sie es sollte!«, betonte er mit Nachdruck. »Nur … sie ist so sehr bestrebt, mich zu unterstützen, dass sie ihre eigenen Träume hintanstellt. Ich möchte jedoch nicht der Mann sein, für den sie alles aufgibt und sich selbst vergisst. Ich möchte der Mann sein, der ihr ein Vielfaches zurückgeben kann, was sie mir geschenkt hat – aber das ist im Augenblick unmöglich.«

Er schloss die Lider. Wie sehr es weh tun würde, all das laut auszusprechen, hatte er sich nicht vorstellen können.

*… sie sieht mich bereits als Schwiegertochter eines Stadtrats …*

Und er konnte nichts, absolut nichts machen.

Seine Mutter fuhr ihm durchs Haar, wie früher, wenn sie ihn trösten wollte. »Und was kannst du ihr bieten?«

Er lachte bitter auf. Wenn sie wüsste, wo er hauste! Wenn sie wüsste, wie viel Angst ihm der nahende Winter bereitete! Wenn sie wüsste, dass er seit gestern Mittag nichts mehr gegessen hatte. Dieses Leben sollte er Emma aufbürden?

»Du könntest ihr deinen Respekt bieten«, fuhr sie fort. »Deine Schulter, falls sie eine zum Ausweinen braucht. Dein Ohr, wenn sie sich Sorgen von der Seele reden muss. Deine

Gegenwart, wenn sie sich allein fühlt. Und irgendwann …« Sie drückte seine Hand, und er wunderte sich abermals, wie viel Zuversicht ihre Berührung ihm geben konnte. »Und irgendwann kommt auch das mit den Träumen. Für euch beide.«

»Ihre Mutter will, dass sie den Sohn eines Stadtrats heiratet.«

»Und was will sie?«

»Ich …« Seine Stimme stockte. »Ich weiß es nicht.«

Was würde er dafür geben, Emmas Gedanken zu kennen! Sich ihrer Gefühle sicher zu sein. Statt immer wieder zu versuchen, zwischen den Zeilen ihrer Nachrichten mehr herauszulesen.

»Dann sollest du es herausfinden.« Sie legte eine Hand auf seine Wange und drehte sein Gesicht zu sich. Ihre Finger fühlten sich kühl und trocken an. Spendeten ihm dennoch ein wohliges Gefühl, immer geliebt zu werden, egal, was zwischen ihnen stehen mochte. »Als dein Vater mich gefragt hat, ob ich ihn heiraten würde, hatte er mir auch nichts zu bieten. Ein Soldat, ein Kriegskrüppel, kaum ein Dach über dem Kopf. Und ich? Mein Vater war gefallen, meine Mutter – schwerkrank. Aber wir hatten uns, und das war uns genug.« Ihr Blick war so eindringlich, als könnte sie in die tiefsten Ecken seiner Seele schauen. Dort alles sehen, was sogar ihm selbst verborgen war. »Bist du ihr genug? Nur du? Ohne Vaters Geschäft, ohne deine Fabrik? Wenn ja – dann hast du meinen Segen.«

»Emma«, flüsterte er mit einer belegten Stimme. »Wir reden über Emma Bergmann. Über die Frau, die du nicht leiden kannst. Zu deren Familie du den Kontakt abgebrochen hast. Gibst du mir immer noch deinen Segen?«

Carl senkte den Blick. Wagte nicht, in ihrem Gesicht zu lesen, was sie gerade dachte, wie sehr er sie mit diesen Worten womöglich verletzt hatte.

»Du sagst nichts mehr«, stieß er nach einer Weile hervor.

»Natürlich hat mich gekränkt, was auf dem Fest vorgefallen ist. Ich war böse. Auf dich, auf sie, weil du dich anscheinend ihr anvertraut hast, statt mit mir zu reden. Ich habe Zeit gebraucht.«

Jetzt sah er doch auf.

Ihr Blick war so voller Güte, dass er sich wünschte, er hätte schon viel früher mit ihr gesprochen. »Aber es geht hier nicht um mich«, fuhr sie fort. »Und wenn sie dich so glücklich macht, dann kann ich dir vielleicht ein bisschen mehr als bloß den Segen geben.«

Sie legte ihre Hände in ihren Schoß, die Finger breit ausgefächert auf dem dunklen Samt ihres Rockes. Der goldene Ring mit einem riesigen Smaragd in der Mitte funkelte im Tageslicht, das durch die Fenster hereinfiel. Die kleinen Diamanten bildeten einen glitzernden Rahmen für den Edelstein. Achtlos zog sie den Ring ab und legte ihn beiseite. Der Reif dahinter war aus Messing gefertigt und stellte bloß zwei schmale Ranken dar, die dicht miteinander verflochten waren. Unscheinbar neben dem Edelstein. Behutsam fuhr seine Mutter mit den Fingerkuppen über die Messingzweige.

»Mit diesem Ring hielt dein Vater um meine Hand an.« Sie bewegte ihre Finger, als könnte sie das Metall schimmern sehen. Natürlich blieb es stumpf, egal wie lange man es wendete – umso mehr funkelten aber ihre Augen. »Etwas anderes als das konnte er sich damals nicht leisten. Später, als das Fuhrunternehmen gewachsen war, hat er mir den Smaragd geschenkt. Doch für mich …«, wieder hielt sie die Hand mit dem Messingring ins Licht, »ist dieses Kleinod das Zeichen unserer Liebe, die alle Tiefen überstanden hat.« Ganz langsam nahm sie den Ring von ihrem Finger ab und reichte ihn Carl. »Gib ihn deiner Emma.«

Carl schluckte. »Ich kann ihn unmöglich annehmen.«

»Aber natürlich kannst du das. Es würde mich freuen, wenn er euch genauso viel bedeuten wird wie mir.« Sie legte den Ring in seine Handfläche und schloss seine Finger darum. »Wenn sie die Richtige ist, wird es ihr egal sein, mit welchem Ring du um ihre Hand anhältst und was du ihr im Moment geben kannst. Wenn nicht – wird sie den Sohn des Stadtrats heiraten.«

## Metz, 1909

### EMMA

DIE FAHRT INS RHEINLAND dauerte lange, beinahe eine Ewigkeit, wie es Emma vorkam, denn ihre Mutter hörte nicht auf, ihre Reisebrote zu verzehren und davon zu schwärmen, wie prächtig die Hochzeit sein würde, sollte Onkel Johann sich großzügig zeigen. Emma hörte nur mit einem halben Ohr hin.

Wie immer wartete am Bahnhof das Automobil mit der Aufschrift *Bergmanns Pfefferminz-Pastillen. Erfrischend. Lecker* auf sie. Nur dass auf der anderen Seite ein neuer Schriftzug prangte: *Bergmanns bunte Mischung. Entdecke Überraschendes.* Emma lächelte zufrieden in sich hinein, als der Chauffeur ihr die Tür ausgerechnet auf dieser Seite aufmachte – anscheinend war das Geschäft mit dem neuen Produkt gut angelaufen. Wie gern würde sie mehr darüber wissen! Ob es Schwierigkeiten gegeben hatte, wie es mit den Amerikanern weiterging, wie die Kunden die bunte Mischung angenommen hatten …

»Ich würde gern in deinen Kopf schauen«, brummte die Mutter. »Irgendetwas brütest du doch aus.«

Emma verkniff sich die Antwort.

Erschöpft von der Reise, kamen sie in der Villa an. Onkel Johann war nicht da, die Fabrikangelegenheiten hatten ihn nach der Rückkehr aus dem Sommerurlaub sogleich wieder in den Fängen. Doch Tante Mathilde und ihre Töchter empfingen den Besuch durchaus herzlich, und beim Abendessen wirkte die Atmosphäre deutlich entspannter als zu Weihnachten. Henny erzählte davon, wie ein Student aus England ihr in Baden-Baden die ganze Zeit den Hof gemacht und was für wunderbare Augen er hatte. Betty berichtete von den großen, hellen Zimmern, ihrer Lieblingshängematte und dem unglaublich zuvorkommenden Personal des Hotels.

Tante Mathilde meinte zwar, sie wäre froh, wieder zu Hause zu sein, doch Baden-Baden schien auch ihr gutgetan zu haben. Sie wirkte zufrieden, gar versöhnlich, auch als Emmas Mutter das Dessertbesteck verwechselte oder als Emma nach einer zweiten Portion von der Schokoladencreme gefragt hatte, weil diese so herrlich süß und herb schmeckte.

Nach dem Essen ging Emma zeitig ins Bett, um am nächsten Morgen ausgeruht zu sein. Sie wollte ihren Onkel gleich frühmorgens erwischen, um ihn nach einem freien Termin in seinem Kalender zu fragen. Doch als sie hinuntergekommen war, schien er auf sie gewartet zu haben. Beinahe väterlich lächelte er ihr zu und lud sie in sein Arbeitszimmer ein.

»Für dich habe ich immer Zeit«, meinte er. Auch ihm hatte Baden-Baden gutgetan. Sein Gesicht war sonnengebräunt und wie verjüngt. In seinem grauen Anzug mit einem bordeauxroten Schlips wirkte er imposant und dennoch seltsam gemütlich.

»Ich möchte kein Kleid«, stellte Emma zur Sicherheit als Erstes fest.

Er lachte. »Ich weiß, ich weiß. Umso gespannter bin ich, worum es dieses Mal geht.«

Emma bat um ein paar Minuten, um die Papiere aus dem Zimmer zu holen, und als sie zurückkam, wies er rasch auf einen Platz vor seinem Arbeitstisch. Mit einem Mal unsicher, schaute sie auf die losen Blätter in ihren Händen. Sollte sie wirklich …? Ihr Blick huschte über die Berechnungen. Die

Zahlen waren ihre Vertrauten, und diese Zahlen gaben ihr Mut.

»Ich habe gehört, die Produktion von *Bergmanns bunter Mischung* läuft ausgezeichnet«, begann sie.

Er legte seine Hände zusammen und stützte sich mit den Ellbogen am Tisch ab. »Das stimmt. Bereits im nächsten Jahr werden alle Kosten gedeckt sein. Aber ich denke, du bist klug genug, um mich nicht noch einmal um eine Einstellung in der Fabrik zu bitten.«

»Ich bin hier, um dir eine lukrative Investition anzubieten. Du hast einmal erwähnt, dass du gern dein Geld in aussichtsreiche Unternehmen anlegst.«

Er hob die Augenbrauen. Kurz fürchtete sie, er würde sie auslachen. Für die Worte »lukrativ« und »Investition«, die da von einem jungen Mädchen kamen.

»Ich höre.« In seinem Blick lag keine Ablehnung. Nein, tatsächlich sah Emma, wie darin die Neugier aufflackerte.

Sie breitete die Papiere auf seinem Tisch aus. »Es geht um die erste lothringische Senffabrik, Onkel. Zufälligerweise weiß ich, dass Carl Seidel gerade Investoren für sein Geschäft sucht. Vielleicht willst du diese Gelegenheit ergreifen, um Geld anzulegen.«

Sie sprach und sprach. Es überraschte sie selbst, wie leicht ihr die Worte über die Lippen gingen. Wie souverän sie die Vorteile darlegte, als hätte sie nie etwas anderes getan. Dabei beobachtete sie seine Mimik, um abzuschätzen, was er am interessantesten fand, um dort anzusetzen.

Zwischendurch stellte er Fragen. Sie vermochte nicht alle zu beantworten, das gab sie zu, aber mit dem, was sie erzählen konnte, schien er zufrieden zu sein. Als sie geendet hatte, nickte er und lehnte sich zurück.

»Das klingt interessant.« Kurz überlegte er. »Ich würde

gern wissen, wie du in diese Fabrikeröffnung involviert bist, denn ich kann spüren, wie sehr dir dieses Unterfangen am Herzen liegt.«

»Das stimmt.« Geradeheraus erzählte sie ihm, wie sie Carl kennengelernt hatte, wie er ihr von seinen Träumen erzählt und wie sie das leere Fabrikgebäude gefunden hatte, wie ihr die Idee mit den Gläsern gekommen war und wie sie zusammen an den Zahlen getüftelt hatten.

Er deutete auf die Papiere. »Man könnte also sagen, ohne dich wäre nichts davon spruchreif.«

»So weit würde ich nicht gehen.«

»Ich schon. Du bist der Motor hinter diesem Unternehmen. Du bringst Dinge ins Rollen. Du lenkst sie auf den richtigen Weg. Während Carl Seidel – wie die Amerikaner es sagen würden – das Knowhow hat, den Senf kreiert, die Produktion am Laufen hält.« Er legte seine Hand auf die Papiere. »Damit das hier funktioniert, braucht die Fabrik euch beide.«

»Und dich, wenn überhaupt etwas davon wahr werden soll.«

Er seufzte und sah ihr lange in die Augen. »Wärst du ein Mann und würdest in das Geschäft als Partner einsteigen, würde ich sofort investieren.«

Emma schnaubte. »Aber als Frau bekomme ich ein Kleid? Damit ich was Hübsches zur Eröffnung anziehen kann?« Es tat ihr leid, ihn so angefahren zu haben, aber ihr Frust platzte aus ihr heraus, ohne dass sie etwas davon zurückhalten konnte.

»Ich verstehe dich, wirklich. Doch versuche, dich in meine Lage zu versetzen. Sollte Carl Seidel auf die Idee kommen, ohne dich weiterzumachen, wäre all das, wovon du gesprochen hast, hinfällig. Darauf kann ich mich nicht verlassen. Ich kann kein Geld geben, wenn ich keine sichere Grundlage dafür sehe. Diese Grundlage ist nur gegeben, wenn ihr beide dabei seid.«

Er hatte recht. Sie hätte daran denken sollen!

»Ich verstehe«, murmelte sie resigniert.

»Das bezweifele ich nicht. Du bist eine sehr kluge Frau. Deshalb …« Er hielt kurz inne. »Ich gebe euch das Geld, wenn du Carl Seidel heiratest. Das als Absicherung würde mir genügen, denn ich bin mir sicher, als seine Ehefrau wirst du schon eine Möglichkeit finden, Einfluss auf die Fabrik zu nehmen.«

Sie hatte das Gefühl, ihr wäre der Boden unter den Füßen weggerissen worden. Und gleichzeitig – als würde sie schweben. Glückselig schweben, ihren Träumen so nah. Carl zu heiraten – allein die Vorstellung brachte etwas in ihr zum Schmelzen.

»Ich finde den Wirtschaftsplan vielversprechend«, fuhr Onkel Johann fort. »Ich investiere die Hälfte, sobald du mir die Zeitungsannonce zu eurer Verlobung schickst. Die zweite Hälfte bei eurer Hochzeit.«

»Aber … ich kann doch von Carl nicht verlangen …«

Onkel Johann winkte ab. »Ihm sollte bekannt sein, dass viele Kredite nur durch eine kluge Heiratspolitik abgeschlossen werden.«

Emma wurde schwindelig. Ihn heiraten … Sie würde … Carl Seidel heiraten. Einen Mann, der ihr stets mit Respekt begegnete, der ihr Sicherheit bot – und sie an der Entstehung seiner Fabrik teilhaben ließ. Das war es doch, worauf sie schon immer gehofft hatte! Endlich frei zu sein, von ihren Eltern wegzukommen, etwas bewirken zu können! Und dennoch … Heiratspolitik, wie unfassbar schrecklich dieses Wort klang. Sie würde das Gleiche machen, was ihre Eltern mit ihr vorhatten. Was die Wolffs ihrem Sohn antun wollten. Sie würde Carl in eine Ehe zwingen.

»Ich kann das nicht.« Beinahe tonlos kamen die Worte ihr über die Lippen. Ihr Herz schmerzte. Obwohl alles in ihr danach schrie, endlich bei ihm sein zu können. Endlich an seiner Seite die Fabrik vorantreiben zu können. »Ich kann das einfach nicht.«

»Dann tut es mir furchtbar leid, aber ich kann nichts für euch tun.«

\* \* \*

Ihre Mutter war überaus zufrieden mit dem Besuch in Speyer, da Onkel Johann mehrfach versichert hatte, die Hochzeit finanziell unterstützen zu wollen, sollte es dazu kommen. Dabei hatte er Emma schelmisch zugezwinkert und meinte, er wäre nach wie vor interessiert, sollte sie sich richtig entscheiden.

»Aber natürlich wird sie sich richtig entscheiden!«, echauffierte sich die Mutter, was Onkel Johann nicht weiter zu beachten schien.

»Denk darüber gut nach«, verabschiedete er Emma, als er sie persönlich zum Bahnhof begleitet hatte. »Es wäre eine Bereicherung für uns drei, wenn du mein Angebot annimmst. Ich hoffe auf eine positive Nachricht von dir.«

Nachdenklich schaute Emma aus dem Zugfenster, während der Bahnhof sich von ihr entfernte und eine Landschaft aus Feldern, Wiesen und Wäldern an ihr vorbeizog. Konnte sie Carl das Angebot unterbreiten? Sollte sie es tun? Was wäre, würde er darauf eingehen?

Dann hättest du deinen Carl. Und deine Fabrik, stichelte die Stimme in ihr. Doch das Gefühl bescherte ihr Bauchschmerzen. Sie wollte Carl. Sie wollte diese Fabrik. Aber doch nicht so! Vielleicht hatte er inzwischen einen Kredit bekommen, beruhigte sie sich. Vielleicht waren ihre Bemühungen vollkommen unnötig gewesen und damit auch die ganzen Grübeleien.

Grau und regnerisch empfing sie Metz, als wäre sie mitten in den trüben November hineingeplatzt. Die Tage zu Hause zogen sich hin. Je länger Emma über das Gespräch mit ihrem Onkel nachdachte, desto klarer wurde ihr, dass sie mit Carl reden und in Erfahrung bringen musste, wie es um das Kapital für den Fabrikkauf stand. Die Ungewissheit ertrug sie nicht länger. Also schrieb sie Henri Wolff eine Nachricht mit einer Bitte um ein längeres Wiedersehen als bloß einen Spaziergang. *Opéra-Théâtre de Metz* führte noch immer *Carmen* auf – ob er Interesse an der Inszenierung hätte? Henri Wolff antwortete gleich am nächsten Tag. Eine Aufführung in französischer Sprache von einem französischen Komponisten wäre nichts, was seine Eltern gutheißen würden. Aber glücklicherweise führte das Theater ein Lustspiel für Altdeutsche auf, dem er in Emmas Gesellschaft unglaublich gern beiwohnen würde.

»Ach Kind, du strahlst ja so, wenn du die Briefe von Henri Wolff bekommst!«, flötete die Mutter begeistert, als sie Emma für den Besuch im Theater ausstattete.

Emma antwortete nichts. Zwar ging das Stück nicht so lang wie *Carmen*, schenkte ihr aber genügend Zeit, Carl zu besuchen. Nur würde sie leider keine Möglichkeit haben, rechtzeitig eine Nachricht für ihn bei Perrin zu hinterlassen. Sie musste unangekündigt zum Wirtshaus fahren.

Die Mutter hegte keinen Verdacht. Sie brachte Emma zum Theater und übergab sie feierlich in Henris Hände.

»Sie sind heute so nervös, Fräulein Bergmann«, neckte er, als sie im Foyer stehen geblieben waren, während die anderen Gäste in einem stetigen Strom an ihnen vorbeizogen.

»Merkt man das so deutlich?« Tatsächlich fühlte sie sich rastlos, fahrig, und die vielen Menschen um sie herum machten sie nur noch angespannter. »Ich habe das Gefühl, dass heute etwas Bedeutsames passieren wird. Etwas, das alles zerstören oder … alles zum Guten wenden könnte«, gestand sie.

Überrascht merkte sie, wie Henri ihr zuversichtlich die Hand drückte. »Egal was passiert. Es ist immer zum Guten. Vertrauen Sie darauf.«

Sie warteten noch eine Weile, dann wandten sie sich zusammen um und gingen den Menschen entgegen zum Ausgang. Draußen winkte Henri Wolff eine Kraftdroschke heran. »Dürfte ich Ihnen diese Fahrt anbieten? Wo auch immer Sie hinmöchten, das geht sicherlich schneller.«

Sie zögerte nicht lange und nannte die Adresse.

»Sicher, gnädiges Fräulein?«, brummte der Fahrer skeptisch und kratzte sich nachdenklich im Bart. Offensichtlich war die Gegend nicht gerade beliebt bei jungen Damen. Doch Emma ließ sich nicht verunsichern.

»Absolut.«

Zum Glück dauerte die Fahrt nicht allzu lange. Der Wagen hielt an. Zusammen mit ihr stieg Henri aus und beäugte skeptisch die Umgebung. »Also, ich weiß nicht …«

»Alles in bester Ordnung! Ich muss es tun«, versicherte Emma und wollte gehen, doch er hielt sie zurück.

»Nun, wenn Sie es tatsächlich müssen, dann erlaube ich mir einen kleinen Hinweis: Sollte hier ein Mann Ihnen zu nahetreten …«

»Dann laufe ich weg, so schnell ich kann.«

»Ja. Eine gute Idee.« Er räusperte sich und fuhr mit fester Offiziersstimme fort: »Doch wenn Sie nicht weglaufen können, dann packen Sie ihn an seinen Weichteilen.«

Emma keuchte und hörte, wie sogar der Fahrer scharf die Luft einzog. Unbeirrt setzte Henri Wolff seine Ausführungen fort: »Ich versichere Ihnen, nichts verschafft einem Mann einen klareren Kopf als die Vorstellung davon, was für Schmerzen er erleiden würde, sollten Sie fester zudrücken.«

»Und ... wenn ich zugedrückt habe?«

»Dann laufen Sie weg, so schnell Sie können. Er wird Ihnen vermutlich nicht folgen. Viel Glück.« Erst dann ließ er sie los und stieg wieder in den Wagen.

Mutterseelenallein stand Emma auf der dunklen Straße, die von einer schwachen Laterne beleuchtet wurde. Es war so still, dass sie nur ihren eigenen Atem hörte, der kurz und unruhig ging. Allein der Gedanke an Carl gab ihr Zuversicht. Und machte ihr gleichzeitig Angst. Wie würde er reagieren, wenn sie ihm vom Vorschlag ihres Onkels erzählte? Die ganze Zeit hatte sie sich eingeredet, sie wären Geschäftspartner. Und es ginge nur um ein Angebot, das er annehmen oder ausschlagen konnte.

Wie viel mehr es war, begriff sie erst jetzt. Bei der Entstehung der Fabrik mitzuwirken, Pläne zu schmieden, Ideen hervorzubringen – das alles schenkte ihr Selbstvertrauen, das sie vorher nie in sich vermutet hatte. Was bliebe ihr, wenn sie das verlieren würde?

Wenn sie Carl verlieren würde?

Und all das, was er ihr mit seiner Nähe gab.

Dann bliebe ›nur noch Emma‹ zurück.

Aber nun war sie da. Und es gab nur einen Weg, der sie weiterbringen würde: den Weg voran. Zögernd öffnete sie die Tür des Wirtshauses.

Im Schankraum roch es nach ranzigem Fett, schalem Bier und etwas Angebranntem. Einfach gezimmerte hölzerne Tische erstreckten sich vor ihr, zwei Männer hockten in einer Ecke. Hinter einem Tresen putzte die Wirtin Bierkrüge mit einem schmutzigen Lappen.

»Suchst du nach mir, meine Hübsche?«, lallte einer der

Männer, breitete seine Arme aus und drehte sich so schwungvoll um, so dass er fast von der Bank fiel.

Emma ging direkt auf die Wirtin zu und blieb vor dem Tresen stehen, dessen Oberfläche so klebrig zu sein schien, dass daran vermutlich noch Fliegen vom letzten Sommer hafteten.

»Verzeihung. Wohnt Carl Seidel hier noch?«, fragte sie entschlossen.

Die Wirtin drehte sich nach hinten um. »Häääärbäääärt? Wo iss der Taugenichts? Weissu das?« Emma vermutete, dass nicht nur ihre Gäste ein paar Bierchen intus hatten. Einer der Männer gluckste, obwohl es unklar war, ob er dabei lachte oder Schluckauf hatte. Bloß nicht hinsehen. Die Übelkeit kroch langsam, aber stetig in ihr hoch, als von irgendwo endlich eine krächzende Stimme tönte: »Im Hinterhof müsste der sein!«

»Da!«, die Wirtin zeigte auf eine Tür. »Den Flur entlang, bis es nicht mehr weitergeht.«

»Danke sehr.« Emma sah zu, dass sie sich, so schnell es ging, davonmachte.

»Warte doch, meine Süße!«, holte die Stimme des Betrunkenen sie ein, doch da schlug sie die Tür bereits hinter sich zu. Glück gehabt. Auch wenn Henri seinen Rat gut gemeint hatte, die Bekanntschaft mit den Weichteilen dieses Kerles wollte sie nicht unbedingt machen. Der Flur war dunkel und roch muffig. Hoffentlich war Carl tatsächlich im Hinterhof. Sie wusste nicht, ob sie noch einmal den Mut aufbringen würde, zur Wirtsfrau zurückzugehen und sie erneut nach Carl zu fragen.

Schon schlüpfte sie in den Hinterhof und schnappte geräuschvoll nach Luft. Die Hand an den Bauch gepresst, machte sie ein paar hastige Atemzüge.

»Wenn du kotzen musst – ein paar Schritte weiter ist ein Abtritt«, hörte sie eine Stimme aus der Dunkelheit.

»Carl!«, stieß sie hervor, schaute sich um, konnte ihn aber nirgends entdecken.

»Fräulein Bergmann!« Schnelle Schritte. Dann trat er an sie heran, sah sie ungläubig, beinahe schockiert an. »Was machen Sie hier zu dieser Stunde?«

Das wusste sie irgendwie auch nicht mehr.

Es war nur ein Impuls. Ein unbändiges Bedürfnis, das sie vollkommen überwältigte. Sie schlang ihre Arme um seinen Hals und zog ihn an sich. Es nieselte. Sein feuchtes Haar lag an ihrer Wange, nach und nach drang die Wärme seines Körpers durch all die Kleidung an ihre Haut.

Dann kam sie wieder zu sich und ließ ihn erschrocken los.

»Ich … ich muss unbedingt mit Ihnen reden«, stammelte sie mit zittriger Stimme. Was war nur in sie gefahren? Wie konnte sie nur …

Die Tür neben ihr flog auf, und einer der Männer taumelte heraus. Er schnäuzte ungeniert, stolperte und musste sich kurz an Carl festhalten, bevor er seinen Weg zum Abtritt fortsetzen konnte.

»Ich glaube, es ist besser, wenn wir in meinem Zimmer weitersprechen«, schlug Carl vorsichtig vor.

Sie nickte. Obwohl sie sich bei dem Gedanken unwohl fühlte, das Zimmer eines Mannes zu betreten. Aber besser dort, als auf diesem Hof zu bleiben, wo aus dem Abtritt ein lautes Strullern ertönte. Sie folgte ihm durch den Flur, bis er an einer Tür rüttelte, die auch zu einer Abstellkammer hätte führen können. Die Angeln knarzten. Carl zögerte einen Moment, ging aber zuerst herein, um eine Öllampe anzuzünden. Das schwache Licht erfüllte die enge Kammer. Ein Bett und ein kleiner Nachttisch beanspruchten fast den ganzen Platz. In einer Ecke stand eine Reisetasche, ansonsten hatte Carl seine Sachen einfach an einer Wand auf dem Boden gestapelt.

»Tut mir leid mit der Einrichtung«, murmelte er, als er ihren Blick bemerkt haben musste. Das Licht der Lampe machte seine Gestalt unwirklich, die Schatten zeichneten sein Gesicht kantig und fremd.

»Unsinn. Es ist schon in Ordnung.« Verzagt schaute sich Emma um. Sie hätte nicht hierherkommen sollen, ihn nicht so überfallen dürfen! Vermutlich war es ihm genauso unangenehm wie ihr, hier zu sein, diese Umstände, in denen er lebte, preiszugeben.

Carl räusperte sich. »Ich habe mehrfach versucht, Sie über Monsieur Perrin zu erreichen. Als Sie auf meine Nachrichten nicht geantwortet haben, war ich sogar bei Ihrem Haus, aber da erfuhr ich nur, dass Sie verreist waren.« Er stockte. »Ich … ich habe Sie vermisst«, sagte er. So einfach und geradeheraus, dass sie erleichtert aufseufzte. Mit einem Mal war ihre Befangenheit weg, und es war ihr egal, wo sie sich befand – Hauptsache, sie konnte ihn sehen, mit ihm reden, bei ihm sein!

Sie machte zwei Schritte hinein, war fast bei ihm und musste sich zügeln. Was würde er denken, würde sie sich ihm schon wieder an den Hals werfen? Ihn an sich drücken? Ihre Finger in sein noch immer feuchtes Haar graben? Von diesem Drang völlig überrumpelt, strich sie mit fahrigen Bewegungen über ihre Kleidung, unwissend, wohin mit ihren Händen, die ihn so sehr wieder umarmen wollten.

»Haben Ihre Bemühungen um den Kredit bereits Früchte getragen?«, fragte sie stattdessen. Etwas Sachlichkeit würde ihr den Kopf wieder zurechtrücken.

Hoffentlich ja, betete sie insgeheim. Dann müsste sie ihm nichts vom Angebot ihres Onkels erzählen.

Etwas in seinen Zügen verhärtete sich. »Leider nein.«

»Geben Sie nicht auf! Bitte, geben Sie auf keinen Fall auf!«

Er lächelte ihr zu. »Niemals!«

Auch in dieser schäbigen Kammer war sein Lächeln absolut umwerfend, hallte mit einem warmen Kribbeln in ihr nach und verleitete sie dazu, ebenfalls zu lächeln. Sie ließ sich auf das Bett sinken, das unter ihrem Gewicht protestierend quietschte. Die Laken trugen seinen Geruch, er stieg so eindringlich zu ihr auf, dass sie Gänsehaut bekam. »Ich glaube an Ihren Senf. Ich glaube an Sie!«, stieß sie mit all ihrer Leidenschaft hervor. Wo war nur ihre Sachlichkeit geblieben?

Er kam näher und ließ sich direkt vor ihr auf den Boden in den Schneidersitz sinken. Sie hätte sich nur kurz vorbeugen müssen, um ihn zu berühren. Und mit einem Mal fühlte sie sich nicht mehr in der Kammer eines schäbigen Wirtshauses, nein, es war, als würde sie zusammen mit ihm in der vertrauten Enge der Speisekammer sein. Seine Finger dabei beobachten, wie sie eine dünne Schicht der goldenen Paste auf ein Stück Brot auftrugen. Die Schärfe auf der Zunge kosten, die ihre Sinne herauszufordern schien.

»Ich habe ihn probiert, Ihren Meerrettichsenf«, sagte sie leise. Ihre Stimme hörte sich rau an. Ein bisschen fremd in ihren eigenen Ohren.

Er blickte zu ihr auf. »Hat er Ihnen geschmeckt?«

»Ja!« Zusammen mit ihrem Onkel, aber davon wollte sie noch nicht sprechen. »Arbeiten Sie inzwischen an neuen Kreationen?«

»Für die alte Hubig habe ich zwei Gläschen gemacht. Als Zahlungsmittel sozusagen.«

Sie schmunzelte. »Dann hätten wir immerhin schon einmal eine zufriedene Kundin, welche die Produkte der ersten lothringischen Fabrik weiterempfehlen würde, nicht wahr?«

Carl lachte, und es war so schön zu hören, dass er trotz allem sein Lachen nicht verloren hatte. »Auch wenn ich nicht glaube, dass ihre Gäste wegen des Senfes hierherkommen werden. Sondern eher wegen des billigen Gesöffs, das sie ihnen einschenkt.«

Emma dachte an die klebrige Theke, und es schauderte sie. »Das zu probieren, dürfte wohl mehr als abenteuerlich werden.«

»Wie gut, dass Senföle auch keimtötend wirken. Ihre heilende Wirkung darf auf keinen Fall unterschätzt werden.« Er zwinkerte ihr zu.

»Genau!« Sie kicherte. Dann verstummte sie, als Wehmut sie erneut überfiel. »Es wäre schön gewesen, wenn sich die Heilkraft auch auf so manch zwischenmenschliche Beziehung erstreckt hätte«, flüsterte sie. »Wenn der Senf nicht nur eine Brücke zwischen Dijon und Düsseldorf errichten, sondern auch zwischen Ihnen ... und Ihrer Familie erbauen könnte. Dass auch Ihre Eltern so sehr an Sie glauben wie ich. An die Zukunft, die vor ... vor Ihnen liegt.« Beinahe hätte sie »uns« gesagt. Aber es hätte sich falsch angehört, so erpresserisch, wie es war.

Er schluckte. Jetzt, so nah bei ihr, wirkten seine Züge im Licht der Lampe alles andere als kantig und fremd. Schon wieder fühlte sie diese merkwürdige Vertrautheit, wenn er bei ihr war. Schon wieder war da dieser Wunsch, ihn zu berühren.

»Was meine Mutter angeht«, bemerkte er leise, »so denke ich, dass sie durchaus an diese Zukunft glaubt. Ich weiß, es ist nicht der geeignete Ort. Und alles andere als der richtige Moment, den Sie wirklich verdienen. Aber ... ich muss Ihnen etwas sagen. Ich muss Sie fragen ...« Er richtete sich auf den Knien auf und tauchte seine Hand in die Hosentasche.

»Ich muss Ihnen auch etwas sagen!«, stieß sie hervor und schoss hoch. Er musste es erfahren! Jetzt. Sofort. Solange sie den Mut dazu hatte, solange seine Nähe ihr Sicherheit gab. »Ich war bei meinem Onkel. Er ist ein wohlhabender Mann.

Und ich habe ihm angeboten, in die Fabrik zu investieren.« Ruckartig wandte sie sich ab, um ihre Gedanken zu sammeln, und spürte, wie sie mit ihrem ganzen Schwung gegen seine ausgestreckte Hand stieß. Etwas Metallisches klimperte über den Boden und rollte unter das Bett. »Bitte entschuldigen Sie.« Sie sah seinen irritierten Gesichtsausdruck, redete weiter, um alles so schnell wie möglich hinter sich zu bringen: »Er ist bereit, uns zu helfen, wenn er sich unserer Partnerschaft auch in der Zukunft sicher sein kann. Er gibt das Geld, wenn wir heiraten.«

Sie bemerkte, wie ihm seine Züge vollkommen entgleisten.

Er war noch immer unten auf dem Boden, auf den Knien vor ihr. Die Hände leicht erhoben, starrte er mit einem leeren Blick vor sich hin, vollkommen erschüttert, wie es ihr vorkam, und sagte … nichts.

Die Stille, die zwischen ihnen lag, dehnte sich zu einer Ewigkeit aus. Ihr Mund fühlte sich ganz trocken an. Sag etwas, sag doch etwas, flehte sie ihn stumm an.

»Verstehe ich das richtig?« Ganz langsam, als müsste er sich sammeln, holte er Luft. »Ihr Onkel würde in die Fabrik investieren, wenn wir heiraten.«

Wieder verstummte er. Die Gesichtszüge – noch immer fassungslos.

Auch ihr fehlten die Worte. Als würden die Wände dieser Kammer auf sie zurücken und ihr die Sprache rauben, alles in ihr furchtbar eng machen. Was hatte sie nur getan? Ihr Herz klopfte ihr bis zum Hals. Ein ohrenbetäubendes Wummern, das ihren Körper zum Beben brachte.

»Vergessen Sie, dass ich hier war«, keuchte sie. Ihr Magen drohte, sich bei jedem Laut umdrehen zu wollen. Sie schluckte, um die Übelkeit hinunterzuringen. Mit zwei Schritten stand sie auf der Schwelle.

»Fräulein Bergmann!«, rief er ihr hinterher. »Warten Sie!«

Doch sie konnte nicht warten. Sein Gesicht hatte Bände gesprochen, der Gedanke daran, sie heiraten zu müssen, war wohl entsetzlich genug, dass es ihm die Sprache verschlagen hatte. Wie dumm war sie nur! Was hatte sie auch erwartet? Sie lief – schneller, immer schneller, hinaus aus dem Wirtshaus.

»Na?«, krächzte die Stimme eines der Betrunkenen ihr hinterher. »Schon fertig, meine Hübsche? Konnte er es dir wohl nicht so gut besorgen, nicht wahr?«

Tränen verschleierten ihren Blick. Sie rannte die Straße entlang. Rannte, bis sie gänzlich außer Atem war.

\* \* \*

Die Tage vergingen. Als Henri Wolff sie das nächste Mal zu einem gemeinsamen Spaziergang an der Mosel eingeladen hatte, konnte sich Emma gar nicht darauf freuen. Wozu? Wozu das alles? Diese Heimlichtuerei, um die Hoffnung zu nähren, etwas Größeres erreichen zu können als das, was ihr als Frau vorherbestimmt war ... Das Leben war kein Märchen wie *Cendrillon ou la petite pantoufle de verre*, das man in ruhigen Stunden einer geduldigen Buchhandlungskatze vorlesen konnte. Das Leben musste nur überstanden werden. Wie recht ihre Mutter doch hatte! Auf dem Boden der Tatsachen angelangt, sah sie sich endlich als das, was sie war. Und sie war leider nicht viel in dieser Welt.

Nicht einmal für Carl.

Dieser Gedanke nagte am meisten an ihr. Nein, er nagte nicht nur, er fraß sich tief in ihre Seele. Am liebsten hätte sie Henri Wolffs Einladung zerrissen, so weh tat es, daran zu denken, was diese Spaziergänge ihr früher bedeutet hatten. Aber was konnte er denn dafür? Bestimmt freute er sich, wieder einmal seinen Schulfreund zu sehen. Also musste sie sich zusammenreißen – bei diesen Treffen ging es nicht nur um sie.

»Du bist so still in der letzten Zeit«, bemerkte ihre Mutter, die sie zum Moselufer begleitete. »Was ist los?« In ihrem Gesicht lag ehrliche Sorge. Als würde sie tatsächlich spüren, wie sehr die letzten Tage ihrer Tochter zu schaffen gemacht hatten. Emma rang mit sich, dachte daran, sich ihr anzuvertrauen – und konnte es nicht. Als würde eine unsichtbare Mauer sie voneinander trennen. Eine unüberwindbare Mauer.

»Alles in Ordnung. Es ist nur mein …« Sie dachte an die Worte, die ihre Mutter einst verwendet hatte. Ja, das passte doch. »Es ist nur mein so schrecklich überspanntes Gemüt.«

Ihre Mutter seufzte sichtlich erleichtert auf. »Bitte verdirb es dir nicht mit den Wolffs! Es läuft gerade so wunderbar. Mach es deinem Vater nicht kaputt!«

»Natürlich nicht.« Emma wandte den Blick ab und musste sich auf die Lippe beißen, um nicht in Tränen auszubrechen. Hier und jetzt. Vor den Augen aller Passanten. Und vollkommen grundlos.

Henri Wolff erwartete sie an einer alten Weide, eilte ihr einige Schritte entgegen und bot ihr seinen Arm, um sie von den Müttern fortzuführen. Seine innere Aufregung machte auch ihr gute Laune, wenigstens einer von ihnen würde heute auf seine Kosten kommen. Als sie außer Sicht waren, wünschte Emma ihm viel Vergnügen und setzte sich auf eine Bank, um den Fluss zu beobachten und ihre Gedanken und Gefühle irgendwie in Ordnung zu bringen. Doch das klappte nicht.

Sie fühlte sich, als würde sie ertrinken. Grässlich und qualvoll.

»Es tut mir schrecklich leid, aber so kann ich Sie nicht zurücklassen.« Sie fuhr zusammen, als Henri Wolff sich neben sie setzte. Zurückgelehnt und entspannt blickte er geradeaus, als hätte er heute nichts anderes vorgehabt, als neben ihr zu sitzen und auf das Wasser zu starren.

»Was machen Sie denn hier? Sie sollten doch die Zeit nutzen!«, tadelte Emma.

Er zuckte die Schultern, ohne seinen Blick vom Fluss abzuwenden. »Normalerweise können Sie es kaum erwarten, Ihren … Geschäften nachzugehen, Fräulein Bergmann. Doch heute ist etwas anders. Und wie ich sehe, hat mich mein Gefühl nicht getrogen.«

»Aber Sie müssen doch nicht wegen mir hierbleiben!«

»Pierre wird es verstehen. Dass man seinen Freunden manchmal beistehen muss.«

Sie lächelte. Obwohl ihr in den letzten Tagen schon lange nicht mehr nach Lächeln war, bewegten sie seine Worte, hauchten ihr ein klein wenig neues Leben ein. »Es freut mich sehr, dass Sie in mir eine Freundin sehen.«

»Aber natürlich. Ich habe nicht viele Bekanntschaften, die mich so akzeptieren, wie ich bin.«

Sie ließ ihren Blick wieder zum Wasser schweifen, das dunkel und träge an ihr vorbeizog. Henri wandte sich ihr halb zu, stützte sich mit einem Arm an der Lehne ab. »Möchten Sie darüber reden? Was Sie gerade so sehr beschäftigt?«

Es war gut, jemanden zu haben, der einfach zuhörte. Ohne zu verurteilen. »Da ist nichts. Ich presche nur viel zu oft vor und stoße damit andere vor den Kopf, fürchte ich.«

»Preschen Sie denn aus den richtigen Gründen so sehr vor?«

Natürlich, wollte sie zuerst ausrufen, doch dann – welche Gründe waren denn wirklich richtig gewesen? Konnte sie es trennen? Zwischen dem Wunsch, jemandem zu helfen, und dem Bestreben, die eigenen Ziele durchzusetzen, etwas zu bewegen, sich vielleicht … einfach nur wichtigzumachen? Was waren die wahren Gründe, als sie ihren Onkel nach der Investition in das Unternehmen gefragt hatte, als wäre es ihre eigene Fabrik gewesen? Sie hätte zuerst mit Carl darüber sprechen sollen, statt auf eigene Faust zu handeln und ihm womöglich das Gefühl zu geben, unfähig zu sein. Als Mann zu versagen. Ähnliches warf ihre Mutter ihr doch auch ständig wegen des Vaters vor – vielleicht hatte sie recht. »Ich wollte helfen. Und habe alles noch komplizierter gemacht.« Emma drehte sich zu ihm, sah in seine besonnenen, klugen Augen.

Nachdenklich strich sich Henri Wolff über die glattrasierten Wangen. »Wenn den Menschen, für die Sie da so vorgeprescht sind, tatsächlich viel an Ihnen liegt, werden sie es verstehen. Vielleicht nicht sofort, aber wenn Sie ihnen Ihre Beweggründe erklären, irgendwann schon.«

Sie musterte sein Gesicht. So intensiv, dass er unsicher die Augenbrauen hob. »Habe ich etwas Falsches gesagt?«

»Nein, nein! Ich glaube, Sie haben recht. Ich sollte ihm … also diesem Menschen, den ich vielleicht vor den Kopf gestoßen habe, von meinen Beweggründen erzählen. Ihm sagen, warum ich das getan habe, was ich … eben getan habe.«

»Ganz genau.« Er wandte sich ab und lächelte zufrieden. »Miteinander zu reden, bringt einen oft weiter, als man denkt. Das wird leider zu schnell vergessen, wie es scheint.«

»Das stimmt.«

Als würde ihr Herz wiedererwachen, pochte es zaghaft in ihrer Brust. Ja, sie musste mit Carl reden. Ihm erklären, dass ihr an der Fabrik mindestens genauso viel lag wie ihm! Dass sie nach einem Ausweg gesucht hatte – und es keineswegs beabsichtigt hatte, ihn zu bedrängen oder ihn in eine Zwickmühle zu bringen.

»Oh, ich spüre da eine viel bessere Laune in Ihnen aufkommen!«, neckte er.

»Und wie!« Sie zwickte Henri Wolff spielerisch in die Seite.

»Und jetzt fort mit Ihnen, vertrödeln Sie nicht noch mehr Zeit. Pierre wartet gewiss auf Sie!«

»Zu Befehl, Fräulein Bergmann.« Er sprang auf und deutete eine theatralische Verbeugung an. »So gefallen Sie mir schon viel besser!«

Sie lachte. »Ihnen gefallen Frauen, Herr Wolff? Ich weiß gar nicht, was ich davon halten soll.«

»Mir gefallen auch Gänseblümchen, Fräulein Bergmann. Aber das bedeutet nicht, dass ich sie heiraten würde.« Er zwinkerte ihr schelmisch zu und ging schwungvoll davon. Eine Weile sah sie ihm nach, bis er aus ihrem Sichtfeld verschwunden war. Dann wandte sie sich wieder dem Wasser zu. Gemächlich und zufrieden floss der Strom dahin und trug ihre Gedanken mit sich in die Ferne.

»Ich dachte, dieser Kerl würde nie gehen!«

Emma zuckte zusammen, als jemand sich neben ihr auf die Bank plumpsen ließ.

»Antoine!« Unwillkürlich rutschte sich ein Stück zur Seite. Musste in all ihrem Gefühlschaos ausgerechnet er auftauchen? Sie noch mehr durcheinanderbringen?

»Du hast mich ja gänzlich vergessen, meine süße Emma.« Er angelte nach ihrer Hand.

Schlechtes Gewissen zwickte an ihr. Ja, sie hatte ihn vergessen, sie hatte ihn völlig vergessen! Was war sie nur für eine Freundin …

»Es tut mir leid«, sagte sie kaum hörbar, doch ihr Gewissen wurde dadurch nicht besser.

»Oh. Kein Mensch kann dir lange böse sein!« Seine Mundwinkel verzogen sich zu einem Lächeln, doch seine Augen blieben kalt. »Sag es noch einmal so herzerweichend, dass ich dir auf der Stelle verzeihe.«

»Einmal genügt«, wies sie ihn nicht ganz so ernst zurecht

und befreite ihre Hand aus seinen Fingern. »Außer mir ist entgangen, dass du schwerhörig bist. Was machst du hier? Woher wusstest du, wo ich bin?«

»Eure Nachbarin. Nach ein paar Minuten mit mir konnte sie meinem Charme nicht mehr widerstehen. Meinem teuren Wein auch nicht. Dafür gab sie bereitwillig ein wenig Auskunft.«

»Hilde Rosenberger!«

»Sie hat mir den Tipp gegeben, wo und wann ich nach dir suchen könnte. Du scheinst öfter mal Spaziergänge an der Mosel zu genießen.« Sie hörte Verbitterung in seiner Stimme, obwohl er es schon wieder zu überspielen versuchte. »Im Ernst. Wer war dieser Kerl? Jemand, auf den ich eifersüchtig sein sollte?«

»Es war ein Freund«, antwortete sie vage.

»Oh. So reserviert? Ein Freund … Mit dem du dich sehr prächtig amüsiert hast, wie es scheint.«

Sie wusste nicht, was sie sagen sollte. Als würden all ihre Worte von ihm abprallen. Also schob sie ihren eigenen Ärger beiseite, drehte sich ihm zu und legte eine Hand auf seinen Arm. »Wie geht es dir?«

Alles an ihm wirkte so hart. Als wäre seine ganze Statur aus Gips geformt. Das Gesicht – eine undurchdringliche Maske.

»Wunderbar«, presste er durch die zusammengekniffenen Zähne hervor. »Wie soll es mir denn sonst gehen?«

»Wie läuft es mit dem Weingut?«

Er verengte die Augen. »Das ist das Einzige, was dich interessiert? Das Geschäft? Als gäbe es nichts anderes, worüber man sich an so einem herrlichen Tag unterhalten könnte!«, höhnte er.

»So herrlich ist er nicht, wie es mir scheint. Da ziehen dunkle Wolken auf.«

Sie ließ ihre Hand auf seinem Arm. Was auch immer in ihm vorging, es schien ihn zu quälen, und Emma wünschte sich, er würde sich ihr anvertrauen. Erst nach und nach entspannte sich seine Haltung. »Verzeih mir. Ich weiß nicht, was mit mir los ist.« Er beugte sich vor und stützte seinen Kopf in die Hände. »Manchmal wache ich auf und weiß nicht, wie ich die nächsten Tage durchstehen soll. Aber das werde ich. Irgendwie.«

»Du musst das nicht allein durchmachen. Also sag mir: Was beschäftigt dich? Wie kann ich dir helfen?«

Er schluckte. »Gehen wir ein Stück?«

Sie nickte. Antoine bot ihr galant den Arm, doch sie ignorierte es. So schlenderten sie nebeneinanderher wie gute Bekannte. Schweigend, wie so oft. Als hätten sie einander nichts mehr zu sagen. Er führte sie quer über die Esplanade, weiter zu den Moselanlagen, wo die Spazierenden die Natur in der Ufernähe genießen konnten, bis zum Kanal, der vom Fluss abzweigte und wo alles ein Stück wilder, ursprünglicher wirkte.

»Was mich wohl mehr in Verruf bringt?«, scherzte sie. »Du oder die Gegend hier. Ich tippe auf das Erste.«

»Und trotzdem gehst du mit mir weiter? Deine Abenteuerlust gefällt mir.« Er zwinkerte ihr herausfordernd zu.

Sie antwortete nichts. Zusammen traten sie ganz nah an den Kanal und gingen am Ufer entlang. Das Gras duftete herrlich feucht vom morgendlichen Regen, herrlich grün, als wollte es nichts vom nahenden Herbst wissen. Unter einer Brücke blieben sie stehen. Ganz nah nebeneinander.

Emma starrte auf das Wasser.

Diese Stille. Kein Windhauch. Der kühle, etwas modrig riechende Schatten unter der Brücke. Das dunkle Wasser – wie tief mochte es sein? Welche Geheimnisse hatte es schon erfahren – und mit sich davongetragen?

»Hier ist es«, flüsterte Antoine mit belegter Stimme und machte eine weit ausschweifende Geste, als würde er ihr nicht ein Stück vom Moselkanal zeigen, sondern sein Königreich präsentieren. »Dieser Ort ... Hier fühle ich mich wohl. Als würde die Welt mich vergessen, mich für kurze Zeit in Ruhe lassen.« Unsicher senkte er den Arm. »Spürst du es auch?«

Sie zwang sich, ihm in die Augen zu blicken. In seine so wunderschönen blauen Augen. »Ich muss dir etwas sagen.«

»Ach Emma ...«

Schon wieder sah sie in seinem Blick das dunkle Verlangen aufsteigen. Das ihr Abgründe versprach, in deren Tiefen Emma früher zu gern stürzen wollte. Jetzt war nur noch das Gefühl da, nicht hierherzugehören. Nicht zu ihm.

»Nein, bitte.« Ohne ihn zu berühren, fühlte sie, wie angespannt er war. Sie schluckte. »Weißt du noch, wie du mich gefragt hast, ob ich Gefühle für Carl hege?«

Er legte ihr seine Hände an die Wangen und hob ihr Gesicht ein Stück höher. »Sage nichts. Nicht jetzt. Nicht hier.« Sein Daumen fuhr ihr zärtlich über die Lippen. Dann tauchten seine Finger in ihre Haare, vergruben sich darin, zerwühlten ihre Frisur.

»Antoine ...« Sie lehnte sich zurück, doch seine Hand erlaubte es ihr nicht, den Kopf wegzudrehen. Er beugte sich zu ihr. »Scht. Es ist unwichtig, hier ist alles unwichtig, hier kann die Welt uns in Ruhe lassen. Es gibt nur dich und mich. Niemanden sonst.«

Er hielt sie fest. Sie konnte spüren, wie sehr er sie küssen wollte. Jetzt. Hier. Gleich würden sich seine Lippen auf die ihren legen. Sie konnte sich kaum rühren, ihr ganzer Körper war steif wie ein Holzscheit.

»Ich wusste es!«, tönte es aus der Nähe.

Erschrocken taumelte Antoine zurück. Während die ganze

Anspannung mit einem Mal aus Emmas Gliedern wich und sie glaubte, kraftlos zu Boden sinken zu müssen.

Nur wenige Meter von ihnen entfernt stand Louise. Ihre Unterlippe zitterte, als wüsste die junge Frau nicht, ob sie toben, schreien oder weinen sollte.

»Du bringst sie hierher? Ausgerechnet hierher? An unseren Ort?«

Antoines Gesichtszüge verhärteten sich. Seine ganze Gestalt wirkte kalt und unnahbar, die Stimme gefährlich ruhig. »Was machst du hier?«

»Was ich hier mache?« Louise kämpfte sichtlich mit den Tränen. »Mit meinen eigenen Augen zusehen, wie du diesen Ort mit so einer unmöglichen Person entweihst!«

»Du redest wirr.«

»Oh nein! Ich bin so klar wie noch nie! Ich habe es geahnt. Als ich heute zu dir gekommen war, als ich dich gefragt habe, was du vorhast, und du meintest bloß, du bräuchtest etwas Zeit für dich – da ahnte ich es, dass du mich hintergehst. Ich bin dir gefolgt – und ich hatte recht!«

»Genug mit diesem Drama. Geh nach Hause, du hast hier nichts zu suchen.«

Louise schien ihn gar nicht zu hören. »Und du!«, zischte sie Emma an. »Meinem Bruder den Kopf zu verdrehen, das hat dir wohl nicht gereicht. Nein, du wolltest mehr haben! Am besten alles. Alles, was mir lieb und wichtig ist!«

»Louise!«, donnerte Antoine und ballte die Fäuste, der ganze Körper angespannt wie die Sehne eines Bogens. »Ich habe gesagt: Geh nach Hause!«

Emma unterbrach ihn mit einer beruhigenden Geste. Nein, auf keinen Fall wollte sie ihn so wütend erleben, diesen Zorn, der in ihm bebte, ausbrechen sehen. Sie konnte sich nicht einmal vorstellen, zu was er fähig wäre, was er dann tun würde. Sie hob die Hände, stellte sich vor Antoine und kam ganz langsam auf Louise zu, ohne zu wissen, was sie sagen sollte. Nur eins war wichtig: Sie musste alles in Ordnung bringen. Irgendwie.

»Louise …«

»Halte deinen giftigen Mund!«, brüllte Louise, und unter dem Bogen der Brücke hallten ihre Worte leer und hohl wider. »Verschwinde aus unserem Leben, oder bist du erst zufrieden, wenn du alles zerstört hast? Wenn du mich und meine Familie zugrunde gerichtet hast?«

»Louise, was redest du da?«

»Schweig endlich still! Lass uns zufrieden!«

Emma sah, wie Louise auf sie zustürmte. Ein heftiger Stoß in die Brust ließ sie taumeln, dann folgte noch einer, der sie ins Straucheln brachte. Die Böschung war steil, das Gras so glitschig! Sie merkte, dass sie ausrutschte, dass sie den Boden unter den Füßen verlor und stürzte. Die Erde pufferte den Aufprall, trotzdem fuhr der Schmerz durch ihren Knöchel und ihren Arm, als sie sich abstützen wollte. Sie hörte Antoine schreien, so entsetzlich laut schreien – es war ihr Name, den er da brüllte. »Emma, Emma!«

Wasser, überall Wasser. Kalt drang es an ihren Körper, machte die Röcke nass und schwer, zog sie erbarmungslos nach unten. Verzweifelt riss sie die Arme hoch, als könnte sie sich an etwas festhalten, machte es aber noch schlimmer. Ihr Kopf ging endgültig unter. Überall nur Wasser – in ihren Ohren, in ihrem Mund, es verdrängte die Luft aus ihrer Lunge. Sie strampelte mit den Beinen, ruderte mit den Armen – vergeblich. Das Wasser brannte in ihrer Kehle, hatte nur ein Ziel: sie umzubringen. Mit letzter Kraft versuchte sie, mit den Armen zu schlagen, irgendwie an die Oberfläche zu gelangen, merkte aber selbst, wie träge ihre Bewegungen wurden und sie immer tiefer sank.

Plötzlich waren da Hände, die sie packten und nach oben zogen. Der Wunsch zu leben bäumte sich wieder in ihr auf. Blindlings tastete sie herum, klammerte sich an die muskulösen Schultern – endlich konnte sie sich festhalten. Bloß nicht loslassen, niemals loslassen!

Sie wurde hochgezogen, ihr Kopf durchbrach die Oberfläche. Luft! Sie hustete und spuckte Wasser, hatte das Gefühl, als würde etwas ihre Brust zerreißen, als würde sie nie, nie wieder ruhig atmen können.

»So ist es gut«, hörte sie Antoines keuchende Stimme. »Gleich hast du es geschafft.«

Sie wusste nicht, wie sie ans Ufer gelangt war, wie sie den Abhang hochgezogen wurde. Noch immer musste sie husten und spuckte schal schmeckendes Kanalwasser aus. Antoine legte sie vorsichtig über sein Knie auf den Bauch und drückte auf ihren Rücken, bis sie einen weiteren Schwall Wasser erbrach. Jeder Atemzug tat weh. Aber immerhin atmete sie, und dafür war sie unendlich dankbar.

»Das … das tut mir so leid! Das wollte ich nicht«, stammelte Louise und kniete sich neben sie. »Geht es dir gut?«

»Natürlich geht es ihr nicht gut!«, rief Antoine. »Verschwinde von hier! Verschwinde, bevor ich mich vergesse!«

Emma versuchte, sich aufzurichten, wollte ihn irgendwie beruhigen – doch sie hatte nicht die Kraft. Schwach schüttelte sie den Kopf, zu mehr war sie nicht imstande. Wie durch einen Nebel sah sie, wie Louise sich erhob und völlig verstört davontaumelte.

Emma schloss die Augen, blieb einfach liegen, fühlte das Gras unter ihrer Wange. Der Geruch der Erde beruhigte sie. Antoine beugte sich über sie, hob sie etwas an und drückte sie an sich. Er küsste ihr nasses Haar. »Ich hatte Angst, ich hatte so eine schreckliche Angst um dich!«

»Ein Glück, dass du schwimmen kannst.« Nur mit Mühe schlug sie die Lider auf.

»Du nicht?«, neckte er. »Eine Frau, die sogar Berge versetzen würde, sollten sie ihr im Weg stehen, kann nicht schwimmen?«

»Wir haben alle unsere Schwächen.« Erschöpft lehnte sie sich gegen ihn. »Du zitterst.«

»Du auch. Du doch auch.«

Noch lange verharrten sie unter der Brücke, bis Emma sich sicher genug fühlte, um aufzustehen. Antoine half ihr, doch als sie einen Schritt machen wollte, fuhr der Schmerz durch ihren Knöchel.

»Was ist los?«

»Ich fürchte, ich kann nicht laufen.« Die nasse Kleidung fühlte sich unangenehm an ihrer Haut an, die schweren Stoffe zogen sie gen Boden, und sie sank zurück ins Gras. Wie sollte sie all das ihrer Mutter erklären? Und in was für eine Lage hatte sie eigentlich Henri gebracht? Ihr musste etwas einfallen, schleunigst!

»Wenn du nicht laufen kannst, dann werde ich dich tragen.«

»Nein, nein, musst du nicht. Ganz langsam werde ich es bestimmt …«

Er riss sie auf die Arme. »Hören Sie auf, mir ständig zu widersprechen, Fräulein Bergmann. Sonst verliere ich meine Geduld mit Ihnen und lege Sie erneut übers Knie.«

Erschöpft lehnte sie ihren Kopf an seine Brust. Vielleicht war es auch in Ordnung, einmal schwach zu sein.

»Was hat Louise gemeint, als sie sagte, du hättest mich an euren Ort gebracht?«, flüsterte sie nach einer Weile.

Antoine drückte sie fester an sich. »Wollen wir wirklich über diesen Unsinn reden?« Er stöhnte. »Zwischen uns war nie irgendetwas Ernstes!«

»Aber irgendetwas war wohl da.«

»So eifersüchtig, Fräulein Bergmann?« Er schnaufte. Ob aus Verdruss oder weil es schwer war, sie in ihren nassen Kleidern durch die Gegend zu tragen. »Louise stellt sich gern die Welt so vor, wie sie ihr eben passt. Schau dir nur die Seidels an. Sie ist wie der Motor dieser Familie, sie treibt alle an – damit sich alles nur um sie dreht. Warum glaubst du, ist Carl damals nach Düsseldorf gegangen? Er hielt es mit ihr nicht mehr aus. Niemand hält es mit ihr länger aus.«

»Ich dachte, er war gegangen, weil die Senfkörner …«

»Ach. Das Märchen über ein geheimnisvolles Mädchen aus dem Fuhrgeschäft, das ihm die Senfkörner gegeben hat, erzählt er gerne.«

Antoine wurde langsamer. Emma drehte den Kopf und sah die Bank und Henri, der darauf auf sie wartete. Sogleich hüpften ihre Gedanken zum Schlamassel, in dem sie steckte, und sie begann, noch mehr zu zittern. Wie furchtbar peinlich, in welchem Zustand sie da auftauchte.

Henri hatte sie entdeckt, sprang auf und eilte auf sie zu. »Fräulein Bergmann! Was ist passiert?«

Schnaufend setzte Antoine sie auf der Bank ab und ging ein paar Schritte zurück, weil Henri ihn mit so einem vernichtenden Blick bedachte, dass er wohl lieber Abstand zwischen ihn und sich legte.

»Wir werden das schon irgendwie erklären«, murmelte Emma. Inzwischen begann sie, vor Kälte mit den Zähnen zu klappern. Der Tag war mehr als frisch und lud nicht wirklich zum Baden ein. »A-alles wird g-gut.«

»Geht es *Ihnen* denn gut?«, presste Henri besorgt hervor. »Das ist nämlich das Erste, was mich gerade interessiert.«

»Ja, ja, alles in Ordnung.« Sie musste nur irgendwie ihre Gedanken sammeln. Alles der Reihe nach.

Emma schaute zu Antoine. »Es ist besser, wenn du weg bist, bevor meine Mutter dich noch sieht.«

»Ich kann doch nicht …«

»Du musst! Sonst steckt Herr Wolff ebenfalls in großen Schwierigkeiten!«

Antoine zögerte. Dann drehte er sich wortlos um und ging davon. Emma atmete auf. Noch immer wollte ihr nicht einfallen, wie sie der Mutter ihre nassen Kleider erklären sollte. Und vor allem: wie sie Henri aus der ganzen Geschichte heraushalten konnte, denn offiziell war er ja die ganze Zeit mit ihr zusammen gewesen. Dieser schien sich darüber allerdings keinerlei Sorgen zu machen. Mit zusammengekniffenen Augen starrte er in die Richtung, in die Antoine verschwunden war. »Und? War dies der Mensch, wegen dem Sie so vorgeprescht sind?«

»Nein. Das war der Mensch, der die Angewohnheit hat, alles viel komplizierter zu machen.«

»Dachte ich mir schon. Und was jetzt? Sie sollten ins Warme, bevor Sie sich in Ihren nassen Kleidern eine Lungenentzündung holen.«

Das stimmte. Mit zitternden Fingern wischte sie sich die Haarsträhnen beiseite, die ihr an der Stirn klebten.

»Wir werden sagen, dass wir am Ufer spazieren gegangen sind«, beschloss sie. »Wir haben … leidenschaftlich über Bücher diskutiert …«

»Und ich habe Sie in den Kanal gestoßen, weil Sie *Stolz und Vorurteil* doof fanden?«

Sie boxte ihn in den Arm. »Ich bin ausgerutscht und ins Wasser gefallen. Und Sie haben mich heldenhaft gerettet.«

In seinen Augen blitzte der Schalk auf. »Fräulein Bergmann, zwingen Sie mich jetzt allen Ernstes dazu, in den Klamotten baden zu gehen?«

»Nein, selbstverständlich nicht«, stammelte sie. Verdammt! Sie mussten sich etwas anderes überlegen.

Er seufzte nur. »Es muss doch glaubhaft aussehen. Ich bin gleich wieder da. Habe gehört, das Moselwasser soll heute ausgezeichnet sein.«

\* \* \*

Ihre Mutter konnte kaum noch aufhören, sich bei Frau Wolff dafür zu bedanken, dass sie Emma in die Wohnung gebracht und ihr dort trockene Kleider geliehen hatte. Diese passten zwar überhaupt nicht, doch Emma war mehr als dankbar, ihre nassen Sachen abzulegen. Und als sie sich mit einem herrlichen Tee aufgewärmt hatte, bestellte Frau Wolff auch noch eine Kraftdroschke für sie und ihre Mutter. Dabei entschuldigte sie sich unentwegt für die Unachtsamkeit ihres Sohnes, der den Sturz sicherlich verhindert hätte, wäre er nur etwas aufmerksamer gewesen. Emma war es schrecklich unangenehm, dass die ganze Schuld nun auf ihm lastete und ihre Erklärungsversuche nicht zählten. Im Großen und Ganzen ging ihre List aber auf, niemand schien Verdacht über die wahren Hintergründe des Vorfalls zu schöpfen.

In der Kraftdroschke hüllte sich ihre Mutter in finsteres Schweigen und weigerte sich, Emma auch nur aus den Augenwinkeln anzuschauen. Das war Emma nur recht. Als die erste Aufregung sich gelegt hatte, kam die Begegnung mit Louise wieder hoch. Das Wasser, das sie ertränken wollte. Die Schwere, die sie unbarmherzig nach unten zog. Das Gefühl, keinen einzigen Atemzug mehr machen zu können. Erschrocken sog sie die Luft ein, fühlte den Schweiß, der auf ihre Stirn trat.

Ihre Mutter bemerkte nichts davon. Stumpf starrte die Frau aus dem Fenster, als wäre sie nur ein Schattenriss auf der Scheibe. Zu Hause angekommen, schien sie kaum noch erwarten zu können, ihren Gatten über den Vorfall zu informieren. Doch als er abends nach Hause kam, hörte er dem Bericht kaum zu. Nicht auf seine übliche stumme Art, auf die er sonst Mutters Klagen ertrug – heute schien auf seinen Lippen der Anflug eines zufriedenen Lächeln zu spielen.

Am Tisch aß er mit mehr Appetit als sonst und erzählte von seiner Arbeit. Normalerweise sprach er nie vom Alltag im Bureau, was Emmas Alarmglöckchen zum Klingeln brachte. Still verfolgte sie jedes Wort, horchte in seine Stimmlage hinein, versuchte, jede seiner Regungen zu deuten. Als er gerade dazu ansetzte, wie er zum Mittagessen ausgegangen war, unterbrach die Mutter ihn ungehalten: »Hast du verstanden, was passiert ist? Sie hat es geschafft, in den Fluss zu stürzen!« Die Frau schnaubte verächtlich. »Und du sagst nichts. Vielleicht wäre sie etwas gescheiter, wenn du dich häufiger darum kümmern würdest, ihr mehr Vernunft einzutrichtern.«

Die Stille schnitt zwischen ihnen ein wie ein Messer. Am liebsten hätte sich Emma wie ein Kind unter den Tisch geduckt. Etwas in ihr bebte. Als hätte ihre Seele unzählige Risse und drohte, jeden Augenblick zu zersplittern.

»Von wem sie ihre Vernunft hat, wissen wir beide sehr genau.« Er sprach nicht, er knurrte geradezu wie ein Tier, das von einem Stein getroffen wurde. »Aber bald brauchen wir uns keine Gedanken mehr darum zu machen.«

»Hoffentlich. Auch wenn ich nicht weiß, ob die Wolffs es sich nach so einer Eskapade nicht doch noch anders überlegen! Du hast keine Vorstellung davon, wie ich mich dabei gefühlt habe. Wie unsagbar peinlich es war!«

Mutters Worte drangen wie Kanalwasser in sie ein, machten sie stumm, erfüllten sie wieder mit Angst, als würde sie darin unweigerlich ertrinken, das Leben ihr endgültig entgleiten.

Ihr Vater rieb sich müde die Stirn. »Ich habe mich bereits um alles gekümmert. Schon bald findet ein Ball im Hotel *Ville de France* statt – dort wird Henri Wolff offiziell um die Hand deiner Tochter anhalten.«

»Das kann nicht sein!«, stieß Emma hervor, als würde alles in ihr plötzlich die Oberfläche durchbrechen. »Auf keinen Fall wird Henri das tun!«

Vaters Kiefermuskeln spannten sich. »Selbstverständlich wird er das«, presste er hervor. »Der Stadtrat und ich haben alle Einzelheiten besprochen. Die Feier findet in einem kleinen Kreis statt, die Wolffs wollen nichts Großes.«

»Nach der Meinung ihres Sohnes haben sie sich offensichtlich nicht erkundigt.« Erst jetzt merkte Emma, wie sehr sie zitterte. Sie wusste gar nicht, wann es angefangen hatte, und egal, was sie versuchte – es wollte einfach nicht aufhören.

»Ach, rede keinen Unsinn«, wies ihre Mutter sie zurecht. »Frau Wolff hat mir versichert, dass Henri noch nie so viel Zeit mit einer jungen Dame verbracht hat wie mit dir!«

»Das bezweifle ich nicht.«

Ihr Vater zog die Augenbrauen zusammen. Trotzdem bemühte er sich um einen versöhnlichen Tonfall, als würde er zu einem zurückgebliebenen Kind sprechen. »Ich weiß, dass sich vieles für dich verändern wird. Aber Henri ist das Beste, was dir passieren kann. Er lässt dir deine Freiheiten, wenn du ihm die seinen lässt. Es wird alles gut.«

»Du ... weißt es?« Nur langsam hob Emma den Blick, wagte kaum zu atmen. Die Vorstellung davon, dass die Farce mit der Hochzeit genauestens durchdacht war, verursachte ihr Übelkeit. »Du weißt also Bescheid über die Freiheiten, die er braucht?«

Ihr Vater legte seine Gabel beiseite, ballte seine Hand, die sich vor Schmerzen nicht gänzlich schloss. »Hat es dir diese unsägliche Rosenberger erzählt?«

»Vielleicht?« Dass sie selbst etwas bemerkt haben könnte, war ihm nicht einmal in den Sinn gekommen. Natürlich nicht. Ein feines Mädchen war doch fern von jeglichen Gedanken an solch ungeheuerliche Abnormität! Und er wollte ein feines Mädchen in dieser Familie haben. Keine Emma, die Fragen stellte und das Leben verstehen wollte.

»So ein Unsinn!« Die Mutter stöhnte. Nur der Anstand fesselte sie offenbar an den Tisch. Sonst wäre sie längst geflohen, so oft wie sie in Richtung Küche blickte, unruhig am Besteck fummelte und jeden Blick mied.

»Wenn du diese Gerüchte meinst, die vor einer Weile kursiert sind«, sprach der Vater wieder, »so mache dir keine Gedanken. Wenn junge Leute etwas getrunken haben, machen sie manchmal dummes Zeug. Und die bösen Zungen bauschen das Ganze auf, um dem guten Stadtrat zu schaden und den Ruf der Familie zu ruinieren. Da ist nichts dran, glaub mir.« Er sah Emma scharf an. »Es sind bloß Gerüchte«, wiederholte er mit Nachdruck.

Käthe Bergmann schnellte hoch. »Ich bringe Salz. Ich habe Salz vergessen.«

»Gerüchte, ich verstehe.« Emmas Blick folgte der Mutter, die in die Küche huschte. Unaufhaltsam rollte der Unmut über sie hinweg. Der Unmut über all diese Lügen, mit denen sie abgespeist werden sollte. »Gerüchte, die die Familie Wolff möglichst schnell aus dem Weg räumen will? Damit der Ruf des Stadtrats und seiner Familie keinen Schaden nimmt? Und deshalb drängen sie so sehr auf eine Heirat, auch wenn ihnen momentan niemand Besseres zur Verfügung steht als die Tochter eines einfachen Kanzlisten?«

Mit der flachen Hand schlug ihr Vater auf die Tischplatte. »Du hast recht.« Seine dünnen, rissigen Lippen bewegten sich kaum, während er sprach. »Du bist die Tochter eines einfachen Kanzlisten. Henri Wolff muss sich mit dieser Tatsache abfinden. Und du – mit Henri Wolff.«

»Aber das ist falsch!«

»Ach, das ist also falsch?«, zischte er. »Dass ich mich um *dich* kümmere? Dass ich alles tue, damit du in der Zukunft nicht hungern musst und ein Dach über dem Kopf hast? Ich, ein einfacher Kanzlist?« Mühsam stemmte er sich an der Tischkante hoch. Mit leerem Blick starrte er durch sie hindurch. Fahle Haut überzog seine Wangenknochen.

»Du weißt, wie ich das meine«, flüsterte sie in der Hoffnung, doch noch zu ihm durchzudringen. »Bitte, lass dich nicht von diesen Leuten benutzen. Wenn sie ihren guten Ruf wiederherstellen wollen, dann sollen sie einen anderen Weg suchen.«

»Du sprichst vom guten Ruf, ausgerechnet du?« Seine Hand schnellte vor und umschloss ihren Arm. Wut verzerrte seine Züge. Schmerz, der nicht von seinem Rheuma kam. Verzweiflung. Er hatte kaum noch Kraft, doch Emma ließ sich widerstandslos vom Stuhl zerren.

»Papa, bitte!« Irgendwo da in diesem Mann musste doch noch ihr Papa stecken, der sie früher glücklich in die Arme geschlossen hatte, um sein kleines Mädchen herumzuwirbeln.

»Ja, ich bin dein Vater. Das habe ich mir selbst aufgehalst, nun muss ich das ausbaden. Was hat deine Mutter gesagt? Als Vater soll ich dir ein bisschen Verstand eintrichten? Das habe ich zu lang vernachlässigt, viel zu lang!«

Sie riss sich los, taumelte von ihm weg. »Ich weiß, dass ich nicht die Tochter bin, die du wolltest!« In ihren Augen standen Tränen. »Aber was hat dir Henri Wolff getan?«

Sie machte noch ein paar Schritte zurück und stieß gegen ihre Mutter.

»Wie redest du mit deinem Vater?« Unbarmherzig bohrten

sich Mutters Finger in Emmas Arm. Schlossen sich wie ein Eisenring.

Ganz langsam hob Emma den Blick, forschte in ihren Augen, um darin auch nur den kleinsten Funken des Mitgefühls zu finden. Aber da war nichts. »Mama.« Sie schluckte. »Es tut mir leid, aber ich …«

»Schweig still!« Schwer atmend schleifte Käthe Bergmann ihre Tochter zur Schlafkammer und stieß sie hinein. »Nutze die Gelegenheit, dir einen klaren Kopf zu verschaffen. Und die sinnlosen Träumereien endlich aufzugeben.«

»Nein, Mama! Warte!«

Die Tür fiel ins Schloss. Der Schlüssel wurde herumgedreht. Mit aller Kraft schlug Emma gegen das Holz, trommelte, bis ihre Handballen schmerzten. »Fragt doch Henri Wolff, fragt ihn! Er will diese Hochzeit genauso wenig wie ich!« Ihre Kehle krampfte vom Schluchzen. Als Antwort – nichts als das Klappern des Geschirrs. Ihre Mutter räumte wohl ab. An der Wand entlang rutschte Emma zu Boden, lauschte den unregelmäßigen Geräuschen und ihrem eigenen Herzen, das in ihrer Brust raste.

Blind starrte sie in die Dunkelheit.

Verloren in der eigenen Verzweiflung.

Sie dachte daran, wie sie im Hinterhof des Gasthauses gestanden hatte. Wie Carl an sie herangetreten war und sie ihre Arme um ihn geschlungen hatte, um ihn voller Erleichterung an sich zu drücken. Alles in ihr sehnte sich danach, ihn auch jetzt – gerade jetzt! – bei sich zu haben. Die Wärme seines Körpers zu spüren. Die Hoffnung zu haben.

Emma und Carl. Carl und Emma. Zusammen mit ihm hätte sie alles durchgestanden. Aber es gab »nur noch Emma« – und diese Emma war jetzt ganz allein.

# *Metz, 1909*

## CARL

DIE ALTE HUBIG trat in die Kammer, kaum dass sie ange-
klopft hatte. Die Tür flog auf und schlug gegen das Holz, und
feine Staubpartikel rieselten von der Decke direkt in Carls Gesicht. Er hustete, wischte sich über die Augen und blinzelte die
ungebetene Besucherin verwirrt an. »Ist irgendetwas passiert,
Frau Hubig?«

Sie maulte oft herum, dass er zu lange im Bett lümmelte,
statt zu arbeiten – aber damit wartete sie normalerweise so
lange, bis er bei ihr in der Schenke stand. Nun hatte sie sich im
Türrahmen aufgebaut, die Hände auf den ausladenden Hüften.

»Uff. Also.« Sie machte ein schmatzendes Geräusch, wie
fast immer in den Pausen zwischen den Wörtern. »Ihr Herr
Vater war bei mir. Hat nach Ihnen gefragt.«

Carl stöhnte und legte sich eine Hand übers Gesicht. Wie
spät mochte es sein? Seit Emmas Besuch fühlten sich Stunden
und Tage absolut gleich an. Er trieb hindurch, ohne etwas
wahrzunehmen, als wäre die Zeit stehengeblieben, nachdem
Emma völlig aufgelöst davongelaufen war. Natürlich wusste
er, dass es ihm nicht weiterhelfen würde, sich im Schneckenhaus zu verkriechen, dass er damit nichts ungeschehen machen konnte. Emma wollte nichts mehr von ihm wissen, und
das hatte er mehr als verdient.

»Also«, schmatzte die Hubig weiter, doch Carl unterbrach
sie mit einer raschen Geste.

»Ich bin gleich da. Sie können ihm sagen …«

»Er iss schon weg. Ihm kann ich nix mehr sagen. Aber Ihnen.« Sie drückte den Rücken gerade und straffte die Schultern. »Hier können Sie nicht mehr bleiben.«

Schlagartig wach, richtete sich Carl im Bett auf. »Was?«

Die Hubig breitete beinahe entschuldigend die Arme aus, wobei sich Carl nicht erinnern konnte, dass sich diese Frau jemals für irgendetwas entschuldigt hatte, seit er hier wohnte. Dann winkte sie ab. »Ein reiches Söhnchen sind Sie also. Haben uns allen hier nur was vorgemacht. Uff. Nun ja.« Sie schmatzte wieder, dieses Mal voller Genuss, wie es Carl vorkam. »Ihr Herr Vater hat Ihre Schulden bei mir bezahlt und noch eine Menge draufgelegt, damit ich Ihnen in den Allerwertesten trete. Spätestens heute Nachmittag müssen Sie hier weg sein. Packen Sie Ihre Sachen.«

»Nein!«, rief er aus.

Sie zuckte nur die Schultern. »Dann schmeiße ich Ihre Habseligkeiten auf die Straße. Mir egal.«

»Das können Sie doch nicht machen! Wo soll ich denn hin?«

Die alte Hubig wiegte den Kopf. In ihrer Stimme schwang Wärme mit, eine beinahe mütterliche Zuneigung. »Gehen Sie nach Hause, wohin denn sonst.«

Carl knirschte mit den Zähnen. »Wenn mein Vater denkt, es wäre so leicht, mich zurückzuzwingen, dann hat er sich getäuscht. Ich bleibe hier.«

»Bleiben Sie nicht.« Schon stemmte sie sich wieder die Hände in die Hüften. »Am Nachmittag sind Sie weg, habe ich gesagt. Wo Sie hingehen, ist Ihre Sache.«

Sie drehte sich um wie ein schwerfälliges Schlachtschiff und schlug die Tür hinter sich zu. Immerhin hatte Carl die Lider geschlossen, so dass die Staubkörnchen von der Decke ihm nicht in die Augen fielen.

Und nun?

Verdammt, wo sollte er hin?

Wie ein Tagelöhner für ein paar Groschen von einem Strohsack zum nächsten ziehen? Denn in die Villa würde er auf keinen Fall zurückkehren. Wie konnte sein alter Herr nur glauben, ihn mit solchen Tricks in die Knie zwingen zu können?

Wut kochte in ihm hoch. Er sprang aus dem Bett und schlüpfte in seine Klamotten. Nein, so leicht mache ich es dem alten Mann nicht, dachte er, als er sich in der Waschecke am Ende des Flurs das Wasser ins Gesicht spritzte. Sein Vater wollte ihn in der Villa haben? Gern! Er würde in die Villa gehen!

Aber nicht, um zurückzukehren. Rasch zog er sich an und machte sich auf den Weg.

Es dauerte eine Weile, bis er endlich an der heimischen Tür klingelte. Anni machte ihm auf. Rasch trat er über die Schwelle und drückte ihr seinen Mantel und den Hut in die Hände.

»Ist mein Vater zu Hause?«, blaffte er das Dienstmädchen an. Gleich tat es ihm leid – was konnte Anni schon dafür? Sollte der alte Mann nicht hier sein, würde er zum Kontor gehen. Egal wo sein Vater steckte, er würde ihn heute zu Gesicht bekommen, so viel stand fest.

»Ja, gnädiger Herr. Er ist in seinem Arbeitszimmer«, stammelte Anni, sichtlich darum bemüht, alles richtig zu machen – und verhedderte sich im Mantel, als sie versuchte, ihn sich über den Arm zu hängen. »Er bat, ihn nicht …«

»Danke, Anni. Du brauchst mich nicht anzukündigen.«

Schnellen Schrittes machte er sich auf den Weg ins Arbeitszimmer, doch er hatte nicht einmal die Eingangshalle durchquert, als ihn eine spitze Stimme von der Treppe zurückhielt.

»Oh! Was sehen da meine Augen«, säuselte es. »Der verlorene Sohn kehrt zurück? Mal wieder?«

Er hob den Blick und schaute Louise an. Erstaunlich, wie schnell sie da aufgetaucht war.

»Freu dich nicht zu früh«, fertigte er sie ab. »Das wird ein kurzer Besuch.«

Sie streckte ihr Kinn vor. Eine kindliche Geste, bei der sie glaubte, besonders majestätisch zu wirken. »Wie du nur aussiehst! Ein Glück, dass …«

»Wie ich aussehe, geht dich nichts an.«

Er setzte seinen Weg fort und riss wenige Augenblicke später die Tür zum Arbeitszimmer auf. Es war ein kleiner Raum an der Nordseite des Hauses, wo kaum Sonnenlicht eindrang. Dazu noch weinrote Samtvorhänge und Möbel aus dunklem Edelholz. Das Arbeitszimmer wirkte düster – merkwürdig, dass es ihm früher nie aufgefallen war, als er hier mit seinem Vater die Zukunft des Fuhrgeschäfts plante. Die Dienstboten hatten in dem kleinen Kamin in der Ecke bereits ein Feuer entzündet, das zufrieden vor sich hin knisterte und zumindest etwas Gemütlichkeit verbreitete.

Ehrhard Seidel kauerte hinter seinem Tisch. Ein Blick auf diesen gebeugten Rücken – und schon spürte Carl Gewissensbisse, einen schmerzhaften Stich, der durch sein Inneres zog. Mühsam hob sein Vater den Kopf und sah ihn an. Erst nach einer Weile schlich sich ein vorsichtiges Lächeln in seine Mundwinkel.

»Carl. Schön, dass du da bist. Ich werde dem Chauffeur sagen, dass er deine Sachen aus dieser fürchterlichen Absteige holen soll.«

»Nicht nötig, denn ich werde nicht bleiben. Ich bin hier, um mit dir zu reden.«

Etwas starb in diesem zaghaften Lächeln seines Vaters.

»Dann fürchte ich, dass es nichts gibt, was wir bereden können.«

»Oh doch.« Mit wenigen Schritten durchquerte Carl den Raum. »Es kann so nicht weitergehen, und das weißt du!«

»Ganz recht. So kann das nicht weitergehen. Dein Platz ist hier. In diesem Haus. An meiner Seite. An der Spitze unseres Unternehmens.«

»Du irrst dich.« Carl atmete tief durch. Dann zog er einen Stuhl heran und setzte sich. Eine Weile wartete er, bis sich sein Atem beruhigt hatte und die Stimme besonnener klingen würde. »Ich verstehe, dass du verärgert bist, weil ich dich im Stich gelassen habe. Aber du kannst es mir nicht auf diese Weise heimzahlen. Du zerstörst mich, Stück für Stück. Und so bist du nicht!«

»Ich bin, wie ich sein muss. Um dir eine sorglose Zukunft zu ermöglichen, die du einfach mit Füßen trittst!«

»Diese sorglose Zukunft ist nicht meine!« Er nahm seine Tasche auf den Schoß und holte die Papiere, die er für Hagen von Rothhausen und all die anderen Bankiers vorbereitet hatte, bei denen er inzwischen gewesen war. »Schau her. *Das* ist meine Zukunft.«

Es war seine letzte Hoffnung, seinem Vater zu beweisen, dass die Senffabrik keine haltlose Träumerei war. Carl breitete die Papiere auf dem Tisch aus, und sobald er die ersten Worte gefunden hatte, flammte in ihm das altbekannte Feuer auf. Er sah es vor sich. Das Fabrikgebäude. Die renovierten Räumlichkeiten. Die Maschinen, die nach und nach geliefert und installiert werden würden. Die Saatlieferanten, sorgfältig ausgewählt, die die besten Senfkörner des Landes zum Eingang fahren und abladen würden. Er konnte bereits den würzigen Geruch der Paste wahrnehmen, der die Hallen füllen würde. Die Gläser – ja, Gläser, nicht Töpfchen – die reihenweise gefüllt werden würden. *Die erste lothringische Fabrik Carl Seidel* – ein Name, der für die Qualität, Tradition und Moderne gleichermaßen stehen würde.

»Siehst du es?«, hauchte er seinem Vater entgegen. »Das ist meine Zukunft!«

Sein Vater rührte sich nicht.

Carl wagte es kaum zu atmen, während er das so schrecklich gealterte Gesicht seines Vaters betrachtete. »Sag doch etwas. Bitte.«

Ehrhard Seidel schob die Papiere von sich und lehnte sich zurück. »Meinst du, ich tu all das nur, um dich zu quälen? Ich tue es, um dich zu retten!«

»Wovor denn retten?«

Der alte Mann hielt den Blick gesenkt, als würde er es nicht ertragen, die Papiere, die noch dalagen, anzusehen. »Du hast keine Ahnung, wie viele schlaflose Nächte damit verbunden sind. Wie viel Kopfzerbrechen das alles bedeutet. Wie sehr man sich dafür verausgabt – bis es endlich, endlich läuft. Es macht einen kaputt. Und du – du bist schon kaputt genug. Dein Herz …«

»Mein Herz! Es verträgt mehr, als du glaubst!«

»Wie in Düsseldorf?«

»Es hat …«

»Es hat dich fast umgebracht! Ein Umstand, der dich anscheinend nicht weiter zu beschäftigen scheint. Mich, deine Mutter und deine Schwester aber umso mehr! Weil wir dich wirklich lieben! Schau dich nur an! Schon jetzt bist du der Schatten deiner selbst. Wie soll es weitergehen?«

Carl ballte die Hände. »Ich schaue mich an. Ich sehe einen Mann, der endlich weiß, was er will. Ich lasse mich nicht aufhalten. Egal wie viele Bankiers du gegen mich aufbringen willst, egal was du noch tun wirst, damit ich auf der Straße lande und zu dir angekrochen komme. Ich werde nicht zurückkehren und dein Geschäft weiterführen!« Er redete sich in Rage, die Worte kratzten in seinem Hals, und er musste sich bremsen. Nein, so viel Wut war nicht richtig. Vor allem nicht seinem Vater gegenüber.

»Du kehrst also nicht zurück?« Er hörte, wie die Stuhlbeine über den Boden schabten, als sich sein Vater erhob. »Wo willst du denn hin?«

Carl stand auf. »Zu Antoine.«

»Ach, wer weiß, wie lange dein Antoine noch auf dem Gut bleiben kann, bis man ihn vor die Tür setzt. Irgendein Amerikaner hat ihn betrogen, sein Geld einkassiert und die Reben nicht geliefert. Antoine ist am Ende.«

»Willst du da etwa auch nachhelfen, damit es schneller geht und ich mit ihm auf der Straße lande?«

»Carl, bitte.« Die Stimme seines Vaters klang beinahe flehentlich. »Komm doch endlich zur Vernunft. Ich will nicht, dass wir so auseinandergehen.«

Es tat weh, ihn so zu sehen. Wie dieser Mann hilflos und vollkommen verloren hinter seinem massiven Arbeitstisch stand.

»Das will ich auch nicht. Aber du lässt mir keine andere Wahl.« Carl wandte sich zur Tür.

Warum war er nur hierhergekommen? Hatte er tatsächlich gedacht, seinen alten Herrn umstimmen zu können?

»Du wirst nie eine Handelserlaubnis bekommen!«, rief sein Vater ihm in den Rücken, und er hörte so viel Verzweiflung darin, dass sein Herz sich schmerzhaft zusammenzog. »Ich kenne Kaufmann Klingenberg, der in der Handelserlaubnisstelle über Anträge mitentscheidet! Er wird deinen zu verhindern wissen!«

»Leb wohl.« Entschlossen machte Carl die Tür hinter sich zu. Kaum hatte er die Klinke losgelassen, stieß er beinahe mit seiner Mutter zusammen. Unbewegt stand sie da, so blass, dass das ockerfarbene Rouge auf ihren Wangen wie Rostflecken wirkte. Er hatte die Tür offen gelassen, als er ins Arbeitszimmer getreten war. Sicherlich hatte sie das meiste von der Unterhaltung gehört. Besonders sein »Leb wohl«.

Er konnte nicht anders, als sie in die Arme zu schließen. Ihr Haar duftete nach Veilchen. Ein vertrauter Geruch, der ihn an Kindertage erinnerte.

»Es wird alles gut«, flüsterte er ihr ins Ohr und strich ihr über den Kopf, so wie sie ihm früher über den Kopf gestrichen hatte, um all seine Sorgen wegzuliebkosen.

»Stimmt es?«, fragte sie, das Gesicht an seine Schulter gedrückt. »Er hat dafür gesorgt, dass du kein Dach über dem Kopf hast?«

»Antoine lässt mich nicht im Stich. Da bin ich mir sicher. Egal, wie schwer er es selbst gerade hat. Auf wen kann man sich denn sonst verlassen, wenn nicht auf seine Freunde?«

Vorsichtig löste sich die Mutter aus seiner Umarmung. »Komm bitte mit. Ich muss mit dir reden.«

»Egal was du mir sagen möchtest: Ich kehre nicht zurück. Ich werde Vaters Geschäft nicht übernehmen.« Seine Stimme klang fremd in seinen Ohren.

»Ich weiß.« Verstohlen wischte sie sich über die Augen, hakte sich bei ihm unter und zog ihn mit sich. Sie durchquerten den Flur und stiegen die Treppe hoch. Auf Louises Etage ging eine Tür auf, und Carl hätte schwören können, dass seine Schwester neugierig herauslugte, wie in den Kindertagen, als sie sich fragte, wie viel Ärger ihr Bruder mal wieder bekam. An Mutters Seite betrat er ihre Räumlichkeiten. Zwischen den gelben Stofftapeten, die die Wände bekleideten, hatte er stets das Gefühl, in ein Senfblütenfeld einzutauchen, das von Sonnenstrahlen durchflutet worden war.

»Ich habe gehört, wie du mit deinem Vater über die Fabrik gesprochen hast«, begann seine Mutter zuerst unsicher, dann wurde ihre Stimme immer fester. »Und ich glaube, jetzt verstehe ich, was es dir wirklich bedeutet. Ich sehe das, was deine Emma gesehen hat, und wünsche mir, ich hätte es viel früher begriffen.« Sie schaute ihn von der Seite an. Zögerte. »Hast du sie gefragt?«

Ihre Worte versetzten ihm einen Stich mitten ins Herz. Vorsichtig holte er den Messingring aus der Tasche und drehte ihn in den Fingern. Hier, zwischen all dem kraftspendenden Gelb schien das Metall tatsächlich zu funkeln. »Ich bin nicht nur genauso romantisch wie Vaters Spuckdose, ich brauche auch noch das Brockhaus-Lexikon in Liebesangelegenheiten. Am besten die neue revidierte Auflage. Alle siebzehn Bände.«

Sie lachte. »So schlimm? Was ist passiert?«

»Dein Sohn ist ein Idiot, das ist passiert. Ich habe den Ring bereits in der Hand gehalten und da … da sagte sie, dass sie mit ihrem Onkel wegen der Fabrik gesprochen hat. Dass er in das Geschäft investieren würde, wenn wir heiraten.« Er stockte, völlig übermannt von all den Gefühlen, die seine Brust fast zum Bersten brachten. Einen Augenblick früher … nur einen winzigen Augenblick früher … dann wäre er der glücklichste Mann in Metz gewesen. Womöglich auch in ganz Elsass-Lothringen.

Seine Mutter tätschelte seinen Arm. »Und das ist schlecht – aus welchem Grund genau? Würde das nicht all die Schwierigkeiten aus dem Weg räumen, die du hast?«

»Vermutlich schon. Aber wie sollte ich es ertragen, wenn sie für den Rest ihres Lebens denkt, ich hätte es nur getan, um an das Geld ihres Onkels zu kommen? Dafür ist sie mir zu wichtig.«

»Das war … nicht optimal, das stimmt.«

»Es geht noch weiter. Ich war so überrumpelt, so … schockiert in diesem Moment, dass ich glaube, sie hat meine Reaktion falsch verstanden. Sie ist davongelaufen.«

Seine Mutter stöhnte und legte sich eine Hand an die Stirn. »Mein Sohn ist tatsächlich ein Idiot, was Liebesdinge angeht. Er bringt es fertig, dass eine Frau vor seinem Heiratsantrag flieht, der offenbar viel an ihm liegt.« Sie seufzte. »Und was gedenkst du jetzt zu tun?«

Er rieb sich über das Gesicht. Wie oft hatte er sich das schon gefragt! In all den dunklen, kalten, schlaflosen Nächten. »Ich wollte ihr alles erklären. Also habe ich einen Brief für sie hinterlegt, doch sie hat nicht geantwortet. Ich bin mit meinem Latein am Ende.«

»Latein war noch nie deine Stärke. Geh zu ihr und rede mit ihr! Erzähle ihr das, was du mir erzählt hast. Mach ihr einen richtigen Antrag!« Sie runzelte beinahe verzweifelt die Stirn. »Oder sollen wir das vorher üben?«

»Ich habe sie zutiefst verletzt. Wie kann ich bei ihr auftauchen, als wäre nichts gewesen? Was wird sie denken? Dass sie der letzte Ausweg ist, damit ich nicht auf der Straße lande?« Er ballte die Hände. »Zuerst muss ich diese Fabrik auf die Beine stellen, koste es, was es wolle. Und dann werde ich nichts unversucht lassen, um sie zurückzugewinnen.«

Er verstummte. Dann ließ er den Ring in seine Hosentasche gleiten, drückte seine Mutter fest an sich und gab ihr einen Kuss auf die Wange. »Danke für dein offenes Ohr. Langsam muss ich gehen. Die Wirtin hat gedroht, meine Sachen auf die Straße zu werfen, sollte ich nicht ausziehen. Und glaub mir, sie scherzt nicht.«

»Nein, du bleibst. Denn ich bin noch nicht fertig mit dir«, sagte sie in einem Ton, der keinen Widerspruch duldete, und betrat ihr Ankleidezimmer. Irritiert schaute Carl ihr hinter-

her. Mit einem kleinen Schlüssel sperrte sie ihren Schmuck-
schrank auf. Dann schritt sie beiseite und machte eine beiläufige Geste zu den Juwelen, die darin aufbewahrt wurden.
Colliers, Ketten, Perlen, Ringe und Ohrringe – alles glänzte
und funkelte, ein Edelstein prächtiger als der andere.

»Meinst du, das würde reichen, um die Fabrik zu kaufen
und die Produktion zu starten?«

»Das kannst du mir doch nicht geben!«

Sie verdrehte die Augen. »Das war nicht meine Frage.«

»Aber ... was wirst du Vater sagen, wenn er merkt, dass der
ganze Schmuck weg ist?«

»Ich werde ihm erklären, dass ich in die Zukunft unseres
Sohnes investiert habe.«

»Das wird ihm nicht gefallen.«

»Ich weiß.« Sie seufzte tief. »Aber wenn er nicht will, dass
ich nach meinem Willen über den Schmuck verfüge, dann
hätte er ihn mir nicht schenken dürfen. Also: Würde es reichen?«

»Ich glaube schon.«

Sie nickte zufrieden. »Dann solltest du es nehmen. Deine
Fabrik kaufen. Und um deine Emma kämpfen.«

## Metz, 1909

## EMMA

DER TAG DES BALLS rückte immer näher, und Emma bekam nicht die kleinste Gelegenheit, die Wohnung zu verlassen. Sogar die Spaziergänge mit Henri Wolff waren gestrichen, dabei hätte sie ihn so gern gesehen, um sich wenigstens bei ihm auszuweinen.

Was sollte sie nur tun? Die Leere dehnte sich in ihr aus und drohte, sie zu verschlingen, mit jedem Tag, der an ihr vorbeizog. Ihre Mutter dagegen scheute keine Mühen, um sie präsentabel auszustatten. Sie besorgte fast neue Tanzschuhe aus Atlas und ein erschwingliches Chiffonkleid. Der Stoff war weiß mit einer zartrosa Spitze, unzählige Rosen schmückten den Ausschnitt und den Saum. Immer wieder diese unsäglichen Rosen, dachte Emma, als sie am Tag des Balls vor dem Spiegel saß und sich von ihrer Mutter das Haar hochstecken ließ. »Unschuldig und liebreizend siehst du aus«, zwitscherte die Mutter ihr ins Ohr, und Emma wünschte sich fast, Antoine hätte sie an diesem verfluchten Tag nicht aus dem Kanal gefischt. Wie sich wohl Henri gerade fühlte? Grimmig verzog sie das Gesicht. Henri brauchte wenigstens nicht unschuldig und liebreizend auszusehen.

Die Wolffs hatten in dem vornehmen Hotel mehrere nebeneinanderstehende Tische reserviert. Einen für das bald glücklich verlobte Paar und die Eltern, an dem anderen nahmen Henris Paten, sein Onkel mit seiner Tante und seine Großmutter Platz. Tatsächlich – ein sehr kleiner Kreis, vermutlich, damit andere Gäste die künftige Braut nicht mit irgendwelchen Gerüchten verstören konnten. Immerhin würde das ganze Theater nicht vor einem großen Publikum stattfinden.

Der Saal füllte sich mit fröhlichen, herausgeputzten Menschen, die voller Ungeduld ihre Plätze einnahmen. Unzählige Gesichter, junge und alte, ein Sammelsurium an Heiterkeit, das Emma umso mehr das Gefühl gab, fehl am Platz zu sein. Sie konnte sich nicht einmal vorstellen, ein Lächeln zustande zu bringen, geschweige denn so ausgelassen zu lachen wie das junge Mädchen am Tisch nebenan, kaum sechzehn Jahre alt, das anscheinend mit seinem Vater hierhergekommen war.

»Konnten Sie mit diesem besonderen Menschen reden, den Sie mit Ihrem Vorpreschen vor den Kopf gestoßen haben?«, flüsterte Henri Wolff ihr zu.

Langsam löste sie ihren Blick von dem lachenden Mädchen. In Henris Augen lag etwas Wissendes, Verständnisvolles – und doch war ihr überhaupt nicht danach, mit ihm zu reden. Die Gedanken an Carl taten weh. Viel zu sehr weh. Dabei hatte sie geglaubt, sie wäre schon so abgestumpft von all dem Schmerz, dass man ein Messer in ihre Brust rammen könnte, ohne dass sie etwas davon mitbekommen hätte.

»Nein, konnte ich nicht«, sagte sie abwesend. »Wissen Sie, wie lange das hier dauern soll?«

»Mögen Sie Bälle nicht? Ich dachte, alle Frauen können es kaum erwarten, das Tanzbein zu schwingen!«

»Und ich dachte, alle Männer können es kaum erwarten, dem nächsten Rock hinterherzujagen. Jetzt wissen wir beide, wie falsch wir mit unseren Annahmen über das andere Geschlecht liegen.«

»Unbedingt.« Er wandte sich ab.

Emma seufzte. So schnippisch wollte sie sich gar nicht geben. Nur weil sie schlechte Laune hatte, sollte sie diese nicht an den anderen auslassen. Zumal Henri Wolff äußerst zufrieden wirkte, wie er da neben ihr saß und das rege Treiben im Saal beobachtete. Machte es ihm nichts aus, was heute Abend passieren sollte? Oder … hatte er vielleicht einen Plan, wie er das Unvermeidliche verhindern konnte? Eine leise Hoffnung regte sich in ihr.

»Ich tanze nicht wirklich gut«, erklärte sie ihm nach einer Pause und sah sich um. Ihre Eltern waren in ein Gespräch vertieft, allen voran redete Frau Wolff und zog alle Aufmerksamkeit auf sich. Emma beugte sich zu Henri. »Ist Ihr Schulfreund hier?«, flüsterte sie ihm zu. Vielleicht wollte er mit Pierre Lefèvre am Höhepunkt des fröhlichen Treibens einfach durchbrennen. Vielleicht zeigten sich die beiden als Gentlemen und nahmen sie mit. Egal wohin.

»Leider nein.«

»Oh.« So viel zum Plan.

Aus dem Augenwinkel bemerkte sie, wie er unruhig auf seinem Stuhl nach vorn rutschte, um die Hände auf dem Tisch zusammenzulegen. »Ich muss gestehen, dieser Ort war meine Idee. Fälschlicherweise habe ich angenommen, Sie würden es hier schön finden.«

»Unter anderen Umständen vielleicht«, murmelte sie. Ganz bestimmt sogar.

Das Orchester auf dem Podest begann zu spielen und lenkte sie ab. Mit Klarinetten und Oboen bemühten sich die Musiker, der Feierlichkeit Tribut zu zollen, fleißig unterstützt von quirligen Geigen. Eine majestätische Polonaise eröffnete den Ball, ausgeführt von jungen Paaren, die sie wohl während ihrer Tanzstunden eingeübt hatten. Ihre strahlenden und gleichzeitig ernsten Gesichter zeigten deutlich, dass sie sich größte Mühe gaben und es kaum erwarten konnten, bis der

Ball richtig in Schwung kam – während sie brav ihre Tanzschritte ausführten, sich in fließenden Bewegungen drehten und synchron knicksten und dienerten.

»Großartig. Absolut großartig«, lobte Käthe Bergmann mit einem bedächtigen Nicken, als würde der ganze Reigen nur zu ihrer Unterhaltung dienen, und Frau Wolff nahm den Faden mit Begeisterung auf: »Man kann von diesem Hotel halten, was man möchte, aber wie man ein Fest ausrichtet, weiß man hier definitiv.«

»Eine wunderbare Atmosphäre«, stimmte Herr Wolff ein, während er den jungen Polonaise-Mädchen nachsah. »Ich kann nur hoffen, dass das Hotel bald umbenannt wird. Es ist doch eine Schande, in einer deutschen Stadt *Ville de France* lesen zu müssen!«

»Viel schrecklicher finde ich die Inschrift *Hôtel de Ville* an unserem Rathaus«, meinte Käthe Bergmann und erntete ein zustimmendes Nicken, sogar von Henris Großmutter, die sonst eher den Eindruck machte, sie weilte nicht wirklich im Hier und Jetzt.

Henri verdrehte die Augen. Mit einer kumpelhaft-vertrauten Geste berührte er Emmas Arm. »Ich hoffe, Ihre Karte ist noch nicht voll? Ich würde mich sehr über den nächsten Tanz mit Ihnen freuen.«

»Sind Sie sich sicher, dass Ihre Füße einen ganzen Tanz mit mir aushalten? Als ich gesagt habe, ich kann das nicht gut, habe ich die Lage vielleicht ein bisschen beschönigt.«

»Machen Sie sich um meine Füße keine Gedanken.«

Die Polonaise endete, das Orchester stimmte einen Walzer an. Henri Wolff stand auf und verbeugte sich galant. »Erweisen Sie mir die Ehre, Fräulein Bergmann?«

»Was für ein entzückender junger Mann!«, seufzte Käthe Bergmann dramatisch, und seine Paten erstrahlten so glück-

selig, dass Emma rasch Henris Hand ergriff und zur Tanzfläche stürmte.

Henri Wolff legte ihr brüderlich eine Hand auf die Taille.
Seine Schritte waren sicher und geschmeidig, während Emma
sich wie eine Holzpuppe in seinem Griff fühlte, die über das
Parkett bewegt wurde. Ein Glück, dass die Ballschuhe sich wie
eine zweite Haut an ihre Füße schmiegten und die biegsame
Sohle kaum zu spüren war. Mit allen Sinnen konzentrierte
sie sich auf den Takt der Musik. Eins, zwei, drei. Eins, zwei,
drei, ermahnte sie sich in Gedanken und machte es nur noch
schlimmer.

»Nicht vergessen: Ich führe«, neckte Henri Wolff, und obwohl sie versuchte, mit seinen Bewegungen mitzugehen, fiel
es ihr schwer, sich zu entspannen. Ihr Rücken fühlte sich steif
an, jede Drehung – so unglaublich schwerfällig.

»Also«, murmelte sie, um sich von den Schritten abzulenken, die sie vollführen musste. »Wie gedenken Sie, diese unsägliche Verlobung zu verhindern? Wollen Sie den Ring versehentlich verschlucken? Oder soll ich einen Ohnmachtsfall
vortäuschen? Allerdings bin ich eine noch schlechtere Schau-
spielerin als Tänzerin.«

»Ihre Ideen gefallen mir ausgesprochen gut!« Er neigte den
Kopf und lächelte ihr zu. Ein wunderschöner Mann, der sie
da über das Parkett wirbelte, dachte sie. Ein Jammer für die
Frauenwelt! »Aber ich habe sehr lange über unser Arrangement nachgedacht. Über diese seltene Möglichkeit, die eigenen Bedürfnisse zu … entfalten. Eine bessere Gelegenheit,
die eigene Freiheit zu erlangen, werden wir vermutlich nicht
bekommen.«

Sie runzelte die Stirn. Vielleicht war ihr Kopf zu voll mit
*Eins, zwei, drei*, um seine Andeutungen zu deuten. »Was genau meinen Sie damit?«

Er schluckte. »Ich habe meinen Eltern gesagt, dass ich bereit bin, Sie zum Altar zu führen. Ich werde heute um Ihre Hand anhalten.«

»Was?« Nun war sie endgültig aus dem Takt gekommen und trat ihm mit ihrer biegsamen Sohle auf den Fuß. »Ich dachte, ich kann Ihnen vertrauen! Dass wir zusammen gegen dieses furchtbare Arrangement ankämpfen werden!«

»Autsch. Etwas sagt mir, dass das eben kein Versehen war.«

Sie trat noch einmal zu. »Verzeihung. Ich bin so schrecklich ungeschickt. Besonders, wenn ich solche Vorschläge hören muss!«

Er lächelte nach wie vor, gütig und so herzerwärmend offen. »Bitte überlegen Sie es sich doch! Solange wir auf Diskretion achten, werden wir eine perfekte Ehe führen. Im Grunde ist die Angelegenheit eine beschlossene Sache, unsere Eltern haben bereits alles besprochen.«

Sie stolperte wieder. Wut stieg in ihr auf, Wut auf ihr Leben, das ihren Eltern ermöglichte, sie einem Fremden zu übergeben, als wäre sie ein Möbelstück und kein eigenständiger Mensch.

»Es tut mir leid, wenn ich Ihnen damit in den Rücken gefallen bin«, hauchte Henri Wolff ihr entgegen, während sein Griff, mit dem er sie zur Musik drehte, sich wie Ketten anfühlte, die er ihr angelegt hatte. »Ich sehe in Ihnen eine gute Freundin, eine Vertraute, mit der ich mir so ein langfristiges Abkommen tatsächlich vorstellen kann.«

In ihrem Kopf wirbelten die Gedanken umher, als würden auch sie einen seltsamen Walzer zu einer fernen, leiernden Musik ausführen. Sie konnte seine Sicht verstehen, so gut verstehen! Worauf sollte er sonst hoffen, wenn nicht auf eine Ehe mit einer Frau, die seine … Neigungen tolerieren würde. Und sie? Worauf hoffte sie? Auf überirdisches Glück und die wahre

Liebe bis ans Ende aller Tage wie in einem Märchen? Aber um *Cendrillon* zu sein, die auf einem Ball ihren Prinzen trifft und das Glück bis ans Ende aller Tagen findet, saßen ihre Atlasschuhe viel zu fest an ihren Füßen.

Mit jeder Drehung wurde ihr immer schwindeliger, so dass sie kaum noch wusste, wo sie war und was sie da machte. Willenlos ließ sie sich über die Tanzfläche wirbeln. Zur Musik, die mehr und mehr in ihre Seele vordrang und etwas darin wundscheuerte. Und als die Geigen zu einem wehmütigen Solo ansetzten, trieb die Melodie ihr endgültig Tränen in die Augen.

Henri Wolff packte sie etwas fester und führte sie an den Rand der Tanzfläche. »Geht es Ihnen nicht gut? Soll ich Sie zurück zu unserem Tisch bringen?«

»Nein, nein. Bloß nicht«, stammelte sie. Die Gäste zu sehen, die der Verlobung entgegenfieberten, ihre zufriedenen Eltern – das würde sie nicht ertragen. »Aber für ein Glas … Wein wäre ich Ihnen dankbar.« Nüchtern würde sie diesen Abend vermutlich nicht überstehen.

»Ich bin gleich wieder da.«

Sie nickte nur. Ohne etwas zu sehen. Ohne etwas wahrzunehmen. Die Tanzenden schwangen an ihr vorbei wie körperlose Gespenster, und fröhliche Stimmen füllten ihren Kopf bis zum Bersten aus.

»Dürfte ich um diesen Tanz bitten?«, erklang eine Stimme hinter ihr, und sie fuhr herum.

»Carl!«, rief sie, womöglich noch lauter als die Musik um sie herum, und traute ihren Sinnen nicht. Es konnte unmöglich sein, dass er einfach so vor ihr stand, während sie ihn in den einsamen Nächten so sehr vermisst hatte, ohne zu wissen, ob sie ihn je wiedersehen würde! Plötzlich waren alle Gefühle wieder da. Mit voller Wucht fuhren sie in ihre abgestumpfte

Seele, und sie wusste nicht, ob sie ihn hier vor all den Menschen umarmen oder ihm lieber eine scheuern sollte. Beides hatte er definitiv nicht verdient.

»Herr Seidel«, murmelte sie schließlich vollkommen konfus.

»Carl reicht auch«, sagte er leise. Plötzlich holte die Musik sie ein, schien sie zu umarmen, war einfach überall: um sie herum, in ihr drin. »Natürlich nur, wenn du … magst.«

Das mochte sie. Das mochte sie so sehr! Dieses einfache »Du«, das sie beide aus irgendeinem Grund so schrecklich lange hinausgezögert hatten.

»Du bist …« Ihre Kehle wurde eng, unmöglich, dass auch nur ein einziger Laut ihr entweichen würde, weil sie es noch immer nicht so recht glauben konnte, ihn endlich wieder bei sich zu wissen.

»… ein Idiot, das stimmt.«

»… wieder da«, hauchte sie hervor und lächelte durch Tränen, die noch immer in ihren Augen standen und einfach nicht verschwinden wollten. »Aber das andere könnte durchaus stimmen.« Sie zupfte an ihren Fingern.

Er sah atemberaubend aus in seinem rabenschwarzen Dreiteiler aus einem Jackett, einem Beinkleid mit einer ordentlichen Bügelfalte und einer Weste mit einem goldenen Kettchen. Das blütenweiße Hemd und eine perfekt sitzende Fliege vervollständigten sein elegantes Erscheinungsbild. Umso gegensätzlicher wirkten seine wilden roten Locken. »Ich hoffe sehr, dass ich nicht zu spät bin.«

»Zu spät wofür?«

»Um dich zu fragen …«

Über seine Schulter hinweg sah sie, wie Henri Wolff sich mit einem Glas Wein einen Weg zu ihr bahnte.

»Ob wir tanzen wollen?«, beendete sie seinen Satz.

»Ja«, antwortete er etwas überrumpelt. »Allerdings wäre an dieser Stelle die Warnung angebracht, dass ich ein miserabler Tänzer bin.«

»Das ist jetzt tatsächlich etwas ungünstig, denn ich bin eine miserable Tänzerin.«

Sie packte ihn dennoch am Arm und zog ihn auf die Tanzfläche. Seine Hand glitt an ihre Taille. Sie fühlte die Wärme seiner Finger durch den Chiffon ihres Kleides. Die Berührung bescherte ihr einen Schauer, als würde ihre ganze Haut unter seinen Fingern prickeln. Um sie herum wirbelten Paare, doch sie kamen kaum vom Fleck, während sie sich ganz eigen zur Musik hin und her wiegten. Trotzdem hatte sie das Gefühl zu schweben. Beinahe zu fliegen. Sie zählte nicht die Schritte. Er führte nicht. Sie drehten sich in ihrem ganz eigenen Takt, und Emma konnte nicht aufhören zu grinsen, als würde sie sonst vor all dem Glück, das sie ausfüllte, in tausend Teile zerspringen.

Viel zu schnell verstummte die Musik. Sie standen abseits von der Tanzfläche und hielten einander fest.

»Und jetzt?«, flüsterte Emma. Sie wusste einfach nicht weiter. Nur dass er bei ihr war. Und dass sie sich wünschte, es möge sich niemals ändern.

»Wenn du möchtest, werde ich dich von diesem Ort wegbringen.«

Sie schaute an ihm vorbei. Da, zwischen all den feinen Damen und Herren, die diesen Saal füllten, entdeckte sie Henri Wolff. Über die Köpfe der anderen Menschen hinweg prostete er ihr aufmunternd mit ihrem Glas Wein zu. Offensichtlich lief diese Verlobung tatsächlich darauf hinaus, dass einer von ihnen beiden durchbrannte. Und da Pierre Lefèvre sich leider immer noch nicht zeigte, lag es wohl an ihr, die Sache in die Hand zu nehmen.

»Ich glaube, ich bin durchaus geneigt, von diesem Ort wegbebracht zu werden. Jetzt gleich?«

»Jetzt gleich.« Er schenkte ihr sein Grübchenlächeln. Und es kam ihr vor, als würde sie zum ersten Mal seit langer Zeit wieder richtig Atem holen können. Sie fühlte sich lebendig und ein bisschen beschwingt, so frei, dass nichts mehr sie auf diesem Ball noch halten könnte.

Emma schlüpfte zwischen all den Menschen zum Ausgang, während das Orchester die nächste Melodie anstimmte. Kurz sah sie zu ihren Eltern. Ihre Mutter war nach wie vor in ein Gespräch mit Frau Wolff vertieft. Und ihr Vater – ihr Vater hatte sie entdeckt! Blass und steif, mit dem Gesicht wie eine Totenmaske, starrte er sie nieder. Ihr Herz machte einen Sprung. Das schlechte Gewissen war wieder da, Panik, die ihr die Kehle zuschnürte. Rasch wandte sie sich ab, merkte noch, wie er sich mühte aufzustehen, wie er ihr hinterherkommen wollte, doch sie eilte weiter. Der Ausgang war so nah! Niemand würde sie aufhalten. Niemand würde sie zurück in den Saal schleifen.

Carl holte seinen Mantel und reichte ihn ihr. Offenbar nahm er an, dass sie ihren aus der Garderobe nur über ihre Eltern bekommen würde, was natürlich stimmte. Sie nahm den Mantel mit einem schnellen Dank entgegen, griff nach Carls Hand und zog ihn hinaus, damit nicht doch noch ihr Vater auftauchte.

Sobald Emma nach draußen trat, war alles vergessen, als würde sie die Existenz ihrer Eltern, die Wolffs, die Verlobung einfach aus ihrem Kopf ausradieren. Tief atmete Emma ein. Die abendliche Herbstluft fühlte sich frischer und belebender an als sonst. Die Stadt roch jung und wild. Als sie ihr Gesicht dem dunklen Himmel entgegenhob, fühlte sie sich den Sternen ganz nahe. Nur noch ganz fern erklang die Musik des Balls. Eine Welt, zu der sie nicht mehr gehörte.

Carl besorgte eine Kraftdroschke. Sie stieg ein und schloss kurz die Augen. Eine wohlige Müdigkeit legte sich über sie, verstärkt durch das Holpern des Wagens und das Brummen des Motors. Doch irgendwo tief in ihr saß die Angst, dass sie es nur träumte, und so schlug sie sogleich die Lider auf, um sich zu vergewissern, dass Carl noch immer neben ihr saß.

Bald hielt die Droschke wieder.

Carl stieg aus und half ihr heraus. Während sie sich fest in seinen Mantel wickelte, sah sie überrascht das Gebäude der ehemaligen Mineralwasserfabrik. Hoffnung keimte in ihr auf. Die Hoffnung auf eine Zukunft voller Träume.

»Schau, da.« Er deutete irgendwo nach oben. Sie hob ihr Gesicht. Öffnete den Mund, um etwas zu sagen – und konnte keinen einzigen Laut herausbringen. Die Zukunft voller Träume war da. Sie lag direkt vor ihr. Denn mitten auf der Fassade prangte in schmiedeeisernen Lettern die Inschrift:

*Erste Lothringische Senffabrik C. Seidel*
*Gegründet* 1909

Sie konnte kaum ihren Blick von den Buchstaben abwenden. Las diese wieder und wieder, als müsste sie jeden einzelnen davon in ihr Gedächtnis einprägen. Dann drehte sie sich zu ihm um. »Wie? Wie war das möglich?«

Er tauchte die Finger in seine Tasche und holte ein paar Senfkörner hervor. Wie verloren lagen die winzigen Kügelchen da. Ihr Anblick erfüllte sie mit Wehmut. »Du trägst sie bei dir?«

»Immer. Du hast sie mir gegeben, schon vergessen?«

»Wie könnte ich.« Sie legte ihre Finger auf die Körner und rollte diese auf seiner Handfläche hin und her. »Aber … ich bin nicht das Mädchen aus dem Fuhrgeschäft.«

Alles in ihm spannte sich an. »Ich weiß.«

Zwei Worte, die etwas in ihm durchbrachen. Als müsste er

loslassen. Und mit jedem weiteren Wort ein Stück mehr mit der Vergangenheit abzuschließen. »Adalind. Dieses Mädchen hieß Adalind.« Seine Stimme brach. Über die Begegnung im Geschäft erzählte er wohl gern, aber das – das hatte er anscheinend noch nie jemandem erzählt. Wortlos drückte Emma seine Hand, fühlte die Senfkörner zwischen ihren Fingern. Dankbar erwiderte er den Druck und setzte erneut an. »Als ich aus Düsseldorf nach Metz zurückgekehrt war, habe ich nach ihr gesucht. Ich hatte die verrückte Vorstellung im Kopf, dass ich ohne sie meinen Weg nicht mehr wiederfinden würde.«

»Und ... du hast sie gefunden?«

»Habe ich.«

Sie sah, wie schwer es ihm fiel, darüber zu sprechen. Wie viel Kraft es ihn kostete, daran zu denken.

»Was hat sie gesagt? Konnte sie sich an dich erinnern?«

Seine Hand glitt kraftlos aus ihrem Griff. Er wandte den Kopf ab. Sein Blick glitt gen Himmel. »Sie ist wenige Monate nach unserer Begegnung gestorben.«

Emma schwieg. Sie wusste, dass er keine leeren Worthülsen brauchte. Keine Umarmungen. Dass es reichte, einfach für ihn da zu sein.

»Tuberkulose«, brachte er schließlich mühsam hervor.

»Du hättest nichts tun können. Du hättest sie nicht vor ihrer Krankheit schützen können.«

»Vermutlich nicht. Aber die Erkenntnis hatte etwas in mir kaputt gemacht. Als wären meine Träume zusammen mit ihr gestorben. Nicht einmal die Vorstellung davon, das Unternehmen meines Vaters zu übernehmen, erschreckte mich noch.«

»Ich verstehe.«

Das stimmte wirklich. Zu gut wusste sie, was es hieß, das eigene Leben zu leben, als ginge es darum, es nur zu überstehen.

Carl nahm ihre Hand. Langsam ließ er die übrigen Körner auf ihre Handfläche rieseln. »Und dann bist du in meinen Pferdewagen gerannt. Und hattest diese Senfblüte im Haar. Und musstest mein Leben unbedingt auf den Kopf stellen. Ich weiß, du brauchst keinen starken Mann an deiner Seite. Aber ich fürchte, ich brauche eine starke Frau an meiner. Emma, ich …« Er verstummte.

Sie lächelte ihm aufmunternd zu. »Wie wäre es, wenn du mir hier einfach alles zeigst?«

Er lächelte zurück und rieb sich verlegen über die Stirn. »Ich scheine auf die richtigen Momente unglaublich schlecht vorbereitet zu sein. Aber du hast recht. Komm mit!«

Er bat den Fahrer zu warten – so lange, wie es nötig sei, sagte er, und führte Emma zum Eingang.

»Darf ich …« Seine Hand glitt in die Tasche des Mantels, den sie trug. Er holte einen Schlüsselbund und sperrte auf. Die Tür quietschte. So schneidend, als hätte das Geräusch vor, die halbe Gegend aufzuwecken. Emma trat über die Schwelle, machte nur ein paar Schritte und stolperte über etwas. In der Dunkelheit konnte sie fast nichts erkennen.

»Einen Augenblick«, hörte sie Carls Stimme. »Ich hole Licht.«

Entfernt hörte sie eine weitere Tür quietschen. Es verging ein Weilchen in völliger Stille, bis er mit einer Öllampe zurückkehrte und ihr seine Hand entgegenstreckte. »Vorsichtig, hier ist überall Chaos. Die Renovierung ist im vollen Gange.«

Tatsächlich musste sie aufpassen, wohin sie trat, um keine Mörteleimer oder Farbe umzuwerfen und nicht über Werkzeuge oder Schutt zu stolpern. Die Lampe konnte nur einen kleinen Kreis um sie herum erhellen, nur einen winzigen Blick in die Hallen gewähren, so dass die Räume Emma grenzenlos vorkamen.

»Hier wird der Senf nach dem Dijon-Verfahren hergestellt«, erzählte Carl, und sie spürte in seiner Stimme wieder das Feuer, das in ihm brannte, wenn er vom Senf sprach. »Das Besondere daran ist, dass nur das Senfmark der braunen Saat dafür verwendet wird, was dem Senf eine besondere Schärfe verleiht. Zuerst mischt man das gesamte Korn mit anderen Zutaten an. Erst in weiteren Produktionsschritten wird die Schale aufgerissen und in den Siebmaschinen entfernt, wodurch sich die Aromastoffe um einiges besser entfalten können. Die Temperatur wird dabei nur minimal erhöht, was … oh, ich glaube, ich vergesse mich schon wieder in Ausführungen, die …«

»… absolut faszinierend sind. Ich kann es sehen. Das Mahlen. Das Sieben. Hier drin. Es beinahe spüren!«

Sie stellte sich das Rattern der Mahlwerke vor, glaubte das leichte Beben zu spüren, das über den Boden von den Siebmaschinen in sie eindrang, bis sie fast den Geruch der frischen Senfpaste in der Nase hatte. Es war genauso real, wie die Inschrift draußen es ihr versprochen hatte.

»Wo führt diese Treppe hin?«, fragte sie. »Was ist auf der nächsten Etage?«

»Dort habe ich einen Raum zur Qualitätskontrolle eingerichtet – wie ich gestehen muss, zuallererst. Er hat das perfekte Licht. Und einen Teil der Fläche habe ich im Augenblick zu meiner Unterkunft umfunktioniert.«

»Du wohnst hier?«

Er zuckte die Schultern, verlegen, wie es ihr vorkam, und starrte einen Moment in die Dunkelheit. »So wird mein Vater es nicht noch einmal schaffen, mich auf die Straße zu setzen.«

Seine Familie. Es tat ihr leid, dass auf diesem Höhepunkt des Glücks immer noch dieser Riss zwischen ihm und seinen Eltern lag. Als er weitersprach, klang seine Stimme jedoch genauso sicher und beschwingt wie davor. »Da drüben habe ich das Kontor eingerichtet. Etwas sagt mir, du würdest es gern sehen.«

Natürlich wollte sie es sehen! Ein Kontor versprach Bilanzbücher und Zahlen, all das, womit sie sich wohlfühlte.

Er öffnete ihr die Tür.

Der Raum war gemütlicher eingerichtet als ihre Schlafkammer zu Hause. Am liebsten wäre sie hier für immer geblieben. Die Wände waren mit hohen Regalen bedeckt, und darin reihten sich bereits einige Kladden und Mappen aneinander. Parkett kleidete den Boden, ein massiver Tisch und zwei gemütlich gepolsterte Stühle vervollständigen das Ambiente, sowie ein mannshoher, holzgetäfelter Tresor gleich daneben, der dem Raum einen gewichtigen Touch verlieh.

Emma wandte sich den Kladden zu und studierte aufgeregt die Aufschriften. In ihrem Kopf ratterte es, die Informationen, die sie aus Perrins Büchern bezogen hatte, warteten nur darauf, hier angewandt zu werden. Sie wollte ins Regal greifen, als Carl sie zurückhielt. »Vorsicht. Das alles ist noch nicht sicher an der Wand befestigt. Ich würde ungern sehen, wie du darunter begraben wirst.«

Emma betrachtete die Überschriften. Am liebsten hätte sie sich sofort mit der Öllampe an den Tisch gesetzt und die Bücher studiert, um die ersten Transaktionen der Fabrik nachzuvollziehen. Um das Gelesene in der Praxis angewandt zu sehen.

»Nach welchem Prinzip willst du die Buchhaltung führen? Nach dem System von Soll und Haben oder nach Grund- und Hauptbüchern?« Kurz schämte sie sich für die Frage. Was ging sie das an?

Doch er antwortete absolut ungeniert: »Beides. Noch ist nicht alles gänzlich sortiert. In diesem Regal werden Einkaufs- und Verkaufsbücher und Kommissionsbücher gelagert werden. Da drüben die kontengeführten Bücher wie Journale, die Cassa-Bücher, Kontokorrentbücher und die Hauptbücher. Hier ist der Platz für Inventur- und Bilanzbücher, Sammeljournale und Lohnbücher.«

Noch nicht gänzlich sortiert? Dafür war sie doch da! Sie musste sich zügeln, zu gern hätte sie sich in die Arbeit gestürzt, um hier Ordnung und Überblick zu schaffen. »Dir ist es also gelungen, einen Kredit zu bekommen? Woher?«

»Dieser Kredit war von einer …«, er zögerte, »eher privaten Natur, wenn ich das mal so sagen darf.«

»Das klingt wundervoll!« Sogleich wandte sie den Blick ab. War es nicht der perfekte Moment, den Vorfall mit dem unmöglichen Angebot ihres Onkels endlich richtigzustellen? Es stand noch immer irgendwie zwischen ihnen. Unausgesprochen, aber spürbar. »Ich nehme an, dieser Kredit war nicht an die Bedingung geknüpft, irgendjemanden zu heiraten?«, murmelte sie.

»Nicht wirklich«, antwortete er so leise, dass ihr seine Stimme ganz weich und beinahe samtig vorkam. Als würde der Klang ihre Seele wie in einen kuscheligen Schal hüllen. »Wobei … auf gewisse Weise hat er vielleicht durchaus etwas ermöglicht.«

Sie fand einfach nicht den Mut, ihn anzuschauen. »Es tut mir wirklich leid, dass ich dich mit dem Angebot meines Onkels so überrumpelt habe. Auf keinen Fall wollte ich den Eindruck erwecken, ich würde es benutzen, um dich dazu zu zwingen …« Sie schaffte es einfach nicht weiterzusprechen. Lehnte sich mit dem Rücken ans Regal und nahm wahr, wie Carl herantrat. Fühlte seine Nähe mit ihrem ganzen Körper.

»Es gibt überhaupt keinen Grund, sich zu entschuldigen«, sagte er. »Ich bin ein Idiot und habe …«

»Dich überrumpeln lassen?« Sie versuchte zu scherzen, um ihre Verlegenheit zu kaschieren. »Man bekommt nicht jeden Tag auf eine so lukrative Art und Weise einen Heiratsantrag von einer Dame, nicht wahr?«

Seine Finger fuhren ihren Arm entlang. Ganz zaghaft. Doch es kam ihr vor, als ginge die Berührung durch den Stoff des Mantels und den Chiffon ihres Kleides direkt über ihre nackte Haut. »Würdest du es denn wollen?«

»Dir einen Antrag machen?«

»Mich heiraten?«

Erst jetzt blickte sie auf. Sein Gesicht war so nah, so weich gezeichnet vom Licht der Öllampe. Beinahe unwirklich. Und atemberaubend schön, weil es einfach nur sein Gesicht war, das sie so gern anschaute.

*Mich heiraten?*

*Mich heiraten?*

Die Frage hallte in ihr nach, als würde sich seine Stimme irgendwo in ihrem Bewusstsein auflösen. Wie von selbst legte sich ihre Hand um seinen Nacken, zog ihn an sich heran, und mit einem Mal berührte ihr Mund den seinen. Ihre Lippen schienen sich vorzutasten, zuerst ganz zaghaft, dann etwas sicherer. Er erwiderte ihren Kuss. Als wüssten sie beide nicht, was zu tun war. Als müssten sie sich zuerst aneinander gewöhnen. Während sie das Gefühl hatte, sie würde fortschweben, frei von allen Zwängen, noch freier als diese unsägliche Carmen, die keine Ahnung hatte, was es hieß zu lieben.

Emma wusste es jetzt.

Sie schloss die Augen und schmeckte noch intensiver seine Lippen, streckte sich mit ihrem ganzen Körper diesem Kuss entgegen, atmete tief seinen Duft ein, der ohne jegliches Parfüm war, nur einen kaum wahrnehmbaren Geruch nach Seife trug. Ihre Zunge tastete sich vor, als wolle sie ihn bis in die einzelnen Nuancen auskosten. Die Süße, die Schärfe, die Würze dieses ersten Kusses, in dem sie sich vollkommen verlor. Emma schmiegte sich an Carl, drehte ihn und drückte ihn gegen das Regal, das hinter ihm ächzte und bedenklich wackelte.

Eine Kladde fiel heraus und klatschte auf den Boden. Er schob sie mit einem Fuß beiseite. Seine Hände strichen den Mantel von ihren Schultern fort. Nun stand sie in ihrem luftigen Chiffonkleid vor ihm, spürte, wie seine Finger ihre Wirbelsäule hochfuhren und ihr eine Gänsehaut bescherten.

Vielleicht war es auch nur zu kalt in diesem Kontor, denn sie bebte am ganzen Leib, wie es ihr vorkam. Er küsste ihren Hals. Ganz behutsam zupften seine Lippen an ihrer Haut. Sie packte seine Haare und suchte wieder nach seinem Mund, ihre Zungen trafen sich, als wären sie unersättlich. Sie drückte ihr Becken an ihn und fühlte mit all ihrem Wesen, wie sehr er sie wollte. Sie schmiegte sich noch mehr an ihn. Er stöhnte, als sich ihre Hände noch fester in seinem Haar vergruben.

Emma wusste nicht, wie viel Zeit vergangen war. Ob nur ein Augenblick oder eine ganze Ewigkeit, als sie sich atemlos von ihm löste.

»War das ein ›Ja‹?« Er keuchte.

Verstohlen fuhr sie sich mit einer Hand über die Lippen, sich mit einem Mal bewusst, was da passiert war. »Ich glaube schon.«

»Du hast mir gar keine Chance gelassen, auf die Knie zu gehen und dir den Ring zu überreichen.«

Sie legte ihre Arme wieder um seinen Nacken, während ihre Finger mit seinen Locken spielten. »Ach, einen Ring bekommt man dabei auch?«

Er schmunzelte und drückte seine Stirn an die ihre. »Bin gleich wieder da. Nur nicht wieder weglaufen.«

Carl trat zum Tresor und öffnete umständlich das Schloss.

Die holzgetäfelte Tür mit den beinahe verspielten Schnitzereien war innen aus massivem Metall gefertigt. Im offenen Fach lagen zahlreiche Papiere. Doch Carl sperrte mit einem anderen Schlüssel eine weitere, schmalere Tür auf und holte ein Schmuckkästchen hervor, das er auf den Tisch stellte. Das polierte Kirschholz zeigte einen wunderschönen Verlauf, an den Rändern zierte ein aufwendiges Ornament-Mosaik die Oberfläche, das Schlüsselloch und ein rautenförmiger Akzent auf dem Deckel waren aus Perlmutt gefertigt.

Carl öffnete das Kästchen, schaute auf, doch sein Blick galt nicht Emma. »Antoine? Was machst du hier?«

Emma fuhr herum. An den Türrahmen zum Kontor lehnte sich Antoine, beinahe gespenstisch von der Öllampe beleuchtet. Wie lange lauerte er schon da, pochte es in ihrem Kopf. Wie lange waren Carl und sie nicht mehr allein? Hatte er den Antrag mitbekommen? Hatte er den Kuss gesehen?

Antoine stieß sich vom Türrahmen ab und stolperte über die Schwelle. »Lasst euch bloß nicht von mir stören!« Er schnalzte mit der Zunge und deutete auf das Kästchen. »Familienjuwelen? Schick, schick. Damit lässt sich natürlich alles Mögliche finanzieren.« Emma entging nicht, wie er sie mit einem kurzen Blick maß und sich rasch abwandte. Dass er sauer war, konnte sie ihm nicht verübeln. Sie war nicht für ihn da, obwohl sie Freunde gewesen waren. Obwohl er ihre Unterstützung gebraucht hatte.

Carls Stimme klang beruhigend, als er näher trat. »Ist bei dir alles in Ordnung?«

»Na, wonach sieht es denn aus?«, rief Antoine übertrieben laut und hob eine Hand mit einer Weinflasche. »Ich habe von deinen Erfolgen gehört. Und bin hierhergekommen, um meinem besten, allerbesten Freund zu gratulieren! Konnte ja wohl kaum wissen, wie weit deine Erfolge wirklich gehen.«

Emma löste sich vom Regal. Besorgt betrachtete sie seine Gestalt. Antoines Parfüm, kalter Zigarettengeruch und seine Alkoholfahne vermischten sich zu einem unsäglichen Odeur.

»Du hast getrunken.«

»Nur ein bisschen! Vom letzten herrlichen Tropfen der sonnigen Weinberge von *Le Clos de l'Adret*!« Seine Stimme leierte wie der Klang eines verstimmten Cellos. »Aber keine Sorge, für euch habe ich eine Flasche aufbewahrt. Sie könnte die Letzte sein, bevor das Gut vor die Hunde geht. Denn mein wunderbarer Herr Vater – Gott sei seiner verkorksten Seele gnädig – hatte doch noch recht. Ich bin ein Nichtsnutz, ein elender ...«

»Hör auf!«, fiel Emma ihm ins Wort und packte ihn am Arm.

Wütend schlug er ihre Hand beiseite, dass sie glaubte, einen blauen Fleck davontragen zu müssen.

»Antoine!«, schnitt Carls Stimme ein.

»Der bin ich.« Er prostete ihnen mit der Flasche zu. »Wollt ihr nicht? Dann bleibt noch mehr für mich. Prosit!«

»Schluss jetzt!« Entschlossen nahm ihm Emma die Flasche aus der Hand.

»Hey!«, protestierte er und wollte sie packen, doch sie wich zur Seite und seine Finger verfehlten ihr Ziel. Er schwankte und musste sich am Regal halten, das schon wieder bedenklich schwankte. Sofort war Carl da, um ihn zu stützen und gleichzeitig Emma von ihm abzuschirmen.

»Ich glaube, es ist besser, wenn du in dein Bett kommst.« Er warf ihr einen entschuldigenden Blick zu, doch sie nickte nur zustimmend – Antoine brauchte jetzt mehr Aufmerksamkeit als sie oder der Ring.

Antoine lachte rasselnd. »Was?« Das Wort kam gedehnt und spöttisch aus seiner Kehle. »Kein rauschendes Fest nach bester Seidel'scher Manier? Da bin ich aber enttäuscht.«

»Nicht heute«, murmelte Carl bloß.

»Langweiler.« Antoine seufzte und schickte Emma einen anklagenden Blick zu. »Wie konntest du dir nur so einen Langweiler anlachen? Wo ist nur meine feurige Carmen geblieben? Die …« Er sackte in sich zusammen.

Emma stellte die Weinflasche ins Regal und packte ihn von der anderen Seite. Sein Gewicht drückte sie nieder, und sie hoffte inständig, unter ihm nicht einzuknicken. »Die Kraftdroschke steht doch noch vor der Fabrik, oder?«

Carl nickte, angelte nach der Öllampe. Zusammen bugsierten sie Antoine durch die Hallen, bis sie ihn nach draußen geschoben hatten, wo glücklicherweise immer noch der Fahrer wartete. Dieser warf schnell seine Zigarette beiseite, stieg ein und startete den Motor. Zusammen verfrachteten sie Antoine auf die Rückbank. Carl sprach kurz mit dem Fahrer, dann beugte er sich zu seinem Freund hinunter. »Du weißt schon, dass du immer mit mir reden kannst, wenn du etwas brauchst, oder?«

»Reden! Was bringt mir reden?« Antoine tastete nach dem Türgriff und die Tür schlug zu. Mit der Schläfe lehnte er sich gegen das Fenster. Seine Stimme kam nur noch gedämpft durch die Scheibe. »Du hast schon immer alles bekommen, mein Freund. Alles, was du wolltest. Und ich? Ach, was soll schon mit mir sein. *C'est la vie*, würde mein Vater sagen. Die Kugel hätte mich treffen sollen, wusstest du das?«

Schon setzte sich der Wagen in Bewegung. Verstört blickte Emma ihm hinterher.

»Wie … wie meinte er das mit der Kugel?«, wisperte sie und schlug die Arme um sich. Ihre Stimme zitterte, und ihr war kalt im luftigen Chiffonkleid, doch die Kälte kam nicht von der herbstlichen Luft, sondern von irgendwo in ihr drin.

Carl stöhnte, legte seinen Kopf in den Nacken und fuhr

sich mit beiden Händen über das Gesicht. »Ich hätte mitfahren sollen.«

Eine Weile verharrten sie nebeneinander und starrten die Straße entlang. Als könnten sie noch irgendwo in der Dunkelheit die Kraftdroschke mit Antoine ausmachen.

»Lass uns gehen«, hörte sie irgendwann Carls Stimme. Behutsam legte er ihr die Hände auf die Schultern.

»Ich sollte nach Hause«, murmelte sie. Für einen Ring war es natürlich nicht mehr die richtige Stimmung. Sie wollte so etwas Kostbares nicht mit den Sorgen um Antoine verbinden.

»Natürlich.« Er bat, ihn kurz zu entschuldigen, ging in die Fabrik. Zurück kam er mit dem Mantel, den er um sie legte. »Ich bringe dich heim. Selbstverständlich werde ich deinen Eltern alles erklären und bei deinem Vater um deine Hand anhalten.«

Sie verzog den Mund. »Lass mich mit meinen Eltern zuerst unter vier Augen reden. Ich habe sie heute in eine schreckliche Lage gebracht. Das hatten sie mich zwar auch, aber das muss ich allein mit ihnen regeln.« Hoffentlich wurde daraus eine vernünftige Unterhaltung. Eine, bei der sie das Gefühl bekäme, über ihre Zukunft selbst zu verhandeln. Das musste sie zumindest versuchen. Immerhin wusste sie jetzt, was sie wollte, was sie ihren Eltern zu sagen und was sie zu tun hatte.

»Dann lass uns schauen, ob wir irgendwo eine Droschke finden, die dich sicher nach Hause bringt.«

\* \* \*

Es war seltsam, an seiner Seite durch die nächtlichen Straßen zu wandern. Alles schien so unwirklich – als wären sie in ihrer ganz eigenen Welt, zu der niemand sonst einen Zugang hatte.

»Wie lange werden die Renovierungsarbeiten dauern?«, fragte sie nach einer Weile. »Und wann sollen die Maschinen geliefert werden?«

»Es ist noch schwer zu sagen. Mit den Maschinen warte ich, bis alles bereit ist, damit die Geräte bei Komplikationen nicht auf der Straße stehen müssen. Wer weiß, auf welche Gedanken mein Vater noch kommt, um mir Steine in den Weg zu legen – nicht dass er versucht, die Handwerker zu vergraulen. Aber untätig bin ich nicht. Es gilt, die richtigen Lieferanten für die Saat zu finden. Und die Produktion der Gefäße muss sichergestellt werden. Wenn du magst, würde ich das gern in deine Obhut geben.«

Überrascht blickte Emma hoch. »Du möchtest, dass ich mich um die Gläser kümmere? Nach einer Produktionsstelle suche, die Konditionen aushandele?«

»Die Gläser zu verwenden, war deine Idee.«

»Oh, du glaubst gar nicht, wie viele Ideen ich noch habe!« Es war ihr peinlich, wie hoch und gellend ihre Stimme vor Aufregung klang, dass sie die Zukunft der Fabrik mitgestalten durfte! Noch mehr imponierte ihr, wie selbstverständlich der Vorschlag aus seinem Mund geklungen hatte. Als wäre es die natürlichste Sache der Welt, einer Frau solche Verhandlungen anzuvertrauen.

»Und dann bliebe noch das Bangen um die Handelserlaubnis«, fuhr er ganz sachlich fort, »worüber ich mir schon einige Zeit den Kopf zerbreche.«

»Es gibt Schwierigkeiten? Warum?« Über die Bedingungen zur Erteilung wusste sie nicht viel, konnte sich aber nicht vorstellen, warum ausgerechnet ihm die Handelserlaubnis verweigert werden sollte.

»Mein Vater hat gedroht, mit Kaufmann Klingenberg zu sprechen, der dort über die Anträge mitentscheidet. Sollte er bei seinem Plan bleiben, könnte es schwierig werden. Aber vielleicht waren es nur leere Worte.«

»Gibt es die Möglichkeit, den Kaufmann zu umgehen?«

Carl schwieg einen Moment. »Schwer zu sagen. Er entscheidet ja nicht allein über die Anträge. Insgesamt wird die Handelserlaubnisstelle mit fünf Personen besetzt. Ich habe mich informiert, es sind Stadtrat Wolff, Assessor Heurich, sein Stellvertreter, dann …«

Sie griff nach seinem Arm. »Stadtrat Wolff, hast du gesagt?«

»Kennst du ihn? Ach! Ich ahne etwas. Und ich fürchte, es sieht nicht gerade besser für mich aus.«

»Wir finden einen Weg«, versicherte sie hitzig. »Lass dich nicht von deinem Vater unterkriegen. Und von niemandem sonst.«

Er grinste. »Nicht solange du an meiner Seite bist, um mich auf meinem Kurs zu halten. Ich kann nur hoffen, dass ich es schaffe, dich auf deinen zu bringen.«

»Ach«, stichelte sie. »Ich muss auf einen Kurs gebracht werden?«

»Ja. Denn du solltest studieren.«

Studieren … Plötzlich wurde ihr bewusst, wie sehr sie ihn liebte. Wie tief dieses Gefühl ging, alles in ihr durchdrang und über das Begehren, über alle Abgründe hinwegreichte. Wie viel mehr es war als die einfache Verliebtheit oder eine leidenschaftliche Affäre im Stroh.

Sie liebte ihn.

Weil er sie liebte – und zwar so, wie sie war.

Weil er keine Carmen aus ihr formen wollte. Weil er ihr so selbstverständlich einen Teil seines Geschäfts anvertraute. Weil er seine Ziele verfolgte, ohne die ihren kaputt zu machen. Sie funktionierten gemeinsam – und nicht bloß nebeneinanderher. Emma und Carl. Carl und Emma. Manchmal war Liebe genauso einfach, wie sie klang.

»Da!«, rief er und beschleunigte die Schritte. »Eine Droschke!«

Tatsächlich. Nicht ohne Wehmut stellte sie fest, dass dieser nächtliche Spaziergang vorbei war. Aber es würden andere folgen, dachte sie. Und dieser Gedanke brachte ihr eine solche Zuversicht, mit der sie noch nie ins Elternhaus zurückgekehrt war.

Die Droschke war ein klappriges Gefährt mit einem schläfrigen Gaul und einem dürren Fahrer, der anscheinend gerade keine Lust hatte, durch die Gegend zu kutschen. Schon gar nicht so weit. Carl versprach ihm das Doppelte, und erst dann ließ sich der Mann umstimmen.

»Ich werde dich bis zu deinem Haus begleiten«, beschloss er, als sie einstieg.

Jede Widerrede schien unsinnig, zumal der Mann auf dem Kutschbock ihr nicht gerade geheuer war. Nur langsam setzte sich das Gefährt in Bewegung, knarrte und ächzte auf jedem Pflasterstein. Erst jetzt merkte Emma, wie müde sie war. Dankbar lehnte sie ihren Kopf gegen Carls Schulter. Womöglich war sie sogar eingenickt, denn sie fuhr hoch, als er ihr zärtlich über die Wange strich. »Wir sind da«, flüsterte er ihr ins Ohr.

Sie stieg aus. Ihr Kopf fühlte sich schwer an, obwohl die kühle Luft ihr durchaus Erleichterung verschaffte. Am liebsten wäre sie sofort in ihr Bett gefallen.

»Wenn ich nichts von dir höre, komme ich vorbei und rede mit deinen Eltern, ob du willst oder nicht.« Er drückte fest ihre Hand. »Mehr als einen Tag warte ich nicht.«

»Mehr als einen Tag lasse ich dich auch nicht warten«, versprach sie.

Bevor sie in ihren Hof einbog, schaute sie noch einmal zurück. In der Dunkelheit konnte sie nur seine undeutliche Silhouette erkennen. Trotzdem hatte sie das Gefühl, sein Blick würde sie noch ein ganzes Stück weiter begleiten. Auch als sie das Treppenhaus betrat und die Stufen emporstieg.

Ob die alte Rosenberger schon schlief? Bestimmt nicht! Die Frau hatte wohl ihre eigenen Fühler und würde aus dem Tiefschlaf hochschrecken, nur um den neuesten Klatsch mitzubekommen. Emma schmunzelte, als sie an der Tür der alten Dame vorbeiging. Vielleicht sollte sie die Nachbarin zum Gespräch mit ihren Eltern einladen, um allen Gerüchten einen Riegel vorzuschieben und gleich klarzustellen, wie ihre Zukunft aussehen sollte.

Endlich vor der Wohnungstür angelangt, musste sie klopfen, denn natürlich hatte sie keinen Schlüssel dabei. Eine Weile war es still. Dann ertönten Schritte. Emmas Magen zog sich zusammen, solange sie wartete, dass ihre Mutter aufsperrte. Alles in ihrem Inneren fühlte sich so flatterig an, so blank. Würde sie die richtigen Worte finden? Wie anfangen? Die Gedanken entglitten ihr vollkommen, als die Tür aufging. Schließlich erschien im Spalt eine vertraute Gestalt im Nachthemd, die Haare ordentlich unter die Haube gesteckt. Das Gesicht blass und verweint. Vermutlich über das missratene Kind. So standen sie einander gegenüber, und je länger Emma die Züge ihrer Mutter betrachtete, desto schwerer wurde es ihr ums Herz. Warum waren sie einander nur so schrecklich fremd? Waren sie sich überhaupt je nahe? Oder war es schon immer so, dass eine unüberwindbare Schwelle sie voneinander trennte und sie sich nichts, absolut nichts zu sagen hätten.

Irgendwann trat Käthe Bergmann zur Seite. »Jetzt rein mit dir. Sonst merken die Nachbarn was. Wir haben schon genug dummes Gerede.« Kaum war Emma über die Schwelle getreten, wurde die Tür auch schon hastig abgesperrt. »Mach leise, dein Vater schläft schon.« Mit diesen Worten schlurfte sie zurück in ihre Schlafkammer.

Emma widersprach nicht. Es war definitiv besser, morgen über alles zu reden, wenn sie alle erholt und bei Kräften waren. Insgeheim war sie dankbar für diese Ruhepause. Für ein Ankommen ohne ein Donnerwetter. Für die Möglichkeit, ihre Gedanken und Gefühle zu ordnen. Mit ihren Eltern auf Augenhöhe ein Gespräch über die Zukunft zu führen.

\* \* \*

Emma wachte sehr spät auf, schreckte in ihrem Bett buchstäblich hoch und fragte sich, warum ihre Mutter sie nicht geweckt hatte. Alles, was gestern geschehen war, vermischte sich in ihren Gedanken zu einem seltsamen Wirrwarr, so dass sie eine Weile brauchte, bis sie im Hier und Jetzt angekommen war.

Rasch zog sie sich an, machte ihr Bett und trat heraus. Käthe Bergmann las auf dem Sofa, unbeweglich, als hätte ein Künstler sie aus einem Marmorklotz gehauen. Es kam Emma vor, als würde ihre Mutter nur auf die Seite starren, und das schon lange, vermutlich so lange, wie Emma sich in ihrer Schlafkammer fertig gemacht hatte. Ihr Vater war wohl längst gegangen. Auch heute musste er zur Arbeit eilen, obwohl es gestern – besonders für ihn – so spät geworden war. Emma fragte sich, wann er sich das letzte Mal freigenommen hatte – bewusst konnte sie sich an so einen Tag nicht erinnern.

Vorsichtig ließ sich Emma auf die Sofakante nieder. Es brachte nichts, das Unangenehme hinauszuzögern. Vielleicht war es gut, zuerst mit ihrer Mutter zu sprechen, diese erste

Hürde zu nehmen. »Mama, es tut mir leid, dass ich gestern gegangen bin, ohne etwas zu sagen. Ich kann mir vorstellen, in was für eine unangenehme Lage ich euch damit gebracht habe. Selbstverständlich werde ich mich bei den Wolffs entschuldigen. Es war ...«

Ihre Mutter schlug das Buch zu. »Darüber reden wir, wenn dein Vater da ist.«

»Ich möchte einfach nur sagen, dass mir vollkommen bewusst ist, dass mein Verhalten unangemessen war.«

»Mir brauchst du überhaupt nichts zu sagen.«

Emma verstummte, als Käthe Bergmann sich erhob und in die Küche ging.

Es war ein seltsamer, stiller Tag.

Emma erledigte ihre Aufgaben, während ihre Mutter sie nicht zu beachten schien. Oder vielleicht doch. Rasche Blicke aus den Augenwinkeln. Ein schnelles Wegdrehen, wenn Emma ein Wort an sie richtete. Ein Seufzen als Antwort, das eher einem Stöhnen glich.

Pünktlich zum Abendessen kehrte ihr Vater heim. Mit langsamen, bedachten Bewegungen schälte er sich aus seinem dünnen Mantel, der so oft geflickt worden war, dass man die Nähte an manchen Stellen für Stickerei hätte halten können. Ordentlich stellte er die Schuhe an der Wand ab, zögerte, richtete sie dann noch einmal aus. Als müsste er Zeit gewinnen. Als wollte er überall, nur nicht hier sein.

Auf der Schwelle zur Wohnstube verharrte er, als er seine Tochter erblickte. Stille und Schweigen war Emma in dieser Wohnung gewohnt. Aber in der Abenddämmerung, in diesen vier Wänden, die ihr noch enger vorkamen als sonst, fühlte sie sich wie in einem Grab. In einem kleinen Grab für ein Herz, das schon lange aufgehört hatte zu schlagen. Aber ihr Herz schlug noch! Kräftiger denn je.

»Ich bin mit Carl Seidel vom Ball weggegangen.« Es wunderte sie, wie gefasst sie klang. Als stünde er direkt neben ihr. Vielleicht waren es auch nur seine Worte, die ihr Mut gaben: *Mehr als einen Tag warte ich nicht.* Dann würde er kommen und sie von hier wegbringen. Egal was passierte. Sie brauchte keine Angst mehr zu haben. »Wir haben uns verlobt.«

Ihr Vater schwieg.

Natürlich, was sollte er auch sagen. Wie gern hätte sie ihm versichert, dass alles gut werden würde. Dass er sich keine Sorgen machen musste. Doch zwischen ihnen erstreckte sich eine Mauer, die alle Worte, alle Gefühle zu verschlucken schien.

Dann hob er schwerfällig den Kopf. Ausdruckslose Augen in einem schrecklich eingefallenen Gesicht starrten ihr entgegen. »Wegsperren müsste man dich, damit du uns keine Schande mehr bereitest. Damit wir rechtschaffenen Menschen wie den Wolffs ins Gesicht schauen können. Also hör mir gut zu. Du wirst …«

»Ich werde Carl Seidel heiraten.«

Zum ersten Mal in ihrem Leben hatte sie ihn unterbrochen. Zum ersten Mal in ihrem Leben hatte er auch wirklich gehört, was sie gesagt hatte. Dann sah sie seine Hand, die auf ihr Gesicht zuschnellte.

# *Metz, 1909*

## CARL

MORGEN WÜRDE ER EMMA wiedersehen, sagte Carl sich, während er den Ring in seinen Fingern betrachtete. Diesen einfachen Messingreif aus zwei miteinander verwobenen Strängen. Unzertrennlich wie sie beide. Vielleicht würde dieses Kleinod auch ihm das Glück bringen, das es seinen Eltern gebracht hatte. Den Respekt füreinander, die Vertrautheit, die Leidenschaft, die bis heute noch in ihren Blicken aufblitzte. Oder jedenfalls aufgeblitzt war, bevor er sie mit seinem Handeln entzweit hatte. Vorsichtig legte er den Ring zurück auf den mit Samt überzogenen obersten Einsatz in dem Kästchen. Er machte den Deckel zu, verstaute die Schmuckschatulle seiner Mutter im Tresor und schaute auf seine Taschenuhr. Der Zeiger bewegte sich auf den Mittag zu. Hoffentlich war Antoine bereits wach und nüchtern. Die Worte, die sein Freund ihm durch die Autoscheibe zugemurmelt hatte, geisterten noch immer in seinem Kopf herum und ließen ihm keine Ruhe. Vielleicht nur unbedachte Worte voller betrunkener Melancholie. Dennoch: Er hätte Antoine nicht allein wegfahren lassen sollen.

Draußen trötete eine Hupe. Carl warf noch einen Blick auf die Uhr, dann machte er sich auf den Weg durch die Fabrik. Hier und da grüßte er die Handwerker, die die Wände neu verputzten, den Boden erneuerten oder die eine oder andere Fensterscheibe ersetzten. An manchen Tagen ging er durch die Hallen, um einfach nur das geschäftige Treiben zu sehen, um zu erleben, wie diese Räumlichkeiten Stück für Stück für seine Maschinen hergerichtet wurden. Doch um den Handwerkern länger zuzuschauen, blieb ihm keine Zeit. Gestern hatte er den Fahrer gebeten, Antoine in die Villa seiner Eltern zu bringen, wo sein Freund jederzeit willkommen war. Nun sollte er nach ihm sehen.

Die Kraftdroschke wartete vor der Fabrik. Hoffentlich ging es Antoine gut, und er musste sich keine weiteren Sorgen machen.

Wie immer war es Anni, die ihm die Tür öffnete. Als sie ihm den Mantel abnehmen wollte, schüttelte er den Kopf. »Ich bleibe nicht lange. Ist Antoine Dupont gestern hier eingetroffen?«

Sie nickte eifrig und plapperte auch schon los. Aus ihrem Redeschwall bekam Carl kaum etwas mit, außer dass es wohl einen Streit gegeben hatte. Zum Glück kam gleich seine Mutter, die Anni mit einem knappen Kopfnicken entließ und ihn fest in die Arme schloss. »Gut siehst du aus.«

Er drückte sie genauso herzlich an sich wie sie ihn. »Es geht mir auch sehr gut. Was man von Antoine gerade nicht behaupten kann. War er bei euch? Ist er noch hier?«

Seine Mutter schaute rasch zur Treppe hoch. Als wollte sie sich vergewissern, dass keine unerwünschten Ohren zuhörten. Wann auch immer es ein Gespräch über Antoine gab, Louise war nie weit, dieses Mal aber nirgends zu sehen.

Dennoch senkte Mutter die Stimme. »Ja, er war hier, mitten in der Nacht. Wir haben die Dienstmädchen aus den Betten gescheucht und für ihn das Gästezimmer vorbereiten lassen. Frühmorgens schlich Louise zu ihm, wurde mir berichtet. Ich weiß nicht, worum es sich bei dem Gespräch handelte, aber es ging wohl hoch her. Ich war kaum wach, da stürmte Louise in mein Zimmer und hat mich um meinen Schmuck angefleht. Beziehungsweise um den Rest, den ich behalten haben musste, wie sie meinte. Es ginge um Leben und Tod, versicherte sie, und da ich dir ja aus der Patsche geholfen habe – wie sie es nannte –, stünde ihr dasselbe zu. Ich habe ihr ganz ehrlich gesagt, dass ich dir alles gegeben habe, was ich besitze. Völlig aufgelöst brauste sie davon. Als ich mich angekleidet hatte und nach unten gegangen war, habe ich erfahren, dass Antoine das Haus verlassen hat. Ich weiß nicht, wo er hin ist. Immerhin war er nicht mehr betrunken, aber dafür, dass es auch so bleibt, würde ich nicht meine Hand ins Feuer legen. Da liegt was im Argen, das spüre ich.«

»Geht es Louise gut?«

Der Blick der Mutter huschte abermals die Treppe hoch. Dann wandte sie ihren sorgenvollen Blick langsam ab. »Sie hat sich in ihrem Zimmer eingeschlossen, nachdem sie mindestens die Hälfte ihrer Kunstwerke demoliert hat. Jetzt schläft sie, nehme ich an, die Nacht und der Morgen waren aufreibend genug. Ich werde mit ihr reden, wenn sie zum Abendessen herunterkommt. Du musst dir keine Gedanken machen.«

»Muss ich wohl. Ihr seid meine Familie.«

Sie lächelte schwach und strich ihm durch das Haar. »Louise beruhigt sich wieder, du weißt ja, wie aufbrausend sie ist. Konzentriere du dich auf deine Fabrik. Alles andere kommt schon in Ordnung.«

»Die Fabrik muss heute warten, bis ich Antoine gefunden habe. Er braucht mich.«

Seine Mutter senkte die Hand. Die Fältchen auf ihrem Gesicht wirkten mit einem Mal härter. »Antoine muss aufhören, sich selbst zu zerstören. Solange er so weitermacht, kann ihm niemand helfen. Weder Louise noch du.«

»Vielleicht braucht er jemanden, der ihn aufrüttelt. Der ihm einen Weg weist!«

Sie drückte stumm seinen Arm. Tief in ihm drin wusste er natürlich, dass ein paar Körner nicht reichen würden, um Antoine auf den rechten Weg zu bringen. Carl drehte sich zur Tür. Zögerte. Dann schaute er noch einmal zurück. »Weiß Vater schon vom Schmuck?«

»Natürlich. Ich habe es ihm gleich gesagt.«

»Wie hat er reagiert?«

Sie senkte die Lider. »Er braucht Abstand.«

»Von dir?«

»Von alldem, nehme ich an. Aber das muss nicht deine Sorge sein. Es war meine Entscheidung, und ich stehe dazu. Und jetzt geh und such deinen Freund, wenn du es schon nicht lassen kannst.«

»Ich werde mit Papa reden. Ich werde ihm alles erklären. Versprochen.«

Er ging. Jetzt galt es, Antoine zu finden, bevor dieser vielleicht noch Dummheiten beging. Wo könnte er sein? Im Grunde überall, wo es Alkohol gab. Früher hatte sein Freund schnell Kumpane gefunden, mit denen er noch eine Runde mehr saufen konnte. Oder die eine oder andere weibliche Brust, an die er seinen trunkenen Kopf lehnen konnte. Die meisten Begegnungen waren gleich wieder vergessen, sobald der Rausch verflogen war. Beständigkeit war noch nie seine Sache gewesen. Carl versuchte sein Glück in ein paar Schenken, in denen Antoine früher seine Semesterferien einläutete und verabschiedete. Doch seine Suche blieb erfolglos.

Erst zum Abend hin gab Carl seine Bemühungen auf. Es war bereits dunkel, als er in die Fabrik zurückkehrte und die letzten Handwerker in den Feierabend entließ. Im Kontor versuchte er, sich auf die Rechnungen zu konzentrieren, doch seine Gedanken schweiften ab. Das Gespräch mit seiner Mutter hatte ihn aufgewühlt, ließ ihm keine Ruhe, so dass er die

Papiere, die vor ihm auf dem Tisch lagen, nur noch hin und her wälzte.

Er seufzte. Ob Emma schon mit ihren Eltern gesprochen hatte? Ob sie hier gewesen war, während er Antoine nachjagte? Ihr eine Nachricht zu hinterlassen – daran hatte er dummerweise nicht gedacht. An seinen Kommunikationsfähigkeiten sollte er in der nächsten Zeit deutlich intensiver feilen, wenn es zwischen ihnen langfristig etwas werden sollte. Morgen würde er zu ihr gehen, wenn er nichts von ihr hörte, so viel stand fest.

In Gedanken an Emma holte er das Schmuckkästchen aus dem Tresor und nahm den Ring heraus. Schon bald würde er diesen Ring auf ihren Finger setzen, und dieses Mal wollte er es richtig machen. Vielleicht auf einer Moselbrücke oder im botanischen Garten, wo es romantische, verschlungene Wege gab. Wobei … nein. Weder Brücken noch Gärten hatten irgendetwas mit Emma zu tun. Er sollte es auf der Metzer Wiese unter der alten Weide tun, wo sie letzten Winter Schlittschuh gelaufen waren. Oder in Perrins gemütlicher Buchhandlung, begleitet von Gustis romantischem Schnurren …

Ein Geräusch ließ Carl aufhorchen. Aus der Halle tönten unsichere Schritte, als würde sich jemand durch die Fabrik vorantasten. Etwas schepperte. Antoine?

Carl sprang auf, griff nach der Öllampe und eilte ihm entgegen. Zuerst sah er nur eine undeutliche Silhouette, dann erfasste das Licht eine weibliche Statur. Irritiert hob er die Lampe höher. »Louise? Was machst du hier?«

Seine Schwester zupfte den Seidenrock zurecht. Sie war so fein gekleidet, als wäre sie auf ein Teekränzchen vorbeigekommen. »Das ist sie also, die Fabrik, für die du unsere Familie im Stich gelassen hast.«

Er seufzte und streckte ihr versöhnlich seine Hand entgegen. »Lass uns ins Kontor gehen. Dort lässt sich besser miteinander reden. Weiß Mama, dass du hier bist?«

Sie griff nach seiner Hand, raffte mit der anderen ihren Rock zusammen und machte einen großen Schritt über einen Schutthaufen, der ihren Weg versperrte. »Ihr müsst mich nicht behandeln wie ein kleines Kind«, trotzte sie.

»Vorsicht. Links ist ein Farbeimer.«

Sie klammerte sich an seinen Arm, als hätte sie Angst, von dem besagten Farbeimer überfallen zu werden. Im Kontor stellte Carl die Lampe auf den Tisch und schob ihr den gepolsterten Stuhl hin. »Bitte. Mach es dir bequem.«

Sie bedachte den Stuhl keines Blickes. »Ich bleibe nicht lange.« Mit hocherhobenem Kopf sah sie Carl an, in ihrer üblichen majestätischen Haltung, die nach einem Kniefall ihres Untergebenen schrie. Carl musste sich ein Grinsen verkneifen. Mit sechs Jahren hatte sie gern Prinzessin gespielt, und er hatte ihren treuen Ritter mimen müssen. Dass sie beide aus diesen Rollen herausgewachsen waren, hatte sie anscheinend nicht mitbekommen.

»In Ordnung.« Er lehnte sich an seinen Tisch. »Was ist denn los?«

»Ich weiß, dass du heute zu Hause warst. Ich habe dich und Mama sprechen gehört.« Kurz hielt sie die Luft an. Dann wurde ihr Ton weicher, geschmeidiger. »Du machst dir Sorgen um Antoine. Das tue ich auch. Sehr sogar.«

Er horchte auf. »Weißt du, wo er ist?«

»Das Gut steckt in Schwierigkeiten, Carl! Es sieht sehr schlecht aus, und du weißt, wie viel dieses Land, dieses Haus ihm bedeuten!«

Nein, wusste er nicht. Als Antoine noch studierte, bedeutete es ihm herzlich wenig. Aber da ... da war sein Vater noch am Leben gewesen. Seitdem hatte sich vieles verändert.

»Wir müssen etwas tun!«, rief Louise, vergeblich um Fassung bemüht. »Jetzt, genau jetzt zeigt sich, wer seine wahren Freunde sind. Wer noch zu ihm steht. Wer ihn nicht im Stich lässt.«

Carl schluckte. »In Ordnung, wie kann ich helfen?«

Louise öffnete den Mund. Als hätte sie eine große Rede vorbereitet, die jetzt keinen Sinn ergab. Kurz musste sie sich sammeln, ihre Gedanken sortieren – ihr Gesicht wirkte konzentriert. So ernst hatte er seine Schwester selten gesehen. »Ich weiß, dass Mutter dir ihren Schmuck gegeben hat. Für …« Sie deutete herum. »Für all das hier. Also hoffe ich, du hast das Geld noch nicht gänzlich verprasst.«

»Natürlich nicht. Es ist …«

»Es ist Antoines einzige Rettung!«, fuhr sie ihm ins Wort, ballte die Hände und trat einen Schritt auf ihn zu. »Er gibt dir das Geld zurück, sobald das Gut über dem Berg ist! Das weißt du doch, oder?«

»Natürlich.« Verzweifelt rieb er sich die Nasenwurzel. »Aber alles, was ich habe, ist bereits für die Fabrik eingeplant, um die Produktion zu starten und die erste Zeit durchzustehen. Im Grunde ist nichts mehr da, was ich …«

»Du willst es einfach nicht!«, schrie sie ihn an. »Du willst ihn im Stich lassen! So, wie du uns für deine blöde Fabrik im Stich gelassen hast!« Wütend schlug Louise mit einer Hand gegen das Regal neben ihr. Es wackelte, was sie nicht zu bemerken schien, weil sie wieder und wieder darauf einhämmerte.

»Vorsicht! Es kann umkippen.«

Er lief auf sie zu – gerade rechtzeitig. Zwar kippte das Regal nicht um, aber die Weinflasche, die Antoine gestern bei sich gehabt hatte und die immer noch dort stand. Er fing sie auf.

Louises Blick blieb am Etikett kleben. »Wie dekadent. Ausgerechnet mit dem guten Tropfen aus dem Hause *Le Clos de l'Adret* auf den eigenen Erfolg anstoßen, während das Gut deines besten Freundes vor die Hunde geht. Du elender Heuchler!« Mit ihrer ganzen Kraft stieß sie ihn in die Brust. Er taumelte gegen das Regal, fing sich aber wieder.

»Es tut mir wirklich leid, Louise.« Carl stellte die Flasche weg und ging zu seinem Tisch zurück. »Vielleicht finden wir eine Möglichkeit, etwas …«

Sie schnaubte verächtlich und deutete auf das Kästchen neben seiner Hand. »Ist da überhaupt noch etwas drin?«

Er dachte an den Ring, den Emma bald tragen würde, und musste unwillkürlich lächeln, als er die Schmuckschatulle in die Hände nahm. »Nur das Kostbarste, was ich habe.«

»Es ist der Schmuck unserer Mutter!« Ihre Stimme schraubte sich immer mehr in die Höhe. Das Gesicht – rot vor Wut. »Sozusagen ihr Erbe! Die Hälfte gehört mir – du kannst nicht alles für dich beanspruchen!«

»Unsere Mutter ist glücklicherweise nicht tot und hat selbst über ihre Wertsachen verfügt.«

»Na dann. Hoffentlich erstickst du dran!«, kreischte sie, dass er zusammenzuckte. »Hier! Feiere weiter deine dämliche Fabrik!«

Nur aus dem Augenwinkel bemerkte er, wie Louise die Weinflasche packte und nach ihm warf. Er duckte sich, zum Glück schnell genug, sonst hätte das Glas seinen Kopf getroffen. Die Flasche zerschellte an der Tresortür, und der Wein lief über das dunkle Holz der Schnitzereien hinab.

Als Carl sich wieder umdrehte, war Louise davongestürmt. Er hörte ihre hastigen Schritte, wie sie gegen etwas stieß und ihn und die Fabrik verfluchte. Erst nach einer Weile gelangte sie nach draußen, und es wurde still, nachdem die Eingangstür mit einem metallischen Nachhall zugeschlagen worden war. Kurz überlegte er, ihr hinterherzulaufen, sie irgendwie zu beruhigen, wusste jedoch, dass er ihr nichts sagen konnte, was sie zufriedenstellen würde. Zumindest nicht, bevor er eine Idee hatte, wie er Antoine wirklich helfen konnte.

Noch immer hielt er das Kästchen in den Händen. Den Schmuck seiner Mutter hatte er zu Geld gemacht, was er noch nicht investiert hatte, bewahrte er im Tresor auf. Was wäre … wenn er es tatsächlich Antoine gab, während er selbst das Angebot von Emmas Onkel annehmen würde? Könnte er damit Antoine aus der Patsche helfen? Seinen Freund retten? Bestimmt, wenn die Hilfe nicht zu spät kam. Allerdings durfte er darüber nicht allein entscheiden. Er müsste morgen mit Emma über die Angelegenheit reden, es ging schließlich um ihren Onkel. Immerhin leuchtete da so etwas wie einen Hoffnungsschimmer am Horizont, als er daran dachte. Untätig zusehen, wie Antoines Gut zugrunde ging, würde er nicht ertragen.

Schon wieder erklangen aus der Halle Geräusche. Carl hob den Kopf, lauschte. »Louise?«

Es kam keine Antwort.

Vermutlich war da nichts.

Bloß das übliche Getier, das sich hier eingenistet hatte, während die Fabrik leergestanden hatte. Mit ein paar Fallen würde sich das Problem hoffentlich lösen lassen.

Carl sperrte den Tresor auf, um die Schatulle hineinzulegen, als hinter ihm etwas raschelte. Sein Herz setzte einen Schlag aus. Dabei war er doch sonst nicht schreckhaft! Manchmal spielten ihm seine Sinne einen Streich.

Doch dann hörte er es deutlicher. Schritte?

Carl stellte das Kästchen ab, nahm die Öllampe vom Tisch und trat entschlossen auf die Schwelle. »Louise, bist du das?«, rief er und lauschte angestrengt in die Dunkelheit.

Nichts als Stille.

Wenn Louise eingeschnappt war, konnte man sie nur schwer aus der Deckung hervorlocken. Vielleicht musste sie noch mehr kaputt machen als nur eine Weinflasche, um sich zu beruhigen. Zum Glück legten sich ihre Zornausbrüche genauso schnell, wie sie kamen.

»Wenn du reden willst, weißt du, wo du mich findest«, brummte er, verärgert darüber, auf ihre Albernheiten hereingefallen zu sein. Energisch wandte er sich ab, dass der Dreck auf dem Boden unter seinen Schuhsohlen knirschte.

Nur aus dem Augenwinkel nahm er eine Bewegung wahr. Er fuhr herum und sah gerade noch, wie das unbefestigte Regal auf ihn herabstürzte. Instinktiv hob er einen Arm. Eins der Bretter prallte schmerzhaft gegen seinen Knochen, und das Gewicht des Gestells riss ihn von den Beinen. Hart schlug er auf dem Boden auf, begraben unter Holz und Papieren. Kurz verlor er die Orientierung. In seinem Kopf vermischten sich Gedanken, Empfindungen, der Schmerz, der dumpf hinter seiner Schädeldecke pochte. Etwas Warmes und Zähes floss seine Schläfe herab und kroch ihm über die Wange. Er stöhnte, versuchte, sich aufzurichten, doch die kleinste Regung verursachte Übelkeit. Am Rande seines Sichtfeldes huschte eine Silhouette Richtung Tresor. Er wollte um Hilfe rufen, doch jeder Laut kratzte in seiner Kehle. Ein Luftzug brachte einen beißenden Geruch nach Rauch mit sich. Die Öllampe ... sie musste beim Fall kaputtgegangen sein ... verschwommen sah er den umgekippten Stuhl und die Flammen, die am Polster leckten. Der Rauch rieb seine Kehle wund, schnürte ihm den Atem zu und vernebelte seine Sinne. Als würde der Boden unter ihm ganz weich werden, als würde er darin versinken und sich fast auflösen. Er schloss die Augen.

## Metz, 1909

## EMMA

EMMA REAGIERTE FAST INSTINKTIV. Statt sich zu ducken oder auf die Ohrfeige zu warten, schnellte ihre Hand hoch und hielt seinen Arm auf. Ihre Finger umklammerten sein dürres Gelenk. Seine Haut fühlte sich trocken und dünn an, gleich darunter schienen die Knochen zu liegen, die fast zu zerbrechen drohten, sollte sie nur etwas fester zupacken. Sie war stärker als sein von Rheuma gebeutelter Körper, und plötzlich tat er ihr leid in seiner ganzen Hilflosigkeit.

Vorsichtig zwang sie seinen Arm herunter, dann ließ sie ihn los. Ungläubig sah ihr Vater sie an. Emma las Pein in diesem Blick, die Scham über seine eigene Unzulänglichkeit und eine tiefe Enttäuschung ihr gegenüber. Enttäuschung, die sie nicht mehr berührte. Vielleicht sollten sie dieses Gespräch von vorn anfangen. Ruhig, sachlich und respektvoll einander gegenüber.

»Was glaubst du, wer du bist!«, zischte ihre Mutter sie an, bevor sie zu Wort kommen konnte. »Was tust du deinem armen Vater an!«

Sie schaute in sein Gesicht. Und wusste, dass sie ihn verloren hatte. Dass etwas zwischen ihnen endgültig zerbrochen war.

Ihre Mutter schob sich zwischen sie, als müsste sie ihn vor ihr verteidigen. »Wir waren wohl viel zu nachsichtig mit dir. Ich sag dir mal was: Solange du unter diesem Dach lebst …«

Emma dachte nicht mehr nach. Impulsiv stürmte sie an ihren Eltern vorbei in den Flur und nahm ihren Mantel. Öffnete die Tür, verließ die Wohnung. Sie lief die Treppe hinunter und kam erst wieder richtig zu sich, als sie im Hof stand. Der kühle, windige Herbstabend fühlte sich an, als wäre sie ins kalte Wasser gestürzt wie damals in den Moselkanal. Für einen Augenblick bekam sie keine Luft. Zitterte. Während sich ihre Finger hilflos in den Mantel klammerten.

Aber sie war nicht im Wasser. Sie wurde nicht hineingestoßen. Sie konnte atmen. Womöglich freier als je zuvor – sie musste nur lernen, nach vorn blicken. Emma streifte sich ihren Mantel über und knöpfte ihn sorgfältig zu. Kurz zögerte sie, doch dann überquerte sie den Hof, ohne noch einmal zum Haus zu schauen, und eilte die Straße entlang. Wohin? Das wusste sie nicht so genau. Bloß nicht zurück.

Erst nach einer Weile stellte sie fest, dass sie den Weg zur Fabrik eingeschlagen hatte. Sie mäßigte ihre Schritte. Zaghaft fuhr sie sich mit den Fingern über die Lippen, spürte schon wieder seinen Kuss, seine Hände, die ihren Rücken herabwanderten. Allein die Erinnerung daran reichte aus, um ihre Haut prickeln zu lassen. Was würde passieren, wenn sie bei ihm war? Würde es bei einem Kuss bleiben? Sie keuchte, erschrocken von der Zügellosigkeit ihrer Gedanken. Jetzt war sie frei. Selbstständig. Und musste allein auf sich und ihren Ruf achtgeben. Es machte ihr Angst, keine Frage. Aber es ließ sie auch optimistisch in die Zukunft blicken. Carl hatte nie die Hoffnung aufgegeben, mit seiner Familie doch noch Frieden schließen zu können. Das würde sie auch bei ihren Eltern versuchen, ihnen ihre Entscheidung erklären. Vielleicht würden sie es irgendwann verstehen.

Aber zuerst musste sie mit Carl reden. Sie hatte versprochen, dass er noch heute von ihr hören würde. Emma kuschelte sich in ihren Mantel und lief weiter, zu Fuß würde es ewig dauern, doch sie setzte ihren Weg entschlossen fort. Der ungemütliche Abend hatte die Straßen leer gefegt. Ihr war unwohl dabei, zu so später Stunde mutterseelenallein durch die Stadt zu laufen. Aber Henris Rat war ihr noch präsent und gab ihr ein wenig Selbstvertrauen. Lange sollte es nicht mehr dauern. Hoffentlich hatte Carl etwas heißen Tee für sie parat, trotz Bewegung fühlte sie sich vollkommen durchgefroren.

Die nächste Windböe wehte Emma den scharfen Geruch nach Rauch entgegen, so dass sie sich unwillkürlich nicht nur nach einer Tasse Tee, sondern auch nach einem gemütlichen Kaminfeuer sehnte. Doch ein Kaminfeuer in dieser Gegend konnte sie sich kaum vorstellen. Und das nächste Gebäude, von dem der Rauch hergeweht werden konnte, war Carls Fabrik.

Unruhe erfasste sie. Emma beschleunigte die Schritte, lief beinahe, bis sie direkt vor dem Bau stand. Rauch stieg aus den Fugen eines Fensters in den dunklen Himmel und wehte ihr entgegen. Panik überfiel sie. Was war passiert? Die Vernunft riet ihr, draußen zu bleiben. Hilfe zu suchen. Doch die Gedanken an Carl trieben sie vorwärts, dem Eingang entgegen, der wie ein Schlund ihr entgegengähnte.

»Carl!«

Keine Antwort.

»Carl!«, brüllte sie noch einmal, horchte, ob sie ein Lebenszeichen von ihm wahrnehmen würde. Ein Geräusch, Schritte … nichts. Vielleicht aber doch? Hatte sie da gerade etwas gehört? Sie war sich nicht sicher.

Sie stolperte durch die Halle. In ihrem Hals kratzte es. Mit einem beherzten Ruck riss sie ein Stück von ihrem Unterrock ab, der so oft geflickt wurde, dass man kaum allzu viel Kraft aufzuwenden brauchte, um ihn auseinanderzurupfen. Entschlossen drückte sie sich den Stoff an den Mund und die Nase und rannte zur Treppe. Kurz glaubte sie, irgendwo in der

Dunkelheit eine Bewegung wahrzunehmen, hoffte, Carl wäre da und würde gleich zu ihr treten, sie in die Arme schließen, aber vergeblich.

Etwas in ihr wusste bereits, er würde nicht kommen. Sie musste allein weiter und es dann aus eigener Kraft herausschaffen. Irgendwie.

Die Tür zum Kontor stand offen, von einem Feuerschein beleuchtet. Sie holte noch einmal tief Luft und trat auf die Schwelle. Trotz Rauch und Flammen fiel ihr der sperrangelweit offen stehende Tresor auf, ein umgekippter Stuhl, der lichterloh brannte, ein Regal auf dem Boden und darunter … Carl! Ihr Herz setzte einen Moment aus. Plötzlich musste sie sich erinnern weiterzuatmen. Trotz Feuer einen kühlen Kopf bewahren, handeln, sofort! Bevor die Flammen ihn erreicht hatten.

Sie band sich den Stoff fest um den Kopf, um die Hände freizubekommen, und zerrte an ihrem Unterrock. Schon hatte sie noch mehr Stoff in der Hand, kämpfte sich voran und schlug damit auf das Feuer ein, um die Flammen zu ersticken. Sie wenigstens zu verdrängen.

Vergebens.

Sie würde es nicht löschen können. Der Gedanke zuckte durch ihren dröhnenden Kopf. Sie ließ den brennenden Unterrock fallen. Zu schnell breiteten sich die Flammen aus, krochen an den Regalen hoch, gierten nach mehr. Panik flutete ihren Verstand. Sie fiel neben dem umgekippten Gestell auf die Knie. Nicht aufgeben, bloß nicht aufgeben, dann würden sie beide hier sterben. Mit hektischen Bewegungen begann sie, die einzelnen Papiere wegzuschleudern, warf ein herausgebrochenes Brett beiseite, schob und zerrte an dem Regal, bis sie Carls regungslosen Körper darunter endlich freibekommen konnte. Sie beugte sich zu ihm, legte ihre Hand zwischen seine Schulterblätter. Ganz flach fühlte sie seinen Atem. »Ich bin da. Ich bin bei dir. Kannst du mich hören?«

Ein paar bange Sekunden – dann bemerkte sie, wie seine Finger ganz leicht über den Boden kratzten. War es ein Ja? Jedenfalls hieß es, dass er vielleicht noch bei Bewusstsein war. Sie beugte sich zu ihm. »Ich bringe dich hier raus. Wir schaffen das.«

Er stöhnte. Sie hörte einen Namen. Louise.

»Ich bin's. Emma.« Ein Hustenanfall ließ ihre Brust sich schmerzhaft zusammenkrampfen. Sie keuchte und strich sich über die verschwitzte Stirn. Vor ihren Augen drehte sich alles, doch sie zwang sich, im Hier und Jetzt zu bleiben.

Sie musste all ihre schwindende Kraft aufwenden, um Carl auf den Rücken zu drehen. In seinem Gesicht klebte Blut. Erschreckend viel Blut. Aber das musste nichts heißen, beruhigte sie sich selbst, hoffentlich bloß eine Platzwunde.

Seine Lider zuckten. Dann öffnete er langsam die Augen. Sein Blick irrte benommen herum, bis er an ihrem Gesicht hängen blieb.

»Emma ...«

Erleichtert schnappte sie nach Luft und musste sogleich husten. Ihr Herz schlug so heftig, dass das Pochen schmerzhaft in ihrem Kopf widerhallte.

»Ja. Wir schaffen das. Aber du musst mir helfen.« Ihre Zunge bewegte sich nur noch träge, die Lippen fühlten sich trocken und rissig an unter dem Stoff. Sie schob ihren Arm unter seinen Kopf, hob seinen Oberkörper an und merkte, wie er sich anstrengte hochzukommen. Gut so. Er wusste, was sie von ihm wollte. Solange er mitmachte, hatten sie eine Chance.

Es kostete sie unendlich viel Kraft, ihn hochzuziehen. Schwer lehnte er sich gegen sie, schien sie mit seinem ganzen

Gewicht wieder zu Boden zu ziehen, aber immerhin war er auf den Beinen. Zusammen schwankten sie zum Ausgang. Ein Schritt nach dem anderen. Ganz langsam. Viel zu langsam.

Sie wollte nicht daran denken, dass die Flammen hinter ihnen höher und höher schlugen. Dass sie mit jedem Zug pure Hitze einzuatmen schien. Weiter, immer ein Stück weiter.

Ihre Muskeln krampften vor Anstrengung. Sie schwankte. Ein Fehler. Denn er stolperte, und seine Beine gaben unter ihm nach. Sie konnte ihn nicht halten. Dumpf schlug sein Körper auf dem Boden auf.

»Carl!« Völlig entkräftet ließ sie sich neben ihm auf die Knie fallen. Sein Blick wirkte matt und erschreckend fern. Er flüsterte etwas, doch sie konnte kein Wort verstehen. Mit einer schwachen Handbewegung versuchte er, sie von sich zu schieben. »Nein«, protestierte sie und angelte nach seiner Hand. Er wollte, dass sie ging. Dass sie ihn hier zurückließ. »Nein«, wiederholte sie mit allem Nachdruck, zu dem sie noch fähig war.

Sie mussten zusammen weiter, nach draußen, an die frische Luft. Sie würden es schaffen! Emma legte ihre Hände um seine Wangen. »Bitte«, flehte sie und verstand ihre eigenen Worte kaum. »Komm wieder hoch. Hilf mir!«

Sie schob ihren Arm unter seinen Nacken, wollte ihn wieder anheben, seinen Körper aufrichten. Seine Lider fielen zu. Schlaff sackte er in ihren Armen zusammen und zog sie mit seinem Gewicht herunter.

»Nein. Nein!« Sie schluchzte, mehr ein Krampfen als Weinen. Hilflos sah sie auf. Die Tür zum Kontor stand offen. Flammen leckten bereits am Rahmen und gierten danach, herauszubrechen und alles ringsherum zu verschlingen.

Ihr Blick glitt zu Carl. Unvorstellbar, ihn durch die ganze

Halle zu schleifen. Unvorstellbar, ihn hier zurückzulassen. Mit tauben Fingern strich sie durch sein Haar.

Sie würde es nicht schaffen.

Sie würde es niemals schaffen.

Alles wirkte so fern. Sie wollte nur noch die Augen schließen und an nichts mehr denken. Sich ausruhen. Loslassen.

»Emma?«, hallte ein Ruf hinter ihr durch die Dunkelheit. Erschöpft hob sie den Kopf und konnte nichts mehr erkennen.

»Emma, wo bist du?«

»Antoine?« Sie stöhnte. Ob sie es laut gesagt hatte? Ob er es hören konnte? Ihre Kehle fühlte sich wundgescheuert an. Der Kopf – ganz schwer. Jeder Atemzug eine Qual.

Hände griffen nach ihr. Schüttelten sie leicht. »Emma. Ich bin da. Alles wird gut, hörst du? Es wird alles gut.«

Sie nickte nur. Hustete.

»Komm, ich bringe dich hier raus.«

»Ihn.« Sie deutete zu Carl, zwang sich, die Augen zu öffnen und sich aufzurichten. »Kann ... alleine ... raus.«

Antoine strich ihr übers Gesicht, redete auf sie ein, doch sie schob seine Hand beiseite. Ein neuer Hustenanfall schüttelte ihren Körper. Nur mühsam presste sie die Worte hervor: »Rette ihn. Bitte!«

»Ja. Ja, natürlich. Es wird alles gut. Komm.« Antoine kniete sich hin. Emma merkte, wie er Carls Körper hob, und etwas wie Hoffnung flimmerte in ihr auf. Noch einmal wandte sie sich dem Kontor zu. Durch die geöffnete Tür schienen die Flammen zu lodern, alles auf ihrem Weg zu verschlingen, doch Carl würden sie nicht mehr bekommen.

»Komm jetzt«, trieb Antoine sie an. »Hoch mit dir. Halte dich an mir fest.«

Sie gab sich einen Ruck und klammerte sich an ihn. Ihre Beine zitterten, als wollten sie ihr Gewicht nicht mehr tragen.

»Gut so«, flüsterte er ihr zu. »Du schaffst das. Du musst, hörst du?«

Sie ächzte, für mehr fehlte ihr die Kraft. Blind stolperte sie neben ihm her. Wo war der Ausgang? Sie konnte nichts mehr sehen. Als wäre sie ein Teil dieser Dunkelheit, die sie umgab.

Dann stolperten sie nach draußen.

Der Wind blies ihr frisch ins Gesicht und kühlte den Schweiß auf ihrer Haut. Gierig schnappte sie nach Luft, dann fiel sie auf die Knie.

Schwer atmend legte Antoine Carl auf den Boden. Emma kauerte sich neben ihn. Mit schmerzenden Fingern tastete sie nach seinem Puls. Eins, zwei, drei … Sie konnte nichts fühlen. Überhaupt nichts. Ob sein Herz noch schlug. Ob er noch atmete. Warum atmete er nicht?

»Er lebt noch, hör auf. Er ist am Leben«, holte Antoines Stimme sie ein. Irgendwo dröhnte eine Feuerglocke. Also war der Brand bemerkt worden. Bald würde Hilfe kommen …

Erst jetzt fiel ihr auf, dass sie unentwegt schluchzte. Ihre Brust schmerzte. Alles in ihr schmerzte. Verzweifelt drückte sie ihr Gesicht in Carls Schulter.

»Alles wird gut, Emma. Alles wird gut.« Antoine legte seine Hand auf ihren Rücken. Vorsichtig streichelte er hoch und wieder herunter.

Sie schluchzte immer noch, drückte ihre Wange an Carls Brust. Dann hörte sie es. Seinen Herzschlag. Der ihr viel zu schwach vorkam, aber er war da.

Antoine tätschelte noch einmal ihren Rücken. »Bleib hier. Bin gleich wieder da.«

Natürlich. Wo sollte sie sonst auch hin?

Die Kraft wich endgültig aus ihrem Körper. Sie hörte noch, wie Antoine fortging. Dann schloss sie die Augen, während sie sich noch immer an Carl klammerte, ihn an sich drückte, als würde er bei ihr bleiben, solange sie ihn in den Armen hielt.

* * *

Emma wachte auf, ohne wirklich zu wissen, was sie geweckt hatte. Auf ihrer Zunge lag ein bitterer Geschmack. Sie versuchte zu schlucken, aber ihr Mund gab kaum Spucke her. Durst, sie hatte einen so schrecklichen Durst! Doch statt nach einem Glas Wasser zu greifen, das immer auf dem Nachttisch neben dem Bett stand, blinzelte sie irritiert die hohe Decke an, die mit Stuckornamenten aus Weinblättern verziert war. Im ersten Augenblick fragte sie sich, wo sie sich befand und wie sie hierhergelangt war. Ihr Kopf war schwer und die Gedanken – träge, beinahe dickflüssig, ohne dass sie einen davon wirklich greifen konnte. Einen Moment lang war sie versucht, die Augen wieder zuzumachen, um später darüber nachzudenken, dann kamen die Erinnerungen in ihr hoch.

Als würde ein Albtraum sie einholen.

Unbarmherzig.

Brutal.

»Carl!« Sie keuchte und schreckte hoch. Vom Ruck wurde ihr schwindelig, und Schmerzen fuhren ihren rechten Arm hoch. Sie wartete, bis der Raum aufgehört hatte, sich zu drehen, bis sie sich sicher genug fühlte, um die Beine über die Bettkante zu schieben.

Eine Weile blieb sie so sitzen. Vornübergebeugt, auf die Matratze gestützt, schwer atmend, um die Übelkeit in den Griff zu bekommen. Ihre Arme spannten und schmerzten, und als sie einen Blick darauf warf, sah sie Mullbandagen. Es war ihr egal. Als wäre dies nicht wirklich ihr Körper, in dem sie steckte, als wäre sie selbst in Wirklichkeit bei Carl geblieben, wo auch immer er gerade war. Sie fühlte noch, wie sie ihn festhielt. Wie sie sich an seine Brust drückte, um seinen Herzschlag zu hören. Fühlte es so eindringlich, dass ihr die Tränen in die Augen schossen. Wo war er? Ging es ihm gut? Erst nach einigen Atemzügen gelang es ihr, die Panik abzuwehren. Die Erinnerungen an die Nacht schienen wie hinter einem Nebel zu liegen. Sie wusste noch, dass irgendwann die Feuerwehr mit einer von Pferden gezogenen Handspritzpumpe kam, Männer liefen hin und her, Befehle hallten durch die Nacht. Eine Rettungskutsche hatte Carl weggebracht. Danach … sie runzelte die Stirn, um den Faden nicht zu verlieren … ja, Antoine hatte sie auf sein Gut mitgenommen, sie waren lange, sehr lange unterwegs gewesen, er hielt sie fest, drückte sie an sich, während sie sich wie eine Puppe fühlte, die auf den Unebenheiten der Straße während der Fahrt hin und her geworfen wurde. Endlich angekommen, hatte er sie in dieses Zimmer gebracht und nach einem Arzt geschickt, der sie versorgen sollte. Danach hatte sie etwas bekommen, das sie in einen traumlosen, schweren Schlaf gezogen hatte.

Sie befand sich also auf dem Gut. Bei Antoine. In Sicherheit. Der Gedanke brachte nicht wirklich Trost. Er brachte rein gar nichts. Während ein anderer sich schmerzhaft in ihr Inneres bohrte. Carl! Warum war sie nicht bei ihm?

Vorsichtig trocknete sie sich die Tränen mit den Verbänden an ihren Händen ab. Die rechte war fast bis zu den Fingern zubandagiert, bei der linken konnte sie die Glieder recht frei und zum größten Teil schmerzfrei bewegen. Als sie in der Fabrik mit ihrem Unterrock auf die Flammen eingeschlagen hatte, musste sie wohl Brandwunden davongetragen haben. Die sie gar nicht bemerkt hatte.

Egal. Hier zu sitzen, brachte sie kein Stück weiter. Um zu erfahren, wie es Carl ging, musste sie raus aus dem Zimmer, nach Antoine suchen, ihm die Frage stellen, die ihr Angst machte.

Emma schaute an sich herab. Sie trug ein Nachthemd aus zartrosa Seide mit feinen Stickereien, das nicht ihr gehörte und nach Kölnisch Wasser roch. Auf einem Stuhl neben ihrem Bett lag ordentlich zusammengefaltet ein Morgenkleid. Sie warf das Kleidungsstück über. Zum Glück besaß es nicht viele Knöpfe und wurde mit einem Gürtel mit goldenen Quasten an den Enden zusammengefasst, was das Anziehen zu keiner großen Tortur machte. Trotz ganz sparsamer Bewegungen begann es unter den Verbänden schmerzhaft zu pochen. Sie verzog das Gesicht, beschloss aber, es nicht weiter zu beachten.

Auf nackten Füßen schlüpfte sie aus dem Zimmer und sah sich im Flur um. Wohin jetzt? Sie hatte keine Ahnung. Im Haus war es so still, dass sie glaubte, vollkommen allein durch die Gänge zu wandern. Sie wählte eine Richtung und schlich wie eine Diebin durch die Flure. Die meisten Türen waren abgesperrt. Ab und zu konnte sie in ein Zimmer lugen, wo die wenigen Möbel mit Leintüchern bedeckt waren, als würde hier schon lange keiner mehr wohnen.

Emma wusste nicht, wie lange sie so herumstreifte, bis sie Geräusche vernahm, die hoffentlich von einem Menschen stammten. Es waren ein Rütteln und ein Kratzen von Holz und Metall, ein Stoßen und Ächzen, immer heftiger, als würde jemand langsam die Geduld verlieren. Es kam aus einer Tür, die halb offen stand. Vorsichtig trat Emma ein.

Es schien ein Arbeitszimmer zu sein. Unzählige Regale aus dunklem Holz vertäfelten die Wände. Die schweren Samtgardinen sperrten das Tageslicht aus, so dass der Raum im Halbdunkel lag. Hinter einem massiven Tisch kniete eine Frau, und nur ihr blonder Schopf mit einem zerzausten Dutt lugte hervor. Zuerst dachte Emma, eine Bedienstete machte hier sauber, vielleicht klemmte da etwas. Sie traute sich ein Stück näher, wollte schon fragen, wo sie Antoine finden könnte, da begriff sie, dass die Frau nicht putzte. Sie kauerte auf den Knien vor einer Schublade, zerrte und rüttelte am Griff, während sie mit einer Haarnadel im Schloss herumstocherte. Etwas knackte im Schließmechanismus, die Frau japste, riss die Schublade auf und holte etwas daraus, als würde sie den Heiligen Gral bergen.

»Was machen Sie denn da?«, wisperte Emma entsetzt.

Die Frau zuckte zusammen und ruckte den Kopf hoch, gleichzeitig schob sie die Hände mit ihrer Errungenschaft hinter den Rücken. Einen Moment lang hockte sie da wie ein Kind, das bei einem Unfug ertappt worden war. Ihr Gesicht wirkte schrecklich ausgelaugt, mit eingefallenen Wangen und Augen, die ganz tief in den Höhlen saßen. Der Ausschnitt ihres eleganten Chiffonkleides erlaubte einen Blick auf ihr Schlüsselbein, das durch die dünne, beinahe durchscheinende Haut hervorzustechen schien.

Die Frau erhob sich mühsam, bis sie auf wackeligen Beinen dastand, die Hände hinter dem Rücken verborgen. Ihr Blick wirkte fiebrig und leer, als würde sie Emma nicht wirklich wahrnehmen. »Es ist alles in Ordnung«, sagte sie auf Französisch. »Ich brauchte nur meine Medizin.«

»Madame Dupont?«, flüsterte Emma überrascht. Das Kleid mit der aufwendigen Spitze am Saum und der perlenbesetzte Gürtel um ihre schmale Taille machten die Annahme, diese Frau wäre eine Bedienstete, endgültig zunichte. Die blasse, etwas zu spitze Nase erinnerten dagegen umso mehr an Antoines Züge.

»Ich habe schreckliche Kopfschmerzen. Ich weiß, dass er irgendwo hier meine Medizin aufbewahrt. Ohne sie überstehe ich diesen Tag nicht.« Ihre Stimme klang zittrig, als hätte sie kaum noch Kraft zu sprechen.

»Brauchen Sie Hilfe?« Emma fiel auf, dass sie Deutsch redete – die französischen Sätze wollten sich in ihrem breiigen Hirn kaum formen. Das schien die Frau nicht zu irritieren.

»Nein, nein. Ich habe schon alles. Danke.«

Der Duft von Kölnisch Wasser und Lilien wehte Emma entgegen, als Madame Dupont an ihr vorbeihuschte. Die Frau stand schon fast auf der Schwelle, etwas wie eine Schatulle dicht an die Brust gepresst, da tauchte Antoine im Türrahmen auf.

»*Maman?*« Im ersten Augenblick klang er verwirrt, dann wachsam, als müsste er auf der Hut sein. Auch er sprach Französisch, doch aus seinem Mund klangen die Worte seltsam hart. »Was tust du hier?«

Sie lehnte sich gegen ein Regal, als würde sie jeden Augenblick ohnmächtig werden, während sie am ganzen Körper zu zittern begann. »Da bist du ja! Ich habe Schmerzen. Ich brauche es jetzt wirklich.«

»Versuche es zunächst mit Kompressen oder …« Sein Blick fiel auf die Schatulle, die seine Mutter so verzweifelt umkrallte. Etwas veränderte sich in seiner Stimmung, in seinem ganzen Wesen. Mit einem Mal klang sein Ton eisig. »Was hast du damit vor?«

»Kompressen! Als würde ich das nicht sowieso ständig machen. Sie helfen schon lange nicht mehr, das weißt du.«

Sie wollte sich an ihm vorbeischieben, an dem Regal entlang, doch er stellte sich ihr in den Weg. »Dann nimm eine Aspirintablette.«

»Diese neumodischen Mittelchen bringen mir doch nichts!«

»So neumodisch ist es nicht.« Er packte ihre Hände, und

was auch immer sie da umklammerte – er nahm es ihr ab. »Und das ist definitiv nichts, was dich angeht«, zischte er. »Deine Drogen sind hier nicht. Wie hast du das nur …«

Sein Blick schoss zum Arbeitstisch, erst dann schien er Emma bemerkt zu haben und verharrte, wie von einem Blitz getroffen.

»Es tut mir leid, ich wollte wirklich nicht lauschen«, murmelte sie, da er sie noch immer so völlig entsetzt anstarrte, dass sie Angst hatte, etwas schrecklich Intimes mitbekommen zu haben.

»Emma«, stieß er endlich hervor. Dann drehte er sich kurz zu seiner Mutter und warf ihr beinahe in einem Befehlston zu: »Du gehst am besten auf dein Zimmer.«

»Aber Antoine …«

»Jetzt!« In einer fließenden Bewegung stellte er die Schatulle ins Regal, so hoch, dass sie nicht herankommen würde. »Emma!«, rief er erneut und eilte ihr entgegen. Eine Armlänge von ihr entfernt legte er ihr seine Hände auf die Schultern und zog sie an sich heran. »Meine süße Emma, du solltest doch nicht aufstehen!«

Sie schaute an ihm vorbei zu Madame Dupont, die einen unsicheren Schritt auf das Regal zu machte. Er folgte ihrem Blick und wandte sich zu seiner Mutter um. »Ich habe gesagt, du sollst in dein Zimmer gehen und dich ausruhen, wenn es dir nicht gutgeht«, meinte er dieses Mal auf Deutsch, geduldig, als würde er mit einem Kind sprechen.

Die Frau sagte nichts, nickte nicht einmal – wie ein Geist verschwand sie aus dem Arbeitszimmer. Es gab nicht einmal hörbare Schritte, die sich entfernten. Sie war einfach verschwunden, wie ein Geist.

Antoine seufzte tief und drehte der Tür den Rücken zu.

Emma hob den Kopf und schaute ihm in die Augen. Es lag

so viel Kummer darin, dass sie kaum anders konnte, als seine Umarmung zu erwidern. Und so standen sie da, einander haltend.

»Was fehlt denn deiner Mutter?«, hauchte sie ihm zu, als hätte sie Angst, ihm mit einem zu lauten Wort noch mehr Leid zuzufügen, als er ohnehin schon in sich trug.

Er senkte seinen Kopf zu ihr. »Sie war schon immer sehr anfällig für Migräne. Mein Vater hat dafür gesorgt, dass sie Opium bekam. Vielleicht auch andere Drogen. Ich denke, um sie ruhigzustellen. Sie muss langsam von diesem Teufelszeug herunterkommen, hat aber immer wieder Rückfälle. Ich schließe kleine Mengen zum Ausschleichen ein, verstecke es überall, aber sie ist sehr erfinderisch, wenn es darum geht, an das Mittel heranzukommen. Wenn ich nicht aufpasse, durchsucht sie jeden Schrank, jede Schatulle, bricht meine Schubladen auf. Nichts ist vor ihr sicher. Und einmal … ist sie sogar zu einer Freundin zum Nachmittagstee gefahren, um dort Silberbesteck zu klauen und sich ihr Zeug selbst zu kaufen. Ich konnte den Skandal gerade so abwenden. In ihren klaren Momenten ist sie überaus erfinderisch.«

»Es tut mir so furchtbar leid.« *Du* tust mir so furchtbar leid, wollte sie ihm zuflüstern, brachte es aber nicht über sich. Was er tagtäglich ertragen musste – davon hatte sie nicht die geringste Vorstellung gehabt. Dabei dachte sie, sie würde ihn inzwischen kennen.

»Den Tod meines Vaters hat sie sehr schlecht verkraftet. Wie groß ihre Sucht wirklich war, habe ich vor ihrem Zusammenbruch danach nicht einmal geahnt. Ich habe Angst um sie, Angst, dass sie den Umzug nicht überstehen wird. Manchmal … gebe ich ihr was, damit sie sich wenigstens etwas beruhigt. Ich weiß einfach nicht, was ich sonst tun soll.«

Vorsichtig schlüpfte Emma aus seiner Umarmung. »Welchen Umzug?«

Er senkte die Arme. Mit einem Mal kam er ihr so einsam vor, so verloren in diesem abgedunkelten Arbeitszimmer. »Das Gut gehört praktisch der Bank. Wenn ich bis Ende des Monats einen Teil der Schulden nicht begleichen kann, müssen wir hier weg. Sie weiß noch nichts davon. Ich bringe es einfach nicht übers Herz, es ihr zu sagen. Sie wurde in diesem Haus geboren, ist hier aufgewachsen und ich – ich ließ alles den Bach runtergehen.«

»Du doch nicht!«

Er schnaubte bloß.

Doch so einfach wollte sie es nicht dabei belassen. »Dein Vater hat viele Fehler begangen. Du konntest nichts dafür. Was ist denn aus deinem Plan geworden, die Hänge mit den amerikanischen Wurzeln neu zu bepflanzen?«

Er drückte sich beide Hände an die Stirn. »Hör auf, hör bloß auf damit!«, ranzte er sie an.

»Vielleicht ist es noch nicht zu spät, einen Partner zu suchen, der in den guten Namen *Le Clos de l'Adret* investieren würde?«

»Es gibt keinen guten Namen mehr!«, schrie er. Für einen Moment verstummte er, schwer atmend. »Die Nachricht darüber, das Gut wäre am Ende, hat sich wie ein Lauffeuer ausgebreitet. Die Geier kreisen bereits, um sich das Land zu einem Spottpreis zu krallen.«

Sie wusste keinen Rat mehr, kam sich hilflos und dumm vor. Ohne etwas zu sagen, strich sie ihm über den Arm. Er zuckte zusammen und verzog schmerzhaft das Gesicht. Kurz schien er mit sich zu ringen, dann entspannten sich seine Züge ein wenig. »Ach, Emma. Mach dir keine Sorgen um uns. Warum bist du aufgestanden? Neben deinem Bett ist eine

Kordel, wenn du sie ziehst, klingelt es im Dienstbotenflügel. Wir haben zwar nicht mehr viel Personal, aber der alte Gérard ist noch da. Wie geht es dir? Wie fühlst du dich? Du hast so lange geschlafen.«

Wie es ihr ging?

Sie war auf den Beinen. Und bei Bewusstsein. Das reichte ihr vollkommen aus.

Sie schluckte, beinahe krampfhaft. Die Angst war wieder da, ihre so schreckliche Angst, sie würde Carl nie wiedersehen. Sie taumelte einen Schritt zurück. Brauchte Abstand. Kraft, ihre Fragen zu stellen und die Antworten auszuhalten. »Wo ist Carl? Wie geht es ihm? Weißt du etwas darüber?«

Antoines Gesicht zeigte keine Regung. Eine Weile sagte er nichts, und Emma glaubte, ihre Brust würde zerspringen, sollte er auch nur eine Sekunde länger schweigen. Dann setzte er endlich an: »Soweit ich weiß, hatte er eine schwere Rauchvergiftung und eine Gehirnerschütterung. Wärst du nicht da gewesen, wäre dieser Unfall schlimm ausgegangen, so viel steht fest.«

»Ein Unfall?« Sie schluckte mühsam gegen ihre trockene Kehle. Wie es zum Brand gekommen war, darüber hatte sie sich noch gar keine Gedanken gemacht.

»Die Regale im Kontor waren noch nicht festgeschraubt. Offenbar ist eins auf Carl gestürzt. Er muss dabei die Öllampe fallen gelassen haben. Und die hat dann wohl den Brand verursacht.«

Die Regale, ja. Carl hatte davor gewarnt. Warum stand sie noch hier und unterhielt sich darüber? »Ich muss zu ihm!«, entfuhr es ihr. Ihrem Impuls folgend, wollte sie zur Tür, doch Antoine hielt sie auf, zog sie wieder zu sich.

»Schscht.« Vorsichtig, als wäre sie etwas schrecklich Zerbrechliches, strich er ihr über den Kopf. »Du hältst dich doch selbst kaum noch auf den Beinen. Komm erst einmal zu Kräften. Viel kannst du für ihn jetzt sowieso nicht tun.«

»Wie lange? Wann erfahren wir mehr?«

»Ich weiß es nicht.« Mit einem Zeigefinger hob er ihr Kinn etwas an und sah ihr eindringlich in die Augen. »Wir müssen abwarten.«

Sie nickte und lehnte ihre Stirn an seine Brust, atmete den Duft seines Parfüms ein, das den Geruch nach kaltem Zigarettenrauch nur leicht übertönte. »Antoine?«

Zärtlich fuhren seine Finger durch ihr zerzaustes Haar, verfingen sich leicht in ihren Strähnen. »Ja?«

»Danke. Für alles. Dass du … da warst. Ohne dich …« Sie hob den Kopf. Schon wieder sammelten sich in ihren Augen Tränen. Vor ihrem verschleierten Blick stieg das Bild auf, wie er Carl auf die Arme hob, um ihn herauszutragen. Wie sie sich an Antoine geklammert hatte, um den Weg aus der brennenden Fabrik zu finden. Fast so, wie sie sich jetzt an ihn klammerte. Voller Verzweiflung, voller Angst, ihn loszulassen. Als wären der Rauch und die Dunkelheit schon wieder da, um sie zu verschlingen. Aber solange er da war – würde sie aus der Dunkelheit hinausfinden. Sie würde dem Rauch nicht erlauben, sie zu ersticken.

»Aber natürlich.« Zärtlich legte er ihr eine Hand auf die Wange. »Ich werde immer da für dich sein.«

Sie blinzelte, und die Tränen flossen ungehindert ihr Gesicht herab. Mit dem Daumen wischte er das Nass weg.

»Alles wird gut«, redete er auf sie ein. Seine Hand fuhr erneut durch ihr Haar und legte sich in ihren Nacken, während er die andere an ihre Wange legte. Er beugte sich zu ihr. Mit einem Mal waren seine Lippen auf ihrem Mund.

Sie keuchte.

»Schscht, keine Angst.« Wie erstarrt spürte sie die Bewegung seiner Lippen auf ihrer Haut.

»Nein!«, murmelte sie, doch ihr Protest erstarb, als er sie erneut küsste.

Sie stöhnte, stemmte sich mit ihren bandagierten Händen gegen seine Brust. Der Schmerz flammte wie ein Brand auf ihrer Haut auf. Sie bekam keine Luft. Sein Kuss schien sie zu ersticken. Sie wimmerte, doch er ließ ihren Kopf nicht los, drückte seinen Mund noch fester an den ihren, während seine Zunge sich einen Weg zwischen ihre Lippen bahnte.

Verzweifelt schlug sie mit einer Hand gegen seinen Arm. Er zuckte zurück, ließ sie los und sah sie verwirrt an.

»Nein!« Sie taumelte zurück, auf Beinen, die ihr kaum noch gehorchten, und wischte sich über die rissigen Lippen, die leicht bluteten. »Das ist nicht richtig. Das ist einfach nicht richtig.«

Schwer atmend stand er da. Schüttelte wie benommen den Kopf. Dann war er mit einem Schritt wieder bei ihr, packte ihre Schultern. »Das ist richtig, Emma, das ist das einzig Richtige. Vertraue mir, denn ich weiß es. Ich wusste es vom ersten Tag an, als ich dich an der Universität gesehen habe. Diese Frau, dachte ich mir, diese Frau werde ich küssen, ich werde sie lieben, wie ich noch nie jemanden geliebt habe, sollte ich sie je wiedersehen. Und ich habe dich wiedergesehen. Das Schicksal hat uns zusammengeführt. Jetzt wird uns nichts mehr voneinander trennen. Tief in deinem Innern weißt du das auch.«

»Nein«, wiederholte sie noch einmal und stemmte sich mit den Händen gegen seine Brust. »Ich bin verlobt.«

Der Schmerz pochte unter den Verbänden, immer mehr, immer intensiver. Der Raum begann zu schwanken. Sie wollte sich festhalten, fand jedoch keinen anderen Halt, als sich in seinem Hemd festzukrallen.

»Ich liebe dich, Emma!« Er riss sie herum, stieß sie gegen ein Regal. Schmerzhaft bohrte sich ein Brett in ihren Rücken. Etwas polterte heraus, doch er achtete nicht darauf. »Ich liebe dich so sehr, dass mir die Luft fehlt, wenn ich dich nicht sehen kann. Dass ich rastlos bin und mir selbst fremd, wenn du nicht bei mir bist. Ich lasse nicht zu, dass du den Falschen heiratest«, redete er wie im Fieber. »Du gehörst mir.«

Schon wieder küsste er sie, und sie konnte nichts dagegen tun. Er presste sie gegen das Regal, sein Becken schmiegte sich an sie. Egal, was sie tat, es schien ihn nur anzufeuern. Er packte ihre Hände, führte sie ihr über den Kopf und presste sie gegen die Bücher, die im Regal steckten.

In ihrem Kopf drehte sich alles. Sie lockerte ihre Muskeln. Gab ihre Gegenwehr auf. Erwiderte seinen Kuss und drückte sich seinem Becken entgegen.

»Emma«, stöhnte er, und seine Lippen wurden weich und zärtlich. »Oh Emma, du bringst mich um den Verstand.«

Seine Hände strichen über ihre Arme, ihre Schultern, zogen ihr Morgenkleid auseinander. Seine Finger kämpften mit dem Stoff an ihrer Brust.

Vorsichtig entwand sie ihre Handgelenke seinem Griff. Strich über seine Schultern, dann weiter an seinen Rippen entlang zu seiner Hüfte, tastete sich vor, bis sie sein steifes Glied spürte. Ihre Finger fuhren weiter. Nur ein Stück. Dann packte sie zu.

Er hielt die Luft an und verharrte.

»Nein«, zischte sie ihm ins Gesicht.

Er grinste. »Du willst spielen, *ma petite Carmen*?«

»Ich bin nicht deine kleine Carmen. Und das ist kein Spiel.«

Sie erhöhte den Druck auf seine empfindlichste Stelle. Sah, wie sich seine Gesichtszüge verzogen, obwohl er alles versuchte, um es zu verbergen.

»Lass mich los.«

Er tat, was sie sagte. Seine Lider verengten sich zu Schlitzen. »Und was jetzt?«

»Jetzt werde ich gehen. Und du wirst mir nicht folgen.«

»Wo willst du denn hin? Zu *ihm*?« Seine Stimme war beängstigend ruhig. »Du hast keine Ahnung, was du da tust, was du wirklich willst, was du brauchst!«

»Aber du? Du weißt das alles? Was ich will, was ich brauche, wem ich gehöre?« Sie ließ ihn los. »Wir sind fertig miteinander.«

Er rührte sich nicht. Als hätte sie ihn noch immer in seiner Gewalt.

Emma wandte sich ab. Sie wollte nur noch weg – weg von diesem Zimmer, aus diesem Haus. Weg von ihm.

Ihr Fuß stieß gegen die Schatulle, die wohl aus dem Regal herausgefallen war und nun über das Parkett schlitterte. Und plötzlich konnte sie sich nicht mehr rühren, den Blick auf das Kästchen gerichtet, das neben der Tür liegen geblieben war. Sie musste sich fast überwinden, um hinzugehen und das kleine Ding aus Kirschholz mit feinen Mosaiken an den Seiten und der Perlmuttraute auf dem Deckel aufzuheben. Jede Bewegung kam ihr vor, als würde sie schlafwandeln. Als wäre nichts davon, was gerade geschah, real.

Sie hielt nicht einfach eine beliebige Schatulle in den Händen – diese hier sah genauso aus wie das Kästchen, das Carl am Abend des nicht ganz gelungenen Heiratsantrags aus dem Tresor geholt hatte.

Um ihr den Ring zu geben.

Ganz langsam drehte sich Emma zu Antoine. Bestürzt

467

starrte er auf das Kästchen in ihren Händen. Das Schloss schien aufgebrochen worden zu sein. Das filigrane Plättchen, das die Öffnung verzierte, stand einen Spaltbreit ab. Vielleicht lag darin bloß das Opium, das Antoine vor seiner Mutter versteckt hatte. Vielleicht rührte daher seine Bestürzung – dass sie es doch noch geschafft hatte, an ihren Stoff zu kommen. Vielleicht sah diese Schatulle der von Carl nur ähnlich.

Etwas in Antoines Blick verleitete Emma dazu, den Deckel zu öffnen.

In einem mit Samt überzogenen Einsatz lag ein Ring aus Messing.

Ihre Finger bebten. Einen Moment lang glaubte Emma, sie würde das Kästchen fallen lassen. Dann holte sie das Kleinod heraus, drehte es herum, betrachtete die zwei Stränge aus Metall, die so dicht miteinander verwoben waren.

Sie hatte noch nie etwas Schöneres gesehen. So schlicht, so elegant, so einmalig.

Konnte es wirklich sein?

Dieses Kästchen, dieser Ring – hier, bei Antoine? Oder täuschte sie sich? Oder war das alles nur ein blöder Zufall? Es müssten doch unzählige dieser Schatullen im Umlauf sein. Und den Ring hatte sie nie gesehen.

Sie schnupperte am Samt. Rauch. Der Stoff stank nach Rauch. Ihr wurde übel. Es war definitiv das Kästchen aus dem Tresor.

Kurz verharrte sie so, als hätte die Erkenntnis sie zu Eis erstarren lassen. Dann sah sie entschlossen auf. In Antoines blasses Gesicht, in seine leeren Augen. »Was genau hast du am Abend des Brandes in der Fabrik gemacht?«

Zuerst dachte sie, er hätte sie gar nicht gehört. Als wäre seine ganze Welt nur auf diese Schatulle reduziert worden. Als hätte Emma kein Schmuckkästchen, sondern die Büchse der

Pandora geöffnet und sämtliche Plagen nicht auf die Menschheit, sondern nur auf ihn persönlich losgelassen.

»Ich wollte mich für mein Benehmen am Abend davor entschuldigen«, setzte er nach einer ganzen Weile des bedrückenden Schweigens an. Seine Worte klangen zittrig, als er fortfuhr: »Es hat bereits gebrannt, als ich dort angekommen bin.« Wieder eine Pause. »Ich habe dich hineinlaufen sehen.« Langsam hob er den Blick, als müsste er seine ganze Kraft dafür aufwenden, musterte ihr Gesicht. »Ich liebe dich wirklich, Emma. Mehr als mein Leben, mehr als alles auf dieser Welt. Ich konnte doch nicht …«

»Woher weißt du von den Regalen, die nicht angeschraubt waren?«, unterbrach sie ihn und erschrak selbst, wie kalt, wie unbarmherzig ihre Stimme klang.

Er schwieg. Er schwieg einfach!

»Wie genau kommt dieses Kästchen hierher?«, brüllte sie ihn an. »Sprich mit mir! Sprich, verdammt!«

Er fuhr sich mit beiden Händen durch das Haar, machte ein paar Schritte hin und her wie ein in einem Käfig gefangener Tiger. »Das weißt du nicht mehr?«

»Was genau sollte ich denn wissen?«

Abrupt blieb er stehen und rieb sich verzweifelt übers Gesicht. Schwieg immer noch. Bis er ganz langsam zum Reden ansetzte: »Ich habe euch vor dem brennenden Kontor entdeckt und … habe dieses Schmuckkästchen neben dem umgestürzten Regal gesehen. Carl muss es in der Hand gehabt haben, als es passiert ist. Ja. Genau. Und ich … ich weiß, was da drin ist. Wie viel es ihm bedeutet. Es ist der Verlobungsring seiner Mutter. Ich konnte es doch nicht den Flammen überlassen!«

Emma drehte die Schatulle in den Händen. Woran konnte sie sich noch erinnern? Sie wusste nur, dass Carl in ihren

Armen zusammengebrochen war. Dass sie verzweifelt neben ihm gekniet hatte, während sie durch die Hitze und den Rauch um jeden Atemzug kämpfen musste. Sie konnte sich erinnern, dass Antoine nach ihr gerufen hatte, dass er wie aus dem Nichts da war, um zu helfen. Um sie beide zu retten.

»Ich habe die Schatulle aus den Flammen geholt«, fuhr er fort, deutlich ruhiger als zuvor, und schob den Ärmel seines Hemdes hoch. An der Stelle, an der sie ihn vorhin geschlagen hatte, damit er aufhörte, sie zu küssen – da sah sie einen Verband. »Ja, sieh es dir ruhig genau an«, wiederholte er. »Ich bin in die Flammen gegangen, um das Ding da herauszuholen. Dabei habe ich mir diese Verbrennung zugezogen. Mit dem Kästchen bin ich zurück zu euch geeilt, musste es aber ablegen. Es war zu groß. Ich hätte es nicht geschafft, Carl und die Schatulle hinauszutragen. Und als ihr in Sicherheit wart, bin ich noch einmal in die Fabrik, um es zu holen, dann habe ich Hilfe geholt. Erinnerst du dich jetzt?«

Sie rührte sich nicht. Bild für Bild versuchte sie, das Geschehene vor ihrem inneren Auge Revue passieren zu lassen. Doch alles war so schrecklich durcheinander in ihrem Kopf. Sobald sie an den Brand auch nur dachte, stieg die Panik in ihr hoch, an dem Rauch zu ersticken. Carl für immer zu verlieren. Wäre Antoine nicht da gewesen …

Er knurrte. »Denkst du etwa, ich habe meinem besten Freund etwas angetan?« Langsam kam er auf sie zu. Sie stolperte zurück und stieß gegen die Tür. Dass sie vor ihm zurückzuckte, reichte aus, damit er stehen blieb. »Das glaubst du, ja?«, warf er ihr bitter entgegen. »Warum hätte ich das tun sollen?«

Ja, warum?

*Ich lasse nicht zu, dass du den Falschen heiratest.* Ungeheuerlich, die Vorstellung. Aber warum würde er dann Carl aus der Fabrik hinaustragen? Oder das Kästchen holen? Es ergab keinen Sinn. Nichts ergab in ihrer Verwirrung einen Sinn.

Kurz schloss sie die Augen. Konzentrier dich, befahl sie sich, rang die Panik und die Übelkeit hinunter. Sie dachte daran, wie sie sich endlich zum Kontor vorgekämpft hatte. Wie sie Carl unter dem Regal liegen sah. Wie sie die Sachen achtlos beiseitewarf, unter denen er begraben war. Auch das Kästchen? Sie wusste es nicht. Alles, was damals gezählt hatte, war, ihn unter dem Gestell freizubekommen. Dann hatte sie ihn vorsichtig umgedreht, seinen Namen gerufen und er ... er hatte etwas in seinem Delirium hervorgeflüstert. Etwas, was ihr erst jetzt wieder einfiel.

»Louise«, stieß sie hervor und musste sich an dem Türgriff festhalten. Ihr Kopf fühlte sich zu schwer an, um nachzudenken. Sagte Antoine die Wahrheit? »Louise«, wiederholte sie, als müsste sie diesen Namen zuerst auf ihren Lippen fühlen, damit das alles, was da in ihrem Verstand vor sich ging, irgendeinen Sinn ergab.

»Louise? Was redest du da?«

Aus dem Augenwinkel sah sie, wie Antoine einen Schritt auf sie zu machte. Schon wieder der fürsorgliche, aufmerksame Antoine, der immer für sie da war.

»Bleib, wo du bist!«, rief sie und riss ihren Arm abwehrend in die Höhe.

»Schon gut, schon gut.« Er trat wieder zurück. »Aber kannst du mir bitte erklären, was Louise mit diesem Unfall zu tun haben soll?«

»Vielleicht war es kein Unfall.«

Geräuschvoll schnappte er nach Luft. »Sie ist seine Schwester!«

Emma nickte benommen. Seine Schwester, die schon immer

gegen die Fabrik gewesen war, weil diese Carl und die Familie entzweit hatte. Wie weit würde sie gehen, um die Fabrik zu zerstören? Um Carl wieder zurückzubekommen, sobald sie ihn gesund gepflegt hatte? Konnte es sein? War Louise dazu fähig?

Andererseits … sie hatte Emma in den Kanal gestoßen. Ein heftiger Gefühlsausbruch, eine Tat im Affekt, ohne nachzudenken – mehr brauchte man nicht, um ein Regal umzustoßen und eine Öllampe auf den Boden zu werfen.

Ihre Gedanken drehten sich wie ein Karussell. Schneller und immer schneller. Der ganze Raum schien vor ihren Augen zu tanzen, und sie fühlte sich, als würde sie in einem Walzer über dem Boden schweben. Haltlos. Und vollkommen allein.

»Emma! Emma!«, rief es von irgendwo weit weg. Antoines Hände, die nach ihr griffen. Sie stützten.

»Lass mich los!«, rief sie erstickt hervor und stieß ihn von sich. Viel zu schwach, aber es reichte, damit er seine Hände wegnahm. Noch immer hielt sie sich am Griff, lehnte sich mit ihrem ganzen Gewicht gegen die Tür. Denk nach, denk nach! Was war in der Fabrik wirklich passiert?

»Es war ein Unfall, Emma«, redete Antoine auf sie ein. »Einfach nur ein schrecklicher Unfall.«

Sie war sich nicht sicher. Hatte jemand das Regal gestoßen? Konnte Carl sehen, wer es war? Hatte er versucht, den Namen des Täters zu sagen?

Sie würde es nicht herausfinden, wenn sie hierblieb. Vorsichtig ließ sie den Türgriff los. Machte einen wackeligen Schritt in den Flur. Noch hielt sie sich aufrecht. Das musste sie ausnutzen.

»Wo gehst du hin?«, hörte sie Antoines besorgte Stimme in ihrem Rücken. »Du musst zurück ins Bett. Du brauchst Ruhe! Schau dich doch an, du hältst dich kaum noch auf den Beinen!«

»Ich muss hier weg«, murmelte sie, ohne zurückzuschauen. »Und du wirst mir nicht folgen.«

\* \* \*

Emma musste sich ein paar weitere Kleidungsstücke von Madame Dupont ausleihen, damit sie das Gut nicht barfuß und in einem Morgenkleid verließ. Es war mühsam, mit verbundenen Händen eine Baumwollbluse anzuziehen und die vielen Knöpfe zuzumachen. Immerhin stellte das Schlüpfen in einen braunen Bahnenrock eine deutlich einfachere Angelegenheit dar. Beides sehr schlicht und zweckmäßig, so dass Emma sich beinahe modisch fühlte, da Paris in diesem Jahr *Retour à la Simplicité* propagierte. Einen beigefarbenen Automantel und ein Paar Schuhe gab es auch dazu. Sie würde die Sachen so schnell wie möglich zurückschicken, meinte sie, worauf Antoine beteuerte, das sei nicht nötig. Sein ganzer Ausdruck zeigte ihr, wie verletzt er über ihren Vorschlag war, wie entsetzt, dass sie tatsächlich ging, obwohl er sich für den Vorfall im Arbeitszimmer mehrfach entschuldigt hatte. Er hielt ihr vor, sie würde ihn wie einen Verbrecher behandeln, dabei hätte er sie und Carl gerettet.

Emma stritt sich nicht mit ihm, nahm sich in Gedanken jedoch fest vor, die Sachen bei der nächsten Gelegenheit zurückzuschicken. Gérard wartete bereits am Automobil, um sie nach Metz zu fahren. Ein Glück, dass der Wagen noch zur Verfügung stand und nicht längst der Bank überschrieben wurde. Auf dem Rücksitz war sie kurz versucht zurückzuschauen, sie wusste, dass Antoine auf der Marmortreppe stand und ihr nachsah, doch sie widerstand dem Drang. Fest umklammerte sie Carls Kästchen in ihrem Schoß und starrte geradeaus. Antoines anklagender Blick schien sie noch eine ganze Weile zu verfolgen, als hätte sie etwas furchtbar Falsches getan, und es kostete sie Mühe, dieses Gefühl abzuschütteln. Die Fahrt würde eine ganze Weile dauern, in der Zeit musste sie sich überlegen, wo sie hinsollte. Mit einem Mal kam sie sich verloren und absolut hilflos vor. Eine einsame, mittellose junge Frau ohne jegliche Perspektive. Es gab nur einen Ausweg, nur eine einzige Möglichkeit, sich doch noch vor dem Schlimmsten zu retten – zurück zu ihren Eltern zu gehen und sie um Verzeihung anzuflehen. Doch als sich in der Ferne die ersten Bauten von Metz zeigten, nannte sie Gérard die Adresse der Buchhandlung.

Das Geschäft war schon zu, als sie dort angekommen war. Kurz hatte die Angst sie gepackt, die Nacht auf der Straße verbringen zu müssen. Sie begann zu klopfen, gegen die Scheibe zu trommeln, minutenlang – bis sie bemerkte, wie Émile Perrin zur Tür eilte und hastig aufsperrte.

»Emma! Um 'immels Willen! Was ist los?«

Sie traute sich kaum, über die Schwelle zu treten. Es war so einfach, hierherzukommen. Ohne sich Gedanken darüber zu machen, ob der alte Buchhändler tatsächlich in der Lage war, ihr einen Unterschlupf zu bieten. Für sie zu sorgen.

Sein Blick fiel auf ihre bandagierten Hände. »*Ma pauvre!* Was ist passiert? Komm, komm rein!« Er trat hastig beiseite und schob sie buchstäblich in den Laden. Hinter ihr sperrte er wieder ab, drehte sich zu ihr und schlug sich eine Hand vor den Mund. Bei jedem anderen würde die Geste viel zu theatralisch wirken, doch in seinem Gesicht lag so viel Sorge, dass Emma einfach nicht anders konnte, als auf ihn zuzukommen und ihn zu umarmen. »Es geht mir gut. Könnte … könnte ich eine Weile bei dir bleiben?«

»Aber natürlich.« Er fragte nichts, sondern kochte erst einmal einen Kamillentee. Emma sah sich nach Gusti um – bei dem ganzen Tumult hatte sich die Buchhandlungskatze hinter ein Regal zurückgezogen, nun lugte sie hervor und kam schließlich vorsichtig auf Emma zu.

Emma war froh, das weiche, lange Fell zu streicheln. Émile Perrin deckte auch schon den Tisch und organisierte ein Marmeladenbrot, das er Emma vor die Nase stellte. Sie war sich nicht sicher, ob sie einen Bissen hinunterbekommen würde. Dafür kam Gusti interessiert her und schnupperte neugierig am Essen. Emma fragte sich, ob sie der Katze vielleicht was abgeben sollte, doch daran zu riechen schien das Tier vollkommen zufriedengestellt zu haben. Als musste Gusti die Qualität der Zubereitung prüfen.

Emma nippte an ihrer Tasse. Die Wärme tat ihr gut. Émile sagte noch immer nichts, sondern sah ihr dabei zu. Der Geruch des Kamillentees wirkte beruhigend, vermittelte das Gefühl, endlich in Sicherheit zu sein. Zu Hause.

Kurz stellte sie die Tasse ab und schaute in die gelbbraune Flüssigkeit. »Carl ist schwer verletzt«, brachte sie endlich hervor. Mit einem Mal sprudelten die Worte aus ihr heraus, als müsste sie sich alles, absolut alles von der Seele reden, viel zu durcheinander, so dass der arme Mann vermutlich nur einen Bruchteil davon verstand. Doch er hörte zu, ohne zu unterbrechen. Und es redete sich immer leichter in seinem Beisein. Sie wusste gar nicht, wann sie das letzte Mal so frei sprechen konnte, vermutlich noch nie.

Als ihre Worte versiegt waren, blieben ihr nur Tränen, die unaufhörlich über ihr Gesicht flossen. Noch lange saß Emma da, von der Stille der Bücher umgeben. Irgendwann hörte sie auf zu schluchzen. Mit zitternden Händen wischte sie sich über die nassen Wangen.

»Und du glaubst, es war kein Unfall?« Perrins Blick ruhte auf der Schatulle, die Emma zwischen ihnen abgestellt hatte.

»Ich weiß nicht, was ich glauben soll.« Sie trank ihren erkalteten Tee aus, von dem Brot hatte sie kaum etwas angerührt. »In meinem Kopf ist alles so schrecklich durcheinander!«

Er nickte. »Es ist spät. Lass uns schlafen gehen, morgen sehen wir weiter.«

Émile Perrin bewohnte eine winzige Wohnung oberhalb der Buchhandlung, die nur mit dem Nötigsten ausgestattet worden war. Den restlichen Platz füllten auch hier Bücher, als gäbe es unten nicht genug. Doch gerade dieser Geruch spendete Emma Trost und machte den fremden Ort sofort heimisch.

Der Buchhändler bezog für sie frisch das Bett und brachte Decken nach unten in den Laden, wo er für sich ein Schlaflager eingerichtet hatte. Emma wollte protestieren, sie konnte doch nicht den Mann aus seinem eigenen Bett vertreiben, doch er ließ nicht mit sich reden, als wäre er weder der deutschen noch der französischen Sprache mächtig. Nur Gusti blieb, die sich zu Emma auf das Kopfkissen gelegt hatte. Die Nähe des Tiers war ungewohnt, zuerst wusste Emma nicht, ob sie sich noch rühren konnte. Hoffentlich erdrückte sie die Katze nicht versehentlich in der Nacht. Doch schon bald wiegte Gustis vertrautes Schnurren sie in den Schlaf.

Schon am nächsten Tag fühlte sie sich, als hätte Emma in dieser Wohnung und im kleinen Buchladen ihr ganzes Leben verbracht. Émile und sie frühstückten gemeinsam und ganz in Ruhe. Immer wieder zerrte die Ungewissheit an ihr, doch sie war zu schwach, um zu den Seidels zu gehen. Um sich abzulenken, schlug sie vor, Perrin im Laden auszuhelfen. Sie hatte dabei an das Abstauben der Bücher gedacht, stattdessen machte er sie mit der Buchführung vertraut, so dass sie Rechnungen und Aufträge verwalten konnte. In der sonstigen Zeit lernte sie fleißig, um alles aufzuholen, was sie schrecklich vernachlässigt hatte. Es war erstaunlich, was für große Fortschritte sie dabei machte, wenn es nichts gab, was sie davon abhielt, ihre Nase in die Bücher zu stecken. Abends weinte sie sich unter Gustis tröstendem Schnurren in den Schlaf. Manchmal kamen Albträume. Wie Carl auf dem Boden lag und sich nicht rührte. Wie sie nach seinem Puls tastete, sich an seine Brust drückte, um etwas zu hören … eins, zwei, drei … bei neun war Schluss. Kein Atemzug mehr. Kein Herzschlag. Nach Luft ringend wachte sie auf und brauchte eine Weile, um zu begreifen, dass sie nur geträumt hatte. Dass Carls Herz noch schlug. Vielleicht.

Nach ein paar Tagen fühlte sie sich kräftig genug, um zu den Seidels zu gehen. Noch länger würde sie die Ungewissheit nicht mehr ertragen, ohne verrückt zu werden.

Je näher sie der Villa kam, umso tiefer nistete sich die Angst in ihr ein. Sie durchschritt das Tor, als würde sie in eine vollkommen andere Welt eintauchen, in der sie nicht wusste, was sie dort zu erwarten hatte. Der Herbstwind hatte fast die ganzen Blätter von den Bäumen im Park geweht. Das Gras wirkte müde und schlapp und schmiegte sich beinahe dankbar an die kalte Erde. Schritt für Schritt näherte sich Emma dem Haus, kam die Stufen hoch und klopfte, als würde ihr Körper die Bewegungen von alleine vorführen und sie müsste nur zusehen. Einige Zeit lauschte sie gebannt, bis die Tür schwungvoll aufgerissen wurde. Dieser Schwung ließ die Hoffnung in ihr aufkeimen. Vielleicht lag dieses Haus doch nicht in tiefster Trauer, wenn ein fröhliches, sommersprossiges Dienstmädchen voller Freude unangemeldete Gäste empfang. Doch auf die Frage, was sie denn wünschte, wusste Emma plötzlich keine Antwort.

»Wem soll ich Sie denn melden, gnädiges Fräulein?«, wollte das Mädchen wissen und wippte ungeduldig auf und ab, bereit, jeden Moment loszulaufen.

Verloren stand Emma in der großen Eingangshalle, als sie Schritte hörte und ausgerechnet Carls Vater vorbeieilen sah. Er musste die geöffnete Tür bemerkt haben, womöglich auch Emma, die auf der Schwelle verharrte, denn er stoppte, als wäre er gegen eine unsichtbare Wand gelaufen. Zuerst rührte er sich nicht, dann kam er ganz langsam heran und schickte das Dienstmädchen mit einem knappen Kopfnicken weg. Sein Anblick hatte etwas von dem welken Gras draußen: erschöpft, vollkommen ausgelaugt. Seine faltige Haut wirkte schlaff und blass. Er legte eine Hand auf die Tür, und Emma glaubte, er würde ihr diese wortlos vor der Nase zuschlagen, doch dann zuckte etwas durch sein Gesicht. Hilflos senkte er die Schultern, als würde er den inneren Widerstand aufgeben.

»Kommen Sie herein«, murmelte er schließlich und zupfte unbeholfen an seinen Hemdärmeln. »Carl … hat nach Ihnen gefragt. Sogleich, als er aufgewacht war.«

Emmas Herz trommelte so laut, dass sie kaum ihre eigenen Worte hörte. »Er ist wach?«, flüsterte sie und ganz zaghaft, ganz langsam breitete sich die Erleichterung in ihr aus. Er lebte. Alles andere war unwichtig. »Ist er hier? Wie geht es ihm?«

Ehrhard Seidel schien zu überlegen, ob er wirklich weitersprechen sollte. Als wäre es ihm unangenehm, von Angesicht zu Angesicht mit ihr zu sein. Die Ablehnung ihr gegenüber las sie deutlich in seinen Zügen. Dann ließ seine Anspannung nach, als würde er sich ergeben.

»Dass er noch am Leben ist, haben wir wohl Antoine und Ihnen zu verdanken«, presste er mühsam hervor. Ein Eingeständnis, das ihm sichtlich nicht leichtfiel. Dann verhärteten sich seine Züge wieder. »Diese Fabrik hat ihn fast umgebracht, Fräulein Bergmann. Wir hatten Glück. Schon wieder hatten wir unvorstellbar viel Glück – aber wie lange wird dieses Glück uns erhalten bleiben?«

Sie bemerkte, wie seine Augen feucht wurden, wie er hörbar schlucken musste, vermutlich um die Tränen zurückzuhalten.

»Was lässt du das arme Mädchen denn in der Eingangshalle herumstehen?«, ertönte Wilhelmines resolute Stimme, und die Frau eilte auf Emma zu. »Wie gut, dass du hier bist! Vor zwei Tagen haben wir einen Botenjungen zu euch nach Hause geschickt. Carl macht sich Sorgen, wie es dir geht. Aber du warst nicht da.«

»Ja. Da … wohne ich nicht mehr.«

Wilhelmine fragte nicht weiter nach, sondern nahm ihr eigenhändig den Mantel ab und führte sie zur Treppe. »Komm. Lange kannst du zwar nicht bei ihm bleiben, er ist noch sehr schwach. Aber es tut euch beiden sicherlich gut, einander zu sehen.«

Auf unsicheren Beinen stieg Emma die Treppe hoch. Sie würde Carl sehen! In ihrem Innern schien alles zu flattern. Fast wagte sie es nicht, wirklich daran zu glauben. Der Hoffnung zu erlauben, sich zu fest in ihrer Seele einzunisten. Als sie einen Blick zurückwarf, sah sie Carls Vater, der noch immer neben der Tür stand und ihr verbittert nachsah.

»Ihr Gatte ist nicht wirklich froh über meinen Besuch, nicht wahr?«, flüsterte Emma befangen.

»Er braucht einfach noch ein bisschen Zeit.«

»Und Sie?« Ähnlich wie bei Gesprächen mit ihren Eltern früher hörte sie sich kaum noch. Doch Wilhelmine war anders. In dieser Familie schwieg man wohl nicht über Fragen und Zweifel hinweg. Und man hörte einander, egal, wie leise derjenige war.

»Ich habe auch meine Zeit gebraucht«, gab Carls Mutter zu. Emma warf einen scheuen Blick zu ihr hinüber und sah die gleichen Funken in ihren Augen wie in denen Carls. Wilhelmine blieb vor einer Tür stehen und lächelte Emma aufmunternd zu, was ihre Funken noch ein kleines Stückchen mehr zum Leuchten brachte. »Aber Männer sind ein bisschen langsamer, was Gefühlsangelegenheiten angeht. Denk daran: Nicht zu lange. Es fällt ihm noch schwer, sich zu konzentrieren. Es gibt schlechte und gute Augenblicke, in den schlechten weiß er manchmal gar nicht, wo er ist. Lass dich davon nicht verunsichern.« Sie klopfte an, lugte durch einen Spalt ins Zimmer, dann winkte sie Emma herbei.

Emma stand wie angewurzelt da. Unfähig, sich zu bewegen. Was sollte sie tun, wenn er tatsächlich nicht wusste, wo er war? Und wer da vor ihm stand?

»Was ist denn?« Wilhelmine berührte ihre Schulter, öffnete die Tür und schob sie ganz sanft zur Schwelle. »Das wird schon.«

*Das wird schon* – die Zuversicht, mit der seine Mutter es aussprach, ließ etwas in ihr auftauen. Als würde eine kleine Sonne in ihr aufgehen und alles in ihrem Innern aufwärmen. Dennoch kostete es sie unendlich viel Kraft, den Blick von ihrem Rocksaum zu heben und zum Bett zu schauen.

Sein Gesicht war aschfahl, so dass die Sommersprossen wie Flecken aussahen. Die Augen wirkten matt und unendlich müde, dunkle Schatten lagen darunter. Der Verband an seinem Kopf verbarg fast vollständig seine Locken. Und wäre er so in der Buchhandlung aufgetaucht, hätte sie sicherlich gedacht, er wäre längst tot und es stünde bloß ein Geist vor ihr – so ausgemergelt, fremd und unendlich erschöpft sah er aus.

Wilhelmine schob sie noch ein paar Schritte weiter. Erst dann traute sie sich näher heran. Neben seinem Bett stand ein Stuhl. Mit angehaltenem Atem setzte sie sich auf die Kante. »Carl?«

Ganz langsam, als würde die kleinste Bewegung ihm Schmerzen bereiten, drehte er den Kopf zu ihr und runzelte die Stirn.

»Ich bin es, Emma!«, stieß sie hervor und verkrampfte ihre Hände im Schoß. Was, wenn er nicht mehr wusste, wer sie war? Wenn man ihm nur gesagt hatte, dass irgendeine Emma ihn in der Fabrik gefunden hatte und er bloß seine Retterin sehen wollte? Ohne dass er …

»Das weiß ich doch.« Seine Stimme klang brüchig und rau. So anders.

Aber gleichgültig, wie anders alles an ihm war, wie seltsam diese Situation sich auch anfühlte – er war immer noch Carl. Und sie war bei ihm. Vorsichtig löste sie ihren Griff, beugte sich vor und berührte seine Hand. Kurz hielt sie inne. Nur schwach erwiderte er ihren Druck, doch es reichte, damit sich eine grenzenlose Erleichterung sich in ihr ausbreitete. Seine Mutter hatte recht: *Das wird schon.* Sie würden es überstehen. Zusammen.

Sie fragte nicht, wie es ihm ging. Er hatte Mühe, die Augen offen zu halten, irgendwann fielen ihm die Lider zu. Sie blieb noch eine Weile, immerhin waren seine Finger nicht mehr so entsetzlich kalt. In ihrer Hand hatten sie sich ein bisschen aufgewärmt. Sein Gesicht wirkte friedlich. Entspannt. Emma lächelte ihm zu und bemerkte aus dem Augenwinkel, wie Wilhelmine sie zu sich winkte.

»Er schläft sehr viel«, sagte seine Mutter im Flur, als sie die Tür ganz leise hinter sich zugezogen hatte. »Aber das ist schon in Ordnung. Er wird noch eine Weile brauchen, bis er zu Kräften gekommen ist. Wir können froh sein, dass er überhaupt noch lebt.«

»Es war ein Unfall … oder?«, murmelte sie. »Hat … hat Carl gesagt, was passiert ist?«

»Emma!«, ertönte eine Stimme von der anderen Seite des Flurs und schien das ganze Haus mit einer silberhellen Fröhlichkeit auszufüllen. Emmas Kopf ruckte unwillkürlich herum. Mit einem strahlenden Gesicht eilte Louise zu ihr herüber, und prompt wurde Emma umarmt. »Wie schön, dich zu sehen! Wie geht es dir?«

»Gut«, keuchte Emma, von der Umarmung vollkommen überrumpelt.

»Wie wunderbar, dass du da bist! Ach, ich muss dir so viel erzählen! Komm mit.«

Sie zog Emma mit sich, die Treppe hoch – Emma hatte es gerade noch geschafft, ihren Mantel von Wilhelmine zurückzubekommen. Und erst als die Tür des Ateliers hinter ihnen zufiel, gab Louise sie frei.

»Was willst du hier?«, fauchte die junge Frau.

Irritiert sah sich Emma um. Der Raum war nach wie vor groß und schön und unglaublich hell, aber seine Seele hatte er verloren. Alle Staffeleien standen offen und präsentierten Reliefs mit märchenhaften Blumen und üppigen Ranken.

»Wo ist denn *Unendlich verloren*?«, fragte Emma, der Name hatte sich tief in ihrem Gedächtnis eingeprägt und kam immer wieder hoch, wenn sie an Antoine dachte.

Louise verzog das Gesicht, als wäre es ihr unangenehm, daran erinnert zu werden. »So etwas mache ich nicht mehr. Das war albern. Eine Frau sollte sich nur mit Dingen beschäftigen, von denen sie was versteht.« Sie ballte die Hände und trat entschlossen auf Emma zu. »Schämst du dich eigentlich nicht, dich wieder und wieder zerstörerisch in unsere Familie einzumischen? Hast du auch nur die geringste Ahnung, was wir gerade durchmachen?«

»Ich kann es mir vorstellen«, flüsterte Emma.

»Ach, kannst du das?« Louises Stimme schraubte sich in

die Höhe. »Du weißt also, was es heißt, an seinem Bett zu warten, ob er überhaupt aufwacht? Zu beten, dass keine Komplikationen auftreten mögen? Und dann kommst du, läufst hier herum und verbreitest deine kruden Theorien? Beschuldigst anständige Menschen?«

Emma horchte auf. Was hatte sie gesagt? Wen sollte sie beschuldigt haben? Und warum war Louise so schnell herbeigeeilt, um sie von Wilhelmine wegzuschleppen? Da stimmte etwas nicht. Langsam hob sie den Blick. »Was genau verbreite ich denn?«, fragte sie lauernd.

»Dass es kein Unfall war?« Herausfordernd hob Louise die Augenbrauen.

»Oder …« Emma hielt inne. Einen Moment lang blieb sie still, ohne Louise aus den Augen zu lassen. »Dass Carl deinen Namen genannt hat, bevor er bewusstlos wurde? Ist es das, wovor du Angst hast? Dass jemand erfährt, dass du da warst?«

Louises Gesicht fror ein. Nur ihr Blick schien hin und her zu huschen, als hätte sie Angst. Regelrecht Panik. Und suchte nach einem Ausweg wie ein in die Enge getriebenes Reh.

Emma löste sich von der Wand und trat näher. »Hab ich recht? Warst du an dem Abend in der Fabrik?«

Louise fuhr zurück, bis sie gegen ihren Arbeitstisch stieß. Fremd kam sie Emma vor. Als würden sie sich zum ersten Mal ansehen. Als stünden sie auf unterschiedlichen Seiten eines Kriegsfeldes.

»Louise?«, wiederholte Emma mit Nachdruck.

»Ja, ich war da. Und was jetzt? Ist es etwa verboten, meinen Bruder zu besuchen? Willst du ihn denn gänzlich von seiner Familie abschotten?«

»Und was genau hast du bei ihm gemacht?«

»Nichts! Ich habe nichts gemacht!«, rief Louise aus. Sie

wandte sich ab, stützte sich an der Kante ihres Arbeitstisches ab. Mit einem Mal fegte sie ihre Instrumente von der Oberfläche, die dort ausgebreitet lagen. »Wir haben geredet«, keuchte sie. »Mehr nicht!«

»Worüber denn?« Eine Erkenntnis keimte in ihr auf. Eine schreckliche Erkenntnis, die langsam eine Form annahm und bedrohlich zwischen ihnen schwebte. Konnte es wirklich sein, dass seine eigene Schwester für den Unfall verantwortlich war? Ihrem Temperament wäre es zuzutrauen.

Langsam drehte Louise den Kopf zur Seite. »Ach, das hat er dir nicht zugeflüstert, bevor er ohnmächtig geworden ist? Ich habe ihn angefleht, seinem besten Freund zu helfen. Ihm den Schmuck meiner Mutter zu geben, auf den ich übrigens genauso ein Anrecht habe wie er. Wir haben uns gestritten, und ich bin zurück zu Antoine gegangen. Und sobald Carl seine Erinnerungen zurückhat, wird er dir das bestätigen!«

»Carl erinnert sich nicht mehr an den Brand?« Sie stutzte. »Warte. Du bist zu Antoine zurückgegangen? Er war dort mit dir?«

Hatte er nicht behauptet, er wäre gekommen, als es bereits gebrannt hatte? Dass er sich bei Carl für sein Verhalten am Abend zuvor entschuldigen wollte?

»Nein«, wisperte Louise beinahe erstickt. Und völlig verängstigt. »Nein, so war es nicht. Ich rede Unsinn. Antoine hat nichts, absolut nichts damit zu tun!« Es war, als würde dieser jungen Frau die ganze Farbe aus dem Gesicht weichen. Und der Puder mit dem Rouge an den Wangen wirkte wie der schlechte Putz an einer Fassade. »Was willst du eigentlich hören? Dass ich meinen eigenen Bruder verletzt habe? Dass ich seinen Tod wollte? Es war ein Unfall! Wäre diese Lampe nicht kaputtgegangen, wären die Flammen nicht sofort auf diesen blöden Stuhl übergesprungen …« Louise schlug sie sich die Hände vors Gesicht. »Nein, nein. Du machst mich ganz konfus. Du solltest gehen. Jetzt sofort.«

»Welchen Stuhl?« Schon war Emma bei ihr, packte sie am Arm. »Du hast gesehen, wie die Flammen sich ausgebreitet haben? Dann bist du also zurückgekommen!«

»Bin ich nicht!«, rief Louise heiser aus, und die Verzweiflung auf ihrem Gesicht wirkte echt. Genauso wie ihre Angst. Und die Tränen, die ihre Augen füllten. »So war das doch alles gar nicht.« Sie entzog sich Emmas Griff, rieb sich die Schläfen und tippelte in kleinen Schritten hin und her. »Ach, ich kann das nicht, ich kann das einfach nicht!«

»Dann sag die Wahrheit, wenn du das nicht kannst. Sag mir, was wirklich passiert ist!«

Louise stieß die angehaltene Luft aus, blinzelte die Tränen weg. Mit einem Mal wirkte ihr Gesicht kalt und undurchdringlich, nur ihre Stimme zitterte verräterisch, als sie wieder sprach: »Es war ein Unfall. Punkt. Antoine hatte recht, du kannst es einfach nicht sein lassen. Du bist nicht zufrieden, bis du jeden Menschen zerstört hast, dem du nahekommst! Er hat mich gewarnt, dass ich aufpassen muss.«

»Antoine hat dich gewarnt?«

»Ja, und?« Louise schnaubte. »Er hat …« Sie stockte wieder, als müsste sie sich auf die Zunge beißen, um nicht etwas auszuplaudern.

»Er hat – was?«, setzte Emma nach.

Entschlossen blickte Louise auf. »Er hat um meine Hand angehalten!«

»Was?« Emma stutzte. Ihre Gedanken schienen sich zu verheddern. Irgendetwas passte da nicht zusammen. Louise war in die Fabrik zurückgekehrt. Vielleicht war es noch einmal zum Streit gekommen. Vielleicht hatte sie im Affekt das Regal umgestoßen. Und Antoine? Warum hatte er gelogen, als er von seiner Ankunft in der Fabrik erzählt hatte?

»So ist es, Antoine und ich werden heiraten«, setzte Louise zufrieden nach. »Da staunst du, nicht wahr? Dachtest bestimmt, du hättest ihn um den Finger gewickelt, um mit ihm zu spielen, ihn zu zerstören. Aber das wird dir nicht gelingen! Er hat *mich* gewählt. Er wird *mich* heiraten.«

»Deckst du ihn?«, flüsterte Emma kaum hörbar. »Oder deckt er dich? Was genau ist an diesem Abend passiert?«

Louises Gesicht wirkte leichenblass. Ihre Nasenflügel bebten. »Verschwinde von hier!«, zischte sie und ging auf Emma los. »Geh weg und lass uns alle in Ruhe! Halte dich fern von uns!«

Emma taumelte zur Tür.

Was auch immer geschehen war.

Sie würde es nicht hier erfahren. Und nicht heute.

Aber irgendwann – irgendwann würde sie es herausfinden.

\* \* \*

Die Tage vergingen. Emma versuchte, sie mit ihrer Energie zu füllen und jede Minute zum Lernen zu nutzen. Denn wenn sie nicht über ihren Büchern brütete, schweiften ihre Gedanken sofort zum Abend des Brandes ab … und zu Carl. Wie sollte es weitergehen? Das Feuer hatte der Fabrik stark zugesetzt – der Feuerwehr war es nicht gelungen, die Flammen sofort unter Kontrolle zu bringen. Emma war dort gewesen, um sich ein Bild davon zu machen – die Beseitigung der Schäden würden viel Geld verschlingen. Sie hatte eine Kostenschätzung eingeholt, und die Summe verursachte ihr Schwindelanfälle. An manchen Abenden hatte sie regelrecht Panik, nichts mehr von Carl zu hören, die Fabrik zu verlieren, zusehen zu müssen, wie ihr Leben den Bach runterging, ohne etwas dagegen tun zu können. Manchmal glaubte sie, irgendwo Rauch zu riechen – und jedes Mal wäre sie am liebsten davongestürzt.

»Was ist, wenn er sich nie vollständig erholt?« Ihre Stimme überschlug sich beinahe, als sie vor Émile ein Buch hinlegte, das sie sich einen Tag davor besorgt hatte. *Der Schädelverletzte und seine Schicksale*, lautete der Titel von einem gewissen Bruns. Gusti sprang auf den Tisch und schnupperte misstrauisch am fremden Einband.

Der Buchhändler deutete auf die Katze. »Isch stimme mit Gusti überein. Wenn du nischt vor'ast, Medizin zu studieren, wende disch lieber deinen Lehrbüschern zu.«

»Aber … «

»Nischts aber. Jetzt 'ör auf, disch verrückt zu machen.«

So musste Emma sich in Geduld üben, was ihr alles andere als leichtfiel. Seinen Ring trug sie stets bei sich. Als könnte sie ihm allein dadurch ein kleines Stückchen näher sein. Und wenn der Schmerz ihre Seele flutete, betrachtete sie die eng ineinander verschlungenen Stränge des Metalls.

Immerhin reichte ihr Elan aus, um ihre Eltern zu besuchen. Sie wollte ihnen wenigstens sagen, dass es ihr gutging. An einem Abend machte sich Emma auf den Weg zur Wohnung, um ihren so ruppigen Abgang zu erklären. Doch ihre Mutter ließ sie nicht einmal über die Schwelle treten.

»Hab von dem Brand gehört.« Sie sah Emma abfällig an. »Nun kommst du also angelaufen. Trümmer und Asche, das ist alles, was dir geblieben ist. Und wo ist dein feiner Carl jetzt? Soll er sich um dich kümmern.« Mit einem Kopfnicken deutete sie auf Emmas von den Brandwunden vernarbten Hände. »Oder will er keinen Krüppel haben?«

»Wer ist da?«, tönte Vaters Stimme aus der Tiefe der Wohnung.

»Niemand«, rief Käthe Bergmann zurück und schlug Emma die Tür vor der Nase zu. Eine Weile stand Emma da, in der leisen Hoffnung, die Tür ginge noch einmal auf. Doch sie wartete vergebens.

Vielleicht war es gut so. Sie musste einen Schlussstrich ziehen und nach vorn blicken. Also paukte sie für das Abitur und schrieb fleißig die Übungstests, die Émile Perrin ihr vorlegte.

Das Wetter verschlechterte sich mit jedem Tag, kalt und nass fegte der späte Herbst durch die Straßen und vertrieb die Passanten von der Promenade. Die wenigen Mutigen mummelten sich in ihre Mäntel ein und versuchten, so schnell wie möglich nach Hause zu gelangen, um dem Wind und Regen zu entkommen. Einige verirrten sich in die Buchhandlung und kauften die eine oder andere Lektüre für die ungemütlichen Abende. Als das Glöckchen abermals klingelte, schaute Emma von ihren Lehrbüchern hoch, um den nächsten Kunden zu bedienen – Émile überließ ihr des Öfteren den Laden, wenn er Besorgungen machte.

»Carl!«, entfuhr es ihr, als sie seine vertraute Gestalt entdeckte. Emma sprang auf, lief auf ihn zu und drückte ihn an sich. Seine Wangen waren kalt. Die Haarspitzen – feucht vom Regen, so wie die Wolle seines Mantels. Dennoch konnte sie ihn nicht mehr loslassen. Als befürchtete sie tief in ihrem Inneren, er würde sich in nichts auflösen, sollte sie ihn wieder freigeben.

Kurz hatte er sich versteift, dann strichen seine Hände über ihren Rücken. »Es geht mir gut«, flüsterte er in ihr Ohr, und seine liebevolle Stimme trug sie zurück in Sicherheit.

Konfus gab sie ihn wieder frei. Etwas in seinem Gesicht hatte sich verändert. Seine Züge wirkten eine Spur härter, die Locken waren länger.

»Es ist so schön, dich zu sehen.« Mit einem Finger strich sie ihm eine widerspenstige Strähne aus der Stirn, und die Locke entblößte eine lange Narbe, die sich rot und wulstig knapp oberhalb seiner Schläfe entlangzog. Unwillkürlich zuckte Emmas Hand zurück.

»Es ist nur eine Narbe«, murmelte er ganz leise.

Seine Worte zogen schmerzhaft durch ihre Brust. Nur eine Narbe? Irgendjemand war dafür verantwortlich. Irgendjemand, der ihm nahestand. Womöglich seine Schwester, im Affekt eines dummen Streites? Oder sein bester Freund, getrieben von Verzweiflung, sein Gut mit vermeintlichen Juwelen aus dem Tresor zu retten? Wie ein Nachtmahr kehrten ihre Gedanken immer wieder zum Abend des Brandes zurück.

»Emma?«, hörte sie seine besorgte Stimme.

»Entschuldige«, erwiderte sie zerstreut. »Es ist alles gut.«

»Ist es nicht.«

Mit einem Mal zog er sie an sich heran, ein wenig verzweifelt, wie es ihr vorkam. Seine Lippen fanden die ihren. Er schmeckte kalt und feucht, als würde sie den Herbstregen küssen. Kurz verharrte sie in seiner Umarmung, doch sein Kuss war so vorsichtig und so voller Zärtlichkeit gewesen, dass sich ihr Mund fast ohne ihr Zutun ihm entgegenöffnete. Seine Lippen fühlten sich wärmer, vertrauter an. Sie legte ihre Hände auf seine Schultern, strich über die Nässe auf seinem Mantel, die er von draußen mitgebracht hatte. Nach und nach tasteten sich ihre Finger vor und berührten seine warme Haut. Behutsam fuhr sie über seine Wangen, auf denen sich kaum wahrnehmbare Bartstoppeln zeigten, zeichnete die Linien seiner Ohren nach. Sie tauchte ihre Finger in seine Locken, fuhr höher und stieß seinen Hut von seinem Kopf, der unbeachtet zu Boden fiel. Dann kamen ihre Fingerkuppen gegen das wulstige Gewebe, das sich wie ein gezacktes Mal oberhalb seiner Schläfe entlangzog. Sie spürte, wie er sich anspannte.

Sie küsste ihn noch intensiver, als würde sie alles von ihm in sich aufnehmen wollen. Seine Sorgen, Gefühle, Gedanken. Etwas in ihrer Seele flatterte ihm entgegen, und sie glaubte, würde er sie nicht festhalten, wären seine Hände nicht da, würde sie sich vollkommen verlieren. Sie konnten kaum voneinander ablassen, taumelten gegen ein Regal, und ein Buch fiel heraus. Carl zuckte zusammen, keuchte und schob sie von sich. Sie sah, wie blass sein Gesicht wurde. »Entschuldige«, er fing sich wieder, »zu Regalen habe ich im Moment ein eher schwieriges Verhältnis.«

»Du brauchst dich nicht zu entschuldigen.«

Mit der Wange schmiegte sie sich an seine Brust und lauschte dem beruhigenden Schlag seines Herzens. Er legte den Arm um ihre Taille, und sie hatte das Gefühl, als würden sie sich wie auf dem Ball zu einer Musik bewegen, die nur für sie beide erklang. In ihrem ganz eigenen Takt. Vielleicht hatte er das auch gespürt, diese innere Musik, als er ihre Hand nahm. In seinem zärtlichen Griff sahen die Wucherungen der Brandwunden noch schlimmer aus. Einige waren noch nicht gänzlich verheilt – am Unterarm trug sie noch immer den Verband. Die Haut spannte bei jeder Bewegung, und plötzlich war es ihr schrecklich unangenehm, dass diese Hand in der seinen lag. Wer will schon einen Krüppel haben – das Stimmchen, das so oft ihre Gedanken durchkreuzte, klang im Tonfall ihrer Mutter. Sie wollte die Hand zurückziehen, als seine Lippen ihre Narben berührten.

»Nein, nicht.« Am liebsten hätte sie ihn weggestoßen und sich irgendwo verkrochen. Doch er ließ sie nicht fort. Verbittert starrte Emma auf die Finger, die ineinander verschlungen waren. Ihre sahen aus, als wären es knorrige Äste. Mit der freien Hand fuhr er darüber, tastete ganz sanft über das geschundene Gewebe.

»Vor einer Weile hat mir meine Mutter einen Ring für dich gegeben«, sagte er. »Dieser Ring bestand nur aus zwei Messingsträngen, die miteinander verwoben waren. Er hat schon so vieles erlebt, so vieles durchgestanden und meine Eltern immer zusammengehalten. Diesen Ring hätte ich dir liebend gerne gegeben. Aber den Brand hatte er wohl nicht überlebt. Ich schon. Weil diese Hände mich gerettet haben.«

Sie lächelte ihm durch ihre Tränen zu, die ihr unvermittelt die Sicht nahmen. »Heiratsanträge zu machen ist nicht gerade deine Stärke, nicht wahr?«

»Aber ich bessere mich, oder nicht?« Er hob die Augenbrauen. »Das nächste Mal …«

»Vielleicht brauchen wir kein nächstes Mal«, wisperte sie, holte den Ring hervor, den sie immer bei sich trug, und legte ihn in seine Handfläche.

Verblüfft starrte er auf das Kleinod, fuhr mit dem Daumen über die verwobenen Stränge, als müsse er sich vergewissern, dass seine Sinne ihn nicht täuschten.

»Woher …«

Rasch legte sie ihm einen Finger auf die Lippen.

Carl verstummte. Behutsam schob er den Ring auf ihren Finger. Das Metall kratzte leicht über das geschundene Gewebe, doch am Ende angekommen, schmiegte es sich an ihre Haut, als wäre der schmale Messingreif schon immer da gewesen.

»Mau!«, meldete sich Gusti laut.

Emma schaute herunter. »Na, möchtest du uns gratulieren?«

Als Antwort darauf begann Gusti zu würgen.

Eine eindeutige Stellungnahme.

Es klang, als würde in ihr ein kleines Maschinenwerk pumpen. Rasch sah sich Carl um und holte eine Zeitung, die

Émile auf dem Tisch liegen gelassen hatte. Das Blatt schob er ihr unter das Maul, während Emma sich vor das Tier kniete. »Was ist mit dir?«, stammelte sie erschrocken.

Mit einem herzhaften »Eeks!« spie die Katze einen Haarballen heraus. Wortlos wickelte Carl die Bescherung ein und brachte sie weg, während Emma dem Tier mit einem Taschentuch das Mäulchen säuberte. Zu Hause hatten sie keine Katze gehabt, doch sie fragte sich, ob ihrem Vater je in den Sinn gekommen wäre, so etwas wegzumachen.

»Ist alles in Ordnung mit ihr?«, fragte Carl, als er zurückkam und sich umstandslos neben Emma auf dem Boden niederließ.

»Ich denke schon.« Sie streichelte Gustis Kopf. Es tat gut, Carl bei sich zu haben. Zu wissen, dass mit ihm alles so einfach war und oft keine Worte benötigte.

Carl kraulte durch Gustis Fell.

Ihre Hände trafen sich in den weichen Katzenhaaren. Seine langen, wohlgeformten Finger strichen über die ihren, und es machte ihr nichts aus, dass er dabei ihre Narben berührte.

# Metz, 1910

## EMMA

EMMA STÜRZTE IN DIE BUCHHANDLUNG. Das Glöckchen über ihrem Kopf protestierte vernehmlich gegen die rüde Behandlung, doch sie nahm es kaum wahr. Vielleicht, weil sich in ihrem Kopf alle Gedanken überschlugen und ihr Herz ohrenbetäubend pochte.

»Ich habe es geschafft!«

Carl und Émile, die am Tisch saßen und Kamillentee degustierten, fuhren beide zu ihr herum, und sie wusste gar nicht, wem sie zuerst um den Hals fallen sollte.

»Die Prüfung?«, hauchte Carl.

»Bestanden!«, rief sie und schloss ihn in die Arme. Vor so viel Gefühlsduselei floh Gusti lieber unter den Tisch.

»Isch 'abe keine Zweifel ge'egt.« Der Buchhändler schmunzelte. »Isch 'abe ge'ört, du 'ättest einen ausgezeischneten Lehrer ge'abt!«

»Den hatte ich!« Sie setzte sich an den Tisch, auf dem sich noch immer ihre Lehrbücher stapelten, und erst jetzt fiel die Anspannung der letzten Tage von ihr ab. Die Erleichterung breitete sich einer Welle gleich in ihrem Innern aus. Das ganze Büffeln, Übungstests – sie hatte nicht einmal geahnt, wie unbarmherzig Émile sein konnte, wenn es um den Endspurt ging. Doch jetzt lümmelte er zufrieden in seinem Sessel, als wäre diese Prüfung für ihn genauso wichtig wie für sie gewesen, als hätte auch er etwas bestehen müssen und könnte sich erst jetzt erleichtert zurücklehnen.

»Dann steht dem Studium nichts mehr im Weg«, sagte Carl, brachte ihr eine Tasse und schenkte Kamillentee ein. Doch trinken konnte sie nicht.

Die Prüfung war eine Hürde gewesen, die sie manchmal kaum zu überwinden glaubte. Schau, wie weit du kommst, hatte Perrin ihr stets Mut gemacht – nun war die Hürde bezwungen. Was dahinterlag, hatte sie nie deutlich vor sich gesehen. Jetzt stand dem Studium nichts mehr im Weg – von Carl ausgesprochen, klang es so real, so greifbar.

»Das viele Geld – wo soll ich es hernehmen?«, murmelte sie.

»Wir«, korrigierte Carl. Er kam hinter sie und legte die gestrige Zeitung neben ihrer Tasse. Ganz unten stand eine kleine Annonce über ihre Verlobung. »Meinst du, deinem Onkel reicht das für Erste als Nachweis für unsere ernsten Absichten?«

»Aber die Fabrik ...«

»Es ist mehr als genug für die Renovierung und für deine erste Zeit in Straßburg.« Er zwinkerte ihr zu. »Ich kann auch gut mit Zahlen umgehen, glaub mir.«

Ihre Zeit in Straßburg. Die Aussicht machte ihr Angst. Dabei sollte sie sich doch freuen! Aber das konnte sie nicht. Zu viele Gedanken kreisten in ihrem Kopf. Was würde das aus ihnen beiden machen? Wie würden sie es überstehen, voneinander getrennt zu sein, sich nur sporadisch sehen zu können?

»Emma und Carl. Carl und Emma«, flüsterte er ihr zu und küsste sie. »Vergiss das nie.«

Nein, natürlich nicht. Die kleine Verlobungsanzeige spendete ihr Zuversicht. Emma mochte die Schlichtheit der Nachricht, die wenigen Worte, die alles sagten – es war ganz Carl, der nie gern schrieb, was gerade deshalb so sehr ihr Herz erwärmte:

*Als Verlobte grüßen*
*Emma Bergmann und Carl Seidel*

Was für eine Ironie, dass ausgerechnet daneben die große, verschnörkelte Annonce mit der Ankündigung der Hochzeit von Louise und Antoine prangte.

»Wie geht es deiner Schwester?«, fragte Emma so beiläufig wie möglich. Inzwischen hatte sie ein wunderbares Verhältnis zu Wilhelmine, vorsichtig optimistische Aussichten bei Ehrhard Seidel, während Louise sie eher duldete als akzeptierte. Antoine sah Emma wenig, worüber sie froh war. Seit das Gut endgültig verloren war, half er im Fuhrunternehmen aus.

»Sie kämpft. Ich glaube, die Schwangerschaft hatte sie sich anders vorgestellt.«

So viel zu Antoines Beteuerungen, es hätte zwischen ihnen nie etwas Ernstes gegeben. Nein, Emma wollte nicht daran denken! Überhaupt nicht. Zum Glück war zwischen ihm und ihr nie etwas gewesen.

»In das Kleid, das sie für die Trauung so unbedingt haben wollte, wird sie wohl nicht mehr passen«, fuhr Carl fort. »Aber ich glaube, wir müssen uns um sie keine Sorgen machen. Sie ist glücklich. Nehme ich jedenfalls an. Sie hat alles, was sie je gewollt hat.«

Emma nickte nur.

An den Brand erinnerte er sich nach wie vor nicht, und über den Unfall, wie es offiziell hieß, redete niemand mehr. Trotzdem hatte Emma stets ein ungutes Gefühl, wenn sie Louise oder Antoine begegnete. Ob sie den beiden je wieder vertrauen würde? Manchmal wünschte sie sich, sie würde sich wie Carl an nichts mehr erinnern können. Doch die Bilder suchten sie immer wieder heim. Meistens nachts. Dann schmeckte sie Rauch auf ihrer Zunge, spürte das Kratzen in ihrer Kehle, das sie zu Hustenanfällen zwang, bis sie beinahe würgte. Schweißgebadet fuhr sie aus ihren Albträumen hoch und glaubte, eine bedrohliche Präsenz in der Nähe zu spüren. Louise oder Antoine. Die sich in der Dunkelheit auflösten, um sie in ihrer Verzweiflung zurückzulassen.

Das Glöckchen klingelte abermals. Emma schluckte, sie musste sich kurz sammeln, bevor sie zur Tür sah – eigentlich war das Schild auf *Geschlossen* gedreht.

Es war Henri. Er schüttelte seinen Hut und klopfte den Mantel ab, bevor er näherkam – draußen warf der Wind den für Metz' Winter üblichen Schneeregen gegen die Scheiben.

»Herr Wolff!«, begrüßte sie ihn erfreut. Schon längst war er ein willkommener Gast in der Buchhandlung, so dass manche Tage im gemütlichen Beisammensein von ihnen fünf endeten – Gusti miteingeschlossen.

»Darf man gratulieren?«, fragte er grinsend.

»Natürlich!« Émile Perrin verdrehte die Augen und musste niesen, als Gusti auf seinen Schoß sprang und ihn mit ihrer Schwanzspitze unter der Nase kitzelte.

»Dann habe ich hier noch etwas, um den Moment perfekt zu machen. Ich gebe zu, ich habe ein paar Tage gewartet.« Er holte ein Papierblatt aus seiner Manteltasche und legte es auf den Tisch.

Ungläubig starrte Carl auf das Dokument. »Eine Handelserlaubnis?«

»Fräulein Bergmann meinte, es gäbe Schwierigkeiten mit einem gewissen Klingenberg. Mein Vater hat sich darum gekümmert.«

Emma runzelte die Stirn. Sie musste das Papier mit ihren Fingerspitzen berühren, um es wirklich zu glauben. »Trotz allem, was vorgefallen ist, hat er sich dafür eingesetzt?«

Henri lachte warmherzig, und es klang so ansteckend, dass

Emmas Mundwinkel unwillkürlich zuckten. »Fräulein Bergmann. Mein Vater liebt mich. Ich würde nicht behaupten, er liebt mich so, wie ich bin. Aber zumindest so sehr, dass er mir kaum eine Bitte abschlagen kann.«

Er zögerte, als könnte er die Traurigkeit fühlen, die sich bei den Gedanken an ihre eigenen Eltern in Emma ausbreitete. Sie hatte nichts mehr von ihnen gehört. Keine Antwort auf ihre Briefe, in denen sie den abrupten Bruch doch noch zu kitten versucht hatte.

»Vielleicht nehme ich mich auch zu wichtig, und es lag nur daran, dass mein Herr Vater den Kaufmann Klingenberg nicht ausstehen kann.« Verlegen fuhr er sich durchs Haar, und sein Blick fiel auf die Zeitung. »Ach! Wie ich sehe, man darf zu weiteren erfreulichen Ereignissen gratulieren!« Verschwörerisch wandte er sich zu Carl um. »Herr Seidel – verraten Sie mir Ihr Geheimnis? Soweit ich weiß, ist es unglaublich schwer, sich mit Fräulein Bergmann zu verloben.« In seiner Stimme schwang so viel Freude mit, dass Emma ihre Niedergeschlagenheit prompt vergaß.

Carl prustete. »Wem sagen Sie das! Aber ich habe gelernt: Aller guten Dinge sind drei.«

»Hat sie auch Ihnen beim ersten Mal vorgeschlagen, den Ring zu verschlucken?«

»Nein, sie hat ihn mir einfach aus der Hand gehauen.« Carl zwinkerte Emma zu. Seine Grübchen schienen sie zu necken. »Aber Hartnäckigkeit zahlt sich bekanntermaßen aus.«

Statt einer Antwort kniff Emma ihn spielerisch in die Seite. Da brachte Émile Perrin eine neue Tasse für Henri und schenkte eine weitere Runde Kamillentee ein. »Zum Glück 'at sich alles zum Besten gewendet.« Der alte Mann hob seine Tasse feierlich an und schaute schalkhaft in die Runde. »*Santé!*«

Lachend stießen sie mit Kamillentee an. Über den Tassen-rand hinweg schaute Emma umher. Wer hätte gedacht, dass all ihre Träume ausgerechnet in einer unscheinbaren Buch-handlung in Erfüllung gehen würden? Aber ihr Herz könnte nirgends freier schlagen als hier, an Carls Seite, im Kreis ihrer Freunde – unter Gustis wohlwollendem Blick.

# Nachwort

Zu diesem Roman haben mich real existierende Personen und wahre Begebenheiten inspiriert. Wenn wir heutzutage in einen Supermarkt gehen, sehen wir fast überall die Produkte der Firma Löwensenf. Doch wie viele von uns wissen, wie das Unternehmen entstanden ist?

Seine Ursprünge finden sich in Metz, in Elsass-Lothringen. Am 15. November 1903 gründeten Otto und Frieda Frenzel in einem alten Fabrikgebäude die *Erste Lothringische Essig- und Senffabrik Otto Frenzel*. Einen Brand gab es nie, aber der Vater von Otto Frenzel besaß tatsächlich ein Fuhrunternehmen, das er nach dem Deutsch-Französischen Krieg gegründet hatte. Die ersten Produkte der Fabrik waren der extra feine Tafelsenf nach Dijon-Art, Tafelsenf Düsseldorfer Art extra fein und der Meerrettichsenf.

Sehr bereichernd waren für mich die Recherchen zur Senfherstellung in der Manufaktur Pauli. Ich habe mit Absicht einen kleinen Betrieb gewählt, um nachzufühlen, woher die Leidenschaft für eine – damals in meinen Augen noch relativ banale – Würzpaste kommt. Sehr schnell habe ich begriffen, dass sie gar nicht so banal ist. Tatsächlich spricht der Senf alle Sinne an, und wenn man Eva Osterholz – der Gründerin der Manufaktur – zuhört, spürt man Leidenschaft pur. Senf ist nicht gleich Senf: Während des Schreibens konnte ich unzählige Sorten verkosten und schmeckte sehr schnell die Unterschiede. Noch immer liebe ich es, neue Geschmacksrichtungen dieser Paste zu entdecken.

## Die Stadt Metz vor dem ersten Weltkrieg

Durch Otto und Frieda Frenzel stand sehr schnell der Ort, an dem der Roman spielen sollte, fest: die Stadt Metz Anfang des 20. Jahrhunderts. Dass diese historische Reise so spannend sein würde, hätte ich mir niemals vorstellen können. Tatsächlich unterscheidet sich Metz sehr deutlich von vielen deutschen Städten dieser Zeit. Nach dem Deutsch-Französischen Krieg 1870/1871 wurde Metz vom Deutschen Reich annektiert. Viele französischstämmige Bürger wanderten daraufhin aus. Dafür zogen viele »Altdeutsche« hinzu, die die wichtigsten Posten in der Verwaltung, bei der Post, in den Schulen, bei der Eisenbahn etc. übernahmen und französischstämmige Bürger verdrängten. Während vor dem Deutsch-Französischen Krieg nicht einmal fünf Prozent von 40 000 Einwohnern Deutsch als ihre Muttersprache bezeichneten, stieg der Anteil um die Jahrhundertwende auf fast 80 Prozent. Die Germanisierung des Reichslandes war immer wieder ein großes Thema, das sich nicht gerade förderlich auf die Stimmung in der Stadt auswirkte. Von der französischstämmigen Bevölkerung wurde absolute Loyalität gegenüber dem Kaiserreich erwartet, gegenseitiges Misstrauen war jedoch weit verbreitet, die Stimmung im Land mehr als gereizt. So schreibt die zeitgenössische Autorin Adrienne Thomas in ihrem halbautobiographischen Roman *Die Katrin wird Soldat: Heut in der Schule bat Irmgard Wernicke unsere Klassenlehrerin, Fräulein Hinrichs, ob sie nicht neben mich gesetzt werden könnte. Ich war sehr erstaunt. Irmgards Vater ist Oberst, und die Offiziers-*

*töchter dürfen für gewöhnlich nicht mit den lothringischen oder*
*jüdischen Mitschülerinnen verkehren.*

Während der Arbeit an der *Senfblütensaga* ist dieser Roman für mich zu einer Art Reiseführer durch die damalige Stadt und Zeit geworden. Der Spaziergang durch die Moselanlagen, der Besuch im *Moitrier*, das Eislaufen auf der Metzer Wiese oder der Ball im Hotel *Ville de France* wurden von diesem Buch inspiriert.

Auch in anderen Romanen der damaligen Zeit betrieb ich ausführliche Recherche. So habe ich die Geschichten von Eduard von Keyserling für mich entdeckt, in denen ich vieles über das alltägliche Leben erfahren konnte. Den Anstoß dazu gab die Frage, wie damals eigentlich geraucht wurde, so dass ich bisweilen gescherzt habe: »Ich lese Keyserling, bis einer raucht.« Aber der Autor hat mich mit seinem großartigen Schreibstil so sehr gepackt, dass ich seine Texte inzwischen auch nur zum Vergnügen lese.

### Historische Persönlichkeiten

Im Roman werden einige historische Persönlichkeiten erwähnt. Paul Laband (24. 5. 1838 – 23. 3. 1918) hat den größten Auftritt. Von 1872 bis zu seinem Tod war er an der Kaiser-Wilhelm-Universität in Straßburg tätig, und seine Vorlesungen rühmte man weit über die Grenzen der Stadt hinaus. Von Frauen in Rechtswissenschaften hielt der Mann nachweislich nicht viel. *Zum Richteramt fehlt den Frauen die erforderliche Eigenschaft des Charakters*, behauptete der berühmte Professor in der Deutsch-Juristischen Zeitung im Jahr 1896. *Sie sind zu weich, haben zu wenig Energie, um das Schwert der Gerechtigkeit zu schwingen, und lassen sich zu sehr durch Äußerlich-*

*keiten gefangen nehmen.* Und weiter: *Die schönen Augen, das gelockte Haar eines Angeklagten würden vielleicht manchmal schwerer ins Gewicht fallen als Gesetzesparagraphen und Zeugenaussagen.*

Erst im Jahr 1908 ließen Preußen und das Reichsland Elsass-Lothringen Frauen offiziell zum Studium zu und bildeten damit das traurige Schlusslicht in dieser Angelegenheit. Vorher waren Studentinnen nur als Gasthörerinnen geduldet, so auch Sophia Maria Elisabeth Gütschow, die ab 1900 an der Universität Straßburg eingeschrieben war. Nur dank ihrer außerordentlichen Leistung gelang es ihr, 1903 an der Universität als erste Frau zu promovieren.

Vom 24.8.1908 bis zum 10.9.1910 war Dr. Paul Böhmer Kreisdirektor und Bürgermeister der Stadt Metz. Dabei widmete er sich ganz besonders der Stadtplanung. Am Ende seiner Amtszeit ist er sehr zufrieden mit dem Erreichten und wird auf der Seite *Metz, Neue Stadt* bei WordPress mit Worten von 1910 zitiert: *Ein Spaziergang durch die Stadt wird alle davon überzeugen, dass neben dem malerischen alten Metz aus der französischen Zeit ein modernes Metz errichtet wird, dem seine Entstehung deutscher Initiative und Arbeitskräften zu verdanken ist.* Auch in seinen Worten liest man deutlich den Geist der damaligen Zeit – die Germanisierung der Stadt stand auch aus der architektonischen Sicht im Vordergrund. Davon zeugen sehr viele Gebäude, die im neoromanischen wilhelminischen Stil errichtet worden waren.

Zum Schluss eine kleine Anekdote: Um herauszufinden, dass der junge Schauspieler Julius Dewal zur damaligen Zeit tatsächlich ein Star war und für seine Darbietung im Lustspiel *Im bunten Rock*, das tatsächlich in Metz aufgeführt wurde, gefeiert wurde, habe ich ungefähr fünfzehn Minuten gebraucht. Die Frage, wie viel eine Brezel 1905 gekostet haben könnte, hat mir dagegen einen halben Tag Kopfschmerzen bereitet. Manchmal sind die einfachsten Recherchefragen die schwierigsten.

# Danksagung

*Die Senfblütensaga* war das erste Projekt, das ich nach einem großen Tiefpunkt angefangen habe, und in vielerlei Hinsicht bedeutete dieser Roman für mich einen Neubeginn. Bei der Agentur Michael Gaeb hat mich die wunderbare Eva Semitzidou unter ihre Fittiche genommen. Ihr Enthusiasmus, ihre Tipps und ihre Unterstützung haben sehr dazu beigetragen, dass aus einer Idee ein dreibändiges Projekt geworden ist. Sie war es auch, die für die Geschichte einen großartigen Verlag gewinnen konnte: den S. Fischer Verlag.

Dort wurde ich sehr herzlich aufgenommen und habe mich sofort wohl gefühlt.

Ich möchte mich auch sehr bei meinem wunderbaren Mann Michael bedanken, der mich während des Schreibens sehr unterstützt hat. Ganz besonders während der Corona-Krise, als meine Arbeitszeit durch die Schließung der Kindergärten und Schulen beinahe halbiert wurde und ich an vielen Tagen bis spät in die Nacht geschrieben habe.

Ein großer Dank geht auch an meine Autorenkolleginnen Julia Schmuck und Julianna Grohe – Brainstorming ist manchmal die beste Möglichkeit, um die Plotlöcher zu stopfen.

Ohne gute Testleserinnen geht es nicht: Monja und Tina (@tinkasbuchwelten auf Instagram) haben mich während der Entstehung des Romans sehr unterstützt.

Ganz konspirativ: vielen Dank an den inneren Kreis (Lisa, Jana, Kathi, Nici, Marie, Katha). Ihr wisst schon, warum.

Und zuletzt … an Lily S. Morgan (@lilys.wortwelt auf Instagram). Wäre es technisch möglich, würde an dieser Stelle ein Feuerwerk gezündet.

Nun möchte ich noch einen großen Dank an meine Leser*innen aussprechen. Ich hoffe sehr, wir treffen uns schon bald im zweiten Band :)

## Metz, 1914

WIDERSTREBEND SCHAUTE EMMA zum Wagen, der auf sie wartete. Dabei zog er die Blicke aller Passanten auf sich: ein weißer Mercedes mit schwarzen Reifen und Sitzen. Die Karosserie glänzte im Licht der untergehenden Sonne, die sich über den Dächern von Metz verabschiedete. Der Chauffeur – ein adretter junger Mann in Uniform – hielt einladend die Tür auf. In Windeseile sollte die luxuriöse Neuerrungenschaft der Familie Seidel sie zur Villa zu bringen. Seit Ehrhard Seidel das Fuhrunternehmen in Antoines Hände gelegt hatte und dieser begann, den Betrieb zu motorisieren, gab es kaum ein anderes Thema als Pferdestärken und Zylinderabmessungen. Bestimmt würde auch heute seine Aufmerksamkeit gänzlich dem glorreichen Daimler-Sieg beim Grand Prix vom 4. Juli gelten.

Das war Emma nur recht. Noch immer stand sie auf dem Bürgersteig und knetete ihre Finger, um ihre Anspannung zu lösen.

Wie lange würde es dauern, zu Fuß zu gehen?

Ach, es war doch mehr als albern, das Unausweichliche hinauszuzögern, schalt sie sich. So schlimm würde es nicht werden.

Vor allem nicht an Carls Seite, der auf leisen Sohlen an sie herantrat. Er nahm seinen Hut ab, und die abendliche Sommerbrise zupfte an seinen Locken, die stets eine Spur zu lang waren. Der nächste Windhauch entblößte die Narbe an seiner Schläfe. Beunruhigt beobachtete Emma, wie er eilig ein paar

Haarsträhnen über die Stelle zog. Manchmal erloschen dabei jegliche Funken in seinen Augen, als drohte die Leere zwischen seinen Erinnerungen ihn zu verschlingen.

Erst nach mehreren Augenblicken schlich sich ein Grübchenlächeln zurück auf seine Lippen. Carl deutete zum Automobil. »Das Wetter ist so schön. Was sagst du, wenn wir das Auto zurückschicken und einen Spaziergang machen?«

Emma musste die Finger noch fester ineinander verschränken, um dem Drang zu widerstehen, ihn in die Arme zu schließen. Unter dem wachsamen Blick des Chauffeurs konnte es keine Umarmungen geben. So nickte sie stumm, hakte sich bei Carl unter und zog ihn an sich heran, bis sie seinen warmen Duft wahrnehmen konnte. Ob er ahnte, dass sie während des Studiums jedes Mal ein Hemd von ihm mitgehen ließ, um in den einsamen Nächten wenigstens seinen Geruch bei sich in Straßburg zu haben?

An seiner Seite schritt sie die Straße entlang. Die Gedanken an das bevorstehende Abendessen im Kreise seiner Familie, die Vorstellung daran, Louise und Antoine gegenüberzutreten, verursachten ihr Beklommenheit. Natürlich war sie während ihres Studiums mehrfach in der Villa gewesen. Zu Weihnachten, wenn das Haus sich mit den nahen und entfernten Verwandten füllte, war es leicht, Louise und Antoine aus dem Weg zu gehen. Aber heute wollte Carls Familie den Abschluss ihres Studiums und ihre Rückkehr nach Metz feiern. Heute würde sie den beiden vollkommen ausgeliefert sein.

Die Haut an ihren Händen spannte unangenehm, je näher sie der Villa kam. Nicht einmal der Versuch, ihre Aufmerksamkeit auf die Stadt zu lenken, die sich seit ihrem letzten Besuch schon wieder verändert hatte, brachte Erleichterung. Als würden hinter den strahlenden Fassaden Schatten lauern, die nur darauf warteten, sie in die Dunkelheit zu ziehen.

Emma fröstelte.

Ihr Inneres fühlte sich wund und empfindlich an wie die Haut an ihren Händen.

Carl verlangsamte den Schritt, bis er gänzlich stehen blieb. Vorsichtig drehte er sie zu sich, nahm ihre beiden Hände in die seinen und führte sie ganz nah an sein Gesicht. Manchmal küsste er ihre Narben, die besonders ihren Arm fast bis zum Ellbogen bedeckten. Heute schaute er ihr nur tief in die Augen. »Du musst es nicht tun. Wenn du willst, gehen wir zurück.«

Eine verlockende Vorstellung. Einfach kehrtzumachen. Nichts und niemandem etwas vorspielen zu müssen. Ihr Hals fühlte sich wie zugeschnürt an. »Und was sagen wir deinen Eltern?«

Er zuckte die Schultern. »Uns fällt schon etwas ein.«

Unwillkürlich schloss sie die Augen und schmiegte sich mit der Wange an seine Brust. Am liebsten würde sie ewig so bei ihm verharren, geborgen im Hier und Jetzt.

»Was meinst du?«, flüsterte er ihr zu, so nah an ihrem Ohr, dass sein Atem ihr Gänsehaut bescherte.

Sie gab sich einen Ruck und schaute zu ihm auf. »Wir sind doch fast da.«

»Das täuscht bestimmt.« Sein Grübchenlächeln neckte sie, und Emma konnte nicht anders, als ihm ebenfalls zuzulächeln.

»Ich habe einen guten Orientierungssinn.« Mit einer Fingerkuppe fuhr sie die Linien seines Gesichts nach, und ein warmes Kribbeln breitete sich in ihr aus. Auch heute noch konnte sie sich nicht an ihm sattsehen, nicht genug von ihm kriegen. Ob sein Anblick ihr immer so kostbar erscheinen würde? Ob sie sich auch nach Jahren des Zusammenlebens so sehr danach sehnen würde, ihn zu berühren?

Aus dem Augenwinkel bemerkte sie eine Bewegung. Einen Schatten, der rasch um die Ecke huschte. Ihr Herz stockte. War es etwa ihr Verfolger von neulich? Nein, nein. Sicherlich nur andere Spaziergänger, die den sommerlichen Abend auf den Straßen der Stadt genießen und die Sorgen des Tages vergessen wollten.

»Was ist?« Seine Umarmung wurde eine Spur fester. Und blieb gleichzeitig so sanft, als wäre Emma etwas Zerbrechliches, das in einem unvorsichtigen Griff kaputtgehen könnte. Das tat gut. Nur an seiner Seite traute sie sich, diese Zerbrechlichkeit zuzulassen.

Noch einmal spähte sie in die Richtung, in der sie etwas zu sehen geglaubt hatte.

»Da ist nichts«, murmelte sie mehr zu sich selbst als zu ihm. Entschlossen löste sie sich aus seiner Umarmung. »Komm. Wir wollen deine Eltern nicht zu lange auf uns warten lassen.«

Sie lief schneller, als könne sie ihren Zweifeln und Sorgen entkommen. Doch ein ungutes Gefühl nistete sich immer tiefer in ihr ein, mit jedem Schritt, mit dem sie sich der Villa näherten.

Die Tür öffnete Anni. In den letzten Jahren war sie zu einer hübschen jungen Frau herangewachsen. Groß und schlank, mit einem ernsten, ein wenig traurigen Gesicht, dem nur ihre vielen Sommersprossen etwas Neckisches verliehen. Sie tippelte nicht mehr vor Aufregung, wenn sie Gäste hereinbat, sondern meisterte schweigsam und souverän ihre Aufgabe. Dennoch floss eine zarte Röte über ihr Gesicht, als sie Carl die Sachen abnahm und sich ihre Hände zufällig berührten. So gänzlich hatte sie ihre frühere Schwärmerei für ihn wohl nicht abgelegt.

Carl schickte Emma einen entschuldigenden Blick. Sie hob in gespielter Strenge eine Braue, und der Ausdruck in seinen

Augen wurde beinahe hilflos. Fast hätte sie losgeprustet und ihn in die Seite gezwickt. Was dachte er, wie sie die letzten vier Jahre überstanden hatte? Ohne von den Gedanken an all die Frauen, denen er begegnete, zerfressen zu werden?

Sie lächelte ihm beruhigend zu.

»Wenn die Herrschaften mir folgen mögen.« Annis Stimme klang genauso piepsig wie früher. Als würde ein verschreckter Spatz in der Nähe tschilpen.

Stumm bot Carl Emma seinen Arm. Ihr Herz flatterte, als sie ihre Hand in seine Ellenbeuge schob. So selbstbewusst wie möglich trat sie in den Salon, in dem sich die gesamte Familie Seidel versammelt hatte. Dennoch wurden ihre Handflächen feucht, als sie die Schwelle überschritt und sich alle Köpfe zu ihr wandten. Die vernarbte Haut meldete sich mit einem gewohnten Ziehen. Emma war versucht, darüber zu reiben, als Carl wie beiläufig seine freie Hand auf die ihre legte. Trotzdem hatte sie das Gefühl, es würden winzige Ameisen über ihre Arme laufen.

Sie zwang sich zur Ruhe und ließ ihren Blick durch den Raum schweifen.

Von Kissen gestützt, hatte es sich der alte Seidel in einem riesigen Sessel am Kamin gemütlich gemacht und sein krankes Bein auf einem Hocker ausgestreckt. Obwohl deutlich gealtert, ließen seine Gesichtszüge dennoch den tapferen Soldaten erkennen, der vor vielen Jahrzehnten für sein Vaterland gekämpft hatte. An den Kaminsims gelehnt, stand Antoine neben ihm und nippte an einem Glas Wasser. Emma wusste, dass er keinen Alkohol mehr anrührte, seit er das Fuhrunternehmen leitete. Wie immer sah er beiseite, sobald sich ihre Blicke trafen. Obwohl Emma sich dagegen wehrte, versetzte seine Anwesenheit alles in ihr in Alarmbereitschaft. So wandte auch sie schnell ihren Blick von ihm ab – der sich mit dem von Louise kreuzte. Die junge Frau saß etwas abseits mit ihrem Sohn auf dem Schoß, kaum imstande, das quirlige Kind in den Armen zu halten. Die rabenschwarzen Haare, die unfassbar blauen Augen – der kleine Frederick sah seinem Vater so ähnlich, dass Emma glaubte, in Antoines kindliches Gesicht zu schauen.

Emma schluckte schwer.

Schon jetzt fragte sie sich, wie sie diesen Abend überstehen sollte. Dabei war noch gar nichts passiert. Wie ein böses Omen schien die Vergangenheit in diesem Raum zu schweben und legte sich bleiern auf das Gemüt jedes Einzelnen von ihnen. Abgesehen vom kleinen Frederick.

»Onkel Caj! Onkel Caj!« Wie ein kleiner Wirbelwind stürmte der Junge auf Carl zu und sprang ihm in die offenen Arme. Und plötzlich war die Trübsal wie weggeblasen. Emma konnte nicht anders, als zu lächeln, während sie zusah, wie Carl seinen Neffen durch die Luft wirbelte und ihn dann über die Schulter legte und durchkitzelte. Beide lachten so laut, als gäbe es nichts und niemanden um sie herum. Der Junge gluckste vergnügt und zappelte, was den gesamten Salon mit purem Leben erfüllte. Selten sah Emma Carl so glücklich wie in diesem Augenblick, als er mit dem Kind herumalberte und es an sich drückte.

»Nun lass doch deinen Onkel Luft holen«, tadelte Wilhelmine und eilte herbei, um Carl den Jungen abzunehmen.

Beinahe widerstrebend ließ dieser den kleinen Mann los, der immer noch versuchte, nach ihm zu greifen.

»Ach, er muss sowieso ins Bett«, wandte Louise ein. Schwerfällig erhob sie sich von ihrem Stuhl. Die zusätzlichen Pfunde nach der Schwangerschaft war sie nicht mehr losgeworden, und so glich sie ihrer Mutter heute mehr denn je. Doch im Gegensatz zu Wilhelmine strahlte ihr Gesicht nicht vor Fröhlichkeit, sondern schien wie von einem unsichtbaren Schleier verhüllt zu sein. Was in ihr wohl vorging?

»Bin nicht müde!«, versicherte Frederick mit all seiner kindlichen Überzeugungskraft, als er seiner Mutter überreicht wurde. Seine glockenhelle, etwas quengelnde Stimme riss Emma aus der Gedankenspirale, die sie schon wieder zu jenem Abend voller Feuer und Rauch ziehen wollte. Manchmal beneidete sie Carl, der sich an nichts erinnern konnte. Für den das Geschehene nur ein bedauerlicher Unfall war.

Antoine löste sich vom Kamin, murmelte eine Entschuldigung und kam näher. »Ich bringe ihn in sein Zimmer.« Noch immer sah er nicht in Emmas Richtung, als würde er zu einer Salzsäule erstarren, sollte sein Blick sie noch einmal treffen.

Frederick beruhigte sich sofort und schlang seine Ärmchen um den Hals seines Vaters. »Bin nicht müde«, wiederholte er, doch dieses Mal klang es, als würde er den Widerstand aufgeben. Sein Körper erschlaffte, als er sich mit einer Wange an Antoines Schulter schmiegte.

»Natürlich nicht«, flüsterte Antoine seinem Sohn zu und streichelte ihm zärtlich über den Rücken. »Deshalb lese ich dir noch ein bisschen aus *Tony sans-soin* vor. Weißt du noch, wo wir gestern aufgehört haben?«

Der Junge nickte schläfrig.

Selig schloss Antoine die Augen und drückte das Kind fester an sich. Zum ersten Mal sah Emma Liebe im Ausdruck dieses Mannes. Eine tiefe, bedingungslose Liebe.

»Dafür haben wir doch ein Kindermädchen«, erwiderte Louise spitz, als wäre sie eifersüchtig auf die Zweisamkeit zwischen Vater und Sohn, die keinen Platz für sie ließ.

»Das macht mir nichts aus. Zum Essen bin ich wieder da.« Stolz schaute er auf Frederick, der in seinen Armen schon fast eingeschlafen war. »Außerdem will ich doch wissen, wie es mit Tony in der Geschichte weitergeht.«

Louise verdrehte die Augen. Das Buch hatte Antoine gekauft, da war sein Sohn noch gar nicht auf der Welt. Bis dahin hatte Emma gar nicht gewusst, dass Honoré de Balzac auch Kindergeschichten geschrieben hatte. Antoine beachtete seine Ehefrau nicht weiter und trug Frederick aus dem Salon. Als er gegangen war, breitete sich Schweigen aus. Erneut fühlte sich Emma im Mittelpunkt der ganzen Aufmerksamkeit, den Blicken vollkommen ausgeliefert.

»Nun hat Metz dich wieder ganz für sich«, ergriff Wilhelmine das Wort.

»So sieht es aus«, stammelte Emma. »Ich freue mich sehr, wieder hier zu sein.«

»Der Hochzeit steht also nichts mehr im Weg?«, fragte Ehrhard.

Emma öffnete den Mund, doch die Worte stockten in ihrem Hals. Allein von der ganzseitigen Hochzeitsannonce in der Zeitung hatte sich Emma erschlagen gefühlt. Die sogenannte Senfhochzeit war schon jetzt das Thema Nummer eins in ganz Metz, und die Klatschweiber zerrissen sich die Mäuler darüber, wer zum Fest geladen war, was dabei kredenzt werden sollte und wer die Braut dem Bräutigam übergeben würde, da doch die Eltern keinen Kontakt mehr zu ihrer Tochter pflegten. Für einen Moment wurde Emma ganz schummerig zumute. Der Salon kam ihr klein wie eine Hutschachtel vor.

»Natürlich nicht, Vater«, mischte sich Carl ein und legte seinen Arm fest um Emmas Taille. »Nächsten Monat werde ich diese bezaubernde Frau zum Altar führen. Dessen kannst du dir gewiss sein.«

Er drehte sein Gesicht zu ihr. »Emma Seidel«, formten seine Lippen.

Unsicher erwiderte sie sein Lächeln.

Er runzelte die Stirn.

Nein, alles in Ordnung, alles ganz wunderbar, wollte sie ihm versichern. Denn natürlich lag ihre Unsicherheit nicht an ihm. Und nicht an seinem Namen. Emma Seidel – es kam ihr vor, als würde sie den Namen schon längst tragen. Bergmann war inzwischen nur noch der Name ihrer Eltern. Diesen Namen brauchte sie nicht.

»Hoffentlich bleibt es auch bei dem Nichts«, murmelte Ehrhard Seidel von seinem Sessel aus.

Wilhelmine verdrehte die Augen. »Was redest du schon wieder?«

Er deutete auf eine ältere Zeitung, die neben ihm auf einem kleinen Beistelltisch lag. Die Kolumne *Das Neuste vom Tage* berichtete vom kürzlichen Besuch des österreich-ungarischen Diplomaten Alexander von Hoyos, der in Berlin um Unterstützung im Falle eines militärischen Konfliktes geworben hatte. »Ich sage es euch: Europa ist ein Pulverfass.«

»Papperlapapp!«, fiel Wilhelmine ihm ins Wort. »Wenn unser Kaiser in dieser unsicheren Zeit Urlaub macht, kann die Lage nicht so schlimm sein.«

Das hoffte Emma auch. Vielmehr betete sie zu allen Schutzheiligen, dass das Schlimmste, was Henri und nun auch Ehrhard Seidel prophezeiten, nicht eintreten möge. Oder klammerte sie sich nur an einen Strohhalm, um den Glauben an den Frieden zu wahren?

»Wir hätten diese Hochzeit schon vor vier Jahren feiern sollen«, brummte der alte Seidel und schaute mürrisch auf das Zeitungsblatt.

Wilhelmine entfuhr ein tiefer Seufzer. Den sie sogleich mit einem strahlenden Lächeln zu überspielen versuchte, wie es so ihre Art war.

Emma wusste, dass Carls Eltern ihrem Streben nach Wissen nichts abgewinnen konnten. Zwar sprach Wilhelmine es nie laut aus, doch das Studium schien für sie nur ein merkwürdiger Spleen zu sein, um die Hochzeit in die Ferne zu schieben. Vielleicht befürchtete sie noch immer, Emma käme auf den Gedanken zu promovieren, um die Hochzeit doch noch platzen zu lassen.

»Schluss mit dem Trübsalblasen!«, durchbrach Wilhelmine die drückende Stimmung. »Heute will ich nichts über Krisen wissen. Im August feiern wir eine prächtige Hochzeit, und nur darüber werden wir heute reden. Ach, was freue ich mich! So lange mussten wir darauf warten. Und kaum versieht man sich, habe ich schon Enkel um mich herumtoben. Wusstest du, dass Carl sich schon immer ganz viele Kinder gewünscht hat?«

»Mutter«, unterbrach Carl sie streng. »Meinst du nicht, dass es noch ein bisschen zu früh ist, darüber zu sprechen?«

»Ach, es ist niemals zu früh, über Kinder zu sprechen! Oder siehst du das anders, Emma?«

Emma wurde leicht schwindelig. Hilfesuchend wandte sie sich zu Carl um. War er enttäuscht, dass sie nicht voller Begeisterung den Faden über die Kinder aufnahm? Seine Kinder … Das Bild, wie glücklich er aussah, als er seinen Neffen in den Armen halten konnte, war in ihre Gedanken eingebrannt.

Louise räusperte sich. »Ach, ich glaube, es ist besser, wenn Emma und ich ein bisschen spazieren gehen, bevor der Tisch gedeckt ist. Wir haben uns so viel zu erzählen! Ich hoffe, ihr habt nichts dagegen? Emma?«

Emma nickte stumm, aber auf eine Bestätigung hatte Louise gar nicht gewartet, als sie Emma aus dem Salon führte.

Schweigend gingen sie nebeneinander den Flur entlang.

Erst draußen auf der Terrasse wurde Emma bewusst, dass sie mit Louise allein war.

Dass diese Frau sie aus einer äußerst verzwickten Situation herausgeholt hatte. Wofür sie ihr dankbar sein sollte.

Doch die Vergangenheit hatte sie gelehrt, dass man dieser Freundlichkeit nicht trauen durfte.

Immerhin kühlte die Brise ihr erhitztes Gesicht. Wie stickig es im Salon gewesen war, fiel Emma erst jetzt auf. Kein Wunder, dass sie dort kaum einen freien Atemzug nehmen konnte. Hier draußen schien die Luft so klar, dass Emma erleichtert die Kühle in ihre Lunge sog.

»Du hast da drin ausgesehen, als hätte man dir ein Todesurteil verkündet.«

Fest verhakte Emma die Finger ineinander, bis die Knöchel schmerzten. Ob Carl es bemerkt hatte? Wie sie auf die Kinderfrage reagiert hatte?

»Meine Eltern können sehr anstrengend sein.« Louise machte ein paar Schritte zur Treppe. Mit einer Hand strich sie über die Brüstung. Still und dunkel lag der Park um das Haus herum, die großen Bäume wirkten beinahe mystisch in der Dämmerung.

Aus dem Augenwinkel beobachtete Emma Carls Schwester, die mit regungsloser Miene in die Ferne starrte. Vielleicht setzte Louise das Gerede über die »Senfhochzeit« genauso zu. Ihre eigene war geprägt gewesen von Schwangerschaftsbeschwerden und dem Getuschel der wenigen Gäste.

»Bist du glücklich?«, platzte Emma heraus, und schon im nächsten Moment wünschte sie die Worte zurück.

Überrascht wandte sich Louise herum. Eine Weile schien sie nachzudenken. »Ich bin glücklich, Frederick zu haben. Glücklich darüber, dass es uns allen gutgeht. Ich habe alles, was ich je gewollt habe. Und was ist mit dir?«

Emma schwieg.

Louise nickte beinahe wissend und ging zur Treppe, die in den Park führte. Geschmeidig stieg sie die Stufen hinunter. Fast hätte Emma meinen können, sie würde über dem Boden schweben, so fließend schien ihr Gang.

Emma zögerte, dann schloss sie zu ihr auf. War es falsch, noch mehr zu wollen als das, was sie bereits hatte? Nach mehr zu streben? Die Frage brannte in ihr, doch sie zu stellen, traute sie sich nicht.

»Du machst meinen Bruder glücklich.« Louise warf Emma einen merkwürdigen, melancholischen Blick über die Schulter zu. »Ich habe noch nie einen Menschen gesehen, der so ein tiefes Glücksgefühl in sich trägt wie er.«

Leise knirschte der Kies unter ihren Sohlen. In der Nähe raschelte es, und Emma fuhr erschrocken herum. Angestrengt spähte sie in die Dunkelheit, ohne etwas sehen zu können.

»So schreckhaft?« Ein kühles Lächeln zuckte in Louises Mundwinkeln. »Wovor hast du Angst?«

Sicherlich nicht vor einem Tier, das sich im Gebüsch regte. Nicht vor unsichtbaren Verfolgern, die sie sich einbildete. Nicht vor der Hochzeit, auf die sich alle so freuten.

Wovor dann?

Woher kam nur dieses lähmende Gefühl, das manchmal ohne Vorwarnung nach ihr griff und ihr die Luft raubte?

»Carl hat sehr lange darauf gewartet, dass du endlich zurück nach Metz kommst«, fuhr Louise fort. »Dass ihr zusammen sein könnt. Gib ihm das, wonach er sich sehnt.«

Noch einmal drehte sich Emma um, als sie ein Rascheln im Rücken hörte. Erst dann fiel ihr auf, wie Louise sie beobachtete.

»Und das wäre?«, fragte Emma ganz unschuldig, um den Faden wieder aufzunehmen.

Louises Blick wurde eindringlich, beinahe schwarz in der Dunkelheit. »Du bist doch die Frau, die ihm seine Träume erfüllt.« Die junge Frau machte eine Pause. »Du weißt genau, was er sich wünscht.«

Schon wieder stieg vor ihrem innere Auge das Bild von Carl und dem kleinen Frederick in seinen Armen auf.

»Denk darüber nach«, raunte Louise ihr zu. Sie klang zufrieden, als sie sich zur Villa wandte. »Kommst du?«

»Ja. Gleich.« Emma rührte sich nicht. Konnte es nicht. Als würden Louises Worte sie an Ort und Stelle fesseln.

»Gut. Bleib nicht so lange draußen. Dieser Abend ist zu deinen Ehren. Es wäre doch schade, wenn du ihn versäumst.«

Emma sah zu, wie Louise mit gemächlichen Schritten davonging, bis sich ihre Gestalt in der Dunkelheit aufgelöst hatte. Ob Wilhelmine ihre Tochter gebeten hatte, dieses Gespräch zu führen? Der künftigen Schwiegertochter ins Gewissen zu reden? Emma seufzte. Es war ja nicht so, dass sie keine Kinder wollte. Nur … feine Härchen stellten sich auf ihren Armen auf. Nächsten Monat die Hochzeit, einen Monat darauf – schwanger? Alles in ihr sträubte sich gegen diese Vorstellung. Würden die Seidels es akzeptieren, länger auf die Enkel zu warten? Würde Carl es verstehen?

Obwohl sie ihn in- und auswendig zu kennen glaubte, machte dieser Gedanke sie unsicher. Beinahe ängstlich.

Noch einmal atmete sie tief ein. Die frische Luft half dabei, den Kopf freizubekommen. Die Zweifel zu verdrängen. Doch sie ahnte, sobald sie zurück war, würde es kein anderes Thema geben.

Irgendwo quietschte ein Tor. Emma horchte auf. War doch jemand auf dem Grundstück gewesen? Unsicher schaute sie zur Villa. Sollte sie zurückgehen und sich Carls Familie wieder stellen? Oder nachsehen, ob alles in Ordnung war?

Sie durfte ihrer Angst keinen weiteren Raum mehr geben. Entschlossen ging sie die Allee entlang. Das Tor stand einen Spalt offen, und irgendwo in der Nähe tönten Stimmen. Vielleicht war es jemand aus der Dienerschaft, der zu einem heimlichen Rendezvous davongeschlichen war? Geräuschlos schlüpfte sie durch den Spalt und spähte auf die Straße.

Unweit vom Tor entdeckte sie drei Männer, die halblaut miteinander diskutierten. Der eine war groß und kräftig gebaut, überragte die anderen um mindestens einen Kopf. Er trug einen ausgebeulten Hut und ein schlechtsitzendes Jackett, das an ihm wie an einem stummen Diener schlabberte. Sein Beinkleid war sichtlich zu lang und über den Schuhen mehrfach umgekrempelt. Etwas an seiner Gestalt, an den nach vorn hängenden Schultern, an der Neigung seines Kopfes kam Emma bekannt vor, so dass sie sich ein paar Schritte näher heranwagte. Hatte sie ihn nicht schon am Bahnhof gesehen? Und später vor Perrins Buchladen? Unruhe stieg in ihr auf wie eine Spinne, die aus ihrem Versteck hervorgekrochen kam. Mit zusammengekniffenen Augen betrachtete sie das Grüppchen eindringlicher.

Die anderen beiden hatten fleckige Hemden an, die unordentlich in den Hosenbund gestopft waren. Auch auf die Entfernung hin sah Emma Schweißflecken im schmuddeligen Stoff. Je mehr die Kerle tuschelten, desto aufgeregter wurde die Unterhaltung. Ab und zu flogen ein paar Wortfetzen zu ihr herüber. »… so nicht abgemacht …« »… dauert zu lange …« »… mehr Geld …« Der Große beschwichtigte und gestikulierte, forderte Geduld und mahnte zur Räson.

Was auch immer sie zu bereden hatten, sie sollte hier weg. Das ungute Gefühl ließ sich nicht abstreifen, es drängte sie, schnellstmöglich zur Villa zu laufen. Mit Carl über ihren Verfolger zu reden. Egal, wie dämlich sie sich dabei vorkam – er würde sie nicht auslachen. Und wenn ihr Verdacht sich als unbegründet herausstellte, hätte sie wenigstens Gewissheit.

Geräuschlos drehte sich Emma zum Eingang, wollte durch den Spalt wieder auf das Grundstück schlüpfen, doch das Tor quietschte. Der Ton fuhr wie ein Messer durch ihre Brust. Sie verharrte, spürte mit ihrem ganzen Körper, wie die Männer sie entdeckten und ihr in den Rücken starrten. Rasch warf sie einen Blick über die Schulter. Der große Kerl im schlechtsitzenden Jackett zuckte zusammen, als Emma ihn anschaute. Sein Hut saß zu tief, als dass sie sein Gesicht hätte sehen können. Obendrein führte er eine Hand an die Krempe, um es noch mehr zu verdecken – und lief schnellen Schrittes davon.

Die anderen beiden wirkten verunsichert. Sie tuschelten nicht mehr, sondern wechselten nur Blicke miteinander.

Bloß weg hier. Sie wollte sich wieder zum Tor wenden, als sie weggezerrt wurde. Dann ließ ein kräftiger Stoß sie taumeln und Emma hatte Mühe, auf den Beinen zu bleiben. Irgendwie schaffte sie es dennoch, sich zu fangen und herumzufahren. Hinter ihr lauerte ein weiterer Mann. Groß und voller Kraft, wie seine muskulöse Statur bescheinigte. Nur schemenhaft beleuchtete eine nahe Straßenlaterne sein kantiges Gesicht.

»Vielleicht können wir die Sache schon hier und jetzt beenden? Was denkt ihr, Jungs?«, knurrte er leise, aber nicht minder bedrohlich. Wer waren diese Männer? Wie sollte sie hier nur heil herauskommen? Die Angst machte sie beinahe schwindelig.

»Was wollen Sie?« Emma schielte zum Tor, doch der Mann versperrte ihr den Weg. Ihr Herz klopfte ihr bis zum Hals, während sie sich um eine sichere, selbstbewusste Stimme bemühte.

»Zuerst deinen Schmuck, meine Hübsche.« In seiner Hand blitzte ein Messer. »Dann sehen wir weiter.«

Erschrocken schnappte Emma nach Luft. »Ich habe nichts«, stotterte sie.

»Hältst mich wohl für dumm. Was ist denn das da an deinem Hals?«

Mit unsicheren Fingern tastete Emma nach ihrer Kette. Letztes Jahr hatte Carl sie ihr geschenkt – den kurzen Strang aus unregelmäßig geformten Barockperlen. Jede von ihnen war so einzigartig in ihrer Gestalt, so wunderbar unperfekt, dass Emma sich beim ersten Blick in dieses Kleinod verliebt hatte und es seitdem fast ständig trug. Beinahe meinte sie auch jetzt noch zu spüren, wie Carl damals hinter sie getreten war, um ihr die Perlen um den Hals zu legen. Seine Finger hatten beim Schließen der Kette zaghaft ihren Nacken berührt, und ein Schauer hatte sich von der Stelle bis in ihre Zehenspitzen ausgebreitet.

Auch jetzt spürte sie einen Schauer. Kalt und stechend lief er ihren Rücken herab, als würden sich unzählige Nadeln in ihre Haut bohren.

»Na, wird's bald?«

»In Ordnung. Nehmen Sie, was Sie wollen, lassen Sie mich nur gehen.« Ihre Hände zitterten, als sie den Verschluss öffnete und dem Mann die Kette hinhielt. Grob riss er den Strang aus ihrem Griff, dass die Schnur beinahe zerriss.

»Hier.« Um ihn nicht noch mehr zu reizen, streifte sie auch das silberne Armband von ihrem Gelenk. Den Reif hatte Wilhelmine ihr zur Verlobung geschenkt – die Ranken auf seiner Oberfläche erinnerten an Senfblüten.

»Den Ring auch!«

Beinahe unwillkürlich zuckte ihre Hand zur Brust. Ihr Blick fiel auf die Messingzweige, die sich um ihren geschundenen Finger schmiegten. »Nein … nicht den Ring … Er ist doch nichts wert!«

»Dann kannst du ihn mir ja geben.«

Sie taumelte ein paar Schritte zurück. Jemand packte sie von hinten. Tief bohrten sich Finger in ihre Schultern. »Hör lieber, was Hans dir sagt.«

Der säuerliche Atem stieg ihr die Nase hoch. Emma roch Schweiß, spürte, wie sie noch fester an einen männlichen Körper gedrückt wurde, der dem Anschein nach mehr wollte als nur ein bisschen Schmuck. Voller Panik schrie sie auf und trat dem Kerl, der sie hielt, auf den Fuß. Auch wenn sie die Absätze ihrer steifen Schuhe nicht besonders mochte, war sie froh, sie heute zu tragen. Der Mann keuchte, sein Griff lockerte sich, und Emma riss sich von ihm los. Blindlings stürmte sie auf den vorderen Kerl zu und stieß ihn in die Brust. Wie gehofft, hatte er es nicht kommen sehen. Völlig überrumpelt von ihrer Courage stolperte er ein paar Schritte zurück. Machte ihr den Weg frei. Es genügte. Musste genügen!

Etwas pochte in ihren Schläfen, ließ kaum einen anderen Gedanken zu als den an die Flucht. Wenn sie es zur Villa schaffte, um Hilfe rief, würde jemand sie hören. Bestimmt! Das Haus war voll von Dienerschaft, die Kerle würden sich nicht trauen, ihr auf das Grundstück zu folgen.

Da wurde sie am Arm gepackt und herumgerissen. So heftig, dass etwas knackte und der Schmerz ihre Schulter durchfuhr. Jemand lachte, tief und kratzig. Sie wurde gestoßen, merkte, wie sie strauchelte und fiel. Wie der Schrei ihre Kehle hochstieg, als sie seitlich auf etwas Hartes prallte und ihr die Luft ausblieb. Ein neuer Schmerz explodierte in ihrem Inneren, ließ den in der Schulter vergessen, als hätte ein Messer sie aufgeschlitzt. Nein, Dutzende von Messern. Sie konnte nicht atmen, nicht schreien. Nicht einmal ein Wimmern kam über ihre Lippen, während sie sich auf dem Boden krümmte und wie ein Fisch auf dem Trockenen den Mund auf- und wieder zumachte. Sie spürte, wie ihr die Tränen über die Wangen liefen. Aber um zu weinen, hatte sie keine Kraft mehr.

Neben ihrem Gesicht nahm sie ausgelatschte Schuhe wahr, Stimmen erklangen über ihr und schienen von irgendwo weit weg zu kommen. Sie stöhnte. Dann versank alles in Dunkelheit.

Aus:
Clara Langenbach
WEGE DES SCHICKSALS
Die Senfblütensaga
© 2021 S. Fischer Verlag GmbH,
Hedderichstr. 114, D-60596 Frankfurt am Main
ISBN 978-3-596-70084-4